U0492285

ZEI

NIANG ZI

［上］

烟袅 著

北京联合出版公司
Beijing United Publishing Co.,Ltd.

图书在版编目（CIP）数据

贼娘子.上 / 烟秾编著 . -- 北京：北京联合出版
公司，2018.3
ISBN 978-7-5596-1690-6

Ⅰ.①贼… Ⅱ.①烟… Ⅲ.①长篇小说－中国－当代 Ⅳ.① I247.5

中国版本图书馆 CIP 数据核字（2018）第 021300 号

Copyright © 2017 by Beijing United Publishing Co., Ltd.
All Rights Reserved.
本作品版权由北京联合出版有限责任公司所有

贼娘子

作　　者：烟　秾
出版监制：赵丽娟　杨　琴
责任编辑：李　红　徐　樟
封面设计：己　非
装帧设计：刘丽霞

北京联合出版公司出版
（北京市西城区德外大街83号楼9层　　100088）
北京联合天畅发行公司发行
小森印刷（北京）有限公司印刷　新华书店经销
字数450千字　880毫米×1230毫米　1/32　7.5印张
2018年3月第1版　2018年3月第1次印刷
ISBN 978-7-5596-1690-6
定价：59.80元（全二册）

版权所有，侵权必究
未经许可，不得以任何方式复制或抄袭本书部分或全部内容
本书若有质量问题，请与本公司图书销售中心联系调换。电话：（010）64243832

目 录

contents

第一章

八美之首

骄阳似火，走在大街上，身上一层水、一层油。

柳蓉走在京城的大街上，伸手一抹，滑溜溜的全是水："真热！"她转眼一瞧，就看到街那边有一间卖瓜果的铺子，西瓜摆在外边的筐子里，一个个条纹鲜明，就像用青玉镶过边一样。

咽了一口唾沫，柳蓉朝那铺子走了过去："店家，买个西瓜！"

伙计懒洋洋地从货架后边探出半个脑袋："姑娘自己选，选好了到这边给钱就是了。"见柳蓉站着不动，伙计很好心地补了一句，"姑娘，手脚要快些，要不然就买不到了。"

柳蓉一愣，这是家什么店？如此牛皮哄哄的，有客人上门，竟然不出来招待，还说等一会子就买不到了？他家的瓜就这样好？柳蓉低头看了看那几筐西瓜，也不觉得好到哪里去，就是寻常的西瓜，再看看铺子里边，也不见有几个人，这个伙计莫不是偷懒，嫌外边热不肯出来？

一阵脚步声响起，香风扑面，柳蓉转脸一看，就见数个打扮得花枝招展的姑娘正奋力往这边跑过来，奔在最前边的是一位细细瘦瘦的姑娘，一口气到了瓜果铺子门口，弯腰就抱出了一个西瓜："快快快，快给我称下！"

这姑娘看都不看就选好瓜了？京城里的人果然厉害，眼睛一扫就能识别出这西瓜好坏来，柳蓉敬佩地看了她一眼。这时旁边又跑来一群穿红着绿的姑娘，一个个高声喊叫着："伙计，快给我称个西瓜！"

"给我称个！"

耳边似乎多了五百只麻雀，正叽叽喳喳地喊叫着，闹哄哄的一片，这群麻雀将柳蓉越挤越远，毫不客气地将筐子里的西瓜抱了出去，经过柳蓉身边的时候还不满地看了她一眼："不买西瓜站在这里做啥，显你长得好看啊？"

柳蓉气结，赶着挤到筐子边一看，这满满几筐西瓜已经见了底，只剩了一只西瓜孤零零地躺在那里——这伙计还真没说错，现在连挑都没得挑了！

有一只是一只，赶紧捞到手里再说，柳蓉弯下身子正准备伸手去抱，这时旁边挤过来一个肥胖的身子，猛地将柳蓉撞到了一旁，两只胖得像猪蹄一样的手伸了出来，抱着那西瓜就往柜台奔："还好还好，还有一个。"

挤、抢、买，一气呵成，动作迅速灵敏，与她肥胖的身材十分不相称。柳蓉看得目瞪口呆，这京城里的姑娘个个都练了功夫不成？怎么身手这般矫健？若是师父在这里，肯定会取笑自己，这么多年的功夫都白练了。

"姑娘，凡事都有个先来后到吧？"柳蓉不满地走到铺子里，拍了拍那胖姑娘的肩膀，"你就没看见我站在箩筐旁边要去拿西瓜了？"

胖姑娘回头看了她一眼，嘿嘿一笑："这位姑娘，有没有听过先下手为强？"

伙计站在柜台后边嗤嗤地笑，一手接过胖姑娘的西瓜："我早就说姑娘要早些下手，你偏偏不相信，这下后悔也来不及了！"

胖姑娘得了伙计的支持，两个腮帮子鼓了起来，就像稻田里的青蛙一样。她得意地笑了笑，烧饼脸上的几颗麻子特别显眼："你又不是不知道今天许侍郎要的是西瓜，还在那磨磨蹭蹭半天不下手，抢不到也不能怪我！"

"啪"的一声，那胖姑娘将十多个铜板甩到桌子上："再帮我在西瓜上刻几个字：'我喜欢你，许侍郎！'"她的脸红了红，羞答答地捏着帕子绞了个麻花，"下边刻上我的闺名，你把脑袋伸过来，我偷偷告诉你。"

伙计呵呵一笑："朱姑娘的名字，我早就记下了。"

这是怎么回事？柳蓉有些迷惑，这位许侍郎究竟何许人也，竟然有这么多姑娘买西瓜去送他？

"许侍郎过来了！许侍郎过来了！"街道两边响起了排山倒海的喊叫声，柳蓉探头一看，就见一匹骏马缓缓而来，马上端坐着一位少年公子。

不过十八九岁的年纪，生得面如冠玉，剑眉星目，鼻梁高挺，只是嘴唇略微有些薄。柳蓉看得有几分炫目，也不知道是哪家府上的少年，竟生得这般俊，简直比很多姑娘还要好看。

"许侍郎，许侍郎！"一个抱着西瓜的少女追了过去，"我这个西瓜可是又大又圆，保准好吃！"她双手托着那个西瓜，用力往上举，"许侍郎，你就收下吧！"

马上的公子瞥了少女一眼，笑着将西瓜接了过来："多谢姑娘厚爱，这西瓜肯定很甜！"

跟在马匹后边的一干女子都朝少女看了过去，她们的眼神似箭，箭箭穿心。可少女浑然不觉，站在原地，笑得分外甜蜜，似乎忘记了一切，眼中只有马上的少年。

柳蓉张大嘴巴看着眼前这一幕，实在摸不着头脑，这难道是当街表白不成？

几个随从模样的人抬着筐子跟在许侍郎的马后，那群女子便一个个地将西瓜放到筐子里，然后抬起头来，拼命地朝马上的少年抛媚眼："许侍郎，西瓜上有我的名字，你可要记得我！"

那少年将手中的西瓜递给身边的小厮，朝众人抱拳行礼："各位姑娘的一番心意，许某记在心头，多谢多谢！"

人堆里忽然有一个沙哑的声音响起，听着就知道这人已经上了些年纪："许侍郎，别客气，明日要什么？先说说呗！"

柳蓉定睛一看，就见那群姑娘里边探出了一个人，那人头上包了一块青黑色的布，脸上的粉擦得极厚，就像白日里的鬼。只是粉擦得再厚也挡不住她眼角的皱纹，一看就知道是个上了年纪的大婶。

"你这该死的婆娘，竟敢拿铺子里的西瓜出来送人！"一个中年男子骂骂咧咧地走了过来，气哼哼地伸手去拉那大婶，"看老子打不死你！"

大婶反手一个耳光将男人扇到一旁，一只脚踩到他的身上："老娘看见养眼的送个西瓜怎么了？关你屁事！再敢多说，把你的肠子都踩出来！"

这究竟是怎么一回事儿？柳蓉惊诧地望着那男人被他婆娘踩得

哼哼唧唧说不出话来，轻声问了旁边的人一句："大叔，这究竟是怎么回事？怎么这么多人追着那公子送西瓜？"

旁边那人看了她一眼："姑娘，你是刚刚到京城吧？"

柳蓉点了点头："不错。"

"这就难怪了，京城谁人不识许侍郎？这马上的少年乃是镇国将军府的长公子，名叫许慕辰，生得玉树临风，简直是潘安再世！"见有听众，那大叔说得唾沫横飞，"京城不少女子都对他朝思暮想，每次他出来都会有人送花送瓜果，后来这位许侍郎索性就开了一家花店和一家瓜果店……"

"等等，"柳蓉打断了那人的话，朝后边的铺子努了努嘴，"这家瓜果店可是他开的？"

大叔点了点头："姑娘聪明！许侍郎每次出行前一刻，都会让下人在府门口张贴告示。他今日想吃何等瓜果，那些女子便会奔到这间铺子买来送过去……"

柳蓉冷笑一声，那些瓜果送到了许慕辰手中，转过身就又回到了瓜果店，真是一本万利的生意！她仔细看了看许慕辰，心中恨恨道：瞧着这人生得俊，可没想到这般黑心！她叹了一口气，师父说了，京城里的人很是狡诈，今日看来，果然不假。

"登徒子！"柳蓉冷冷地哼了一声。

马上的许慕辰皱了皱眉。

他是习武之人，耳力颇佳，虽然街头吵闹，可他仍敏锐地听到了这句细细的声音。谁竟敢骂他登徒子？他可从来没受过这样的辱骂！

顺着声音望过去，许慕辰见一个少女从人群中挤了出去，双鬟髻，两绺长发垂在胸前，身上穿着淡绿色的衫子，头微微低着，看不清她的面目，只能见到她耳畔有一闪一闪的光亮在跳跃，应该是她的一副耳珰。

是她？许慕辰微微一愣，只觉得这姑娘身材挺拔，与京城那些矫揉造作的高门贵女相比，显得十分与众不同。

才一错眼，那少女便不见了身影，许慕辰转过头去，心中暗嘲了下自己，什么样的女子没见过，今日怎么就被一个普普通通的姑娘引得多看了两眼？大概是这几日自己忙昏了头，眼睛花了。

唉！年纪轻轻就两眼昏花，这可不太妙，许慕辰长叹一声，还不是自己的发小狠心，将自己累成了这般模样？

吃得比鸡少——每个月俸禄就四十石米不到，都能吃些啥啊？干起活比牛累——刑部大大小小的事情都要他凑上一腿，还美其名曰给他锻炼的机会！

今日这位发小又不知有什么"好事情"传他进宫，许慕辰瞧了瞧天上的日头，策马向皇宫奔去。抱怨归抱怨，不管怎么样，总不能抗旨不遵吧？

昭文殿里，大周新皇许明伦将一本册子扔到许慕辰面前："慕辰，你自己瞧瞧。"

许慕辰捡起册子，暗灰色的绸缎底子，上边用大篆写了几个字：京城八美。

"皇上，你召微臣进宫，难道是想要微臣帮你选妃？这个好像不关微臣的事吧？"许慕辰兴趣缺缺地将册子送了回去，"皇上，你最好先立皇后，然后再让皇后替你挑选后宫嫔妃。"

许明伦咬牙切齿地道："许慕辰，你自己翻开册子瞧瞧！"

看了一眼许明伦，许慕辰很淡定地翻开了第一页，嘴里还在劝慰许明伦："皇上，肝火不宜过盛，否则脸上的痘印消不了。"

许明伦笑了起来："朕深谙养生之道，不用慕辰记挂，你且仔细瞧瞧第一页上的人究竟是谁。"

许慕辰没有回答他，眼睛盯住那张画像，左看看，右看看，最后才长长地叹了一口气："皇上，微臣生得这般丑陋不成？这是谁画的？微臣一定要去找他说个明白！"

他分明是帅到没朋友，饶是潘安再世，见了他也只能掩面而逃，怎么在这画里竟然成了这般模样？

画册的第一页，画着一位少年，挺直了背端坐在马上，英姿勃发，嘴角含笑，白衣胜雪。虽然这姿容不错，可在许慕辰心里，却还没将他的风采画出来。他可比这画上的人帅多了，要不怎么会有那么多姑娘捧了瓜果鲜花来追他？

"我堂堂大周官员，竟然被市井坊间推举为京城最美，许慕辰，你也招摇得太过了！"许明伦一只手将御案拍得砰砰响，"这成何体统！"

"皇上，少安毋躁。"许慕辰将册子放回了御案，语重心长地说，"他们对微臣这般热情，微臣也只能照单全收，怎么好拂逆了京城百姓的一片心？"

"你！"许明伦一只手撑着御案站了起来，"许慕辰，你与朕是从小一起长大的，可也不能这般放肆！你是朕一手提拔的刑部侍郎，怎么着也该注意影响。身为朝廷命官，竟然跟青楼的花魁一般招摇过市，你你你……"

"皇上，不如将微臣这侍郎的官职给废了，这样你就不用生气了。"许慕辰很是高兴，他才不想挂这劳什子侍郎的头衔，实在是没自由，又忙得分不清东南西北。

就拿起床这件事情来说，许慕辰就有一肚子怨气。

他自幼习武，每日早晨总要练习一套剑术拳法。以前，他每天卯时起来也就够了，可自从被这位发小"提拔"成了刑部侍郎以后，他寅时就得挪窝了——除了练武，他还要上朝。发小可以窝在龙椅上半眯着眼睛打盹，他却还得在金銮殿上站得笔直，身边一群老臣苍蝇一般嗡嗡嗡地说话，实在无趣。

他实在想多在床上躺一阵子，可是……微臣不能这样做啊！

"许慕辰，朕刚刚登基，正是栽培自己人丰满羽翼的时候，你竟然不想给朕效力！"许明伦上上下下打量了许慕辰一番，嘴角浮现出一丝笑容，"苏国公夫人昨日进宫见了太后娘娘，请她为自己的孙女儿指婚……"

"皇上！"许慕辰的眉头皱了起来，心中有一种不妙的感觉，"皇上，莫非你要让微臣去受罪？你又不是不知道，微臣现在根本不想成亲！"

他才十九岁，大好的青春年华，难道就要浪费在一个女人身上了？这真是惨无人道！自己的发小皇上真是越来越不体贴自己了，竟然罔顾自己的感受要强行赐婚！许慕辰一脸哀怨地看着许明伦："皇上……"

许明伦哈哈大笑起来："来人，替朕拟诏，朕要给苏国公府的大小姐与许侍郎赐婚！"

许慕辰嘴角抽搐两下："皇上，你这样做，实在不道义，咱们十多年的兄弟情，难道就要这样毁了不成？"

"慕辰，朕是为你好！你祖母早些日子还在向太后娘娘抱怨，说你今年都快满二十了，还没有想要成亲的心思。她可是盼着抱曾孙，眼睛都要望穿了！百事孝为先，你怎么样也要满足你祖母的心愿啊！"终于能压许慕辰一头，许明伦心情很好，无比舒服。

许慕辰从小就在宫里做伴读，他们两人一起长大，无论是文才还是武功，许慕辰都要比他好，尽管师父们都夸赞自己聪明过人，许明伦心里明白得很，那是因为自己身份不同，东宫太子，谁敢说他笨？

"皇上，你是故意的。"许慕辰站在那里，芝兰玉树一般，只是眼神冷冰冰的，就如冬日的寒霜，渐渐冷起来。

"是，你说得一点都没错，朕就是故意的。"许明伦心情很好，"慕辰，赶紧回府准备接赐婚御旨！说真的，成亲也没什么不好，早点娶了妻生了子，这一辈子的事情就都做完了。"

"皇上，你还是操心操心选立皇后的事情比较好，太后娘娘可一直帮你挑着呢。"许慕辰忽然转了神色，春风拂面，笑容诡异，看得许明伦心里一阵发慌，他拍了拍御案："朕的亲事，用不着你来提！"

"那臣的亲事，也用不着皇上操心。"许慕辰拱了拱手，"皇上，若无旁事，臣请告退。"

"还有一件事情，你附耳过来！"许明伦朝许慕辰招了招手，怎么能因为这件小事，将他要说的大事忘记了？

两人咬了一阵耳朵，站在一旁侍奉的小内侍竖起耳朵听了半天，也没听清楚他们说的是什么。小内侍手捧着如意耷拉着肩膀，想着皇上跟许侍郎的关系可真是铁，小时候许侍郎便进宫做了陪读，皇上一直依赖他，不管许侍郎做了什么让皇上生气的事情，皇上转眼就能放过他。刚刚两人还吹胡子瞪眼的，现在又凑到一处去说体己话了。

许慕辰回府没多久，圣旨就到了。

镇国将军府上上下下一片欢腾："皇恩浩荡，皇上竟然下旨赐婚了！”

镇国将军夫人望着拿着圣旨一脸铁青的许慕辰，眉开眼笑，仿佛见着他身边还站着一位贤良淑德的小姐，手里还牵着一个小家伙，真是和美融洽的一家人。她双手合十拜了拜："吾皇圣明！"

传旨内侍尖声细气道："老夫人，明年就要抱曾孙哪！"

"快快快，重重有赏！"镇国将军夫人乐得合不拢嘴，"借公公吉言，明年汤饼会的时候给公公送红鸡蛋去！"

许慕辰拿着圣旨站在旁边，闷闷不乐，皇上分明是故意的！他又不是不知道自己喜欢独来独往，不想要一个女人黏黏糊糊老是跟着自己。别说是苏国公府的小姐，就算是天上的仙女，他也不乐意娶！

"锦珍，这下我们可算是放心了。"苏国公夫人笑眯眯地看着木呆呆站在那里的苏锦珍，无比高兴，"皇上与太后娘娘可真是将苏家记在心上，我昨日才进宫跟太后娘娘说起你的亲事，今日皇上竟然亲自下旨了！"

"可不是，谁家赐婚不是太后娘娘的懿旨？可咱们府上却是皇上的圣旨！"苏大夫人说不出的欢喜，"更何况赐了许侍郎给珍儿，真是青眼有加！"

苏锦珍苍白着脸，一双手抓着圣旨，微微发抖。

"珍丫头，你怎么了？"苏国公夫人瞧着孙女这模样，有几分纳闷，"怎么这脸色如此难看？"

"祖母，锦珍听说，那刑部许侍郎生性风流荒诞……"苏锦珍就如要哭出来一般，实在说不下去，"这样的人……"

"男人吗，成亲之前风流荒诞又如何？只要成了亲就会懂事了。"苏国公夫人语重心长地劝慰孙女，"谁不是这般过来的？珍丫头你就别多想了，安心备嫁便是。"

苏锦珍苍白着一张脸慢慢走了回去，丫鬟绫罗见着她那模样，差点要哭出来："姑娘这可怎么办才好呢，怎么办才好呢？"

"我……"苏锦珍的泪珠子滚了下来，坚定地摇了摇头，"我才不要嫁那许慕辰，我只想嫁给王郎，除了他，我谁都不嫁！"

"可是圣旨都下来了，姑娘！"绫罗抓住苏锦珍的手，"姑娘，你不能抗旨啊，你要想想苏家！你要是抗旨，苏国公府会遭殃的！"

苏锦珍的肩膀瞬间瘫了下来，脸色更白了："怎么办？怎么办？我与王郎已经海誓山盟，如何能毁约？我们两人说好了要结缘三生三世，永为夫妇的！"

"姑娘，你便死了这条心吧！"绫罗低声劝慰，"王公子今年还要下场秋闱，能不能考上举人再中进士还说不定，你要等着他发达了再来苏府求亲，只怕是遥遥无期的事情哪！那许侍郎是镇国将军的长孙，年纪轻轻又做到了正三品，也算是人间俊才……"

"住嘴！"苏锦珍呵斥了一声，"我才不嫁那种烂人！"

绫罗垂手站在一旁，不敢再出声，苏锦珍朝她摆摆手："你出去，我要一个人静静。"

第二章

替嫁

夜，寂静的夜。

明月照在琉璃瓦上，冷清清地发着光。

一个黑影从琉璃瓦上轻轻掠过，没有一丝声响，就如轻风刮过，了无痕迹。

站在屋檐上，四处了望，柳蓉叹了一口气："京城里这些勋贵的园子，怎么都盖得这么大！让人都找不到要去的地方。"

到京城才两天，柳蓉便已经将京城走了一大半，有些地方还走了两回。

这次来京城，柳蓉肩负着两个任务，首要的任务是要将一只珍贵的粉彩双釉瓷瓶偷到手，另一桩任务，就是要帮师父打探一下，苏国公府的苏大老爷与苏大夫人的小日子可过得美满。

柳蓉实在觉得奇怪，为什么师父要她来打听这个，不过她还是很顺从地答应了。师父之于她，就是最亲的人，自小她便与师父生活在一起，师父就是她的亲娘，亲娘要她做什么，她就一定会去做什么。

脚尖从光滑的琉璃瓦上溜了过去，柳蓉站在一座绣楼的边缘，用脚勾住横梁，倒挂金钩翻了下去，身子就如卷起的珠帘一般一节一节地放了下去。柳蓉眯了眯眼睛，透过那茜纱窗户，就见屋子里影影绰绰有个人，正浮在半空中。

没想到苏国公府也有身手这般好的人，竟然能练到这般上乘的武功。柳蓉擦了擦眼睛，用一根簪子将纱窗挑破，她眯了眼睛往屋子里一看，惊得差点从横梁上摔了下来。

那人，吊在一根白绫上，悬挂在屋子中间。

"有人上吊了！"柳蓉一手将窗户撑开，飞身跃了进去，一把捞下白绫上吊着的那个人，飞身下地。

伸手一探，还有气息，柳蓉赶紧掐住她的人中。只听喉间一阵咯咯作响，那姑娘慢慢地睁开了眼睛，见着柳蓉在自己面前，低低地惊呼了一声："我……这是到了阴间吗？"

柳蓉伸手摸了摸自己的脸，自己长得像牛头还是马面啊，怎么会让这姑娘问出这样的话？她闷声回了一句："姑娘，这是在苏国公府，你什么事情想不开要上吊啊？都说好死不如赖活着，再说看你这屋子，你该是娇滴滴养大的小姐，又何苦想不通？"

那姑娘捂着脸哭了起来："若是不能跟王郎在一起，生不如死！"

看来自己是遇着个痴情的人儿了，柳蓉怜惜地看了她一眼，正准备劝上几句，就听见拍门的声音："姑娘，姑娘，你在里头做甚？快些开门让我进去！"

柳蓉蹿到门边将门打开，一个丫鬟冲了进来，捉住柳蓉的手不放："姑娘，吓死绫罗了，还以为你想不开……"她抬头看了看床上坐着的苏锦珍，又看了看柳蓉，不由得惊奇地张大了嘴巴，

"你、你、你不是我们家姑娘？"

柳蓉总算明白为何苏锦珍问是不是到了阴间，原来自己和她长得一模一样！柳蓉自幼在山间长大，只在溪水里看过自己的倒影，根本不知道自己长什么模样，直到那丫鬟塞给她一面镜子她才发现，自己与面前这位苏大小姐长得一模一样，就像一个模子里刻出来的，连声音也是一样的。

正当柳蓉拿着镜子感叹这世间的事情真是难以说清的时候，绫罗扑通一声跪倒在地："柳姑娘，俗话说，宁拆十座庙，不毁一门亲，你身手这样好，许侍郎肯定占不到便宜，过得几个月，你找个理由提出和离就是了。"绫罗声音里透着急切，一顶一顶大帽子往柳蓉头上送，"柳姑娘，一见你就知道你肯定心地善良，能急人之困、救苦救难……"

"打住打住！"柳蓉喝住了绫罗，瞟了苏锦珍一眼，见她已经哭成了个泪人儿，长叹了一口气，昨天才听说皇上赐婚给许侍郎，那位准新娘是苏国公府的大小姐，没想到今日就见着本尊了。

不怪苏大小姐要上吊，有情之人不能在一起，偏偏还要去嫁那人渣许慕辰，以后的日子该怎么过啊！柳蓉的同情心顷刻间有如江河之水滔滔不绝，泛滥成灾，伸手拍了拍苏锦珍的肩膀道："莫哭莫哭，我代你去嫁人就是。"

苏锦珍止住啼哭，睁大眼睛望着柳蓉："柳姑娘，许侍郎可不是个好人！"

柳蓉笑了笑："他是个登徒子！渣男！"

"那你……"苏锦珍的眼睛红得像桃子一样，"那你还去嫁他？"

"你那丫头绫罗不是说了吗？我身手好，他占不到便宜的！过几个月我就自请和离出了镇国将军府就是！"柳蓉心中暗自得意，自己在京城里租住客栈，每日还要花银子解决吃饭的问题，这苏国公府包吃包住，而且这吃的住的用的，样样都是精品，也算是省下一笔银子了。

"柳姑娘，大恩大德，锦珍真是无以为报，唯有……"苏锦珍弯腰想下跪，却被柳蓉一把提了起来。柳蓉顺手扔了一块帕子给她："明天你去大相国寺，咱们到居士寮房那边换衣裳，我替你约王公子，让他到后山接你。"

苏锦珍能跟心上人在一起，她可以住进奢华的苏国公府，这也算是各取所需。

第二日，苏锦珍向苏大夫人提出要去大相国寺进香，让菩萨保佑她成亲以后万事顺意。苏大夫人见女儿改了口风，喜不自胜，赶紧带着苏锦珍去了大相国寺。

从大相国寺回来，车上坐着的人虽瞧着依旧是苏大小姐，可实际上已换了内芯。

皎洁的月亮挂在天空，晚风习习，带来阵阵清凉，树叶簌簌作响，打破一片静谧，树下三三两两的人影，一个个打着呵欠道："今儿晚了，该去歇息了。"

柳蓉穿着黑色的夜行衣站在屋子中央，皮肤显得更加白皙。她将面纱蒙在脸上，只露出一双眼睛。此时，便是她出去溜达的时候了，最近每天晚上，她都会到京城各处转一转——要先熟悉了京城的各处地形，才好逃跑。

"姑娘，你早些回来。"绫罗提心吊胆地望着柳蓉，心中非常懊悔，自己真是出了个馊主意，替嫁，替嫁，这位来替嫁的柳姑娘，实在太不着边际了。

柳姑娘白天起得很晚，一到晚上便活跃起来，到亥时便赶着出去，一直到子时以后才回来。每次柳蓉出去，绫罗便焦虑得睡不着，想着，柳姑娘不是去做坏事了吧？要是被抓住了怎么了得？自家姑娘会不会背黑锅？

柳蓉得知绫罗的担忧后，很体贴地笑了笑："你放心，我不会失手的。"

从记事起就跟着师父苦练本领，这十几年不是白过的。师父常赞她骨骼清奇，乃是练武之良才，对面山上那位道长也一直这么认为，两人一唱一和，弄得柳蓉也得意扬扬，觉得自己真是为练武而生的。

师父教她武功，对面山上的道长教她妙手空空之术，这么多年下来，柳蓉自认为修为还算可以，能到外头闯荡一番了，此次来京，便是她第一次单独接受任务。她还记得师父骄傲地拍着她的肩膀，笑眯眯道："蓉儿，这是你出道的第一桩生意，一定要顺顺当当地将那个花瓶带回来。师父不是贪图那笔银子，主要是想让你雏凤清音，扬名江湖。"

"那个花瓶究竟是什么做的？为何那人要出十万两银子做这笔买卖？"柳蓉觉得有些好奇，"即便是个羊脂玉的花瓶，也不会卖到十万两吧？"

可师父只是摇头："你不必问这么多，有银子拿就好，你此次出山，只许成功，不许失败，若是拿不到花瓶，就不必再回终南山了。"

"师父，你说的是什么话？太看轻你徒弟了。"柳蓉背着包袱一溜小跑下了山，可是到现在她才明白，师父为何要这般郑重，因为从偌大的一个京城里要找出一只粉彩双釉瓷瓶来，还真是有些为难。

要是知道花瓶在谁家，她完全可以长驱直入那人家中，将花瓶偷走，但她现在连花瓶在哪个方向都不清楚。买家只留下一些没有太多帮助的信息，京城这么多大户人家，她还得一家一家去偷窥，看看谁家有这样的花瓶，真是一桩麻烦事。

柳蓉叹了一口气，师父接的这桩买卖也太诡异了，虽然她给了一张名单，上头罗列着江湖各处能帮忙的人，可柳蓉觉得暂时还用不着，总不能在什么都不知道的情况下发出邀请："今晚星光灿烂，最适合散步谈心，不如到京城的屋顶上乘凉，顺便看看谁家花瓶最好看？"

她要真这么说了，人家肯定啐她一口："抽风了不是？"

还是先自己去摸索一番，实在找不到线索再劳烦各路英雄好汉吧。她可是罗刹女的爱徒，这点事情都做不好，说出去不是丢了师父的脸面？

好一幢绣楼，楼里影影绰绰的，还有微微烛光。

柳蓉心中一动，这个时候怎么还有人未歇息？她有几分好奇，从屋顶上倒挂下身子，透过茜纱窗户向屋子里望去。

一位小姐坐在床边，幽幽地叹了一声："许侍郎……"

柳蓉一个哆嗦，差点没有从屋顶上掉下来。

许侍郎？肯定就是那个惯于招蜂引蝶、自己要替嫁的对象！渣，实在是渣，都要成亲了，还害得人家姑娘为他神魂颠倒。柳蓉伸手将茜纱的几根纱抽掉，露出一个小洞，她往里边看了看，只见那位小姐身材有些丰腴，但生得还算美貌。

床边站了两个丫鬟，正苦口婆心地劝那位小姐："姑娘，许侍郎都要成亲了，你又何苦再想他。"那位小姐掩面大哭起来："我真恨自己不是庶出的，顶了个嫡女的身份，自然不能去做小妾，倒被那个郑月华占了好处！"

这渣男弄得同府的姐妹都翻了脸，实在是渣呀，柳蓉又狠狠地鄙视了一下自己即将嫁的许侍郎。真是京城少女的杀手，弄得一群人神魂颠倒的，都开始手足相残了。

从绣楼下来，溜到另外一个园子，就听着屋子里一个苍老的声音道："许侍郎明日也会去宁王府别院……"

柳蓉情不自禁地打了个哆嗦，起了一身鸡皮疙瘩，这许慕辰真是老少通吃，听那妇人的声音，不说六十，五十多总是有了——竟连老妇都惦记着他，这许侍郎真不是个人！柳蓉停在那里，听了两耳朵："他隔几日便要成亲了，你们可要抓住这最后的机会，看能不能将月华塞到镇国将军府去。"

屋子里另一个妇人说道："母亲真是偏爱月华，不过是姨娘生的，怎么就入了母亲的眼。"

"我还能拿嫡女去笼络镇国将军府不成？许侍郎与苏国公府的大小姐乃是圣上赐婚，难道他还能悔婚来娶春华？你可别太由着春华的小性子，许侍郎虽然生得俊俏，却不算是如意郎君……"

屋子里两个人叽叽喳喳地说着话，柳蓉总算是听懂了，这大理寺卿府的大小姐郑春华看上了京城鼎鼎有名的许侍郎，大理寺卿府也有意巴结镇国将军府，可怎奈许慕辰有圣上赐婚，无可挽回，只能想法子将庶出的三小姐送去做贵妾了。

可又怕许慕辰看不上，所以郑老夫人精心设了一个局，想让许慕辰不得已将郑月华抬回家做贵妾："明日的事务必要成，你可别因着春华不能嫁去许家便心生恨意，将这桩好事破坏了。"

屋子里寂静无声，看起来郑大夫人心疼女儿，一直不肯说话。

柳蓉在屋顶上听得清楚，这郑老夫人的主意还真不错，要是郑三小姐进了镇国将军府做贵妾，自己就可以一脚将许慕辰踢到她屋子里去，免得他晚上赖在自己屋子里不出去。柳蓉高兴不已，这真是柳暗花明又一村，自己可要祝许慕辰与郑月华两人恩恩爱爱天长地久，缠绵到死都别分离。

第二日一早，太阳刚从云层里透出些影子，柳蓉便出奇地起来了。在园子里头溜达了一圈，看着太阳慢慢地爬上来，她哈哈一笑："天气真好。"

绫罗有几分奇怪："姑娘，今日宁王在别院大开荷花宴，当然天气要好才行。"

"哼！我才不跟着去。"柳蓉轻轻哼了一声，转过脸望了望湖面，要是跟着去了，自己的计划就不好办啦。

绫罗有些莫名其妙，可还是老老实实地跟着柳蓉去了主院。

柳蓉先向苏老夫人请安问好，然后扶了绫罗的手走到椅子旁边坐下来，腰杆挺直，头微微低下，含羞带怯地看着自己的脚尖。

在苏国公府待了快一个月，没事的时候绫罗便关起房门教她规矩礼仪："笑不露齿坐莫摇身，行得端正言语细细。"

柳蓉领悟力高，此时她坐在椅子上，已经完全就是苏国公府的大小姐苏锦珍了。

苏老夫人笑着道："珍丫头，今日宁王府荷花宴，你怎么穿得这般素淡就出来了？头上的簪子都没配一套。"

柳蓉捏着嗓子轻声答道："祖母，想来许侍郎也会去，珍儿还是回避的好。"

"唔，珍丫头考虑得周到，这未婚男女在成亲前一个月是不该见面。"苏老夫人拧起眉头，"照着许侍郎的性子，这种场合他不会不去，那珍丫头你便留在府里吧。"

哼！那渣男怎么会放过招蜂引蝶的机会，这场合他肯定是会去。

"是。"柳蓉低低应了一声，粉面含春。

苏老夫人带着苏府的女眷出了门，柳蓉便好好打扮起来。她问绫罗要了一套衣裳，对着镜子开始精心易容。不一会儿，一个年纪不过十三四岁，满脸稚气的小丫鬟便出现了。

绫罗吃惊地望着柳蓉，嘴巴都合不拢："姑娘，你白天也要出去了？"

柳蓉点了点头："我今日有大事要解决。"

她急需为渣男许慕辰找一个心上人，免得到时候他缠着自己不放，既然郑三小姐有意，自己当然要成全她。柳蓉拿着镜子左看右看，确定没有纰漏，这才大大方方地走出去。

宁王府别院实在大，亏得柳蓉提前踩了点，才没有弄错方向。她分花拂柳地在青石小径上走着，很快就到了水榭附近。那边站了一位小姐，杨柳细腰，十分窈窕，旁边伴着一个小丫头，正不住地张望。

柳蓉走过去，低声喊了一句："郑三小姐？"

郑月华眼神慌乱，将脸避了过去，怎么宁王府的丫鬟知道她是谁？她身边的丫鬟柳儿大喝了一声："你是谁？怎敢与我家姑娘答话？"

柳蓉没理睬这个丫鬟，只是望着郑月华笑："郑三小姐，你是不是想嫁许侍郎？"

郑月华的矜持登时不翼而飞，她抬眼望向柳蓉，声音颤抖："你就是我祖母安排好的那个丫鬟不成？"一瞬间，她的脸颊通红，星眸如醉，神情摇摇，仿佛不能自已。

柳蓉朝郑月华笑了笑："郑三小姐，你且在这里等着，我这就去将许侍郎找过来。"

一柄纨扇遮住了美人脸，半透的纱里露出一双含情脉脉的眼睛，郑月华望着柳蓉飞快跑去的身影，低低道："也不知祖母给了她多少银子，瞧她那模样，甚是卖力。"

柳儿扶着郑月华，看了看一池子湖水，皱起眉头："姑娘，这湖水不知道有多深，跳下去好像不大稳妥。"

郑月华眼神坚定："再深我也要跳，这可是我进镇国将军府的机会。"

自己的嫡姐想嫁许侍郎想得都快疯了，可她身份金贵，做不得贵妾，家里为了能靠上镇国将军府，又不愿舍弃嫡女这枚棋子，就将主意打到了她身上。郑月华笑了笑，莫说是给许慕辰做贵妾，就是给他做丫鬟，自己也心甘情愿。

瞥了一眼波光潋滟的湖面，郑月华微微一笑，跳进湖水里算得了什么，舍了半条命，换个贵妾的身份，这买卖值！

要找许慕辰实在容易，只要看看哪里女人多就知道了。

柳蓉飞快地在园子里跑了大半圈，终于从一群花花绿绿的身影里找到一个穿白色衣裳的身影。她不以为然地撇了撇嘴，这许慕辰就是臭美，总是穿件白色衣裳，要知道白色是最不禁脏的，随随便便就会蹭一身灰。

走到许慕辰面前，柳蓉低头行礼："许侍郎，我们王爷有请。"

许慕辰瞧了眼柳蓉，只觉这丫鬟有几分眼熟，仿佛在哪里见过。

旁边几位小姐个个都露出不高兴的神色，苦大仇深地盯着柳蓉，那凉飕飕的眼神就像一把把小刀，恨不得将柳蓉的肉一片片割下来。

"各位小姐，在下先去见过宁王再说。"许慕辰潇洒地朝众位千金笑了笑，一干小姐顿时头晕目眩，完全忘记了要朝柳蓉下刀子，全对着许慕辰笑靥如花："许侍郎，见王爷是正事，等会儿再一道欣赏这园中风景便是。"

嘴里虽然这样说，可她们还是恋恋不舍地跟在许慕辰背后，不敢靠得太近，就只能跟在一丈开外，时走时停。她们一双双眼睛死死地盯住前边的两个人："那小丫头真是无耻，竟然跟许侍郎走得这般近！"

"可不是！不该走到几步开外？"有小姐咬牙切齿，"愚蠢的奴婢，也想到许侍郎身边多站一阵子沾沾光？"

"下回咱们可要跟许侍郎说说，他身份高贵，可不能跟那些奴婢走得太近了，免得损了他的威名。"有人捻着衣角不停地揉搓着，恨不能揪住柳蓉的头发拖过来，好好扇她两巴掌才解恨。

柳蓉与许慕辰并肩走在青石小径上，她暗自打量他，许慕辰个子很高，自己只到他的耳垂边，生得也确实不错，特别是一双眼睛，她斜眼看过去，许慕辰正在对她笑，那一刹那，简直就像有千万朵桃花挤着从他的眼睛里蹦出来一般。

难怪这么多女人喜欢他，人渣还是有他的长处的。柳蓉回敬许慕辰一个笑脸："许侍郎，你干吗偷看我？"

许慕辰一愣，这丫鬟说得好理直气壮，分明是她在偷看自己，自己才对她笑了笑，现在她却反过来说自己偷看她，真是倒打一耙！"你不看我，怎么知道我在看你？"许慕辰笑得气定神闲，对付这种小丫头，那还不是小菜一碟？

"我走得好好的，忽然觉得有人在偷偷看我，那是种感觉，感觉你懂吗？"柳蓉皱起眉头，"我知道我生得美，每日都有人偷偷看我，可像许侍郎这种看了不认账的还是头一次遇着。你看了便看了，我又没让你赔银子，何必否认？"

许慕辰听了这话，几乎要笑出声来，这个小丫头实在太有意思了，竟然大言不惭地赞自己生得美，他是垂涎她的美色才去看她。宁王府竟然还有这等有趣的丫鬟！他含笑看了柳蓉一眼："这位姑娘，你叫什么名字？"

"我叫什么你管不着。"柳蓉快走了几步，就见到水榭尖尖的檐角，"王爷就在水榭里边，许侍郎快些跟我来。"

许慕辰看了看前边，湖面上波光粼粼，湖边金丝柳垂下来，点点缀在水面上，泛起一圈圈涟漪。湖边有一座水榭，朱红廊柱，飞梁画栋，瞧着十分精美。

水榭一旁站着一位美人，许慕辰扫了她一眼，唇边露出冷冷的笑容。

看起来是有人在这里布了局，宁王喊他去水榭，水榭旁边却站着一位娇滴滴的小姐，这里边有什么古怪，他一眼便看得出来。

京城不知有多少贵女想嫁给他，即便知道他已经有了皇上的赐婚，还是有人愿意接近他，给他做贵妾，眼前这个，便是其中的一位。

他根本不想成亲，也不想与女子同床共枕，可过几日他便要娶苏国公府的小姐了，两人免不得要共处一室。许慕辰脑中忽然闪过一个念头，或许他是该抬一个贵妾进镇国将军府，到时候也好做幌子。

许慕辰越走越近，郑月华脸上的神色也越来越紧张，她拿纨扇遮住脸，盯着一步步走过来的许慕辰，又瞟了一眼身后的湖水，正在犹豫要不要跳下去。

忽然，一声惊叫，柳蓉跌坐在路旁，一只手撑着地，脸上露出痛苦的神色。

许慕辰转头哈哈大笑："小丫头，你竟然走个平路都能摔倒，真是太没用了。"

柳蓉龇牙咧嘴，恨恨地盯着许慕辰："你真不是个好人，见我摔跤竟然笑得这样开心。"她伸手揉了揉脚，泪珠一下就滴落下来，"好痛。"

许慕辰笑得一脸灿烂："还不是想让小爷来拉拉你的小手？哼！真是装模作样。"

见许慕辰半分同情心也没有，柳蓉气得从地上站起来，直直地往许慕辰身上撞了过去："让你笑，让你笑！"撞过去的一刹那，她手腕上戴着的镯子机关也打开了，一柄小小的匕首轻轻从许慕辰的腰带上划了过去。

"哎，你这丫头是怎么回事？宁王府的管事妈妈没有好生教过你什么是待客之道吗？"许慕辰觉得有些不可思议，赶紧往前边走，想要摆脱柳蓉的纠缠，谁知"喀啦"一声，他的腰带忽然断了。

这腰带是上个月才买回来的，怎么就断了？珍珑坊里的东西越发假了。许慕辰暗自嘀咕了一声，弯腰就去捡腰带。柳蓉装出一副吓坏了的模样，将那腰带捡了起来，拍了拍上边的灰，恭恭敬敬地递给许慕辰："许侍郎，你的腰带。"

不起眼的银光闪过，纤纤玉手收了回来，可指环上边一根小银针已经飞快地从许慕辰的衣襟前边划过，将他系在侧面的带子割断。

这些年的功夫不是白练的，柳蓉很欢快地望着许慕辰朝水榭走了过去，暗自念着："一、二、三……"

许慕辰的衣襟应声而开。他浑然未觉，继续往前走，站在湖边的郑三小姐目瞪口呆地望着许慕辰走过来，衣裳飘飘，露出了胸前白色的肌肤，就连这时候她该要做什么都忘记了。

按着计划，郑三小姐是要装作含羞带怯地走开，结果踩住了自己的裙裾，不慎滑进了湖里，就等许侍郎来英雄救美了。可现在郑三小姐却只会做一件事情，那就是张大嘴巴狂叫出声："啊……"

声音高亢而尖锐，似乎要划破云霄。

跟在后边的小姐们个个莫名其妙，不知道郑三小姐为何如此激动，于是，赶紧朝前边快走了几步，忽然间一件白色的衣裳飘飘地飞了过来，将走在最前边那位小姐的脸兜住。

"啊……"走在后边的小姐们也惊呼了起来，一个个掩住了脸孔。

那玉树临风的许侍郎，此时上衣已经不见，裸出了背部，下边仅仅只着中裤，露出了腰间一抹白肉，还有两条光溜溜的腿！

这实在太不雅了！

而且实在也太令人难以相信了！

京城八美之首的许侍郎，见了大理寺卿家的三小姐，竟然色心大发，当着她的面宽衣解带，做出各种猥琐行径来！

郑老夫人与郑大夫人听了这话，急急忙忙走了出去，两人一边走一边用极低的声音交谈："怎么这事儿完全走样了呢？莫非是你没交代清楚？"

郑大夫人心中酸溜溜的，那郑月华怎么比得上自己的春华，怎么就那样入了许侍郎的眼？竟然大庭广众之下将衣裳褪去要调戏她！唉！想来想去，也只能自我安慰，许侍郎这样的人不是个好夫婿，幸亏自己的春华不用嫁他。

"母亲，我也觉得奇怪，我分明交代得清清楚楚，见许侍郎过去，月华便跳入水中……可究竟怎么成了这模样，媳妇也不知道。"郑大夫人本来还想算计着庶女到湖水里头泡上一泡，回去以后少不得要被折腾得卧床几日，现在倒好，庶出的孙女儿不仅不用遭罪，而且那许侍郎对她一见钟情。

"不管怎么说，反正这桩事情算是成了。"郑老夫人欢欣鼓舞，眉毛都飞了起来。

"是呢是呢。"郑大夫人满口苦涩。

"辰儿……实在太胡闹了！"镇国将军府的许老夫人与许大夫人眉头紧锁，不安地往苏老夫人那边看过去，"不过几日便要成亲了，这节骨眼上却出了这种事情，这怎么跟亲家交代！"

要什么女人没有，偏偏要在宁王府的荷花宴上做出这等丑事来，辰儿究竟是怎么想的！许大夫人捂着胸口，气得胃都痛了，幸好苏大小姐今日没有来，否则她若是亲眼见着，还不知道会多尴尬。

许老夫人有几分坐立不安，最终还是站了起来，走到苏老夫人面前："苏老夫人，这……实在是对不住了。"

苏老夫人拉着脸，也不好拂了许老夫人的面子，只能闷闷不乐地回答："只盼许侍郎婚后收敛些，也盼老夫人与大夫人多疼爱我家珍丫头一些。她素来不与人争执，只怕会吃亏。"

"苏老夫人尽管放心，我会将苏大小姐当自己的亲孙女儿的！"许老夫人只能将姿态放得很低，"若是辰儿敢欺负苏大小姐，我必然不饶他！"

苏老夫人长长地吐了一口气："有许老夫人这句话，我就放心了。"

"哦？真有这样的事情？"窗户边上站着一个四十余岁的男人，头戴紫金冠，身着深紫色的锦衣，正透过雕花格子窗朝外边张望，"那郑三小姐生得美貌至此？竟然引得许侍郎当众脱衣？"

"回王爷的话，小人也未曾见过郑三小姐，可许侍郎委实当众脱衣了。"一个管事站在旁边笑得格外猥琐，"京城都说那许侍郎贪好美色，果然没有说错。"

宁王将手上套着的一个玉扳指拨了拨，淡淡的绿色光芒一闪而过，映着他脸上怪异的笑容："嗯，许侍郎，果然有点意思。既然他这般喜欢郑三小姐，本王也该促成他的美事才行，他定然会感谢本王。"

"只是……"那管事犹犹豫豫，"皇上不是已经替许侍郎赐婚了？"

"男人吗，三妻四妾乃是常事，你方才说的那个郑三小姐是庶出的，去做贵妾不是刚刚好？"宁王爽朗地笑了起来，"走，本王去瞧瞧这一对情投意合的鸳鸯鸟。"

水榭旁边站了一大群人，嘤嘤哭泣的郑三小姐此时已经止住了哭声，正拿着纨扇挡住脸，不敢看旁边的人。许慕辰站在那里，脸色铁青，手中拿着他那根断掉的腰带。

腰带是新买的，怎么会断！他摸着那断裂的地方，心中极其愤怒，在刑部做了一年多，要是还看不出来这是被人割断的，那他也是个不折不扣的傻子了。

方才跟他有过接触的就是那个来传话的小丫头，这绝对是她做下的手脚。许慕辰一张俊脸上全是寒冰，眼睛朝旁边的人一望，众人皆忍不住打了个寒战——许侍郎生气了，后果肯定十分严重！

那小丫头到哪里去了？四周全是讨好的笑脸，唯独不见那个古怪精灵的小丫头。许慕辰仔细回忆了一番，那张脸瞧着有几分眼熟，可真要仔细去想，他却一点也想不起来究竟是长什么样子了。

那是一张平淡的脸，没有半分与众不同的地方，就像一滴水，掉进湖泊里就再也找不到。许慕辰心中有隐隐的怒火，这小丫头究竟是谁？怎么他会有熟悉的感觉？

"许侍郎，赶紧穿上衣裳吧。"有个婆子将许慕辰的衣裳拎过来，旁边的人纷纷转过头去。许慕辰板着脸，不声不响地将衣裳穿上，伸手想要系带子，这才发现带子已经被割断，短得根本不能系在一处。

婆子很体贴地凑过来："许侍郎，老婆子给你打个结吧。"

许慕辰没有吭声，任由婆子一双手在自己胸侧与腰部擦来擦去，心中的怒火已经熊熊烧了起来——他一定要找到这个小丫头，好好收拾她一顿！

只是，许慕辰忽然一惊，这小丫头的身手实在了得！竟然能在那么短的一瞬间，将他的腰带割断，还能将他衣裳上的三根带子全部割断！而且，最重要的是，他竟然毫无感觉！

这个小丫头究竟是谁？许慕辰眉头紧锁，江湖上什么时候多了这么一号人？实在不可小觑！

这世上有一种东西走得最快，那便是风言风语。

宁王府别院的那件香艳事慢慢在京城巷尾流传开来，口耳相传，最终的故事变成了这样：许侍郎与郑三小姐真心相爱，孰料得了皇上为许侍郎与苏国公小姐赐婚的圣旨，两人心痛如绞，相约跳湖殉情，却不想命不该绝被人救起，现在就看苏国公府大小姐的表态了!

"若是那苏大小姐是个贤淑的,便该成全了这一对,让那郑三小姐进了镇国将军府做贵妾才是!"有人一脸惋惜,"虽然有圣上赐婚,可真爱难得!"

"只是刚刚成亲就抬贵妾,那不是在打苏国公府的脸?我瞧着郑三小姐少说也得一年半载才能进镇国将军府了,双方都是有名望的,肯定不会做出这种伤体面的事情。"有人不住摇头,"这事儿可真是麻烦!"

苏大夫人愁眉不展地望着柳蓉:"珍儿,这可怎么办才好?"

纸包不住火,这事情女儿迟早会知道,还不如现在就告诉她,让她也好有些准备。苏大夫人一只手按着胸口,觉得里边生疼,幸亏珍儿没有跟着去宁王别院,否则见着那两人的样子,还不知道会愤怒成什么样子。

柳蓉挑眉一笑:"母亲,没什么大不了的,许慕辰既然喜欢郑三小姐,我遂了他的心愿便是。"

自己刚好想要找个人拖住许慕辰,晚上才能出去继续做自己想要做的事情,郑三小姐这般奋不顾身地跳到这个局里,不让她满意怎么行呢?再说了,古话说得好,宁拆十座庙,不毁一门亲,这两人郎有情妾有意,不成全他们,对不住自己的良心哪!

"珍丫头说得对,这才是当家主母该有的风范,男人三妻四妾也不是什么稀奇事儿,只要正妻的位置坐稳了就好。"苏老夫人很是欣慰,自己这个孙女果然是个贤淑的,就连这事情都能忍得下,心也够宽的,以后哪里会愁日子不好过?

苏大夫人默默无语地看了一眼柳蓉,哽咽道:"珍儿,若是许慕辰欺负你,一定要回府告诉娘,娘替你讨个公道!"

柳蓉赶紧装出一副感激涕零的样子："多谢母亲怜惜。"心中却是鄙夷，那个许慕辰还当得自己去争风吃醋？自己只是先在镇国将军府住下，权当省了客栈的费用，白吃白住，还能通过镇国将军府的关系将京城勋贵们的底儿摸清，这事是百益而无一害，柳蓉觉得，没有比这个更划算的了。

第三日艳阳高照，苏国公府门口喜炮连连，一顶红色的步辇停在了门口。许慕辰背着一个大红花球站在那里，皱眉瞧着两个丫鬟扶着一个袅袅婷婷的人。

头上蒙着喜帕，他看不出新娘长什么模样，使劲一想，以往那些游宴里好像没怎么见过苏大小姐，跟在自己身后的贵女一串一串的，可里边没有她。

意识到这个事实，许慕辰微微有些奇怪，京城里的贵女们谁见了他不是心生爱慕，眼睛一眨也不眨？这苏大小姐还真是有些与众不同。他看着穿着大红嫁衣的身影越来越近，深深地吸了一口气，他的发小可真是厉害，在自己逍遥自在的时候狠狠地算计了他一把，从今天开始，他就是有妻室的人了！

大红步辇从京城的大街小巷穿过，路边挤满了人，大家都跑出来看京城八美之首许慕辰成亲的盛事。鞭炮声压不住心碎一地的声音，柳蓉坐在步辇上，听见到处都是凄凄惨惨的哭泣声。

"许侍郎，你怎么能成亲啊！"

"许侍郎，你成亲以后，走在街头还会看我们吗？"

柳蓉憋着一肚子气，难怪苏锦珍宁愿死都不愿意嫁给这许慕辰，果然有她的道理，若是正常人成亲的时候听着这样的话，只怕还没撑到镇国将军府就已经气死在半路上了。她镇定自若地摸了摸胸口："还好还好，与我何干。"

步辇终于停了下来，柳蓉掀起喜帕看了看，前边有一座高大的府邸，看来镇国将军府到了。两个喜娘赶紧过去伸出手来："苏大小姐，我们扶你下来。"

镇国将军府门口放着个火盆，根据大周的规矩，新郎必须背着新娘跨过火盆，那意味着以后的日子会过得红红火火。喜娘扶着柳蓉走到许慕辰面前笑眯眯道："恭喜许侍郎，赶紧将夫人背过火盆吧！"

身后响起一阵绝望的哭泣声："许侍郎、许侍郎……"

开始还是小声抽泣，慢慢地哭声越来越大，抽泣的声音越发肆无忌惮，最后镇国将军府门前一片鬼哭狼嚎："许侍郎要成亲了！呜呜，许侍郎要成亲了！"

其中有个胖胖的姑娘哭得最是伤心："许侍郎，你难道不记得金明池畔的朱圆圆了吗？你每次骑马走过京城，圆圆都会送上瓜果，上边都刻着圆圆的名字哪！"

这不是瓜果店里遇见的那位胖姑娘吗？瞧她哭得这惊天地泣鬼神的模样。柳蓉心里十分同情，还不是身边这渣男给害的，让人家大姑娘对她神魂颠倒，自己却拍拍屁股去成亲了。渣男，实在太渣了！

许慕辰站在柳蓉身边，没有蹲下身子背她的意思，只是连打了几个喷嚏，喜娘见着，有几分尴尬。正准备说话，柳蓉将喜帕微微掀开半边，一双眼睛犀利地看了许慕辰一眼，又迅速将喜帕放下。

两个喜娘你看看我，我看看你，只觉得莫名其妙。

新郎不准备背新娘过火盆，新娘还没进洞房就自己掀起了红盖头，她们真是头一遭遇着这样的事情。

"我知道，你心中喜欢的是郑三小姐。"柳蓉装出了委委屈屈的声音，"你不用勉强自己。"

"你知道就好，我心中自始至终只有她一个人。"许慕辰回答得冷冰冰的，心中却是窃喜，没想到这流言传得这么快，竟然连苏大小姐都知道了。

这样挺好，让她提前有准备，免得她总是一副怨妇的眼神看着自己。

"我知道你心中想的是她，不想背叛与她的山盟海誓，不想背我过火盆……"柳蓉觉得自己越装越纯熟，说起话来还真像大家闺秀的口吻了，"那我还是自己过去吧，省得你觉得委屈了自己。"

她一把撩起自己的大红嫁衣，露出两条洁白的小腿，喜娘与旁边的绫罗、锦缎都惊呼一声，扑过去想要制止她："姑娘，姑娘，你可不能这样！今天是你的大喜日子……"

话音未落，柳蓉已经大步从火盆上跨了过去，她将裙子放下来，回头看了火盆那边的许慕辰一眼："怎么？难道还要我来背你不成？"

许慕辰震惊得几乎不能相信自己的眼睛，周围观礼的人此时也是惊讶无比，那些抽抽搭搭正在哭泣的姑娘们更是停住了哭声，睁大眼睛望着他们两人，谁也不再开口说话。

"你再不过来，我就先进屋了。日头这样大，晒得人头昏眼花的，我还穿着这么厚的一件衣裳站着，你是故意想累死我吧？"柳蓉瞅了瞅许慕辰，透过朦朦胧胧的红色盖头，她见许慕辰撩起长袍一角，大步跨了过来："走走走，拜堂去。"

那口气，好像是一个局外人赶着去参加旁人的婚礼一般。

柳蓉微微一笑："走走走，拜堂去。"

两人的语气如出一辙，实在默契。

夜深，本该人静，而此时却怎么也静不下来。

屋子里有两只苍蝇正在嗡嗡地吵闹个不休——准确地说，是两位喜娘正在苦口婆心地劝说柳蓉："苏大小姐，新娘子是不能这个姿势坐着的，须得坐得端正。"

都已经快坐了小半个时辰了，她累都要累死了，还不能放松下？若不是不想破坏苏大小姐的美名，柳蓉恨不能趴到床上，给两个喜娘一个后脑勺看。现在她斜靠着床栏杆休息都不行了？一动不动坐上几个时辰，她又不是庙里的泥雕木塑！

两个喜娘见柳蓉不搭理她们，只是扯了盖头蒙住脸，随便她们怎么说也不改改姿势，两人互相望了一眼，小心翼翼地伸手去扶柳蓉："新娘子真不能这样坐着……"

话音未落，柳蓉站起身来，一手拉了一个喜娘笑眯眯地往外边走去，那块红盖头从脸上掉下来，落在了地上。

"苏大小姐，盖头掉了！"这盖头可是要夫君拿着喜秤挑起的，就这样落在了地上，可不是大吉之兆！喜娘全身颤抖，弯腰就想去捡，却被柳蓉一把拎起来，将脚踏在了盖头上边，还用力碾了碾，"掉了就掉了，难道谁还真想与他好好过日子不成？"

原来苏大小姐还是介意那位郑三小姐哪，两个喜娘互望了一眼，这般幽怨的口吻，啧啧……以后这日子该怎么过哪，镇国将军府恐怕会鸡飞狗跳！

"苏大小姐，你要将我们带到哪里去？"喜娘跟着柳蓉走到门口，有几分莫名其妙，难道这位苏大小姐还想带着她们去游园不成？这可是她的新婚之夜，她只能待在洞房，哪里都不能去啊！

柳蓉将两个喜娘往门外一推，朝她们挥了挥手："你们就到外边待着吧，我想一个人静一静！"

苏大小姐好可怜，两个喜娘站在紧闭的洞房门口，不住地摇头哀叹，还不是许侍郎的所作所为太伤她的心了？好好的一个千金大小姐，还没过门就知道自己夫君心里有别的女人，肯定苦闷得要吐血了吧？唉！这世上的事情，谁能说得清楚？

躺在床上睡得正香的柳蓉被一阵敲门声吵醒："苏大小姐，苏大小姐，你快开门啊！"敲门声里还夹杂了锦缎的哭声，"姑娘，你可不能想不通啊！"

这是什么意思？想不通？柳蓉揉了揉眼睛从床上翻身起来，踏着一地的桂圆红枣莲子往门边走去。也不知道谁在床褥下边放了这些东西，她刚刚躺上去的时候被硌着了，抖了好久才将那些东西全部抖干净。

打了个呵欠开了门，外边黑压压的一群人。

"你们……"柳蓉吃了一惊，见着穿了大红吉服的许慕辰，这才想到已经是晚上了。

"新娘子怎么没有罩着盖头？"后边有人议论纷纷，一双双眼睛往柳蓉身上瞄，柳蓉落落大方，站在那里朝许慕辰嫣然一笑："原来是夫君来了。"

这就是那位传言中柔弱娴静的苏大小姐？好像有些不对。许慕辰盯着柳蓉看了几眼，根本就没有发现她有半分柔弱的气质，相反，那双眼睛里有一种说不出的坚强干练。

"看热闹的都散了吧。"柳蓉伸手将许慕辰拉了进来，"我们春宵一刻值千金，就不劳你们围观了。"

听到这话，众人的眼珠子都快掉到地上了，直到洞房的门关上，这才回过神："这……都还没闹洞房哪！"

许慕辰看了看散落一地的桂圆红枣，哑然失笑："苏大小姐，你怎么将这些东西都扔到地上了？"桂圆红枣莲子这些东西放在床上，寓意早生贵子，竟然就被她这样给扔了？许慕辰有些疑惑，难道她就不知道这规矩？

"我要睡觉啊，这些东西放到床铺下边究竟是什么意思？"柳蓉指了指那床薄薄的被子，"哎，许慕辰，咱们现在来说个清楚。"

许慕辰好奇地看了柳蓉一眼："你想说什么？"

"许慕辰，我知道你喜欢郑三小姐。"柳蓉满脸同情地看了他一眼，"我也知道你是被迫娶了我，娶了自己不喜欢的人，你心里肯定会很难受，你放心，我会尽快让郑三小姐进府做贵妾，这样你就可以与你心爱的人双宿双飞了。"

看起来自己的法子果然有效，借着宁王府别院那件事情放出了风声，这位苏大小姐竟然主动提出要成全他与郑三小姐。那她自己呢？许慕辰狐疑地看了看柳蓉："你这是真心话？"

这人真是自我感觉良好，以为凡是个女的就一定要喜欢上他？柳蓉瞟了许慕辰一眼："绝对真心，你要不相信我也没法子。"

"好，咱们就这样说定了。"许慕辰笑着点头，笑容灿烂，让柳蓉不由得愣了愣，京城八美果然名不虚传，这许慕辰笑起来还真好看，比他板着一张脸顺眼多了。

"咱们还得商量一下。"见许慕辰举步往床边走过去，柳蓉赶紧伸手拦住了他，"既然你无情我无意，那咱们当然不能睡到一张床上，这样也对不住你的郑三小姐是不是？今晚你自己去找个地方歇息吧，这里可是我的地盘。"

许慕辰摊手："我祖母与母亲派了听壁角的，我今晚只能在这里睡。"

柳蓉睁大了眼睛："听壁角？那是什么？"

许慕辰将自己的耳朵贴到墙上，朝柳蓉眨了眨眼睛："明白了吗？"

原来这洞房还是有人偷听的！柳蓉惊骇得头发根根竖起，这镇国将军府的老夫人与夫人究竟是想怎样？难道不觉得这样做有些不厚道？万一那听壁角的是个尚未成亲的丫鬟，怎么好听得下去？

"那……咱们先将那个听壁角的支走才行。"柳蓉挽起衣袖，咬牙往床边走过去，见许慕辰呆呆地站在那里一动不动，朝他瞪了瞪眼睛，"你快些过来，站到床的那一边！"

"你要做什么？"许慕辰实在好奇，这位苏大小姐的所作所为真让人不敢相信，京城里那些传言真是不可相信！那张黄花梨的床被她抓着用力一推，就发出了吱呀吱呀的响声——这也叫柔弱女子？没五石弓的臂力，怎么可能将这结实的床铺给摇响？

屋子外边站着几个人，耳朵贴在墙上听得津津有味："咱们大公子可真是勇猛，就连那张床都被弄得响起来了！"

"可不是吗？幸亏那床是上好的黄花梨，要是一般木材做的，只怕现在要散架了！"有个婆子跟同伴挤眉弄眼，"大公子一支枪十八年还没开张，自然勇猛！"

"只是这新娘子真是羞怯，到现在还没听见她有声响！"有个婆子听了好一阵子，有些惆怅，"怎么也不叫上一两声呢？"

"苏国公府的大小姐，又不是青楼里边那些淫娃荡妇，即便在床上也是很端庄的，怎么会喊出声音来？"另外一个婆子将耳朵贴过去听了听，连连点头："这才是真正的大家闺秀啊！咱们回去报给老夫人与夫人听吧，就说已经入港了。"

听着脚步声慢慢远去，柳蓉与许慕辰这才停下手，相互看了一眼，露出一丝微笑。柳蓉冲许慕辰点了点头："哎，你将手伸过来。"

"干什么？"许慕辰有几分不解，可还是很顺从地将手伸了出去。

柳蓉手里握着簪子，在许慕辰还没反应过来是怎么回事之前，用力地刺了下去。许慕辰痛得"哎呦"直叫，鲜血从他的手指迸涌而出。柳蓉抓起床上一张雪白的帕子将他的手指包住，笑嘻嘻地道："喜娘告诉我，这叫元帕，明天会有人过来收，元帕上没见血怎么行，我怕痛，只能用你的血了。"

雪白的帕子上点点殷红，就如雪地上落下的一地梅花。

"你将就着到那边桌子上睡好了。"柳蓉从床上铺着的一堆绫罗绸缎里扯了一块床单出来，很体贴地给许慕辰铺好，拍了拍桌子，"许侍郎，不好意思了，今晚只能委屈你了，等以后郑三小姐进了门，你就可以软玉温香抱满怀啦！"

她可真是……体贴。

许慕辰看了一眼那张桌子，只觉得上边铺的床单格外刺眼，他纵身一跃，掀起床单跃上了横梁："桌子太短了，不方便，我睡这上头就好。"

柳蓉抬起头看了看横梁上垂下的一角床单，哈哈一笑："随便你睡到哪里，只要不和我抢床睡就行。"

"大公子，少夫人，该去向老夫人、老爷、夫人敬茶了！"门板被拍得砰砰响，柳蓉瞬间睁开了眼睛，窗户外边有明亮的阳光照射进来，一地的金黄。

一幅绸缎从天而降，柳蓉正在迷迷糊糊之际，就见一个人落到了床前。

　　摸了摸脑袋，柳蓉才记起那是她的新婚夫君许慕辰："你醒了？"

　　"外边这般吵，还能不醒？"许慕辰一大早就醒了，已经在外边院子练了一套剑回来了，进屋见柳蓉睡得又香又甜，连身子都未曾翻一个，不由得惊叹这位苏大小姐真是心宽。

　　坐在横梁上往下边看，一张美人脸越看越好看。许慕辰不禁有几分鄙夷自己，这天下哪有配得上他的女子？通通不过是些庸脂俗粉罢了，怎么自己忽然觉得这苏大小姐好看起来了？

　　"去开门吧，睡了这么久，也该起床了。"柳蓉伸了个懒腰，扭了扭身子，满足地叹息了一声："原以为我会认床，没想到你们家的床睡着还算舒服，勉强对付了一个晚上。"

　　这是什么话？分明昨晚她脑袋挨着枕头边就睡得跟死猪一样，偏偏还说"勉强对付了一个晚上"，这可真是睁着眼睛说瞎话！许慕辰白了柳蓉一眼，走到门口将门打开："进来伺候梳洗。"

　　外边站着七八个丫鬟，有的捧着瓷杯，有的捧着脸盆，有人手里拿着帕子，还有人拿着扫帚站在后边。进来见地上落着一张床单，桂圆红枣滚得到处都是，几个丫鬟都低了头，脸上迅速泛起了红晕。

　　大公子与少夫人昨晚可真是恣情肆意，竟然从床上大战到了地上，大概饿了的时候还捡了红枣桂圆吃哪。收元帕的丫鬟走到床边，伸手去摸床褥下边，柳蓉笑眯眯地从怀里将那雪白的帕子掏了出来："拿去。"

　　丫鬟羞红了脸，接过帕子行了一礼，匆匆忙忙地飞奔出去。

　　"看起来咱们府里明年又能添丁了。"堂屋里，许老夫人与许大夫人笑得格外舒心，原来还担心两人会不和谐，可是几个听壁角的婆子回来禀报，说大公子与少夫人鱼水之欢，都要将床弄散架了，许老夫人笑得嘴巴都合不拢，"散架便散架，赶着去打一张黑檀木的拔步床，随便他们怎么滚。"

许大夫人却有些担心："那郑三小姐的事情怎么办才好？"

许老夫人想了想，长长地叹息了一声："咱们不能对不住苏国公府。"

"老夫人，夫人，奴婢去取元帕回来了。"丫鬟捻着雪白的帕子抖了抖，上边的斑斑血迹不住地晃动着，已经成了深红色，不再似刚落地的梅花，倒像那快要残了的美人蕉。

许老夫人眉毛挑了挑："呵呵，竟然有这么一大块，看起来是个好生养的。"

许大夫人也是笑容满脸："快些收起来，等会让少夫人一并带回去。"

柳蓉跟着许慕辰走到堂屋时倒也没惊叹里边的富丽堂皇，反正苏国公府也差不了多少，她已经不是刚刚到京城的那个愣头青了。她很贤淑端庄地给许慕辰的一干长辈敬过了茶，瞄了瞄跟在自己身边的绫罗手里端着的盘子，里边装满了贵重的首饰，还有几张银票，粗粗看了下，约莫有上万两银子。

没想到这替嫁的报酬还不错，柳蓉心里美滋滋的，这么多银子拿回终南山，师父肯定会夸自己能干。她将最后一杯茶放回茶盘里，在管事妈妈的指引下纤纤细步地来到右侧的一排椅子前边，刚刚坐下身子，就听许老夫人说："孙媳妇，现儿你嫁到我们许家，便是许家的人了，祖母也就将你当自己的孙女儿看待，辰儿有什么地方做得不对，你就过来告诉我……"

柳蓉赶紧表示出由衷的谢意："祖母对珍儿真是太好了，珍儿实在感激。"她说得十分真诚，一副感激涕零的模样，看得许老夫人心中更是欢喜，望了望一脸阴沉沉的许慕辰，她轻咳一声，心中暗道，我只不过是说说客气话安慰下你那新媳妇，怎么你还给祖母甩脸色看？

"珍儿，"许大夫人忐忑不安地开口，"你放心，我是不会让郑三小姐这么容易进我们镇国将军府的！"

"什么？"柳蓉大惊，这许大夫人在说什么话？不让郑三小姐进来，难道要许慕辰一直跟自己睡一间房子不成？这可不行，有许慕辰在屋子里，她晚上怎么好溜出去到各家各户串门？

绫罗站在柳蓉身后，很默契地递上一块帕子，柳蓉接在手中，在眼角处揩了揩，显出一副悲戚的样子来："母亲，既然木已成舟，何必再去计较？说出去反倒让人觉得我们镇国将军府不讲诚信，还是让她尽早进府吧。"

她费尽心机，促成了许慕辰与郑秋月的一段佳话，难道功夫白费了？

满堂的长辈个个点头赞叹，这苏大小姐真是贤惠无比，竟然一点也不计较郑三小姐，还主动要迎她过府。许老夫人更是觉得面上无光，自己这个孙子也太不是东西了！

"珍儿，你放心，我是绝不会让郑三小姐一年之内进咱们府的！辰儿不懂事，我这个做祖母的不能跟着他不懂事，会被人指着后背骂呢！"许老夫人说得大义凛然，孙子刚刚成亲就抬贵妾，这不是打苏国公府的脸？

"辰儿，这些污糟事情你少想些，昨日你已经成了亲，自然要有担当，哪里还能恣意妄为？你赶紧带珍儿出去走走，两人多说说话，以后慢慢地就会将郑三小姐忘记了。"许老夫人笑得和蔼可亲，小夫妻吗，多处处就有感情了！

柳蓉瞠目结舌，没想到事情会发生这样的转变，好像跟她的计划不怎么合拍？许老夫人瞧见柳蓉这惊奇模样，以为她被自己的话感动了，很慈祥地挥了挥手："珍儿，你且跟着辰儿一道出去散散心，这新婚燕尔的，就不必留在府里陪我这个老太婆了。"

看起来无论自己怎么解释不在意郑三小姐，许老夫人都已经下定决心这一年半载的不让她进府了。柳蓉跟着许慕辰走到堂屋外边，抬头一望，只觉得天都黑了一片。

"哼！你别以为我祖母帮你说好话，我就会乖乖地陪你出去走。"许慕辰很不耐烦地往马厩走了过去，他根本就不想带一个女的到外边去逛街，不能骑马，只能陪她坐马车坐软轿，想想都头疼。

"我知道，你带我出去，肯定就没有那么多人给你送花送瓜果了。"柳蓉气定神闲地眯着眼睛看了看他，"只要你将那鲜花店和瓜果店里赚的银子分一半给我，我就可以不跟着你到处走。"

"你！"许慕辰冷冷地瞥了柳蓉一眼，今天早上醒来的时候瞧着这张脸还算生得顺眼，可说出来的话怎么就这样难听？竟然还想要挟他，门都没有！

"你不给我？"柳蓉嫣然一笑，从袖袋里摸出手帕，"我这就一路哭着回前堂去。"

许慕辰瞪她："能不能少一点？"

他确实在京城开了两家店，但那两家店赚的银子他都拿去办了义堂，专门给那些乞丐与流离失所的孤寡老人提供食宿，要是给这狠心的苏锦珍分去一半，那不是不少人又要挨饿？

"不能。"柳蓉也瞪了瞪眼睛，"许侍郎，你不会少这点银子吧？"她手里拿着手帕子，一直在眼睛前面擦呀擦，好像随时能掉眼泪。

许慕辰嫌恶地转过头去，沉着声音道："一半没有，我每个月给你一千两银子做零花就是。"

柳蓉笑眯眯地点了点头，心里感叹了一番，自己原以为要了那两家店收成的一半，每个月就能捞个二三百两银子，没想到许慕辰竟然这般大方，一开口就甩给她一千两！这许慕辰真是自己的摇钱树！

"少夫人，大公子已经走了……"身边的绫罗悄声提醒她，"你最好把口水擦擦。"

柳蓉拿手帕擦了擦嘴角，指着马厩里的一匹高头大马："给我把这马牵出来，我要出去。"

街道上传来撕心裂肺的哭喊声，让骑在马上的柳蓉吃了一惊。

放眼望过去，一位老人正在地上打滚，周围有一干百姓正苦口婆心地劝他："周老爹，你就替你闺女想想吧，她现在进了王家，总算是过上了穿金戴银的好日子，可不比跟着你吃不饱穿不暖要好？"

周老爹一把眼泪一把鼻涕："我的女儿早有婚约，王家把她抢去做小妾，我女儿肯定不从！我可怜的女儿哟，说不定活不过今晚了！"

柳蓉蹬蹬地走过去，将众人扒开，望着地上躺着的周老爹，心中很是同情，她看了一眼周围看热闹的百姓，气呼呼地道："方才谁说去做小妾是过上好日子的？"

旁边一个汉子唾沫横飞："难道不是去过好日子？要是我闺女能长得同周老爹家闺女一样水灵，我就替她找家高门大户，让她进去做小妾！"

柳蓉一拳头打过去，将那汉子打到地上："你怎么自己不去做！"

摊上这样一个父亲，他家的女儿着实可怜。柳蓉瞥了闲汉一眼，一把将周老爹扶起来，带到了一个安静角落："老爹，你女儿被谁抢了去？快些告诉我。"

周老爹嘴唇直哆嗦："她被平章政事府里的王三公子抢了去，那个王三公子扔了十两银子给我，说是我红儿的卖身银子……"他哆哆嗦嗦地掏出一个银锭子，"姑娘，你认识王三公子吗？能不能替我将这银锭子还给他，让他把我的红儿送回来？"

柳蓉按住了周老爹的手低声道："老爹，今日晚上戌时在北城门口子等我，我会将你的红儿送出来。这银锭子你拿好，以后你们还要花钱哪。"

"真的？"周老爹不敢相信地睁大了眼睛，看着柳蓉，膝盖一弯就要下跪，柳蓉赶紧搀住他："老爹你快去收拾东西，以后就别在这里住了。"

"好，我这就去。"周老爹抹了一把眼泪，欢欢喜喜地朝自己家里跑去。

柳蓉气得捏了捏拳头，王三公子？这人是京城里的无赖，仗着父亲做了个大官，就到处为非作歹，欺男霸女，她非得好好教训他一通才行！

夜色朦胧，平章政事府的一间房子灯火通明，床上有个被绑住手脚的姑娘，正惊恐万分地看着站在床前，脱得只剩一条中裤的男子。

"王三公子，你放过我吧。"那姑娘哭哭啼啼的，眼泪像断线的珠子一样。

"美人儿，你哭起来的样子都很好看。"见着白玉般的脸蛋上泪痕交错，王三公子似乎越发高兴起来，俯身朝床上的姑娘亲过去，"美人儿，三爷来好好疼疼你。"

"不，不，不，你别过来！"那姑娘奋力挣扎起来，无奈手脚都被缚住，怎么也动弹不得，急得眼泪簌簌地掉。

王三公子越来越近，肮脏的手就快摸到姑娘娇嫩的脸上，忽然间，一道寒光闪过！

一支匕首"嗖"的一声钉在床头，微微发颤。

王三公子脸色一变，四处打量了一下，却不见任何异状，这时就听有人在头顶上咳嗽了一声："你就不往上边看看？"

上边？王三公子很听话地一抬头，忽然眼前一花，一个穿着黑色夜行衣的人从横梁上飘落下来，一伸手捉住王三公子的头发，另外一只手将一团东西牢牢地塞进他的嘴里。

见那人手里拿着一把明晃晃的宝剑，王三公子一翻白眼，往地上一倒，晕了过去。

柳蓉将那姑娘身上的绳索挑断："你可是叫红儿？周老爹的女儿？"

"是。"红儿全身发抖，捉住了柳蓉的手，"姑娘，你是我爹找来的吗？"

柳蓉点了点头，弯腰看了看躺在地上的王三公子，厌恶地皱了皱眉头，这贱人两腿之间有个东西竖得老高，实在有碍观瞻。她弯下身去，手起刀落，一道血箭喷出，一截东西从划开的裤子里滚落出来。

王三公子醒了过来，他是被疼醒的。

好痛，好痛，痛得他张大嘴巴想叫，可那里堵着一团东西，严严实实，发不出半点声音。

柳蓉笑嘻嘻地朝他俯下身子，拿着宝剑在王三公子的脸旁边比画了一下，王三公子一翻白眼，又昏死过去。

从床边拔起匕首，柳蓉用它戳住了那截滚落的东西，走到屋子的隔间，把那一段肉扔进了漆着金边的马桶里："这块臭肉，也只配与这些乌七八糟的东西放到一起。"

是夜，平章政事府里传出撕心裂肺的喊叫声："幺儿啊！娘的命根子啊！"

王三公子也号啕大哭："我的命根子啊！"

第二日刑部那边便接手了这起案件。

"这不该是京兆府管的？"许慕辰扫了一眼卷宗，看见封皮上写着盗窃、抢夺的归类，不由得皱起眉头，"这等小事怎么送到刑部来了？"

主事愁眉苦脸："因着这苦主乃是平章政事府家的三公子。"

"王三公子？"许慕辰有了点兴趣，"谁去摸老虎屁股了？"他伸手将卷宗拿过来，仔细地看了下里边的记载，不由得哈哈大笑起来："王三公子竟然也有今日？"

王三公子可是京城有名的无赖，但他爹是平章政事，那些被迫害的百姓告状无门，他就一日比一日嚣张，京城百姓都喊他叫王老虎，没想到这只老虎终于被人给打了。

"是。"那主事点头，"听说王府昨晚找了一个晚上的……"说到这里他停住了话头，嘴角扯了扯，似乎想笑，又笑不出来。

王三公子的命根子不见了，遍寻不获，众人都认为是被女飞贼剐了喂狗去了。

女飞贼的名头从王三公子这桩事情开始就响亮起来，王大人为了替爱子报仇，宴请了刑部的捕头，王夫人让人端出一盘金子来："大家只要替我捉到了女飞贼，这盘金子就是我王家的小小谢仪。"

王大人可真是有钱，这一盘金子只怕有好几百两，还说只是一点点谢仪，实在是过谦了。众人望着黄灿灿的一盘金子，眼睛都没法挪开。

吃饱喝足以后，众人向王大人、王夫人告辞。结果，就在王大人、王夫人将客人送到大堂门口这一眨眼的工夫，回头一看，那盘金子已经没了踪影。空空的盘子里只放着几块石头，还有一张字条，上边歪歪斜斜地写了几个字：刚好没钱花了，多谢多谢。

捕头们还没走到王家大门口，就被喊了回去："各位，各位！"王大人全身都在发抖，不知道这女飞贼还在不在府中。这般轻而易举地就将金子拿走了，连个人影都没见着，几乎让他以为家中有鬼。

"什么？金子没了？"捕头们奔到盘子前边，刚刚还金灿灿的盘子里，现在就只有几块灰不溜秋的石头和一张字条了。

"刚刚有谁来过没有？"捕头们围着盘子走了一圈，觉得实在蹊跷。

"没有，屋子里的下人都还在，就两个贴身丫鬟跟我们出去了。"王夫人也惊骇得快说不出话来，这屋子里点着油灯，亮堂堂的，女飞贼究竟藏匿在哪里，怎么就能不露行踪地将那盘金子拿走？

捕头们将屋子里的下人拘回刑部，一个个审问，但大家都只说一阵风吹了过来，灯影晃动了几下，还没弄清怎么回事，金子就不见了。

"慕辰，看起来这事儿非得你出手才行了。"许明伦看了看刑部送过来的折子，脸上露出笑容，"真有这般好身手的女飞贼？你若是将她抓住，先给朕送过来瞧瞧，看看是什么三头六臂的人物，竟然身手如此了得。"

"是，皇上。"许慕辰欠了欠身子，"臣会满足你的好奇心的。"

"只不过……"许明伦惋惜地叹息一声，"现在你新婚燕尔，就让你出来接手这个案件，朕好像有些不讲兄弟情分。"

"皇上，若你真讲兄弟情分，就不会给我赐婚了。"许慕辰抓起那本卷宗，朝许明伦行礼，"臣先告退了。"

"慕辰，你真是不明白朕的一片苦心啊！"许明伦笑得格外开心，京城里谣传皇上与刑部许侍郎有不一般的关系，还有人甚至晦涩地用了"南风""龙阳"之词，许明伦如何能让这些谣传愈演愈烈？

许侍郎成亲了，这谣言也就不攻自破了。

只不过太后娘娘却未放过他，这些日子还一直要给他广选秀女入宫，从中甄选出皇后、贵妃来："皇上，你年纪不小了，要早生皇子，稳定民心才是。"

看着太后娘娘眼神里透露着的疑惑，许明伦委屈得只想振臂高呼："朕的母后不懂朕！朕与慕辰，只是兄弟情谊、兄弟情谊！"

骑马走在街头，许慕辰觉得满心都不是滋味。

都说女人成亲就掉价，其实男人也一样哪！许慕辰回头望了望身后，原先那一群跟在他马后大呼小叫的大姑娘小媳妇们已经不见踪影，只有两三个姑娘手中拿着帕子，无比哀怨地看着他。

没有追随的人，没有瓜果，没有鲜花……

许慕辰只觉得头疼，自己早两日还答应那个女人，说一个月给她一千两银子，这下倒好，自己去哪里寻一千两银子？

瓜果店的掌柜见许慕辰骑马经过，赶紧飞奔出来："公子，这几日瓜果店生意惨淡，眼见着就要亏本了！"

大公子还是这样英俊潇洒，那些姑娘们却不跟着他了，唉！掌柜的连连摇头，还是小鲜肉吃香哪！

"没有人送瓜果，你难道就不知道自己进些瓜果来卖？"许慕辰没好气地白了他一眼，"京城这么多铺子，也没见谁家要关门？"

虽然说这是个看脸的世界，但自己总不能将这张脸卖一辈子吧？许慕辰想了想，忽然觉得原来自己的所作所为有些可笑。他一夹马肚子，飞快地朝义堂跑了过去，心中有些焦虑，以后瓜果店与鲜花店没那么好的生意了，义堂里也救济不了那么多人了，他该想点什么法子才好？

跑到义堂，那管事见了他如见亲人，擦着额头上的汗，作揖打拱地将他迎了进去："大公子，你总算来了！"

许慕辰沉痛地想，管事肯定要告诉自己，义堂已经没什么银两买米粮了，才这么几日辰光，一切全变了！人生若只如初见，何事秋风悲画扇？他悲愤地叹了一口气：等闲变却故人心，却道故人心易变啊……

"大公子，有人送了一百两金子过来！"管事的一句话，让许慕辰几乎要跳起来："什么？送了一百两金子过来？这人是谁？"

管事摇了摇头："我也正在纳闷，是有人从围墙那边扔进来的，还写了一张纸条，说这些金子是送给义堂的，让我们拿了去买米粮周济穷苦百姓。"

许慕辰拿着那张条子一看，眼前一亮，这纸条上的字迹，与留在王大人家盘子里那张条子上的字，一模一样！那这一百两金子就是那女飞贼送过来的了？他拿了一个金锭子看了看，十足的成色，果然是真金。

这女飞贼难道知道是在他管着她犯下的案件，所以想拿金锭子来贿赂自己？许慕辰摇了摇头，不，她肯定不是这个目的，他开这家义堂的事，京城里无人得知，除了自己的发小——皇上许明伦。

莫非这女飞贼是个好心的？竟然抢了金子送到义堂来，许慕辰有些疑惑，摇了摇头，她才不会这样好心，要是这样好心就不会去做贼了。

回到镇国将军府时，已经是晚饭时分。

香樟树下站着几个人，说说笑笑的格外快活，许慕辰瞟了一眼，他新娶的娘子穿着一件正红色的衣裳，就像一团火焰烧着她的眼睛。

"苏锦珍，我跟你商量一件事。"许慕辰板着脸走了过去，"我不能每个月给你一千两银子了。"

"许慕辰，你说话不算话！"柳蓉一挑眉毛，嘴唇边露出了快活的笑容来，"这话你才说了几天，怎么就要反悔？你还是不是男子汉？"

"此一时，彼一时也。"虽然说这话确实是有些厚颜无耻，可许慕辰不能不说，毕竟现在他已经不再有往日风光，如何能挣出一千两银子一个月给苏锦珍来花销？

"哼！"柳蓉看了一眼许慕辰，忽然就哈哈大笑了起来，"许慕辰，要不要我帮忙？我到京城里去走一圈，告诉那些痴心女子，我大度得很，她们只管继续跟着你走，想进镇国将军府的，只管进来就是！"她伸手拍了拍许慕辰的肩膀："怎么样？这个主意不错吧？肯定会有不少人哭着喊着奔你过来了。"

许慕辰有些气结，这位苏大小姐是怎么一回事，怎么一点不把自己放到心上？想着那些跟在他马后奔跑的姑娘，许慕辰忽然觉得索然无味，外边的女人一个个哭爹喊娘的要跟着他走，而身边的女人只把他当不存在。

这几天许慕辰都是睡在书房里的，每次到了该歇息的时候，苏锦珍那扇房门便关得飞快，好像生怕他闯进去一样，许慕辰望着关得紧紧的房门，有些郁闷，这人怎么能这样！好歹自己是她夫君，好歹也长了一张名动京城的脸！

连续睡了几天书房，许慕辰已经忍无可忍："苏锦珍，你既然已经为人妻，自然要照顾好我的饮食起居。"

柳蓉点点头道："你说得没错，我是没做好。"

态度诚恳，表情沉痛。

见着她那反思悔过的样子，许慕辰这才稍微平息了心中的怒火，此时在花园见着苏锦珍，想起了自己的晚饭来："我饿了，有晚饭吃没有？"

柳蓉惊奇地睁大了眼睛："这几日你不都是在刑部衙门用的饭？你不是说皇上命你捉拿那个女飞贼，还不赶紧替皇上办事，竟然回来问我要饭吃？"

许慕辰喉头含着一口血，几乎就要喷到柳蓉的脸上，这世间竟然有这样的娘子，根本不关心自己夫君的温饱，看她那模样，自己不回来她还觉得很高兴，许慕辰心底好一阵翻江倒海，挣扎着喊道："难道我没有抓到女飞贼，就不能回来吃饭？快些安排，让厨娘去准备！"

"绫罗，赶紧让厨娘去下半斤面条！"柳蓉打量了许慕辰一眼，又将绫罗喊住，"不用半斤，下三四两就够了。万一吃得太饱，跑都跑不动，怎么去追女飞贼？"

许慕辰一言不发地往厨房里走去，柳蓉瞧着他的背影，嘻嘻一笑："自己想吃什么就去厨房说嘛，干吗还要我去说？我又不是你肚子里的蛔虫，你咳嗽一声我就要知道你什么意思？"

"少夫人，大公子是不是今晚要在府中过夜？"绫罗小声提醒，"你还没给他准备房间呢。"

柳蓉指了指前边一进屋子："现在赶紧给他腾一间屋子出来。"

"大公子……不跟少夫人一起住？"旁边有个丫鬟脸红了一半，前边那进屋子可是丫鬟们住的地方，大公子要是住到那里……她的心一阵怦怦直跳，难道是她的机会来了？

"他喜欢的是郑三小姐，要为她守身如玉啊，我也不能去破坏他们的感情，是不是？"柳蓉很大度地点了点头，"我当然要促成他们，有情人终成眷属嘛。"

她住在最后边那一进屋子，许慕辰当然要住在最前边，两人相隔远了，他才不会注意到她的行动。听说最近刑部正在商议要追捕女飞贼，自己当然要小心一点才行。柳蓉看了看那几个欢欢喜喜跑着去清理房间的丫鬟，嘴角露出一丝笑容来，许慕辰，你想玩猫捉老鼠的游戏，我就陪你玩一玩，看看你这只猫究竟有多么蠢。

"大人，女飞贼这些日子再也没有声响了。"一个捕头愁眉苦脸地望着许慕辰，"她不出来，咱们去哪里追捕去？"

这些日子刑部一直在查，却始终找不到女飞贼的身影，京城里风平浪静，好像王三公子的事情根本就没发生过一般。

"查，人在京城就总能查出！可曾问过客栈、民居，有没有最近来租住的？那些人都是要追查的对象！"许慕辰心中有些气恼，这女飞贼好像对他的行踪了如指掌，他带人出去查的晚上，女飞贼就销声匿迹，要是他在府中歇息，女飞贼就会在京城的某处出现，顺手拿些金子银子，过一日就会在义堂的院子里出现。

这女飞贼难道在自己府里布下了眼线？许慕辰仔细留心了那些丫鬟婆子，没有发现什么可疑之处，而且最近府上也没买下人进来，都是些老人，根本就不存在与女飞贼勾搭上的可能。

平章政事府催得急，皇上也问得勤，许慕辰只觉得头大如斗，总要想法子将这女飞贼给抓到才是。可最近女飞贼忽然就没了响动，刑部众人都觉得心中有些失落，好像猎物莫名就失踪了一般——其实他们压根也没见过这猎物。

"许大人，咱们不如用引蛇出洞的方法？"一个捕头深思着道，"那女飞贼既然对王三公子强抢民女的行径这般痛恨，竟然连他的命根子都割了去，那咱们就制造一起强抢民女的事情，诱着女飞贼出来。"

旁边的人听了，脸上个个露出兴奋的神色："对对对，以前咱们都不知道女飞贼究竟会在哪个方向出现，这次的地点可以由咱们定了。"

许慕辰沉思了一下，点了点头，这法子不错，引蛇出洞。

"我们先来商议一番。"许慕辰望向一干捕头，"谁去做恶霸？"

"我！"

"我！"

"我我我！"

众人很是积极，做恶霸总比趴在草丛里埋伏着遭蚊子咬的要好，还能亲近美貌女子，何乐而不为？

许慕辰白了他们一眼，看了看一群人，点出一个武艺最好的："就是你了。"

那人咧嘴欢喜："多谢许侍郎提拔。"

捉住女飞贼，这做恶霸的自然是头等的功劳了，一想到能有赏金，指不定还能升成总捕头，他便高兴得分不清东南西北。

"谁来扮民女？"许慕辰看了看面前的十几个，个个膀大腰圆，不由得有几分泄气。

恶霸人人会做，可这民女便为难了。

若单纯是挑个生得美的，花些银子到青楼里请个姐儿出来就是，可是要想配合这次追捕的行动，肯定要找个会些功夫的女子，这刑部……只怕是没得这样的人选了。

许慕辰叹息了一声，抬起头来，就见面前众人一双双眼睛都盯住了他，个个不说话，可眼神里的意思，分明就是在说许侍郎，你是再合适不过的人选了。

许慕辰咬了咬牙，薄施朱粉，描眉画眼。

等着他打扮好，穿了件葱绿色的抹胸，披着一件轻纱走出来，刑部里吧嗒吧嗒全是滴口水的声音，水磨地板上全是湿漉漉的。

被一干男人用这样的眼神望着，许慕辰十分不自在，厉声呵斥了一句："快把你们的口水擦擦，成何体统！"

他一开腔，众人顿时醒悟过来，面前这妖娆娇媚的小娘子，正是自己的顶头上司许侍郎。众人拿了衣袖擦了擦嘴："许大人，你这副扮相真是美，若是去丽香院，肯定能一举将花魁娘子的牌子夺过来。"

许慕辰白了他们一眼，甩甩衣袖就往外边走去，一层轻纱裹在他手臂上，实在有些麻烦，动弹不得。

　　他皱了皱眉，做个女子真是麻烦，若不是为了要捉拿女飞贼，自己怎么要遭这份罪！他咬了咬牙，抓到那个女飞贼，自己一定要好好教训她一番，好好的良民不去做，偏偏要干偷鸡摸狗的勾当，害得小爷要男扮女装！

第三章

男扮女装

夜色渐深，四周一片寂静，京城某家府邸里灯火微弱，忽明忽暗。

一处院落里有一幢三层的小楼，楼上垂下一串红色灯笼，将茜纱窗户映得更红了些许。屋子里有一张床，床上躺着一个二八芳龄的少女，洁白的肌肤，精致的眉眼，身上只着一层轻纱。

床边站着一个穿着短裤的男子，正低声与少女说话："大人，都这么晚了还没有动静，那女飞贼究竟会不会来？"

床上的少女缓缓开口，只是声音有些粗犷："她自然会来，今天白天咱们演得不错，现在京城里应该已经传遍了薛家公子强抢民女的事情。都说那女飞贼好打抱不平，喜欢管闲事，我想她要是知道了这事，肯定会来。"

男子唯唯诺诺地应了两声，低头站到一旁："大人说的是。"

虽然站到了一旁，男子的眼睛却不由自主地盯着许慕辰，心中暗道，许侍郎这模样，可真是春色撩人啊！若不是自己知道他是男子，又是自己的上司，恐怕都会把持不住！

突然，一缕淡淡的甜香钻进鼻孔，说不出的舒服。那种香味不像一般的安息香那样重，也不比鹅梨香那般清淡，就像美人的手在轻抚人的肌肤，微微瘙痒，诱得人只想抱着美人慢慢入睡。

许慕辰只觉得自己的眼皮子越来越沉，倦意袭过心头，就想在这张大床上睡过去。他看了看床边站着的下属，刚刚想开口喊他，就见他"扑通"一声朝床边扑了过来。

许慕辰大惊："你胆大包天！"

话还没说完，他就发现自己的身体忽然间不能动弹了，手脚发软，连抬手的力气都没有。

这时，一个黑影从横梁飘下，黑衣，蒙面，身材窈窕，看得出来是个女的。

"好你个女贼！"许慕辰心中悲喜交加，好不容易将女飞贼诱了出来，可自己与手下却着了她的道儿，被迷香放倒。现在，他连说话的力气都没有，方才那句愤恨的话也只是反复在脑海里翻滚，没有力气说出口。

柳蓉俯身看了一眼倒在床边的那个汉子，伸手翻了翻他的眼皮，心中满意，道士师傅的迷香效果不错，连许慕辰都被放倒了。她伸出手将那汉子推到床上，刚好压住许慕辰的身子，装出一副嘶哑的声音道："许侍郎，你竟然想用这卑鄙的法子捉我，这可是你自找的，怨不得我！"

她问过许慕辰，今晚要去做甚，许慕辰只是扔下两个字"办案"就匆匆走了。

原本以为许慕辰是得了那薛家公子强抢民女的消息，他准备埋伏下来捉拿自己，结果没想到那位千娇百媚的美人竟然是许慕辰扮的！

要是自己没听到床边那人喊"大人"，飞身下去救人，以许慕辰的身手和帮手，或许她今晚就走不掉了——这人真是心肠歹毒，自己可得好好收拾他才行！

柳蓉伸出手来，快速将许慕辰与他手下的穴道点中，将两人抱着放到了一处。

灯光微黄，纱帐轻垂，帐幔里隐约可见两个人相拥在一起，如胶似漆，无法分离。

薛家后院里响起了一阵敲锣声，"铛铛铛"的声音在这寂静的黑夜里传出去很远："快来看啦，许侍郎在耍龙阳啦！快些来看啦，许侍郎原来喜欢扮雌儿！"

夜深人静，这锣声分外响亮，那人的声音也是中气十足，埋伏在阁楼旁边的捕头们都是一愣，赶紧飞奔着朝阁楼跑了过去。此时，四周也亮起了灯笼，从月亮门里涌进一群下人："都有谁在那里呢？"

翌日，京城的大街小巷里流传最广、最劲爆的小道消息就是：许侍郎果然是喜好男风，借了薛家公子的小阁楼，深更半夜跟属下在里边……呃……偷情。

众人说到这事，眉飞色舞，仿如亲眼所见："许侍郎穿了抹胸，披了轻纱，香艳袭人！都说比京城第一花魁都要美！"

这消息流传甚快，不多时便流传进了皇宫。

宫里每日清早都有内务府的内侍出来买菜，得了这消息，惊讶得嘴巴都合不拢："许侍郎……竟然真的好男风！"

急急忙忙地滚了回去，奔着往慈宁宫去了："太后娘娘，奴才有重大的事情要禀报！"

陈太后刚刚起身未久，在香堂做了早课，由大宫女扶着正在花园散步，听了内侍来报了这件事情，心中一惊："这事属实？"

内侍连连点头："真真儿的，真得不能再真！街上的人都这般说，是薛家的下人传出来的，说他们亲眼见着许侍郎与他的下属抱在一处，正在床上翻云覆雨哪！"内侍嘻嘻一笑，声音阴柔："听说许侍郎头发披在肩头，肌肤洁白如玉，还穿着淡紫色的抹胸……"

"够了够了！"陈太后皱了皱眉头，"快些去金銮殿那边候着，朝会散了将皇上请到慈宁宫来，哀家有事找他！"

许明伦没见着许慕辰来早朝，有几分奇怪，许慕辰身子棒棒的，即便是黄夜去捉拿女飞贼，也不至于不能来早朝，莫非他与新婚的娘子……许明伦嘿嘿一笑，打算早朝以后宣许慕辰进宫，问问他成亲以后的感受。

"皇上，太后娘娘请皇上去慈宁宫一趟，"金銮殿后门站着一个小内侍，许明伦刚刚踏出门，他便跪倒在地，"说是有要紧事儿找。"

要紧事？许明伦苦笑一声，恐怕又是催着要给他选秀了。

看过父皇的嫔妃你争我夺的戏码，又亲眼见着父皇因沉迷女色身体日渐消瘦，最后死在荣贵妃的床上，许明伦已经下定决心，他的后宫只能有一个女人，故此他必须找一个自己真正喜欢的人，而不是随随便便让一大把女人进宫，在自己面前晃来晃去。

陈太后双眉紧皱："皇上，你可听得坊间传言？"

许明伦见着陈太后一脸忧心忡忡的模样，不由得好奇："母后，又是哪些多嘴的奴才编排了些话儿来惹您不快？"

"这可不是编排的胡话，全京城都知道了！"陈太后叹着气道，"哀家早就有这预感，心中焦急，这才想催着你成亲……"

许明伦听得云里雾里，只是听到成亲两个字，即刻坐正了身子："母后，到底出了什么事情，让您老人家竟然想起我的亲事来了？"

"许侍郎……"陈太后捏紧了拳头，重重地砸在了桌子上头，"真有断袖之癖！"

一想到许慕辰进宫伴读这么多年，与许明伦同出同进，住在同一座宫殿里，陈太后便悲伤得快要说不出话来，自己好好的孩儿，全被许慕辰给毁了！难怪许明伦不肯成亲，多半也是被许慕辰带坏了，有这种癖好。

"母后，你听谁说的呢？"许明伦惊愕得嘴巴快要合不拢，赶紧伸手扶了扶下巴："朕早些日子才给他赐了婚，他娶了苏国公府的大小姐，夫唱妇随，恩恩爱爱，今日连早朝都没来上呢！母后，你就别将慕辰想得这般不堪。"

"慕辰、慕辰，皇上，你可叫得真亲热！"陈太后只觉心慌气闷，"你自己去传了许慕辰来问问，看他昨晚究竟去了哪里，都做了些什么事情。"

许明伦被弄得莫名其妙，只不过从陈太后的话里头，他琢磨出一点点八卦的气味来，一出慈宁宫，他便吩咐贴身内侍："快快快，去将许侍郎宣到朕的清泉宫来，朕可要好好地盘问他一番。"

"皇上，就不能不在微臣的伤口撒盐吗？"正在刑部的务公厅里有气无力地趴着的许慕辰被宣去清泉宫，见着一脸好奇的许明伦，他悲愤得快说不出话来。昨晚可真是丢人丢大了，那么多人瞧见他与下属抱在一起，一床鲛绡帐幔若隐若现地将两人光溜溜的胸膛给衬得更是白了几分。

从一大波人涌进小阁楼的一刹那，许慕辰想死的心都有。

该死的女飞贼，为了防止他运气清醒过来，竟然将他与属下的穴道都点中，将两人放到一处，还生怕旁人不误会，特地将属下的手环住了他的腰，这样一来，别人从外边进来的时候，一眼就能见着他们两人暧昧的姿势。

"你相信许侍郎是清白的吗？"

"呵呵……"

许慕辰已经痛苦得无法自拔，偏偏许明伦还要来看他的笑话——不，是听他自己亲口说自己的笑话！有个擅长插刀五百年的好友也算是倒了八辈子霉了，只是他却只能乖乖听命，谁叫许明伦是皇上呢！

君叫臣死，臣不得不死，更何况自己面前这个一脸微笑的皇上只是想听个笑话而已。

柳蓉正趴在床上睡得死死的，忽然觉得有人在摇晃着她，耳边也是哀哀的哭泣声。

她心里很不高兴，一伸手将放在自己肩膀上的那只手拨开，能不能让她多睡一阵子觉啊？没见她眼皮子粘得紧紧的都不想睁开？

许慕辰真是狡猾的狐狸，骗得她溜达那么远跑到薛家去救人，可万万没想到竟然是他设下的圈套。幸好她警醒，还在横梁上看了一阵，要不然这时候她大概已经在刑部的大牢里跟老鼠睡在一块了。

柳蓉砸吧砸吧嘴巴："绫罗，你烦不烦？我还想睡觉呢，快些出去！"

"珍儿，珍儿，是娘啊，娘来看你了！"身边那人用力更猛了，几乎是抓着柳蓉的肩膀乱摇，伴着几滴冰凉的眼泪落在了她的脸颊上，"蓉儿，是母亲不好，母亲就算抗旨也不应该让你嫁给许慕辰这种人。"

确实如此，嫁谁都比嫁许慕辰好，别看他出身名门，长得也算帅气，可惜就是一个人渣。

柳蓉赞了几句，睁开眼睛，就见着苏大夫人坐在床边，一双眼睛肿得跟桃子似的，脸上一副怜悯的神色。

"珍儿！"见柳蓉醒来，苏大夫人惊喜万分，一把抱住了她，"我的孩子，你受苦了！"

柳蓉有些莫名其妙，苏大夫人怎么一大早就跑过来上演母女情深的戏码了？她疑惑地望了望苏大夫人："母亲，出什么事情了？你怎么到镇国将军府来了？"

苏大夫人没有回答她的话，只是抱着她哭个不停："珍儿，母亲知道你心里苦，又受了那许慕辰的虐待，偏生又说不出口……唉！都是母亲不好……"

柳蓉丈二和尚摸不着头脑，正准备开口说话，就听外边有一阵脚步声，她赶忙将头埋在苏大夫人肩膀上，偷眼看了看门口，许老夫人与许大夫人站在那里，两人都有些尴尬。

"亲家母。"许大夫人走了过来，见着母女两人正在抱头痛哭，实在不知道该怎么开口才好，这事情本来就是辰儿的错，她都没脸见苏大夫人了。

京城清早就流言四起，都在说镇国将军府里许侍郎的风流艳事，个个说得绘声绘色唾沫横飞，只差没有画张图去到处张贴了。这事儿一传十十传百的，这边才是辰时，苏大夫人竟然就来登门拜府了。

见着苏大夫人阴沉沉的脸色，许大夫人实在不知道该怎么说，自家儿子好男风，与下属在薛家花园的阁楼里偷情，可真不是件好事，她都不知道该怎么说才能让苏大夫人心里头好受些。

"亲家母，都是我们家慕辰不对，等他从宫里回来，我自会好好教训他，你就放心吧，我们绝不会亏待珍儿的，自打她进门，我就是将她当亲生女儿看待的。"许大夫人低声下气地赔着罪，只希望苏大夫人不要太计较，要是她执意将苏锦珍带回苏国公府，那镇国将军府的面子就丢光了。

这才成亲一个月还不到呢，媳妇就闹着回了娘家……许大夫人打了个冷战，回头看了看许老夫人，眼里全是求助的目光。

姜是老的辣，自然还是请婆婆出来说话才有分量。

"珍儿，你告诉祖母，慕辰是不是亏待了你？"许老夫人无奈，只能腆着老脸走了过来，瞧着柳蓉不断耸动的肩膀，心里也没有底，辰儿到底是怎么了？这样好一个媳妇他看不上，竟然还去与属下搞七捻八的！心中恨恨地咬牙切齿了一番，真是恨铁不成钢，"你别怕，他有什么做得不好的，你只管说，祖母一定替你主持公道！"

柳蓉迅速抬起头来，衣袖从眼角前边擦过，假装是在抹眼泪："夫君开始说每个月给我一千两银子，可后来又说不给了。"

许老夫人愕然，没想到孙媳妇竟然只是在意银子的事情，她慌忙点头："这个没问题，府里头每个月给你两千！"

眼前有无数的银子在飞啊飞，柳蓉欢快地笑了起来："多谢祖母。"

苏大夫人愕然，自己的珍儿怎么就这般眼皮子浅了？才一个月两千两银子就把她收买了？她拉了拉柳蓉的衣袖："珍儿，许慕辰还有什么别的地方对不住你的，比方说……"她看了看那张拔步床，叹了一口气，床上没有男人的衣裳，许慕辰肯定没在这里过夜。

柳蓉并没有体会到苏大夫人的意思，她茫然地看了苏大夫人一眼，摇了摇头："没有，没有，除了不给我银子，其余都很好。"

包吃包住还很听话，晚上不来骚扰她，这已经是很合格的夫君了，现在许老夫人贴补她两千两银子一个月，柳蓉可是一万个满意。

苏大夫人叹着气走了，临别之前叮嘱道："珍儿莫怕，若是许慕辰威逼你不让你开口，你千万不要搭理他，咱们苏国公府也不会比镇国将军府差！"

分分明明在许家受了虐待，可女儿却不敢说出口，苏大夫人的心都要碎了，捏着手帕子捂着脸，眼泪汩汩地往外流。

"母亲，真没有对我不好，你就放心吧。"见着苏大夫人那副慈母模样，柳蓉实在有一些不忍心，赶紧举起手来发誓，"女儿若是有半点隐瞒，必然被菩萨降罪……"

"珍儿，你在胡说些什么呢！"苏大夫人吓得赶紧拉住了她的手，"快别说了，你过得好母亲就安心了。"

分明是许慕辰长了一张人神共愤的脸孔，女儿已经被他诱惑了，一心在维护他！苏大夫人心中无比愤怒，可却丝毫没有办法，只能拉着柳蓉的手依依不舍地说了些话，这才钻进了马车。

送了苏大夫人离开，许老夫人立即将许慕辰院子里的丫鬟找了过来："快些说老实话，大公子与少夫人晚上有没有睡到一处？"

今日她仔细打量了孙子孙媳的内室，发现里边根本没有许慕辰的衣裳鞋袜，干干净净得像间未出阁姑娘的闺房，丝毫没有半分男子气息，这让许老夫人疑惑了起来，联想到今日街头的传闻与苏大夫人红得像桃子一样的眼睛，许老夫人不由得肝儿胆儿乱颤，莫非孙子真有那种嗜好？

被带过来的几个丫鬟脸上都是一红，其中有一个大着胆子回道："回老夫人话，大公子与少夫人只是洞房那晚睡在一处，然后便都是分房而居了。"

"什么？"许老夫人眼前一黑，许大夫人捂着胸口好半日喘不过气来。

两人相互看了一眼，许大夫人厉声喝道："哪有这样的事儿？他们两人分明是如胶似漆，你们眼瞎了不成？"

几个丫鬟战战兢兢，磕头如捣蒜："是是是，是小红说错了，大公子与少夫人新婚燕尔，每日黏在一处，就像鸳鸯鸟儿一般，谁也离不了谁。"

"算你们聪明。"许大夫人气呼呼地瞪了几人一眼，"给我记牢了，嘴巴都闭紧一些！"

"媳妇，防民之口甚于防川，你这样做只怕也是于事无补。"许老夫人皱着眉头，忧心忡忡地望着那不住摇晃着的门帘，"这几个丫鬟不说，你就能保证那些碎嘴的婆子不说？纸包不住火，这事情总会传出去。"

"依照母亲的意思，我们究竟该怎么样做才能保住慕辰的名声？"许大夫人愁得两条眉毛成了个"八"字，"唉！没想到辰儿他……竟然好这一口！"

许老夫人想了想，叹了一口气："现儿咱们只能是想些法子，让辰儿喜欢上珍儿，等到珍儿有了孩子，一家人和和睦睦地过日子，这才能让那些说闲话的人闭嘴。"

许大夫人点了点头："母亲说的是。可……"她的面色沉重，"辰儿喜欢的是男子，怎么才能喜欢上珍儿呢？"

"咱们先得让他们两人睡到同一张床上才行，要让辰儿尝了那味道觉得好，自然就会舍弃那没味道的了。"许老夫人深思片刻，这才想出了一个主意来，"让管事到外头去配几副药过来。"

"母亲，他们两人已经圆房，辰儿如何没体会到那妙处？这样做恐怕不妥当。"许大夫人眼前闪过那块洁白的元帕，上边有点点殷红的血迹，就如雪地上盛开的梅花。

"嗤，指不定那晚他们是摸索着乱入了一下，后来就没动静了。你要知道这新婚之夜并不都是鱼水之欢的哪，你想想当年你是怎么过来的就知道了。"许老夫人一脸笃定的神色，"肯定是那一晚没尝到美味，故此才会继续好男风，这次咱们给他下点猛药，好让他得了甜头就不撒手。"

"猛药……"许大夫人脸上抽了抽，"就怕珍儿受不住。"

"抓几副药过来，每次用一半就是了。"许老夫人的口吻不容反驳，"别再想这样有的没了的，咱们总不能让辰儿背了这样一个臭名。"

一只脚刚刚踏进门，门后边"嗖"地闪出个人来，许慕辰吃了一惊，定睛一看，却是许老夫人身边的金妈妈。

见着她一张老脸上的皱纹堆成了一朵菊花，许慕辰扶额，心中暗道，不用说是祖母又要来折腾自己了——这日子过得真是酸爽。

昨日被那女飞贼摆了一道，自己到寅时才拖着疲惫的身子回了镇国将军府，好不容易闭了眼睛，才打个盹的工夫，就有人急切地摇着他的床，口里大喊着："大公子，皇上请你即刻进宫！"

在皇宫里被逼着说了昨晚的囧事，没想到发小皇上压根也不安慰他，只是拍着龙椅狂笑："慕辰，你都已经被京城的人认为有断袖之癖了，你这一辈子该怎么活啊！"

瞧着发小笑得那样舒畅，许慕辰只能哀叹自己交友不慎，被陌生人讥笑是一回事，被好友取笑，实在太堵心了！许慕辰看着笑得前仰后合的许明伦，冷冷提醒道："皇上，咱们小时候可是一起长大的。"

自己有断袖之癖，那许明伦也跑不了！城门失火殃及池鱼这道理，二货发小怎么就忽然不懂了？瞧着许明伦神色渐渐郑重，许慕辰继续提醒道："那时候咱们同吃同住，一同跟着师父们念书……"

"够了！"许明伦伸出手制止住他。

总算是扳回了一局，许慕辰得意扬扬，却听许明伦说得坚定："慕辰，你得赶紧弄个孩子出来才行。"

如果京城的百姓将许慕辰认定了是好男风之人，自己的母后肯定会更担心，到时候少不得又要替给他挑皇后的事情了。许明伦忽然觉得自己的龙椅有些烫，坐立不安起来。

"什么？孩子？"许慕辰目瞪口呆，发小总是有些乱七八糟的主意，只不过说来说去归结成几个字——坑、真坑、实在太坑人了！

坑人的猪队友，许慕辰暗自怨念一句，深深地叹了一口气。

投胎是门技术活，许明伦只要掌握了这独门技术，就能轻而易举地赢在起跑线上，自己再有文才武功又如何？还不是只能一次次地被他坑。

被皇上坑了以后，回到府里，这下该继续被坑了，这次坑人的主儿换了一个，变成他和蔼可亲的祖母了。许慕辰满心惆怅，忽然发现天不蓝了，草不绿了，池子里头的荷花也没那么好看了。

许老夫人笑得一贯的亲切："辰儿，你这孩子，这么久没有来陪祖母用过饭了，刑部虽然事情多，可你也不能把祖母给忘了吧？"这话说到后边，慢慢地有了些酸味儿，"你忠心皇上是不错的，可忠孝两全，怎么就将这个孝字给忘了呢？"

许慕辰赶紧声明："祖母，孙儿怎么会忘记祖母？就算我将刚刚成亲的妻子给忘记了，也不会忘记祖母的。"

这是出自许慕辰的肺腑之言，彻彻底底的发自内心，他压根儿没想要去记住那位从苏国公府嫁过来的新婚妻子！可是说出来以后，他忽然觉得这话有些飘飘忽忽没有分量，眼前闪过一张清秀的脸孔——貌似自己还是记得住她的相貌，那张脸瞧着还挺顺眼的。

"我便知道我的辰儿最好。"许老夫人笑眯眯地点了点头，"今晚便到祖母这边用饭。"

各色菜肴陆陆续续地端了上来，虽然只是祖孙两人用饭，可却摆上了六个菜，许慕辰端着饭碗吃饭，有一句没一句地回着许老夫人的话，玉箸敲着碗盏的金边，清脆的响声不住叮咚而起。

丫鬟捧了一盏汤进来，许老夫人亲自给许慕辰舀了一碗："辰儿，这是我精心准备好的大补汤，你日日劳累，人都瘦了这么多，可要好好地补补身子才是。来，快些喝了，让祖母心里也踏实几分。"

许老夫人慈眉善目，许慕辰不好推辞，只好在祖母灼灼的注视下，将那碗汤喝了个干干净净。

"再喝一碗。"许老夫人示意丫鬟，"快些给大公子盛汤，怎么就光会站着不会动？也不知道机灵些。"

汤碗里又装得满满的。

许慕辰叹气："祖母，我没有亏到这般地步吧？你这是想要把我补成什么样子？"

"还没亏！新婚燕尔最费体力，你还睁着眼睛说瞎话！"许老夫人板着脸孔道，"别以为你祖母老糊涂了！"

没法子，许慕辰只好默默端起碗来。

那一盅汤被许慕辰喝了一大半，许老夫人瞧着剩下的一小半，眉开眼笑："剩下的去倒了，记着别乱倒，就拿了浇了园中的花树吧。"

许慕辰端着一肚子汤汤水水回了自己院子，走几步就打个饱嗝，那些汤好像要从喉咙里倒出来一样。他在自己屋子里坐了片刻，准备等肚子空了就去沐浴歇息，昨晚折腾到现在，脑袋还没转过弯来呢，有些昏昏沉沉。

坐了一阵子，肚子依旧很饱，许慕辰站起来，准备到外边走走，也好消食。才迈出门，就见柳蓉带着绫罗从外边兴冲冲地走进来，手里还攥着一大把莲蓬。

"你摘莲蓬做甚？"许慕辰皱了皱眉头，与这位苏大小姐成亲一个月了，根据他的观察，他的这位娇妻根本就没有什么风花雪月的柔情，她的眼里只有银子，一提到银子，两只眼睛便放出光来。

"剥莲子出来熬粥喝。"柳蓉快活地朝许慕辰挥了挥手中的莲蓬，昨晚整了许慕辰，今日又得了许老夫人的话，每个月能有两千银子进账，实在是开心。现在见着许慕辰，也没昨晚那种气愤了，相反还有一丝丝怜惜，今日许慕辰肯定不好过，不知有多少人打听过他昨晚的那桩风流韵事。

许慕辰一口气差点没提得上来："池子里的莲花可是南疆进贡来的珍品，祖母好不容易才从宫里弄了几节藕过来种着，你竟然摘了莲蓬来熬莲子粥喝？"

许家池子里的莲花与别处不同，不是一般的粉色白色，花瓣是白色带些浅绿的脉络，远远看上去，一池子的碧绿衬着几枝浅绿，就如一块美玉。每年京城里都有不少人慕名前来赏莲，可现在……

许慕辰望着柳蓉手中的几枝浅碧，实在无话可说，这也实在是暴殄天物！

"你别小气，到时候我熬好了粥，会分一碗给你尝的。"柳蓉举着莲蓬朝许慕辰晃了晃，笑靥如花。

"你……"许慕辰咬了咬牙，这苏锦珍是老天派过来与他对着干的不成？望着那浅浅碧色后的一张笑脸，他忽然间觉得一阵燥热。

那张脸怎么越来越好看了？许慕辰用力掐了掐自己的手，自己是疯了吧？看到这个女人竟然会觉得她好看？他站在那里望着柳蓉的背影，喉咙干涩，用力地咽了一口唾沫，艰难地制止住自己想要追上去将她抱住的冲动。

柳蓉丝毫没有感觉到许慕辰的变化，她握着一把莲蓬高高兴兴地回了自己屋子："去厨房那边拿个盆子过来，我现在就要将莲子给剥出来，等会配了金丝燕窝与银耳，拿着小火熬了粥，咱们做消夜吃。"

绫罗欢欢喜喜地应了一声，飞奔着走了出去，见着前边月亮门边有个身影一晃，嘴唇边浮现出笑容来："哼！大公子可真有意思，分明就是想要到少夫人屋子来，偏偏要做出不屑一顾的模样。"

虽然这个少夫人只是个替身，可这替身是与原主长得一模一样，自家姑娘那模样，谁见了不爱？亏得这许侍郎还强撑着，看他能撑几时！

许慕辰确实撑不下去了，他摇摇晃晃地踏进了柳蓉的房间。

本来以为是绫罗回来了，柳蓉欢欢喜喜地抬头，见着门口站着许慕辰，一脸潮红，那双桃花眼往她身上瞟来瞟去。

　　他这样子，可真像个登徒子，柳蓉有几分惊诧，许慕辰虽然在她心中印象不好，可进镇国将军府一个月了，她还未曾见过他这副猥琐模样。许慕辰的嘴角带着邪魅的笑容，斜靠在门边，双手抱在胸前，那小眼神要多猥琐就有多猥琐。

　　"你怎么了？"柳蓉站起身来，横眉怒目，一只手暗地里做了个起势，要是他敢扑向自己，那自己非得用小针扎他十万八千个透明小窟窿不可！

　　"我好热，好热。"许慕辰喃喃答道，一点都不觉得柳蓉彪悍，在他眼里，此时的柳蓉真是花容月貌，就如一块鲜美的肥肉在眼前晃来晃去。

　　"热？那就脱衣裳。"柳蓉笑了笑，"这事情好办得很。"

　　"脱衣裳？"许慕辰神志又恢复了些，拉着衣裳羞答答道，"男女授受不亲，我怎么能在你面前脱衣裳？"

　　"那你喊热干啥？热不死你！"柳蓉走到许慕辰面前，伸手就去推他，"还不快些回你自己屋子里待着去！少到这边来骚扰我！"

　　一双软绵绵的小手贴过来，许慕辰只觉得脑袋"轰"的一声，完全不知道自己身处何处，他此刻只想抓住那双手，用力将那个美人儿拉到自己身边。

　　"美人……"许慕辰的呼唤里充满了激情。

　　"咔嚓"一声，一把笤帚重重地落到许慕辰的脑袋上："美你个头！"

　　许慕辰一头栽到了地上，蒙了。

　　眨巴眨巴眼睛，看着眼前面露狰狞之相的柳蓉，他摸了摸脑袋，羞愧得说不出话来。

丢人丢到姥姥家去了！自小就刻苦练习武艺，没想到今晚却栽到一个手无缚鸡之力的大小姐手里！虽然他是毫无防备，可也不至于被她一笤帚就打到地上去了！

许慕辰半侧着身子，一只手撑着地想要站起来，却只觉得全身发软，好半天都不得力气——这究竟是怎么了？他还从来没有过这样的感觉，仰头看着柳蓉，许慕辰眯了眯眼睛，忽然觉得站在自己面前的是一个绝色天仙。

她笑得真妩媚，许慕辰吞了一口唾沫，喉咙发干，鼻孔里滴滴答答地落下了几滴鲜红。

柳蓉拿着笤帚站在那里，就像一只被踩到尾巴的猫，身子微微弓起，时刻防备着许慕辰从地上跃起。可她摆好了姿势以后，却发现许慕辰忽然没了动静，水磨地面上出现了几朵殷红的花。

——许慕辰流鼻血了？

偏着头看了又看，柳蓉决定应该表示一下关心，她手里握紧笤帚，身子蹲了下去，凑到了许慕辰面前看了看："你还好吧？"

"你别凑过来好吗？"许慕辰实在有些受不了，柳蓉蹲着身子在他前边，衣裳领口微微张开，露出了一片雪白的肌肤，还有……她那红色的肚兜。

"不凑过来我怎么看得出你哪里受伤了？"柳蓉从袖袋里摸出一块帕子，很好心地凑到了许慕辰身边替他擦鼻子，"刚才是我不对，不该下手这样重，可谁叫你闯到我屋子里头来，还说那样奇奇怪怪的话。"

她的手一动，衣领更是开了些，那雪白的胸口离许慕辰又近了几分，他甚至能清楚地看到她肚兜最上边绣着一朵桃花，他不能再忍，鼻血几乎如箭，直直地喷了出来。

"咦，你这是怎么了？怎么流了这么多鼻血？"柳蓉赶紧一把抓住了许慕辰的脖子，"抬头看着屋顶，你就不会流血了。"小时候柳蓉也流过鼻血，师父总是让她仰脸看着天空，过一阵子鼻血就不会流了，这是个好法子，柳蓉赶紧用了起来，让许慕辰的脑袋枕着她的腿，眼睛看着屋顶上的横梁。

"你肚兜上是不是绣着桃花？"脑袋枕在柔软的大腿上，还能闻到幽幽的体香，许慕辰很享受，嘴里无意识说出了这句话来。

"登徒子，渣男！"柳蓉低头一看，这才注意到自己的衣领斜着开了些，不由得脸上变色，猛地站起身来，许慕辰又重重地摔回到了地上。

竟然在这时候来偷窥她的肚兜，真是变态！柳蓉扶着笤帚站在许慕辰身边，越看他越气，抬起腿来用力踩到了他的肚子上边："你再敢偷看，我非得把你的肠子踩出来不可！"

脚尖用力，在许慕辰肚子上踩了几下，忽然脚背碰到了一样东西，柳蓉低头看了看，就见许慕辰那里似乎长出了一个什么东西，高高的耸起在那里，就像支起了一个小小的帐篷。

上回去救那位姑娘的时候，王三公子那里也是这般模样，渣男果然是一路货，柳蓉轻蔑地一笑，用脚碰了碰，有些硬。

"苏锦珍，你快停手！"许慕辰实在羞愧，自己竟然被祖母给算计了，那汤里不用说，就是加了那些特别的药，要不然他怎么会有这样的反应，见着苏锦珍都会有非分之想了？一只脚伸出来，在他那里磨磨蹭蹭地弄了个不停，让许慕辰更难受了，"苏锦珍，我叫你住手，你听到没有？"

"我哪有动手？我动的是脚，你没看到？"柳蓉嘻嘻一笑，见着许慕辰满脸通红，一副难受的模样心里就快活，她看过王三公子那丑陋模样，自然知道许慕辰那里究竟是什么东西。只是她现在准备装着什么都不知道，好好戏弄许慕辰一番，"你这里怎么就多了个东西？看着有些不对，是不是生病长出来的？要不要我喊人拿刀子来给割了？"

"你……"许慕辰怒目而视，可心里那团火怎么也压不下来，祖母灌了他这么几大碗汤，看起来自己今晚不会好过了。两腿之间的那团炙热越来越烫，让他有翻身起来将身上那个可恶的女人压倒的想法。

究竟要不要纵身跃起化作猛虎将她扑倒？许慕辰心中不住地在想着这个问题，眼睛望着自己头顶上方的柳蓉，越来越觉得她生得迷人，全身曲线毕现，仿佛在向他招手："你过来，你快过来！"

不能再忍！

许慕辰蓄势待发，正准备一跃而起，将柳蓉掀翻在地，自己恶狠狠地扑上去好好将她蹂躏一番，可身上轻了几分，那淡绿色的身影忽然朝门外奔去。

一个鱼跃，却没有抱到人，许慕辰呆呆地站在那里，望着不住晃动的房门，简直不敢相信自己的眼睛，这苏锦珍是自己肚子里的蛔虫？怎么就在他准备下手的时候跑了？

到嘴边的肉……飞了。

许慕辰站在那里，觉得全身燥热，只想抱住一个柔软的东西，拼命地揉碎，嵌入自己的身子。可这屋子里就他一个人，烛光寂寞地照着他的脸，冷冷清清的一片。

门外有冷风灌进来，许慕辰全身一抖，几分热度又退了些。

不行，他怎么能被那些乌七八糟的药毁了清名，自己洁身自好十九年，哪里能对不喜欢的女人下手？许慕辰一只手掐住自己的虎口，将一口真气沉下丹田，慢慢地坐下来，闭目凝神，两只手放在膝盖处，长长地吐出一口气。

他要用吐纳之法将体内存的那些药逼出来，否则，他不知道今晚该怎么过。

他与苏锦珍可是约定好了的，彼此不能侵犯，若他把持不住，霸王强上弓，自己一世英名可就全毁了——说好的井水不犯河水呢？说好的洁身自好？毁去一个并不是自己真心喜欢的女子的清白，这与禽兽何异！

"天方地圆，上有北斗，下有南极……"许慕辰心中默念秘籍上的口诀，用尽全身力量将那些喝进肚子里的汤逼出体外。

指尖渐渐有水滴渗出，滴落到膝盖上，那里很快有了黑黑的一块水迹，许慕辰心中大喜，这个法子还是行得通的，他奋力催动体内真气，就如有一只耗子到处在跑动，驱赶着原本已经进入体内的那些药随着汗水排了出来。

沙漏里的沙子慢慢地流了下来，盘坐在沙漏附近的许慕辰觉得自己越来越轻松，膝盖上的水迹也越来越多，蜿蜒而下，就像一条小河，他的身子不再有那种燥热的感觉，渐渐地恢复了常态，心情也慢慢放松下来。

忽然，一桶冷水从天而降。

"哗啦"一声，许慕辰被浇了个透心凉，头发粘成一绺一绺的，眼睛完全被蒙住了，怎么也睁不开。

"这是怎么回事！"许慕辰伸手抹抹眼睛，正准备睁开眼睛看看究竟是哪个不长眼的用冷水浇他，可还没等他睁眼，又一桶水浇了下来，来势比上边那一桶更凶猛。

"快快快，还不给你们大公子浇冷水，他那病就没救了。"柳蓉指挥着几个婆子拎着桶子往许慕辰身上倒水，一边说得体贴，"夫君，你这病非得拿冷水泼才能治好，你且忍忍，忍过这一阵子就好了。"

婆子们在旁边听着柳蓉这贴心贴意、温柔可人的话，一个个感动得抹眼泪，少夫人对自家大公子可真是好，这般无微不至地照顾着他，娶妻若此，夫复何求！

大公子风流放诞，不仅在京城街头招蜂引蝶惹得一群姑娘大嫂跟着他乱跑，还有断袖之癖，可是少夫人对他不离不弃，还想出各种法子来给大公子治病，这份贤惠，放在大周都是数一数二的，谁家的夫人能比得上呢！

但愿大公子能迷途知返，早些收了心，能与少夫人恩恩爱爱过日子，否则就连她们都要看不下去了——大公子都不与少夫人同房，夜夜睡在前边那一进屋子，谁知道他在那里到底做了什么勾当！

许慕辰被几桶水浇得全身打战，他刚刚用内力逼出那些汤汁，正是最虚弱的时候，不料当头几桶水，浇得他跟落汤鸡一般。

"苏锦珍，你究竟在做什么？"许慕辰撑着地站了起来，咬牙切齿地望着柳蓉。

"夫君……"柳蓉用衣袖擦了擦眼睛，喜极而泣，"你的病就好了？"

"你才有病！"许慕辰气得快要发疯，"我哪里有病了？你都在瞎折腾什么？"

"哎呀呀，大公子，你可不能忌医啊！有病不要紧，要紧的是要快些治！"几个婆子赶紧拦住柳蓉，脸上仿佛写满了忠心耿耿四个字，"大公子现在病得不轻，及时治病才是正理儿！怎么能来打骂少夫人呢？"

打骂少夫人？他可是一个手指头都没挨到那女人身上！许慕辰看着躲在婆子们身后，一脸委屈模样的柳蓉，恨恨地瞪了她一眼，甩着手走了出去，身后留下一摊水。

"少夫人，大公子的病会好吗？"几个婆子忧心忡忡地望着许慕辰的背影，个个唉声叹气，"大公子小时候可没这么多毛病，人一大，就什么毛病都来了。"

"什么？两人昨晚还是分房而睡的？"许老夫人眉头皱起，脸色很不好看。

那包药粉可是管事从京城生意最好的青楼里买过来的，不会没效，要是那青楼敢糊弄镇国将军府，以后它还想要开门做生意？

"听大公子院子里的人说……"那婆子吞吞吐吐，"两人好像还打了一架哪。"

许老夫人更是愁容满面，这能不打架吗？孙媳妇没过门就遇着一个郑三小姐想上门做贵妾，成亲那日京城一群大姑娘小媳妇跟着花轿哭哭啼啼喊"许侍郎"，刚刚成亲没多久就抓到许慕辰与下属偷腥……还是个男的。

分房而眠了那么久，自己弄了些药给许慕辰吃了都没用，还是各顾各的，长久这般下去，只怕孙媳妇会提出和离，那镇国将军府就成了京城的笑料了。

"老夫人，老奴觉得这事儿还有转弯的余地。"来报信的婆子想了又想，最终决定为自己的主子出个主意，"大公子与少夫人两人不和，该是两人没有相互了解，若是能给些时间让他们互相发现对方的好处，那自然便会和谐。"

许老夫人眼前一亮："你说得不错。"

唉！当年将辰儿送去宫做伴读真不是个好主意，或许就是那时候养成的恶疾——现在皇上也不是没有选妃立皇后吗？指不定两人……许老夫人打了个哆嗦，不行，不行，自己可非得将辰儿这个毛病矫正过来才是。

孙媳妇乃是名门闺秀，生得一副好模样，最要紧的是脾气性格好，即便辰儿闹成这样，她都没说要和离出府，这份修养也算是好的了。许老夫人暗自叹气，辰儿要惜福呀，无论是郑三小姐还是那下属，都不该去想了。

要治好辰儿这病，少不得给两人时间才是，许老夫人想了想，自己还得带着孙媳妇去皇宫亲自替许慕辰告假才行，否则许慕辰不一定会自己提出要求，皇上指不定也会舍不得放手。想着自己的孙儿沦为皇上眼中的明珠，许老夫人打了个哆嗦，大义凛然地站了起来，不行不行，为了辰儿的终身幸福，自己拼了。

柳蓉听着许老夫人说要带她去皇宫，惊奇地瞪大了眼睛："去皇宫？"

许老夫人有些不好意思，望着柳蓉尴尬地笑："是，去皇宫，我想带着你去觐见太后娘娘，顺便为辰儿告个假，让皇上准他一两个月不用上朝……"

"一两个月不上朝？"柳蓉有些疑惑，"皇上准么？他的俸禄会照发么？"

许老夫人暗自叹气，孙媳妇千好万好，就是有些小气，镇国将军府还会少了那点俸禄银子不成？一个月几十石禄米，塞牙缝都不够。

"珍儿，这俸禄银子你就不用管了，皇上若是准假，我给你一万两银子，你伴着辰儿到外头好好走走，散散心，你们两人也可以相互熟悉、彼此了解……"许老夫人笑得和蔼可亲，一万两银子能让孙子改了恶习，不知有多划算。

听说许老夫人给她一万两银子，柳蓉眼睛放光，犹如天边一抹闪电，将堂屋都照亮了三分："祖母，我们快些走吧，这就进宫见太后娘娘去。"

刚好还没见过皇宫长啥样，今日去瞧瞧，若是那里防守没有传闻里的严密，那以后自己就能去皇宫里溜达溜达，想来皇宫里的金银财宝应有尽有，自己随便拿几样，肯定不会被人发现。柳蓉美滋滋地站起来，撒娇似的扶住了许老夫人的胳膊："祖母，留心脚下，珍儿扶着你。"

许老夫人感慨连连，多好的孙媳妇呀，辰儿若是与她待在一处久了，定然能发现她的好。

皇宫比柳蓉想象的小，宫里的卫士也比柳蓉想象的少，柳蓉跟着小内侍往前走，眼睛不住地瞟皇宫内院。朱红色的长廊蜿蜒曲折，碧色琉璃瓦映着阳光闪闪发亮，御花园里的花朵争奇斗艳，来来往往的宫娥们身上穿的衣裳五彩缤纷。

这些都不是重点，柳蓉关注的是那些手执金戈的羽林子。

从后宫门口到慈宁宫，她一共经过了五个院子，每个院子只有在拐弯的路口才见着全身金甲的卫士，那些羽林子瞧着似乎也不是什么好手，一个个嬉皮笑脸的，不时斜歪着眼往她身上看过来。

传言果然不可信，柳蓉暗自下定了决心，过几日就夜探皇宫，看看能捞着什么宝贝，说不定那花瓶就藏在皇宫里头呢。

陈太后一副慈眉善目的模样，见着柳蓉有些同情，这苏国公府的大小姐也是命苦，竟然嫁了那样一个人。想着皇上与许慕辰两人"如胶似漆"的模样，陈太后就摸着胸口喊痛，自己怎么着也要成全了这苏大小姐，让她与那许侍郎做一对恩恩爱爱的夫妻。

给人方便就是给自己方便，陈太后笑得和蔼可亲："快些去请了皇上过来，就说哀家有事找他。"

许明伦正在昭文殿上批阅奏折，旁边不远处站着许慕辰。

"慕辰，你怎么眼圈发黑，气色不好，是不是昨晚去作孽了？"许明伦批完一沓奏折，心情轻松，笑着看了看许慕辰，才一日不见，他的这位发小怎么便憔悴了几分，眼圈子黑黑，似乎被烟熏火燎过一般，一张脸白里透青，去扮地府的小鬼都不用搽粉。

"多谢皇上关心微臣。"许慕辰压着心中的一口气，对自家娘子的怨气怎么能当着发小皇上说？依照许明伦那德行，肯定又会拍桌打椅狂笑不止。他闷闷不乐地瞧了许明伦一眼，"皇上，你脸上的痘印好似又深了。"

许明伦闻言迅速伸手拦住了半边脸，恨恨道："朕还年轻，所以长痘，许慕辰，你可是长痘的机会都没有了。"

旁边那小内侍尖声细气插嘴，讨好地替皇上反击："许侍郎成亲了，那便是有家室的人啦，如何能像皇上一般……年轻有朝气？"

提到"家室"两个字，许慕辰登时没了声息，他的霉运从许明伦赐婚那一日便开始了，刚刚赐婚没多久，便在宁王府别院出了个洋相，让不少京城贵女大饱眼福。再后来……许慕辰嘴角抽了抽，事情越来越走偏了，若不是苏锦珍土生土长在京城，他还真有些怀疑是不是皇上赐下来的这个媳妇就是那跟他对着干的女飞贼。

那日在宁王府，他假装潇潇洒洒毫不在意，憋着一口气回了镇国将军府以后，仔细查看了那件可怜的衣裳——湖州新出的抽纱绉绸。他仔细看过以后，发现除了三根带子被割断，腋下也被划了两道长长的口子，难怪被湖边的大风一吹就会从自己身上飞走了。

那小丫头，肯定就是女飞贼。

许慕辰不得不承认，那女飞贼的身手真好，自己要抓住她，可能还要大费周章，从最近的事情来看，自己可是一点便宜也没占到。

正在咬牙切齿地想着，外边来了个慈宁宫的掌事姑姑，笑得格外甜蜜，脸上开出了一朵花儿来似的："皇上，太后娘娘有要事相请。"

许明伦算得上是个孝子，听说太后娘娘相请，未敢多做耽搁，交代了许慕辰一句："慕辰，你且在这里等着，我去去就来。"

掌事姑姑望了望许慕辰，小心翼翼道："不如许侍郎也一道去慈宁宫吧，尊夫人跟着镇国将军府老夫人来觐见太后娘娘了。"

"慕辰，同去同去。"许明伦赶紧吆喝着许慕辰一道走，他对苏国公府的大小姐颇有些抱歉，本来还想给她一桩美满姻缘，可万万没想到发小许慕辰坚决不配合，这人事小事一桩一桩地弄了出来，让他有些措手不及。

虽然知道许慕辰不是那不靠谱的人，只是现在京城的大街小巷里头都传遍了许侍郎的风流韵事，苏大小姐心里头肯定会不舒服。许明伦一边走一边喟叹："慕辰，不管怎么样你也与她已经成亲了，别再倔强，该柔和的地方便柔和些。"

许慕辰摸了摸脑袋，心中叹气，发小皇上是不知道自己过的是什么日子！应该柔和一些的是那苏锦珍吧？想想昨晚她拿着笤帚狠命地敲打着自己的模样，许慕辰就全身不自在起来："皇上，是你要我故意装成这德行去骗那人信任的，现在又叫我改……"

"偷偷地对她好就是了！"许明伦哈哈一笑，支吾了过去，

"你们两人关起门来甜甜蜜蜜的，外边有谁会知道？"

"反正皇上的意思就是让我继续顶着那风流浪子的名声了？"许慕辰垮着一张脸，暗自嘀咕，发小该是故意的，肯定是在嫉妒他的才干，这才变着法子将他的名声给毁了。

交友不慎就是这结果，许慕辰默默擦了一把辛酸泪。

第四章

告假

　　陈太后和颜悦色地坐在那里，望着柳蓉笑得慈祥："许少夫人，你两年前进宫觐见过哀家，当时可没现在这精神，见了哀家还有些缩手缩脚，不敢多说话。"

　　柳蓉忽然想到了苏锦珍的身份，赶忙将手中拈着的一块糕点放回了盘中，挺直了背，脸上笑容淡淡："那时候第一次见着太后娘娘真容，凤姿绝世，震惊不已，自然不敢多说话。熟悉了以后发现太后娘娘原是这般平易近人，于是便松懈了些。"

　　"许少夫人可真是会说话。"陈太后呵呵地笑着，心中得意，"喜欢吃这糕点就多吃些，哀家赐你一碟子，带回府去尝尝。"

　　心中对柳蓉存着些小愧疚，陈太后绞尽脑汁想弥补她一二，见她一口气吃了三块鹅油玉带酥，觉得她该是喜欢吃这个，赶紧命宫娥让御膳房去现做一坛子过来，封好口子好让柳蓉带回镇国将军府去。

　　许老夫人的脸颊抽了抽，孙媳妇实在也不像话了，怎么能在太后娘娘面前这般大口大口地吃东西呢？好像镇国将军府亏待了她一样。正准备开口说话，就听着主殿门口传来爽朗的笑声："母后这里有什么好东西，竟然让许侍郎的夫人这般胃口大开？"

柳蓉抬眼一望，就见门口站了一个穿明黄色衣裳的年轻男子，长得还算俊，只是被他身后那个人一衬，马上就变得平凡了些，更何况他脸上还长着几颗小小的痘子，其中有一颗红亮亮，里边似乎有东西要破土而出。

"吾皇万岁万岁万万岁。"柳蓉赶紧跟着许老夫人行大礼，心中感叹，这人比人气死人，也不过是个年纪轻轻的毛头小伙子，可就是连许老夫人都要给他下跪行礼呢。

许明伦笑着看了一眼柳蓉，他方才在外边听了几句才进来，没想到这位苏国公府的大小姐竟然在慈宁宫放开肚皮吃鹅油玉带酥，倒也是真性情，不像旁的那些贵女，遇着好吃些的东西还故意要装出目不斜视的样子来。

"皇上，今日许老夫人进宫，是想请你准许侍郎两个月的假。"陈太后掂量了下，还是开口了，瞧皇上与这许侍郎焦不离孟孟不离焦的样子，她心中也是着急，怎么着也得将他们两人掰开才行！

"替许侍郎告假？"许明伦愣了愣，"许老夫人，这好端端的，何事告假？"

许老夫人见着许慕辰跟着许明伦走进来，一股怨气慢慢地涌上心来，皇上可真是厉害，走到哪里都带着自家辰儿，看起来都是他将自己的乖孙带坏了！早就听说宫里那些内侍因着不能人事，故此捣鼓出一些奇奇怪怪的事情来，指不定那些不男不女的人在皇上耳朵边多熏了几句，皇上就……

可纵使许老夫人向人借了一千个胆子，也是不敢来埋怨皇上的，她只能小心翼翼地赔笑道："皇上，我家辰儿的身子似乎没有以前好，面黄肌瘦，精神不济，臣妇特地进宫想来向皇上替他告几日假，让他媳妇陪着到外边走走，延请名医替他诊脉看看。"

"许爱卿，你这身子就垮了？"许明伦斜眼看了看许慕辰，脸上带了一丝耐人寻味的笑容，"你这才成亲一个月啊。"

柳蓉听了这话满不是滋味，皇上的意思难道是将责任都归咎到她身上来了？不行，自己可不能背黑锅！她站了起来，满脸不赞同："皇上，请恕我多言，许侍郎晚上可没在我屋子里头过夜。"

一屋子人的脸顷刻间便变了颜色，众人望向许慕辰，什么表情都没有。

许明伦强忍着笑，对许慕辰点了点头："许爱卿，你这新婚妻子怨气很大。"

许老夫人趁热打铁："他们俩彼此不熟悉，还请皇上多拨些时间给辰儿与珍儿，臣妇不想见着这世间多一对怨偶。"

陈太后更是觉得心有不安："皇上，让许侍郎歇息一两个月，也不是什么大不了的事情。"

这事情似乎在朝许老夫人计划的那样发展，许明伦被陈太后双目灼灼盯着，只能点头："既然如此，朕便准了许爱卿的假，这两个月里，你带着新婚妻子到处走走，也好彼此了解，不再互相猜疑。"

陈太后拿着眼睛觑着许明伦，心中暗自猜度自家儿子说的是不是真心话，瞧着模样好像有些难舍难分哪。许老夫人却没管这么多，高高兴兴地叩谢隆恩，拉了柳蓉就要出宫。

走到慈宁宫主殿门口，柳蓉鼓起勇气回头道："皇上，我知道一个法子，能治你脸上的这些痘印。"

　　皇上让她顷刻间便赚到了一万两银子，投桃报李，自然要感谢一番才是。

　　许明伦的脸瞬间就红了，鼻子一侧的那颗痘子忽然又红又亮。

　　许慕辰心情大好，真恨不能拍桌打椅狂笑一番，许明伦心中最大的痛处就是脸上的这些痘痘，太医给他开了不少药方子，也吃过不少药，可就是没用。素日里君臣两人互相攻击，他便是拿着痘子来说许明伦的，现在却被自己那挂名的新婚妻子指着痘子说了出来，许慕辰忽然觉得很是痛快，看着柳蓉也觉得顺眼多了。

　　"皇上，有了痘子不要紧，将痘子去了便是，你可不能忌医。"柳蓉见许明伦有些尴尬，赶紧出言安抚，"痘子去了以后，皇上便更英俊了，皇后娘娘也会更喜欢了。"

　　"朕……没有皇后。"许明伦呻吟了一句，在他准备继续说话之前，许老夫人已经伸手扯住了柳蓉，抬腿就往外走，这孙媳妇胆子贼肥，竟然敢对皇上脸上的痘子指指点点的，不要命了不成。

　　"没有皇后？皇上，你可不能自暴自弃，"柳蓉眨巴着眼睛，挣扎着站住身子，"有痘子不是你的错，可你不去治就是你的错了。"

　　许明伦几乎要泪流满面，他真心不是因为这个原因才不娶皇后的！他那时候看惯了后宫的倾轧，讨厌那些心机重重的女子，这才不愿意广选秀女的！其实只要他肯点头，不管他脸上有没有痘子，不知道会有多少女子愿意进宫来呢！

　　许慕辰忍着笑，望向柳蓉，这苏国公府的大小姐还真是有些意思，天底下敢这样与皇上说话的，除了自己，只怕就轮得上她了。

　　陈太后木然地坐在那里，脑子里还转不过弯来，这位秀气清丽的许少夫人，怎么一眨眼便成了无厘头的傻大姐？没见皇上的痘子都闪闪发亮了么，还在拿着他的痘子说话！若不是出于对于许少夫人的一份内疚，陈太后几乎就想喊着掌事姑姑将柳蓉赶出慈宁宫去。

柳蓉蹬蹬蹬地走到了许明伦面前，一脸诚恳："皇上，我真有良药，你要不要？"

终南山对面那个道士，潜心研究各种药物，其中就有一种叫雪肤凝脂膏的，咳咳，那是他为了讨好师父送过来的，那种膏药搽了，人的肌肤就如雪般光亮柔和，莫说是痘子，便是连一个小斑点都没有。

对面道观里有几个小道士，脸上也是长了皇上这种痘痘，她偷偷从师父那里拿了半瓶给他们用着，不出一个月，这脸上就光溜溜了。

"你真有良药？"见着柳蓉竟然无视这屋子里低沉的气氛，还跑到面前来与他说话，许明伦简直要被柳蓉的勇气折服了，他摸了摸鼻子上的那颗痘痘，用力擦了擦，那里有些刺痛的感觉，"保证能消？"

"我保证。"柳蓉点了点头，"这药十分金贵，我现儿也只有大半瓶，不好意思收你一整瓶的银子，就收一百两吧。"

慈宁宫里的人都倒吸了一口凉气，好东西不该是供奉给皇上用的？竟然还要收银子？而且是她自己用过了剩下的东西，还要收银子！这苏国公府的大小姐，是掉进钱眼里了吧？

柳蓉浅浅一笑，内心独白："不对不对，我从来就没从钱眼里钻出来过。"

许明伦咬牙切齿，点了点头："好吧，还请许少夫人将那瓶神奇的膏药送进宫来，朕让慕辰将一百两银子给你带回府去。"

"皇上，我送膏药进来的时候，你就把银子给我，谁知道他拿了银子会不会贪了放到自己腰包里。"柳蓉很不满意地望了许慕辰一眼，此人乃是小人，不可信，不可信！

见许慕辰脸色忽然就转黑，许明伦心中大喜，刚刚失了面子的感觉不翼而飞，他喜气洋洋点头道："好好好，你送了膏药进宫，朕给你两百两银子！"

"多谢皇上！"柳蓉甜甜地冲许明伦笑了笑，"皇上果然是旷世仁君，这般关爱民众体贴入微，真让人佩服感动、感激涕零……"

高帽子一顶顶地抛了过去，许明伦头晕身子轻，几乎要飘了起来，一双眼睛望向柳蓉，只觉这位许少夫人生得格外好看，乃是世上少有的绝色。

第五章

出门游玩

许侍郎比原来更出名了。

原来许侍郎因为他的俊美而出名，现在的许侍郎，出名是因为他的好色。京城里的人一提到许侍郎，个个摇头："没想到瞧着好好的一个人，竟然也做出那般龌龊的勾当。"

许慕辰开的两间铺子瞬间门可罗雀，每日里头只有那个胖胖的朱圆圆姑娘一片痴心的过来，与伙计们闲谈的话不外乎是如此："若我变成一个男的，只怕许侍郎会更喜欢我。"

伙计差点吐了出来，自家大公子有喜欢过她么？

瓜果店与鲜花店是开不下去了，只能改了个行当，专卖胭脂水粉，一家卖姑娘大嫂们用的，一家门口写着的牌子是……呃……男子专用。

许侍郎这招牌很好使，虽然没人送花送瓜果了，可究竟觊觎他的人还是会趋之若鹜地来捧场，两家铺子生意很好，看得旁边几家铺子的掌柜个个眼红："呸呸呸，不过是仗着镇国将军府的势！只

089 /// 第五章 出门游玩

不过也猖狂不了多久，皇上都看不过眼了！"

因着许侍郎这般恣意妄为，他愈发成了京城风口浪尖的人物，就连他的发小都忍无可忍，觉得他这般胡作为非有损大周官员名声，下旨将他侍郎一职革去，让他在家里反省两个月，以观后效。

"皇上这般做似乎有些欠妥。"宁王摸着胡须望了望侍立在一旁的老者，"他这不是在给自己添麻烦？"

许明伦登基才大半年，根基未稳，该是要笼络着那些世家大族为他效命。镇国将军府乃是把持着大周的军备设施，许慕辰是镇国将军的长孙，就这般将他的职位给夺了去，镇国将军府岂能没有怨言？

镇国将军府绝不会是因着许慕辰以后没俸禄领了，主要是面子上过不去。

说起来，镇国将军也算得上是宗亲，当初镇国将军的先祖是太祖的堂弟，与太祖一道打下这大周的江山，虽然这么多代传了下来，这王爷的封号是没了，可依旧还是大权在握，西北与西南各部兵力全由镇国将军把持着，七八十万人都要听他的指挥。

许慕辰素有才名，众人皆赞镇国将军府家的长公子文才武略兼备，乃是人中龙凤，可随着年纪渐长，人却也混账起来。最近一两年，京城里关于许慕辰的传言，全是不好听的了，明面上说什么风流倜傥，可其实不是暗地里指着说他招蜂引蝶？

上回宁王在别院开了荷花宴，这位许侍郎就看中了郑三小姐，竟然不顾脸面地脱了衣裳勾引她，宁王正琢磨着想个法子将那郑三小姐送进镇国将军府，也好将那许侍郎给笼络住，可没想过了阵日子，许侍郎的口味就变了，与他的下属在薛家园子废弃的绣楼里颠鸾倒凤……口味转得可真快，让人目不暇接。

"呵呵，王爷，皇上这般做，可不正合了你的心意？"那老者谄媚地笑了起来，"皇上最近整治贪腐，京中官员已有怨言，现儿又大刀阔斧的将一批重臣给裁了……日后他这皇位可不一定坐得稳哪！"

宁王摸了摸胡须，心情大好："去打探下，看看许慕辰现儿正在做甚？本王也该小恩小惠地笼络着他，毕竟镇国将军府的势力不可小觑！"

"王爷真乃高瞻远瞩！"那老者点了点头，"我这就派人去打听打听。"

风光一时的许侍郎，现儿却垂头丧气，销声匿迹了。

京城的大街上再没见他雄姿英发的身影，问来问去，方才打听到他被镇国将军府扫地出门，带着新婚妻子到处游山玩水去了。听人说，是许老夫人亲自拿笤帚赶着出去的，还指着他痛骂了一顿："你媳妇儿若是不说喜欢你，可就别回来！"

许老夫人也是横下了心，自己孙子生得这般俊，只要甜言蜜语地哄着些，孙媳妇还不能贴着身子过去？指不定两个月回来以后，孙媳妇就已经有了身孕了呢！

一想到自己要抱曾孙了，许老夫人赶紧在菩萨前边多添了一炷香："大慈大悲的观世音菩萨，保佑这两个冤家顺顺利利的，早生贵子啊！"

按着名字来说，观世音菩萨该能听到世间一切乞求的声音，可毕竟她只有一双耳朵，加上莲花宝座前的金童玉女，也就三个人，怎么能听得尽这世间的声音，故此她总是选择性地听一些，不听一些。

镇国将军府乃是钟鸣鼎食的大家，难道还有什么烦恼？观世音菩萨可是眼睛都不会往这边瞄一下的，许老夫人的乞求完全被遮挡在她的听闻之外。

许慕辰与柳蓉，自然就不会顺顺利利。

"许慕辰，咱们来说说今后该怎么办。"柳蓉趴在马车的小窗上头，伸着脖子往骑马走在马车一侧的许慕辰看了过去，"哎哎哎，你别垂头丧气的，虽说皇上贬了你的职，可这也是实事求是，你也没必要这么耷拉着脸。"

许慕辰朝柳蓉瞥了一眼："闭嘴。"

被祖母扫地出门，他心情实在不快，最重要的是，还要带着这个累赘到外边游山玩水，这可真是一件苦差事！马车里不时传来嘻嘻哈哈的声音，那是柳蓉跟她两个贴身丫鬟在说笑——她们笑得欢快，可许慕辰却觉得烦躁。

若不是要陪着她"游山玩水"，他早就扬鞭打马跑没影了，哪里还像现在只能守着这马车一步一步地往前挪。

往前挪倒也罢了，马车里传来的声音，就像几百只麻雀在耳边叽叽喳喳地叫唤，而且现在索性撩开帘子来和他说话，大概是想将他同化，也变成麻雀里的一只。

"许慕辰，我可是想和你说说真心话。"柳蓉毫不气馁，朝着许慕辰嘻嘻地笑，"我在想，我什么时候与你和离会比较好？"

"和离？"许慕辰惊讶地看了柳蓉一眼，实在不敢相信自己的耳朵，她怎么会想出这两个字来？和离对于一个女人伤害有多大，难道她不知道？可瞧着她那笑得如春花灿烂的脸孔，仿佛这"和离"是一件挺不错的事情。

"唉！就说你这人薄情寡义。"柳蓉摇了摇头，长叹了一声，许慕辰不是喜欢郑三小姐，当然要将这正妻的位置空出来给她才行。自己偷到了花瓶就回终南山去了，也不必占着这个地方不干活，还不如大发善心，将许少夫人这个名头扔给那郑三小姐，也好让他们有情人终成眷属。

许慕辰咬紧牙关没有说话，京城里的人都误会他喜欢郑三小姐，全是那女飞贼的功劳，扮成宁王府的小丫头捉弄了他，害得他忽然间就变成了与郑三小姐两情相悦的人。现在听着柳蓉旧事重提，他实在有些气愤，旁人家的妻子，知道自己夫君心目里有别的女人，一个个都是横眉怒目，恨不能将那女人千刀万剐，可这苏锦珍真是奇怪，好像迫不及待想要将那郑三小姐接进府来。

她是贤惠过头了吧？许慕辰看着柳蓉那笑得眉眼弯弯的脸，气呼呼道："苏锦珍，你究竟打算做什么？"

"我要和离！"许慕辰终于肯重视她提出的问题了，柳蓉心中实在高兴，一只手攥着软帘直摇晃，"你与我根本就是两个陌生人，却被捆绑到一起做夫妻，多尴尬啊！不如等过上一阵子，这赐婚的热乎劲过了，咱们就和离，你过你的，我过我的。"她嘿嘿一笑，"我可是很体贴的，现在就提出和离，只怕旁人都会闲言碎语，皇上也会过问，等过得一段时间，京城的人不再守着你转了，咱们再悄悄地和离了。"

许慕辰心动，却有些犹豫："这样不好吧？毕竟是皇上的赐婚，我们镇国将军府也没有什么对不住你的地方……"

"怪我吗？"柳蓉白了他一眼，"你自己摸着良心说，对不对得住我！"

"……"许慕辰忽然发现，自己无话可说。

"许慕辰，就这样说定了，等我住到不想住的时候，那我便提出和离，你可不能阻拦我，快快地在契书上签了字，咱们以后就你走你的阳关道，我过我的独木桥！"柳蓉将软帘扯得呼呼响，嘴角浮现出一丝笑容，"许侍郎喜欢的人多，少我一个也没什么了不起的。"

等自己拿到了花瓶，自然就要回去了，柳蓉心中赞美自己，本姑娘就是一个不喜欢占人便宜的，能帮镇国将军府省点银子，就是一点银子，更何况自己还不知道会不会有意外的财宝砸过来，让她接到手软。

掰着手指头算，成亲第二日见长辈得了一万多两银子，还有二十多件珍贵的首饰，后来许老夫人答应给她一个月两千的零花，这次出来又给了她一万——银子来得太快，柳蓉都有些愧疚了。

许慕辰皱着眉头看了看靠着小窗的那个女子，一双眼睛瞪着天空，几根手指不住地在晃动，也不知道她在想什么高兴的事情，嘴角的笑容深深。

"难道做个和离的妇人比做许少夫人更快活？"许慕辰有些许气愤，受到了柳蓉一万点伤害，血槽已空。

京城里繁华无比，镇国将军府的马车从街头辘辘而过，差不多走了小半个时辰方才到了城门口。

守城的副将识得许慕辰，见他没精打采的骑马走在一辆马车旁边，赶紧上来行礼问好："许侍郎……"忽然想到许慕辰已经被皇上下旨免了官职，又不知道该怎么称呼他，好半日才憋出一个"许大公子"。

柳蓉掀开门帘往外边张望，见着许慕辰脸色尴尬，嘻嘻一笑道："夫君，不用这么垂头丧气的，等你将坏毛病都改好了，皇上肯定又要你回去做侍郎了。"

"许少夫人！"这副将也乖巧，听着柳蓉如是说，赶紧上来行了一礼，"许少夫人与许大公子要出城去？"

真是奇怪，这位许少夫人怎么一点都没有不开心的神色，仿佛许慕辰遭了贬斥是件大好事一般，脸上春风得意，笑得格外开心。若是换成旁家的夫人，只怕是坐立不安，只想着要好好打点打点，看看能不能快快官复原职，哪里还能笑得这样开怀？

不过转念一想，这许少夫人不是苏国公府的大小姐？想来许大公子当不当官，她都会觉得无所谓，苏国公府打发的嫁妆，够她一辈子吃穿不尽了。

"这位将军，你想不想立功？"柳蓉的眼睛眯了眯，有一支队伍朝着城门走了过来，一路的鞭炮响得震天，白色的招魂幡被风吹得左摇右摆。

"立功？"副将一愣，许慕辰也是一愣，他板着脸朝柳蓉道，"你又知道什么！莫要乱说了，咱们快些出城去，别耽误了这位将军检查过往行人。"

柳蓉朝他一撇嘴："你不要看不起人，虽然说你是刑部侍郎，可我觉得你却一点破案的眼光都没有。"见许慕辰脸上变色，柳蓉摆了摆手，"啊，我记错了，你只是前任刑部侍郎，难怪皇上将你免职，果然他慧眼如炬。"

许慕辰气得七窍冒烟，这苏锦珍是老天派下来与他作对的不成？他气得转过头去，一眼便见着了那支快要走到城门面前的出殡队伍。

眼睛眯了眯，许慕辰感觉到有些不对，他仔细打量了下，脸上变了颜色。

"夫君，你可听说，京兆尹最近在捉一伙强盗？"柳蓉趴在马车窗户上，懒洋洋地说着话，"有一大户人家被打劫得一干二净，就连一块银子都没有给他们留，家中穷得第二日便发卖了下人，否则无米下锅……"

话还没说完，许慕辰手一挥："将军，速速将这伙人拿下！"

那副将有些莫名其妙，望了望许慕辰，又看了看柳蓉，实在不知道这两人在说什么，他朝那伙人看了看，低声道："许大公子，许少夫人，这是人家出殡，正是遭了悲伤事情，咱们怎么能贸然去捉拿呢？"

许慕辰翻身下马，大步朝那伙人走了过去："速速停住！"

为首的是个小娘子，浑身缟素，抱着一块灵位呜呜咽咽地哭得正伤心，听着许慕辰喝止队伍，抬起头来，眼波流转："这位公子，你为何要阻了奴家的路？奴家的夫君过世七日，现在正准备要将他送去坟地下葬，可不能耽误了时辰。"

副将带着人走了过来，见着那小娘子哭得楚楚可怜，不由得心软了几分："许大公子，你就让开些，让这小娘子出城将她男人给下了葬，人家赶时辰哪。"

捧着灵位的小娘子朝那副将嫣然一笑："多谢将军通融。"

那笑容竟有说不出的风情万种，看得那副将脑袋晕晕乎乎的，拼命朝着那小娘子点头："你快些带着队伍出城，出殡的拦着城门口也不吉利。"

柳蓉趴在马车小窗冷笑了一声："这位将军真是没头脑，到手的军功就飞了。"

副将有些迷糊，回头看了柳蓉一眼，这边许慕辰飞身而起，踩着为首几个壮汉的肩膀一路飞了过去，白色云锦长袍的衣角飞了起来，就如一缕流云飞快的从空中掠过。

眨眼之间，他便已经到了那具棺椁上边，使出千斤坠的功夫来，那棺椁就如压了一块巨石般，慢慢地往下沉了去，几个抬棺椁的大汉都没有顶得住，膝盖发软打跪，忍不住就快要摔到地上。

"快快快，快护住棺椁！"那小娘子脸色一变，捧着灵位朝棺椁那边跑了过去，嘴里不干不净地骂了起来，那粗言滥语一句接一句，好像放水一样，旁边的人听了都脸上变色。

"哪里来的小兔崽子，竟然想动你爹的棺材！"那小娘子已经脱了方才那柔弱可怜的皮，一只手撑着腰，一只手拿着灵位朝许慕辰甩了过来，"老娘打不死你这小白脸，竟然敢来搅局！你是什么东西，王八羔子，也不知道是哪只野狗落下的种！"

柳蓉将手围在嘴巴边上，用力朝那小娘子大喊："死到临头，你还能站在这里骂人，实在是厉害！等会将你捉到京兆府衙里去，你要是还有这般力气骂人，我算是佩服你。"

那小娘子闻言身子一僵，也顾不上去捡那灵位牌子，撩起衣裳就想跑，却露出了里边鲜红的一角裙裳。

"想跑？"许慕辰从棺椁上飘然而下，一把抓住了那小娘子的肩膀，那小娘子一拧身，想要躲过，可却没有躲得掉，被许慕辰抓得牢牢得。

"哎呀呀，色狼！真没见过这样得色狼！我男人还尸骨未寒，就想在大庭广众下抢良家女子！"那女子被许慕辰捉得牢牢的，脱不了身，扯开嗓子大喊了起来，那些抬棺椁的大汉没有一个过来帮她，赶紧抬着棺椁就往城门外边走。

"这位守城的将军，你要是还不知道上前去拦着，那也算是蠢得够可以的了。"柳蓉剥了一颗瓜子，叼着一点白色的肉，嘴里"呸"地一声吐出了一块瓜子壳来："京兆府到处张贴告示寻找贼人，现在贼人就在眼皮底下却看不出？"

　　那副将终于反应了过来，赶紧指挥着手下去将那抬棺椁的大汉拦住，那四个人见着有军士过来拦截，几个人抽出棍子，凶神恶煞的朝军士扑了过来。

　　这边许慕辰轻而易举地制止住了那女子，将他交到一个看城门的军士手中，又飞身过来拦截那四个抬棺椁的大汉。这四人似乎都有些功夫，可许慕辰对付他们还是绰绰有余，才一盏茶的工夫，那群出殡的人都被捉住。

　　副将扶着棺材直喘气："许大公子，这棺椁里头，难道不是死人？"

　　"肯定不是！是前些日子失窃的金银珠宝！"许慕辰指了指站在旁边的军士，"你们过来将棺椁打开！"

　　棺椁上边用粗钉子钉死，众人拿了各种工具，嗨哟嗨哟地弄了一阵，才将棺椁盖子给卸下来，只是不敢上前去看棺椁里边有什么。

　　许慕辰抽出腰间的佩剑，伸到棺椁里边，将上头盖着的棉被挑开，一道金光银光闪闪，将人的眼睛耀花。

　　"这……"副将目瞪口呆："许大公子如何知道里边是金银珠宝？"

　　"废话少说，速速派人去通报京兆尹，就说那大户人家被打劫去的金银珠宝已经找到，贼人也悉数捕获。"许慕辰面无表情地看了那副将一眼，走到自己的坐骑前边，看了柳蓉一眼，脸色舒缓了几分，"我们走。"

　　柳蓉朝他笑了笑："本来早该走了，你若是一开始便用点穴的法子将那女子制住，然后再去开棺椁，还不知道要节约多少时间。只不过我想，应该是你见着那女子生得美貌，舍不得下手，是不是？"

她的脸上似有灿灿光华，说话时眉飞色舞，眉眼生动，许慕辰本想发脾气，可瞧着她那张活泼可爱的脸孔，又默默地将那股火气压了下去。

"京城里的人都说许侍郎怜香惜玉，看来不假。"柳蓉靠着小窗叹了一口气，"幸得我还不在意，还不知道以后郑三小姐进了镇国将军府，该有多伤心。"

刚刚才有一点点的好感，此刻已经不翼而飞，许慕辰一张脸黑得像锅底："你能不能不说话？不说话我不会把你当哑巴！"

柳蓉高高地挑起眉毛："我不说话怎么行？方才可是我出言提醒，你才发现了盗贼。"

"你是怎么看出来的？"许慕辰忽然又来了兴趣，这苏国公府的大小姐，瞧着娇滴滴的一副小身板，可却有那般臂力，还能一眼就看出盗贼的行踪来，委实让他惊奇。

"怎么看出来的？"柳蓉嘻嘻一笑，"莫非我不去刑部任职就不知道盗贼有些什么手段不成？许慕辰，你看过苏无名破案没有？这伙盗贼可真是蠢，竟然效仿行事。"

许慕辰望了望柳蓉，心情复杂得很。

"许侍郎，许侍郎！"有人在背后高声喊叫，柳蓉从小窗上回过他去一看，却见几匹马飞奔着从后边赶了过来，一阵烟尘滚滚，铺天盖地。

这是来了多少人？这架势！柳蓉看了看许慕辰："来的人是谁？你认识吗？"

"宁王。"许慕辰回答得很简单，将马头拨转过去，朝宁王拱了拱手："王爷，莫非是准备去行猎？为何也出了京城？"

宁王一脸慈祥地笑："听说许侍郎被免职，我这心里头也是一惊，想来安慰安慰许侍郎，却听说你被许老夫人扫地出门了，听得本王实在心酸，特地赶来给许侍郎践行。"

为了表达他的情真意切，宁王还实打实地举起袖子来擦了擦眼角，柳蓉眼尖，认真看了看，哪有半分流泪的痕迹，这样不敬业，必须给差评。

许慕辰受宠若惊："哪里当得宁王殿下来践行？我与贱内……"他扭头看了看柳蓉，勉强压下心中不快，继续说了下去，"我与贱内只不过是出门游玩两个月，到时候还会回来的，没想却惊扰了殿下。"

"这京城没有许侍郎可怎么行呢？"宁王大肆夸赞了许慕辰一番，"刚刚我从城门那边过来，人人都在说许侍郎英勇，即便是出门游玩都顺手抓到了江洋大盗。像你这般人才，委实难得，也不知道皇上怎么想的，竟然将你免职。"

尽管许明伦与许慕辰是发小，再好的关系也经不住挑拨，这两个小崽子还嫩了些，自己可是老手，肯定能抓住他们的弱点，将他们从铁哥们变成仇人。宁王的嘴角浮现出了一丝笑容："许侍郎，你游山玩水肯定要花银子，本王特地为你准备了些盘缠，还请笑纳。"

听到盘缠两个字，柳蓉的耳朵竖了起来，她又要挣银子了？

京城可真是好地方，人傻钱多，才来这么两个月，自己就赚了不少。柳蓉眉开眼笑："多谢王爷好意。"

许慕辰恶狠狠地瞪了柳蓉一眼，刚刚才对她有所改观，觉得她还算是有些可取之处，没想到只要提到银子，她就马上变回那个庸俗贪婪的女人。

"王爷可没说要将银子给你，用不着你这般急急忙忙地来道谢。"许慕辰实在不爽，这苏锦珍怎么就跟小户人家里出来的一样，见着银子就走不动路，两只眼睛笑得眯在一处就像一只想讨好人的猫。

"哎呀呀，许侍郎，这话可说错了，银子当然是交给夫人掌管了，咱们男人眼睛只盯着钱袋子怎么行？"宁王看了一眼柳蓉，心中得意，都说娶妻当娶贤，许慕辰娶的夫人可真不怎么样，只不过对自己还是很有用处的，"快些将金子送到许少夫人手里去。"

柳蓉伸手接过那一盘金子，哗啦啦就倒在自己的裙裳兜兜里，将盘子递出来，把软帘放下："绫罗，快数数，有多少个金锭子？"

绫罗羞愧得几乎要掉眼泪，自家娴静大气的姑娘，被柳蓉毁得形象全无，出现在自己面前的简直是一个猥琐妇人，拿着金锭子一个个摸过去，不住掂量："一个该有十两重。"

苏国公府什么时候少过银子吗？绫罗实在想抓住柳蓉的手让她停下来，可她只是个贴身丫鬟，哪里能做出这僭越的事情来，只能出声提醒："少夫人，注意要雍容华贵。"

柳蓉扫了她一眼，见绫罗眼中满是不赞成的神色，忽然想到自己现在的身份，赶紧坐正了身子，掀开软帘，朝宁王仪态万端地笑了笑："多谢王爷赐金，等我们夫妇回到京城以后，再来登门拜访。"

要的就是这句话，宁王仰头笑了起来："哈哈哈，那本王便等着许侍郎夫妇登门了。"

瞧着宁王拨转马头飞奔着回去的背影，柳蓉吟出了一句诗："天苍苍，野茫茫，风吹草低见宁王……"

咦，好像还挺押韵。

许慕辰本来还板着脸，听到这句诗，不由得笑出了声："苏锦珍，你竟然也会作诗？"

"那是当然，我自幼饱读诗书，上知天文下知地理……"柳蓉夸赞起自己来毫不羞涩，脸不红心不跳——她确实是读了不少书，只不过那些书都是有关破案的，师父总是叮嘱她，要知己知彼，方能百战不殆，先要摸透那些人是怎么破案的，自己就能避开可能让自己暴露的那些地方。

旁边的绫罗听着柳蓉自夸，将头压得低低的，不住腹诽，天呀，这个不知道从哪个乡村角落里钻出来的柳姑娘，吹牛都不用打草稿的。

"既然你饱读诗书，自然该明白不义之财如流水，看都不用看，更别说接到手里来。"许慕辰准备好好教育柳蓉一番，做人不能鼠目寸光，吃人嘴软拿人手短，现在接了宁王的银子，将来还不知道有什么麻烦。

"哎，许慕辰，我可是为了你才收银子的，你怎么倒打一耙不识好人心！"柳蓉的眉毛竖了起来，就如一只斗鸡，头上的冠子一片红，"许慕辰，皇上为什么免了你的职，你自己难道不知道原因？"

许慕辰斜眼看她："关你什么事情。"

"怎么不关我的事情？咱们是夫妻啊！"柳蓉笑得甜甜蜜蜜，许慕辰一口老血在喉咙里堵着半天吐不出来。别人成亲，那是春风得意夜夜笙歌，他成亲以后就没一天顺心过，腰也疼了，腿也酸了，就连脑筋都转不过弯了！

某人在以神情表示了无语以后，被冷落的柳蓉却继续自言自语："你以为我不知道皇上为什么会免了你的职？因为皇上在下一盘很大的棋！宁王就是他要剿灭的一块黑子！我现在接了宁王的金子，还不是让他误以为你准备投靠他那一方，才会将机密事宜透露于你？唉！许慕辰，我可是牺牲了自己的名声在帮你，你可不要不识好人心！"

许慕辰吓了一跳，转过头来望向柳蓉："你是怎么知道的？还知道些什么？"

"我又不是猪脑子！"柳蓉伸手指了指自己的脑袋，"我可聪明着哪，在皇宫里见着皇上对你，可是恩宠无比……"她意味深长地溜了许慕辰一眼，"以他对你的那份小心思，怎么会舍得将你免职？肯定是另有企图！"

许慕辰决定这一路上不再和柳蓉说话。

他奉旨成亲娶回来的这个妻子，实在太让他摸不透了，说她愚笨，偏生又聪明伶俐得一眼能看出那伙盗贼将金银珠宝装到棺椁里，说她聪明，可到了关键时刻竟然暗指他与皇上许明伦有一腿！

她是听了京城传言，伤透了心？莫非……她这是吃醋了？

许慕辰骑在马上反反复复地想着这个问题，越想柳蓉最后那几句话越发觉得确实如此，想想自从与她被一张圣旨绑到一块以后，她就遭遇到各种打击，实在过得也不容易，许慕辰心里不由得生了一丝丝怜悯，特别是当她心中有了自己，与郑三小姐与皇上争风吃醋的时候，她该多么伤心！

想来想去，许慕辰还是将刚刚的决定推翻，一张俊脸上满是温柔神色："苏锦珍，你是不是喜欢上我，在与皇上吃醋？"

柳蓉趴在马车的窗户上头，不住地呕吐起来，好半天才直起身子来："许慕辰，你能不能先去照照镜子？"

这实在是一个忧伤的故事。

许慕辰摸了摸自己的脸孔，他可是京城八美之首，但某人竟然让他去照镜子……这句话究竟是什么意思？难道自己还生得不够英俊潇洒吗？

他可是帅到没有朋友的许侍郎！

柳蓉接过绫罗递上来的帕子抹了抹嘴角："许慕辰，别忘记了，我才与你提出和离这事情，要是我喜欢你，怎么会避之不及想离开你？"

孔子说得真没错，唯女子与小人难养也！许慕辰铁青了一张脸，扬鞭打马跑得飞快，才那么一阵子就不见了踪影。

"少夫人，大公子跑得都看不见了！"绫罗与锦缎两人探头望了望茫茫前路，有些想哭。

跟着大公子出来游山玩水，好像还有些保障，跟着少夫人……两人相互看了一眼，那可真是叫怎么一个惨字了得！

"你放心，他还会回来的。"柳蓉气定神闲，一只手把玩着金锭子，笑得格外轻松自在。

今日出来之前，她从许慕辰身边擦身而过，就已经将他荷包剪掉，就连贴着中衣放着的两张银票，也被她摸了出来。现在许慕辰是一个彻底的穷光蛋，一个铜板都没有。

没有金银傍身，许慕辰以为他能靠一张帅脸走遍天下？做梦。

马车在一个小小的木头屋子前停了下来，屋子外边有一根竹竿，挑着一面布做的帘子，上边写着几个黑色大字：山间饭庄。

"到了这个点，也该吃饭了，车夫，停车，咱们就到这里吃午饭。"柳蓉笑眯眯地从马车上跨了下来，"店家，你铺子里头有什么好吃好喝的，快些都给我拿出来。"

乡间小店，每日不过是几个邻居打猎回来将野味凑着煮了吃，大家一起出钱打壶小酒热了，一边慢慢唠嗑一边有滋有味的喝酒，根本没想到能遇到贵人。

饭庄的老板见着那辆马车，眼睛就直了——竟然是两匹马拉着的马车！那该有多大的家当！寻常人家谁养得起马？这位夫人竟然还用两匹马来拉车，真是太阔了！

老板赶紧搓了手迎出来："这位夫人，本店的下饭菜都是自己打的野味，也不知道夫人能不能吃得惯？"

柳蓉听到"野味"两个字，耳朵"嗖"地竖了起来，多久没尝过山间野味了！她吧嗒吧嗒嘴："昨日打了什么，拿来瞧瞧。"

从厨房里走了出来，柳蓉已经点好了菜，烤獐子是主菜，另外有一只山鸡也被宰杀，老板很客气，另外配送了两样美味，一盘油炸竹虫，还有一盘炸蝉。

端着竹虫与炸蝉出来的时候，老板笑得眉眼都挤到了一堆："这竹虫是我儿子刚刚在后山挖的，现在快入秋，蝉也少了，粘了好一阵子，才得了这少半盘，夫人别嫌少，先将就吃着，等獐子烤好了，再用主菜。"

柳蓉伸出筷子，笑眯眯地夹起一个竹虫往嘴里扔，嘎巴嘎巴嚼了两下："老板，你炒菜功夫到家！这竹虫炸得不老不嫩，火候刚刚好，咬到嘴里脆生生的，那肉还细嫩。"

"咕咚"一声，锦缎倒到了桌子边上，柳蓉奇怪地看了看绫罗："她这是怎么了？"

"晕车，该是晕车。"绫罗用手压着胸口，半天才挤出来两个字，柳蓉同情地瞥了锦缎一眼，伸手夹了一个竹虫到绫罗碗里，体贴地说："快些尝尝这个，很好吃的。"

绫罗也倒了下去。

"这是怎么了？一看见美味的东西，一个个都倒了？"柳蓉斜眼看了看那个从外边走进来的人，"许慕辰，你果然回来了。"

许慕辰垂头丧气地站在门口，拿不定主意是进去还是出去，柳蓉这种料事如神的口吻让他实在有些挂不住，可是身上没银子是硬伤，许慕辰决定还是不用顾及面子了，反正柳蓉现在还是他的媳妇，一家人嘛，呵呵，小打小闹没什么的，都是内部矛盾嘛。

"你竟然吃这个？"许慕辰决定顾左右而言他，抓起筷子指了指竹虫。

"怎么了？你难道不敢吃？"柳蓉一挑眉毛，瞅了瞅他，许慕辰现在看起来很饿的样子，似乎什么都能吃得下……柳蓉一把将炸蝉拢在怀里，许慕辰也毫不客气，一屁股坐下来，将竹虫盘子用筷子挪了过来："不要这样小气吧？我祖母可是给了你一万两银子，你难道不该照顾好我沿途的衣食住行？"

唔，好像有些道理，柳蓉将那盘炸蝉让了出来："好吧，我请你吃饭，给你一只炸蝉尝尝。"

"多谢你，尝尝这竹虫吧……"许慕辰瞧着那竹虫，心中还是有些反胃，赶紧夹了一只给柳蓉："我刚刚看你吃得挺香的。"

柳蓉第一次与许慕辰和睦相处，两人用筷子很默契地夹着竹虫、炸蝉，你一只我一只，你一只我一只，分配均匀……只是……都在往对方盘子里头放。老板在外边卖力烤獐子，偶尔回头看看屋子里头，憨憨地笑："两位感情真好，连吃东西都这般恩爱。"

许慕辰闻言一僵，将筷子放下，柳蓉笑得面若春花："老板好眼力。"

话音未落，外边来了几匹马，马上几个人翻身下来，粗嗓门一吆喝："老板，快些来点能填肚子的。"见着门口烤着的獐子，众人眉开眼笑："不错不错，没想到这荒山野岭里还会有獐子吃。"

"客官，这是里边那两位要的，你们……先看看别的。"老板见着来人满脸横肉，似乎有些不好惹的模样，战战兢兢，拿着獐子的手都在发抖。

"少跟老子说废话，这獐子我们要定了！"一个眉毛粗得像扫把的男人吼出了声音，一把刀子出鞘，桌子立即掉了一个角，"莫啰唆，快些把那獐子烤好端过来！"

老板腿一软，手中的獐子差点没拿稳，身子靠着墙壁，一脸惊骇地望着那把大刀。

来如电奔如剑，"呼"的一声响动，一支……竹筷朝那大刀飞了过去，店老板嘴唇直打哆嗦，里边坐着的那个爷，生得怪俊，可脾气也大，还自不量力，竟然拿筷子打人，看起来今日小命不保，店老板默默地闭上了眼睛，不敢再往许慕辰那边看。

"嗷嗷嗷"，果然，惨叫声连连！

店老板手中的獐子这次终于掉到了火里，一阵"刺啦刺啦"响，瞬间就有烧焦的味道。

"你还不把獐子拣出来，准备要我们吃焦炭？"

这声音，貌似比较温柔，店老板慌忙将獐子从火里拎出来，睁眼一看，那位生得俊的小爷一点都没事，正板着脸看他手里那只獐子，而那少夫人正笑眯眯地对他说："老板，烧焦的地方须得剔掉，否则这獐子就没法吃了。"

"哦哦哦，"老板连声应着，眼睛偷偷看了一眼刚刚来的那几个汉子，有一个姿势怪异地站在那里，另外几个已经飞奔着出去，好像后边有鬼在追他们一样，才一眨眼的工夫，就不见了身影。

这公子，身手竟然如此不凡！店老板仰慕之心犹如长江之水滔滔不绝，手脚麻利地将獐子收拾好端着送到了桌子上边，奉送温柔笑脸崇拜目光："公子的武功实在太好了！"

柳蓉叹气："老板，你别夸他，这次夸了他，下回就不一定有这么高的水准了。"

老板没听懂柳蓉话中的意思，可还是很卖力地将许慕辰赞扬了一番："这位公子真是人中龙凤，如此淡定，又不畏强人，绝非凡人！"

姿势怪异地站在一旁的人忍不住开口了："喂，你是哪条道上的？难道没听说过我们崆峒五鬼？竟然敢出手伤人！"

崆峒五鬼？柳蓉皱了皱眉，这五个人都是道上有名的，不至于被许慕辰一手点穴的功夫就给吓跑了吧？崆峒五鬼下山，究竟有什么大事？这事情真是疑云重重，得好好问问。

"这位大叔，我家夫君可没出手伤人，你不要乱说！"柳蓉笑得风轻云淡，"你不是说你们叫什么崆峒五鬼？哪里是人啊？应该是出手伤乌龟！"

"什么乌龟不乌龟的，是五鬼，鬼魅的鬼！"那人显得很气愤，胸口起伏，好像一颗心都要被气得破胸而出。

"那也不是人啊，是鬼啊！"柳蓉继续逗他，眉眼生动。

苏锦珍这模样似乎还挺有意思的，夹了一块獐子肉往嘴里送的许慕辰，忽然觉得自己有些心动。

不对劲啊，十分不对劲啊！许慕辰狠狠地咬了一口獐子肉，只觉得那肉很粗糙，怎么咬都咬不烂——自己是怎么了？才出了京城，沿途没见着几个姑娘就觉得母猪赛貂蝉了？

只是，这苏国公府的大小姐真不是母猪。

有谁见过长得这般纤秀清丽的母猪吗？许慕辰决定放下成见，以最正常的审美眼光来看柳蓉——人家至少是气质美女一枚嘛！

气质美女正在审问那只鬼，说出的话就像倒水一般，哗啦啦地泼了一大盆，那只鬼显然不是对手，已经口吐白沫翻白眼，要不是穴道被点住了，只怕这时候已经手脚瘫软趴在地上起不来了。

"我、我、我是冒充的……"那只鬼终于熬不住了，吐露了实情，"飞云庄的卢庄主广撒英雄帖，遍邀天下群雄去飞云庄参加鉴宝会，我们崆峒派也得了一份请柬……"

那只鬼啰里啰唆地说了一堆，大致意思是有个姓卢的（听起来武功是大大的了不得），得了些好宝贝，准备拿出来显摆，广发英雄帖，让大家都去他那庄子欣赏宝物，顺便把自己最近搜罗到的宝贝都带过去，比个高下。

崆峒五鬼不屑跟那卢振飞打交道，又不好拂了他的面子，想来想去，选派了五名弟子代替他们去飞云庄走一趟。弟子们知道有免费旅游的机会，踊跃报名，最终五个最得师父喜欢的被派了出来，几人商量了下，觉得先去京城这边看看繁华热闹再往飞云庄去："反正是公款出游，不玩白不玩。"

没想到还没到京城，在这荒山野岭就遇着了练家子的。

"原来是这样。"柳蓉一伸手，"请帖拿来。"

一听到宝物两个字，柳蓉就满眼放光，肯定少不了好东西！更别说那只花瓶有可能也会在这鉴宝会上露面！

看着柳蓉那水汪汪的大眼睛瞬间变成了绿澄澄的狼眼，那只鬼打了个哆嗦："请帖在我包袱里。"见柳蓉将五张帖子都拿了，他哀求着，"能不能给我也留一张？"

"你这样的身手，还好意思去鉴宝会？赶紧回崆峒山多练几年再说。"柳蓉拿着请帖拍了拍那只鬼的肩膀，无限同情，"你师父对你的生命也太不负责了，少说也得让你练五十年才能出来行走江湖，否则出师未捷身先死，长使英雄泪满襟啊！"

五十年……那只鬼顷刻间觉得人生毫无意义。

"你好意思说他？"许慕辰终于逮了个讥笑柳蓉的机会，"你未必身手比他要强？"

"我又为何要身手比他强？我不是还有你吗？大丈夫不能保护自己的老婆，有何面目苟活于世？"柳蓉拿着请帖走了回来，语重心长地说，"许慕辰，你当然要保证我的安全，要不然那个名满京城的许侍郎岂不是浪得虚名？"

飞云庄乃号称天下第一庄，口气虽然大，确也不得不承认这是事实。

卢振飞的祖父的祖父很厉害，当时被推举为武林盟主，他利用自己的身份与高超的武功，各种巧取豪夺，终于将这飞云庄建成了今日的模样。

俗话说虎父无犬子，可这话到了卢家，却有些不对。

卢家本来是武学世家，在江湖上是响当当的角色，可这武功传到下一代，却慢慢地没有原来厉害。其实，到了卢振飞的祖父这一辈，飞云庄卢家的功夫还算是有名气，在江湖上数得着，可卢振飞的祖母却印证了那句话——慈母多败儿。

舍不得让孩子夏练三伏冬练三九，一见着夫君拿着板子抽儿子就抱着夫君的胳膊号啕大哭："你打我，打我！"

卢振飞的祖母乃是江南第一美人，卢振飞的祖父将她捧在手心里，什么都依着她，见妻子那花容惨淡的模样，一条胳膊早就软了三分，哪里还下得手去打板子？就这样，卢振飞的父亲的武学造诣不过尔尔，到了卢振飞，更是一代不如一代。

虽然卢振飞武功不行，可飞云庄却依旧还是天下第一庄，为何？只因一个字：豪！

要问过往招待哪家强？乘船江南找蓝翔……不，找飞云庄。

卢振飞最喜欢收集天下珍宝，每年他都要得意扬扬地召开鉴宝会，请大家来观赏他这一年里搜罗到的宝物，顺便自费出资，请各路英雄吃好喝好玩好，到江南欣赏下风景，打发得两手不空地回去。

第一年开鉴宝会，江湖豪杰觉得新鲜，盛况空前，年年这般开下去，各路英雄们也疲乏了，见着卢庄主派人送来的英雄帖，脑门子发痛，有些还痛哭流涕："我不想再吃归云庄的盐水鸭啊，啊啊啊……"

飞云庄的特产，盐水鸭、白斩鸡，还有桂花酒。

试想那些英雄豪杰们背着一麻袋鸡鸭，一边挂着一坛桂花酒，成群结队地从飞云庄涌出来的场景——实在酸爽！

因此，当鉴宝会开到第二十五次的时候，去飞云庄参加这"武林盛大宴会"的人，基本上是英雄豪杰们的徒子徒孙了，而且大部分是还没出门见过世面的，师祖师父们很仁慈地赏他们一个机会："好好到外边玩一圈，不用带太多银子，飞云庄会打发你回师门的盘缠。"

白吃白喝的，不去好像愧对卢庄主的一份深情厚谊。

卢振飞兴致勃勃地开着鉴宝会，一年又一年，却浑然不觉那些来参加鉴宝会的英雄们个个呈现逆生长趋势，去年长白山老人竟然变成了一个年仅八岁的小娃子，卢振飞还笑眯眯地恭贺他："老爷子的返老还童术练成了，可喜可贺！"

正在推杯换盏的"江湖豪杰"们手一晃，酒洒了一桌子。

卢庄主……好像眼神有些不大好使啊！

今年，这鉴宝会又要开了，飞云庄又热闹了起来，卢振飞笑眯眯地望着桌子上头放着的一堆拜帖，开心得直揪胡须："今年好像人比往年多。"

"天下英雄都仰慕庄主的名声，自然人就多了。"站在一旁的家仆说谎话眼睛都不眨，一脸的膜拜神色。

"呵呵呵，我们飞云庄，乃是天下第一庄嘛！"卢振飞笑得十分开心。

站在一旁的下人们跟着开心地笑，只是暗中腹诽，要不是祖辈打下了坚实基础，飞云庄有看不到边的良田山岭，还有数之不尽用之不竭的金银珠宝，又幸得庄主夫人还算是理财有方，只怕这天下第一庄的名头就要落到旁家去了。

今年卢振飞得了不少宝贝，字画古玩玉器，足足有十六七样，已经摆在那间鉴宝的大厅里，专供各路英雄豪杰前来鉴赏。

一条船顺着河水往飞云庄这边过来，船上站着一个俊眉星目的年轻人，正在欣赏着沿途的风景。忽然从船舱里走出一个年轻女子，身后跟着两个丫鬟，她凑到年轻男子面前，脸上露出了甜甜的笑容："夫君，你就带我一起去飞云庄瞧瞧吧。"

"我说过了，那是个危险的地方，你到扬州城里找间客栈住着，等着我回来。"许慕辰皱眉看了看柳蓉，这女人想跟着他去飞云庄？万一出了什么事情怎么好？他怎么向苏国公府交代？

"夫君，你这般体恤我？"柳蓉眉飞色舞，眼中"含情脉脉"，"没想到夫君竟然是这般有情有义之人。"她伸手摸了摸自己的脸，一副陶醉的神色："想来是我花容月貌，夫君对我越来越倾心。"

许慕辰默默转过脸去，憋住自己想要呕吐的感觉，这柳蓉……实在是脸皮厚，厚得比京城的城墙还厚。

"客官，已经到飞云庄啦，你从这边下了码头，往前边一直走，约莫十里路，就能见着飞云庄的院墙了。"船老大让船工停下桨来："是不是将夫人送到扬州城去？"

许慕辰点了点头："有劳了。"

柳蓉笑眯眯地朝他挥手作别："夫君，我在扬州等你。"

许慕辰没有答话，双脚一点甲板，身子如箭一般飞离了船舷，船老大吓得眼睛都瞪圆了："客官，船还没靠岸！"这人真是鲁莽，要是掉进河里该怎么办？少不得自己要下船去救他。

船老大的担心并没有变成现实，才一眨眼的工夫，许慕辰已经到了岸边，回头朝柳蓉喊了一嗓子："去福来客栈安心住着！"

回答他的是一首小曲："故人西辞黄鹤楼，烟花三月下扬州……"

许慕辰瞪了柳蓉一眼，扭头就走，可那歌声却直直地灌进了他的耳朵，就如有人用柔软的手掌在抚摸着他的心田。

这苏锦珍的声音还真是好听，许慕辰奔跑如电，想要将那歌声甩到脑后，可无论他走到哪里，那抹柔软甜美的声音总是如影相随，仿佛柳蓉就跟在他身后。

这是怎么了？自己莫非真喜欢上那个可恶的苏锦珍了？许慕辰怔了怔，心里忽然就一阵发毛，不会吧？自己这样完美，怎么会喜欢上那一身都是毛病的苏锦珍？她除了家世能跟自己配得上，还有什么地方配得上自己？

可……为什么自己总是想起她？许慕辰咬了咬牙，狠狠地拧了自己的胳膊一下："不要胡思乱想，你不过是这一路上没有旁人，只能跟她打交道，自然做什么事情就会想起她来，等回到京城自然就会好了。"

他吸了一口气，双眼正视前方，现在要好好考虑的是，怎么样才能从飞云庄里摸出一些有用的信息来。

暗卫飞鸽传书告诉了他，宁王也派人来参加飞云庄的鉴宝会了，只怕里边有些什么名堂。许慕辰不敢小觑，让暗卫向许明伦奏请，调出一批武艺高强的暗卫赶赴飞云庄，与他一道来彻查此事。

宁王有野心，这不仅仅是他的直觉。

来参加飞云庄鉴宝会的都是江湖上的好手，宁王这般急巴巴地派手下过来，肯定有他的目的。或许是想拉拢江湖人士，或许是另有别的企图，这都要到了飞云庄才知道了。

"少夫人怎么跟在家里做小姐的时候有些不同了。"锦缎忧心忡忡地望向了绫罗，低声细语，"以前她端庄温婉，现在怎么就这样疯疯癫癫了？好不容易嫁进了镇国将军府，可偏偏吵着要与大公子和离，这也真是奇怪，脑袋被驴踢了？她和离回苏国公府，未必还能找到像大公子这般俊美的人才？"

绫罗紧蹙眉头，她也不知道柳蓉心里是怎么想的，日子过得好好的，怎么就闹着要和离？看这一路上，两人也算是有说有笑的，她满心以为经过这一次外出游山玩水，大公子与柳姑娘就能情深意重的，可……

"绫罗，你真是笨。"柳蓉跷着二郎腿躺在那里，拿着一把扇子扇着风，"你难道愿意让你们家小姐一辈子在外头流浪？"

绫罗瞪大了眼睛，激动得很，脸像被煮熟的虾子："莫非……我们家小姐还能回来？"

"那是当然！我与许慕辰和离，你们家小姐回了苏国公府，她一个和离妇人，还能嫁给什么好人家不成？那个姓王的今年秋闱中了个举人，也算是有一点点身份地位，就算考不上进士，去吏部报个名，等着到京城各府衙里补缺，也算是一脚踏进了官府的大门。"

绫罗恍然大悟地叫了起来，一把抱住柳蓉："柳姑娘，我知道你的意思了！你是说要王公子来向我们家小姐求婚，她已是和离之身，苏国公府自然也没那么挑，肯定会愿意将小姐嫁给他！"

"聪明！"柳蓉用手指头弹了下绫罗的脑门，"放开我，我要下船去了。"

"下船？柳姑娘你去哪里？"绫罗莫名其妙地望着柳蓉，"难道你不去扬州了？"

柳蓉一把拎起早就准备好的小包袱，嘿嘿一笑："听说飞云庄里有不少宝物，我当然要去开开眼界，你与锦缎到扬州的福来客栈等我回来就是。"见着绫罗一脸愁容，柳蓉咬咬牙，从荷包里拿出一个银锭子来："我知道你是担心没银子用，先拿着这个。"

她可是出了名的小气鬼，让她拿出十两银子来，那可是不容易的事情啊！

"不是这个意思……"绫罗刚刚分辩一句，柳蓉已经将银锭子塞到她的手里，飞快地朝后舱走了去。

第六章

祸水东引

一个老婆婆步履蹒跚出现在飞云庄的门口，走路巍巍颤颤，手里拿着一张大红请帖。

庄子门口站着迎客的家丁喜极而泣："老前辈，您慢些走，慢些走！"

今年来赴鉴宝会的人，普遍要比去年年轻几岁，这样下去，再过几年，只怕来飞云庄的全是一些流着鼻涕的奶娃子了。好不容易见着一位年纪大的老前辈，家丁们欢喜得眼泪都要流出来了。

不容易哪，这么老的前辈竟然还赏脸过来，这可是庄主大人的福气！

两个家丁小心翼翼地搀扶着老前辈往里边走，一路上殷勤招呼，生怕怠慢了她："老前辈，看着些脚下，我们飞云庄的布局可是按五行八卦排出来的，有些地方会有机关。"

老婆婆抬眼看了下，呵呵一笑，声音低哑难听："不用你们说，我也看出来了，前边这个门，是按照阴阳来布置的，左为阴右为阳，前边的路也是按照阴阳交错布置下来的，要是走错了，这人可得吃亏！"

正走到门口的许慕辰脚下一滞，这老婆子说的阴阳是啥意思？那他到底该往哪边走？

师父们教是教了些五行之术，可都只是粗浅的皮毛，他也没有细细去研究这个，站在门口，许慕辰有些犯愁，早知道这飞云庄竟然是按五行八卦布局，他好歹也要在家里多看看这方面的书，提前做些准备。

那老婆婆瘪嘴呵呵一笑："年轻人，往右为阳……"

许慕辰闻言心中一喜，看起来老婆婆是在指导他往哪边走呢，他迈步就往右边走了过去，才踏到石块上，脚底下的青砖就往地底下沉，许慕辰大吃了一惊，纵身跃起，青砖下沉速度很快，但比不上他跃起的速度，就如一道闪电，从地下旋转而出，往院墙上飘了过去。

老婆婆怪笑道："上边也有机关！"

才一抬头，就见两棵树之间有一张大网撒了下来，将许慕辰罩住，猛地收紧了口子，许慕辰就像一条鱼被捞出了水面，挂在了树上。

"你为何骗我？"许慕辰悲愤地看着那老婆婆慢慢地走到树下，实在有些想不通，自己跟这老婆婆无冤无仇，她怎么会故意指错路让自己掉进陷阱？

老婆婆摇了摇头："年轻人，你也太着急了些，我的话没说完，你脚就已经踏出去了！我本来想告诉你，往右为阳，而道家讲求阴阳调和，你乃是阳气旺盛之人，自然只能往左边阴门这边走，而且一定只能出右脚为先，可你连听完老婆子说话的耐心都没有，就这样鲁莽行事，被吊到树上也是难免的了。"

飞云庄的家丁赶忙上前，将许慕辰从树上放了下来，连声道歉："少侠，真是对不住，给你带路的人去了哪里？怎么竟然放着你一个人在庄子里行走？"

许慕辰哑巴吃黄连，有苦说不出，他已经到了好一阵子，为了能尽快熟悉环境，他又偷偷地从自己屋子里摸了出来，才走到这院子门口，不想却着了道儿。

"我在屋子里闷得慌，想出来转转，没想迷了路。"许慕辰好半日才憋出一句话来。

"少侠，借看下你的请帖。"飞云庄的家丁警惕性蛮高，毕竟庄主大人喜欢搜罗奇珍异宝，肯定有不少混进来想顺手牵羊的，可得要仔细留心。

许慕辰讪讪地从怀里摸出了那大红烫金请帖，两个家丁看了一眼，满脸堆笑："原来是崆峒派的少侠，失敬失敬！少侠，请跟我们来，这样就不会走错了。"

站在那里的老婆婆仰天长叹了一声："崆峒山那五只鬼，教出来的徒弟越来越没本事了，怎么就连这五行之术都看不出来。"

许慕辰脸色僵硬，自己名满京城，没想到出了京城什么都不是，竟然被一个糟老太婆说教了一顿。两个家丁看着许慕辰满脸不自在，赶紧赔着笑脸："金花婆婆，这个事情嘛，说不定是师父没教徒弟哪。"

"哎哎，这世上还真是有不负责任的师父。"老婆婆连连点头，"一看这个就知道，肯定是师父没教好，功夫不到家怎么就让他给跑出来了呢。"

"这……"两个家丁附和不下去了，只能打住话头，金花婆婆也说得上是武林前辈了，为何总是跟个后生小辈计较哪？就算不看在崆峒五鬼的面子上，也该看看人家帅哥颜值高的分上放他一马，没见帅哥脸都青了？

家丁们扶着老婆婆走进了客人住的院子，刚刚到门口，就闻到了一阵刺鼻的香味。

院子里边，站着两个女人，两个妖娆的女人，两个像蛇一般妖娆的女人。

两双眼睛火辣辣的朝许慕辰看了过来，脉脉含情。

许慕辰没有搭理她们，只是冷着脸从她们两人身边走了过去，没想到衣袖却被人抓住："少侠，留下来陪我们姐妹俩说说话。"

胸前只有一层薄纱，雪白的酥胸高高耸起，呼之欲出，随着手臂的轻轻晃动，那几只球也不住在摇来晃去——准确地说，是四只球，四只雪白的球，就像上元节吃的汤圆，饱满而细腻，充满了诱惑。

许慕辰白了两人一眼："大姐，请放手。"

两人的脸色瞬间变得很难看，她们自以为芳华绝代，可没想到许慕辰一张口就是"大姐"，由不得两人倍受打击。只不过两人很快又恢复了平静，一个挑着眉毛笑道："少侠，请叫奴家小香。"

另外一个笑嘻嘻地凑了过来："奴家名叫小袖。"

这话还没说完，两床毛毯从天而降，正好将那小香与小袖裹住，胸前风光被遮了个严严实实。两人转头一看，见着走廊下站着一个满脸皱纹的老婆婆，不由得又惊又气："是不是你这老婆子做的手脚？"

"现在都入秋了，你们还穿得这样单薄怎么行，老婆子是为了你们好，感冒伤风就不好了！"老婆婆笑嘻嘻地说着话，心里却一直在腹诽，许慕辰你这个小白脸，真是吃遍天下无敌手啊，京城里大堆的人跟着你跑，到了这飞云庄，又有人贴着送了过来！

"死老婆子，我们就想穿成这样，关你什么事！"小香与小袖将两床毯子扔到了地上，娇滴滴地往许慕辰身边凑，"少侠，你说我们是该穿多些衣裳好，还是穿少些？"

许慕辰皱皱眉："不穿最好。"

"啊！"小香与小袖惊呼了一声，两人头低低地垂了下去，脸色绯红，"少侠好讨厌，怎么能这样说我们姐妹俩呢！"

登徒子啊登徒子！那边老婆婆的牙齿都要咬碎，该死的许慕辰，竟然到外边勾三搭四，自己还没跟他和离呢，郑三小姐还在等着他去迎娶呢！竟然开口要那两个妖女不穿衣裳，他这是下了钩子，想要将两人钓起来不成？

"少侠……"见着许慕辰的脚往前边踏了一步，仿佛准备离开，小香上前一步拉住了他的衣袖，羞答答地问："什么时候……不穿……最好呢？"

"今晚子时。"许慕辰忽然笑了起来，眼里开出朵朵桃花。

小香的脸孔更是红了一片，旁边小袖赶了过来，打蛇随棍上："在哪里？是在少侠的房间里吗？"

"你们自己想。"许慕辰大步走开，心中愉悦。

暗卫送来的密报，宁王派出的人里就有两个女子，是不是这两个人，未可而知。

既然她们主动送上门来，自己当然不能拒绝，今晚可要好好抓住她们问个明白，看看能不能从她们嘴里掏出些有用的东西来。

许慕辰才走了几步，就听身后两声惊叫，转头脸一看，小香与小袖身上的衣裳已经掉落在地上，身上仅仅只有一个肚兜与一条桃红的中裤，中裤很短，仅仅到大腿根子那里，露出了雪白的两条腿。

这情形，好像跟某个场景很相像。

许慕辰忽然回想起来，那次在宁王府别院里，他的衣裳莫名其妙就飞了起来，自己几乎是半裸着身子被一群男男女女、老老少少看了个遍。

是她？许慕辰朝走廊下那个老婆婆看了过去，就见她气定神闲地站在那里，口里正在唠唠叨叨："有伤风化哟，有伤风化！"

这样痛心疾首的表情，这样无辜的老眼神儿，不是她。

许慕辰心里暗暗摇了摇头，这个老婆子一看就是思想古板的卫道士，怎么会将两人的衣服卸下呢？看来这暗地里来了个高手，他全身打了个激灵——莫非那女飞贼也闻风而来了？

这也不是什么不可能的事情，那女飞贼专挑值钱的东西偷，飞云庄有不少价值连城的宝贝，她知道了这个消息，肯定会赶过来伺机下手。

许慕辰站在那里，看了看院子里来来往往的人，觉得每个人都像是那个女飞贼，又觉得哪个人都不像，一时之间惆怅了起来，真恨不能将他们全部捉住，一个个拷问清楚。

唉！看来这个许慕辰真是没救了，眼睛盯着来往的小媳妇大姑娘不放，双目灼灼，就跟那饿狼一样，站在不远处的老婆婆的手紧紧地捏住了走廊上的一个钉子头，手上用力，将那钉子拔了出去，又用力，将那钉子戳了进去。

真恨不能将这钉子变成银针扎小人，扎扎扎，扎死那个色鬼！

夜色深沉，四周一片宁静，这八月末的时节，江南这边却依旧有些热，桂花香里，有人搬了凳子坐在树下，一边摇着蒲扇，一边说着闲话。

柳蓉伏在屋顶上，一双眼睛往下边看了过去，院子里几个下人团团围着一张桌子，桌子上有一碟花生米，一盏黄酒，旁边还搁着一碟子小菜，不知道是什么，黑乎乎的一团。

"咱们庄主今年的宝贝，我瞧着都不是啥好宝贝，真是王小二过年，一年不如一年啊！"一个下人用筷子夹起一颗花生米往嘴里扔，嘎巴嘎巴地嚼着，"我真怕又像去年一样，牛尾巴是朝上边翘着的。"

去年卢庄主花重金购得一幅名家真迹《斗牛图》，当时在鉴宝会上也是轰动一时的——那个名家实在太有名了，就连皇宫里都挂着他的画嘞！江湖豪杰们个个翘起大拇指夸赞卢庄主得了好宝贝，唯独那个八岁的小孩，被卢庄主当成长白山老人的那位，声音稚嫩："错了错了，这牛打架的时候，力气全在角上，牛尾巴是夹在后腿中间的，怎么会朝天上翘着？这个名家也实在太不会画了！"

此言一出，举座皆惊，个个都知道卢庄主该是被人骗了，可口里却还只能奉承着："想来那名家肯定是没看过牛打架，这样倒更是真迹了，人家都知道的事情，他怎么就偏偏弄错了呢？如是赝品，肯定不会出这样的纰漏。"

这话实在是巧妙，本来垂头丧气的卢庄主听了总算是高兴起来，捧着那幅画屁颠屁颠地跑到内室收藏起来："这是我飞云庄镇庄之宝啊！"

卢夫人实在没辙，暗地里叮嘱着下人们，以后好歹帮着庄主多看看，收些真货回来，免得飞云庄被人笑话。

今年收了十六件，卢庄主总是喜气洋洋地吹嘘，件件珍贵，可是没有人敢相信，就怕自己这位糊涂庄主又被人骗了。

"这次收的更入不了眼，"一个仆人叹气，"就连破盆儿罐儿的都收过来了。"

"什么？盆儿罐儿？"有人睁大了眼睛，"不会吧，我怎么听说是收了一个粉彩花瓶？"

趴在屋顶上的柳蓉几乎要跳了起来，花瓶……难道就是师父交代她去偷的花瓶？不是说在京城？怎么出现在了飞云庄？她趴在屋顶上边，又听了几句，没再听到有意思的话，等着几个下人举起杯子脑袋凑到一处，柳蓉从屋顶上几纵几跃，很快就消失在茫茫夜色里。

许慕辰独自坐在房间里，静静地等待着，屋角沙漏里的流沙缓缓流淌着，快到子时。

一阵极其细微的脚步声响起，没有足够的内力修为之人是听不出来的，许慕辰剑眉一挑，那两名女子竟然真来了。

门口响起了啄剥之声："大侠，大侠！"

"门没关，自己进来吧。"许慕辰一抬眼眸，淡淡回应。

两条人影闪了进来，扭动着蛇一般的腰肢款款向他走了过来："少侠还没歇息，是在等我们姐妹两人吗？"

许慕辰嘴角勾起一个笑容："你们猜？"

小香一屁股坐到了许慕辰的左边，小袖也不甘落后，牢牢占据着许慕辰的右边，将一张粉脸凑了过去，眼波流转："少侠，今日咱们相聚在飞云庄，甚是有缘，不如咱们来做些有意思的事情？"

"什么事情是有意思的呢？"许慕辰的桃花眼一斜，那万朵桃花朝小袖飘啊飘地飞了过去，小袖只觉得头晕乎乎的，身子软了一半："少侠，咱们来说真心话，若是谁说了假话，就该受到惩罚，怎么样？"

"惩罚？怎么罚？"

"当然是脱衣裳喽！"小香已经开始做示范，将自己外边披着的薄纱解了下来，露出洁白的肩膀，身子扭动了下，将那最丰足的地方露了出来，"少侠，你看这样可不可以？"

屋顶上方忽然掉落了几滴水，小香抓起薄纱擦了下那亮晶晶的东西，抬头望上看了看，只见屋顶上头有一丝缝隙，皎洁的明月光从那条缝里透了过来，正淡淡的照在自己的薄纱上。她娇笑一声："都说飞云庄是天下第一庄，竟然让少侠住这么破的屋子。"

柳蓉趴在屋顶上方，看着里边两个女人媚态毕现，吐出来的口水滴滴答答地落了满满一张瓦，心中无比愤怒，许慕辰你难道不能将这两个不要脸的打出去？

只不过……按他那德行，肯定甘之如饴吧？柳蓉的牙齿咬得嘎巴嘎巴响，瞧着他笑得满脸春风，真是如鱼得水啊！

自己怎么能指望一个登徒子能义正辞严地推开两只送上门来的货？柳蓉摇头叹气，一双眼睛从那瓦片的缝隙里看了过去。

屋子里边现在真是春意绵绵，许慕辰正在与小香和小袖猜拳："五魁首啊，六六六！"小香出拳错了，不胜娇羞地望着许慕辰，"少侠，你问吧，想问什么就问什么，小香一定毫无保留！"

"你们根本不是江湖中人，来这飞云庄有何意图？"许慕辰抓住小香的一只手，暗地里准备运气，只要她不肯说真话，自己便要使出分筋错骨的功夫来，让她尝尝要生不得要死不能的滋味。

柳蓉手中紧紧扣着一只鸡的腿骨，蓄势待发，只要许慕辰不规矩，她的独门暗器就会将他的狗爪子打断！

"哈哈哈，少侠可真是厉害，一眼就看出我与小袖妹妹不是江湖中人了。"小香眼波流转，无比妖媚，"少侠，我们是替一位德高望重的人来飞云庄招纳贤才的。"

宁王？许慕辰马上想到了那张皮笑肉不笑的脸孔："是谁？说得仔细些！"

小袖柔软的身子趴了过来，嘴里吐出了一口热气，吹在许慕辰的耳朵上："少侠，是谁你就不必追问了，我们姐妹两人见你英武胜过常人，一心想结交了你，举荐给那位德高望重的长者，不知少侠愿不愿意？"

一阵香风扑鼻，许慕辰马上闭气，他吃过女飞贼的亏，对于任何香味都保持高度警惕，眼前一花，一个洁白的胴体就倒了下来，小袖竟然直扑扑地倒入他的怀里。此时外边响起了一阵敲锣声："走水了，走水了！"

脚步声骤然响起，房门"哗啦"一声被推开，隔壁房间里住着的中年侠士冲了进来："少侠，快些起来，走水了！"

他站住脚步，嘴巴张得老大，似乎能塞进一个鸡蛋："少、少、少侠，你艳福不浅哪！"

一个娇艳如花的女子正与许慕辰双手紧扣，还有一个扑倒在他怀中，这场景真是香艳无比，令人遐想。中年侠士恨恨地吐了一口唾沫，娘的，长得帅就是好，姐儿爱俏，趁着月黑风高跑过来扑倒小鲜肉，他这中年大叔就没有人要了。

自己也不是抠脚大汉形象啊，想当年还是江湖有名的一根帅草哪！中年侠士嫉妒哀怨地看了许慕辰一眼："少侠，你们……继续……"

转过身去，却见屋子外边站了一大群人，一双双眼睛都落在床上坐着的三个人身上，眼珠子都快掉到了地上，脸上却是不屑的神色。

许慕辰有几分尴尬，将小袖推开，撒手站了起来："各位，她们姐妹两人说晚上做了噩梦睡不着，特地过来找我聊天。"

"噩梦？是春梦吧？"众人异口同声，附上鄙夷目光。

许慕辰无奈，不多做解释，大步往屋子外边："不是说走水了？咱们去瞧瞧！"

月明星稀，乌蓝的夜空上数点冷清的星子，没见到有烟火气息，更别说那红色的火焰。走水？哪里走水了？众人在院子里转了一圈，也没见着半个火星。

一个下人急急忙忙跑了过来："各位，各位，我家庄主说有个失心疯闯到飞云庄来了，拿了铜锣乱敲，惊扰了各位好梦，在这里给各位赔个不是！"

众人听了直摇头，飞云庄这戒备也太松了，怎么连个失心疯都能随便跑进来？只是也算万幸，要是真走水了，这一晚上大家都别想睡了。

小香与小袖站在院子门口，见着许慕辰往回走，笑着迎了过去："少侠……"

许慕辰没有搭理两人，目不斜视从她们两人身边走了过去，一个鸡皮鹤发的老婆婆佝偻着身子站在走廊上，朝许慕辰招了招手："少侠，你过来，老婆子有话要跟你说。"

"姐姐，他竟然跟着那个老婆子进了房间！"小袖的美眸瞪得老大，简直不敢相信自己的眼睛，"怎么可能？那老太婆难道比咱们姐妹俩要生得更美？"

"这年轻人真是了得，简直是万花丛中过，枯枝也不留！就连一个老婆子都被他迷住了！"院子里住着的其余人一个个对许慕辰表示了无比的愤慨，"不就是仗着长了一张好脸孔？呸，那能当饭吃吗？"

白发苍苍的老婆婆此时看起来慈眉善目，一张嘴，露出稀疏的一排牙齿，中间还掉了一颗："少侠，牡丹花下死，做鬼也风流啊！"

许慕辰皱了皱眉头："老前辈，这是我的私事，就不用你多管闲事了。"

"老婆子不过是好心劝慰你一番，少侠又何必如此介怀？"柳蓉心中咬牙切齿，这许慕辰可真是不见棺材不掉泪，沉溺女色坏了大事的人还少吗？他来飞云庄，想必是有自己的小算盘，可他这样拈花惹草，真的好吗？

"少侠，昔日商纣王宠爱妲己，天下大乱，周幽王宠褒姒，烽火戏诸侯，更有那西施的美人计……"柳蓉口若悬河，滔滔不绝地说教了起来，只听得许慕辰头大如斗："多谢老前辈一番好意，我还没到那地步。"

"不要不把老婆子的话不当一回事。"柳蓉见着许慕辰执迷不悟，暗自叹了一口气，自作孽不可活，自己也只能帮他到这份上了，她伸手从怀里摸出了一张纸来，"少侠，我想这个对你应该有帮助。"

图纸上边密密麻麻地标着飞云庄的各处机关，看得许慕辰心中一喜，朝柳蓉行礼："多谢老前辈好意。"

柳蓉咧着嘴巴笑了笑，牙齿有些漏风："少侠，自己多去琢磨琢磨，这飞云庄的机关可是很多，你可得好好留意。"

许慕辰得意扬扬，没想到自己魅力不减，这年过七十的老妪也来讨好自己。回想着当年在京城的时候，不少大嫂大婶追在他马后走，倒还没看见过老妇，这次来飞云庄，竟然还遇着这般大胆的老婆子。他伸手摸了摸自己的脸，莫非……看起来比原先沧桑了，就连这七旬老妇都看上了自己。

哼！明日再起来看看那些药粉的效果，柳蓉看着许慕辰那得意样子，冷笑了一声，她在图纸上抹了师父的独门药粉，无色无味，若是接触了，到脸上手上挠一挠，就会长出一个个红色的疙瘩来。

想着那英俊的许慕辰，明日起来就要顶着一脸闪亮的红疙瘩出场，柳蓉就无比舒服。

许慕辰刻苦钻研那张图纸，一直看到深夜，他还偷偷地去外头走了走，那老婆子果然没有骗他，一路畅通，没有掉到机关陷阱里边。许慕辰神清气爽地走了回来，看了一眼空中挂着的那轮明月，舒舒服服地伸了个懒腰，一切顺利。

第二日一早，门外有娇滴滴的声音："少侠，少侠，你起床了吗？"

许慕辰皱了皱眉头，又是那两个女人，怎么就这样阴魂不散？他大步走了过去，猛的将门打开："你们怎么起得这么早？"

"啊啊啊……"回答他的，是两声尖锐高昂的惊呼声，"你是谁？怎么会住在少侠的屋子里边？"

许慕辰有些莫名其妙，这两人到底是怎么了？才一个晚上不到的工夫，就认不出他来了？他瞪了两人一眼："你们怎么了？"

小香与小袖飞快地转过身去，逃之夭夭。

柳蓉笑眯眯地站在走廊上，许慕辰这模样，真能吓死人呢，幸亏自己早就有了心理准备，要不然真的会被他吓跑的。她同情地望了望小香与小袖逃跑的方向，有些愧疚，早知道将这两位美人吓成这样，自己就不要涂那么多药粉到图纸上了。

现在的许慕辰，一张脸孔肿得像个猪头，而且布满了红红的疙瘩，就连那张嘴巴都长了一串紫红的疙瘩，好像肿了起来一样。柳蓉伸手捂住了眼睛，许慕辰难道还吮手指不成，为何就连嘴巴都肿成这样了!

"少、少、少侠……"一群人准备去参加鉴宝会的人挨挨挤挤地走了过来,见着许慕辰的样子,个个都快说不出话来,就连昨晚还在嫉妒他的那位中年侠士,都起了怜悯之心:"少侠,你这是怎么了?莫非这脸被人亲肿了?"

唉!少年郎,不可太恣意,这个鬼样子,怎么见人哟。

许慕辰被弄得莫名其妙,这时柳蓉很及时、很好心地递上了一面镜子:"少侠,你自己瞧瞧,是不是昨晚中了那两位美女的招数?"

借刀杀人、指鹿为马、祸水东引,这些事情柳蓉都会做,而且做得十分纯熟。

昨晚?许慕辰的眉毛皱了起来,他敏感地想到小香倒进他怀里,一阵异香……果然自己是疏忽大意了!难道她们依旧识破了自己身份,想要加害于他?不对,不对,自己应该是宁王要网罗的人才,她们怎么会有这样的胆子?

"唉!少侠,你这模样还是待在屋子里吧,让卢庄主去给你请个大夫过来。"柳蓉从许慕辰手中将镜子拿了回来,口里喃喃自语,"我听说有些人沾不得脂粉,要是一沾着那些东西就会全身起疙瘩,或许少侠……"

她侧目而视,旁边看热闹的人心领神会,个个点头:"只怕是,有些是单对某一种气味敏感些,特别是……"众人眼中都露出了"你懂的"那种神色,哼!肯定是与两位美女颠鸾倒凤地乱来了一个晚上,还不知道用了些什么助兴的药粉呢。

一个飞云庄的家丁很及时地出现在门口,奋力挤了进来:"少侠你别担心,我已经禀报了庄主,他吩咐下人去请大夫了。"

许慕辰站在那里,怅怅然地看着众人在家丁的引领下往院子外边走了出去，柳蓉从他身边走过，很好心地拍了拍他的肩膀："少侠，先去歇息，你千万别逞强啊。"

随着她的话，脸上簌簌地掉下了一团白色脂粉，许慕辰实在无语，这老婆子七十来岁的人了，还涂脂抹粉，真是笑死人了。

柳蓉心中暗道，你懂什么，这是给你治病的解药！

与愚蠢的人是没法子沟通的，柳蓉决定放弃对许慕辰施以救援，赶着去看看卢庄主的宝物，她最想见到的是那个粉彩双轴瓷瓶，不知道与师父要自己弄过来的是不是一样。

飞云庄的聚贤堂正门大开，一眼就能见到里边有好些个博古架，上头摆着一件件卢庄主从外头搜集回来的宝贝，一群人正站在那些博古架面前指指点点，一副行家里手的模样。

柳蓉三步并做两步地走了进去，众人看得一阵眼睛发直："金花婆婆好身手，年纪这般大了，依旧还如此矫健！"

这金花婆婆已经有十多年没出过江湖了，今年忽然又在飞云庄露面，让那些谣传她已经过世的人眼珠子都快掉了出来——没想到十四五年沉寂以后，还能见着金花婆婆重出江湖！看她那脚步，可不是一般人能比得上的！

谁都不敢惹武林里这大魔头，纷纷侧身，给柳蓉让出一条路来。

卢庄主高兴得直打哆嗦，今年竟然有金花婆婆赏脸——他高兴得忘记了自己根本就没有送请帖给金花婆婆这码子事情，只要金花婆婆肯过来，他就是八抬大轿派着出去接都是心甘情愿的啊！

"金花婆婆！"卢庄主一副受宠若惊的样子，毕恭毕敬，"婆婆是老江湖了，自然看得出那些东西的珍贵来，还请婆婆过来瞧瞧，看看卢某今年收集的珍品里，是否有几样看得入眼的？"

柳蓉笑眯眯地点头，声音嘶哑："飞云庄乃是天下第一庄，卢庄主费尽心思收集来的东西，哪有不好的？"

卢庄主被柳蓉这句话捧得全身舒畅，几乎要飞上天去："只不过是婆婆说得好罢了。"

他引着柳蓉将那十六件东西一一看了过来，首先是一幅画，柳蓉历来对于字画没什么研究，见着那画上红红绿绿的一团，差点脱口而出：好一块玫瑰千层凝露酥！

画纸上有红有绿，瞧着色彩斑斓，跟她在皇宫里用过的点心真是有几分相似。可柳蓉知道这肯定不是点心，笑着望了身边的卢庄主一眼，连连点头："真是好宝贝！"

卢庄主眉飞色舞地指着那张画道："婆婆当真是个行家！这幅画笔力十足，一勾一画都颇有匠心，丛山叠翠，层林尽染，说不出的一派秋意。"

柳蓉歪着头仔细看了看，被卢庄主一说，这画好像真画的是秋日山景，也能看出几分轮廓来，果然是隔行如隔山，她自小就没学过这些，还是有遗憾，只好闭着嘴巴不说话，就跟着卢庄主走走看看，一边点头赞好就是。

卢庄主见着柳蓉颇有兴趣，立刻高兴了起来，陪着柳蓉一一看了过去，一边看一边解说，不时地听听柳蓉的高见——哦，真是不错！太好了！这样珍贵的宝贝也给卢庄主弄到了手，实在难得！

没有人不喜欢听奉承话，卢庄主此时已经得到了极大的满足，能被江湖里的金花婆婆这般赞赏，这鉴宝会真没白开。

走到最后一件宝物面前，柳蓉的脚步停住了，她高声喝彩："好宝贝！"

博古架上摆着一只花瓶，粉彩，双釉。

夜色苍茫，四周一片宁静。

在这寂静的夜里，忽然间却有了些响动，窸窸窣窣的，好像有小虫子在路上爬行。

柳蓉藏身在一棵大树上，见着两条黑影从那边院子里飞奔着过来，脚步声细得几乎让人听不到，从那身形来看，应该是两名女子。

没想到这两人除了胸大，还真会些武功，柳蓉瞧着两人小心翼翼地踩着白天走过的路往聚贤堂走了过来，微微点头，看起来，两人至少练过十几年武功，只不过她们两人下盘还不大稳，奔走时有些虚浮，瞧着就不是高手。

手指头拿着绳子转了转，柳蓉决定先到树上好好歇息着，让这两个人去打草惊蛇。

小香与小袖走到聚贤堂前边，停住了脚步，两人相互看了一眼，小香低声道："你可看清了这院子里的机关？"

小袖点了点头："我跟着那卢庄主将这院子都走了一遍，全部记下了。"

"好，你带路。"小香面有喜色，"若是咱们能将王爷要的花瓶拿到手，那可立了大功，比来拉几个人投靠去更合算。"

柳蓉耳力极好，将两人的窃窃私语听了个一清二楚，王爷？莫非是宁王？

她对京城里王公贵族的认知，只停留在苏国公府、镇国将军府和宁王这几巨头上，其余的小蚂蚱，早就被她自动删除。听着小香提到王爷，她的脑海里即刻闪过两个字：宁王。

宁王府还缺古董花瓶？柳蓉有些惊奇，早些日子他还骑着马追过来给许慕辰送金子哪！原来是打肿脸充胖子，柳蓉对宁王充满了同情，要在京城居住真是难啊，就连宁王这样的人都要暗地里支使手下去偷东西，跟她来抢生意了。

两条人影嗖嗖地往里边去了，柳蓉舒舒服服地往树枝上一靠，螳螂捕蝉黄雀在后，她就是那只勤快的小黄雀！

月光如水，一条身影长长，飞快地朝这边奔了过来。

那不是许慕辰吗？半夜三更不睡觉，跑到这边来做甚？柳蓉睁大了眼睛，仔细地看着他的一举一动——好像……正恋恋不舍地看着那两条即将消失在大门口的身影！

登徒子好色，自古有之，可是没想到许慕辰竟然恬不知耻的半夜跟踪！看起来自己的同情心还是太泛滥了些，晚上才给他下了药粉，早上就送上了解药，这才一天工夫，他就能出来蹦跶了！

许慕辰打了个喷嚏，他四下看了看，飞身上树！

柳蓉随手甩出她的独门暗器，刚刚好落在许慕辰的嘴巴上边。许慕辰仓促之间来不及反应，只能张口咬住。

有些咸，有些鲜，硬硬的一条，这究竟是什么？

许慕辰"扑通"一声落到地上，从嘴里掏出了那根骨头，摊在手掌心里，就着月光看了看，即刻就明白那是什么东西——一根鸡骨头。

他抬头看了看，树冠亭亭如盖，就像撑着一把大伞，树叶密密挤挤，看不出来有什么异常，真是奇怪，这树上怎么会掉鸡骨头下来？难道是有贪馋的猫将没吃完的骨头叼了放在树上做储备粮？

许慕辰全身发麻，从来都是锦衣玉食，今日却沦落到了与猫同食！手里拿着那根鸡骨头，许慕辰一脸悲愤，要不要上树去将那馋嘴的猫抓下来好好拷问一番？猫不是吃鱼的？怎么就改行吃鸡骨头了？这不该是狗嘴里的口粮？

一阵脚步声传来，让许慕辰没有再左思右想的时间，两条黑影从聚贤堂跑了出来，其中一个手里抱着一只盒子。

果然，自己推测没错，那女飞贼就藏匿在这里！许慕辰大喜，将手中鸡骨头用力甩出："女贼，往哪里逃！小爷我今晚总算是要将你们抓住了！"

他要将这两个女飞贼捉拿归案，带回京城一雪耻辱，竟然将他与下属捆到一处，让流言蜚语满城飞，这笔账，许慕辰是到死也不会忘记的。他精神抖擞，掠身而上，一双手掌带着嗤嗤的风声，直奔那两人的面门。

小香吃了一惊，赶紧扭身避过，小袖抱着那盒子向一旁狂奔——这盒子里装着的可是王爷想要的东西，若是能帮王爷拿到，她与小香可是立下了奇功一件，到时候王爷少不得会要好好褒奖她们两人。

许慕辰怎么会放过她们两人？他脚尖点地，人已经纵身跃起，直扑小袖的身后，一伸手，就拎住了她的衣领："哪里逃！"

小袖一拧脖子，细长的手指就如葱管，迅速地将胸前的带子一扯，左手右手交替朝两边一晃，那件衣裳便被许慕辰强行拉扯出来。小袖连头都不回，只穿一件抹胸，白花花的一片肉在月光照耀下闪闪的发着亮光。

许慕辰一愣，这女飞贼真是不要脸。

树上的柳蓉也是一愣，这许慕辰真是不要脸。

竟然在风高月黑的晚上跟一个姑娘拉拉扯扯，还将人家的衣裳给撕了下来！这也太猴急了些！登徒子就是登徒子，可像许慕辰这般好色的登徒子，也是世间少有了。

小香见着小袖用了一招金蝉脱壳，大悟！赶紧也将自己的衣裳一扯，把那件纱衣朝许慕辰没头没脑地扔了过去。夜风将那件纱衣吹得飘啊飘的，带着阵阵香气直逼许慕辰面门，他慌忙朝旁边一躲，可奇怪的是，那纱衣竟然能自己改变方向，紧紧地跟上了他的脚步，最终罩住了他的脑袋。

朦朦胧胧里，许慕辰见着一条黑影从自己身边掠过，飞快地追上了前边奔跑的两个女飞贼，三人就如划过夜空的流星，倏忽而逝。

原来……许慕辰用力扯着那件带着奇怪香味的纱衣，心中总算是明白了，树上躲着那两个女飞贼的同伙，那根鸡骨头就是她扔下来的！

他那时候就应该即刻飞身上树，好好查看一下树里有没有藏着人，而不是阿猫阿狗地胡乱猜测！要是先将那同伙擒获，再来解决去院子里行窃的两个女人，那就容易多了。

悔之晚矣！

许慕辰怔怔地摸着那件纱衣，若有若无的香味让他想起了一个人：小香！

昨天她与那个小袖爬上他的床，与他一道嬉笑打闹，传过来的就是那种香味！许慕辰赶紧将衣裳摔到了旁边，下意识地摸了摸脸上的几颗小疙瘩，心有余悸。

他昨晚中了那两名女子的暗招，今日请了大夫过来，给他脸上涂了一层厚厚的药泥，还熬了好几罐子草药，灌得他的肚子就像一只喝饱水的青蛙，可到现在，他的脸上还是有一群小疙瘩。

这模样，完全可以与自己的发小媲美了，许慕辰忽然想念起自己的娘子苏锦珍来，她不是有那种药膏？涂到脸上就能消掉疙瘩，若是她在就好了，自己厚着脸皮问她讨要一些，只怕她会不给——那就加点银子，哪怕她要一百两也行，总得将这些小疙瘩给消了才行，要不然回到京城，只会被许明伦嘲笑死。

许明伦的痘印在涂了苏锦珍送去的药膏以后就飞快地淡去了，才隔了一日，许明伦宣他进宫，免去他的刑部侍郎之职时，那张脸上就只有浅浅的印迹了。

许明伦义正辞严地将他训斥了一番，扔给他一张圣旨："慕辰，赶紧回家好好歇息两个月，替我谢谢你家娘子。"他得意地挺胸，那瓶价值两百两银子的药膏真有效果，现在脸上已经光滑多了，想来再过几个月就会跟许慕辰的差不多了！棒棒哒！

等着许慕辰带了他夫人回京城，自己一定要好好嘉奖那苏锦珍一番，如此巧手，竟然将困扰他多年的难题给解决了，真是让他感激涕零，以后与许慕辰唇枪舌剑的时候，就不会因着脸上的痘印被他说得心浮气躁了。

让许明伦觉得特别爽的是，自己的痘痘是许慕辰的娘子给治好的，想必许慕辰的脸现在比锅底还要黑。

许慕辰摸了摸脸——现在不是管痘痘的问题，最重要的事情是去捉拿那几个女飞贼，现在他又没在京城，谁还认得出这满脸疙瘩的人就是那名满京城的许侍郎？

柳蓉脚下生风，很快就追上了小香与小袖："快些将东西给我，我带回京城给王爷去。"

小香与小袖两人相互望了一眼，好像是自己人！难怪刚刚要出手相救！小香眼中全是感激，若是没有她，自己已经被那黑衣人抓住了！小袖则很信赖地将手中的盒子递上："还请大人替小香与小袖在王爷面前美言两句。"

"那是当然。"柳蓉嘎嘎一笑，伸手抓住盒子一角，银光一闪，小袖手掌夹着一枚暗器朝她扎了过来。

柳蓉拧身，朝旁边一闪，顺手将那盒子往怀里一带，一双手就如泥鳅，滑不留手从小袖手掌下边摸了过去。

一滴鲜血落到了地上，紧接着另外一滴又落了下来，一滴一滴又一滴。

柳蓉抱着盒子站在那里，漠然地看着跪倒在地上的小袖："就凭你这功夫还想暗算我？告诉你，我的暗器上喂了剧毒，不出三日，你就会毒发身亡。"

小香"扑通"一声跪了下来："大人，小袖不是故意的，她只是担心大人是假冒的，故此想试试大人的身手。"

"我的身手，还轮不到她来试！"柳蓉挑了挑眉毛，"你们竟敢怀疑我！"

"大人……"两人满脸畏惧。

"你们继续回飞云庄去，将王爷交代的事情做完，我先回京城了。"柳蓉从怀里摸出了一个小包扔到地上，"吃了它，你的毒就解了。"

小袖爬着将纸包抓到手里，眼泪汪汪，听说王爷贴身的手下一个个心狠手辣，杀人不眨眼，可这位大人实在是心肠好，好得她都恨不能以身相许了！

柳蓉没工夫搭理她，抱着盒子几纵几跃，消失在茫茫夜色里，她还有不少事情要做，哪有闲工夫与这含情脉脉的目光对望！首先，她得将这盒子埋到一个隐秘的地方，这花瓶，可是几万两银子哪！

月黑杀人夜，风高放火天。

在这样一个最适合做这两样事情的时候，柳蓉却一件也没做，她整个晚上就在辛辛苦苦地挖坑。

背着那盒子一口气跑出了五里，她来到那条河边，小小码头那边靠着两条船，她选了条大些的，轻轻掠上船舷，伸手一点，那原本躺在甲板上呼呼大睡的船老大便浑然不觉地继续呼呼大睡起来。

柳蓉迅速解开绳索，一支长篙下水，激灵灵惊起几点水珠，旁边船上传来含含糊糊地问话声："何老大你想婆娘了？这么晚还要开船回去。"

"想得睡不着觉！"柳蓉压低声音应了一句，船桨划得飞快，小船如箭一般划破了平静的水面，朝前边狂奔而去。

过来的时候，柳蓉凭着多年敏锐的训练，早已经将两岸打量得清清楚楚，哪些地方最适合埋赃物又最适合逃离，她心中有了一杆秤，眼睛一瞄，就能看得分明。

她双手划船，两只脚也没空着，一只脚勾起盒盖，用脚丫子踢了踢，"咣咣"的脆响不绝于耳，粉彩花瓶在月光的照射下闪着清冷的光。

柳蓉只对金银珠宝敏感，对瓷器书画这些完全没有研究，她瞧着那粉彩花瓶，实在看不出珍贵在哪里，竟然还有人出几万两银子定下这只花瓶。简直是匪夷所思，柳蓉心中暗道，不就是靠着年代久远一些？给我几百两银子，我保准能找人做出一个跟这花瓶一模一样的来，高手在民间！

划着船到了她选定的地方，柳蓉扛着铁铲上了岸，女汉子的优势陡然体现出来，泥土哗啦啦地往两边甩开，一个方方正正的洞越来越深，瞬间就下去了三四尺。柳蓉抹了一把汗，继续挖，最后挖出个十来尺深的坑来。她满意地看了看，停下铁铲，将放在旁边的那个盒子用绳子吊着往下边沉，这时就听到耳边有个稚嫩的声音："大叔，你准备埋谁呢？可是你的亲人？"

柳蓉脚下打了个趔趄，差点没有掉到那个坑里去，她抬头看了看，四周静悄悄的，没有见到人影。

忽然间一种恐惧占据了柳蓉的心，夜路走多了总要见鬼，难道自己是遇着鬼了？

泥土堆后边缓缓拱起了一个黑影，柳蓉见着两只亮闪闪的眼睛，一只手从泥土堆里伸了出来："大叔，我在这里！"

原来那个土堆后边还睡了一个人，柳蓉咬牙，飞身过去，将那小孩从那里拎了出来，抖了抖他身上的泥土，厉声喝问："你是谁？怎么会在这里？"

那小孩没想到柳蓉顷刻间声色俱厉，一时惊慌失措，两只小手不停地乱摇："大叔，这就是我的家啊！"他怯怯地看了一眼柳蓉，小声换个称呼，"大姐姐？"

柳蓉低头看了看，因为挖土太卖力了，汗流浃背，衣裳沾在身上，已经显出了胸前的轮廓。她伸手揪住小孩的耳朵："这是你家？你骗鬼呢？快老实交代，你埋伏在这里准备做什么？"

小孩子抽抽搭搭地哭了起来："这本来就是我家，我阿爹阿娘都死了，他们就埋在这里，每晚我都会和他们睡在一起！"他伸手指了指土堆上边一块小小的石头："我没钱让人刻字立碑，就自己挑了块大石头压着，总有一天我能给我阿爹阿娘立块石碑的！"

柳蓉心里一酸，多好的娃啊！只是，她不能掉以轻心，必须好好将这孩子的身份核实一下，若是有人派他埋伏在这里觊觎她刚刚到手的宝贝，可别怪她心狠手辣！

将那孩子提起来，就像抖面粉袋子一样抖了一遍，没看到身上掉出什么可疑的东西来，柳蓉举起他的手看了看，指甲缝里都是黑色的泥土，看起来不是装出小可怜的样子。柳蓉又盘问了那孩子一番，尽管吃惊得快说不出话来，那孩子还是断断续续地告诉了柳蓉，此处是绿杨村，他的名字叫大顺。

"大顺……"柳蓉摸了摸他的头，叹了一口气，想必他爹娘盼着他一切顺利哪。

"大姐姐，你准备埋谁？"大顺见着柳蓉已经不那么凶神恶煞，口齿也伶俐起来，"要不要我帮忙一起把他埋了？都说入土为安，他没入土，肯定不会安定的。"

柳蓉点了点头："他是我弟弟，得病死了，不想让爹娘看着心痛，特地把他运远一点埋了。"

大顺拍手喊了起来："太好了，刚刚好可以给我阿爹阿娘做伴！大姐姐，我帮你！"

这孩子真是淳朴好骗！柳蓉拎起绳子，将那盒子放了下去，用铁铲将泥土重新盖住那个坑，看了看在一旁用双手将泥土扒到坑里去的大顺，柳蓉一把抓住了他："大顺，想不想跟着大姐姐一道去挣钱？到时候你就能给你阿爹阿娘立墓碑了。"

"真的？"大顺的眼睛闪闪发亮，"我愿意，愿意！"

"那你明日上午到这个地方等我。"柳蓉拍了拍他的肩膀，"你千万要看好这里，别让旁人来动这块地方，知道了吗？"

大顺眨巴眨巴眼睛，捏紧了拳头："大姐姐你放心，我会一直守在这里的，我也不希望有别人打扰我阿爹阿娘啊！"

柳蓉摸了摸身上，出来匆忙，只带了一个银角子，可即便给大顺一个银角子，也会引起别人的怀疑，不如让他饿一个早上，自己从飞云庄里带些东西给他来吃就行了。

"明日我会带好吃的给你，守在这里别动。"柳蓉的手在大顺脑袋顶上停住，江湖秘诀，要让一个人永远管住自己的嘴，最好的法子就是把他咔嚓一声干掉，可她现在暂时还达不到这铁石心肠的水准，望着大顺乌溜溜的眼睛，她就没法子下手。

既然不能杀掉他，最好的法子就是带他走，让他一直跟在自己身边，如有半点想泄露这花瓶藏身之处的意思，她就不会客气了。

大顺丝毫没有想到他已经从鬼门关前走了一趟回来，笑得甜蜜蜜的："大姐姐真好，我等着大姐姐来接我。"

这纯洁无瑕的小眼神儿……柳蓉更没法子下手，朝大顺挥挥手："再见！"

大顺追着她的船跑了一路，眼巴巴地望着奋力划船的柳蓉："大姐姐，千万记得来接我，我一定会听话的！"

"快些回去和你阿爹阿娘好好说说话，你要过很长一段时间才能来陪他们了！"柳蓉瞧着那小身子跌跌撞撞地跑，实在担心他会滚到河里去，绞尽脑汁想了这么一句话出来，果然奏效，那大顺就像一只兔子，飞快地蹿了回去。

干了一个晚上的体力活，柳蓉实在有些累，回到飞云庄，从屋顶上头跳进自己的房间，将被子掀开，把那枕头拖出来枕在头顶下边，呼噜呼噜的就开始睡觉。

伸伸腿儿，这世上没有比睡觉更舒服的事情了。

柳蓉做了一个长长的梦，梦里她扛着花瓶回到了终南山，师父玉罗刹站在前坪笑眯眯地迎着她进去："蓉儿真是不错，手到擒来。"

"可不是，师父教出来的徒弟，这功夫可是杠杠的！"柳蓉拍了拍胸脯，"我这次去京城，可是发达了，赚了不少银子！"

玉罗刹指了指她身后："还赚了一个人回来？"

柳蓉转身，就看到了许慕辰那张放大的俊脸："妈呀，许慕辰，你怎么阴魂不散地跟着我回来了？"

许慕辰一脸委屈："娘子，你不要我了吗？你就这么舍得扔下我吗？"

"滚！"柳蓉飞身一脚，"登徒子滚开！莫要把我终南山的地都弄脏了！"

许慕辰死死地抱着她的腿："娘子，你不能扔下我！"

真是一只黏人的爬虫，我踢，我踢，我踢踢踢……柳蓉的腿不住地踢着床板，就听着一阵砰砰作响，她迷迷糊糊地抹了一把眼睛，原来是做梦，那许慕辰根本就没在自己面前，踢来踢去，将床上那床薄薄的丝绵被子给踢到一旁去了。

"砰砰砰""砰砰砰"……

"金花婆婆！""老前辈！"门外传来急切的呼喊声，"您还在睡觉吗？出大事了，要等着老前辈来主事哪！"

这世上最舒服的事情就是躺着睡觉，最难受的事是正睡得舒服被人喊起床来，柳蓉愤怒地皱了皱眉毛，这才擦了擦眼睛往窗户外边看。

光亮亮的一片，想来已经是日上三竿。柳蓉迅速翻身而起，抓住那张假面蒙在脸上，头发收拾好，牙齿上贴几块黑色的泥布条儿，说起话来还有点漏风："啥事啥事，找我老婆子啥事啊……"

门才打开，外边就涌进来一群人："婆婆，聚贤堂那边失窃了！"

柳蓉眯眼看了看天色，日头挂得老高，这花瓶丢的事情要是再不被发现，那也真是奇怪了："聚贤堂那边失窃，你们来找我做甚？"

那中年侠士激动得脸带桃花色："崆峒派的少侠指控那两位姑娘是窃贼，现儿正在聚贤堂里对质呢！卢庄主说婆婆你德高望重，请你过去断案！"

第七章

主持公道

这许慕辰竟然去检举小香与小袖？看起来这登徒子还有救，在大义面前舍弃了小我。

柳蓉跨进聚贤堂，许慕辰正站在正中间，一只手拿着衣裳，咄咄逼人地望着站在一旁的小香、小袖，而那两位美人儿，正睁大了美眸，无辜地看着卢庄主。

"金花婆婆来了！"卢庄主一见着柳蓉现身，如获救星，赶紧站起身来，双手一拱，"金花婆婆，这事真还得老前辈您来定夺。"

柳蓉咧嘴笑了笑，露出一口稀疏的黄牙："卢庄主实在太看得起老婆子了。"

她瞥了许慕辰一眼，哼！这前刑部侍郎素来是审问别人的，此刻却站在那里由她来审问，这感觉实在是妙。柳蓉瞧着那脸上一堆疙瘩，心情大爽，今日可得好好让许慕辰得个教训才是，昨晚他分明是跟踪美人出来，吃亏了心有不甘，这才来指控别人，自己当然是要站在女性同胞的阵线上，联合对付这个登徒子！

卢庄主恭恭敬敬将柳蓉请到了上座，家丁奉上香茶，柳蓉不紧不慢喝了一口："卢庄主，请问失窃了什么？"

"那只粉彩花瓶。"卢庄主叹着气，嘴唇直哆嗦，"银子的事情是小，飞云庄失窃是大，这么多年来，我这里还没丢过东西，今年竟然有人胆大包天，敢来高手云集的飞云庄偷窃，这不是没有将我这庄子放在眼里？"

"卢庄主说得是，飞云庄可是天下第一庄，谁敢来老虎嘴上拔毛？"小香款款地走上前来，媚眼如丝，"我与妹妹这点微末功夫，哪里能觊觎卢庄主的宝物！"

被这几句马屁拍得舒舒服服，卢庄主摸着胡须点了点头："姑娘你莫要担心，老夫并没有怀疑你。"

小香泫然欲涕："素闻卢庄主乃是天下最正直仁义之人，今日一见，果然不假。"

"呵呵呵……"卢庄主笑得很欢快。

"哈哈哈……"柳蓉也笑了起来，"姑娘嘴可真甜。"

小袖赶紧附和："不是我姐姐嘴甜，本来就是如此，我姐姐不过实话实说罢了。"

柳蓉问了问卢庄主这聚贤堂的设防措施，卢庄主的回答几乎让她下巴掉了下来："我这里每晚有四个家丁上夜，泼水不进……"

这四个家丁难道是身手绝佳的高手？等着四个人上来的时候，柳蓉赶紧伸手扶了扶下巴，差点又要掉下来了——四个人眼中并无精光，一瞧就是武功泛泛之辈，两个高瘦，两个矮胖，就像特地被选出来一样，站在那里十分对称。

"你们四人上夜，可听到什么动静没有？"

"我们没听到异常的声音！"四个人一挺胸，面不改色心不跳，他们才不会如实交代四个人昨晚聚到一处喝酒，酩酊大醉的事情呢，又不是傻瓜，说了出来这份差事就没有了，好歹每个月好吃好喝的，还能挣三两银子哪！

"没动静？"柳蓉笑吟吟地看了一眼许慕辰，"不知少侠指证这两位姑娘，可有人证物证？咱们总要有个证物。"

"有有有！"许慕辰将那团纱衣抛到了小袖面前，脸上全是冷笑，"小袖姑娘，你难道不认识你自己的衣裳了？"

小袖"嗷呜"一声扑到了纱衣面前，捡起来抖了抖，脸色苍白："卢庄主，请为小袖主持公道！昨晚这位少侠闯进我的房间，欲行非礼，拉拉扯扯的，将我衣裳尽数扯下……"

"啊！"全场皆惊，那中年侠士脸上露出了气愤的神色来，唾沫横飞，"少侠，江湖最唾弃的就是采花贼，你是想给崆峒派抹黑吗？"

一边骂着，一边心中愤愤不平，姐儿爱俏，那两个美人见着这崆峒派的少侠就挪不开眼睛，怎么到了紧要关头反倒洁身自好了？看来还算是个好姑娘，不是那些勾三搭四的主。他眼睛瞥着小袖，见她妙目中泪光闪闪，不由得大起同情之心："姑娘，你不要怕，快些将后来发生的事情说出来，有这么多人在，一定会给你主持公道的！"

"谢谢这位大叔。"小袖一双手捂着眼睛，肩头耸动，"他刚刚扯下我的衣裳，我姐姐就过来了，我们姐妹联手才将他赶跑，他走的时候还威胁我们，说要我们不识抬举，到时候一定会让我们姐妹两人好看……"

小香朝卢庄主与柳蓉行了一礼："庄主大人，我们万万没有想到，他竟然会污蔑我们姐妹两人盗窃了飞云庄的宝物，还请庄主还我们清白！"

卢庄主望了柳蓉一眼："金花前辈，你如何看这事情？"

柳蓉叹气道："若真是这两位姑娘偷的，那这赃物在何处？真偷了卢庄主的宝物，哪里还能这般镇定的住在飞云庄？再大胆的贼人也不会这般做，卢庄主是个聪明人，自然知道谁说的是真话谁撒了谎。"

一语惊醒梦中人，卢庄主几乎要拍案而起："这位少侠，天涯何处无芳草，你求欢不成，竟然想毁人家姑娘的清白名声，这样可不对。"

许慕辰气得脸上的疙瘩都亮了一片："卢庄主，昨晚我真是亲眼见着她们两人抱了个盒子从聚贤堂出来！卢庄主如何能偏听偏信？"

柳蓉伸出手来摆了摆，忽然想起自己今日匆忙起床，还没将那手掌修饰一番，只不过幸好昨晚勤奋挖坑，手掌手指间全是灰黑颜色，将那白色的底子给遮了过去，不仔细看，还真看不出什么端倪来。她将手掌收了回来，脸上的神色渐渐严厉："少侠，你说见到她们姐妹俩偷了东西出来，是什么时候？你那阵子来聚贤堂又是所为何事？"

"这……"许慕辰语塞，他来聚贤堂做甚？因着怀疑小香、小袖就是在京城犯案的女飞贼，他这才跟着两人过来，看能不能抓到她们盗窃的证据，没想到还真被他发现了。

"是啊！是啊！少侠，你大半夜的在这聚贤堂做什么呢？"有人怀疑地盯着许慕辰，满脸不屑，"半夜三更还在外边游荡，非奸即盗！"

小香与小袖两人使劲地擦眼睛："各位大侠，我们两姐妹根本就没有到这聚贤堂来过，与他更没有什么瓜葛，还请各位莫要误会！"

那中年侠士和颜悦色地走了过来，一双手在身上擦了擦，似乎想去帮两位美人擦眼泪，却还是不敢造次，讪讪地将手放了下来，眼睛却依旧贪馋地望着那粉白的两抹酥胸。

柳蓉捂着胸口咳嗽了一声："少侠，这话可不能乱说，要说便要说个清楚明白，我们不能听凭着你一面之词便将这两位姑娘定了罪，可不能冤枉好人哪！"

"婆婆真乃是江湖中德高望重的老前辈！"小香与小袖感激涕零，两双眼睛带着微红望向柳蓉，跟昨晚那个角度如出一辙。

许慕辰喘了一口气，这一屋子人怎么就不相信他说的话呢？他真看到这两个女人进去偷了东西，还有一个躲在树上接应，对对对，还有第三个人！

"来偷东西的，还有第三个人，藏在树上，好像还在吃鸡腿。"许慕辰想到了那根独门暗器，恨得牙痒痒，这可真是奇耻大辱，自己竟然咬住那根鸡骨头，也不知道上头沾了那贼人多少口水。

今年可真是不顺利，看起来是时候该去庙里拜拜，驱除霉运了，许慕辰愤恨地盯着柳蓉与卢庄主，这些人怎么就不相信自己呢？自己可是一片好心来揭发那两个女贼，没想到反被这两人倒打一把，还有一个自以为是的老婆子帮腔，一群糊涂虫就全都对那两个女贼表现出一副同情的样子。

"少侠，做人可不能不厚道！"有人再也看不下去，出言指责，"现在你又编出第三个人来了，那人呢？他又在哪里？你总得要将那个人找出来才是，总不能由着你红口白牙的乱说！哼！我看你是没有得逞，反过来诬陷这位姑娘罢了！"

这……许慕辰气急败坏，脸上的疙瘩又红又亮，他再也忍不住，索性将自己的身份亮了出来："我是刑部侍郎！是为捉拿这两个女贼特地来的飞云庄！"

"刑部侍郎？"那中年侠士哈哈大笑起来，"这侍郎可是正三品的官，没有个三四十岁哪里能爬到那个位置！你以为我们江湖中人就不明白这官场上的事情，任由你糊弄？年轻人，你也太自以为是了！"

柳蓉不住地点头，心里暗道，许慕辰啊许慕辰，你都被皇上免职了，还好意思腆着脸说自己是刑部侍郎吗？

许慕辰被人围攻，一副焦头烂额的样子，小香与小袖此时已经不再掩面哭泣，笑微微地站在那里向众人道谢："多谢各位仗义执言，否则我们姐妹俩真是跳进黄河都洗不清了！"

你们倒是跳啊！许慕辰恨得牙根痒痒，眼中能喷出火来，本来就没法洗清，还用跳进黄河吗？他望了一眼坐在上首的卢庄主与金花婆婆，卢庄主满脸同情，望着自己的目光无限鄙夷——这是正常男人的反应，见着美人儿哭得梨花带雨，怎么都会怜惜。

都说同性相斥，许慕辰决定朝金花婆婆下手，毕竟她还送了一张地图给自己，看起来对自己印象不错。他朝着鸡皮鹤发的婆婆微微一笑，摆出京城八美那招牌动作来：小爷可是迷倒京城大姑娘小媳妇的帅哥一枚，哪怕你是七旬老妪也躲不过我这热辣辣的目光！

只是，许慕辰忘记了一点，他脸上现在布满了红色的小疙瘩！

他昂首站在那里，就像被一群蜜蜂扎过，脸上山丘高低起伏，还闪着红光。

小香不屑地将头转过去，小袖也很嫌恶地转过头，旁边的各位侠士全都做出呕吐状——分明丑得惨无人道，为何要这般搔首弄姿，仿佛他是玉树临风一般的人？那中年侠士嘿嘿地笑着，心中大快，小鲜肉也有沦落的时候！

柳蓉见着许慕辰这狼狈模样，哈哈一笑："少侠，你有什么请求，尽管说来，只要是合理的，我老婆子自然会答应你。"

许慕辰大喜，看起来自己这俊秀的外表已经让那老婆婆起了怜惜之心，他朝柳蓉行了一礼，恭恭敬敬道："金花婆婆，我真是大周的刑部侍郎，只是早两个月因为一些事情，被皇上给革职了，听闻飞云庄办鉴宝会，故此特地来瞧瞧，没想到遇上了这样一桩事情。捉拿盗贼乃是刑部的分内事情，还请婆婆让我来审她们二人一番。"

哟，这许慕辰还准备当堂审案了？柳蓉有几分好奇，微微点了点头："少侠，你执意如此，老婆子也给你一个机会，你有什么要问这两位姑娘的，尽管问便是了。"

卢庄主一旁也赶紧附和："对对对，仔细问问，看看她们怎么回答。"毕竟是他花了重金才得到的宝物，卢庄主瞥见屏风后边露出的那半张脸，不由得打了个哆嗦，再也不敢露出一副怜香惜玉的模样。

他那壮如铁塔的夫人，正在屏风后站着哪。

"你们两人恐怕不知道吧，在你们逃跑的时候，我已经在你们两人的脚踝那里做了标记。"许慕辰指着小香、小袖道，"是我用独门暗器刻出的一朵花。"

小香、小袖两人都低头往脚踝处看了过去，柳蓉扼腕叹息，这两人还是有些嫩，许慕辰分明是故意骗她们的，她们低头去看，那不证明了她们昨晚真的和许慕辰交过手？这样的破案手段，她在古籍书里看了很多，全是利用心理来找突破口。

一个故事里说有人家中失窃，官府抓了不少嫌犯，那老爷拿出一把草给他们，每人一根，说这草有灵性，若是偷了东西的人拿着，草就会变长，结果那小偷心中害怕，暗自将那草给折断了一些，等着大家拿出来比的时候，就只有他的短一些，马上就露馅了。

还有一个，也是偷东西，旁白：怎么都是偷东西？莫非是人穷志短？断案的官员让嫌犯在一间黑暗的屋子里，背贴着一口大钟走过去，他指着那钟道："这钟有灵性，若是小偷贴着它走过去，就会将衣裳染黑。"

谁信啊？可那小偷就相信了，等这群人从屋子里走出来以后，只有一个人背上没有墨汁印记，其余的都是黑乎乎的一大团。

这断案的老爷真是狡猾得不要不要得，在大钟上涂满了墨汁！做贼心虚的人听了那老爷的话自然要躲着大钟走，而那些没有心理压力的人肯定就是老老实实贴着大钟走过去的了！柳蓉的读后感是：这些衣裳能洗干净吗？断案的那位老爷要不要给每人发几十个铜板去买件新衣裳啊？穷人没钱还让他们糟蹋衣裳！

现在这许慕辰也是狡猾的，竟然拿谎话诓这两人，而这两人也实在是笨，竟然上当了。柳蓉刚刚想说话，屏风后闪出一道人影，手里操着一根大木棍子，"呼呼"地带着风响，朝小香与小袖招呼了过去："两个胆大的女贼，竟然敢来我飞云庄偷东西！"

小香与小袖吓得花容失色，赶紧退避，木棍结结实实地打到了站在她们两人身边的那位中年侠士身上。

那中年侠士的一双眼睛正黏在两位美人身上，没想到迎面来了一棍子，直接将他打趴下了。他刚刚抬起头，一只手撑着地，身子一节节竖起来，这时一只大脚又将他踩了回去，身上好像压了一座大山，他哎哟哎哟地喊了起来："轻点，轻点！"

卢庄主见夫人出手，赶紧从椅子上站了起来："夫人，夫人，请息怒！"

卢夫人转过脸来，重重地哼了一声："你是见着长得美貌些的就没脑子了？刚刚这少侠问她们话，分明两人就是晚上来过聚贤堂的！你还想护着她们，难道是见她们美貌，想抬进飞云庄做小妾？"

"她们哪有夫人美貌？"卢庄主赶紧昧着良心对天发誓，"我若有这样的想法，天打雷劈不得好死！"

夫人身手好过他十倍，又比他会理财十倍，他哪里敢拈花惹草？卢庄主的生活，遵循着夫人最大的原则，卢夫人负责挣钱养庄子，卢庄主负责貌美如花……兼挥金如土。

卢夫人听着卢庄主当众发誓，总算放了心，木棍戳到地上，她伸手摸了摸卢庄主的脸："我知道夫君不会辜负我。"

聚贤堂里的人都石化了，这不是重点啊！

重点难道不是审问那两个女贼，找到花瓶的下落吗？

卢庄主拉着卢夫人的手，含情脉脉："夫人，咱们先问花瓶的事情，等下再去后花园赏桂花，园中那棵银桂树今日开得繁茂，实在好看。"

众人纷纷低头，不愿再看这郎情妾意的一幕，咳咳，卢庄主，卢夫人，要注意影响啊！

柳蓉正在感叹这夫妻恩爱，忽然就见一阵烟雾缥缥缈缈地慢慢升起，那边许慕辰大叫一声："不好，大家赶紧趴下！"

没想到这小香、小袖还带了震天雷！柳蓉赶紧从椅子上站起来，一个翻滚就朝聚贤堂的角落滚了过去，这时一个人忽然跳了过来，将她紧紧压在身下。

柳蓉挣扎了两下，最终决定不反抗了，这时候正在紧要关头，由不得她任性，等着那震天雷炸响以后再跟扑住她的人算账！

"轰"的一声巨响，聚贤堂里哗啦啦的好一阵响，屋子顷刻间塌了半边，就听着一阵砖石掉落的声音，伴随着青烟与灰尘纷飞，刺鼻的硝烟味四处弥漫。

等着一切平静下来，柳蓉一用力，将身上那个人掀了下来，大声吼了一句："你这是做啥？老婆子都快被你闷死了！"伸手扶了扶假发套，还好，对面的道士师父手艺精妙，这样翻滚都没落下来，真是行走江湖必备良品。

那人在地上打了个滚，直起身子，很委屈道："老前辈，我是怕屋子上落下的东西打到你，这才……"

那是许慕辰。

他灰头土脸地站在那里，让柳蓉心中不由得微微一动，她叹息了一声，伸手拍了拍许慕辰的肩膀："少侠，老婆子错怪你了，还请你别见怪。"

自己现在是个鸡皮鹤发的老妪，又是这般紧急关头，许慕辰肯定不是好色才扑过来的，自己可不能错怪了他。柳蓉瞥了许慕辰一眼，看起来这人还算是心肠不错，自己也该看到他的优点，不能就因着他好色，就认定他是个十恶不赦的人。

卢庄主抱着卢夫人全身发抖："夫人，我好怕。"

卢夫人摸着卢庄主的头，轻言细语地安慰着——其实她的声音大得像打雷，卢庄主现在耳朵里还在嗡嗡嗡地响，自己说话都听不清，当然要用力吼了："怕什么？还不快些去看看你的宝贝！"

卢庄主飞快地从卢夫人怀里跳了起来，踩着瓦砾往前走，身子不住地发抖："我的宝贝，我的宝贝啊……"

从地上爬起的众人，默默地看着卢庄主在残垣断壁里伸手摸着砖块，个个面露同情，卢庄主这次鉴宝会，可亏大啦！幸得今日审问女贼，东西都没摆出来，只要让家丁们将它们清理出来就是，只是不知道有没有受损伤的。

"两个女贼呢？"那中年侠士从地上爬起，摸了摸自己脸上的灰尘，气愤地骂了起来，"娘的，我为了来参加鉴宝会，特地新做的衣裳，现在都破了！"

"还好还好，你人还没挂就是一大幸事！"柳蓉愣愣地看了看地上那个焦黑的洞，这震天雷是江湖上生死门的独家暗器，怎么会在那小香、小袖身上？莫非她们就是生死门的人？

"婆婆，你可是想出了什么？"许慕辰见着柳蓉一副沉思的样子，似乎有些线索，急急忙忙追问，"那两个女贼抛出的东西，婆婆可认识？"

柳蓉点了点头："震天雷，生死门的独家暗器。"

"生死门？"在场的人个个震惊，生死门本是江湖一个暗黑门派，那门主行事诡异手段毒辣，为江湖正义人士所不耻，遂有人为首，组织了一批剿灭异类的英雄豪杰，在一个风高夜黑的晚上，直捣生死门总部，一举将生死门歼灭。

据说，那位门主已经在那一役中身亡，即便有漏网的帮众，也不足为患。这几年，江湖上已经没见生死门的人在走动，而此时，金花婆婆却喊出生死门的名号来，由不得让众人惊讶。

在数十年前，生死门乃是邪恶的象征，谈到生死门，江湖人士个个色变。好不容易平静了十多年，怎么又死灰复燃了？

"婆婆如何得知是生死门的人下手？"卢夫人手里拿着大棍子，一脸沉思，若那花瓶是被生死门的人弄了去，只怕是没回来的可能了。

"金花婆婆当年就是剿灭生死门的豪杰之一！"有人自顾自地猜测起来，"虽然江湖里对那晚的正义人士讳莫如深，谁都不敢公开表露身份，但像金花婆婆这样德高望重的老前辈，自然不会不去！"

柳蓉几乎想要翻白眼，这联想力，不要太丰富！

她之所以认识震天雷，是师父自小便拿了暗器排行榜给她看，让她熟谙各种暗器的优势与劣处，其中震天雷名列暗器榜第三位，这样高级的东西，她怎么能不记住？不过从这地上炸出的洞来看，应该还不是威力超大的那一种，师父那本册子上记载，超级震天雷，只需一颗，就能将一块巨石炸开。

地面上只有一个脸盆大小的洞，聚贤堂也只震裂一小边屋子，这应该是小喽啰才用到的暗器，看起来她们背后还有更大的人物。柳蓉望了望在那边摸索的卢庄主，他全神贯注地在灰尘里摸着一只只盒子，脸上露出一副惊喜与悲愤交加的表情："夫人，夫人！"

卢夫人皱了皱眉，大吼一声："有话快讲，有屁快放！"

卢庄主抱着一只盒子走到卢夫人面前，神色沮丧："其余的都在，那只花瓶不见了，夫人，咱们该怎么办哪？"

"我又怎么知道该怎么办？"卢夫人一脸气愤的神色，棍子敲着地面砰砰响，"我早就劝你不要这样招摇，你偏偏不听！你还以为飞云庄是几十年前的飞云庄？要不是你太爷爷按着五行八卦来修了这庄子，恐怕现在只要是个人都能来飞云庄挑衅了！"

卢庄主可怜兮兮地将盒子往前一伸："可是这宝物难得，我诚心邀各位好手前来鉴宝，没有做错吧？"

一旁站着的众人不住地点头，怎么会做错，他们吃饱喝足，而且走的时候还有打发，这样的好事上哪里去找！

"可是，你要请也请些有真本领的人过来吧？一群酒囊饭袋，请了过来有何用处？"卢夫人棍子戳着地，砰砰地响，她已经忍了卢庄主很多年了！要不是看在卢庄主不拈花惹草的份上，她肯定要一脚将他踹到角落里不让他乱花银子！

自己挣钱容易吗，他可倒好，吃饱喝足之外就是买买买，每年还要请一群饭桶来蹭吃蹭喝，卢夫人越想越气，用棍子指了指站在那里的一群人："你瞧瞧他们，有谁能帮忙捉拿女贼吗？帮忙吃饭喝酒那可是一把好手！"

众人集体石化，额头上的汗珠子滚到地上都能听到响声——虽说这是事实，可卢夫人你这般说出来，也太伤感情了吧，人家也要面子的啊！

卢庄主猛地一个转身，抱住了站在一旁的柳蓉："金花婆婆，金花婆婆怎么会是酒囊饭袋？夫人你也太武断了！"他几乎要痛哭流涕，今年怎么就走了狗屎运，来了个老前辈呢？要不是真会被夫人唠叨死。

"是啊是啊，金花婆婆可是江湖里响当当的人物，卢夫人你怎么能一棍子就将我们全打死呢！"众人也群情激愤，"金花婆婆一出手，肯定能将那偷花瓶的贼人捉住，将花瓶物归原主！"

卢庄主热切地望着柳蓉："婆婆，你给句话，给句话！"

柳蓉被卢庄主抱得死死的，几乎动弹不得："撒手！"她怒喝一声，暗地里用劲，卢庄主那圆胖的身子就如一个圆球般滚到一旁，"你这是做甚？大庭广众之下拉拉扯扯，卢夫人你也不管一管？"

卢夫人这时候却护夫心切，赶着奔到角落，一手将卢庄主捞起，身手敏捷："金花婆婆，你都七十多岁的人了，又何必害羞？就当你的孙子抱了你，怎么要将他踢到一边去？"

卢庄主哼哼唧唧道："还请婆婆出手相助！"

众人连忙点头附和："婆婆一出手，就知有没有！婆婆，你素来仁义，便帮帮卢庄主吧！"

吃人嘴短拿人手软，自己在飞云庄好吃好喝这么久，没有本领去替卢庄主追回失窃物品，只能用尽所能请老前辈出马了，这也算是对卢庄主的一点报答。

柳蓉看了众人一眼，心中暗自好笑，捉贼捉贼，他们要捉的贼不就是自己吗？她朝卢庄主点了点头："看在卢庄主这般诚心的分上，那老婆子便答应下来，不过老婆子可说清楚，老婆子会尽力去帮你追人，可不一定就能抓到那两个女贼。"

自己在这里也待够了，要赶着去找大顺，先把他带到扬州去安顿了，然后与许慕辰写和离文书，再回到那坟地里，偷偷将花瓶挖出来，带着回终南山交差。

要做的事情这么多，哪里还有时间和他们啰唆。柳蓉一伸手："卢庄主，盐水鸭、白斩鸡和桂花酒呢？"

卢庄主一双小眼睛里闪着激动的光，他满脸通红地吩咐家丁："快，去装两麻袋盐水鸭和白斩鸡过来，还有两大坛子桂花酒！"

柳蓉吃了一惊，两麻袋鸡鸭两大坛子桂花酒……这是打发吃货的节奏吗？她摆了摆手："给我各自来一只就够了，带这么多走，路上不方便。"

荷包里有银子，什么买不到？一想着自己背着两麻袋鸡鸭，吭哧吭哧地往前走，每只手里还提一大坛子桂花酒，柳蓉都觉得有几分绝望，也不知道这奇葩的卢庄主怎么会如此热情，照他这法子送下去，飞云庄迟早会被他送光。

家丁拎着两个油纸包上来："老前辈，这鸡鸭都已经弄好了，路上可以直接吃。"

柳蓉伸手将纸包接了过来，等会大顺就有好东西吃了。

瞥了一眼那边站着的许慕辰，柳蓉决定指点他一下："这位少侠，那两个女贼是生死门的人，只不过生死门十多年前就已经销声匿迹，你前些日子与她们两人曾在一起共度春宵……"

许慕辰正色："婆婆，你误解了。"

"我又没说你们怎么样，那日晚上大家都见着你们三人在一张床上，少侠就不必推脱了。"柳蓉笑着看了看旁边站着的那一群人，"那两个女贼还找过这里边几位好汉，你先去问问他们，看女贼究竟说了些什么，或许能找出些蛛丝马迹。"

许慕辰脸上的疙瘩亮闪闪的，眼中有兴奋的神色："婆婆，我知道了。"

那位中年侠士悄悄地向后边退了一步，却被许慕辰上前一步揪住："别想溜走，我第一个就要问你。"

卢夫人拎着大棍子呼呼地跑了过去："除了金花婆婆，谁都别想离开庄子！"

她眼睛一横，吃我的喝我的，竟然想不配合调查？门都没有！

柳蓉拿起油纸包，拎着一小坛子桂花酒，朝卢庄主与卢夫人抱了下拳："卢庄主卢夫人，那我便先去帮你们抓女贼去了。"

两人神色欢快，殷殷期盼："婆婆一路顺风！"

带着美好的祝福，柳蓉一溜烟来到了那个坟堆子旁边，大顺果然在那里，脸上盖着一张大树叶，躺着一动也不动。

"大顺，你还在睡觉？"柳蓉一把扯掉那张叶子，就看见一双圆溜溜的眼睛。

"大姐姐，我两顿没吃东西了，没力气，躺着不费力气些。"大顺一骨碌爬了起来，鼻子耸了耸，"好香好香，大姐姐你给我带好吃的来了？"

柳蓉怜悯地看了他一眼，将一个油纸包拿了出来："快些趁热吃。"

大顺接过白斩鸡，吧唧吧唧地就吃了起来，还没半刻工夫，风卷残云一般，那只鸡就下了肚子，连骨头渣子都没剩。他抹了下油光光的嘴巴，捧着肚子咧嘴笑了笑："真好吃，真好吃。"

柳蓉摸了摸他的脑袋，同情心泛滥："吃这么着急做甚？"

"我怕大姐姐你要回去哪。"大顺有些不好意思，低着头红了脸，"我好久没吃过肉了。"

"跟着大姐姐走，顿顿有肉吃！"柳蓉站起身来，拍了拍胸脯，决定好好的关爱这个可怜的小家伙，自己多个弟弟，好像也很不错！

第八章

和离

"大姐姐，那是什么？"大顺就像一只麻雀，叽叽喳喳地在柳蓉身边叫个不停，这一路上他就没消停过，看见新鲜东西就要问，偏偏有些东西柳蓉自己也不知道，无奈之下只能翻白眼——收了个好奇心重的小弟真是任重道远啊，姐都要开心努力研究这风土人情了。

大顺一点也没感觉到柳蓉的无奈，依旧嘴巴碎碎念个不停，这一路上过来，有吃有喝，日子不要太舒爽哟……唯一的怨念，出来的第一天，柳蓉毫不客气将他摔到河里，完全不顾他哀怨的表情，拿了一个刷子将他从头到脚刷了一遍！

大顺紧紧地捂着要紧部位，眼泪都要掉下来了，大姐姐下手可真重啊，感觉自己都要脱了一层皮！原来以为和蔼可亲的大姐姐，这时候却化身虎狼，那力气真不是盖的，洗刷刷洗刷刷，他身上一层乌黑的油垢就浮在水面上了。

只不过大顺的哀怨很快在看到新衣裳以后不翼而飞，他惊喜交加地抱住衣裳："给我的？"

柳蓉洗了一把手："难不成还是给我穿的？"

大顺真脏啊，亏得她练了一身好武艺，使出分筋错骨手的招数，用了一成力气，这才将他洗干净。穿上衣裳以后的大顺，瞧着白白净净，除了瘦弱些，可爱又好看。

柳蓉带着打扮得焕然一新的大顺去了扬州，找到福来客栈，绫罗与锦缎都在屋子里坐着，见着柳蓉推门进来，两人惊喜交加地站了起来："少夫人，你总算回来了。"

大顺眨巴眨巴眼睛："少夫人？"

这位大姐姐瞧着不像是成过亲的啊，她那样活泼美丽，怎么能跟那些一脸刻板模样的夫人们相提并论呢？柳蓉尴尬地笑了笑："我被人强抢了去的……"

绫罗与锦缎张大了嘴巴，分明是圣旨赐婚，可少夫人竟然说他是被大公子强抢了去的，要是大公子知道了，还不知道会气成什么样子呢。

大顺气得捏紧了小拳头："大姐姐，我去帮你揍他。"

"大顺乖，等你长大了，学好武功，就能帮大姐姐揍他了。"柳蓉从兜里拿出一个小银角子："你先到外边买些好吃的，大姐姐要和两位姐姐说事情。"

柳蓉脸色严峻，大顺很知趣地拿了银角子，欢欢喜喜地跑了出去，绫罗与锦缎呆呆地望着柳蓉："少夫人，你要跟我们商量什么事情？"

"去到掌柜那里借一套文房四宝来。"

柳蓉拿起笔来，开始龙飞凤舞地写和离书，许慕辰还不知道要什么时候才能将事情办好，她已经等不及与他一道回京城了，现在柳蓉唯一想做的，就是将苏锦珍从穷乡僻壤里弄回苏国公府，然后自己拍拍屁股走人，将花瓶送回终南山。

绫罗与锦缎愣愣地望着柳蓉鬼画桃符地在纸上写出几行大字，两人磕磕巴巴地念着："性格不合，难以相处，故此和离……"

"少夫人！"锦缎白了一张脸，"你真的要与大公子和离？"

姑娘和许公子和离就再也见不到许大公子那张俊美的脸庞了，好心痛……

"太好了，我们能回苏国公府了！"绫罗欢喜不胜，柳姑娘真是言出必行，大小姐可以不用在外头受苦了。

柳蓉写了两份和离书，然后自己在上头捺了两个手指印，将许慕辰那块空了出来，想了又想，提起笔来，在下边画了一只乌龟，乌龟的前边写了几个字：说话不算话就会变，"变"字后边一个箭头直指乌龟。

"去拿个信封来装好，放到客栈掌柜手里，若是许慕辰寻过来，就把这信给他。"柳蓉扬扬得意地看了一眼那只乌龟，许慕辰肯定是不想变王八的，一定会爽爽快快地按上手印。

将这事情处理好了，柳蓉给了如意客栈的掌柜一个银锭子，交代他记着，若是有位姓许的客人过来问起她，就将信交给他，若是两个月还不见人，就劳烦掌柜的去驿站将这信寄到京城镇国将军府去。

掌柜的肃然起敬，拿着信的手都在发抖，皇亲国戚哪！难怪这位夫人出手阔绰，替她保管一封信，随手就甩出了一个银锭子！

柳蓉带着贴身丫鬟与大顺，雇了一条船，直接从扬州，沿着大运河回了京城。

大顺只觉得自己眼珠子都不够用，京城可真是繁华，街道上到处都是人，两边店铺里摆着的东西是他以前从来没有看到过的。柳蓉领着大顺在酒楼里饱饱地吃了一顿，然后牵着他的手去了义堂。

"大姐姐，你不要我了吗？"当大顺知道这义堂里全是一些无父无母的孤儿，还有没有儿女的老人，顷刻间有一种被遗弃的感觉，他紧紧拉着柳蓉的手不肯放，"大姐姐，我不要和你分开！"

和大姐姐在一起，每天都是快活的！大姐姐教他钓鱼，和他比用石块打水漂，最最重要的是，大姐姐每天都会笑眯眯地端着一大碗肉摆到他面前："大顺，吃饭啦！"

大姐姐不要自己了，呜呜，大顺想着就觉得难过，自己的好日子怎么就到头了呢？他抱着柳蓉，身子扭来扭去："大姐姐，是不是我哪里做得不好，让你生气了？你告诉大顺，大顺一定改！"

柳蓉一只手将大顺拎开："我只是暂时让你到这里住一段时间，把我要做的事情做完了，就会来找你的。你放心，这义堂也会有肉吃，不说每天都有吃，隔几天总能吃上一次的！"

她捐给义堂一百两银子，想来那些人对大顺也不会太差，先回镇国将军府将要做的事情做完，将花瓶送回终南山，然后就能来接大顺了。

得了柳蓉的承诺，大顺总算不哭了，依依不舍地跟柳蓉挥手："大姐姐，你要快些回来接我！"他想了想，又拉住柳蓉一本正经地说，"大姐姐，你还是赶紧离开那个坏蛋吧！"

"坏蛋？"柳蓉忽然醒悟过来，大顺说的，不就是许慕辰？他可是"强抢"了自己的坏人哪！她哈哈一笑，伸手扯了扯大顺的耳朵，"你放心，大姐姐保准不会再跟他在一起！"

花瓶到手了，也是该离开的时候了，柳蓉脚步轻快，这次自己出来可真是顺风顺水，既漂漂亮亮地完成了师父交代的任务，还将那位苏大小姐从登徒子身边解救出来，另外附带收了个弟弟，一举三得！

绫罗与锦缎两人站在义堂门外，见柳蓉出来，犹犹豫豫地问道："少夫人，咱们回镇国将军府吗？"

柳蓉翻了个白眼："还回去做什么？"

难道还要去与那登徒子朝夕相对？

虽然，那登徒子还是有些长处的，例如尊老爱幼什么的，但她依旧要尽快离开。

苏大夫人见着柳蓉带着绫罗与锦缎回了镇国将军府，简直不敢相信自己的眼睛，一把抱住了柳蓉："珍儿，珍儿，你总算回来了！"

苏老夫人却是一脸疑惑："珍儿，你不是跟着许慕辰出去游玩了？"

皇上给了两个月让许慕辰带着娘子带薪休假，想让他们好好培养感情，她与许老夫人已经交流过意见，昨日才在旁人的菊花宴里碰头谈起过这件事情，许老夫人满脸兴奋，一个劲地说，两人回来的时候，肯定会抱着个孩子……

不对不对，两个月就能弄出个孩子，这也太奇怪了，苏老夫人还是很理智，不像许老夫人那样被幻想冲昏了头脑："珍儿最多是有了身孕，哪里就能生出孩子来？"

许老夫人这才从对曾孙的狂热里缓过神来："对，我一时口误，说错了。"

尽管口里说着弄错了，许老夫人却依旧笑得眼睛眯成了一条缝，两个孩子出去了这么久，连一封信都没有寄回来，肯定是甜甜蜜蜜玩得尽心，连京城里的家都忘记了！许老夫人觉得很有把握，经过这两个月朝夕相处，长孙与长孙媳一定能成一对人人羡慕的鸳鸯鸟！

镇国将军府可真是将珍儿看得重啊！苏老夫人心中温暖，孙女儿福气好，虽说许慕辰不怎么样，可胜在有个好祖母，好母亲，珍儿嫁过去也不吃亏，男人吗，好色不是正常的？等着年轻荒诞这一段过了，自然就好了。

可现在，珍儿怎么一个人回了镇国将军府？苏老夫人盯着柳蓉的脸不放："珍儿，许大公子呢，怎么没有陪你回来？"

"我与他和离了！"柳蓉笑眯眯地回了苏老夫人一句，见她目光呆滞，赶忙冲到她身边，伸出手来晃了晃，"祖母，你怎么了？"

"和离……"苏老夫人呻吟了一句，好半天才缓过神来。

"和离？"苏大夫人脸上露出了痛心疾首的表情，"珍儿，是不是那许慕辰又做出什么对不住你的事情来了？和离好！珍儿，你别犹豫，可不能忍气吞声，我们苏国公府，可不是好欺负的！"

世上只有妈妈好！

柳蓉感激地看了一眼苏大夫人，还是母亲为自己女儿着想，那位苏老夫人，就会顾着苏国公府的面子，面子能当饭吃吗？能当衣穿吗？

当然，她自己活得舒服就行了，孙女儿活得怎么样，她又如何会管。每次在京城勋贵们的游宴里，她会以一种骄傲自得的语气向别人介绍："我的长孙女，可是皇上亲自下旨赐婚的，嫁了镇国将军府的长孙！"

旁边的听众交口称赞："门当户对，郎才女貌！"

门当户对倒是真的，可这郎才女貌……柳蓉恨恨地摇了摇头，大家都是被许慕辰那张俊脸给骗了，其实这人真烂啊，登徒子一个，见着美貌的就眼睛发光！

只是，好像登徒子还是有优点的，上回中了许老夫人的招数，他都能把持住没有对自己下手，看起来这人也只是眼睛瞄瞄，嘴巴里说说轻慢的话，真刀真枪的他还不敢做。再想起他飞过来扑在自己身上，护着自己不被砖石砸伤，柳蓉还是有几分感动：小伙子心地不错。

"珍儿，你怎么与那许慕辰和离的？"苏老夫人终于缓过神来，捂着胸口一顿乱揉，"是不是他欺负了你？"

苏大夫人愤愤道："母亲，还用问吗？我们家珍儿是什么人，你又不是不知道，肯定是许慕辰那厮逼着珍儿和离的！"

柳蓉赶紧做掩面哭泣状，悲悲惨惨地离开了大堂，她实在不知道该怎么解释自己写和离书的事情；即便说了，苏国公府两位主子也不会相信自己的理由啊。

出得门来，柳蓉吩咐绫罗："赶紧去那王公子落脚的书院寻了他问清你们家姑娘的住处。"

苏锦珍眼力不错，王公子秋闱果然高中，现在头悬梁锥刺股的在温书，就等着明年春闱能顺利成为贡士，然后再参加殿试，一举成名天下闻。

绫罗欢喜地睁大了眼睛："柳姑娘，你是要我们家姑娘回府吗？真舍不得你。"

每日跟着这位柳姑娘，绫罗总觉得自己的日子过得不安稳，这一刻瞧着还好好的，下一刻就捉不住她的思路了。最最可怕的是，这位柳姑娘，会飞！而且最喜欢在晚上飞！"嗖"的一声就没了影子，她睁大眼睛看了半天，也不见她去了哪个方向！

绫罗暗自里思量，这位柳姑娘大白天睡觉，晚上就来了精神，跑得人影都没了，肯定是去干坏事了！她实在为自家姑娘的名誉担心，生怕哪天这位柳姑娘失手被人给捉了，大家一看："哟，竟然是苏国公府的大小姐！"

那简直是噩梦！自从柳蓉替嫁，绫罗一颗心就没有落过底，夜深人静的时候，当她眼巴巴地望着柳蓉回来的时候，她深深地后悔自己那个晚上愚蠢的主意，要不是她提出替嫁，就不会这样担心了。

柳蓉见着绫罗笑得欢实，口里却还要故意装出恋恋不舍的口气，伸手弹了她一指头："你莫要装模作样，难道还骗得了我？快些去找你们家姑娘就是。"

绫罗连滚带爬地走得飞快，一会儿就不见了人影。

"睡觉去。"柳蓉满足地叹息一声，真是爽，不用见着许慕辰的那双桃花眼，也不用再想着那花瓶究竟在谁家里，现在睡觉乃是天下最要紧之事！

苏老夫人在府里坐立不安地想了许久，最后决定还是应该去找许老夫人商量下两个孙辈的这件事情。和离，对于男人来说没什么大不了的事情，镇国将军府，谁不想嫁进去？更何况许慕辰生了一张迷死人的脸、成亲没多长时间、还没有附赠拖油瓶，嫁过去还不是和初婚是一样的。要是他和离的消息放了出去，只怕京城明日就会发大水，一大把贵女垂涎三尺都不够，流下的口水会将京城给淹了。

而和离对于自己的孙女来说，那可真是亏大了！

女人一成了亲就掉了价，谁想去当接盘侠？而且这世上多的是狗眼看人低的，对于那些和离的女人，说的话实在恶毒："和离其实跟休弃没什么两样，只是女方家里强势，不想让她背这个被休的名声，谁又知道她是不是养了小白脸！"

况且苏锦珍是苏国公府的长孙女，她的亲事很能影响下边几位姐妹的将来。那些刁钻的人家，听着说长姐出阁还没半年就和离了，肯定会看不起苏国公府家的小姐，根本就不想来议亲，只怕是亲事艰难。

苏大夫人虽然不以为然，觉得国公府的小姐不愁嫁，可见着苏老夫人意志坚定，也只能附和着她的意见，陪着她前往镇国将军府。

"祖母，我们回来了！"

许老夫人睁开眼睛一看，许慕辰与柳蓉手拉着手，甜甜蜜蜜恩恩爱爱地走了进来，看得她心花怒放："辰儿，你怎么就回来了？"

许慕辰与柳蓉没有理睬她，两人执手相望，脸贴着脸，嘴对着嘴……

哎哟哟，真是羞死人了，怎么就把祖母当不存在哪？许老夫人端坐在那里，眉开眼笑地望着两人玩亲亲，一边好心地建议他们："不如回你们院子去再……"

"老夫人，苏国公府的老夫人与大夫人过来了！"一阵急促的喊声将许老夫人从睡梦里惊醒，她瞥了一眼那个丫鬟，见她额头直冒汗，有些不解："你这是怎么了？慌慌张张的！"

"老夫人，苏老夫人那样子好可怕！"丫鬟咽了下口水，扁了扁嘴巴。

许老夫人一怔，赶紧和衣下床，伺候在一旁的丫鬟一拥而上，赶紧给许老夫人穿好衣裳，众星拱月般将许老夫人拥簇在中央，雄纠纠气昂昂地大踏步走了出去，苏国公府的老夫人竟然敢杀上门来？镇国将军府不是吃素的！

可是，许老夫人才到前堂，怒气冲冲的苏老夫人一句话，就让许老夫人顿时没了气焰："许老夫人，你那宝贝孙子，竟然给我珍儿扔了和离书！"

许老夫人的嘴巴张得大大的，简直不敢相信自己的耳朵。

说好的到外边游玩两个月增进感情的呢！怎么弄出一个和离书来了？她小心翼翼，赔着笑脸看了看脸若寒霜的苏老夫人："亲家，莫不是弄错了？我家辰儿怎么会这般糊涂？和离这种大事，他怎么着也会跟我们商量了再说，肯定不会这样随随便便就做决定的。"

"哼！你的孙子在你心里头肯定是一百个的好，我的孙女儿，在我心里也是宝贝疙瘩！她回府以后就是以泪洗面，躲在绣楼里不肯出来，我们想去安慰她，她都大门紧闭的不开门！"苏老夫人悲愤地望向许老夫人，"亲家，凡事都要讲良心！"

（其实，柳蓉睡得正香，开启睡眠模式，附带自动屏蔽功能，过滤了一切噪音……）

许老夫人眨巴眨巴眼睛，看起来这件事情是真的了？唉！辰儿也真是糊涂，这么好的一个孙媳妇，竟然就给他像扔破烂一样的扔了！这还是皇上赐的婚呢！这还是皇上准的假让他们去增进感情呢！这下怎么办才好，简直没法子交差。

苏老夫人见着许老夫人左右为难，不再说话，与苏大夫人一道板着脸，气场十足，脸上的神色明明白白写着几个大字：请速速提供解决方案。

许老夫人犹豫再三，这才小声道："要不这样吧，亲家，等辰儿回来，我问清他原因……"

苏老夫人毫不客气地打断了她的话："还用问什么原委，肯定是你那宝贝孙子对不住我的珍儿！他是什么样的人你又不是不知道，什么勾引小媳妇大姑娘啦，什么与属下有染啦，这些事情，京城人都知道！你说，这次不是他捣的鬼难道还是我们家珍儿弄出来的事？莫非我家珍儿吃多了撑着，要提出和离来？"

许老夫人心虚地点着头："亲家说得是……"

"好啊，这个小子，越发能耐了！"外边传来打雷一样的声音，门帘一掀，一个铁塔般的老者风风火火地赶了进来，"老婆子，都是你给娇惯的！我早就说不能把辰儿给惯坏了，你偏偏不信，你看看，他现在做的都是些什么事情！"

许老夫人无限委屈："我娇惯他什么？不就是看着你三九寒冬，将他扒光扔到雪地里，心疼孙子才将他捡回来吗？咱们孙子小时候好好的，进宫做伴读的时候人家都夸他，只是这两年才有些流言蜚语……"

"到现在你还护着他！"许老太爷气呼呼地坐了下来，白了一眼许老夫人，"你可知道，慈母多败儿，你这个做祖母的跟着那个做娘的一起宠溺他，能不成这样子吗？"他很严肃地看了一眼许老夫人，"咱们不能护短！"

"还是镇国老将军是个直爽人！"苏老夫人点头称是。

许老太爷豪爽地一挥手："亲家，你们放心，等着辰儿回来，我会用棍子打着他去你们苏国公府将事情说个清楚，向苏大小姐赔礼道歉，再风风光光的将她迎回镇国将军府来！"

早上的空气真心好，虽然已经是十月末了，可柳蓉一早起来就觉得自己神清气爽，好久没有出去溜达了，一觉睡到大天亮，真是爽啊！柳蓉一边洗脸，一边心里琢磨着，自己该要好好反省了，要是师父知道自己这样不求上进，只怕会拿出小皮鞭狠狠地抽她。

绫罗端了洗脸盆子进来，望着柳蓉甜甜一笑："姑娘，洗脸啦！”

柳蓉将手浸在盆子里，看着绫罗那欢喜的样子，伸手拧住她的耳朵：“哼！看到我要走了你就这样高兴，难道也不装模作样伤感一下？”

她已经与苏锦珍约定好，今日就让她回苏国公府。

绫罗那日回来，脸色悲戚，柳蓉问她是不是遇到麻烦了，绫罗连连摇头：“不是我遇到麻烦了，是我见着我们家姑娘住的地方，实在难过。”

柳蓉脑海里忽然想起王宝钏苦守寒窑十八载来，不由得打了个哆嗦：“那地方很荒凉？鸟不拉屎乌龟不下蛋？”

听着柳蓉说得如此粗鄙，绫罗习惯性地纠正她：“姑娘，文雅些。”

柳蓉翻了个白眼，过了今日我就跟这些高门大户无缘了，文雅，文雅能当饭吃吗！师父还不是满嘴粗话，照样阻止不了对面山坡上那道长爱慕的眼神！

绫罗将苏锦珍现在的情况说了一下，那王公子父亲已经过世，只有一个寡母，倒还有三十亩薄田，租了给人耕种，自己只收租子。现在苏锦珍就是与那位王寡妇住着，两人养了不少鸡鸭，每天还要做些绣活，攒到了几十条帕子，王寡妇就拿了到京城里来卖。

柳蓉张大了嘴巴，这苏锦珍倒也是能伸能屈，可她有必要这样扮穷苦吗，不是带了一包首饰走的？怎么样也够她过舒服日子了。

“我们家姑娘是想要未来婆婆看到她的温良贤惠。”这回轮到绫罗白了柳蓉一眼，一副你啥都不懂的神色。她伸手从盆子里捞起帕子来，“柳姑娘，这是我最后一次给你打洗脸水了，唉！日子过得真慢，我们家姑娘都出去这么久了，真是可怜。”

柳蓉胡乱抹了一把脸："你别催我，我跟老夫人与大夫人说一句，马上就走。"

苏老夫人与苏大夫人得知柳蓉要出去散心，两人都连忙点头："老是闷在府中怎么行？是该出去走走，多带些奴婢，免得路上出什么事情。"

按道理这高门大户的小姐不该随意出去走动，可现在……苏老夫人望着柳蓉那郁郁寡欢的神色，不能不点头："珍儿，你可要放宽心，祖母一定会替你去讨个公道！"

柳蓉只觉得脖子那里凉飕飕的，赶紧朝苏老夫人摇头："祖母，不必了，不必了。"

苏老夫人瞧着柳蓉夺门而出的身影，叹了一口气："咱们珍儿都被那个许慕辰折磨成这样了！一听说要回去，惊骇得只想逃开了哪！"

苏大夫人愁眉苦脸，一言不发。

一出苏国公府的大门，柳蓉让绫罗每人发了一两银子给那些丫鬟、长随："自己拿着银子去逛街，申时到东城门口等着。"

丫鬟、长随本来想表示一下对自家姑娘的关心，见着有银子拿了逛街，即刻便决定将自家姑娘忘在脑后，一个个拿着银子喜滋滋地走开了。

"咱们快些走！"柳蓉让绫罗去雇了辆马车，赶去了城北王家村。

苏锦珍又惊又喜，向柳蓉千恩万谢，王寡妇见着来了个跟自家未来儿媳长得一模一样的小姐，穿得珠光宝气，实在有些摸不着头脑："这位姑娘，你与我家珍儿……"

柳蓉手脚麻利地将自己头发上那些首饰都拆了下来，自己穿金戴银地赶路，只怕会惹来一些觊觎财物的人，虽说自己有功夫在身，不怕他们，可多一事不如少一事。她让苏锦珍拿来一块布，将金银首饰放到里边打了一个包袱，这都是镇国将军府的聘礼，不拿白不拿。

"柳姑娘，我还有首饰呢，你都拿去，这是我的一点点心意。"苏锦珍赶着去自己房间，拎出一个小小的包袱来，"多谢柳姑娘。"

柳蓉毫不客气地接了过来，她帮助苏锦珍解决了一个大麻烦，接点感谢银子是应该的——她可不能白白出手不是？

王寡妇在旁边看得眼花缭乱，那些首饰都是她从未看见过的，虽然不知道价值几何，也知道肯定很值钱。她在一旁小声问道："珍儿，你哪里来这么多首饰啊？"

绫罗在旁边抢着回答："我们家姑娘放在府里的首饰有好几匣子呢，这些首饰又算得了什么？"

王寡妇眼珠子在苏锦珍身上转了转，又看了看柳蓉，实在不知道绫罗说的姑娘是哪一位，柳蓉没有理睬她，拉住苏锦珍的手到一旁，将这些日子里与许慕辰待在一起发生的事情都说了一遍，再三叮嘱她："你一定要记牢，别露馅，万一镇国将军府逼着他登门迎你回去，你千万不要答应！"

苏锦珍神色坚定："我已经和王郎说好了，今生今世要在一起，绝不辜负对方，我是不会嫁许慕辰的。"

柳蓉给她支招："你母亲心疼你讨厌那许慕辰，你可以找你母亲求助，别跟你祖母说这事，她铁石心肠，只想着名声两个字，根本就不会把你的幸福放在心上。"她促狭地一笑，"要是他们逼着你回镇国将军府，你就索性说你有了王公子的骨肉。"

苏锦珍满脸通红："这怎么可以？"

"这是撒手锏，他们不答应你，你就这样说。"柳蓉拍了拍苏锦珍的肩膀，"你可记牢我说的话了？"

苏锦珍含着眼泪点头："那你要去哪里？"

"我要回家。"柳蓉笑了笑，"我的家可好玩了，比苏国公府大多了，走一天都逛不完！"

王寡妇听着苏国公府几个字，打了个哆嗦，望了望苏锦珍："珍儿，你……是苏国公府的小姐不成？"

柳蓉点了点头："王家婶子，你赶紧准备聘礼，去苏国公府求亲吧。"

王寡妇眼睛一翻，倒到了床上，苏锦珍吓了一跳，伸手去推她："婆婆，婆婆！"

"珍儿……你真是苏国公府的小姐？"王寡妇好不容易缓过气来，一只手拉住苏锦珍不放，"这可怎么办才好，我们家哪有这么多银子去提亲？"

"王家婶子，不要紧的，苏大小姐现在已经和离回了苏国公府，这身价已经掉了大半还有余，你带个一两万银子过去，苏国公府应该也会答应。"柳蓉在一旁热心地建议着，王寡妇听着，又咕咚一声倒在床上，干脆眼睛都不睁开了。

柳蓉望着那王寡妇，心里觉得好笑，这人也实在是太禁不得吓了，儿媳妇都跟着儿子跑到她家里来了，难道还怕她跑了去？她没心思理会这些，三步并作两步往外边赶，心情大好——这呼啸的北风，全是轻松快活、自由自在的味道！

第一个目标，重返飞云庄附近的小河，从那坟堆里将花瓶挖出来。

柳蓉赶到码头，上了一条客船，顺着京杭大运河又往扬州走，船上各色人等都有，男男女女一大堆，见着柳蓉上船，一群年轻男子眼中不由自主地露出了爱慕的光芒——这船上也有好几个女子，只不过个个都上了些年纪，最年轻的都一手牵个娃，胸前挂着的兜兜里还装了一个，亏得她男人还寸步不让地护着她，生怕她被人偷窥了去。

柳蓉的到来，成功地让各位处在无聊寂寞的男子都觉得全身充满了力量，船老大一看风帆，竟然是东南风！

"老大，你惊讶个啥子，没看到船上不少人的春天都来了？肯定要刮东南风了！"划桨的船工人虽小，观察力却强，两只手摇着桨，眼睛羡慕地望着甲板上一群人。

船老大踢了船工一脚："你小子才十五，就知道想媳妇了，快些划桨，早些挣出老婆本！"

柳蓉在船上过足了女王瘾，自己要什么，都不用动手去拿，她坐在一把椅子上头，旁边黏着一群人："柳姑娘，你想吃什么？可是口渴了要喝茶？"

一脸献殷勤的样子，个个抬着头，仰慕地看着柳蓉。

柳蓉从盘子里抓出一颗蜜饯递给那抢了先机捧着茶过来的年轻人："给你尝尝这个！"

那人激动地将蜜饯托在手心里看了又看，简直舍不得下口，旁边一个人忽然站起来，从他手里抢了那颗蜜饯，飞快地往嘴里塞："好甜！好甜！"

"这是柳姑娘送给我的！"那年轻人悲愤地大喊了起来，这是柳姑娘送给他的定情信物啊，竟然就这样被那个粗鲁的汉子给吃了！呜呜呜……他本来要与柳姑娘白头偕老多于多孙的，可定情信物被人吞了，他的媳妇飞了，飞了……

在断断续续的哭泣声里，一条小船迎面开了过来，船上站着一个年轻小伙子，青色长衫，昂首而立，脸上有一些疙瘩，映着日头影子闪闪发亮。

柳蓉赶紧低下头去——许慕辰那厮是要回京城吗？他怎么从飞云庄出来了？

嘻嘻哈哈的笑声飘了过来，站在船舷之侧的许慕辰皱了皱眉头。

许慕辰被困飞云庄不得脱身，他脸上还有小疙瘩使不出美男计，他每次朝卢庄主夫人笑得甜蜜，可卢夫人只当他在抽筋："这位少侠可是疼痛难忍，是不是要给你请个大夫？"如此好几回，许慕辰只能死了这条心，花了些银子买通飞云庄的一个庄丁让他去京城刑部走了一遭，刑部共事过的同仁听说许慕辰落难飞云庄，赶紧给卢庄主发了公函，飞云庄庄主这才信了许慕辰的身份，允许许慕辰离开庄子去追那两个女贼。

离花瓶失窃已经过去了这么多日，此时让他到哪里去找那两个叫小香小袖的女人？许慕辰想想都有一种吐血的冲动，此刻他听到旁人笑得欢快，心情更差了。

这笑声来自刚刚与自己乘坐的小船擦肩而过的那艘大船。

许慕辰一回头，就见那船的甲板上人头攒动，一群男子围绕着一个穿着淡绿色衣裳的女子说说笑笑，甚是快活，众星捧月一般将那女子围在中央。

那女子头微微低垂，看不清她的眉眼，但从她耳朵上两只快活得在打着秋千摇晃不已的耳铛看来，这女子心中是很快活的。

世风日下！许慕辰心中愤愤然，这女子真是不要脸，光天化日之下，勾得这么多男子流露出一副仰慕之情来，实在是有伤风化！许慕辰不由得又回头看了一眼，那女子已经抬头，脸却是侧过去的，只能隐约见着一个小巧玲珑的鼻尖。

似乎……有些熟悉。

许慕辰心中忽然一紧，好像在哪里见过她！

他蓦然想起那一次，京城一群大姑娘小媳妇跟在他马后暴走，有个姑娘在人群里哼了一句"登徒子"，等他视线落到她身上时，她已经侧脸从人群里挤了出去。

好像就是这样一张侧脸，好像戴的正是这副耳珰！而且这侧脸，似乎……许慕辰身子一僵，这侧脸似乎还与那位扔了一张和离书就逃之夭夭的苏锦珍有些相像！许慕辰看了下两条船之间的距离，心中估摸着自己飞到那条船上去的可能性。

若是还没飞到那条船，人就落水了，那可损失惨重。许慕辰掂量了下，觉得两条船相距也不太远，自己若是能借点助力，跳过去应该不成问题。他手指掐了一个圆，运气，正准备纵身一跃……

船身侧了侧，船老大钻了出来："客官，外边风大，你这满脸疙瘩可禁不得秋风哪！"

许慕辰的衣袖被攥得紧紧的，配着船老大笑容可掬的脸孔："客官，我刚刚用了个土方子给你配了些药，你涂上试试？"

船老大一只手掌摊开，上头有一堆稀泥，不知道里边有些什么东西，乌漆墨黑一大堆，让许慕辰看了就有呕吐的冲动。

为什么那苏锦珍的雪肤凝脂膏看起来白净柔和还散发着香味，这船老大的偏方却这般污浊不堪？许慕辰根本就没有勇气将那一坨东西抹到自己脸上，他还真没这勇气。

船老大笑得人畜无害："客官，我帮你涂一点？"一边说着，一边伸出手指抠了一团，就要往许慕辰脸上抹。

这简直就是一个噩梦，许慕辰转身就往船舱里跑，等他将船老大甩到了身后，这才忽然想起自己原来准备做的事情来。探出身子一张望，就看见那条船却已经成了一个小小的黑点，无论如何也赶不上了。

确实有些像……许慕辰坐在那里琢磨着，怅然若失。

那人会不会是苏锦珍？他瞪眼望着那蓝底白花的粗布帘子，想了想，又摇了摇头，苏国公府的大小姐，无论如何也不会跟一群男人坐在甲板上调笑，不该是她，肯定是一个没见过世面的小家碧玉。

苏锦珍，你可不要乱跑，等着小爷去苏国公府寻你！

许慕辰捏了捏腰间系着的荷包，火冒三丈——写和离书便写和离书，竟然还要在最下边画只乌龟，提醒他说话不算话就是王八。她有那么好吗？自己都已经答应跟她和离了，还用她来提醒吗？

真是丑人多作怪！许慕辰愤愤地哼了一声，和离便和离，自己才不稀罕她！

只是……他伸手摸了下自己的脸，上头疙疙瘩瘩的一片，只是苏锦珍也是有些用处的，至少她有那个雪肤凝脂膏！自己在进宫之前一定要找到她，问她要一瓶那个雪肤凝脂膏，虽然这个小气鬼肯定会敲他一大笔银子，可自己也没得法子，只能随便她敲诈了，自己绝不能让许明伦见着自己长满疙瘩的脸！

他嘲笑许明伦脸上的痘痘好几年，这下风水轮流转，这嘲笑与被嘲笑的人要换个位置了。

"哈哈哈，慕辰，你这脸上是怎么了？"他能想象得到许明伦那得意的笑声，几年之后，大仇得报，肯定是格外舒畅。

苏锦珍，你等着，许慕辰捏了捏拳头，不行，怎么样也不能让许明伦见着自己这张脸。

回到京城已经是十一月下旬，门房见着许慕辰回来，脸上露出一种诡异的神色，大门后边有个人影一晃就不见了踪影。

许慕辰没有在意，自己出门一张俊脸，回来以后顶着一堆疙瘩，门房自然会惊讶，只是门后那通传的婆子反应有些大啊，不至于见他就跟见了鬼一样吧。

大步走到主院，大堂门口打门帘的丫鬟都以一副悲悯的神色望着许慕辰，老太爷手里拿着一根大木棍，正在门帘后边站着呢！

许慕辰立足未稳，就觉得一阵风响，他很机灵地转过身，一只手挡了下，脚尖点地，提起身子，纵身一跃，人已经在一丈开外。许老太爷火冒三丈，手里拎着棍子赶了出来："小兔崽子，爷爷打你都敢还手！"

许慕辰擦了擦眼睛，没错，面前站着的正是须发皆白的镇国老将军，他的祖父大人。

"哎呀，有话好好说，动粗做甚！"许老夫人抹着眼泪从里边走出来，身后跟了眼圈子红红的许大夫人，见着许慕辰毫发未损，这才放下心来。她一只手攀住许老太爷的胳膊，"老头子，你可别将辰儿打坏了！"

"你别说话！"许老太爷火冒三丈，"还不都是给你惯坏的！"

许老夫人咕嘟了嘴，顷刻间没了言语。

"祖父，你为什么要打我？难道孙儿做错了什么？"许慕辰有些愤愤不平，自己出门都快两个月了，好不容易回了家，没想到迎接自己的是大木棍。

"你还有脸问我你做错了什么？"许老太爷声如洪钟，木棍敲得地面砰砰响，"你自己说！孙媳妇哪里不好，你要跟她和离？"

"我要跟她和离？"许慕辰莫名其妙，"分明是她提出来的！"

"辰儿，做人要有担当！"这下就连许老夫人都看不过眼了，一脸的不赞同，"好在苏国公府通情达理，对你不计较，只要你回府以后将她接回来，那旧账就一笔勾销，辰儿，你莫要糊涂了，这样的媳妇打着灯笼都寻不到，你赶紧去接她回府吧！"

"凭什么要我去接她回府？"许慕辰气得脑袋发晕，那写得鬼画桃符一般的和离书难道是他写的？和离书上那只乌龟难道是他画的？怎么回了京城，什么都是他的不对！

"好小子，你还犟嘴！"许老太爷火冒三丈，拎起棍子就朝许慕辰招呼过来，"你站着别动！看我打不死你这个不听话的东西！"

"好好好，我这就去苏国公府！"许慕辰怒向胆边生，捏了捏荷包，里边的和离书似乎在替他心中那一团怒火浇油——苏锦珍，小爷非得捉你来镇国将军府还我一个清白，究竟是谁写的和离书！

"辰儿总算是开窍了！"许老夫人见着那消失在树木深处的许慕辰，脸上露出了笑容，"好好跟孙媳妇说说，小两口床头打架床尾和，夫妻间又能有什么隔夜仇？只要辰儿诚心去赔不是，她肯定会欢欢喜喜地跟着辰儿回来的。"

许大夫人默不作声，在她看来，儿子当然是自己的好，肯定是媳妇儿做了什么让儿子生气的事情，儿子才会和离的，自己看着长大的儿子，才不是蛮不讲理的人呢！

许老太爷将棍子抱结实了些："我去门边守着，要是他一个人回来，我就把他打出去！"

十月的阳光十分柔和，秋风渐渐起，地上全是黄色的落叶。苏国公府的亭子里坐着三个人，身后站着几个丫鬟婆子，正一脸同情地看着低头不语的苏锦珍。

"珍儿，你放心，我们已经替你去镇国将军府讨公道了。"苏老夫人见着苏锦珍一副郁郁寡欢的神色，出言安慰她，"等许慕辰回来了，自然会迎你回镇国将军府的。"

苏锦珍打了个哆嗦，连连摇头："不不不，祖母，我已经与他和离了，怎么还能回镇国将军府去？"

她一心一意等着王家来提亲呢，要是将她送回镇国将军府，那算盘不是落空了？

"唉！祖母也知道，那许慕辰不是个东西，可毕竟你已经跟他成亲了，就该容忍他一些，我早就跟你说了，男人嘛，年轻的时候免不了会拈花惹草，年纪一大，自然就收心了。珍儿，你快别使小性子了。"苏老夫人循循善诱，看着苏锦珍憔悴的一张脸，心里头奇怪，怎么孙女儿好像一两天就瘦了不少，下巴都尖出来了。

唉！还不是许慕辰那小子惹的！苏老夫人心中有些怨恨，等许慕辰登门，自己非得好好训斥他一顿才行，自己这么好一个孙女儿，他都不懂珍惜！

"老夫人，大小姐的姑爷来了，准不准他进来？"一个管事婆子喘着气跑过来，她小心翼翼地瞥了苏锦珍一眼，大小姐千万莫要太伤心才好啊！

许慕辰气势汹汹地走过来，步子又急又快。

自从娶了苏锦珍以后，他就没过上几天好日子，事事都倒霉，处处被人误解，分明是她写的和离书，反过来自己却背了一个黑锅，祖父还不分青红皂白，举起棍子就往自己身上砸，怎么也不问问原因哪！

许慕辰心中无限委屈，想当年，他可是让全家人引以为傲的，有才又英俊，没想到，这才几个月，自己便成了他们眼中的一根草。

真是心酸哪，许慕辰抬头看了看凉亭里坐着的几个人，心头气不打一处来，那苏锦珍在自己面前趾高气扬，说话高声大气，可是在她祖母、母亲面前却装出一副小可怜的模样来，若不是自己早就看透了她的真面目，此时也会被她那逼真的演技骗过！

许慕辰抬高了腿，噌噌地就往凉亭走，强大的气场让苏锦珍缩了缩身子，害怕地往绫罗身上靠。

这个一脸寒霜的男人太可怕了！他凶悍的目光紧紧盯着自己，简直让她没有回避的余地。许慕辰果然不是个好人，也难怪柳姑娘这般匆忙地想跟他和离，肯定是日子没法过了，不得已才想出这法子。

苏锦珍低垂着头，心中默默想，为了自己与王郎的山盟海誓，为了自己下半辈子的幸福，自己一定不能向祖母低头，坚决不能嫁给这位"名满京城"的许侍郎！

"苏老夫人，苏大夫人。"出于最基本的礼貌，许慕辰还是朝两位长辈拱了拱手，"我今日来拜访苏国公府，是有一件事情想解决的。"他从荷包里摸出那两张和离书，猛地甩到苏锦珍面前："苏锦珍，拿好你的和离书，以后不要再来烦我！"

苏锦珍又惊又喜，没想到许慕辰竟然也想和离，真是万万没想到。她赶紧将桌子上那张和离书捡了起来，没敢抬头看许慕辰，心中有些害怕，双手一直在发抖。

"许大公子，别这么大的火气。"苏老夫人面子有些挂不住，孙女被人追到府上甩和离书，这不是在打苏国公府的脸吗？她此刻也有些生气了，"许大公子，请问我家珍儿有哪一点不好，要被你如此嫌弃？"

许慕辰冷冷地哼了一声："她有哪一点好？"

苏大夫人忍无可忍，拍桌而起："许慕辰，你休得猖狂！我家珍儿温婉贤淑、孝顺懂事、通情达理，哪一点不好？可怜她苦命，竟然要被你这样的人糟蹋，你以为我们苏国公府好欺负任由你搓圆打扁？许慕辰我告诉你，你打错算盘了！"

苏锦珍听着母亲为自己出头，心中大为着急，自己可不想嫁进镇国将军府去！她伸手拉了拉苏大夫人的衣袖，小声道："母亲，全是珍儿命苦，你就别跟他置气了，让他出府去吧，以后我与他便是陌路之人，不再有交集。"

这几句话柔得似乎能滴出水来，许慕辰瞥了苏锦珍一眼，十分不屑："苏锦珍，你不用这般装模作样了，那时候你神气活现的，这时候你就会扮柔弱，我看你这本领，便是四喜班的当家花旦也比不上你！"

听着许慕辰将自己的宝贝女儿与那戏子相提并论，苏老夫人也气得不轻，要是许慕辰将这混账话到外头乱说，苏国公府其余的小姐还要不要嫁人？她一张老脸白了半边："许慕辰，我们家珍儿凭什么被你这般侮辱？你不要以为你跟皇上是发小就这般无法无天，皇上乃是明君，定然不会包庇于你！走走走，咱们进宫面圣去，我非得让皇上来看看，他给我家珍儿指了门什么亲事！"

进宫？许慕辰站定了身子，摸了摸脸，忽然想到了最重要的一件事情，他一伸手："苏锦珍，卖一瓶雪肤凝脂膏给我。"

苏锦珍有些莫名其妙，柳蓉根本没有跟她提过，她怎么知道那雪肤凝脂膏是什么东西？一抬头，就对上了许慕辰那长满疙瘩的脸，惊得她睁圆了眼睛：这就是京城八美之首的许侍郎？长成这副模样，还京城八美之首？自己几位兄长都生得比他好看多了，至少脸上肌肤光洁，哪里像他一样，一堆堆小红疙瘩。

"你不是爱钱如命吗？我给你两百两银子，你赶紧卖一瓶雪肤凝脂膏给我。"许慕辰口气坚决，一只手伸到苏锦珍面前，不肯缩回半分。

苏锦珍又惊又怕，怯怯地摇了摇头。

她没有那个雪肤凝脂膏啊，她连那东西是什么都不知道，卖什么卖？

许慕辰讥讽地一笑："我就知道你贪得无厌，你卖给皇上不就两百两银子一瓶吗？现在是卡着我生了一脸疙瘩就想坐地起价了？好，我给你四百两，这下总够了吧？快些卖一瓶雪肤凝脂膏给我！"

他怎么能让许明伦见着他这副惨绝人寰的模样？他要速速将这些疙瘩消灭了再进宫，他不要像一只人见人厌的癞蛤蟆！

"许大公子，可否说清楚，雪肤凝脂膏是什么？"苏锦珍娇怯怯地望了许慕辰一眼，这人看起来好凶狠，一副要吃人的模样。

"装，你还装！"许慕辰气不打一处来，苏锦珍分明就是在装糊涂，她是不想让自己的疙瘩好，才故意推诿的吧？自己跟她什么冤什么仇，她非得要跟自己对着干？他猛地上前一步，一把抓住苏锦珍的手，"快些拿给我！"

苏锦珍吓得全身一颤，拼命往后退，石桌上摆着的水果盘子与茶盏哐当哐当地被扫到了地上，清脆的响声不绝于耳。

"放肆！"苏老夫人变了脸色，朝身边候着的丫鬟婆子大声吼了一句，"还愣着做甚？快些将这个强盗抓起来！"

凉亭里站着伺候的一群丫鬟婆子奋不顾身地扑上去，许慕辰正在与苏锦珍纠缠，没料到有这么多人扑过来，这些是苏国公府的下人，更何况又是一群手无缚鸡之力的妇孺，他没好意思使出功夫来将她们摔到一边。

结果是……苏老夫人揪着许慕辰进宫面圣去了。

许明伦盯着许慕辰看了好一阵，猛地站起身子："慕辰，慕辰？"

许慕辰心中暖暖的一片，没想到发小竟然没有嘲笑自己的满脸疙瘩，以前自己那样取笑他，真有些不对。这歉疚之意刚从心底钻出来一点点，忽然就听到一阵哈哈的狂笑："慕辰啊慕辰，你竟然也有今天！"

许明伦笑得格外舒畅，这几年被许慕辰追着取笑痘痘的难堪，今日总算是大仇得报，得意地望着许慕辰那张全是疙瘩的脸孔，许明伦故作关心："慕辰，别动气，小心痘印不消。"

原话奉还，这种滋味，怎一个爽字了得。

"皇上，我是来请您主持公道的。"苏老夫人颤颤巍巍地指着许慕辰，"皇上您下旨赐婚，将我们苏国公府的长孙女嫁给了这许慕辰，没想到他今日竟然追到我们苏国公府送上了一张和离书。"

"慕辰，可有此事？"许明伦瞠目结舌，这小子，胆子贼大，自己赐婚才几个月，他就把苏大小姐打发回府了？

许慕辰憋着一肚子气："和离是她提出来的，可不是我。"

苏老夫人："不可能！"

苏大夫人："不可能！"

许明伦：……

满堂宫娥内侍：……

许慕辰见众人都是一副不相信的模样，从荷包里摸出了他留着的那份和离书："皇上您看看，分明就是苏大小姐先提出来的。"

许明伦接过和离书，一眼就看见了上边画着的乌龟，心中埋怨许慕辰，发小现在似乎变蠢笨了，再急着将苏大小姐甩了，也不该用这样的手段啊，看看这笔字，谁会相信是苏国公府的大小姐写的和离书？

苏老夫人已经在一旁咬牙切齿地喊了起来："皇上，那和离书绝不是我家珍儿写的，即便是她写的，也是被许慕辰这厮逼着写的！"

"苏老夫人，你是不知道你家那个孙女的德行，她……"许慕辰侧头想了想，嗯，其实苏锦珍好像蛮可爱的，他竟然说不出她哪里不好，眼前闪过一双明亮的眼睛，他呆呆地站在那里，嘴中喃喃道，"反正这和离书是她写的，若是我写的，五雷轰顶不得好死！"

见许慕辰发了毒誓，苏老夫人一时间也犹豫了，这毒誓可不能乱发，举头三尺有神明，人在做，天在看，做了亏心事，总会遭报应哪！

站在许明伦一侧的内侍已经看到了纸上的那只乌龟，再也忍不住，掩着嘴巴笑了起来，胳膊肘里夹着的那柄如意不断地晃动，差点掉了出来："皇上，乌龟……"

咦，这话似乎有些不妥当，内侍惶惶然看了一眼周围，同伙们的脸上分分明明写着几个字：你死定了。

出乎意料，许明伦哈哈大笑起来："这乌龟画得很不错！快，传苏大小姐进宫，朕要替她解决了这件公案！"

上回苏锦珍卖给他雪肤凝脂膏，那时候他就觉得她甚是有趣，这次见着和离书，那只乌龟憨态毕现，跃然纸上，简直让他对这位苏大小姐心生佩服，能将自己的发小收拾得无计可施，这也算是个奇才了。

许慕辰忽然想起一件事情来："皇上，请替我问她要一瓶雪肤凝脂膏！"他委委屈屈地指着自己满脸小疙瘩，"我出四百两银子一瓶，她都不卖我！"

"这有何难？"许明伦哈哈一笑，"快赞朕一句，朕就帮你去讨要！"

"皇上英明神武，皇上治国有方，皇上洪福齐天……"

苏锦珍低头跟在一个内侍身后，慢吞吞地走了进来，这是她头一次进宫，心里边不免有些害怕，走到里边规规矩矩地行了一个大礼，三呼万岁，站起身来走到苏老夫人与苏大夫人那边，站得笔直，眼观鼻鼻观心。

许明伦盯着苏锦珍看了两眼，觉得有些不对劲。

上回苏锦珍来皇宫的时候，可不是这模样，面对他与母后，丝毫没有畏惧，有说有笑，甚至还冲到自己面前来，毛遂自荐地说有可以治痘痘的良药。可现在这个苏大小姐，看起来好像是变了一个人，虽然模样好像没变化，可那通身的气质全变了。

母后为了催促他成亲，这些日子每天都在召见各家贵女，还不时地喊他过去瞧瞧——母后的用意他知道得清清楚楚，还不是让他在里头挑选个皇后？可他觉得这些贵女一个个循规蹈矩的，行不摇身笑不露齿，那感觉好像是一个模子里倒出来的，让他实在没了兴趣。

现在这苏锦珍，给他的感觉就是这样。

寡淡如水，索然无味，与上次见着她的时候大相径庭。

难道她是被许慕辰打击坏了，得了一纸和离书，伤心得已经快说不出话来了？许明伦责备地看了许慕辰一眼，清了清嗓子："苏大小姐，你与朕说说，这和离，可是你真心的？是不是被许慕辰逼的？"

苏锦珍抬起头来看了一眼许明伦，又怯生生地低了下去，轻轻点了点头："皇上，确实是臣女自愿和离。"

苏老夫人打了个哆嗦："珍儿，有皇上给你做主，你别怕许慕辰那厮！"

苏锦珍很坚定地点了点头："祖母，这事情关系到珍儿的终身幸福，珍儿是慎重考虑以后才做出的决定，还请祖母怜惜珍儿。"

这倒还有几分原来的味道了，可还是觉得不像那次见到的她。上回她神采飞扬，一双眼睛黑亮亮的机灵又活泼，说起话来让他觉得特别有意思，实在想留着她多说阵子话。许明伦看了一眼许慕辰："慕辰，既然你们两人都铁心不想在一起过日子了，那看起来朕白白下了一道圣旨，也罢，以后你们男婚女嫁，各不相干。"

"多谢皇上！"苏锦珍大喜，有了皇上这句话，祖母也不能逼着她再往镇国将军府里去，现在就只要王郎赶紧派媒婆过来提亲了。

许慕辰朝许明伦一个劲地抛眼色："皇上，皇上！"

许明伦装出没看见，站起身来做出要走的模样。

"皇上，你可不能说话不算话！"许慕辰终于忍不住，跳到了许明伦面前，一把拦住了他，"你答应了微臣的请求！"

许明伦呵呵一笑："我现在觉得，让你每天顶着一脸疙瘩来见我，是一件不错的事情。"

"皇上，君无戏言！"许慕辰气得实在想翻脸，可谁叫许明伦是皇上，谁叫他是自己的猪队友，谁叫自己还有求于他！

许明伦见着许慕辰一脸哀求表情，神清气爽，心高气傲的许慕辰也有求他的时候了，这种感觉真棒！

"苏大小姐，上回你卖给朕的那雪肤凝脂膏，效果极好，朕用了以后果然是药到病除。许慕辰现在虽然已经不是你的夫君，但我一看就知道苏大小姐是个善良的姑娘，肯定会伸出援手急人之困的，不如苏大小姐看在朕的面子上，就卖一瓶雪肤凝脂膏给他吧。"

许明伦循循善诱，晓之以理，旁边内侍高声喝彩："皇上字字珠玑！"

苏锦珍一脸茫然，柳蓉到底卖了什么给皇上啊，雪肤凝脂膏，那究竟是什么东西呀？自己可是闻所未闻，如何能拿得出来？

苏老夫人与苏大夫人也是一头雾水，两人莫名其妙地望着苏锦珍："珍儿，你真有那雪肤凝脂膏，还卖给了皇上？"

有好东西肯定是进贡给皇上的，还能问皇上要银子？苏老夫人与苏大夫人都打了个冷战。

苏锦珍摇了摇头："珍儿根本不知道雪肤凝脂膏是什么东西。"

她的表情很真诚，眼神纯洁无瑕似刚刚出生的婴儿。一看她的脸，就会让人有一种这人说话绝不会撒谎的感觉。

许明伦与许慕辰两人对视一眼，心中一惊。

这人不是苏大小姐，绝对不是！瞧着长相一样，可内里根本不是同一个人！

许慕辰大步走到苏锦珍面前，一脸严肃："苏大小姐，我想请你回答我几个问题。"

"啊？"苏锦珍有些心慌意乱，不敢抬头看许慕辰，低着头轻声道，"许大公子，我们已经和离了，你我已经是陌生人，我不能与陌生男子说话。"

"少找借口！"许慕辰毫不客气地打断了她，"新婚之夜，你睡在哪里，我又睡在哪里？"

苏锦珍的脸一红，几乎要滴出血来，她支支吾吾好半日，却一个字也说不出口。旁边的人都瞪大了眼睛，不由得捂住了自己的嘴巴，以防自己惊呼出声，这许慕辰真是放浪形骸，竟然敢当着这么多人的面问这般私密的问题！

"许大公子，既然你与我家珍儿已经和离，如何还要用这种话来羞辱于她！"苏大夫人实在看不过眼，在一旁愤然出声，这许慕辰真是无法无天，以为自己的珍儿好欺负不成？

一想到苏锦珍在镇国将军府受尽这厮虐待，苏大夫人就满心愧疚，一把抓住苏锦珍的手："珍儿，咱们走，不要再与这无耻小人纠缠。"

苏锦珍点了点头，刚刚准备跟着苏大夫人走，却被许慕辰一把抓住另外一只手："你不是苏锦珍，你是谁？"

苏老夫人吃了一惊："许大公子，休得胡言乱语！"

"祖母，母亲……"苏锦珍急得满脸通红，额头上汗珠子不住往下掉，"我是珍儿，真是珍儿！"

苏大夫人安抚地看了她一眼："母亲知道你是我的珍儿，才不会相信这厮的胡话。"

"慕辰，赶紧让苏大小姐回府吧，你没见她一副虚弱的样子，好像马上就要晕倒了？"许明伦喝住了许慕辰，"快些撒手。"

许慕辰不情不愿地看着苏老夫人与苏大夫人带着苏锦珍走出了大殿，一脸埋怨："皇上，你怎么就不帮我了？"

说好的讨要雪肤凝脂膏呢？许慕辰伸手摸了摸自己的脸，欲哭无泪。

"你别着急，朕这里还剩一点点，你先拿去抹，看能不能消除你脸上的疙瘩。"许明伦一脸深思地望着许慕辰，露出一丝狡狯的笑容，"你把人家吃干抹净，随手就给扔一边去了，这样非大丈夫所为吧？"

冤枉，真是冤枉，他真是比窦娥还要冤哪！

"皇上，我跟苏大小姐是清清白白的，完全不是你想的那样。"许慕辰傲娇地抬头，脸上的疙瘩更闪亮了些，"只是我觉得现在这苏锦珍，跟嫁进我镇国将军府的苏锦珍，不是同一个人。"

"我也有这感觉。"许明伦点了点头，"上次进宫来的那个，明媚娇好，让人一见难忘，而这个，虽然容颜一样，可丝毫没有那种气质。"

"难道……"许慕辰皱了皱眉头，"好像我没听说苏国公府有双生姐妹。"

许明伦也皱了皱眉头："朕似乎也没听说过。"

"皇上！"旁边站着的内侍急巴巴地凑了身子过来，"老奴却是听说过一件事情，十七年之前，苏国公府的大夫人，生的是一对双生子，只是那双生子总会有一个强一个弱，有一个出了娘胎熬了一日没熬过去，死了。"

"你是怎么知道的？"许明伦瞥了他一眼，"朕不相信。"

那内侍龇牙笑着道："老奴的姐姐是京城里有名的稳婆，当年她与李稳婆一道为苏大夫人接的生。那回先皇仁心，许老奴在轮值休息出宫去看望姐姐，她刚刚好接生回来，与老奴谈起了这件事儿。她啧啧叹息着说，一对粉嫩的小婴儿，生下来就死了一个，实在是可惜，那时苏大夫人身子不好，为了不让她伤心伤身，苏老夫人决定瞒着她，下令产房里头的人闭口，只说生了一个，故此京城里并未传出苏大夫人生了一对女儿的事情。"

许慕辰打了个冷战："真有此事？难道是那个死了的……还魂了？"

许明伦也打了个寒战："慕辰，快莫说了，哪有什么鬼怪，都是人编出来的。"

"那，如何解释这苏大小姐不同寻常的举止？"许慕辰默默想了想，这些天的朝夕相处，他对苏锦珍的性格了如指掌，她绝对不会是今日看见的苏大小姐，绝不是。

"朕……也不知道原因。"许明伦也是一头雾水，那个有着明亮大眼睛，一脸笑容的苏大小姐去哪里了？赶紧回来啊！他也一点都不想见到这愁容满脸的苏大小姐！

"看来，我今晚必须去夜探苏国公府，好好的与苏大小姐秉烛夜谈一番。"许慕辰接过宫女递上来的雪肤凝脂膏，朝许明伦拱了拱手，"多谢皇上赏赐。"

毕竟还是朋友，太绝情的事情做不出，许慕辰对许明伦还是心存感激的。

静悄悄的夜晚，苏国公府的小路上闪过两团暖黄的灯影，上夜的护院手里拎着灯笼正在一边在小径上走着，一边说着新鲜事儿。

"好端端的，咱们家大小姐竟然和离了！"一个叹着气道，"也不知道那许大公子有哪点觉得不满意，非得追到府里来甩和离书！这日子又不是过不下去，人家都说他们两人是门当户对郎才女貌，可偏偏却分了！"

"那是那许大公子不知道珍惜，咱们家大小姐，多好的一个人，他却看不上眼！"另外一个说得干净利落，"哼！他看不上也好，自然有看得上咱们家大小姐的！只怕过不了几日，便会有人上门求亲了呢！"

"唉！"同伴略显悲观，"大小姐已经嫁过一次人了，再嫁，也轮不上什么好人家啦！"

两人一边絮絮叨叨地说着，一边慢慢朝前边走了过去。

院墙旁边有一棵大树，浓密的枝叶已经延伸到了墙外，一条人影从树上飘了下来，悄无声息地往苏家内院奔了过去。

绣楼里灯光微弱，苏锦珍坐在桌子旁边，愁眉不展。

"姑娘，早些歇息吧，夜都已经深了。"绫罗小心翼翼地劝着她，从皇宫里回来，苏锦珍脸上没有一丝笑容，总是闷闷不乐地坐在那里，问她究竟怎么了，她也不说，只是皱着眉，眼睛里全是泪水。

难道姑娘看见许慕辰，觉得他英俊非凡，故此又不愿和离了？

一想到许慕辰脸上的疙瘩，绫罗摇了摇头："不，不会的。"现在的许慕辰，哪里还能用风流倜傥这四个字来形容？此时的许大公子，早已是惨不忍睹。

门口传来一声轻微的响动，有人在敲门："姑娘，姑娘。"

这个时候了，锦缎还有什么事情？绫罗望了一眼苏锦珍："姑娘，你要不要见她？"

"这么晚了她还来敲门，该是有要紧事，绫罗，你去给她开门。"苏锦珍无精打采地应了一句，绫罗说了声"好"，快步走到门边将门打开。

绫罗吓了一跳。

锦缎与一个男子并肩站在门口。

"许大公子，你这时候怎么来了？"绫罗差点惊呼出声，却被许慕辰用严厉的眼光制止，她马上噤声，想到自家姑娘香闺里大晚上进来个男人，说出去也真是不好听。

"苏小姐，你到底是谁？"许慕辰跨进门，将锦缎随手一扔，把房门关上，咄咄逼人地走了过来，苏锦珍胆怯地站了起来，目光躲闪，不敢看许慕辰的眼睛。

"你是假的苏大小姐！那个真的，去哪里了？"许慕辰非常严厉地盯住苏锦珍不放，一把捉住了她的手腕："快说，你要是不肯说，我自然有法子让你开口！"

苏锦珍吓得瑟瑟发抖，绫罗见自家姑娘的手腕被许慕辰一捏，顷刻间白了一块，心疼得不行。护主心切，她冲到了苏锦珍身边，厉声呵斥："许大公子，放手！你怎能如此无赖的？难道准备屈打成招？我们家姑娘就是苏大小姐，十七年来她一直生活在苏国公府里边，哪里都没去过！"

"哪里都没去过？"许慕辰冷冷地哼了一声，"那嫁给我的人又是谁？"

绫罗顿时语塞，无话可说。

锦缎此时已经从惊慌中回过神来，走到一旁笑得甜甜蜜蜜："许大公子，嫁给你的就是我们家姑娘啊？还能有谁？"

"你睁着眼睛说瞎话？我难道还看不出她们之间的区别？"许慕辰轻蔑地瞟了锦缎一眼："你摸着良心说，那个嫁给我的，就是面前这位苏大小姐吗？"

"啊……"锦缎很听话地伸手摸了摸胸口，忽然想到了自家姑娘神秘失踪，只剩自己与绫罗去扬州的福来客栈等她的事情来，不由得有几分犹豫。

"锦缎，还不快去歇息，要你在这里凑什么热闹！"绫罗瞪了锦缎一眼，看起来这丫头也起了疑心，要知道锦缎一门心思想攀高枝儿，万一她将疑心的事情说出来讨好许大公子，许大公子肯定会明白许少夫人不是自家姑娘了。

"呵呵，你们心虚了？"许慕辰用力掐紧了苏锦珍的手腕，"还不快说！"

"我是真正的苏国公府大小姐，她不是。"苏锦珍没有熬得住那手腕上的疼痛，最终还是出卖了柳蓉："她是一位好姑娘，自愿替我嫁去镇国将军府。许大公子，若是柳姑娘做错了什么事情，我先替她向你赔个不是。"

做错了什么事情？许慕辰一怔，回想起两人相处的点点滴滴，柳蓉似乎也只是伶牙俐齿一点，好像也没对他做什么坏事。

那他深夜到苏国公府来做什么？

许慕辰茫然了，他这么急匆匆地冲到苏国公府刨根问底，究竟是为了什么？

证明了此苏大小姐不是彼苏大小姐又有什么意义呢？难道他还要去将那个假的苏锦珍追回来？这个理由好像有些莫名其妙。

站在那里，瞪着那张看上去一模一样的脸孔，许慕辰不住地给自己深夜造访苏国公府找着理由——当他的手摸过自己的脸时，一颗心顿时欢欣鼓舞起来。

对，这就是理由！

许明伦给他的雪肤凝脂膏好像效果不错，上午得了那宝贝，到了晚上，有几个小疙瘩就只有一丁点影子了，许慕辰又悲又喜，欢喜的是这药膏真是对症下药，悲伤的是，那瓶雪肤凝脂膏，其实只剩下一丁点，他才抹了一指头，就见着瓶底了。

在这种时刻，他难道不该赶紧找到苏锦珍，问她要一瓶雪肤凝脂膏？

"说，现在她人去了哪里？"许慕辰欢欣鼓舞，这个理由是充足、充分而且必要的！

苏锦珍抬起头来，眼中泪水盈盈："许大公子，这个我真不知道，她并没有与我说。"

"许大公子。"锦缎堆着一脸笑，"我有重要线索！"

"闭嘴！"绫罗又一次呵斥锦缎，自家姑娘已经很没骨气地将柳姑娘招供出来了，锦缎竟然还想让许大公子得知柳姑娘的下落？这事情越发糟糕了，一切好像超出了她们的掌控。

"那位假的少夫人在去扬州的途中收了一个干弟弟，将他安置在京城的一家义堂，我想她肯定会抽空去看看他。"锦缎笑得一脸甜蜜，眼睛拼命往许慕辰身上张望，含情脉脉，好像在用尽力气说："许大公子，你一定要记住我，记住我，记住我！"

"义堂？"许慕辰有几分惊讶，"哪一家义堂？"

"咦？京城的义堂不只有一家吗？"锦缎无辜地睁大了眼睛，"其余的要不是庙里开的济困堂，就是那些大老爷们办的义庄？"

"义庄……"许慕辰几乎无话可说，那里主要是存放尸首的好不好？

锦缎见着许慕辰一脸不屑的样子，赶紧又补充了一句："义堂在京城南边一个胡同里，奴婢也不知道那胡同叫什么，反正知道在城南，那孩子叫大顺。"

绫罗死死地盯着锦缎，锦缎却骄傲地一挺胸：你来打我啊！

许慕辰二话没说，拔腿就往外跑，锦缎赶紧追上去扯住了他的衣袖："许大公子，我把知道的都告诉你了，我们家姑娘肯定会很生气，你把我买下来带回镇国将军府去吧，奴婢一定会好好伺候你的。"

冷冷的秋风从打开的房门刮了进来，门口已经没有人影。

"绫罗，让后院的婆子将她拖下去，以后这院子里的衣裳就全由她洗了，明日去与管事妈妈说一句，将她一等丫头的月例换成粗使丫头的那种。"苏锦珍瞥了一眼跪坐在地上的锦缎，身心俱疲。

　　她一直在担忧王郎会不会如约派人来求亲，正烦恼不堪，这时候却冒出个卖主求荣的，可得好好整治她一番，出了自己这口恶气。

　　义堂的大门紧闭，门口挂着两盏气死风灯，不住地随着秋风的吹拂在打着旋儿，许慕辰纵身跃过院墙，直奔里边一幢房子而去。

　　"大、大、大……人！"义堂的管事见着东家来了，说话都结巴了，"大人怎么这、这时候来了？"

　　他刚刚睡下，被窝还没热，就被人一把拎了起来。心里头正打颤，那人用火折子将灯点亮，见着那人的脸，管事全身跟筛糠一样抖了起来——京城都说大人好男风，他暗暗摸了一把自己的屁股，有些想哭，他都已经快五十了啊，大人也太重口了些！

　　眼前仿佛出现了自己被蹂躏的场景，管事脸色发白，这事情要是传出去该怎么办才好？他难道这么倒霉，竟然要晚节不保？

　　"我且问你，早些日子，是否有人送了个小孩进来，名叫大顺？"许慕辰根本没想到管事竟然会想得那般远，只是单刀直入，直奔主题。

　　"有，他姐姐送过来的，还给了一百两银子哪。"管事听着这话，总算是松了口气，好像大人不是准备来跟他翻云覆雨的，真是谢天谢地谢祖宗啊！他赶忙连连点头，"好像是姐姐要去办些着急的事情，京城又没有什么亲友，只能将他寄养到咱们义堂，说好了最多一个月就会回来接他。"

　　许慕辰长长地出了一口气："带我去见见那个孩子。"

　　大顺睡得很香。

　　但由于自小便独自生活，也很警醒。

　　睡梦中他似乎听到了轻微的脚步声越来越近，瞬间清醒了过来。

一团柔和的灯光慢慢逼近，大顺赶忙闭紧了双眼，装出熟睡的样子来，就听着有两个人在轻声说话："大人，这就是那个新送来的孩子。"

一双手伸了过来，轻轻将他踢到下边去的被子拉起来盖好，又听着一个年轻男人的声音："他这么瘦，要多给他吃些好东西，将身子养结实些。"

"是。"那是管事老爷的声音，大顺终于听了出来，他又感动又好奇，那个给他盖上被子的人又会是谁？

许慕辰打量着睡在床上的大顺，这是柳姑娘的弟弟？他忽然有一种莫名的亲近感，好像他就是自己的亲弟弟一样。他的目光炯炯，落在大顺的脸上，见他的眼睛虽然闭着，可睫毛却有些微微的颤动，许慕辰一呆，仔细辨认了下，那紊乱的呼吸说明这孩子其实已经醒了过来。

真是物以类聚人以群分，跟他那干姐姐一样狡猾！许慕辰心情轻松，笑着看了大顺一眼："我们走吧，别打扰了他休息。"

跟着许慕辰从屋子里走出来，管事半弯着腰低声问："大人就不问问他的来历了？"

"既然他已经睡熟了，何必去打扰？明日你帮我仔细盘问下他，看他是何方人士，他姐姐究竟去了哪里，若是他姐姐过来接他，你无论如何要即刻派人送信给我，不得有误！"许慕辰脚步轻快，看见了大顺，他就有把握捉住那个冒充的假娘子了。

"是。"管事赶紧答应下来，见着许慕辰几纵几跃，人影消失在茫茫夜色里，长长地舒了一口气，"大人总算是走了。"

抓住衣前襟的手放了下来，露出了里边厚实的中衣，管事伸手摸了额头一把，汗涔涔的一片。

他方才担心得要命，生怕大人忽然会做出那让他为难的事情来，还好大人高抬贵手放过了他，真是老天保佑！他仔细回想了下许慕辰的神色，忽然想起他满脸的疙瘩，大人准是这事情做多了，肝火郁积，这才会长疙瘩的。

嗯，肯定是这样，管事用力点点头，以后大人过来，自己拼着老命也要向他进言，千万不可再这般荒唐了——听说苏国公府的大小姐都被他给扔了，这般门当户对又贤惠有加的小姐，打着灯笼都没处寻，大人却为着那些男人将她给打发回苏国公府去了，这样真是要不得！

做人要有良心！大人心地善良得很，可为何就在这男女之事上解不透呢？管事一昂头，自己一定要好好劝说大人改过自新！

夜风呼啸，道路两旁的大树不断摇曳着，树叶从上边纷纷飘零，这个时候，路上已经罕有人迹，却有嘚嘚的马蹄声，在这寂静的夜里格外响亮。

一匹骏马奔驰在寂静的山路上，马上端坐着一个姑娘，头发简单地梳成一条大辫，背上背着一个大包袱，看上去是个大盒子，她一只手抓住缰绳，一只手甩动鞭子，催着坐骑飞快前行。

第九章

回家

看着远处山影，柳蓉的嘴角露出了一丝笑容，出去好几个月，总算是回来了。

到家的时候，已经是丑时，柳蓉翻身下马，将自己的房门一推，便直接扑到了炕上。不用点灯，不用梳洗，不用换衣裳，她呼呼大睡了起来——夜以继日地赶路，实在太疲惫了。

玉罗刹睡梦里听到响动，赶紧起身来看，走到院子里一看，自家徒弟的门口倒着一匹马，似乎是太疲倦了闭着眼睛在休息，鼻子还发出呼呼的响声。轻轻推开徒弟的房门一看，炕上趴着一个人影，黑乎乎的一大团。

掌着灯走过去，玉罗刹才看清楚了床上躺着的那个人。

"蓉儿回来了。"玉罗刹心疼地看了一眼，将手中的灯放下，把柳蓉背上的包袱解了下来，柳蓉感受到了她的动静，一个翻身睡了过来，一只手攥着包袱角儿，眼睛却闭得紧紧。

玉罗刹笑了笑，将包袱放到柳蓉身边，把被子从一旁拖了过来，轻轻给柳蓉盖上："这孩子，怎么就这样睡了，也不怕着凉。"

床上的柳蓉咕哝了一声，似乎想要睁开眼睛，可或许是太疲倦了，她只是歪了歪脑袋，嘴巴里含含糊糊说了声："师父……我回来了。"

玉罗刹脸上露出了慈母般的笑容，伸手抚摸了下柳蓉的头发，轻声道："蓉儿，你好些睡，明日早上起来再与师父说说这一路的见闻。"

柳蓉打了个哈欠，脑袋歪到一边，睡了。

玉罗刹坐在床边，怔怔地看着那一张光洁的脸蛋，虽然一路风尘仆仆，可在灯光的照射下，她的肌肤依旧温润如玉，十分耐看。

"像他？还是像她？"玉罗刹喃喃自语，眼前仿佛出现了一对年轻男女，正微微带笑地看着她。

不管像谁，都不会像她。

玉罗刹站起身来，长长地叹了一口气，提着灯笼慢慢地走了出去，影子被灯光拉得长长，惆怅而凄凉，哀怨而彷徨。

清晨的阳光从窗外照了进来，床上的柳蓉动了动，挪了挪身子，揉了揉眼睛："呀，都这么亮的天色了！"

一骨碌爬了起来，柳蓉看到了自己身边的那个包袱，紧紧将它抱住，跳下床来，欢快地奔了出去："师父，师父！"

旁边的屋子上盘旋着白色的炊烟，柳蓉欢欢喜喜地跑了过去，靠在门边，嘻嘻一笑："师父，我回来了！这些日子你有没有想我？"

"谁想你了，真是自作多情！"玉罗刹站在灶台边上，头也不回，一只手拿了锅铲在不停地翻转着，锅子里头有一锅汤，上边漂着几片菜叶，还有一些黑乎乎的不明物品，正在随着热汤上上下下地沉下浮起。

"师父，我知道你没时间想我，你肯定是在想对面山上那个空空道长，是不是？"柳蓉促狭地朝玉罗刹挤了挤眼睛，"师父，我看你们两人门当户对的，不如成亲算了，我也能多个师爹，多好！"

玉罗刹的锅铲举了起来："又贫嘴，打不死你！"

"我知道师父舍不得打死我。"柳蓉无赖得很，抱着盒子走了过去，伸手去抢锅铲，"师父，我来煮菜，你看看，这盒子里的东西，是不是那买家要的东西？"

打开盒子，看到花瓶，玉罗刹很满意："蓉儿不错，确实就是这花瓶。"

柳蓉手脚麻利地将汤盛了出来："难怪师父今日用这个做汤，原来是奖励蓉儿的。"

汤里那些黑色的东西，乃是玉罗刹在终南山里采到的异宝，据对面山坡上那空空道长说，这东西实在难得，终南山有一种云棕树，长在山顶极阴之处，一甲子以后才能开花结果，而且花果稀少，采到成熟的果实，挤出来的浆液是雪肤凝脂膏重要的原料之一，果实晒干，切成片，泡水煮汤，能强身健体、提高功力、益气延年。

"哼！得意成什么样子。"玉罗刹看着柳蓉，心里头满意，嘴里却还在抱怨，"让你去偷个花瓶，弄了几个月都不回来，师父都担心死了。"

"哎呀，师父，我这几个月做了许多事情！比方说在京城里惩罚了恶人，比方说代替那苏国公府的大小姐出嫁……"柳蓉扳着手指头说得眉飞色舞，自己可没有虚度光阴，这出去一回，收获多多！

玉罗刹的脸色有些发白："你代替苏国公府的大小姐出阁？"

"是啊，她被迫嫁一个自己不喜欢的人，哭哭啼啼地要上吊，我瞧着她可怜，就去替嫁了。"柳蓉兴致勃勃地将荷包翻了个底朝天，"师父，你别担心，徒弟我可没做亏本买卖，你看看，这些银票都是我在镇国将军府赚到的！"

短短几个月，柳蓉就攒了两万五千两银子，她满意地赞叹了自己一句，真是挣钱小能手！

玉罗刹却根本没看她献宝一样拿出来的那叠银票，只是一把抓住了她的手，声音里有说不出的担忧："蓉儿，你……竟然跟人成亲了？"

"是啊，成亲了。"柳蓉点了点头，见着玉罗刹眉头紧锁，她笑着抱住了罗玉刹，"师父，你别着急什么，我又没有让那厮占到便宜，我们都是分房睡的！"

眼前顷刻间闪过许慕辰的一张俊脸，这家伙其实还算好，竟然没有霸王硬上弓，说实在话，要是比武功，不用巧法，自己与许慕辰可能会是斗个平手，两人的水平半斤八两，差不多。柳蓉心中忽然一动，一丝愧疚钻了出来，这些日子里自己一直在捉弄他，可他却一直蒙在鼓里，特别是自己毁了他那张引以为傲的脸……

"蓉儿，你在想什么？"玉罗刹感觉到柳蓉的心不在焉，有些紧张，"莫非你真被他占了便宜？"

"哪能呢，师父，你把你徒弟想得太无能了吧？"柳蓉哈哈大笑起来，"我是在想我甩了一张和离书给我那夫君，不知道他现在气成什么样子呢！"

大门口探进来一颗脑袋："哈哈，我就知道蓉丫头回来了！"

玉罗刹白了他一眼："分明就是闻到饭菜香，过来蹭吃的。"

一个穿着道袍的中年汉子大步走了进来："呵呵，贫道要是在那边的山上能闻到你这边的饭菜香，那还不成了猎犬？我只不过是瞧着今日这终南山上有仙气，掐指一算，便知蓉儿回来了。"

柳蓉欢快地朝他冲了过去，拉着他的手在玉罗刹身边坐了下来："空空道长，你运气可真好，我师父今日用云棕树的果子煮了汤，快来尝尝。"

玉罗刹白了她一眼："要你多嘴。"

空空道人笑眯眯地望着她："阿玉……"

柳蓉在旁边打了个冷战，起了一身鸡皮疙瘩，又替空空道人捏了一把冷汗。每次他这样嬉皮笑脸地喊师父，师父必然生气，师父生气的后果很严重，空空道长肯定会被打得团团转，满地找牙。

她伸出手蒙住自己的眼睛，不敢看接下来的惨剧，可是好半天都没听见打斗之声，就听到空空道人继续在自寻死路："阿玉，贫道知道你心里肯定是想要贫道过来陪你吃饭，只是嘴里不肯承认罢了。"

不得了，今日空空道长看起来是要横下心表白了……柳蓉身手敏捷地端起那碗汤往旁边屋子走，这云棕树的果实难得，浪费了挺可惜，两人要打就打，可不能暴殄天物。

她端着碗站在外头，将耳朵贴在墙上，就听着里边噼里啪啦的一阵响："我说了多少次让你不要叫我阿玉！"

"可贫道就喜欢这样叫你，阿玉多好听，多亲热！"空空道长真是意志坚定啊，柳蓉端着汤碗狠狠地喝了几口，味道真鲜美，不愧是山珍熬出来的汤。

"亲热你个头！"玉罗刹似乎发飙了，"咔嚓"一声，好像是凳子被劈断的声响。柳蓉赶紧端着汤碗冲了进去，"师父师父，喝口汤，喝口汤再打，这样才有力气！"

玉罗刹横着眼睛道："蓉儿，你是帮师父还是帮他？"

"师父，我帮理不帮亲！"柳蓉将汤碗塞到玉罗刹手中，挡在了空空道长前边，"师父，自徒儿记事开始，空空道长就经常过来帮忙，你生病的时候，他连自己的道观都不管了，跑到这边山上来照顾你，帮你砍柴做饭，细心体贴……"

空空道长热泪盈眶，蓉丫头真是个讲道理的，看来自己传授给她那些妙手空空的绝技还真没找错人！

"蓉儿，你不要帮着他说话，他就是个大……"玉罗刹说到后边，语气忽然软了下来，软绵绵的不得力气一般，"他就是个大色鬼！"

"师父，你就别倔强了，我瞧着你已经心软了。"柳蓉笑眯眯地趴在玉罗刹的肩膀上，好言好语地劝说着她，"空空道长为人真的很好，他为了你才捣鼓出雪肤凝脂膏，要不然师父怎么会这样年轻？他为你做了这么多事情，师父一点都不感动吗，不感动吗？"

"他们道士又不能成亲！"玉罗刹憋红了脸，好半日才说出了一句话。

"哈哈，空空道长，你听到没有？我师父这是同意了，就看你的啦！"柳蓉朝空空道长挤了挤眼睛，"你到底要不要娶我师父？"

"娶，当然要娶！"空空道长惊喜得简直不敢相信自己的耳朵，他喜欢玉罗刹十多年了，她一直抗拒自己的接近，没想到今日忽然就来了个大转弯，竟然主动提出要成亲！

"唰"的一声，空空道长将道袍一脱："今日贫道就不再是贫道了！"

"成亲，今日就成亲吧，师父！"柳蓉高兴得跳了起来，"我来做你们的司仪，让你们拜堂成亲！"

玉罗刹忽然忸怩如少女，推推诿诿了好半日，什么那个三清观不能少了空空道长，什么她还没做好准备，什么连出嫁穿的衣裳都没有，一口气说了几十条不能成亲的理由，可都被空空道长与柳蓉堵了回去。

"师父，我与道长下去买成亲用的东西，你在家里做做准备，干脆今日就成亲吧！"柳蓉拖着空空道长就往外走，"这次我下山赚了一大笔银子，你们成亲的费用，我全包了！"

柳蓉昂首挺胸，意气风发。

空空道长激动得嘴唇直打哆嗦，善有善报，古人诚不欺我！

为了讨好玉罗刹，自小他便对柳蓉疼爱有加，她要什么自己只要能做到，就千方百计地给她弄过来——当然，柳蓉的要求一点都不高，逮蚂蚱什么的，对于空空道长来说，完全是小菜一碟。

柳蓉稍微长大些，在见识过一次他"变戏法"以后，就缠着要学他的妙手空空之术，他也没藏私，悉数倾囊相授，现在想起来，空空道长不由得感叹，果然要从娃娃抓起，看蓉丫头对自己多有感情啊！

抹了一把眼泪，空空道长赶紧跟上柳蓉，他今日要好好享受一番蓉丫头的孝心，到镇上买最好的衣裳穿着成亲！

两人在镇上转了一圈，柳蓉出手阔绰地把成亲要用的东西都买全了，才花了不到二十两银子，其中还包括了价值十两的两件大红衣裳。

成衣铺子的老板娘望着两人笑得嘴巴都扯到耳朵后边去了，这小镇上住户少，有钱的不多，一般说来，一两银子一件的嫁衣都算上品货色了，除非是那钱多得没处去的，才肯花这么多银子买两件成亲时穿的吉服。

"今日一早喜鹊就喳喳叫，原来是有大喜事儿哟！"老板娘口齿伶俐，瞥了一眼空空道长与柳蓉，心中暗道，果然有钱的就是大爷，这四十来岁的汉子竟然能娶到这般粉嫩的小娘子！她又恶狠狠地瞪了一眼他的男人，见他嘴边上的涎水都快流到柜台上去了，举起手来便朝他的后脑勺拍了一巴掌，"各人各命，你羡慕不来的！还不快说几句吉利话儿！"

"两位百年好合，早生贵子！"老板心中酸溜溜的，口里还得言不由衷地恭维着眼前的一对"新人"，这滋味真是酸爽。

"砰"的一声，空空道人一拳头将他揍到了柜台上。

老板娘惊呼："客官，你怎么打人？"

"谁叫他瞎了狗眼？"空空道人补了两拳头，又扔了个银角子到柜台上，"拿了去买点跌打损伤的药搽着！"

见着有银子，老板娘扑了过去攥到了手里，眉开眼笑："客官，你再打两拳头，再给个银角子吧。"

……

将东西都买好，两个人骑马朝终南山跑了过去，空空道人心情愉悦，一边赶路一边吟诵《道德经》，柳蓉瞥了他一眼："师爹，你都说过不做道士了。"

"哦，我给忘记了。"空空道人哈哈一笑，眼睛望向前边的山路，快活得似乎要飞起来，辛苦了十几年，终于要尝当新郎官的滋味了，谁都不能理解他此时的激动。

"师爹，有人去了终南山！"柳蓉的眼睛落到了山路上，灰白的路面上有几行马蹄印，看上去极浅，应该是上山有一段辰光了。

空空道人一挑眉："难道是有人知道我与你师父要成亲，赶着上去恭贺的？"

"不对！"柳蓉跳下马来，仔细地察看着那些马蹄印，"师爹，你瞧，这边一行马蹄印形状跟那一行是相反的，如果我没猜错，那几个人已经下山了，肯定不是去恭贺你与师父新婚大喜的。"

"蓉丫头，你说得没错。"空空道人皱了皱眉头，"这个时候，怎么会有人来终南山呢？"

十一月，终南山这边已经渐渐寒冷，再过大半个月就要下大雪，就快要封山了，故此很少有人这时候到终南山上去。柳蓉看着那几行凌乱的马蹄印，心中忽然升起一种不妙的感觉。

那些人难道是为了那个花瓶上山来的？

她翻身上马，飞快朝家里冲过去："师父，师父！"

空空道人有些莫名其妙，可见着柳蓉那紧张的样子，也赶紧骑马追了上去："蓉丫头，小心些！咱们一起回去，别落单！"

回到家的时候，一切都已经晚了。

早上出发的时候，黑色的屋顶上淡淡的白色炊烟还未散，而此时，几幢屋子已经被夷为平地，到处都是残垣断壁。

"师父！"柳蓉的眼泪瞬间落了下来，她迅速朝那一堆废墟跑了过去，"师父，师父你在哪里？你快答应我一句！"

空空道人发了疯一般，扑到那堆瓦砾里，徒手搬开砖块，发出了撕心裂肺般的喊叫："阿玉，阿玉！"

那声音，就像受了伤的野兽，凄凉而悠长，几乎要将柳蓉的心撕碎，她跪倒在地，跟着空空道人一起，一边流泪一边拼命挖着那些倒塌的砖石，她不能失去师父，不能。

灰土不断扬起，废墟里见不到熟悉的身影，柳蓉拿着铁锹站在那里，不住地喘气。

"师父，师父！"她用尽力气大喊着，只希望师父能回答她一声，可空空的山谷里只有她的回声，几只鸟儿被她的喊声惊动，扑闪着翅膀朝天空蹿了过去，很快只留下几个小小的黑点。

空空道人拖着锄头从后院那边过来，满脸的焦急与失望："后院没有。"

柳蓉想了想，忽然脑中灵光一现，扛起铁锹朝后山飞奔而去。

师父带她练武的地方！师父在那里做了机关，要是有人追杀她，她应该会躲避在那个地方。柳蓉一边跑一边在心中祈祷，师父一定要安安全全地躲在那里，一定要好好的，不能有什么意外发生。

赶到后山，柳蓉手中的铁锹摔到了地上，她愣愣地看着眼前的景象，一颗心瞬间提到了喉咙口，慌慌的好像落不了底。

这里看起来是经历了一场苦战，树木杂乱地倒在一旁，几行脚印纵横交错，不远的地面上被炸出了一个洞，落在洞边的叶子已经变得焦黄。

打斗过的地方有一只断了的胳膊，那不是师父的，胳膊上残留的衣裳是黑色的，今天早上师父穿的是淡绿色的长袍。

柳蓉拖着铁锹，小心翼翼地朝旁边那片竹林走了过去。

一角青衣从竹林里露出来，柳蓉冲了过去，猛地跪倒在了地上："师父，师父！"

空空道人听到柳蓉的声音，也从那边跑了过来："阿玉，阿玉！"

玉罗刹扑倒在地，胸口扎着一支长剑，鲜血正汩汩地往外流，衣裳上浸着一大片血渍，看得柳蓉心惊胆战："师父，你怎么了？是谁向你动手的？"

空空道人从背囊里摸出一瓶药，从里边倒出两颗药丸来："阿玉，你要撑住，先含着续命丹！"他伸手抓住玉罗刹的脉门，感受到她还有细微的脉动，心中一喜："蓉儿，你师父还有救！"

柳蓉看了看那柄长剑，有些惊诧，这一剑扎在玉罗刹的左胸，正是要害部位，怎么还会有救？

"蓉儿，这世上有一种人叫作偏心人，心所在的位置与常人迥异，略略偏了一些，故此你师父并没有一剑致命。"空空道人颤颤巍巍伸出手压住了玉罗刹的胸口，脸上渐渐露出了笑容，"是的，没错，她的心真长偏了！"

柳蓉总算是舒了一口气，既然空空道人这样说，师父暂时没有性命之忧，空空道人精于医术，有他照顾，想来师父身子应该很快就会好转，只是他们的亲事必须要推迟了。

"蓉儿，蓉儿……"玉罗刹吃力地张开了眼睛，灰白的嘴唇轻轻地蠕动，"蓉儿，师父要死了……"

"不不不，师父，你不会死，不会死的。"柳蓉握住了玉罗刹的手，虽然知道她会没事，可还是心慌意乱，"师父你别说话，含着续命丹，赶快恢复体力。"

"蓉儿，你别说话！"玉罗刹挣扎了一下，喘了一口气，眼睛缓缓睁开，"有些话我不能带到棺材里，必须要告诉你……"

师父真固执啊，柳蓉摇了摇头，自记事以来，她就发现师父固执得像一头牛，她认为是对的要去做的事情，就非要做到不可。就像现在，她想说话，自己是无论如何也不能阻止她的，只能盼着她少说几句，保存体力。

"蓉儿，你并不是孤儿。"玉罗刹说了这句话，忽然停住了话头，好像在思索着什么，脸上浮现出一种愧疚之情。

柳蓉忽然间想到了苏锦珍。

"师父，我是不是苏国公府的人？"

玉罗刹惊讶地睁大了眼睛："蓉儿，你都知道了？"

"我跟苏国公府的大小姐长得一模一样，我还替她出嫁去了镇国将军府。本来我根本没有想到我会与她是姐妹，可师父这么一说，我便猜到了。"柳蓉耸了耸肩，"不是姐妹就真奇怪了，就连苏国公府的老夫人与大夫人都看不出我不是她。"

"当年……"玉罗刹有片刻失神，呆呆地望着灰蒙蒙的天空。

"师父，你休息吧，不管当年发生什么事情，我都懒得听，你就是我的好师父，是我在这世上唯一的亲人。"柳蓉看了看玉罗刹胸前那支剑，"师爹，你先帮师父拔了剑止住血吧，我担心她会体力不支。"

"好。"空空道人一脸严肃地看向玉罗刹，"阿玉，你忍着点。"

没想到玉罗刹却亢奋起来："蓉儿，我必须告诉你！我活不了了，这秘密怎么能瞒着你？你必须知道你的身世！"

空空道人身子前倾："阿玉，你别说话了，我给你拔剑。"

"你拔你的剑，我说我的话，有什么相关吗？"玉罗刹忽然激动起来，中气十足，柳蓉与空空道人相互看了一眼，很默契地点了点头，看起来玉罗刹死不了，口里含着这续命丹精神好着呢。

于是，在空空道人忙忙碌碌地给玉罗刹拔剑疗伤的时候，玉罗刹也将柳蓉的身世原原本本地说了出来——想当年，正值玉罗刹二八芳华的时候，她接了师父的命令下山，在执行任务的途中，遇到了当年风流倜傥、玉树临风的苏国公府的大公子。

玉罗刹对苏大公子一见倾心，千方百计想要跟他在一起，但遭到了各方阻力。

玉罗刹的师父：师门规矩你该清清楚楚，第一条就是不可动情，不可轻信男子的花言巧语，你为了这样一个俗人，竟然不惜叛师门准备与他比翼双飞？

玉罗刹：师父，他是徒儿的挚爱！徒儿一定要嫁给他！

回答是：罗刹，你太让我失望了，为师一定得挽救你！

于是，门派禁地里多了一个面对石壁苦心修炼坐禅之人。虽然玉罗刹被关在谷底，可一颗心依旧留在京城，留在那翩翩美少年身边，只盼望师父能想通，将她放出去，好让她能与那苏大公子喜结良缘。

三年之后，师父跟着江湖豪杰围剿生死门，再也没能回来，金花门作鸟兽散，她的师姐找到了禁地的钥匙，溜到谷底将她救了出来："师父已经过世了，各位姐妹都已经离开门派了，你走吧，从此江湖再无金花门。"

等到玉罗刹千辛万苦去京城找到苏大公子时，却发现一年前他已经成亲……

柳蓉惊讶地瞪大了眼睛，自己的父亲竟然是个这样的人渣、负心汉？

"也不能完全怪他。"玉罗刹还在很勉强地为他开脱，"毕竟他是苏国公府的长子，是要继承爵位的，怎么能娶一个来历不明的乡野女子？更何况国公府骗他说我已经跟着师父金花婆婆在剿灭生死门的时候死了，他这才死了心。"

空空道人冷冷地哼了一声："负心汉就是负心汉，阿玉，你还给他找借口开脱。如果是我，不要国公府又怎么样？你死了我就终身不娶，怎么又跟别人去成亲了？"

"你又没在国公府待过，只凭你嘴皮子几句话，谁不会说？"玉罗刹听着空空道人似乎对自己的初恋情郎很不屑，不由得激动了起来，"人在不同的环境自然有不同的思量。"

"哼！我连三清观都不要了。"空空道人反驳道，"你看这么多年，你不理睬我，我还不是没有多看别人一眼。"

"三清观算什么？哪里比得上苏国公府？"

"三清观再小，那也是我全部家当，我连家都抛了，祖师爷都不侍奉了，一心一意跟着你来了，难道不比那人好？"

玉罗刹怒目而视，想了半日决定将这前来搅局的空空道人忽略，拣着要紧的说："蓉儿，师父时候不多了，挑些要紧的告诉你。"

她得知苏大公子已经成亲，自然不想再去打扰他的生活，准备再看苏大公子一眼，便独自浪迹天涯了此余生，以后再也不去京城，没想到却碰上苏大夫人生产。她忽然动了一丝歪念，想着要将苏大公子的第一个孩子带走，让这负心人后悔一辈子。

空空道人："你也知道他是负心人？"

玉罗刹："你能闭嘴吗？"

柳蓉："师父，你继续说，别跟师爹计较……"

玉罗刹吃力地点了点头："蓉儿，那时候我将一个稳婆给捉住，假扮成她的模样混进了产房，没想到你母亲竟然一次生了两个，我就点了你的穴道让你闭气，旁人以为你一出生就是个死胎。都说死胎不吉利，夭折的孩子不能进祖坟，你祖母让丫鬟去将你埋了，我偷偷地跟在后边将你挖了出来……"她重重地咳嗽了两声，一点血沫从嘴角溢出："随后……带着你四处漂泊，最后到了终南山安居……"玉罗刹费劲地喘了口气："我全部说出来了，安心多了，总算能放心走了，蓉儿，你要好好照顾自己……"

"师父，你不会死的，师爹说你心长偏了，那一剑没扎到要害位置。"

"什么？"玉罗刹睁大了眼睛，"他怎么知道我心长偏了？"

"他刚才摸了你的胸口！"

"啪"的一声，空空道人挨了一巴掌，但他不怒反喜，"这一巴掌好有力气！阿玉，你真不会死了！"

"那你为什么不拦着我说出秘密？这秘密我是打算死前再告诉蓉儿的！"玉罗刹悔恨交加，以后看见徒弟心里总会有些不自在，毕竟她做了坏事，让她与至亲骨肉分离。

"我和蓉儿都说了你不会死，要你休息，可你一定坚持要说，说啊说的，一口气就全说出来了！"

……

天苍苍野茫茫，路上行人在奔忙。

虽然已经快十二月了，可柳蓉依旧奔波在途中。

她一定要找出伤害师父的凶手！

玉罗刹的名头在江湖上并不算响亮，她蜗居终南山，只是偶尔在没银子花的时候才接些单子，挣一笔要歇几年，等荷包空了再接第二笔。平常玉罗刹不下山，一心一意地指点柳蓉武功，也没有什么仇人，可为何忽然遭了变故？

原因就是那只花瓶。

出五万两银子买这只花瓶，只不过是一个圈套，那些人就是想通过江湖并不知名的玉罗刹，神不知鬼不觉地将花瓶弄到手，不会引起外界注意。而当玉罗刹把花瓶弄到手的时候，就是他们收网之日，这终南山的血案，就是走了这个程序。

"狡猾！实在是狡猾！"空空道人气得拍桌子，"阿玉，我替你去报仇！"

"师爹，你好生照顾师父，师父的仇，蓉儿去报！"柳蓉一把将空空道人按回床边坐着，"蓉儿虽然不能自夸武功登峰造极，可比师爹的身手要好一些。"

空空道人的脸瞬间就阴沉了下来，唉！都怪自己当年不肯刻苦练习武功，现在就连十多岁的蓉儿都藐视他了！按着那些话本里的走向，难道不该是自己勇猛地出手，将那些陷害阿玉的人一个个踩在脚下，像撵死蚂蚁一样，一只只将他们碾死？

可是……这一切只能存在他脑海里，都只是想象！空空道人第一次体会到书到用时方恨少那句话的真谛，武功这东西，也一样啊！

"师爹，你擅长的就是治病救人，当然应该在这里陪着师父啦！"柳蓉朝玉罗刹挤了挤眼，她一偏脑袋，"我要他陪什么？每天耳朵边上多了只苍蝇似的。"

"师父，你就别口是心非了！师爹陪着你，我去替你报仇！"柳蓉自顾自地收拾行李，"我大致知道是些什么人来过了。"

当时刚看到地上被炸出来的一个坑，柳蓉立即便想到了小香、小袖，应该是生死门的人做下的，即便不是他们，那也跟生死门的震天雷有干系。

许慕辰不是在调查小香与小袖两人吗？自己可以回去询问下他的情况。柳蓉忽然间就想到了那玉树临风的美男子，心头忽忽一热，看了一眼空空道人与玉罗刹，转身就奔了出去准备行囊。

怎么想起他来了？骑在马上，柳蓉百思不得其解，自己分明很看不起这个登徒子，怎么第一反应却是要找他去询问呢？她一边策马飞奔，一边不断地肯定自己的想法，自己去京城又不是办私事，自己是为了师父的事情去找他的，暂时去见下这登徒子也无妨。

再说，登徒子又不是没有优点吗，登徒子又不是吃人的怪物，登徒子脸上的疙瘩不知道有没有好……唉！这个人最自恋，又爱臭美，这时候恐怕是寝食难安地想将那脸疙瘩给夷为平地吧？

到了京城，第一件事情就是去找大顺。

也有好一段日子没见到过这孩子了，柳蓉还真是有些想他。去挖花瓶的时候，柳蓉还找了个石匠去大顺父亲、母亲的坟墓前看了下，让他给大顺的父母立一块石碑。大顺没记全父亲、母亲的名字，还是去不远处的村子里问了些老人才确定下他们两人的名字。

这次从终南山上下来，柳蓉先特地去看了下，坟墓重新给修好了，石碑也立起了，上等的麻石料子，刻的字也很漂亮，对得住她的五十两银子。

大顺回来看到一定会很高兴的，柳蓉的嘴角浮现出了笑容。

敲开义堂的大门，管事见着是柳蓉，惊喜交加，激动得眼睛都圆了，一双手都抖了起来："姑娘你来了？"管事太热情了吧……看他一双老眼好像都要淌出眼泪来，有必要这么激动吗？柳蓉摆了摆手，制止住管事大人的热情"表白"："我想见我弟弟。"

"好好好。"管事连声应承，"我这就带姑娘去看他。"

跨过房门，管事转头，很严厉地盯了一眼杵在那里的下属：难道还不知道快去报告许大人？

大顺见着柳蓉来，欢快地扑了过来："姐姐，你是来接我回去的吗？”

柳蓉摇了摇头，大顺很失望：“姐姐说话不算数。”

“姐姐最近有要紧的事情要办，等办完事就可以带你回去了。”柳蓉笑着从荷包里摸出了一张纸，“你看看，满意不？”

大顺打开纸一看，就见一道圆弧，中间耸着一块四四方方的东西。

“姐姐，这是什么？”

管事好奇地伸过脑袋看了一眼，脸上的表情很茫然。

柳蓉一脸兴奋：“这是你父母的坟啊！已经全部修葺了，用泥浆沙子打底，把杂草都除掉了，给他们立了一块石碑，你瞧瞧，这里是他们的名字——张富贵，张王氏，孝子张大顺敬立。”

大顺将纸颠倒过来，这才看清楚了，他惊喜地瞪大了眼睛，一把抱住柳蓉：“姐姐你真好！大顺一定会好好报答你！”

柳蓉笑了笑：“只要大顺快快活活的，姐姐就开心了！大顺跟我说说，你在义堂过得怎么样？可认识了什么朋友没有？”

管事正愁怎样才能将柳蓉留到许慕辰过来，听着柳蓉主动问起大顺的情况，他抢在大顺前边开口：“柳姑娘，你放心，大顺在这里过得很好，他很乖，还会帮着我们照顾人，那边的大爷婆婆都很喜欢他……”

柳蓉白了他一眼，自己是想听大顺说话，这老头子插嘴做甚？

她的目光锋锐如刀子，管事缩了缩脑袋，不敢再吱声。大顺笑得欢快：“姐姐，管事爷爷对我们很好！我在义堂认识了不少好伙伴，每天都在一起玩，我们还帮大爷婆婆们洗衣裳洗鞋袜，管事爷爷教我们要尊老爱幼！”

咦，这管事还挺不错，柳蓉这才神色温和了些，笑着对管事点了点头："管事辛苦了。"

我本来就很辛苦啊！管事心里发出了呐喊，既要帮皇上与许大人照顾这些孤寡老人与没人收养的孩子，还要暗地里帮大人打探情报，并对前来施舍的金主强作欢颜，还要时刻提防大人可能看上了自己……我活得容易吗？

唉！男人就是苦，男人就是累啊！特别是有一个断袖之癖的上司，更累！

"姐姐，我告诉你，这里的人都很好，管事爷爷很好，大爷婆婆很好，小伙伴很好，还有一个经常送银子衣裳来的大哥哥也很好！"大顺说得兴高采烈眼睛发亮，"有个大哥哥来了几次，他什么都会做，给王家阿婆看了病，给我们做了不少小玩意，草做的蚂蚱，还有纸折的灯笼，还有那钓鱼的杆子……"

站在门后的许慕辰几乎要垂泪，那还不是想哄着你多说些你姐姐的事情吗！要不是我用得着去学这些没用的东西吗？

"哦，还有这样心地善良的人啊？"柳蓉摸了摸大顺的脑袋，很是惊奇，"他都不要出去做事情养家糊口的吗？怎么老到义堂里待着呢？"

大顺呆了呆："我也不知道。噢，姐姐，他还问起了你呢！"

"什么？"柳蓉顿时觉得脖子后边一阵发凉，那个什么大哥哥问起她做甚？京城里她有认识的年轻男人吗？

柳蓉忽然坐立不安，京城的年轻男人，她只认识两个，一个是许慕辰，一个是皇上许明伦。

用脚指头想都能想到，许明伦肯定是不会摸到义堂来问这些事情的，他身为皇上，哪有这些闲工夫来问她？除非是脸上痘痘又复发了想要找解药——可是即便复发了，他也不会摸到义堂来吧？唯一的可能是许慕辰将苏锦珍和她的丫鬟严刑拷打，得出了线索，顺藤摸瓜找到了这里。

柳蓉看了管事一眼，眼中又有寒意，那管事心虚地将脸转了过去。

"许慕辰，你出来吧，偷偷摸摸站到门后边，不觉得很累吗？"柳蓉见管事心虚，屏声静气地感受了下周围，觉察到了门后细微的呼吸。

原来许慕辰已经来了。

正好，自己也要找他，还不如喝破他的躲藏。柳蓉嘴角勾起了一丝笑容，望着从外边走进来的许慕辰："许大公子，好久不见。"

"苏锦珍！"许慕辰见到柳蓉，颇有几分激动，关于自己被污蔑先写和离书，还有脸上这一脸疙瘩急需柳蓉的雪肤凝脂膏，这些都是他激动的理由。

"我不叫苏锦珍。"柳蓉淡淡道，"请叫我柳姑娘。"

管事朝旁边侧了侧身子，把许慕辰让过来。他怎么瞧大人的眼神，都觉得他对这位柳姑娘甚是饥渴，莫非大人……男女皆宜？可是，再仔细一瞧，这眼神里怎么还带着愤怒，好像是来做什么清算？他悄悄地朝后边退了一步，将自己藏身在一个安全的地方，等下万一两人交手，他能迅速将旁边的盆子盖到头上抵挡一阵。

"柳姑娘？"许慕辰忽然想起来，苏国公府的大小姐现在正好端端地坐在府中，眼前这个，是冒牌货。

"大顺，这就是你说的那个心肠很好的大哥哥？"柳蓉伸手指了指许慕辰。

"是啊是啊。"大顺连忙点头，"这义堂就是他办的呢。"

"义堂是你办的？"柳蓉有几分吃惊，没想到许慕辰竟然这般好心，这么算起来，还真是一个五好青年了。她看着站在自己面前一脸疙瘩的许慕辰，不由得有些愧疚，虽然这人好色，可瑕不掩瑜，自己不该对他如此痛下杀手，将他引以为傲的脸给毁了。

"不错，义堂是我办的。"许慕辰气愤地看了柳蓉一眼，"那张画着乌龟的和离书是你画的？"

柳蓉点了点头："不错，是我画的。"

"你……"许慕辰气急败坏。

柳蓉从荷包里摸出一个小瓶子："雪肤凝脂膏。"

"你真是太好心了，柳姑娘。"许慕辰硬生生地把自己要说的话转了个弯。

第十章

打赌

"慢着，我还有个要求。"

许慕辰伸手的一刹那，柳蓉将手缩了回去，他一把捞了个空。

"你真是啰唆。"许慕辰没好气地看了柳蓉一眼，"我还不知道你是要银子？多少银子只管开价，小爷我不缺钱！"

"这次我不要银子，只是想打听一些情况。"柳蓉将瓶子朝许慕辰晃了晃，"你上次在飞云庄调查了小香与小袖暗中活动的情况，有些什么收获？我想知道她们究竟是不是生死门的人，又是谁派出来的。"

许慕辰迷惑地看了柳蓉一眼："你怎么知道飞云庄的事情？"

"许慕辰，你还记得那位金花婆婆吗？就是我。"柳蓉有几分得意，空空道人教的易容术可真是好使，连这位前刑部侍郎都给骗过了，到现在都还相信那金花婆婆真是年过七旬的老妪。

"什么？"许慕辰脸色一变，上上下下打量了柳蓉一眼，"你就是金花婆婆？"

"是。"柳蓉骄傲地挺胸，"我的易容术不错吧？你们那么多人，竟然没一个看出来。"

许慕辰盯着柳蓉看了很久，忽然想到一件事情。

自从他与苏国公府的大小姐成亲以后，他就交了霉运，每个他没在府中的晚上，京城必然会有富户失窃，那女飞贼还丧心病狂地将他与下属整成一堆，让京城到处都是他们的流言蜚语，这些是不是都与眼前的柳蓉有关？

他越想越有可能，柳蓉在京城的时候，女飞贼隔些日子就要出来晃动一下，可他与柳蓉一道游山玩水以后，京城出奇的平静，再也没了女飞贼的消息，好像她已经金盆洗手，回乡养老去了。

"柳姑娘，请你说实话，京城里前一阵子出现的女飞贼是不是你？"许慕辰望着柳蓉，眼中充满愤怒，他越想越可疑，越想越觉得柳蓉就是那个女飞贼，想到自己经历的各种苦难，他欲哭无泪。

"是，那女飞贼就是我。"柳蓉笑嘻嘻地点了点头，"你总算聪明了一回。"

许慕辰悲愤地大吼了一声，朝柳蓉扑了过去："你还我清白！"

两人打成一团，小小的屋子里你一拳我一脚，几乎都伸展不了手脚。大顺吓得避到管事大叔那里，从他手里拿了盆子遮住脑袋，低声问："大叔，大哥哥怎么和我姐姐打起来了？"

"打是亲骂是爱，没事，没事！"管事极力抚慰大顺，自己却不住地发抖，瞧着他们都好凶狠的样子，床铺竟然被他们轻轻一拉就散了架。他俩每人手里拎了根床腿，打得很是欢快。管事闭上眼睛，不管谁更厉害一些，只要别打到自己身上就好，老胳膊老腿，禁不住折腾。

大顺听管事这样说，放了心，原来大哥哥与姐姐只是在亲亲爱爱，这就好，大哥哥是个好人，姐姐也是个好人，好人怎么能打好人呢。

柳蓉与许慕辰在屋子里打了一阵，觉得不过瘾，又追着打到了屋子外头，义堂里的小子丫头们听到外边的动静，都从屋子里蹦出来看热闹。

"咦，这不是许大哥吗？那个姐姐是谁啊？"

"我知道，是大顺的姐姐！"

"他们怎么打架啊？"

大顺赶紧出来解释："才不是打架！管事大叔说了，打是亲骂是爱，他们正在亲亲爱爱！"

"哦！"一群小屁孩似懂非懂地喊起来，"许大哥，亲大顺姐姐一下！"

……

打斗的两人都停了下来，完全打不下去了。周围全是不懂事的小孩，还一个劲地往前边凑，嘴里嚷嚷着要他们玩亲亲……许慕辰喘着气看了看柳蓉："我一定要将你捉拿归案！"

柳蓉很平静地冲他笑了笑："许慕辰，你又没有证据，凭什么抓我？前刑部侍郎，你不会想屈打成招吧？可我瞧着，你似乎也打不过我，咱们打了这么久，谁也没占便宜。"

"说，你盗窃来的赃物都去了哪里？"许慕辰义正词严，"你这样巧取豪夺，难道心中就没有一丝愧疚？"

"许慕辰，我可是劫富济贫。"柳蓉伸手指了指带着大顺站在屋檐下看热闹的管事，"你问问他，是不是先后收到十笔善款？每一次我都是从墙头抛过来的，里边都留了一张纸条，上边画着一根柳枝。"

"可有此事？"许慕辰回头望了望管事，"有人从墙头抛善款过来吗？"

管事走到面前，又惊又喜地朝柳蓉行礼："原来善人就是柳姑娘！大人，除了第一笔里边留的是字条，后边几次全部画着柳枝，确实是柳姑娘送来的，我那本子上都记得清清楚楚呢，我这就拿给大人过目。"

"许慕辰，这义堂是你开的，我偷来的钱财都送到义堂来了，那你就是我的同案犯，要抓，首先把你自己抓起来再说。"柳蓉笑嘻嘻地瞅了许慕辰一眼，"而且，我觉得你好像还没捉到我的本事，不如就此罢手，咱们好好合作。"

"我有什么事情要和你合作的？"许慕辰嗤之以鼻，这鸡鸣狗盗之徒，还到他面前提要求？只不过……柳蓉似乎完全有这本事，一想到宁王府别院那飘飘离他而去的衣裳，他既觉得恼怒又有些敬佩。

这样身手好的女子，大周并不多见。

"我想你应该在与皇上密谋什么，要不要帮手？"柳蓉笑了笑，"我想你去飞云庄一定不是为了卢庄主的盐水鸭和白斩鸡去的。"

"帮手？"许慕辰看了柳蓉一眼，心中忽然有些振奋，如果柳蓉愿意帮他，那事情或许会更顺利一些，只不过他依旧嘴硬，"你能帮着做什么？不添乱就够了。"

"我可以帮你们潜入内部打探消息，你又不是不知道我的身手。"柳蓉对自己的本领还是相当自信的，"就算我去皇宫里偷宝贝，也不会有人发现。"

"吹牛！"许慕辰一脸不相信。

"试一试？"柳蓉挑了挑眉。

夜幕降临，青莲色的天空一点点深沉起来，一个宫女站在盛乾宫门口，用钩子将灯笼挑了下来，用火折子点亮，一团暖黄的灯影慢慢晕染开，门口顷刻间就亮了一片。等她举起竿子将灯笼挑上去，皇宫里各处的灯都亮了起来，从一两点亮光慢慢连成一片，好像一条光带，蔓延到遥远的地方，仿佛没有尽头。

"皇上跟许侍郎不知道在寝殿里做甚，两人关着门，神秘得很。"两个守门的宫女窃窃私语，"许侍郎三个月前才被皇上免去官职，怎么昨日又让他官复原职了？"

"还不是想给苏国公府几分面子？现在苏大小姐都和离回府了，皇上自然不能再委屈许侍郎。"一个宫女掩嘴嘻嘻地笑，"只是可惜了许侍郎一张脸，咱们皇上的痘痘好了，他却长上了疙瘩。"

"今日瞧着比前些日子好多了，疙瘩浅了些，也没那么多了。"同伴眼中全是爱慕，"我觉得许侍郎就是有疙瘩也很好看。"

"太后娘娘！"两人听着有脚步声，抬头转脸，就看见那边有人抬着銮驾朝这边走了过来，赶紧跪倒在地，"太后娘娘千岁千岁千千岁！"

"听说皇上召见了许侍郎？"陈太后怒气冲冲地从凤銮上下来，两条眉毛皱成了一个倒八字，听着安插在盛乾宫的内侍偷偷传来密报，许侍郎今日下午进了盛乾宫，与皇上两人关在寝殿里，到现在都没有出来，连饭菜都是送进去的。

陈太后眼前一黑，自己的担心终于还是发生了。

关在寝殿一下午，就连饭菜都是送进去的，还不知道他们究竟在做什么？陈太后悲愤得无以复加，自己怎么努力，始终没有用，正如一位高僧对她说过，这世间有些事情总是会发生，即便你极力想阻止，可你做的一切……她还记得高僧当时脸上的表情，很古怪，憋了好半天都没有再说话。

"大师，您说哀家所做的一切怎么了？"陈太后不停追问。

高僧憋了一阵，才放出一个响屁，脸上露出舒服的神色："就像贫僧刚刚做的，命中早有注定，再努力，一切依旧只是一个屁。"

高僧说得真是有道理，自己做了这么多事情，想撮合苏大小姐与许慕辰，可两人依旧以和离告终，自己的皇儿竟然变本加厉，将许慕辰招进了寝殿，还能在里边做什么……陈太后以一种绝望的心情踏入了盛乾宫。

寝殿的门果然紧紧关着，能看到里边有灯影晃动，陈太后踏上汉白玉台阶，很威严地看了一眼站在门口的两个内侍，有一个内侍战战兢兢地拍了拍门："皇上，太后娘娘过来了。"

许明伦将门打开："母后，你怎么这时候过来了？"

陈太后将他拨到一边，大步走进了寝殿，眼睛往里边一打量，就看到站在床边的许慕辰，衣裳穿得整整齐齐，没有她想象中的衣裳不整。

陈太后舒了一口气："皇上，你跟许侍郎在商量什么军国大事呢？"

话里满满的讥讽。

"母后，朕与慕辰真是在商议军国大事。"许明伦一看陈太后的脸色就知道她在想什么，她总是这样不纯洁，他跟许慕辰分明是很纯洁的兄弟情谊，白得像一张纸，啥都没有，可在他母后心里，他们两人之间是那样的——五颜六色、色彩缤纷。

"哼！有什么军国大事要到寝殿里商量，而不是等早朝的时候廷议？"陈太后压根不信，别说她不相信，就连跟着她过来的内侍宫女们心里都觉得太后娘娘说得实在有理。

许明伦也不着恼，笑着指了指那张阔大的龙床："母后，我跟慕辰正在捉贼呢，你看到床上放着的碧玉夜光杯没有？"

陈太后眯着眼睛朝床上看了看："皇上，你又来糊弄哀家，哪里有什么碧玉夜光杯？"

许明伦与许慕辰两人一齐转头往床上看去。

大红的锦缎被子铺得平平整整，那只本来该摆在上边的碧玉夜光杯……没了。

寝殿里的气氛有些怪异。

许明伦与许慕辰面面相觑，眼中流露出惊疑的神色，可是在陈太后看来，两人这眼神，可是柔情缱绻、翻江倒海、巨浪滔天！

还说没有什么别的感情，还狡辩！哀家两只眼睛是瞎了吗？两个人站得这么近，姿势那么暧昧，角度那样不对，竟然还矢口否认！陈太后摸了摸胸口，镇定了神思："明日起，哀家就下懿旨，替你广选秀女！"

无论如何也要将自己的皇儿挽救过来！这不仅仅是出于一片慈母之心，更是为大周的百姓着想！陈太后觉得自己充满了力量，她面带微笑地看了呆若木鸡的许明伦一眼，由掌事姑姑扶着，一步一步地走了出去。

陈太后每走一步，许明伦就觉得危险离他又近了一步，到了恐惧的边缘，他冲上前，拉住了陈太后的衣袖："母后，朕还不想成亲。"

"这由不得你，皇上。"陈太后没有回头，只是语重心长地安慰许明伦，"人总是要成亲的，若是年纪大了还不成亲，朝野自然会有议论。"她的心颤了颤，宫里早就有人在私底下谣传皇上与许慕辰的事情了，难道皇上要一直装糊涂？

"皇上，你就别想这么多了，哀家会替你选一位贤淑貌美的高门贵女，包你满意。"陈太后就像一卖西瓜的在推销自己的瓜一样。

许明伦绝望地看着陈太后的背影，他的好日子快到头了！

奔回寝殿，他一把抓住了许慕辰的手："别光顾着看热闹！有福同享有难同当，快教我个法子，不要让我饱受折磨！"

许慕辰悠悠闲闲："皇上，当年你下旨赐婚的时候，心情可真好啊！"

善有善报恶有恶报，不是不报时辰未到，现在该他抄着手到旁边看热闹了。许慕辰笑嘻嘻地望着在屋子里团团乱转的许明伦，心情大好。这一回，陈太后总算是替他报了一箭之仇，想当年，自己苦苦哀求，可许明伦仍毫不犹豫地给自己赐了婚，那可是零容忍啊！

只不过，赐婚好像也不是一件坏事。

眼前忽然闪过柳蓉的脸，一双灵活的大眼睛，嘴角总是微微上翘，笑吟吟地看着自己。她说话很风趣幽默，性格开朗活泼，身手矫健、武功上乘，好像有这样一个娘子也不错！只可惜人家看不上自己，甩了一张和离书就跑路了。

一想到柳蓉，许慕辰就想到了那只碧玉夜光杯："皇上，咱们还是先来找找，看看夜光杯在哪里？怎么一眨眼的工夫就没影子了？"

许明伦忽然也想起这事来，一个箭步蹿了过去。他掀开被子看了看，没见着那个通体碧绿的杯子，两人又趴在地上找了一阵，也遍寻不获。许慕辰抬头看了看屋顶，上头好端端的，没有一丝缝隙，肯定也不可能从屋顶行窃。

"看起来咱们输了。"许明伦有气无力地坐到了椅子里，一脸苦笑，"慕辰，你那娘子可真是厉害。"

"皇上，你该说柳姑娘真是厉害，她根本就不是我娘子。"许慕辰又想到了那张和离书，心情沉重，语气幽幽。

"哦，朕忘记这事情了。"许明伦点了点头，忽然间他一愣，脸上光彩熠熠，"朕可以娶她！朕要她做皇后！"

"什么？"许慕辰的心猛地一酸，"皇上，你在说什么？"

"刚刚你不是听到了，母后逼朕成亲？"许明伦一脸得意，"朕若是娶了柳姑娘做皇后，母后自然就不会再来逼婚了。"

娶柳蓉做皇后？许慕辰心中一紧，那里好像空了一块："皇上，这样合适吗？"

许明伦点了点头："朕是认真的。柳姑娘活泼可爱，跟别的姑娘不一样，让人一看见就难以忘记。上回她来皇宫，朕见到她，就觉得宫殿里亮堂了不少，神清气爽的。要是娶了她，朕肯定每天都能高高兴兴的。"

"皇上，柳姑娘曾是我的娘子。"许慕辰满脸不高兴，许明伦怎么就没听出自己话里的弦外之音？不管柳蓉怎么好，可她也是自己的娘子，虽然是曾经的，可……也是他的！

"曾经而已，朕不计较。"许明伦摆了摆手，"朕意已决，慕辰你不必多说。"

"不，皇上，这事我必须得说清楚！"许慕辰有几分焦躁，他看了一眼许明伦，这才深深体会到什么叫夺妻之恨——若那里坐着的不是他的发小，头上还带着金冠，自己非得一拳头打过去不可。

柳蓉是他的，谁也别想打她的主意！

"还有什么要说清楚的？"许明伦愕然，"柳姑娘不喜欢你，她都甩了和离书给你。"

许慕辰瞪着许明伦，好一阵悲怨。

做了这么多年知心好友，只有在这个时候才深刻地体会到，原来发小皇上是个资深插刀党。这一刀子扎下去，他心头血淋淋的一个大洞。

"皇上，虽然说柳姑娘给我甩了和离书，可是我已经下定决心要将她追回来。"许慕辰拱了拱手，"皇上，你就挑别的姑娘给你做皇后吧。"

"慕辰，你这样做，不地道！"许明伦打量了许慕辰一眼，有几分生气，"你今天来找朕的时候是怎么说的？你说要给柳姑娘出个难题，让她不能得手，知难而退，而且你那时还跟我抱怨柳姑娘的各种不是，说她对你百般戏弄，你对她可是怨气冲天哪！怎么这阵子又改了口风？不对不对，你肯定是在故意跟朕作对！"

许慕辰张大了嘴巴，没想到许明伦联想如此丰富！他真不是跟许明伦作对，他是真心的……呃，好像他真的喜欢上柳蓉了。

站在大殿外边的两个守着门的内侍依旧以那种姿势站着，好像里边的争论声跟他们两人一点关系都没有。只是其中有一个耸了耸肩膀，没想到自己还成了香饽饽，许明伦想要娶自己做皇后，许慕辰想追了自己回去。

咦，这好像有些不对啊，自己只不过是个乡野丫头罢了，怎么会忽然间桃花朵朵开？最最要命的是这些桃花实在太大朵了，砸下来会死人的！

许慕辰，京城第一美男子，镇国将军府的长公子，人家可是有钱人有权人，哪里是自己这乡下丫头能配得上的？不是说要门当户对吗？自己早些日子嫁给他，那是披了苏锦珍的名头，苏国公府的大小姐，这才去镇国将军府小住了几个月，现在自己早就没那个身份了——即便她是苏大夫人生下来的，可人家苏国公府压根不知道自己还活着。

至于许明伦，那就更可怕了，答应做皇后是一码事，能不能在皇宫里头顽强地活下去又是另外一回事了。只要自己点头答应许明伦，她相信那陈太后肯定会想出一万种法子来消灭自己这个上不得台面的儿媳妇。

说实在话，这些大户人家里真没有什么吸引自己的，柳蓉摸了摸衣袖里藏着的碧玉夜光杯，暗暗下定决心，自己替师父报了仇以后就赶紧回终南山去，才懒得跟他们这群公子哥儿打交道，那纯粹是浪费辰光。

寝殿里边，许慕辰与许明伦终于达成协议，柳姑娘喜欢谁就是谁！

许明伦握着拳头：柳姑娘肯定会答应我的！

许慕辰攥着拳头：柳姑娘本来就是我娘子！

无聊，无聊，真无聊！柳蓉听到最后没了兴致，趁着夜色茫茫，一闪身就溜之大吉，从竹林里提出那个被她点了穴道的小内侍，把他的穴道点开："对不住，让你受惊了。"

小内侍瞪眼瞧着柳蓉，满脸惊恐。

柳蓉笑得和蔼可亲人畜无害，从衣袖里摸出那个碧玉夜光杯来："你可知道这是什么？"

"皇上用来喝酒的碧玉夜光杯，那是皇上最喜欢的杯子，可是个宝贝。"小内侍吃惊地望着柳蓉手中的杯子，"它怎么在你手里？"

"你不用问这么多。"柳蓉笑着将夜光杯塞到他手中，很温柔地摸了摸他的脖子，小内侍全身一颤，眼泪都快掉了下来："别杀我，别杀我！"

柳蓉叹了一口气，怎么这人如此胆小？

"我不会杀你的，你把杯子交给皇上，告诉许侍郎，明日上午辰时我会在老地方等他，请他记得那个赌约。"柳蓉瞅了瞅瘫软在地上的小内侍，踢了他一脚，"快些起来，怎么这样害怕，你还是不是个男人啊？"

小内侍委屈地摸了一下裤裆："我本来就不能算男人了。"

从小就被爹娘卖了，送到净身房，一刀子下去以后，他就变得不男不女了，没了那个东西，自己还能算是男人吗？

柳蓉："哦，真是对不住啊，我给忘记这码事了。别伤心啦，大家都说物以稀为贵，你们可是贵人哪！"

小内侍：我可以变回去吗？我不要做贵人，我只想做个普通人啊……

"这真是一件怪事。"许明伦与许慕辰坐在桌子边，神色都很深沉。

许慕辰与柳蓉立下赌约，子时之前，她若是没将这碧玉夜光杯偷走，便算她输，不仅要白给雪肤凝脂膏，以后还要乖乖听从许慕辰差遣，要她做什么便要做什么。若是柳蓉赢了这赌约，不仅雪肤凝脂膏的价格涨到一千两，还赔上了许侍郎这个人——就是让他学狗叫，他也不能学猫叫。

许慕辰抓着碧玉夜光杯坐在床上的时候，心情是十分舒畅的。

他与许明伦说好，两人轮流守着那只杯子，他就不信在众目睽睽之下，这杯子会自己长翅膀飞走！

可是事实胜于雄辩，杯子真的不见了，就像做梦一样，其间没有半点不对劲的地方，除了太后娘娘过来了一趟。

"慕辰，难道柳姑娘会隐身？"许明伦忽然热血沸腾起来，若是能娶到这样的姑娘，夫复何求！他眼前忽然显现出一幅画面，他向柳蓉学会了隐身的功夫，两人手拉手地从皇宫大门溜了出去。

这是多么难得的自由啊，他被关在皇宫里快二十年，出去一回很难得，要是娶了这样一个宝贝，那自己不就想去哪里就去哪里！想要整谁就整谁！

"隐身？不可能吧？武功里可没这一项，最多是穿着夜行衣不被人看见罢了。"许慕辰丝毫没有体会到许明伦为何忽然满脸放光，深思着摇了摇头。寝殿里烛火通明，再穿夜行衣，也能被看到啊！这柳蓉是怎么轻轻松松地将那夜光杯偷走的呢？

"皇上，奴才有要事相报！"外边响起一个发颤的声音，好像被拉成一截截的，好不容易蹦出一个字，半晌才又出来一个字。

"进来。"许明伦坐正了身子，外边是他寝殿看门的内侍小福子。

正在思考碧玉夜光杯去了哪里的两个人，忽然站起身来，两双眼睛紧紧盯住小福子手中捧着的那只碧玉夜光杯。

小福子吓得全身发抖，就像风里的树叶。

不对啊，皇上不至于会对这只杯子如此情有独钟吧，那样情意绵绵地望着这通体碧绿的夜光杯，眼神温柔得好像要滴出水来。许侍郎就更奇怪了，这杯子又不是他的，将眼睛瞪得铜铃大有意思吗？

许慕辰一个箭步蹿到了小内侍面前，伸出手来摸上了他的脸。

小内侍打了个寒战，手里的碧玉夜光杯差点掉到地上："许、许、许……大人，求放过！"

早听说许侍郎男女通吃，可他是个不男不女之人啊！

小福子几乎要痛哭流涕，这一刻，他的心是崩溃的。

许慕辰对着小福子的脸，又捏又掐又摸，许明伦目瞪口呆："慕辰，你这样做，也太过分了吧？"

——许慕辰当真……有些不对？可站在这里的是一个内侍啊，许慕辰这样亲热做甚？瞧他那双手，啧啧啧。许明伦看着小福子僵硬的表情，实在觉得不忍直视。

"原来真是小福子。"许慕辰使劲地揪着小福子的脸，想看看他是不是带着人皮面具，可弄了好半天才发现自己想错了。眼前这人真是许明伦的内侍，不是柳蓉假扮的。

小福子眼泪汪汪：本来就是我啊，许侍郎才十九，怎么眼神就如此不济了呢，竟然要靠摸脸才能认出是谁……

"皇上，这是一位姑娘让我转交给您的，她说明天上午会在老地方等许侍郎，让他别忘了赌约。"小福子战战兢兢地看了许慕辰一眼，分明有了心爱的姑娘，怎么还要跟自己腻歪呢，刚才他那只手摸得自己真是毛骨悚然。

许明伦接过碧玉夜光杯看了看："不错，不错，正是那只失窃的杯子，小福子，快说，那姑娘是怎么找上你的？"

"回皇上，奴才正跟小喜子在外边守门，忽然听见一阵风响，奴才就被一个姑娘提到竹林里了。她把奴才的衣裳脱掉，然后比着奴才的脸抹了抹，才一会儿工夫，这世上就有了两个奴才！"小福子依旧惊魂未定，而且悲愤交加，"小喜子竟然见死不救，任凭奴才被她掳了去，还请皇上给奴才一个公道！"

事实证明，小喜子是无辜的，许慕辰走到外边的时候，小喜子依旧一动不动地站在那里，一点反应都没有。许慕辰一看便知道，他是被人点了穴道。

小喜子被解了穴道，连忙跪倒在地开始痛哭流涕，刚刚他一直提心吊胆，不知道出了什么鬼，他竟然全身都不能动弹，就连太后娘娘过来都没有下跪迎接！亏得太后娘娘那时候心急如焚，只想看皇上与许侍郎做什么，要不然他轻则屁股开花，重则脑袋搬家。

"柳姑娘真乃高人是也！"许明伦眼中放光，要是他能娶到柳姑娘，那……快乐幸福的生活就要到来了！她可以带着自己做不少从来没做过的事情，她还可以帮他将那些看着不顺眼的官员的各种罪状弄到手，最好，把那讨厌的宁王从睡着的床上搬走，扔到猪圈里去，让他抱着母猪睡觉！

这么富有朝气的柳姑娘！

这么富有能力的柳姑娘！

这么富有神技的柳姑娘！

这样的佳人，可遇而不可求啊！许明伦的心怦怦直跳，眼前一片粉红。他一直不想成亲，难道就是为了等待这位柳姑娘吗？

许慕辰在旁边听着许明伦对柳蓉热烈的赞美，心中满不是滋味。皇上是铁了心要跟他抢柳蓉吗？天下这么多美人随他挑，一定要来抢兄弟妻？

虽说柳蓉现在已经不是自己的娘子了，可正是失去了才觉得珍贵，这时候他深深觉得，柳蓉才是配得上自己的那个人。

一定要把她追回来，无论用什么方法，许慕辰暗地里发誓。

"慕辰，明日辰时朕跟你一起去见柳姑娘。"许明伦咧嘴嘻嘻笑道，"不管你用什么办法，都要带着朕出宫。"

"皇上，万万不可！"小福子、小喜子"扑通"一声跪倒在地，皇上要微服私访？要是遇到什么歹人，万一有什么不测，只怕太后娘娘会将他们两个千刀万剐。

"朕意已决。"许明伦斩钉截铁，"敢阻拦朕出宫的，杀无赦。"

小喜子和小福子不敢再说话，两人趴在地上，五体投地，成了一个"大"字。

第二日早朝以后，几辆往玉泉山运水的马车晃晃悠悠地从里边走了出来，守门的侍卫查看了下腰牌，瞅了瞅马车："走吧。"

车子走到前边没多远就停了下来，小喜子、小福子冲到一辆马车前边，颤着声音喊："皇上，皇上，你没事吧？"

"喊我大公子。"马车底下伸出了个脑袋，许明伦吃力地喊了一句，"快将朕扶出来。"

许慕辰骑马追过来："皇上，你又要他们喊你大公子，又自称朕，他们可真难办。"

许明伦手脚并用地从马车底下钻了出来，呼哧呼哧喘了口气："慕辰，你说得没错，朕……我忘记了，干脆我就叫黄振好了，别人听我说朕也不会想到这上头去。"

小喜子、小福子夸张地伸出两只手指在他面前比画了一阵："大公子圣明。"

出了宫，依旧是皇上的格调。

宫外的空气似乎比皇宫里清新许多，许明伦翻身上了许慕辰带过来的马，深深地吸了一口气："慕辰，宫外真是好啊，又热闹，又漂亮。"

许慕辰抽了一鞭子："宫外的人想住进去，宫里边的人想搬出来。"

"可不是？哎，等等我，等等我！"许明伦也赶紧跟了过去。

柳蓉见到许明伦的时候大吃了一惊，眼睛睁得溜圆："皇上？"

许明伦得意地笑了笑："柳姑娘，请叫我黄大公子。"

柳蓉很无语，责备地看了许慕辰一眼，赌约是她与他之间的事情，带许明伦过来做甚？难道许慕辰想赖账，让皇上给他撑腰？

"许大公子，昨日的赌约，你输了。"

"是。"许慕辰挺了挺胸，愿赌服输，现在自己整个人都是柳蓉的了，任凭她差遣。

"我想知道你在飞云庄里调查到了什么。"没想到许慕辰还真是说话算话，柳蓉有几分惊奇，许慕辰这厮，怎么越看优点越多？

"我已经调查过飞云庄参加鉴宝会的人，大家都说小香、小袖曾经拉拢过他们，说以后要是遇到什么难事，没地方可去，便能到京城西郊的荷风山庄去找致远散人，他能帮助他们。"许慕辰皱起了眉头，"我回京城也查过了，西郊确实有个荷风山庄，但庄主是谁却还没弄清楚，我已经布下了暗卫在日夜监视，总会有蛛丝马迹。"

"致远散人？好，我记下了。"柳蓉点了点头。

"柳姑娘，你不会想独自去闯荷风山庄吧？"许明伦担心地看了柳蓉一眼，"你千万别一个人去，要去也得等着我和你一起去。"

柳蓉：皇上，你这小身板儿，能行吗？

许慕辰：皇上，你就别说笑话了好吗……

ZEI

NIANG ZI

贼娘子

[下]

烟秾 著

北京联合出版公司
Beijing United Publishing Co.,Ltd.

图书在版编目（CIP）数据

贼娘子. 下 / 烟秾编著. -- 北京：北京联合出版
公司，2018.3
　ISBN 978-7-5596-1690-6

　Ⅰ.①贼… Ⅱ.①烟… Ⅲ.①长篇小说 - 中国 - 当代 Ⅳ.① I247.5

中国版本图书馆 CIP 数据核字（2018）第 021296 号

Copyright © 2017 by Beijing United Publishing Co., Ltd.
All Rights Reserved.
本作品版权由北京联合出版有限责任公司所有

贼娘子

作　　者：烟　秾
出版监制：赵丽娟　杨　琴
责任编辑：李　红　徐　樟
封面设计：己　非
装帧设计：刘丽霞

北京联合出版公司出版
（北京市西城区德外大街83号楼9层　　100088）
北京联合天畅发行公司发行
小森印刷（北京）有限公司印刷　　新华书店经销
字数450千字　　880毫米×1230毫米　　1/32　　8印张
2018年3月第1版　　2018年3月第1次印刷
ISBN 978-7-5596-1690-6
定价：59.80元（全二册）

版权所有，侵权必究
未经许可，不得以任何方式复制或抄袭本书部分或全部内容
本书若有质量问题，请与本公司图书销售中心联系调换。电话：（010）64243832

第十一章

混进王府

　　快十二月的天气，到处都是灰蒙蒙的一片，寒风呼啸，就像一把刀子从脸上刮了过去，生疼生疼的，路上的行人都穿上了厚厚的棉衣，缩着脖子走路。

　　偏偏有些人，被生计所迫，挑着货郎担在外边走着，不时扯着嗓子喊："上好的胭脂水粉，杭州新到的手帕子，还有各色珠子手环，快些来买啦！"

　　拨浪鼓的声音随着北风散得很远，村子里大姑娘小媳妇们从屋子里走了出来："货郎货郎，快些拿货来看看！"

　　许慕辰挑着担子走了过去，一团人将他围住："哟，新来的？这个货郎可比原先那个俊多了，货担子上的东西也精致！"

　　有姑娘拿了一条手帕子扯在手里不住地晃："货郎货郎，这帕子多少文钱？"

　　"姑娘，本来要卖二十文，姑娘生得这般美，给你少一点，十八文就是了。"许慕辰乐呵呵地一伸手，"要是你能指点一下，前边那个庄子里头有多少生意可以做，我还能少要你几个大钱。"

那姑娘欢欢喜喜："前边那个庄子名叫荷风山庄，里头的主人甚是奇怪，一年到头没看见过几次。我爹曾在里边打过短工，说里边很大，跟看不到头似的，有时候分明走了一圈，可又像在原先站着的地方，我们村子里都说那庄子里头有鬼，所以才会有鬼打墙。货郎哥，你可千万别去那庄子，里边丫鬟、婆子好像没几个，没人会买你的东西。"

旁边一个大嫂点了点头："可不是！上次我们村里那个婶子被喊去给他们烧饭菜，后来被辞了，回家以后不久怎么就得病死了，大家都说是沾了那庄子的鬼气！"

"原来是这样！"许慕辰装作害怕的模样，"多亏姑娘嫂子们提醒，我就不往那边去了。"

东西卖了一半，许慕辰挑着担子回了义堂。

"情况打探得怎么样？"柳蓉笑吟吟地迎了过来，"外边冷，没给你冻坏吧？"

许慕辰心中立刻暖乎乎的，柳姑娘这是在关心他吗？眼泪都要下来了！

"这荷风山庄里真有古怪，"许慕辰将见闻说了一遍，微微蹙眉，"这边暂时放下，太危险的地方先别动，柳姑娘，我知道你想为你师父报仇，可也要保证自己的安全。"

许明伦一个箭步走上来，拉住柳蓉的衣袖："柳姑娘，你要好好爱惜自己。"

许慕辰瞪了许明伦一眼，不甘示弱地拉住柳蓉的右手："柳姑娘，小心为上。"

柳蓉的左手右手都给占住了，气不打一处来："你们两人放手，我又没说现在就去！总得要将一切布置好再说，我还没傻到那种地步，啥都不知道就往里边闯！"

许明伦看着许慕辰："慕辰，放手。"

许慕辰攥着柳蓉的衣袖角不放："皇上，要放一起放。"

柳蓉白了他们两人一眼："你们不觉得无聊吗？一个是堂堂圣上，一个是刑部侍郎，拉着我衣袖做甚？难道我衣裳上有金子？"

两人闻柳蓉动气，这才一起松手，许明伦愤愤道："慕辰，明日起你便不再是刑部侍郎。"

许慕辰赶着行了一礼："多谢皇上，以后我就可以睡懒觉了。"

竟然公报私仇，以为自己想当这个刑部侍郎吗？许慕辰一点都不觉得遗憾，全身轻松。

"慕辰，你错了。"许明伦狡诈地笑了笑，"我不仅要撤你的官职，还要在明日早朝罚你，打你五十大板！"

就因为自己与他争着拉柳姑娘的衣袖？许慕辰愤愤："皇上，这样做好像不厚道。"

柳蓉在旁边听着也觉得有道理，为啥许明伦要打许慕辰？就因为他抢着拉自己的衣袖？这样也太小肚鸡肠了，对许明伦的好感值瞬间直降一百分。

"非也非也，慕辰，咱们相知十多年，你难道不知道我的为人？"许明伦叹气，"难道你就不记得宁王了？"

许慕辰忽然想起了这件事，许明伦与他布下暗线想将宁王扳倒，已经不是一两天的事情了，这次他带着柳蓉出去游山玩水，宁王还赶上来送金子，说明他有意收买朝中重臣。究竟宁王想做什么，司马昭之心路人皆知，只是还少证据。

"宁王？"柳蓉忽然来了兴致，"我那晚假扮小香、小袖同伙拿走了她们的花瓶，她们两人对我说，要我替她们在王爷面前说好话，我觉得这两人应该是受雇于某位王爷的，这样看来，可能就是宁王？"

眼前浮现出一张脸孔，有些胖，看上去慈眉善目，眼中却是精光闪烁，这宁王可不简单哪。

"没错，就是宁王。"许慕辰也连连点头，"宁王野心勃勃，一直对龙椅虎视眈眈，皇上刚刚登基不久，只怕他正在暗中策划这谋逆之事，皇上命我调查他的底细，故此我才跟踪去了飞云庄。"

"原来如此。"柳蓉轻轻吐了一口气，"那么你查到了些什么？"

"我已经查到一些投靠宁王的江湖人士。"许慕辰开始扳手指头，"第一，生死门。"

柳蓉想到了震天雷，点了点头："这个我也猜到了。"

"还有鲸鲨帮、五毒堂，"许慕辰的眉头越来越紧，"这些都是被江湖视为邪派的，只要给银子，没有什么事情他们干不出来的。"

"那……"柳蓉犹豫了下，"不如我先进宁王府当丫鬟，摸清了他为何对那只花瓶这般看重，我总觉得那花瓶里必然藏了什么古怪，否则他怎么会布置这么多人手来抢那个花瓶。"

"不行，你进宁王府有危险。"许慕辰不假思索地喊了出来。

"危险？我会小心的。"柳蓉白了他一眼，幸亏自己知道他跟许明伦两人的算盘，否则还真会觉得有些感动，许慕辰竟然这样关心自己！可问题是自己已经知道，这些都是他装出来骗她的，根本就不是真心。

"柳姑娘，你别去。"许明伦也很着急。

哼！一个两个装得可真像啊，柳蓉笑眯眯地看了他们一眼：
"我偏要去。"

"那……"许慕辰犹豫了一番，还是点头同意了，"也得要等
到宁王府缺丫头才行。"

"这有何难？只要你肯给银子让那些丫鬟赎身，谁还愿意一辈
子伺候人？"柳蓉脑瓜子灵活，马上就有了主意，"现在快到年
关，走了些丫鬟，宁王府肯定缺人手，自然要到牙行招人，到时候
我就混进去了。"

"好，就这样定，以后我隔一日就去宁王府与你联络。"许慕
辰有些担心地看着柳蓉，"你可千万千万要小心哪。"

"没事，你还不相信我的本领？"柳蓉哈哈一笑，"别用这样
的眼神看我，好像我很无能似的。"

"柳姑娘，我也要去宁王府那边看你。"许明伦觉得自己输了
一阵，许慕辰行动自由，想去哪里就去哪里，可自己只能坐到皇宫
里，动都不能动，实在憋气，"我隔段时间溜出宫去，也扮个货郎
去宁王府那边找你。"

"不行！"柳蓉与许慕辰一起喊了出来，甚是默契。

许明伦委屈地看着二人："为什么不行？"

看起来自己是输定了？为啥两个人说话的语气都是一样的？还
有眼神……简直如出一辙啊……许明伦瞬间有淡淡的忧伤，四十五
度角望向明媚的天空。

看着许明伦这模样，柳蓉有些于心不忍："皇上，我们是为你
的安全考虑，你乃是一国之君，九五之尊，怎么能轻易涉险？请皇
上为了社稷为了天下苍生，关注自己安危！"

听了这话，许明伦又惊又喜，没想到柳蓉是在关心他，真是太

感动了，呜呜，都想流眼泪了，柳姑娘真是温柔可人的女子，秀外慧中、多才多艺，既能上山打虎，又能下海捉鳖，此女只能天上有，世间能得几回见？

许慕辰站在一边默不作声，只是心中咬牙发誓，自己一定要打败皇上！即便皇上坐拥天下，可他不见得就能赢得柳蓉的心。都说追女人要胆大心细脸皮厚，只要自己坚持不懈地关心呵护，本着死追烂打的战略，一定能抱得美人归。

"柳姑娘，你来京城肯定还没好好玩过，我带你出去玩玩吧。"为了报答柳蓉的温柔体贴，许明伦准备将自己的京城处男游奉献给她。

小福子、小喜子两人的眉毛都耷拉下来，皇上从来就没出过宫，竟然要亲自带柳姑娘去游玩，这样好吗？会不会一个下午就在那几条胡同里转来转去迷了路？再说，在京城这样大摇大摆地走，会不会遇到什么危险？两人摸了摸脖子，这脑袋暂时还在，可是只要皇上出了一点点差错，恐怕就保不住了。

"皇上，你还是回宫吧。"出于对许明伦的安全着想，许慕辰只能硬着头皮进谏。

"慕辰，你别小肚鸡肠了，咱们八仙过海各显神通。"许明伦很不满意地看了许慕辰一眼，不就是想阻拦他跟柳姑娘增进感情吗？

"来来来，皇上，我给你易容。"柳蓉叹气。

我怎么就这样倒霉呢，一到京城就遇着了活宝，还是一双。

有两位帅哥陪在身边逛街的感觉……

棒棒哒？

非也非也，柳蓉只觉得实在是痛苦，真是一种折磨，她从来就没想到，这大周的皇上，竟然是比女人还喜欢买东西的男人。

"柳姑娘，你觉得这个好看吗？"易容成满脸焦黄、一脸病容的许明伦指着一支金簪子，眼中闪着快活的光。

柳蓉不以为然地点了点头："还行。"

"买了！"许明伦拍了下桌子，店伙计殷勤的将簪子放到锦盒里包好，还不忘附赠几句褒奖之词："这位公子真是眼光独到，这簪子乃是我们金玉坊最新出的款式，上头的珍珠全是从西洋运过来的，别处绝无第二支这样的簪子。"

许明伦白了他一眼，别处绝无？你以为朕的司珍局是做摆设的吗？

店伙计不明就里，笑着推荐了另外一款："这手钏乃是从南洋过来的红珊瑚制成，公子看看便知，颗颗晶莹剔透，大小差不多，真是精品。"

"买了！"大手一挥，又买下。

许明伦带着柳蓉在京城到处玩，逢店必进，转了几条街，小福子、小喜子两手已经拎满了东西。

"慕辰，你怎么不买东西？"许明伦兴致勃勃，"没想到我大周商业这般繁盛，应有尽有。"

原来许明伦买东西是在体现国力强盛吗？柳蓉与许慕辰交换了一个无奈的眼神，普天之下莫非王土，率土之滨莫非王臣，即便他一文钱都不花，大周该怎么繁盛还是怎么繁盛好吧——说好的到处玩玩呢？怎么就成了到处买买买？

许明伦无比得意，他买了这么多东西，到时候一股脑儿全部送给柳蓉，柳姑娘肯定会感动得不行。他眯了眯眼睛，好像看到了柳蓉激动得满面红光、含情脉脉地看着自己的样子，哦，实在太开心了。

许慕辰只是撇着嘴笑，许明伦的想法他一清二楚，不就是想跟他抢柳姑娘的芳心吗？怎么样自己也比他更知道柳姑娘的喜好，买一堆乱七八糟的东西，怎么能获得柳姑娘的芳心呢？

柳姑娘最喜欢的是银子，最感兴趣的是劫富济贫，最看不惯的是那些欺压穷苦百姓的人，自己只要能带着银子陪她四处闯荡，肯定能让她对自己心生好感。许慕辰捏了捏拳头，上天啊，赐他一个出面惩治恶人，让他大显神通的机会吧！

上天好像很眷顾许慕辰，这个机会马上就来了。

两个人陪着柳蓉逛街逛了大半日，到了傍晚时分，青莲色的暮霭沉沉坠了下来，柳蓉望了一眼许明伦："黄大公子，你该回去了吧？"

许慕辰不说话，只是点头，表示声援。

许明伦瞧着两人并肩站在自己面前，心里头无限郁闷，简直是翻江倒海："不，朕……正是用晚膳的时候，我要陪柳姑娘用过晚膳以后再回去。"

柳蓉心中叹气，皇宫里的太后娘娘难道还没发现皇上不见了吗？为什么京城里还是这样风平浪静呢？由皇上陪着到处转，这样真的好吗？若是太后娘娘知道了，会不会伸出手来划破她的脸，说："红颜祸水！"

不管柳蓉想得多么多，许明伦还是很坚持地走到一家看上去很高级的酒楼："咱们就到这里用膳吧。"他抬头看了看酒楼上边三个字"风雅楼"，点了点头，"这字写得不错，好像是王平章的手迹。"

站在门口的伙计怒赞了一声："公子好眼力！"

许明伦容色淡淡，王平章每日都送奏折过来，以示他对自己的忠心，每篇奏折都写得又长又臭，自己看见他的字就心理性厌恶了，没想到出宫还能见着这笔字，真是让人心里厌烦得紧。

走进风雅楼，几个人在二楼订了个雅座，许明伦身边，小福子、小喜子分开站着，刚好将许慕辰挤到了柳蓉身边。他感激地看了小福子、小喜子一眼，你们两个甚是机灵，以后我会给你们好处的。

小福子、小喜子垂手而立，他们也不是想帮许侍郎，侍奉皇上，不是他们的本分嘛。

许明伦见着柳蓉与许慕辰坐在自己对面，开始有些心中不爽，但后来一想到，自己正好将柳蓉看得更清楚，当下释然，许慕辰虽然坐在柳蓉旁边又如何，又不能总是偷偷转头看她！自己可是占了大便宜。

伙计殷勤地跟了过来："两位公子，要吃些什么？"

顺便往柳蓉身上瞄了下，这姑娘，穿了棉布衣裳，跟两位穿云锦衣裳的公子坐在一起，竟然还这样神色自若，没有一点胆小惶恐的表情，也不知道这三人究竟是怎么组合到一处的。

这边正在点菜，那边雅间传来一阵响动，有女子的尖叫，还有男主猥琐的声音："小美人儿，你坐过来，别这样羞答答的，陪着爷来喝杯酒。"

旁边有人哄笑："王公子请你喝酒，还不爽快些！"

柳蓉腾地站了起来，又有该死的纨绔子弟在光天化日之下调戏良家女子？这事情别人不管，她必须管！即便人家老爹权高位重，可自己明的不行来暗的，好歹要记住那人的脸，以后下手也不会弄错人。

伙计见柳蓉急急忙忙要往外冲，知道是旁边动静太大了些，一把拉住柳蓉的手："姑娘，你别管闲事。"

"啪啪"两下，伙计惊叫了起来，好像有东西砸到了他的手，低头一看，地上到处都是粉碎的瓷片，那两位公子怒目而视，一个随从细声细气道："柳小姐的手，也是你能拉的？真是吃了熊心豹子胆。"

这姑娘是什么来头？伙计张大了嘴巴看着柳蓉旋风一样卷了出去，里边两位公子也跟着跑了出去，那两个随从也微微弯着背跟着跑了出去，雅间瞬间就空了。

柳蓉跑到了隔壁，"呼"的一声拉开雅间的门，里边的人都吓了一跳，全部抬起脸来往门口看："哟，来了个小娘子，自己送上门来了，长得还真不赖。"

原来是熟人啊，柳蓉冲着王公子甜甜一笑："王公子，你那根灌肠不是说被人切了吗？怎么还是好这一口啊？"她指了指被王公子拉住小手，正在奋力挣扎的姑娘，提高了几分声音，"还不快把她给放了？"

王公子脸色大变，自己被一个女飞贼切了命根子，这事儿竟然传遍京城了？这可是他的死穴，谁提起这事情都没好果子吃！

王公子暴跳如雷："好你个小贼人，竟敢胡说八道！"

柳蓉见着王公子额头青筋暴起，满脸通红，汗珠滚滚，惊讶地问了一声："咦，我怎么是胡说八道呢？京城里的人都这么说！王公子，我就想知道，为什么你那灌肠被切了，还要找小姑娘寻欢作乐？难道是要把鸡蛋给掏了才没那本事？"

看来自己专业知识还不够，需要加强才行，柳蓉十分惭愧，自己的功课没有做到位，让京城里的姑娘们继续饱受这花花公子的折磨，真是罪过。

许明伦与许慕辰刚刚好赶到门口，听到柳蓉说起灌肠与鸡蛋，两人不由得相互看了一眼，对柳蓉投以敬佩的目光。

柳姑娘，在下敬你是条汉子！

小福子与小喜子夹紧了两条腿，仿佛回到自己净身进宫的那一刻，痛得龇牙咧嘴。

雅间里的王公子将身边的姑娘一推，面目狰狞地站了起来："小贱人，你是想找死？你可知道我爹是谁？"

"你爹是谁关我啥事？你要是敢动这姑娘一根寒毛，我就让你吃不了兜着走！"柳蓉一闪身，就将那姑娘拉了过来，低声问道："姑娘，你没事吧？怎么被这姓王的给拉住了？"

那姑娘眼中闪着泪光，一脸的惊恐："我是来卖唱的，被这位公子喊到雅间……"

原来狗改不了吃屎，自己都教训过他了，竟然还是这样！柳蓉的手抬了起来，正准备飞身过去好好教训那王公子一顿，忽然身边掠过一个人影，噼里啪啦的就将王公子胖揍了一顿，等他停下手，王公子已经是脸肿得像猪头。

"你是谁？竟敢打小爷！"王公子捂着脸有气没力问了一句。

许慕辰还没开口，他的同伙们已经告知了王公子答案："是镇国将军府的许大公子！刑部许侍郎！"

王公子唬得身子一震，顷刻间不敢说话。

许明伦站在门口很是不爽，还有朕哪！你们的眼睛都瞎了吗？就没看到朕也站在这里吗？只可惜他现在面目全非，人家都不认识他——即便他没有易容，人家也不见得认识他。

见了许慕辰现身，一屋子的人都没了气焰，耷拉着脑袋坐在那里，王公子更是痛哭流涕："许大公子，咱们两家是故交，你高抬贵手放过我……"

"哼！光天化日之下，调戏民女，就该抓到刑部大牢去！"柳蓉想了想，很认真的与许慕辰商量："我看这王公子应该是上回灌肠没切干净，故此他才控制不了自己，这一次得到皇宫里找个专业的师傅，把他的鸡蛋给煎了才行。"

王公子眼前一片发黑，直接瘫在了地上。

"许大公子，求放过……"王公子的随从大惊失色，自己陪着公子出来，结果出了这么大的事情，自己还想活？他比王公子还哭得伤心："许大公子，你就别吓我家公子了，他都尿裤子了！"

地上有湿漉漉的一摊水，还有水滴正慢慢地从王公子的长袍底下滴了出来。

雅间里静悄悄的，大家的目光都落在王公子那一摊水迹上，既觉得尴尬，又觉得有些好笑，还有些担心。那位许侍郎看着脸色十分不好，不知道会不会小题大做，将自己一网打尽。

陪着王公子吃饭的都是京城的纨绔子弟，家中父亲都是正三品以上的官儿，这群少爷党每日的生活就是饮酒作乐，手里拎个鸟笼子，带着狗奴才上街到处乱逛，看见生得美貌的小姑娘就动手动脚的，如果是兽性发了，还会直接将人家姑娘弄回府。

京城里对这些恶少早就怨声载道，无奈人家后台硬，老爹是高官，上告也无门。京兆府尹不过正四品的官，递了状纸进去，人家只能做个中间人，好言劝慰。

其间，有个状告王公子的，结果那京兆府尹却反咬一口："虽说王公子做得不对，可毕竟也是你们家姑娘不应该到外头抛头露面，打扮得那样花枝招展的，还不是想勾人的？女儿家不该本本分分的吗？涂脂抹粉的究竟想做什么，你们做父母的心知肚明！"

被告人含泪："我们家穷得吃饭都吃不起，哪还有银子给丫头去买脂粉？大人你说话也太过了！穷人家的丫头，只能在外边帮衬做点小买卖，还能像高门大户里头的小姐，每日坐着什么事情都不用做，自然有丫鬟伺候？"

京兆府尹一拍惊堂木："王公子说了，就是你家那女儿勾引他的。这里是三百两银子，你们快些拿回去，不用再多说话。卖了女儿去做丫鬟，不过得十两银子，这儿有这么多，也足够补偿你们了。"

告状无门，最多不过拿银子打发罢了，苦主们得了教训，不敢再多说话。自此，京城里的人们都对这群恶少心有怨言，只不过谁也不敢大声说出来罢了。

许慕辰瞄了一眼那群面色惨淡的纨绔，冷冷地哼了一声："你们勾结在一处，横行京城，是时候受到应有的惩罚了。"

许侍郎果然要对他们下手了，众人大惊，开始抱头痛哭。

里边有个姓李的，祖父是正一品的太傅，他素来就认为自己腰杆比别人直，这时候见周围的人都抱头痛哭，觉得自己不站出来也太对不住自己祖父太傅的官衔了，于是他一拍桌子，恶狠狠道："许慕辰，我劝你别多管闲事，你不就是仗着镇国将军府的势吗？就你自己那三品官，还是巴结皇上弄出来的，京城谁不知道你每日都下跪舔脚才得了这个官？"

"胡说八道！"许明伦大怒，许慕辰文武双全，确实是国之栋梁，他不提拔他，难道还提拔这群纨绔无赖不成？

李公子瞟了许明伦一眼，哈哈大笑："你又是从哪里钻出来的？敢来管大爷的事情！"

柳蓉心中本来对这群纨绔子弟实在不爽，可瞧着李公子这种大无畏的精神，不由得也同情起他来："公子，说话收敛些！"

没想到李公子或许是开始喝多了酒，狗胆能包天，伸手就指着许明伦与许慕辰，喷着酒气道："许慕辰，都说你好龙阳，怎么带了这样一个人过来？莫非是你脸上有疙瘩，连那些暗门里的小倌都看不上你了？"

竟然将大周的皇上比作那些迎来送往取悦客人的小倌，这该是一个人杀头还是全家人陪着他一起掉脑袋呢？柳蓉掰着手指头计算，看着许明伦那眼角抽动的样子，觉得可能李家被灭了都是情理之中的事情。

"没想到堂堂京城，天子脚下，竟然还有一帮这样的无赖！"许明伦很生气，一双手发痒，只想将脸上那些黄泥还是什么的东西给抹掉，露出自己的真容来。可是一想，自己抹掉也没啥用啊，那些纨绔们又没见过自己，不由觉得心累。

原来自己只有在金銮殿里才有威风，出了宫，还比不上许慕辰有杀伤力。

许慕辰见着发小的脸色变了又变，知道他心中感受，想出了个主意："明日起，你们就给我去军营里受训！"

"受训？"李公子翻了个白眼，"许慕辰，你凭什么抓我们去？"

"就凭你们扰乱京城，不断滋事，光只是你们强抢民女这一条，就够你们去蹲大牢了。"许慕辰点了点头，伸手一指，"不仅是你们，还有另外一些，我都会记载在册，送去给皇上批了，抓着去军营。"

军营里边受训，可不会是一般的训练，非得让他们脱一层皮不可，自己祖父镇国将军掌管保护京兆的军队，随便找一个营地送过去，全面封闭训练，谢绝参观——至于里边是什么招待，王公子、李公子进去就知道了。

柳蓉笑着点头："还是许侍郎这法子好，这些人早该抓起来管一管了。"

许明伦见柳蓉赞许慕辰，不甘落后："以后京城所有高官的儿子孙子，从三岁起就要统一训练！"

要从娃娃抓起嘛，许明伦看着柳蓉，挑了挑眉，我这个主意是不是很好，快来夸我！

"放肆！竟敢在此处口出狂言！"雅间门口传来一声怒吼，柳蓉回头一看，就见一个四十多岁的中年人站在门口，五短身材，唇边几根老鼠胡子，圆圆胖胖，很像一只土拨鼠，标准的土圆肥。

是老熟人，柳蓉去他们家拿过一盘金子的。

"平章大人。"柳蓉朝他笑了笑，"怎么？来看你的宝贝儿子怎么样了？"

王平章目露凶光："你是谁？竟敢动手欺负我儿！"

"不是我欺负你儿子，是你儿子欺负别人，我看不过眼，这才出手的。"柳蓉嘻嘻一笑，"王平章，你没管好儿子，还有脸在这里指责我？"

"我儿子有没有管好，关你什么事？"王平章迈着小短腿朝前边走了几步扑到了王公子身上，摸着他湿嗒嗒的裤子，脸色沉沉，"竟然敢如此欺负我儿，以为我王振兴是吃素的不成？你们还看着作甚？还不将这个嚣张的贱丫头给我拖下去！"

"谁敢！"许慕辰与许明伦都上前一步，将柳蓉拦在身后。

"许侍郎，你不用管这样的闲事吧？"王平章吃了一惊，许慕辰可不是个好惹的，可看在同朝为官的分上，他怎么能这样帮着一个乡下丫头呢？

"什么叫管闲事？许某乃是在伸张正义！你养儿无方，养出这样的纨绔来，现在柳姑娘教训得是，你不但不感谢她，反而要加害于她，这是何道理？"许慕辰走上前，一把将王平章叉了起来，贴在了墙上，"你若敢动柳姑娘半根毫毛，可别怨我开始没跟你说清楚！"

王平章只觉得心都在发抖，背贴着雅间的墙壁，好像要把中间的木头隔板都要压倒了，他一双小眼睛望着屋顶，这雅间隔板要是倒了，房梁会不会也跟着倒？他的脸色发白，眼泪都要出来了："许侍郎，有话好说，有话好说！"

许慕辰见吓唬得差不多了，一松手，王平章就顺着那隔板溜了下来，正好落在了王公子旁边，父子俩摔成了一堆。

柳蓉望着许慕辰嫣然一笑："许侍郎，你倒是威风。"

许慕辰骄傲地一挺胸："为民除害，乃是许某应该做的。"

许明伦在一旁看着，心里有些酸溜溜的，满不是滋味，这两人怎么能这般默契？看着他们两人对视的眼神，他的心都要碎了。

这是不战而败了吗？许明伦有些不服气，现在自己的身份只是一介平民，这才会让许慕辰在柳蓉面前露了脸，要是大家都知道自己的身份，那谁对他都要毕恭毕敬，柳蓉见了自己这样威风，肯定也会心生爱慕。

许明伦朝小喜子吩咐了一声："去弄盆水来，还要一块帕子。"

小喜子将抱着的那一大堆东西往小福子手里一塞，飞奔着下去了。虽然不知道许明伦要干什么，皇上的吩咐哪里敢不听？

他到厨房里打了个转，花了点银子，弄到一盆水，要了块抹布，喜滋滋地回到了雅间。许明伦接过抹布就往水盆里蘸，小喜子睁大了眼睛，脚下一软，差点没摔到地上。

"哎呀，皇……大公子，这……"小喜子心中紧张，结巴得都说不出话来！

许明伦拿着油腻腻的帕子，沾了水就往脸上擦，简直不忍直视！

王平章也目瞪口呆地望着站在自己面前的这个年轻人，帕子擦了两下，焦黄的一张脸露出了白色的底子："皇上！"

那个将许明伦比作暗门小倌的李公子听着王平章口里喊皇上，瞬间就明白了许明伦的身份。他惨白着一张脸站在那里，身子跟筛糠一样抖了几下，忽然朝前边一扑，直接倒在了王公子身上。

这个时候，只有晕倒才是最佳的选择。

"王平章，你教子无方，朕罚你先去教好你的儿子再回来上朝。"一想到王平章每次总洋洋洒洒地写上那么长的奏折来劝诫自己，而且最近还配合着母后让自己选妃，许明伦就浑身不自在，这下总算是找到了出气的借口。

"皇上，平章政事府每日事务繁杂，微臣不能不去处理。"王平章呜咽有声，"皇上，微臣一片忠心，日月可鉴……"

"死了王一有王二，你不干了自然有人干。"许明伦挥了挥手，"朕意已决，你就不必多说了，明日起，你儿子上午去军营受训，下午你在府中亲自督促他念书，学习怎么做人，若是他不能精通"四书"，以后你就不要回来做官了。"

王平章也晕了过去。

他这儿子可是愚笨如猪，智商为零，从小到大已经气跑了一百零七位西席，这下竟然要轮到自己凑满一百零八将了。

王平章这时候，最懊悔的就是娶了一个蠢笨如猪的夫人，生了这蠢笨如猪的儿子。

"皇上，你一露出庐山真面目，这人全都晕了，一点都不好玩了。"柳蓉伸脚踢了踢王平章，一动不动（即便是醒着，他也不敢动），再望了望雅间，除了他们几个，其余所有的人都以各种姿势匍匐在地上，有的五体投地，有的缩成一团。

"啊？"许明伦略感失望，自己刚刚分明很神气，怎么柳姑娘不表扬自己呢？

"皇上，你难道不准备回宫吗？"许慕辰看了一眼许明伦，发小为了与自己拼好感值，竟然就这样露出了庐山真面目，现在回宫是最好的选择了。

宁王一直在蠢蠢欲动，谁知道他会不会听到动静，短时间内调动大批杀手赶过来？

许明伦推开窗户看了一眼，日头西沉，天色渐渐黯淡下来，许明伦心里也知道确实是该回宫去了，他瞟了一眼柳蓉："我还没有陪柳姑娘用晚饭呢。"

柳蓉赶紧摇手："不打紧，皇上，你回宫用晚膳吧，御膳房的伙食不会比风雅楼差。"

许慕辰嘴角边露出了一丝笑容，柳蓉跟他可是心有灵犀！

许明伦惆怅地叹了一口气："欢乐的时光总是这么短暂，唉！"

一点都不欢乐好吗……许慕辰默默回顾，买买买以后就是来吃饭，遇到坏人整治了一番，现在许明伦露了脸还要担心他的安危，自己不仅没感觉到欢快，还操心不少。

小喜子、小福子也不住地点头："皇上，还是快些回宫吧！"

太后娘娘若是知道皇上不声不响地出了宫，他们两人可是吃不了兜着走，唉！投胎真是一门技术活，这辈子是没指望了，下辈子怎么着也要能像许侍郎一样，出身名门，还长得帅气，看着就养眼。

许明伦最终闷闷不乐地回了皇宫，许慕辰与柳蓉护送着他回去。到了后宫门口，许明伦看着并肩站在骏马旁边的两个人，心中微微有几分嫉妒，两个人看上去真是般配，好像天生就该那样站在那里。

小喜子不知死活地说了一句："许侍郎与柳姑娘真是天生一对，镇国将军府很快就该要办喜事了。"

小福子拉了拉他的衣袖，朝许明伦那边努了努嘴，小喜子猛地遮住了自己的嘴巴，这喜欢说话的毛病怎么就改不掉啊，皇上脸上那表情……他提心吊胆地看着许明伦，就听许明伦咬牙切齿道："回盛乾宫以后自己去领三十大板。"

"呜呜……"小喜子想死的心都有，眼泪不住地往下掉，小福子戳了戳他，低声道："你就不知道说说皇上喜欢听的话？"

"皇上，若不是柳姑娘出身寒微，其实她跟您也很相配的……"小喜子说得言不由衷，"皇上跟柳姑娘站在一处，那可真是才子佳人，一个是郁郁青松，一个是攀附而上的菟丝草，枝枝相交缠，缠绵成一家……"

"唔，说得不错，好吧，免你三十大板，帮朕想个主意，怎么样才能让柳姑娘的身份发生改变。若是想成了，朕奖你一百两金子。"许明伦听着小喜子满口赞美，虽说心里头也知道是在吹捧他，但还是很受用，笑眯眯地回去了。

柳蓉与许慕辰两人骑马一道回了义堂，大顺高兴地迎了上来："姐姐，你总算回来了，我们都在等着你教功夫呢。"

　　许慕辰很嫉妒地望着大顺拉着柳蓉，他也想拉一拉啊……

　　大顺丝毫没有注意到许慕辰一脸不高兴，扯着柳蓉就往后院走："我们想让姐姐你指点下那个小擒拿，上回你教我们的功夫，大家都没看清，全没学好。"

　　后院里站着一群勤学的孩子，眼巴巴地望着柳蓉走过来，发出了一阵欢呼之声："柳姐姐过来了！"

　　柳蓉笑眯眯地看了他们一眼："想学小擒拿？谁上前来，我给大家做个示范。"

　　许慕辰一闪身，成功在与几个小孩的竞争里脱颖而出，得到了做靶子的机会。

　　柳蓉心里头本来也是想让许慕辰过来跟她一道做个示范的，见许慕辰这样配合，她很是高兴，朝他微微一笑，这才对众人道："大家看好了，这人是个坏蛋，想来抢劫我的财物，我现在要把他捉住。"

　　看见她甜美的笑容，许慕辰美滋滋的，柳蓉刚刚伸出一只手，他就把自己的手凑了上去，你抓吧抓吧抓吧……

　　旁观的小孩子们叫了起来："许大哥，不对不对，你是个强盗啊，怎么能自己送过去给柳姐姐抓？没有这样听话的强盗！"

　　柳蓉严肃地对许慕辰道："许慕辰，你怎么弄的？咱们是在做示范，来，快来进攻，注意手腕的力道，配合我把小擒拿术演示出来。"

　　结果完全出乎柳蓉的预料，许慕辰各种不配合，一双手就像被砍断的鸡爪，软绵绵的没半分力气，还不住的主动往她这边送。小孩子们看了一阵都看不下去了："许大哥，你这是在打劫？一点都不像，还是大顺来扮强盗吧！"

大顺干干脆脆地往前边走了一步："许大哥，你走开！"

许慕辰只能呆呆地站在一旁，看着柳蓉与大顺一道向大家展示小擒拿，他眼睛不住地打量着柳蓉的手势，快、狠、准，实在算得上是高手的水平，难怪她能屡次捉弄自己，人家的功夫真不是盖的，许慕辰表示，自己以后要好好虚心求教，与柳蓉教学相长，一起不断进步，争取比翼双飞。

柳蓉教了几回，笑着望向那群孩子："可看清楚了？"

那些孩子点了点头："瞧着是知道了，可不知道能不能练出这样的功夫来。"

"你们自己找搭档去练，注意只是练习，可别伤人，尽量将那姿势与身体的位置调整好。"柳蓉朝他们挥了挥手，将那一群小屁孩打发走，这才转脸看了一眼许慕辰："你今晚怎么了？有些不在状态啊。"

难道你看不出来我不在状态全是因为你吗……许慕辰哀怨地看了柳蓉一眼。

"咦，你脸上的疙瘩消了不少哪。"光洁的月色照着许慕辰的脸，白玉一般，柳蓉的心忽然微微一动，赶紧调整自己的神思，用别的话来转移注意力。

许慕辰伸手摸了一把，果然，疙疙瘩瘩的感觉没了："还是你的雪肤凝脂膏好用，简直是包治百病，皇上的痘痘能消，我的这个疙瘩也能去掉。"

柳蓉想了想，决定将那个疙瘩的起因藏在心底，只是笑了笑："我师多做的药，当然管用。"

雪肤凝脂膏里边掺了解药，许慕辰的疙瘩不好才怪。

"柳姑娘……"月下的柳蓉言笑晏晏，眉眼弯弯，看得许慕辰也很心动。为何原来柳蓉在镇国将军府的时候他看着她的模样一点都不顺眼，现在瞧着却觉得美丽大方又可爱？以前的自己，肯定是眼睛出了毛病。

"怎么了？你有什么事情？"柳蓉见着许慕辰那专注的眼神，忽然也害羞了起来，一颗心怦怦地跳得厉害："有事情就快说，要不然我要睡觉去了。"

"我……"许慕辰有几分苦恼，搜肠刮肚地想了想，实在想不出什么事要来跟她说，最后只能讪讪地说了一句，"我觉得你今晚很好看。"

"我就今晚好看？"柳蓉有些不满意，"寻常时候，我师爹师娘都一直说我很好看的。"

"呃……"许慕辰呆了呆，不知道该怎么往下说，柳蓉瞧着他那呆头呆脑的样子，朝他嫣然一笑："许慕辰，你早些回去歇息吧，别站在这里说傻话了。"

"柳姑娘，你今晚特别好看。"听着柳蓉要赶他走，许慕辰心中一急，脱口而出。

"那你说说，我好看在哪里？"柳蓉笑着挑了挑眉，许慕辰这傻不拉叽的样子还真是有意思，分明生得俊，可这时候的神色却真是有些傻模傻样。

许慕辰见柳蓉竟然接了口，不由得大喜："全身上下，哪里都好看！"

柳蓉转身就往屋子里头走："我知道了，好好好，你回去吧。"

"柳姑娘！"许慕辰一着急，伸手去拉柳蓉，柳蓉反手一掌，两人开始打了起来，月光照着两人的身影飘飘，黑色的影子在地上不住地晃动着，你来我往，十分热闹。

"快来快来，柳姐姐与许大哥在给我们做示范了。"不远处的一群小鬼头赶紧停下手跑过来围观，啧啧惊叹，"原来许大哥是害羞，非得等我们都不在才能动手。"

"可不是吗，你看看现在他们两人打得真热闹。"大顺兴奋地拍起手来，"姐姐，许大哥，你们俩打架打得真是好看。"

打斗中的两人这时才忽然知晓旁边多了观众，停下手来互相看了一眼。

"你快回去吧。"柳蓉挥挥手，飞快地往自己房间走去，关上房门，伸手摸了摸脸，热热的，有些烫手。

真没用，许慕辰两句赞美，就这样害羞了不成？他算什么啊，自己干吗这样扭扭捏捏！柳蓉愤愤地骂了自己一句，拿起盆子就往外边走，还没洗漱哪，就往床上钻？

厨房里边有着微微的火光，柳蓉心中一喜，看来有人正在烧热水准备洗漱，刚刚好可以蹭些热水。

大步跨进厨房，就见一个熟悉的背影，正不断拿着火折子在打火，灶膛里乱糟糟地塞着一大把柴火。

"许慕辰，你在这里搞什么鬼。"柳蓉走到灶膛旁边，用烧火棍拨了拨柴火，"火要空心，你塞这么多到里边，怎么能点燃？"

"哦哦哦。"许慕辰很虚心地接受教育，"下回我就知道了。"

"你到厨房这里来烧火做什么？不是让你回去吗？"柳蓉凶巴巴地将盆子放到一边，从许慕辰手里夺过了火折子，将引火的柴点燃，塞进了灶膛，轻轻吹了一口气，那火瞬间就燃了起来，灶膛里红通通的一片。

"我想帮你烧点热汤。"许慕辰用烧火棍拨着灶膛里的柴火，转过脸来，冲着柳蓉笑了笑，"你只管到房间里坐着，烧好了我给你送过来。"

妈呀，眼前这人是许慕辰？

脸上一道黑一道白，嘴巴旁边黑黑的两大块，就像八字胡须，许慕辰从一个英俊小生瞬间就变成一枚不修边幅的中年大叔。

全是烧火惹的祸。

许明伦看了一眼站在金銮殿上的文武大臣，眼睛从王平章身上扫了过去，见他面色苍白，可见一个晚上没有睡好，心中大快，这种放纵儿子祸害京城百姓的人，有何资格站在这朝堂之上指点政事？

其实许明伦也是在公报私仇，谁叫王平章总是上奏折请他选妃呢，看着他用洋洋洒洒的文字说着后宫不可无妃嫔就觉得气不打一处来，王平章分明是想推销自己的女儿吧？听许慕辰说，王平章有五个女儿，最小的那个有几分姿色，今年十七了，王府还没有给她议亲，肯定是打主意想送到皇宫里来的。

难怪王平章这样心急自己选妃，要是再拖两年，他那女儿就成老姑娘，嫁不出去啦。

许明伦觉得很痛快，这些父皇留下来的老臣，仗着自己辅佐父皇有功，在他面前都有些指手画脚，自己早就想要拿他们开刀了，现在刚好捉到了一只鸡，就让猴子们看看藐视自己的后果。

圣旨下了三道，一道给王平章，因着教子无方，纵容儿子街头强抢民女，滋事生非干扰民众，故此暂停王平章之职，什么时候王三公子教好了，什么时候再做安排。

王平章"扑通"一声跪倒在地，战战兢兢地说了一句"谢主隆恩"，伸手接过圣旨，老泪纵横，没想到自己竟然栽在自己儿子手上！

就听许明伦补了一句："一年之后，朕会亲自来看王三公子的情况，要是觉得他还不够好，那只能麻烦你继续教导他了。"

江山易改本性难移，要是儿子就是改不过来，那该怎么办呢？王平章眼前发黑，深深懊悔自己随着夫人放纵了儿子，没有严加管教，最后累及自己的乌纱帽。

"李太傅，朕有话要问你。"许明伦准备颁发第二道圣旨。

李太傅有些莫名其妙，不知道皇上为何有圣旨给他，丝毫没想到是自己的孙子闯了大祸。王平章瞟了他一眼，心中暗自叹气，肯定那李公子回去没敢告诉李太傅他捅的篓子，所以李太傅还是一副不知情的样子。

"李太傅，朕这长相，可像是那暗门里的小倌？"许明伦微笑着发问。

李太傅看了许明伦一眼，连连摇头摆手，花白的胡须都飘飞了起来："皇上，如何这般自贬！怎么跟那种不入流的角色相提并论了？快莫要再说这样的话了！"

许慕辰在一旁冷冷地说了一句："李太傅，你家那孙子昨晚就是这样说朕的。"

"什么？"李太傅吓得魂飞魄散，"扑通"一声跪在王平章身边，"皇上，孙儿无知，还请皇上宽恕！"

子不教父之过，自家孙子这样愚蠢无知，还不是儿子放纵？儿子还不是仗了自己的势？李太傅眼前发黑，几乎要昏过去，竟然敢说皇上长得像那些暗门里的小倌，这可是满门抄斩的罪过啊！

肯定是那第七个孙子，混账东西，最喜欢跟王三公子混在一处，当年要是把他掐死就好了，就不会有这么多事情了。李太傅的老泪都要掉下来了，心里头默默地轮了下，朝堂中哪位跟自己关系最好，到时候拜托他给自己收个尸，烧点纸钱什么的，免得到地下没钱花。

"李太傅，朕有圣旨给你。"许明伦瞧了一眼身边内侍，"宣旨。"

不就是满门抄斩吗？李太傅脑子里一片空白，就连内侍念的是什么都没听清楚，等着那嗡嗡嗡的声音停了下来，抖着一双手接过那张圣旨，身子朝前一扑，晕倒在大殿中央。

许明伦皱了皱眉，李太傅年纪大了，身子实在太差，自己让他告老还乡还真是体贴他，每日这样累，在朝堂上一站几小时，也真是为难了他。

李太傅虽说不是很讨嫌，但毕竟年纪大，思想有些古板，为人固执，自己想要实行新政，他总是第一个跳出来阻止。趁着他孙子闹事的机会将他送回太傅府，这样既给了他体体面面的台阶，又能让他心里得到安慰，毕竟皇上还是讲情面的。

可万万没想到，李太傅竟然直接就晕倒了，许明伦瞧了一眼被御前侍卫背着出去的李太傅，深深地叹了一口气，身体这样不好，何必还硬撑着来上朝呢，朕不会勉强你继续在金銮殿上杵着啊！

第三道圣旨是发给许慕辰的，鉴于许慕辰也属于京城纨绔子弟一类……镇国老将军有些不乐意地皱起了眉头，自家孙儿允文允武，不就是长得帅让大姑娘小媳妇们追着跑么，但纨绔两个字完全不能用到他身上啊！

只是肯定不能说皇上说错了，镇国老将军只能心底里暗暗替孙子鸣不平，忍着往下听，就听着那内侍尖声细气道："特革去许慕辰刑部侍郎一职，着其带领京城恶少王××、李××、刘××、黄××、何××等五十人前去京卫指挥使司，每日上午特训两个时辰，不得有误！"

这是孙子今年第二次被革职了，真是流年不利，镇国老将军暗自思量，是时候替许慕辰请个道士来驱邪捉鬼了。

许慕辰高高兴兴地领了圣旨出了金銮殿，他坐等宁王朝他抛媚眼了。

回到府中，许老夫人听说孙子再一次被皇上革职了，反应倒没有许老太爷大，依旧眉开眼笑："好好好，回家就回家，镇国将军府又不是养不起你，还省得每天起那么早去上朝，我看着都觉得累。"

许慕辰默然，祖母你这样不思进取，真的很好吗……

别家的老太太，谁不是希望自家儿孙有出息，官做得越大就越好？祖母倒是别具一格，每次自己被革职，都是兴高采烈的。

上回是祖母进宫觐见太后娘娘，要求皇上将他革职，好让他陪着柳蓉到处去游山玩水，那个理由好歹还说得通，可是这一次呢？许慕辰疑惑地瞟了许老夫人一眼，就听她十分愉快地说："正好，不当这劳什子刑部侍郎了，有的是时间了。"

许慕辰见着她嘴角边的笑容，不由得打了个寒战，祖母这模样，充满了算计。

"祖母，你准备做甚？"

"明日起，我便要带你去参加京城里的各种游宴。"许老夫人满意地看着许慕辰，这一脸疙瘩总算消了，自己可以拉着孙子出去相亲了。她相信，即使许慕辰与那苏大小姐和离了，肯定还是有不少高门贵女愿意嫁他的。

说实在话，那个苏大小姐她还真不满意，一点都不像个大家闺秀，一提到银子就两眼放光，有时候说话完全让她摸不着头脑，也不知道苏国公府是怎样将女儿养大的，眼皮子浅得只能容下金银珠宝。

算了算，苏锦珍嫁进来只有几个月，就捞了两万多两银子，真是心狠手辣，许老夫人心中打定了主意，自己可要好好地为许慕辰找房合意的媳妇。

"带我去参加游宴？"许慕辰秒懂。

这不就是要给他相亲吗？一想到那些莺莺燕燕，许慕辰就觉得头痛："祖母，求你别再操心这事了。"

"如何能不操心？"许老夫人板起脸孔，"你都要满二十了！"

"二十不过是及冠之年，有必要就成亲吗？"许慕辰实在无语，为何祖母一提到他的亲事就格外热心，他不是找不到媳妇，他是不想找别人做媳妇！

"人家二十就已经当爹了！"许老夫人扳着手指数了若干亲朋好友的孙子，满眼伤感，"祖母只是想要快些抱曾孙，你难道不愿意快些实现祖母的心愿？"

许慕辰没好气地回了一句："祖母，我已经有了心仪的姑娘，你还是别总想着要给我找媳妇这码子事情了，您的孙子难道就差得娶不到媳妇了？"

"啊？已经有了心上人？"许老夫人一把抓住了许慕辰，"快跟祖母说说，是谁家的姑娘？祖母明日就派人去提亲。"

"祖母，八字还没一撇呢，只是我喜欢她，她可不一定喜欢我。"许慕辰摇头叹气，"不是要我早些娶媳妇？您不放开手，我怎么去将娘子追到手啊？"

许老夫人赶紧放手："辰儿，你快些去，早点娶回府来啊！"

许慕辰刚刚转身要走，许老夫人又喊住了他："少银子花不？要讨人家姑娘喜欢，怎么着也该手头宽松些，祖母给你一万两银票，你拿了去买些东西讨人家喜欢！"

要是昨日身上带了这么多银票就好了，许慕辰顿足，他也能与许明伦比着买买买了！

接过银票，许慕辰飞快地朝义堂跑了过去，大半日没见着柳蓉，怎么就这般想念，心上心下地想着她，眼前全是她娇俏的笑脸。

柳蓉正带着一群孩子练基本功，见着许慕辰气喘吁吁地跑过来，有些惊讶："你不是上朝去了？怎么就回来啦？"

许慕辰见着柳蓉，顷刻间就安了心："我就想来见见你，见不到你我心慌意乱。"

"呸，你这话说出来，鬼都不会相信。"柳蓉忍不住想啐他，"那时候我见着一群大姑娘小媳妇跟在你马后边跑，追着送西瓜给你，你可也是这样对她们甜言蜜语的，从那一日起，我就知道那个姓许的不是个好人，说话没一句可靠的。"

"哎呀呀，那全要怪皇上。"许慕辰无限委屈，"我可是得了他的旨意才装出这副浪荡公子的模样来的，其实我根本不是那样的人，我一心一意、情比金坚、心如磐石，眼中心里只有你一个人！"

"许慕辰，你能说人话吗？"

天空乌云密布，阴沉沉的，就像堆着一床床烂棉絮一般，要把存了整整一年的灰尘，可劲儿要往下抖。果然，没过多久，一层雪粒欢快地蹦跶着敲到了瓦片上，坐在屋子里边，就听外头沙沙作响，仿佛在下雨一般。

大顺打开门看了看，惊讶地喊起来："下雪啦！下雪啦！"

从扬州来的孩子难得见到雪，大顺的眼一眨也不眨地盯着外边，看着那雪粒落在地上，迅速铺出了一层薄薄的冰层。

不多时，雪粒停了下来，一片又一片，如柳絮一般迷迷蒙蒙地飘荡在空中，才落了一阵子，里头又夹杂着鹅毛般的雪片，看得人目眩神移。

"姐姐，好大的雪啊！明日应该可以堆雪人了吧？"大顺转过脸来，看着柳蓉正捏着针绣花，哈哈一笑，"姐姐，你还是别学着绣了，免得糟蹋了一块好布。"

柳蓉白了他一眼："技多不压身，我可是绝顶聪明，学什么就会什么。"

大顺走到床边，伸手到枕头下边摸了摸，搜出了一堆绣布："姐姐，这都是给你绣坏了的布吧？"

那几块绣布上边，歪歪扭扭地绣着几条线，看不出来是什么，还有几块就像被人徒手撕烂了一般，中间有个大洞。

柳蓉一把夺过来，往装绣线的筐箩下边一压："谁叫你乱翻我东西的？"

大顺什么时候看到自己藏那几块绣布的？柳蓉的脸微微红了红，有个机灵过头的弟弟也不是件好事，自己都快没有秘密可言了。"刺"一声，她将一根绣线抽了出来，没有留神，正好扎到自己的手指头。"啊！"她赶紧将手指头塞到嘴巴里，呼呼地吹了一口气。

"姐姐，怎么了？你扎到自己的手指头了？"大顺赶紧关切地凑了过来："还是我来帮你绣吧，别逞强啦，姐姐又不是神仙，怎么能什么事情都做好。"

说真话的孩子真是可怕，柳蓉默默地看着大顺将针线拿了过去，手指灵活地捏住了那根绣花针，飞针走线地将它拉出拉进，不一阵子就绣出了小半片绿叶。

"你……"柳蓉总算是服了气，难怪大顺说自己在糟蹋东西，他绣出来的比自己绣出来的好上一百倍还有余。

"教你绣花的小丫是跟我学的。"大顺努力装出容色淡淡，想要深藏功与名，可他闪烁的眼神却出卖了他的内心——他分明是开启了嘲讽模式，绣花的师父在这里，你不跟我学却向小丫拜师？

柳蓉已经放弃了挣扎，看着大顺飞针走线："你另外帮我绣一块帕子吧，这块我都绣了一小半了，别人一看就知道不是一个人绣的，下边跟上边，完全不同。"

大顺点了点头："我知道，你是想送给许大哥吧？"

现在的孩子怎么这样聪明啊？柳蓉为自己默哀了片刻，收了大顺做弟弟，是不是个正确的决定，她自己都不知道了。

"要是送给许大哥呢，你该绣一对鸳鸯鸟，不该绣这根竹子。"大顺很老练地指点柳蓉，"绣竹子多没意思，是不是？"

"竹子代表品行高洁，能禁风霜，能……"柳蓉努力地为自己辩解，却被大顺毫不客气地打断："鸳鸯鸟代表两人情投意合，要一生一世在一起哦。"

小屁孩，知道个鸟……可大顺好像真的知道个鸟哎！

鸳鸯……柳蓉的脸忽然就红了起来。

"姐姐，你骗得了许大哥却骗不了我！"大顺瞧着柳蓉红着脸坐在那里，骄傲地挺胸，"我一看就知道姐姐喜欢上了许大哥！"

"胡说八道！"柳蓉用手拍了拍脸，有些微微发烫，"小孩子知道什么！"

"我怎么不知道？许大哥在的时候，你对他凶巴巴的，可他不来了你就没精打采，眼巴巴地望着。"大顺从筕箩里挑出了一条帕子比了比，"就拿这个绣，这个颜色白得好，鸳鸯鸟绣出来会鲜活些。"

柳蓉没有吱声，看着大顺开始穿针，眼睛往窗户外边看了看。

外边似乎一片白，或许是因着下雪的缘故。今日许慕辰该不会来了，柳蓉心里头忽然间有些失落。这半个月来，除了有一日，京卫指挥使司将许慕辰找了过去，要他帮忙协调处理那五十个纨绔子弟大闹军营的事情。许慕辰在那边忙了一整日，没有空过来，其余每日他都会来义堂一趟。

当然，打的幌子自然是来看望义堂里的老人与孩子。

大顺等许慕辰走了以后总是挤眉弄眼问柳蓉："姐姐，你是老人还是孩子？"

柳蓉拧着他的耳朵，将他扔到院子里："闭嘴，练功。"

"姐姐，今日许大哥可能不会来了吧？下这么大的雪。"大顺绣完了一根绣线，走到门口探头看了看外边，院子里已经积了一层白色的雪，可鹅毛大雪还在飘飘洒洒地落下来，丝毫没有要停的趋势。

柳蓉走到大顺身后，探头看了看，踌躇了一下："应当不会来了吧？"

话音还没落，就见院子前门冲进来一个人，身上穿着黑色的大氅，就如一只水鸭子一般蓬蓬松松的，大顺赶紧将手中的绣布针线往柳蓉手中一塞："许大哥来了！"

许慕辰三步并作两步地冲了过来，跑到走廊这头停下脚步，摇了摇身子，一层雪花毛子从他的大氅上飘洒下来，大顺好奇地伸手一摸："这衣裳真好，都不沾雪的。"

"这是用野鸭子毛做的，染了色。"许慕辰又抖了抖，雪粒子哗啦啦地往下掉，"柳姑娘，我给你送东西来了。"

大顺睁大了眼睛："今日送什么？"

许慕辰得了许老夫人的赞助，腰杆儿挺直，每日都要买些东西带过来。他从来没学过怎么讨女子欢心，也不知道该买什么，只能询问自己的长随。长随想了想，很认真地回答："去五芳斋买些糕点，我每次送糕点给阿芳，她总是眉开眼笑的。"

得了答案的许慕辰很高兴，第一日就拎了二十盒芝麻核桃酥过来。柳蓉见他一手一大摞，莫名惊诧："怎么提这么多糕点来了？"

许慕辰很开心地往柳蓉面前一推："送给你的，喜欢吗？"

……

柳蓉很无语，为了不打击许慕辰，她点了点头："芝麻核桃酥很好吃。"

避免回答喜欢不喜欢，又让许慕辰能有面子下台，棒棒哒！

可是万万没想到，许慕辰竟然以为柳蓉的意思就是她喜欢吃芝麻核桃酥，开心地奖励了机智帅气的长随一两银子，第二日又买了二十盒过来。

柳蓉默默地收下。

到了第三日，许慕辰还是买芝麻核桃酥，他一直努力地买买买买，就这样一连买了十来天。

昨日刚刚到院子门口，一群小屁孩围住他，满眼期盼，说得楚楚可怜："许大哥，下回能不能买些别的糕点？每天都吃芝麻核桃酥，真是吃腻了！"

"什么……"许慕辰无语，难道芝麻核桃酥全是被这群小屁孩给吃了？

"当然是我们吃光了，你以为呢？"大顺擦了擦嘴，嘴角那边还有几粒芝麻，"你以为我姐姐是猪啊，每天带这么多糕点来！"

许慕辰经过反思，觉得自己送的东西实在不对，让自己没脸，痛斥了长随一顿："看你出的馊主意！还不快些给我想想，还能送什么，能让柳姑娘高兴。"

长随愁眉苦脸，前一阵子公子不还夸奖他来着，怎么今日就变了脸？

可是为了让许慕辰能顺利追到柳姑娘，自己怎么也要想出合适的礼物，让柳姑娘一见就开心。可是究竟该送什么呢？集体的力量是巨大的，长随想了又想，决定去向自己暗恋的姑娘求助。

阿芳是个热心人，长随跟她咬耳朵要她替大公子想想什么礼物送姑娘合适，结果被她一宣扬，阖府皆知。

于是，长随从阿芳那里拿回了长长的一张单子……

上头写着无数物品的名字，从金银首饰到绫罗绸缎，再到胭脂水粉，甚至还有些精巧的小玩意儿，足足列了一百多件，其中还不乏一些嫂子婆子的好主意，比如，厨房的陈嫂说不如买上好的面粉，大公子与柳姑娘恩恩爱爱地到厨房里捏面团，那样柳姑娘肯定会觉得大公子不仅英俊潇洒而且还精明能干！

许慕辰深思：这捏面团或许是个好法子。

长随打了个冷战，实在想象不出自家公子捏面团的英姿。

另外还有扫地的粗使丫头小梨热情推荐去买几把好用的笤帚……长随疑惑道："小梨，你确定不是自己想要吗？柳姑娘要笤帚做甚？"

小梨睁大眼睛反驳："院子里总是会有灰尘的吧，柳姑娘总是要扫地的吧，所以笤帚很重要啊！你不能因为笤帚不值钱就忽视了它。没有笤帚，我们镇国将军府就会是一片狼藉。这样有用的东西怎么能不买？"小梨双手撑腰望着长随，有些恨铁不成钢的样子，"万一因着没有送笤帚，大公子没追到柳姑娘，你负得起责吗？"

好吧，长随最终没有将笤帚勾掉，拿着那张单子奔了回去。

许慕辰看了又看，最后决定，买买买，全部买了，反正小爷不缺钱！

大门敞开，一辆车子缓缓地从门外努力挤了进来，车上堆着满满的货物，外边盖着一块油布，看不清里边装的是什么。

柳蓉狐疑地看了一眼："今日你带了什么来？"

许慕辰兴高采烈："快来快来，你瞧瞧，喜欢什么。"

今日可是买了一百多样东西呢，他就不相信了，这一百多样里头，就没有一样能让柳蓉高兴的。许慕辰奔到车子旁边，揭开油布，献宝似的摸出了靠得最近的一样："柳姑娘，你看看，这是从朱雀街杂货铺子里买来的笤帚。"

"笤帚？"柳蓉有些摸不着头脑，怎么许慕辰买了这东西来？只不过好像屋子里那把笤帚确实快坏了，刚刚好可以换一把新的。她笑着点头，"正好需要呢，大顺，快去送到房里去。"

长随吃惊地瞪大了眼睛，没想到这笤帚果然是重要的东西！他心中默默记下，明天他也要去买两把送给阿芳……至于第二日长随买了笤帚送过去，被阿芳追着打得满头都是包就是后话了。

许慕辰正得意扬扬地将他买来的东西一一拿出来给柳蓉看，这时大顺从房间里蹿了回来："许大哥，你这些天每日都送东西过来，我姐姐想要回送你一点东西呢。"他抓着柳蓉的手就往许慕辰身上凑，"你瞧瞧，你瞧瞧！"

柳蓉有些心虚，使劲想将那块帕子藏起来，却已经被许慕辰一把夺了过去，没留神上边还挂着一根绣花针，猛地扎到了手指，立刻痛叫了起来。

大顺哈哈一笑："刚刚姐姐扎了手指，现在许大哥也扎了手指，真是心有灵犀呀。"

许慕辰大喜，追着柳蓉问："你扎了哪根手指？"

大顺瞟了许慕辰竖着的手指一眼，替柳蓉回了一句："中指。"

"咦，我也是中指！"许慕辰更是欢喜，看起来老天爷都觉得他跟柳蓉是一对啊，就连扎到手指头都扎一样的！他拿着帕子看了看，见着一片红色，完全看不出绣的是什么，不免有些疑惑，"这绣的是什么？"

柳蓉鼓了鼓眼睛，不想回答，大顺展开一双手呼啦啦地扇动着："许大哥，你看这是什么？"

许慕辰歪着脑袋看了看："好像是斗鸡。"

大顺垮了一张脸，把帕子从许慕辰手里夺回来塞到柳蓉手中："姐姐，你先绣，绣出来以后许大哥就知道是什么了。"

只不过，若是让姐姐来绣，只怕许大哥依旧还会看不出来是什么呢。

长随与大顺带着一伙人忙忙碌碌地搬东西，许慕辰站在屋檐下望着柳蓉，实在想说些什么，可又不知道该怎么开口。柳蓉感觉到他的眼光灼热，有些不好意思，僵硬着身子站在那里，心里一个劲儿地想着师父与师爹。

那时候师爹总是往师父这边跑，哪怕是师父板着脸不理他，他还是一个劲儿地往前凑，自己原先在旁边瞧着还觉得好笑，没想到风水轮流转，现在轮到自己身边也有个男人在献殷勤了。

看着大顺跟长随捧着东西不住地出出进进，柳蓉很怀疑，自己那间小小的屋子能不能放得下这么多东西。她清了清嗓子道："许慕辰，你买这么多东西做甚，我又用不上。"

许慕辰心中一喜，柳蓉总算是主动与自己说话了，他喜滋滋地指了指那马车："都用得上的，我那长随特地替我问过府中不少丫鬟婆子，这是她们给我出的主意。"他很实诚地将那张单子摸了出来给柳蓉看，"你瞧瞧，什么都有呢。"

柳蓉瞥了那单子一眼，密密麻麻的字让她有些头晕，心里头却有几分温暖，没想到许慕辰竟然还这般花大力气来讨好自己。人非草木孰能无情，说不感动，那是假的，只是柳蓉觉得，自己跟许慕辰这身世差别也太大了些，即便是许慕辰不计较身份地位，一定要娶她进镇国将军府，只怕里边那些规矩也能把自己压趴下。

她没有想进高门大户做主母的打算，只希望能有个知冷知热的人陪在身边，与她仗剑天涯，无拘无束。许慕辰与她想象的相去甚远，首先是他的家世实在显赫——沾亲带故的皇亲国戚。而他自己也年纪轻轻便是正三品的官职，更重要的是他那张脸生得实在太俊，每到一处都有不少女人追着他看，要是真嫁了他，自己肯定会被醋给酸死。

想来想去，柳蓉惆怅地叹了一口气，许慕辰这个人啊，做朋友，棒棒哒！做夫君……呵呵哒！

"柳姑娘，你叹气做甚？可是有什么地方我做得不好，让你觉得不如意？"许慕辰有几分紧张，现如今他最主要的任务就是要讨柳蓉欢心，柳蓉居然叹气了，那说明肯定是自己做得不好，必须诚心悔过！

"没什么，我只是觉得，你乃堂堂镇国将军府的公子，又是皇上器重的人才，天下不知道有多少女子为你倾心，你又何苦非要吊死在我这棵歪脖子树上？"柳蓉摇了摇头，"你该去找个门当户对的娘子。"

"什么？你竟然将自己比作歪脖子树？"许慕辰有几分激动，白净的脸上第一次有了丝红润，"就算是歪脖子树，你也是最美的一棵歪脖子树，我一定要在你的树枝上吊着不放手，别的花花草草我正眼都不会瞧！"

"你……"柳蓉实在无语，站在那里不知道该怎么说下去。

一个身影从前边匆匆走了过来："大人，有暗卫过来找您。"

管事成功地将柳蓉从尴尬里解救出来，她伸手推了推许慕辰："快些过去，暗卫来找你，肯定是有公事。"

许慕辰也不再腻歪，将大氅整了整，跟着管事大步朝外边走了。

他的身材挺拔，从后边看着就如一棵青松，黑色的大氅披在他身上，显得格外神气，柳蓉望着许慕辰的背影，忽然间有一种甜蜜袭上心头。

这个帅气的许侍郎，竟然喜欢自己……她有几分快活，嘴角浮起一丝微笑。

"许大人，宁王府那边安插的暗探传来消息，宁王府最近要招一批丫鬟。"暗卫朝许慕辰拱了拱手，"我们可以趁机再安排一些人进去。"

宁王府要招丫鬟！这分明是他们一直在等待着的时机，可许慕辰这时候忽然有些不乐意，他一点也不想派柳蓉到宁王府去涉险，他只希望柳蓉能安安稳稳地在义堂住着，每次他过来的时候，都能看到她快活的身影。

"可有什么原因？"许慕辰沉声问，怎么好端端的，宁王府要招丫鬟呢？莫非宁王嗅到了什么不同寻常的蛛丝马迹，想要故意引他们上钩？若是这样自己便更不能送柳蓉进宁王府去了。

"宁王最近将府里有姿色的丫鬟送出去给一些官员了，其中王平章就得了两个。"暗卫拿出了一份名单道，"这上边的人都是得了宁王府美人的官员。"

许慕辰扫了一眼，这些官员都有一个共同点——他们都是位居高位却被许明伦训斥、贬职或者是停职的。看起来宁王是准备花大力气来收买他们，甚至有可能这些所谓的美人就是宁王培养出来的暗探，比如那次在飞云庄里出现的小香与小袖。

"许大人，是该往宁王府里派人了。"暗卫一点都不理解许慕辰此时矛盾的心情，忠心耿耿地建议，"这大好时机岂能错过？"

许慕辰将那份名单捏在手中，点了点头："我知道，你现在去安排宫里训练好的那几个女暗卫，我这边还有一个，到时候一并送到牙行里去。"

宁王府的总管与京城一家牙行关系十分要好，宁王府要丫鬟，一般都是从那家牙行挑人，只要将柳蓉她们送往那家牙行就可以了。许慕辰站了一阵子，直到听不见那暗卫的脚步声，这才心情沉重地往柳蓉屋子走过去。

"宁王府要招丫鬟了。"许慕辰一边侧着身子挤进了柳蓉屋子，一边也觉得惊讶不已，自己怎么买了这么多东西，竟然快将房间塞满了？他买的时候分明不觉得有多少，怎么从马车上搬下来就堆积如山了？

柳蓉欢喜地站了起来："马上送我去牙行！"

她拿出镜子来，又拎出一个袋子，从里边选了一阵，挑出一张近似透明的东西，对着镜子贴了上去。

转过脸来，面前的女子已经不是柳蓉，而变成了一个十三四岁的小丫头，眉眼间稚气未脱，笑起来还有些羞涩。

许慕辰张大了嘴巴，不可置信地望着她："这么简单？"

柳蓉笑着点头："就这么简单。"

"这些都是你那师爹做的？"许慕辰眼馋地盯着那个大袋子，里边肯定还有不少好玩意儿。

"是啊，我师爹除了捉鬼念咒追我师父教我妙手空空的功夫外，其余就没别的事情好做啦，只能做做易容的面具、毒药解药，还做能让人变得美美的雪肤凝脂膏……"柳蓉细心地将头发梳成了两个小丸子，每边留出一缕头发，看上去就是一个十三四岁的孩子。

许慕辰走到桌子前边，提起毛笔，在柳蓉嘴角点了下，一颗媒婆痣陡然出现在脸上。

"许慕辰，你这是在做什么？"柳蓉有些生气，拿着帕子蘸了水擦了擦，帕子上乌黑的一团，脸上还有些淡淡的墨痕。

"我觉得你怎么打扮都好看，宁王好色，你必须长得差一点才不会被他注意。"许慕辰拿着毛笔哄柳蓉，"来，我帮你再点上。"

"许慕辰你这个笨蛋，点了这个媒婆痣，我还能被宁王府的管事挑了去做丫鬟吗？"柳蓉一把将毛笔夺了过来扔到桌子上，"你放心，我是不会让宁王有机可乘的。"

宁王喜欢的，应该是小香和小袖那种女子吧，就像成熟的水蜜桃，那胸前鼓鼓囊囊的一团，似乎都要将衣裳撑破，像自己这样的

277 /// 第十一章 混进王府

清汤挂面，宁王才没那下嘴的心思呢。

柳蓉跟着一个管事妈妈往园子里走着，那妈妈一边走一边交代："你们一定要当心，不该看的就不要多望一眼，不该说的就别说，小心谨慎做事。"

众人都应了一声"是"，唯独柳蓉勤学好问："妈妈，哪些是不该看的，哪些是不该说的？"

管事妈妈转过身来，看了看柳蓉，一时语塞。

旁边一个十五六岁模样的姑娘抢着回答："自然是主子们的事情不去管，咱们就做好咱们该做的事情，打扫园子，服侍好主子们，那就够了。"

"正是如此。"管事妈妈扫了那丫头一眼，"你叫什么名字？甚是聪明，我要举荐你去做些精细活儿。"

那丫头行礼，脸上带笑："妈妈，我小名叫玉坠子。"

"你就叫玉坠吧，我将你举荐给宁王最得宠的侍妾，你好好干活，到时候少不了你的打赏。"管事妈妈很威严地看了一眼柳蓉，"你也要学着精明些，知道了吗？"

柳蓉"哦"了一声，心中暗道，我来宁王府，就是来看不该看的事，听不该听的话的，才不会那样乖乖的呢。她朝玉坠扫了一眼，嘴角弯了弯，有她在里边做内应，自己行动就方便多了。

玉坠的真实身份，是宫中暗卫，至于这张十五六岁的脸孔，也是空空道人的杰作。许慕辰安排了十多个人混进牙行，被挑中的就柳蓉与玉坠两个，两人进了宁王府也算相互有个照应。

玉坠在柳蓉装傻的陪衬下，顺利打进宁王府内部，被分配去伺候宁王最近最得宠的侍妾香姬，柳蓉则被分配做了院子里的粗使丫头，没有固定的主子，只是跟着一位姓林的妈妈做事，她每日里的任务就是打扫园子，早上中午晚上各一次，要保证路上干干净净，不能有落叶灰尘。

柳蓉觉得这活计不错，最适合她做，不用对着所谓的主子低头哈腰，拿了笤帚到处逛，还能偷听到一些深宅内院里听不到的消息。

一大早，柳蓉便扛着笤帚出了门，弯腰低头开始打扫。宁王府粗使丫鬟有很多，每人包干分了一片地方，她分的是湖边那个水榭附近的一片草地。

这可是老地方了，柳蓉嘻嘻一笑，那时候自己在这里用暗器划断了许慕辰的衣裳，让他的长袍飞了出去，引得那些名媛贵女们齐齐惊叫。

只是现在柳蓉想到的重点不是许慕辰飘走的衣裳，而是想起了许慕辰那强壮的体魄。多年练武让他身上的肉紧致得很，而且腰肢那处有一条线，有鲜明对称的肉块……想想都觉得好养眼。

柳蓉扶着笤帚站在那里，吧嗒吧嗒有点想流口水的感觉，从昨天进宁王府以后，就没看到过一只雄性生物，更别说长相英俊又体贴入微的男人了，她这下愈发地想念许慕辰了。拿着笤帚看了看，嘟了嘟嘴巴："还是他送我的笤帚好用，这种笤帚，粗糙又硌手，也不知道是谁买的，肯定是偷偷克扣了银子。"

寒风渐起，柳蓉打了个哆嗦，她从遐想中回过神来，这湖畔没有花样美男，只有一地落叶等着她赶紧打扫，她拿起笤帚用师父教她的千叶神功上下飞舞，湖畔草地上的落叶随着她的笤帚飞了起来，纷纷落到了她的脚边，枯黄的一堆。

师父教的招式真好使，柳蓉满意地笑了起来，这样既可以练功，又能扫地，一举两得。

一阵说话声从那边传了过来，她瞥眼看了过去，已经认出走过来的人正是宁王，他身边还跟了一个花白胡须的老者。柳蓉没有抬头，继续假装专心扫地，耳朵却已经竖起，仔细听着他们交谈的内容。

"王平章那边已经送过年礼了，还有李太傅府的正在准备。"

"李太傅府的节礼，至少要准备上万两银子，李太傅比王平章更重要些，毕竟他是朝中重臣，曾经做过十多任科考主考官，门生遍天下，京城正三品的官吏里边，十个中至少有两个是他亲自提拔上来的。"

"王爷，此次皇上让他告老还乡，李太傅似乎有些意气难平，我昨日去拜访他，他一直与我说着朝中之事，对皇上颇为微词。"

"那好，咱们得抓住时机，拉更多官员下水，让他们站到我们这一方来，等到我找到那批财宝，动手做大事的时候，朝堂中就有人能与我们遥相呼应了。"

两个人慢慢地朝水榭那边走过去，柳蓉很平静地扫着地面的落叶，心中却在不住地翻腾着，宁王指的"做大事"，究竟是哪一件？他这样不惜血本地花重金收买朝廷中的官员，肯定是有企图的，莫非……

刹那间，两个字闪过了她的脑海：谋逆！

宁王真有这般野心？柳蓉有些疑惑，朝堂之事她还真弄不太明白，只不过听了他们之间的对话，仿佛影影绰绰有这个意思。

把湖畔彻底打扫了一遍，柳蓉扛着笤帚轻手轻脚地走近水榭，方才宁王与那老者走到水榭里边很久了，一直没见着他们出来，也不知道在里边商量什么要事，她想走近些听个清楚，心想若被发现了，就说是来打扫水榭的。

这样想着，柳蓉抬起脚，慢慢踏上了第一级石阶，略微停了停，再开始跨上第二级，与水榭那扇门愈近，她的心就跳得愈发厉害，慢慢地挪到门口，她矮下身子，耳朵贴到水榭朱红的门廊上。

里边静悄悄的，没有一丝声响。

柳蓉将耳朵贴紧了几分，平心静气仔细谛听，可依旧没有听到一丝声响，就连呼吸的声息都没有。

水榭里没有人！

柳蓉直起身子，透过水榭雕花窗户往里边看，浅绿色的纱窗呈现出半透明的模样，可是却见不到里边有人影！

宁王不见了，那个老者也不见了。

她分明看着两人踏上石阶走到了水榭里边，为何会不见了踪影？柳蓉的手放在水榭的雕花门上，用力一推，里边上了栓子，推不开。

这水榭有些古怪，柳蓉站在门口看了一阵，心中默默决定，今晚自己得来探寻一番，就从水榭入手，看看能不能有所收获。

中午吃饭的时候，柳蓉抢着要去厨房提饭菜，林妈妈很高兴，别的丫鬟都嫌路远盒子重，没有几个愿意过去的，这小丫头倒是勤快，点了点头："小蓉你快去快回。"

柳蓉蹦蹦跳跳地走了出去，林妈妈瞧着柳蓉的背影，撩起衣裳擦了擦眼睛："多好的丫头，她家该是太穷了，要不然怎么会舍得卖了她。"

柳蓉飞快地走到大厨房那边，这厨房是给下人们做饭菜的，另外还有小厨房，专门给主子们做吃的，比方说宁王、宁王妃。那些得宠的姬妾，也能勉强挤进小厨房的名单，若是一般般得宠的，只能到大厨房那边让丫鬟叫菜了。

　　香姬是最近得宠的，故此小厨房暂时接纳了她，柳蓉先从小厨房那边走了过去，就看见玉坠正站在门口与厨房里洗菜的大嫂说话，她不露声色地从小厨房门口走了过去，走到玉坠面前，故意踩重了一脚，溅起一点点水渍。

　　玉坠跳到她面前："你这人走路怎么如此不小心？"

　　"啊，对不住对不住，我不是故意的！"柳蓉假装惊慌失措，在玉坠跳到面前的时候低声道，"我发现水榭那边有古怪！"

　　"还说不是故意的，你用得着走路那样重吗？分明是嫉妒我去了香姬那边服侍，而你却只能扫院子！"玉坠顿足大喊，揪住了柳蓉的胳膊，几近耳语，"香姬是早些日子才被宁王看中的，宁王密谋的事她也不清楚。"

　　香姬？莫非就是飞云庄里遇到的那个小香？柳蓉轻轻耳语："那个香姬，是不是高高个子，有些丰满，胸前两个球一走路就会动的女人？"

　　玉坠吃了一惊，没想到这位柳姑娘说话如此粗鲁。

　　"是，听说香姬本是江湖中人，替宁王办妥了一件事情以后才得宠的。"

　　那就是了，难怪那个小香能在飞云庄放出震天雷，她肯定是生死门的人，她的受宠，定然不是在飞云庄的作为。应该是她带人去了终南山得到花瓶进献宁王，这才被宁王另眼相看。

　　柳蓉现在不着急找她算账，等着把宁王给摆平了，这种小蚂蚱自然也蹦跶不了。

　　"亥时若是能出来，咱们夜探水榭，看看里边的机关。"柳蓉眨了眨眼睛，嘴巴一撇，大声地嚷嚷着，"谁嫉妒你了？只不过是去服侍香姬去了，就这般神气活现的，要是能去服侍王妃，那还不得尾巴翘上天？"

厨房的婆子瞠目结舌地望着两人纠缠在一处，不知就里，只能站在那里劝架："不过都是奴婢罢了，谁能比谁好呢？快莫要吵了。"

柳蓉伸手擦了擦眼睛："可不是，都是奴婢，有什么好吵的。"

玉坠这才放手，恶狠狠地道："下回你走路再不当心，别怪我不放过你。"

婆子招呼着："香姬夫人的菜好了，玉坠你快些提了回去。"见着柳蓉一脸委屈，婆子也很是同情她，那玉坠真是拿乔做致的，不过是一个侍妾手下的丫鬟，就这样神气活现的，欺负人家小姑娘，不觉得害臊吗？

柳蓉快步走到大厨房，拎了杂事房里众人的饭菜篮子，飞奔着回去，林妈妈见她一个人扛了这么多回来，惊奇得眼睛都瞠圆了："小蓉，你力气可真大！"

"从小就在家里做事情，五岁就到地里去干活了，一把子力气呢。"柳蓉笑嘻嘻地伸出了手，"看看，上边还有茧子呢。"

虎口处的硬茧尤其厚实，那是练剑的时候留下的痕迹。

林妈妈同情地看着柳蓉，眼圈子又红了红，穷人的孩子早当家，小蓉这才多大，就遭了这么多罪，唉！投胎真是一门技术活。

宁王府的角门开了一半，能看到外边的小巷。

那是一条安静的小巷子，因为地处城郊，几乎没有什么人过来，只能偶尔看见锄禾的农夫，或者牵着孩子追赶着货郎买零嘴的妇人。来宁王府角门这边最勤快的，怕是那些挑着货担的货郎，拉着悠长的声音吆喝："京城里最时兴的绣花样子，天宝斋的胭脂水粉，金玉坊的最新首饰啦……"

柳蓉扶着笤帚在与角门的婆子说着闲话，眼睛不住地往外边张望。那婆子笑着道："小蓉你不必着急，会有货郎过来的，你赚钱也辛苦，又何必一定要花银子去买零嘴讨同伴欢心？"她眼睛望了望柳蓉，见她年纪尚幼，却如此懂事，实在是难得，心中感叹，自己要是有这般懂事听话的孙女，那该多好。

"妈妈，该花的银子一定要花，林妈妈对我好，同伴们也很关照我，我买点零嘴给大家吃，也是表示我的感激。"柳蓉笑了笑，"我自己也爱吃零嘴呢。"

守门的婆子笑了起来："我在你这么大时候也爱吃零嘴，等着上了年纪，反倒不喜欢了。"

成了亲以后就一心为着自己的小家打算，哪里还有闲钱拿了去买零嘴吃，还是年纪轻好，婆子见着柳蓉那天真无邪的脸孔，心中感叹，自己当年不也是这般模样？

柳蓉虽说口中在与婆子说话，一颗心却上上下下有些不安，许慕辰说过每日申时会扮货郎来后门一转，有时间她可以出来看看，昨日事情多，没有赶上，今日她瞅着得空，悄悄地溜了出来，连笤帚都没来得及放。

"京城里时兴的绣花样子……"响亮的吆喝声从远处传来，柳蓉心中忽然一提，好像有什么到了嗓子眼儿，很快就要蹦出来。她的脸红了红，极力压制住自己心慌意乱的感觉，一双眼睛往外头瞄了过去。

一个高大的身影挑着担子朝这边走了过来，手里拿着拨浪鼓不住地摇晃，发出巴拉巴拉的声音："天宝斋的胭脂水粉，金玉坊的最新首饰……"

"货郎你过来，有零嘴卖没？"柳蓉冲着许慕辰高喊了一声。

"姑娘要什么？我今日带了不少东西来了呢，你瞅瞅。"许慕辰走了过来，将担子放下，"五芳斋的糕点，还有如意斋的芝麻汤圆，最好做消夜吃。"

"我哪有这么多银子买？快些给我包点西瓜子、蚕豆，混个嘴巴不空就是。"柳蓉从衣兜里摸啊摸的，摸出了几文钱来，放到了许慕辰的手掌心里，青黑色的铜钱下，露出了白色的一片纸角。

许慕辰将手掌一合，把铜钱收起，口中嘟嘟囔囔："才买这么点东西，也太小气了些。"

"我还能有多少钱买零嘴吃？这还是我娘暗地里塞给我的呢。"柳蓉抓起两个纸包就往回走，一边朝许慕辰甩了个白眼儿，"有人买你的东西就已经不错了。"

许慕辰笑着看了她一眼："姑娘，以后在宁王府发了月例银子，多来买些好吃的。"

婆子在旁边眯了眯眼睛："今日卖杂货的小哥长得可真俊，怎么以前没见过？"

"我起先不做这行，最近被主家辞退了，我爹要我改着做货郎，才做了几日，还不大懂该怎么卖东西，今日听人说宁王府这边女眷多，应当生意会好，这才挑了担子过来，可没想到却……"许慕辰露出了一脸为难之色，"就卖了五文钱。"

"咳咳，你来的时辰不对，要么早些，刚用过午饭，那些个小丫头没事干，会到角门这边瞅瞅，要么……"

"要么等晚饭后？"许慕辰虚心求教。

"可不是？"婆子笑着看了看许慕辰，一边不住点头，"明日我帮你喊些人过来买你的货，她们见你长得俊，以后肯定会经常来这边等你。"

柳蓉捏着两袋零嘴站在那里，听着婆子殷勤的话，朝许慕辰扮了个鬼脸，这真是个看脸的世道，就连守角门的婆子，也对着许慕辰这张俊脸流口水呢，还主动请缨替他去拉生意，这生得俊就是得便宜。

许慕辰瞧着柳蓉对他怪模怪样的笑，赶紧扔了一包零嘴过来："姑娘也帮我回去说说好话，让你那些同伴都过来买点东西回去。"

婆子不知就里，在一旁眉开眼笑："小蓉真是好运气，出来买个零嘴还有东西送。"

柳蓉举着那包东西朝许慕辰晃了晃，皱了皱鼻子："哼！看本姑娘心情。"

"姑娘，刚刚停雪，这般冷的天气，你就忍心让我在这天寒地冻里站着吗？"许慕辰搓了搓手，一脸可怜样。

婆子赶紧揪着他往角门旁的小屋子里走："快快快，快进来坐着烤烤火，天气这样冷，可真能将人冻坏呢。"进了屋子还给许慕辰倒了一杯热茶。

柳蓉深深地看了那婆子一眼，方才她在这角门边站了差不多小半个时辰，这婆子都没有一句怜惜她的话，也没喊她进屋子坐，更别说像现在这样殷勤地端茶送水了。

难道是自己生得不美吗？柳蓉摸了摸自己的脸，师爹这手艺不错啊，许慕辰都不敢让自己直接来宁王府，还非得给自己点颗媒婆痣呢，可这婆子怎么刚才就没给她此刻许慕辰这般待遇呢？她现在可是一个十三四岁身世可怜被狠心爹娘卖掉的孩子，难道还赶不上许慕辰？

果然还是靠脸吃饭的世道，许慕辰这张脸大姑娘小媳妇通杀，连五六十岁的婆子都不能幸免。

许慕辰坐在屋子里头，炭火盆子里哔哔啵啵响着，红红的一片，他手里端着一盏热茶，朝着柳蓉得意地笑，柳蓉龇牙咧嘴一番，这才转身往园子里走了过去。

走到中途，柳蓉打开许慕辰抛过来的那包东西，原来是糖炒栗子，看起来是许慕辰从店里买来的现炒货，或许放在衣裳里捂着，还有些暖乎乎的。柳蓉剥开了一颗尝了尝，又面又甜，直甜到了心里去。

十二月初，夜空里没有月亮，只有零星两点星子，微微发着光，宁王府的湖面上波澜不惊，黑沉沉的一片，就如一片死水，寒风吹过，湖畔的树木摇晃，落下了几片叶子，人的脚踏在上头，沙沙作响。

一道黑影闪过，似乎如鬼魅，眨眼就不见了踪影，若是老眼昏花的，肯定就连那影子都看不到。那黑影闪身而过，已经落在了水榭门边，伸手轻轻一推，水榭的门从里边上了栓子，纹丝不动。

"小蓉，咱们进不去了。"身后传来极低的声音，如耳语。

柳蓉没有转头，从怀中拿出了一把薄薄的小刀："这个还难不倒我。"

白天她没进去，是因着光线太亮，湖畔人来人往，怕被发现，到了晚上，可不是就到了该她大显神通的时候，哪扇门又能挡住她呢！

寒光一闪，小刀从门缝里伸了进去，上上下下一割，就遇到了那个门闩，柳蓉很有技巧地微微一拔，门闩就应声而开。玉坠看得目瞪口呆："小蓉，你这速度也太快了些吧？"

柳蓉嘻嘻一笑："小意思。"

她将门推开，拉着玉坠闪身进来："水榭下边肯定有暗室，宁王现在一定在里边。"

玉坠扫了一眼周围："那咱们先出去，等他出来了再说？"

"不用，咱们先到横梁上去歇着，看看宁王出来后会不会漏什么口风。"柳蓉朝外边张望了一眼，"许侍郎也该到了。"

这话才说完，一道黑色身影闪了进来，柳蓉将水榭的门一关，飞身上了横梁，玉坠与许慕辰也跟着飞了上来。

幸得这水榭上方有几根横梁纵横交错，将他们三人遮得严严实实，若不是刻意朝上边张望，根本不会发现半点蛛丝马迹。许慕辰从怀中掏出了一包东西递给柳蓉："小蓉，我给你带了五芳斋的糕点来了，玫瑰千层饼，你带着回去吃。"

玉坠在旁边哼了一声："许侍郎，我的呢？"

许慕辰看了她一眼："我只给我家娘子送糕点。"

"许慕辰，谁是你家娘子？"柳蓉白了他一眼，"我都拿到你的和离书了。"

虽然口里这般说，可心里头却还是美滋滋的，低头伸手从包里掰了一点点酥皮放到嘴中细细咀嚼，只觉得满嘴芳香。

"我的和离书是写给苏国公府大小姐的，跟你可没有关系。"许慕辰开始要赖，挑了挑眉毛，"还记得吗？咱们成亲的那天晚上，我就是在横梁上睡了一晚上。"

玉坠饶有兴趣地看着他们两人，柳蓉有些生气，伸脚踢了踢许慕辰："再胡说八道，我把你从横梁上踢下去！"

"我可没有胡说，你再不承认，也掩盖不了你曾经和我拜堂成亲的事实。"许慕辰嘻嘻地笑着，丝毫没有退缩，反而凑了过来，"那天晚上我在横梁上睡得真不安稳，你在床上睡得又香又甜，还打呼噜！"

许慕辰这些日子带着那群京城纨绔在京卫指挥使司受训，特地问了一些精于此道的花花公子，人家给他的建议是胆大心细脸皮厚，不能看着人家姑娘说不要就退缩，越是口里说不要不要的，心里却是早就已经同意了。

"很多小姑娘都是口是心非，人家面嫩。"李公子为了将功赎罪，很起劲地面授机宜。

有了高师指点，许慕辰觉得他的追妻路好像缩短了一半。

"你……"柳蓉没想到许慕辰的脸皮忽然进化得厚了一层，一时间竟无言以对。

水榭里忽然传来一阵闷响，横梁上三个人都是一惊，屏住了呼吸。

"扎扎扎"的一阵声响过后，水榭的地面忽然出现了一个大洞，从里边钻出了一个人，柳蓉揉了揉眼睛，是那个总是陪着宁王的老者。

紧接着又出来一个，不是宁王。

又出来一个……还不是。

咦，这是耗子成群结队出洞了不成？柳蓉睁大了眼睛望着，就见里边一口气出来了四个人，最后一个才是宁王，只见他肥肥的身子从洞里往外爬得有些吃力。

从宁王的行动来看，他没有武功，一个吃得多喝得多玩得多的典型的老年花花公子，要是再不锻炼胳膊腿，过几年只怕走路都要人扶着。柳蓉仔细观察着陪着宁王出来的那三个人，那老者显然也是没武功的，走路的时候脚步沉滞，根本就没有半点内力，而另外两个，却是有些武功底子的，从他们的气息匀称与下盘来看，功夫还不算差。

"你们两位也看不出什么名堂来？"宁王站在那里，长长地叹了一口气，"我早就听闻江湖里有一句暗语，得此宝贝，必能富甲天下，可现在拿回来这么久了，本王也没看出什么名堂来。"

"王爷，我们方才仔细查看过，这花瓶看起来跟寻常的花瓶没什么两样，莫非是拿错了？或者说，江湖传言并不可信？"跟着出来的一个人深思着，一脸高深莫测的表情，"传言这花瓶乃是晏家镇家之宝，后来被生死门夺去，再后来生死门被灭，这宝贝几经辗转不知所终，为何现在又如此轻易地重出江湖了？在下觉得，这里边该是有些蹊跷。"

他身边站着的另一个人也连连点头："我也正有此想法。"

"难道不是真的宝物？"宁王拧起了眉头，有些失望，可却依旧还是不愿放弃，"或许只是有什么地方咱们没有想到而已，本王还要继续来参悟其中奥妙。"

"王爷，成大事者，必有恒心，王爷这般坚韧，定然能成大事！"那老者笑得十分谄媚，作揖打拱，"等到王爷将那秘藏的财宝找到，用这大笔金银去收买文臣武将，让他们死心塌地为王爷效力，到时还怕大事不成？"

"是是是！"那两位江湖人士也很有眼色，赶紧一并来恭贺宁王，"王爷，肯定能心想事成！"

宁王哈哈大笑了起来，笑声肆意，又带着一种发自内心的快活："两位先回荷风山庄，暗地里打探，看看可否有人知道一星半点线索，现在本王是毫无头绪，若是有了线索，肯定就能将这秘宝参破。"

"王爷英明。"众人一边拍着马屁，一边屁颠屁颠地搀扶着宁王出去，门吱呀一声被关上，哗啦一声，落了锁。

过了好一阵子，柳蓉才开口说话："难怪他们要花几万两银子找那花瓶，原来还有这样一个惊天的秘密。"

玉坠有几分好奇："小蓉，你见过那花瓶？"

柳蓉点了点头："我亲手偷到过，只是半路又被人拦截强抢了去。"

就是因着这花瓶，师父才会身负重伤，柳蓉一想到这事，心里头就窝火。她从横梁上飘然而下，在水榭里开始寻找开启暗室的机关。

水榭并不大，中间一张石头圆桌，附带有四条小石凳子，周围仅容三四个人并排的空间，靠着水榭的一侧还有一张小塌，盛夏的时候这里是个避暑的好去处。

许慕辰与玉坠也从横梁上落了下来，两人跟着柳蓉一道寻找着机关，许慕辰看到廊柱上挂着四幅画，赶着上去一一掀开，在廊柱上摸了又摸，没见着凸起的地方，有几分失望。玉坠则将那小塌掀开，想看看下边有什么东西，可也是一无所获。

柳蓉站在水榭中央，看着许慕辰与玉坠在一通乱摸，心里头不住琢磨，那些显而易见能布置机关的地方都已经找过，没有看到异样，唯一有可能布置机关的就是这水榭中央的石桌了。可宁王是一个没有武功的人，要搬动石桌有些为难，只怕那机关就落在石凳上边了。

"石凳有问题？"许慕辰见着柳蓉的目光落在石凳上，忽然受了启发，蹦了过去搬石凳，"肯定在下边。"

柳蓉撇了下嘴："肯定不在下边，只不过跟这石凳有关系，咱们比一比，看谁运气好，先找到那个机关。"

师爹从小就培养她对阴阳五行各种机关枢纽的感悟，若这十几年的功夫还比不上许慕辰，那她可真是白活了。柳蓉点着火折子一晃，就见有一处地面幽幽泛着光，她冲到那里，一只手扳着石凳左右微微摇动了下，瞬间，手下的石凳好像沿着一条轨道往前边溜了过去。

"就是这里！"玉坠兴奋地喊了一声，地面已经慢慢开裂，露出下边几级阶梯。

"还是你运气比我好。"许慕辰嘟囔了一句，他刚刚身手敏捷地搬了两个石凳，可还是比不上柳蓉会心一击。

"什么运气，人家可是多年功底。"柳蓉指了指那地面，"你看，这一块地方比别的地方略微显得光亮了些，肯定是这石凳推来推去的结果，还有，你送我的这玫瑰千层糕掉了些屑子，蚂蚁都是从这石凳下边爬出来往这里赶，所以可以确定，这块下边是空的。"

"原来如此，小蓉观察得实在太细致了。"玉坠由衷地赞了一句，她看了看站在面前的许慕辰与柳蓉，昏暗的火折子上一点点微光，照着两人的脸，看上去实在般配得很，刑部侍郎能娶到这样的姑娘，也真是得了个贤内助。

柳蓉举着火折子往阶梯下边走了去，微微一笑，若是自己不观察仔细，那就别想去做一个合格的女飞贼了，连这都看不出，师爹肯定会叹气说教了这么多年，怎么还是这样没有进益呢。

"小蓉，我走前边。"许慕辰抢过一步，走到了柳蓉前边，"万一这密室里有什么机关就糟糕了。"

"没错，说不定会万箭齐发把你射成个刺猬。"柳蓉拍了拍许慕辰的肩膀，顺手又戳了戳他的腰，许慕辰有些发痒，闪身避过，

"小蓉，你……"

"想试试你腰力好不好。"柳蓉笑嘻嘻地看了许慕辰一眼，从腰间解下一条绳子，伸手朝前一掷，那绳子就如蛇一般朝前边飞了过去。

绳子落地，细细的回响，柳蓉牵着绳子晃了又晃，密室里一切如常，没有异常情况。

"可以走了。"柳蓉点了点头，"真是奇怪，这密室竟然没有设机关。"

难道是宁王太肥，行动不便，他怕自己误触了机关，反而将自己弄死了不成？柳蓉一边往前走一边想，这事情实在蹊跷，可也只能有这个解释了。

三人悄悄地往前边走了约莫十步，来到了一个石门面前。

"没路了。"许慕辰看了一眼柳蓉，"看来又要找机关了。"

"哪里需要找？"柳蓉举起火折子往斜上方看了一眼，就见墙壁上有幅墙雕，雕的是美人游春图，好几位美人并肩站在那里，或者拿着团扇遮面，或者用帕子掩嘴，或笑或赏花，栩栩如生。

柳蓉仔细看了下，最中间的美人面目如花，嘴角含笑，活灵活现，身姿窈窕。

"许慕辰，你按住那美人的左胸。"柳蓉指了指那个美人，嘴角歪了歪。

"要我去摸她胸口？"许慕辰吃了一惊，"我……"

虽说许侍郎是京城八美之首，能勾得一群大姑娘小媳妇跟着他跑，可他还真没做过那种事情，女人的胸口，他看都不想看，更别说是伸手去摸了。

"你没见着这美人的左胸那边黑一些？"柳蓉嘻嘻一笑，宁王这个风流鬼，竟然能想出这样安装机关的法子来，真乃本色构想。

玉坠冲了过去，伸手按住那石像左胸，用力一压，石门隆隆作响，声音沉闷，慢慢地打开，露出了里边的一线微光。

"密室里有人！"许慕辰低喊了一声，冲到了柳蓉前边，"小蓉，我来对付他！"

柳蓉从许慕辰身后探出半个头来看了看："许慕辰，别紧张，没人。"

在这样封闭的密室，即便有通风孔，可要在这里住一个晚上，不会被闷死也会被闷个半死。柳蓉的眼睛瞥到了墙上的几颗夜明珠，伸手推了推许慕辰："你看到没有，是那几颗夜明珠的光，别这么紧张。"

许慕辰舒了一口气："我还不是担心你？"

"你还是担心自己吧，阴阳五行都不懂，还想来保护我，还记得飞云庄的事情吗？是谁被吊到树上去了？"柳蓉撇嘴，口中讥讽但心里头却还是有几分感激，许慕辰能有这样的举动也真是出乎她的意料，即便是他与许明伦在打赌，可她还是觉得喜欢。

"许侍郎被吊到树上？怎么一回事？"玉坠兴致勃勃地凑了过来。

"你不说话没有人把你当哑巴。"许慕辰很不高兴地看了玉坠一眼，迈开步子往密室里走去。

才踏上一步，地上的板子就翻转过来。

黑影一闪，柳蓉飞身进去，一只手搭住了许慕辰的胳膊："提气，快上来。"

许慕辰的身子本来正在往下坠，得了柳蓉的救援，赶紧提了一口气，脚尖点住侧面的墙壁，飞身跳了上来。

"玉坠，你小心，站到我这块板子上来。"柳蓉招呼了一声走在后边的玉坠，"这密室布置是按着阴阳五行来的，门口前边一块板子是俗称的死门，绝不能踏，它下边是空的，该是盛满了镪水，人掉到里头就会被蚀骨，用不着片刻工夫便会尸骨无存。"

玉坠吸了一口凉气，飞身来到柳蓉身边，仔细打量了下密室，点了点头："不错，确实是一道死门。"

"你也懂五行之术？"柳蓉有了兴趣，笑着与玉坠攀谈，将许慕辰晾到了一旁。

"跟着师父略微学过些，只是不精，若不是小蓉提醒，我也看不出来。"玉坠伸手指了指西边，"该是从那颗夜明珠开始设置的五行之阵。"

柳蓉点头："极是。"

许慕辰听得心中发痒："小蓉，以后你教我这阴阳五行之术，如何？"

柳蓉白了他一眼："师门秘技，不得外传。"

"我给你银子，一万两，如何？"许慕辰循循善诱。

"成交。"柳蓉回答得极其爽快，站在一旁的玉坠瞠目结舌，方才小蓉不还说是什么师门秘技？如何改口这么快？

许慕辰笑得欢快，柳蓉喜欢银子，江山易改本性难移。

柳蓉小心翼翼，踏着石板往前走，这五行之阵算是比较简单的，没有用连环套，故此她很快就来到了屋子中央。

中央有一张桌子，上边放着那个花瓶。

柳蓉用火折子将两旁烛台上的蜡烛点亮，拿着绳子绕着花瓶舞了一圈，不见有什么异常，这才伸手将那花瓶拿了起来："终于又到手了。"

"小蓉，你不能将这花瓶拿走。"许慕辰拦住了她，"还是放回原处比较好。"

"为什么？"柳蓉送了他一个大白眼，为了这花瓶，师父都快丢了性命，若不是心长偏了，她就再也看不到师父了，她才不想那罪魁祸首如此春风得意，还日日来研究这花瓶里的秘密呢。

"小蓉，你也听到了，宁王有野心，想要做大事，要是你将这花瓶拿走了，他肯定会用尽全力也要夺回的，那就不知道还有多少人会为了这花瓶送命了，你忍心看到更多无辜的人为此而死吗？"许慕辰看着柳蓉那深思的神色，进一步劝导她，"我知道你心中不忿，想要为你的师父报仇，可光拿走花瓶又有什么用？还不是得将这幕后的真凶捉住？"

"是，许侍郎说得没错。"玉坠也连连点头，"小蓉，你是个聪明人，自然知道怎么做才是最合适的。"

柳蓉想了想，默默地将花瓶放了回去。

她盯着花瓶看了又看，忽然笑了起来："我不能拿这个花瓶，我还要帮着宁王将这花瓶的秘密参破了，让他带着人马去找秘宝。"

许慕辰盯住了她，一脸惊喜："你有把握破解这花瓶秘密？"

"我师爹肯定可以。"柳蓉很有把握，"他上知天文下知地理，前知五百年后知五百年……"

许慕辰的眼前瞬间出现了一个中年儒士的模样，羽扇纶巾。

"太好了，我将这花瓶画下来，让你师爹去参详。"许慕辰眼睛发亮，没想到大周还有这等能人，看来高手在民间啊。

"不必了，我这里有一张花瓶的图。"柳蓉伸手摸进了中衣，窸窸窣窣一阵，从里边摸出一页纸来，"我最初来京城就是为了偷这花瓶来的，那人本是与我师父接洽，但我师父想让我来京城开开眼界，故此将这任务交给了我。"

其实师父主要还是想让自己来苏国公府看看父母吧？要不然当初她就不会叮嘱自己，一定要亲眼看看苏国公府的大老爷与大夫人生活得如何，除了对旧情人的关心，更多的只怕是她心中有一份愧疚，想要自己与亲生父母接近一二。

想到师父玉罗刹，柳蓉心中忽然酸酸的一片。

虽然自己不是她的亲生女儿，可师徒两人相依为命这么多年，感情早已如亲生母女一般。柳蓉抓紧了那张纸，咬了咬牙："许慕辰，你赶紧带着这张图纸回终南山去找我师父、师爹，让他们仔细看看，看能不能找出什么破绽来。"

想了想，柳蓉摸起桌子上边放着的毛笔，在那张图纸上画了起来，许慕辰站在一旁看着，虽然知道她在画上终南山的路径，可脑海里想到的，却是和离书上的那只大乌龟。

"你到了终南山下，就去问问山下的村民，三清观怎么走，到了去三清观的那个路口往北，行走五六里便有一个湖泊，你从湖中央的一条小路上去，行到半山腰，可以见到一片竹林，拐进竹林再走两三里山路便能见到一幢房子，那就是我师父的住处。"

许慕辰接过那张纸，点了点头："好，我即刻动身，快马加鞭去终南山。"

柳蓉从头发上摸下一支发簪："这是我师父送我的及笄礼，你拿了这个过去，我师父就不会疑心你的身份了。"

簪子很朴实，并不华丽，看上去有些老旧，在昏暗的灯光底下，根本看不清它的材质，黑黢黢的一团，只是有些沉，十分坠手。柳蓉笑了笑："这簪子不是金的也不是银的，是我师父亲手用寒铁做的，大周唯此一件，故此绝不会有仿冒品。"

许慕辰依依不舍地看了柳蓉一眼："唉！又有些日子看不到你了。"

玉坠默默地跳到一旁的石板上，不忍直视许慕辰的表情，也不忍听他的甜言蜜语。

这表情配合着言语，真是恰到好处，好像有一种离别的失落感，又有一种说不出的情深义重，玉坠在旁边瞧着，心中暗道今晚自己真是来错了，早知道许侍郎会一路花痴地跟着过来，自己就该舒舒服服在被窝里睡觉的。

"这都十二月初了，转眼就要到年关，你这货郎若还来宁王府卖东西，人家肯定会疑心，这时候也挣不到多少银子，谁不在家中过年啊……"柳蓉嗤嗤一笑，"你莫要以为宁王府的丫鬟婆子都会抢着来买你的东西。"

"可是今日我做了一两多银子的生意。"许慕辰得意扬扬。

"我听那些丫鬟都在议论你呢，说那个新来的货郎是个傻子，东西卖得实在便宜，应该会亏本，她们好多都说不忍心多买，买得多你就会亏得多。"柳蓉摇头叹气，见着许慕辰神色错愕，有说不出的开心，"不当家不知柴米贵，你的这些货，全是你长随给置办的吧，怎么连价格都不知道。"

"小蓉，你真聪明。"许慕辰点头，"正是我那长随富贵给我买的。"

柳蓉心里忽然想到了那一车礼物，肯定也是那长随置办的了。

三个人从密室里出来，已经到了子时，天上的星子到了中间，冷冷的清辉一片，照着草地上三条颀长的身影。

许慕辰恋恋不舍地看了柳蓉一眼："小蓉，我走了。"

柳蓉朝他挥手："你快些走吧。"

"那我走了啊。"许慕辰有些受伤的感觉，柳蓉怎么就不对他说几句暖心的话呢，而且还一副迫不及待要将他赶走的样子。

湖畔站着三个穿黑色夜行衣的人，怎么瞧着都觉得诡异，还呆呆地杵在那里不动，这是要闹哪样？

"走吧走吧。"柳蓉双手欢送，见许慕辰的一双脚跟钉在原地一样，一动不动，她干脆掉头就往一边走，"你不走，我走。"

玉坠看得好笑，朝许慕辰眨了眨眼睛："许侍郎，你快些回去吧，夜已深，这宁王府里还有上夜的人呢，被人发现我们就糟了。"

许慕辰置若罔闻，呆呆地望着柳蓉的身影消失在湖畔的树林里，长长地叹了一口气："唉！小蓉不懂我的心。"

真是痴情男子啊！玉坠在一旁看得心酸，许侍郎这般重情重义的好男儿，怎么柳蓉就这样不想与他打交道呢？一时间，玉坠觉得自己正义感爆棚，飞快地追上了柳蓉："小蓉，你怎么对许侍郎那样呢？好歹也给他一句好听的话，让他也走得高高兴兴的。"

柳蓉没有吱声，玉坠的眼睛只看着许慕辰，当然看不到自己脸上的表情变化。在这样的情况下，自己还挽留许慕辰，那纯粹是个大傻瓜。也不知道玉坠是由谁教出来的，还宫中暗卫呢，只要用美男计，只怕让她去刺杀许明伦她都会干吧。

好在许慕辰不会让她那样去做。

玉坠一边与柳蓉往前飞奔，一边絮絮叨叨地劝着她："许侍郎在京城的贵公子里算很不错的啦，小蓉你可要抓住机会哟。我在宫中做暗卫已有好几年了，对于许侍郎了解甚多，你别看他花名在外，其实他很是淳朴，跟别的女人没有什么真正的牵扯不清，你要是嫁了他，肯定会过得很好的。"

柳蓉瞥了玉坠一眼，笑着道："以后你要是不在宫里做暗卫了，有一件事情最适合你去做，保准能丰衣足食，半年就能买地买房。"

玉坠兴致勃勃："小蓉，你觉得我适合做什么？"

"媒婆。"

第十二章

花瓶的秘密

淡青色的山岚连绵起伏，山顶上有一点淡淡的白色，想来是初雪欲晴时候，最后一点积雪。山脚旁边有一个很大的湖泊，湖面上已经结冰，亮汪汪的一片，站在湖泊旁边往上头看，一条羊肠小路蜿蜒而上，消失在茫茫的树林之中。

许慕辰扬鞭打马，意气风发地奔上了那条小路。

心里头却还是略微有些紧张，有种女婿第一次上门拜见岳父岳母的感觉，名满京城的许侍郎，此刻忽然有些害羞，摸了摸身上背着的礼物，一时间心中塞得满满的，都不知道到时候该怎么开口与玉罗刹说话。

走到半山腰，果然有一处竹林，许慕辰翻身下马，牵着马匹慢慢朝里头走过去。

竹林中有一条小路，仅供一人通过，许慕辰侧身拉着马，走得十分辛苦，可是他丝毫不觉得累，一想到马上就要见到柳蓉的师父，心里激动得扑通扑通直跳。

经过最狭窄的地方时，马的身子卡在两棵竹子之间，一动也不能动。许慕辰愁眉苦脸地看了马儿一眼，轻轻拍着它的背，小声道："踏雪，你吸气，把肚子弄小些！我叫你不要吃太多，你就是不听，现在可好，被卡得不能动了吧。"

马儿很哀怨地看了许慕辰一眼，还不是你喂的！槽子里有那么多丰美的粮食我不吃，我傻呀！

许慕辰弯下腰去，一只手将竹子拨开，另外一只手抬起马的一只前蹄："快挪出来一步！"

马儿很配合地往前边挪了半步，许慕辰转到另外一边，将那只前蹄也搬到了前边，他的坐骑顿时以优雅无比的一字马姿势趴在了那里，肚子被几根竹子顶着，有些不大舒服，呼呼地打着响鼻。

许慕辰拍了拍它："别着急，我来救你，以后记得少吃点。"

马儿黑枣一般的大眼睛望着许慕辰，只差泪眼汪汪了。

许慕辰手脚并用，将坐骑的后腿送了出去，马儿终于站直了身子，欢快地朝前边奔了一步，就听唰唰唰的几声响，几支白羽箭飞射而至，许慕辰纵身跃起，徒手将几支箭抓住，身子稳稳地落在了马背上。

竹林间一阵铃响，许慕辰的马受了惊吓，前蹄立起，咴咴地叫了起来，差点将许慕辰抛到地上，幸得他一只手抱稳了马脖子，由着坐骑怎么撅蹄子都没有被抛下来。

"好俊的功夫！"

前边的屋子里走出了一男一女，好奇地打量着许慕辰，那女子望着他手中那几支白羽箭，蹙起了眉头："死人，你还说你的机关厉害，瞧瞧，还不是被人轻易就破了！"

空空道人的脸瞬间就红了："我没想到这小子这般厉害，下回我多设几个机关，装上几百支白羽箭，让别人有来无回。"

听着两人的对话，许慕辰心中琢磨，这肯定就是柳蓉的师父师爹了。他心中一急，大声喊道："师爹，你可不能这样做，小蓉回来踩到机关怎么办？"

"哪里来的臭小子，竟然敢喊我师爹！"空空道人吃了一惊，盯着许慕辰，"师爹是你能叫的吗？"

"哼！我们家蓉儿哪里像你这样笨？五行之阵都看不出，她这十多年的功夫就都白练了。"玉罗刹高高地昂起了头，对许慕辰不屑一顾，忽然间她似乎想起了什么，脸上显出焦急神色来，"你把蓉儿怎么了？"

"我没把她怎么了啊……"许慕辰见着玉罗刹脸色有些不对，忽然想到自己这一句师爹喊得确实冒昧，可他真不知道面前的这对男女姓名，也只能跟着柳蓉喊师父师爹了。

"那你怎么喊我师爹？谁让你这么喊的？"空空道人也回过神来，"臭小子，竟然敢占蓉儿的便宜，看我饶不了你！"

许慕辰翻身下马，朝前踏了一步，向玉罗刹与空空道人抱拳行礼："晚辈姓许……"

话还没说完，他感觉到天旋地转，整个人被绳索捆住，倒着吊在了旁边那棵歪脖子树上，周围的一切都颠倒了过来，一阵叮当作响，中衣里贴身放着的一些有重量的东西掉了出来。

"阿玉，我的机关厉害吧？"空空道人喜形于色，总算在玉罗刹面前露了脸。

自从玉罗刹被人暗算后，空空道人在照顾她之余，绞尽脑汁在小屋旁边布下了机关，以防再有贼人闯入，很不幸许慕辰成了第一个试验品。

玉罗刹嘴角露出了一丝笑容来："你设机关的本领自然是没人比得上的。"

得了鼓励，空空道人手舞足蹈，飞奔着到了那棵树下，弯腰将地上的东西捡起："阿玉，这不是蓉儿头上的簪子吗？"

玉罗刹脸色大变，赶紧走了过来，伸手将那簪子接了过来，手都有些颤抖："你这贼人，将我家蓉儿怎么了？"

许慕辰哭笑不得，他敢将柳蓉怎么样吗？只要柳蓉不将他怎么样他就已经心满意足了！他苦着一张脸，伸手从贴身的中衣口袋里摸出了一张纸："前辈，这是柳姑娘给我的，她说你们看了这张纸就明白了。"

玉罗刹一把将那纸夺过来，仔细看了看上边两行字，朝空空道人点了点头："放他下来。"

空空道人凑过来看了看："是不是蓉儿写的？莫不是伪造的吧？"

"不会不会，蓉儿的字我认得，她的那一撇写得格外斜，一看就知道。"玉罗刹歪着脑袋打量了许慕辰一眼，"这小子看着也不像个坏人。"

许慕辰欲哭无泪：我本来就不是坏人。

空空道人搬动了旁边一根竹子，许慕辰就直接从那歪脖子树上摔了下来，幸得他机警，在下落的时候尽力扭身，这才将头先着地的姿势给转过来。

"前辈……"许慕辰坐在地上呻吟了一句，有这样放人的吗？要是他没武功，不死也会摔得鼻青脸肿吧。

玉罗刹走到他面前，上上下下打量了他一番，微微笑着道："少侠，我家夫君略微粗糙，你千万别介意。"

　　能拿了蓉儿的亲笔信，还能拿到蓉儿的簪子，这年轻人肯定是蓉儿的心上人，玉罗刹越看许慕辰觉得越满意，这人天庭饱满，剑眉星目，一看就是人中龙凤，不可多得的人才，蓉儿可真有眼光！

　　空空道人跟在玉罗刹身后，心中虽然对玉罗刹说他粗糙有些不满意，可也不敢顶撞玉罗刹，只能哼哼哈哈地笑着："少侠，你没有摔着吧？"

　　"还好还好，没有摔死。"许慕辰伸手将捆住自己双脚的那个绳套解开，站了起来，朝玉罗刹深施一礼，"您就是柳姑娘的师父吧？"

　　"是是是。"玉罗刹满脸带笑地望着许慕辰，"快些到屋子里去坐着说话，瞧你一身的泥，得赶紧换件衣裳。"

　　片刻以后，京城翩翩佳公子，变成了头戴皮帽，身披狼皮衣裳的淳朴猎户。

　　屋子里挖了一个地炕，里头横七竖八扔着几块粗大的木炭，红红的一片上有淡蓝色的火苗不住地摇摆着身体，送出一阵阵温暖，让围着地炕取暖的人只觉得身上热乎乎一片。

　　"蓉儿要你带这张图纸回来？"空空道人将那张图纸举到眼前看了好半天，"不就是个花瓶吗，有什么特别的？"

　　那羽扇纶巾的中年雅士形象轰然而塌，许慕辰不可置信地盯住了空空道人，不可能他什么都看不出吧？柳蓉不是说他上知天文下知地理，前知五百年后知五百年，难道恰恰就不知道这花瓶的奥秘？

　　玉罗刹凑了过去，一脸不悦："哼！人家能出这么高的价钱找这只花瓶，还为了这花瓶差点要了我的命，肯定这花瓶有什么特殊之处，你若是看不出来，便是傻子，还说自己聪明呢，我看你是自作聪明。"

"阿玉，"空空道人讨好地冲她笑了笑，"你的夫君怎么会是个傻子？等我仔细看看。"

许慕辰有些不安，自己算不算在挑拨离间他们的感情？

玉罗刹转过脸来，朝他和蔼地笑了笑："许公子，你不用管他，吃点东西，都是山里的特产，京城可吃不着。"

不用管他、不用管他……许慕辰十分震惊，难怪柳蓉对自己也是这般可有可无的态度，看起来都是受她师父的影响。他偷偷看了一眼坐在桌子旁边的空空道人，见他很卖力气地拿着笔在写写画画，好像完全没有受到影响。

许慕辰为自己默哀了一盏茶的工夫，或许将来的某一日，他也会落到师爹这地步吧？他忽然想到了令人惊悚的一幕，他手里牵着两个孩子，胸前还挂着一个孩子，柳蓉笑嘻嘻地朝他挥手："好好带着孩儿们，我趁着天黑到外边逛逛！"

这样的日子，怎一个酸爽了得！

竹海起伏不定，被山风吹拂，上上下下掀起一道道绿色的波浪，在这萧瑟的寒冬，竹叶却依旧青翠，在四周灰褐色的枯枝衬托下，显得格外生机勃勃。

许慕辰站在屋子外边，一只手拿了草料喂自己的坐骑，耳朵却仔细听着屋子里的动静。

空空道人拿着那张图研究了半日，说是有些眉目了，不让人打扰，他与玉罗刹便退了出来，玉罗刹洗手去厨房做饭菜，他就寻了些草料来喂马。

屋子里头有忽高忽低的声音，许慕辰屏声静气听了一阵，完全不知道柳蓉那位师爹大人在念什么，好像不是在念经，似乎又像是在念咒语，难道那张图还被人施了咒不成？许慕辰有些好奇，想趴到窗户上偷看，可又觉得有些不妥，在原地转了几个圈，最终还是将一把草料攥在手心，逗弄起自己的坐骑来。

"哈哈哈哈……"长笑之声从屋子里传了出来，许慕辰吓了一跳，赶紧跑到门边，就见空空道人拿着毛笔对着空中写写画画个不停，脸上有得意之色，通红一片。

"前辈……"许慕辰迟疑地喊了他一句，这边玉罗刹已经拎着锅铲冲了进去，朝他的脑袋啪的一声打了下去，"有客人在，还是蓉儿的心上人，你装疯卖傻的做甚，莫要把娇客给吓跑了！"

空空道人摸着脑袋咧嘴笑，头顶上还粘着一片菜叶："阿玉，这可是惊天的发现！"

玉罗刹有些不相信："那宁王拿着花瓶都看了一个多月了，还没能瞧出什么名堂来，你看一下午就知道秘密了？我才不信！"

"宁王哪里比得上我冰雪聪明？"空空道人笑着凑过一张脸，"阿玉，你要相信你夫君！"

玉罗刹朝许慕辰招了招手："许公子，你且听他来说说。"她警告地看了空空道人一眼，"你要是再胡乱吹牛，看我不打爆你的头！"

许慕辰小心翼翼地走了过去，柳蓉的师父脾气好像很不好啊，幸亏柳蓉不像她……

"哼！上回你设个陷阱说能捉到一窝兔子，我第二天去的时候却看到里边蹲着一只熊，"玉罗刹依旧在唠唠叨叨，"要不是老娘有武功，还不得被那熊逮着吃掉。"

"阿玉，你武功盖世，还怕一只熊吗？"空空道人嘻嘻哈哈地打着马虎眼，"我故意只说逮兔子，是怕逮不着大东西，丢了脸面嘛。你捡了那熊回来不还夸我，说我给你捉了一只好玩的东西？"

似乎为了证实空空道人的话，屋子后边及时响起了一阵奇怪的叫声，许慕辰心中暗道，莫非就是那只倒霉的熊，被玉罗刹捉了回来当宠物养着？

见许慕辰东张西望，玉罗刹笑着点头："许公子，等会我带你去见我们家大灰，它被我驯了半个月，已经很乖了。"

半个月，很乖了，许慕辰表示不敢想象，多半是屈打成宠的吧？

"许公子，你来看这里。"空空道人将话题拉回到花瓶图案上来，"我将这花瓶的图案放大了，你看出什么没有？"

许慕辰盯着那张雪白的宣纸看了好半日，就见上边画着一条大江，上边有浮舟一叶，舟上有一人，看得不是很清楚，但从他头上戴着的儒巾来看，该是个文人，江畔有一座山，树木扶疏间露出一角飞檐，山间有小道，一个僧人正弯腰站在溪水旁边，脚边放了一担水桶，好像要去提水。

"这不就是花瓶上的画，"许慕辰有些奇怪，"哪里不对？"

空空道人伸手指了指那僧人："你知道他是谁吗？"

许慕辰摇了摇头："不知。"

空空道人叹了一口气，点了点那角飞檐："这边有块牌匾，你能看清上边写的什么字吗？"

许慕辰仔细看了看，只见到一横，其余的部分都被树木给遮挡住了："前辈难道能看出来这寺庙的名字？"

"当然能够。"空空道人骄傲地一挺胸，还不忘给站在一旁的玉罗刹抛了个小眼神儿……呃，只可惜人老珠黄，这眼神一点也不水灵，干巴巴的，似乎能一锤子将人砸晕。玉罗刹伸手挡了挡：

"快说快说，别卖关子。"

空空道人指了指留白处一句话："夜半钟声到客船。"

许慕辰一拍脑袋："寒山寺！"

自己怎么就没有想到这一点呢？那句诗不是提示了这寺庙的名称吗？自己还真是笨，一个劲儿随着空空道人的手指头走，要他看牌匾就看牌匾，完全忘记去观察别的地方，姜还是老的辣，空空道人不但显示出他的机智无比，还踩了自己一脚，在玉罗刹面前露了脸。

"哼！你是故意让许公子看那牌匾就忘记看那句诗了！"玉罗刹毫不客气地揭露空空道人的阴谋，俗话说丈母娘看女婿，越看越欢喜，玉罗刹见着自己徒儿的心上人被空空道人这样捉弄，心里顿时起了护犊之心，"别卖关子，看出了什么快点说！"

空空道人被玉罗刹揭穿，不敢再耍花样，他指着寒山寺的一角飞檐道："你说这花瓶是晏家的传家宝，我倒是想起当年一件事情来。晏家当时富可敌国，在太祖开国之际，曾找他家要过金银支持，后来晏家得了封赏，但却不愿在朝堂供职，只求做皇商，一手将几项跟民生至关重要的买卖给掌握了，后来就越发富起来，也不知道为何，到了晏家第八代传人时，他竟然离家出走在寒山寺出家做了和尚，法号无言，这花瓶就是他传下来的。"

许慕辰激动得声音都微微发抖："匹夫无罪，怀璧其罪。是不是晏家不胜骚扰，故将家中金银财宝藏了起来？花瓶上这彩绘，便是藏宝的地点？"

空空道人点了点头："然。"

"然然然，然你个头，快些说藏在哪里？"玉罗刹在一旁有些不耐烦，她本来就是个急性子，听着空空道人这般慢吞吞就是不肯直接说出地方来，恨不能一锅铲将他打扁，"是不是就在寒山寺里？"

"不会，要是在寒山寺里，宁王早就该找到了。"许慕辰摇了摇头，"晏家也没这么大的本领，能一手遮天将金银财宝偷偷运到寒山寺的后山，毕竟这寺庙太有名，山前山后都人来人往的，想要暗地里干活是不可能的。"

空空道人点了点头："对，没错，正是这个道理。"

"那会在哪里？"玉罗刹看了看那幅画，看不出个所以然来，有些迷惑，"这和尚不是在寒山寺下边的溪水边站着吗？"

"阿玉，你仔细看看这和尚的手指。"空空道人点了点宣纸，玉罗刹凑了过去看了看，忽然喊了出来："他伸出了三个手指！"

"是！而且朝南！"空空道人点了点头，"阿玉，这突破口就在这僧人的三根手指上。"

许慕辰站在旁边，稍加思索，脱口而出："南峰寺？"

"聪明！"空空道人点头，"这宝藏肯定就在南峰寺那边！"

曾在洪武年间，寒山寺将三寺四庵堂合并为一丛林大寺，期间寒山寺最为注目，其余秀峰、慧庆与南峰三寺并不出名，只是寒山寺接纳不下的香客，才会拨了去这三寺居住。这牌匾上隐隐露出了一横，可以说是寒山寺那个"寒"字的一段，也可以看成南峰寺的"南"字的一截，而且配着留白处一句诗，自然会让人误认为是寒山寺了。

"这无言和尚真是用尽了心思。"许慕辰赞了一声，他自己在寒山寺出家，也可以时常去南峰寺那边瞧瞧动静，算是在守护着家产，而且还如此谨慎地将藏宝之处隐含到花瓶之内，真是煞费苦心。

"我觉得这花瓶上边画的肯定是南峰寺的山路，财宝就藏在离寺庙不远处的小溪那边，否则那和尚不会站在溪水旁边，虽然正弯腰，可头却偏着，眼睛望的方向完全不在那溪水上。"空空道人的手从无言的眼睛那边横着过去，正好划到了对面的山坡上，那上面爬满了青色茑萝，绿色的藤枝长长地垂下来，中间透出些黄白色的底子，看得出来不是黄土，而是一块巨大的石壁。

许慕辰激动起来："那石壁后边有密室！"

空空道人点点头："应该不会错。"

"前辈，不如你跟我回京城？"许慕辰想到柳蓉的主意，"我们必须有人将这个信息透露给宁王，否则以他这样的蠢笨程度，一辈子也不会想到秘宝的藏身之处。"

空空道人得意地一笑："那是当然，他怎么能比得上我。"

玉罗刹转身就往外头走："我去收拾东西，咱们一起动身去京城。"

"阿玉，不行，你受了重伤，身子还没好得完全，怎么能长途跋涉？这里到京城，快马加鞭也得十来日，你就在终南山养伤，我跟着许公子回去便是。"空空道人关切地拉住了玉罗刹的胳膊，"回来回来，蓉儿肯定也不想见你这般劳累。"

玉罗刹反手一掌，空空道人哎呀哎呀地叫了起来，玉罗刹双手交叉在胸前，朝他笑了笑："我才用了一分的力气呢，你就受不了，若是我用十分的力气，你早就没命了！死人，你说我身子养没养好？"

空空道人不怒反笑："阿玉，你真的痊愈了，太好了太好了！"

许慕辰站在旁边瞧着两人疯疯癫癫地打闹着，不知为何，心中却有些感动，他们这样，好像挺温馨啊……

"小蓉，有个货郎在门口等你，说找你有事呢！"有个小丫头气喘吁吁地冲了进来，脸蛋红扑扑的，一只手里拿着一包蚕豆，咬得嘎巴嘎巴响。

"货郎？"柳蓉一怔，难道许慕辰回来了？算算时间，也差不多该到了。

她忽然有些忸怩起来，又一丝激动，她咬了咬嘴唇，伸手抓住了衣裳角，心里头想着见了许慕辰该说些什么才好。

"是啊是啊，那人在角门等你，你快些去瞧瞧吧。"小丫头推着柳蓉往外走，顺便告诉了她一个好消息，"这个货郎的东西也卖得很便宜，你赶紧带几十文钱过去，可以多买些东西回来准备着，还有两日就要过年了，还不知道他们会不会再来呢。"

此货郎非彼货郎？柳蓉有几分迷惑，上回许慕辰来卖过一趟货，宁王府的丫鬟婆子们好几日都在讨论他，怅怅然道："那个货郎真俊，怎么就不过来了呢？"这小丫头上回也买过东西，还跟她眉飞色舞地提过许慕辰，肯定识得他，现在用了个"也"字，看来绝不是许慕辰了。

只不过人家指名道姓要找她，肯定是跟许慕辰有一定关系的，柳蓉抓起几个铜板揣到怀里，朝那小丫头笑了笑："多谢你捎信过来。"

小丫头咧嘴笑了笑："小蓉你客气啥，你那么热心，我当然要帮你捎信啦！"

才下过一场大雪，外边是白皑皑的一片，到处都是银装素裹，就如水晶琉璃的世界，瞧着玲珑剔透，雪地上偶尔落下几只觅食的鸟雀，蹦蹦跳跳一路，好像数个小黑点正在晃动。

柳蓉快步走过去，雪地上留下了两行脚印，深深浅浅的，让人完全看不出她是有内力修为的人。在宁王府里，她必须小心翼翼行事，即便宁王不懂武功，可说不定他收买的那些武林人士会进内院，看到她在雪地上留下的脚印，便知道自己有一身好武艺了。

就如一个十三四岁的小姑娘，柳蓉蹦蹦跳跳地朝前边走过去，角门的婆子见着她过来，热情地招呼了一句："小蓉，你总算来了，货郎等了你好一阵子啦。"

瞥眼瞧了过去，屋子里坐着一个年轻男子，抬脸朝她微笑。

柳蓉吓得下巴差点都掉了下来——那是许明伦！

堂堂大周的皇上，穿着一件灰蓝色的棉布袍子，袖口那里磨破了边，漏出些许线头……装得还真像。柳蓉皱了皱眉头，许明伦却笑地格外憨实："你就是小蓉姑娘？我弟弟说上回你来买东西，多付了一文钱，他回去以后寝食难安，结果就病倒了……"

拜托，要编也编得像样一点好不好？柳蓉完全被许明伦打败了，一文钱！许慕辰竟然因为多收了她一文钱病倒了！这事情说出去谁会相信啊？

可偏偏就有人相信，那个看门的婆子撩起衣裳角擦了擦眼睛："我瞧着你弟弟就是个心善的，果然是童叟不欺，连多收了一文钱都心中过意不去。"

许明伦认真地点了点头："是啊，我弟弟是个实在人，他说心中不安，交代我一定要来找这位小蓉姑娘，要我把这一文钱退给她。"

柳蓉叹了一口气："货郎，你今日挑了货过来没有？我想买点零嘴放着，很快就要过年了，谁知道你们家过两天还会不会出来卖货。"

许明伦站起身来，殷勤地走到门边，指了指外边的货担子：

"带来了呢，小蓉姑娘你自己去挑，看你要什么。"

柳蓉走到了门外，弯腰装作挑选东西，探头看了看周围，就见角落那边窝着两个人，瞧那身形就知道是小福子与小喜子，还不知道这围墙旁边的树上有没有跟着宫中暗卫。她回头看了许明伦一眼，压低了声音："皇上，这宁王府不是你来的地方。"

许明伦有些不满意："慕辰能来，我就不能来？"

"皇上！"柳蓉咬牙切齿，许慕辰跟许明伦，完全不是一码事！许明伦可是大周的皇上啊，是许慕辰这小小侍郎能比的吗？她还记得空空道人那时候教她念书，里边就有一段"若士必怒，伏尸二人，天下缟素"，不就是说刺杀了皇上，江山就易主，说不定还会生灵涂炭！柳蓉看了看许明伦，见他依旧没有半点危机意识，只是笑嘻嘻地望着自己，心中哀叹，这许明伦究竟是胆子大还是傻呢，竟然敢自己送上宁王府的角门来！

"柳姑娘，你扮成这模样也很好看！"许明伦完全没有想到柳蓉所想的事情，只是在极力赞扬她，"下回你教我易容好不好？"

"皇上，你快快回宫，等收拾了宁王再说。"柳蓉随意捡了几包零食揣在怀里，"货郎，这些多少钱？"

许明伦看都没看她拿的东西，大声说了一句："五文钱就够了。"

柳蓉从荷包里摸出五文钱来放到许明伦手心里："拿好了！"

许明伦就势握住了她的手指："小蓉，你还想吃什么，先告诉我，明日我再来。"

"我什么都不想要，你明日不用再来了。"柳蓉忽然觉得身上起了一层鸡皮疙瘩，许明伦这是怎么了？她很坚决地将手抽了出来，瞪了许明伦一眼，"你难道不要照顾你生病的弟弟？反正到外边也赚不了几个钱，又马上要过年了，还不如在家里待着。"

北风将柳蓉说的话送出去很远，躲在角落里的小福子与小喜子不住地点头，两人感激得眼泪都要掉下来了，柳姑娘说可真是金玉良言啊，皇上你这样不顾一切出宫来真的好吗？更何况是自己送到宁王眼皮子底下来！

许明伦见柳蓉拒绝得很坚决，有些无精打采："小蓉，我挑来的货你都不喜欢吗？看来还是我弟弟比较懂该带什么过来。"

柳蓉点了点头："术业有专攻，你本来就不是卖货郎，又何必来做这行当？"

两人言语里暗藏玄机，许明伦得了柳蓉的话，怔怔地站在雪地里，看着柳蓉转身离去，心里头有几分惆怅，柳姑娘是不喜欢自己呢，她那话里的意思，暗指自己不是许慕辰，她不会因为自己而动心。

瞧着那纤细苗条的身影消失在角门边上，许明伦忽然间觉得自己的人生不是那么完美。

以前他要什么就有什么，只要他说一句要什么，自然有不少人会替他寻过来，可唯独这一次他却失望了，柳蓉并没有因着他是皇上就高看他一眼，她与他之间，始终保持着那段距离，怎么也跨不过去。

但是，让他欣慰的是，柳蓉还是接受了他几袋东西，那可都是五芳斋买来的上好糕点，自己收她五文钱，只不过是象征性的意思意思，终究，还是自己送给她的。许明伦站在那里想着柳蓉吃自己送的东西，心里头格外欢喜，挑着货担子朝围墙那边走过去，心里琢磨着，不管怎么样，过两日他一定要再出宫一趟给柳蓉送吃的过来。

　　她在宁王府做丫鬟，肯定吃不饱穿不暖，好可怜哟，有自己送来的爱心糕点，她就不会饿肚子了，许明伦一想到这里，全身就轻快了不少，走起路来也格外轻松。

　　守门的婆子见柳蓉托着几袋零嘴过来，笑得眼睛眯成一条缝："小蓉，这一回你都买了什么啊？"

　　柳蓉将几个纸包放到桌子上："妈妈，全送给你。"

　　那婆子笑得合不拢嘴："这怎么好意思，你拿一袋回去自己吃吧。"

　　"也不是什么金贵东西，才五文钱，妈妈你不用客气了，你对我这般照顾，以后还有不少事情要麻烦妈妈呢，你不收下这些，我心里头都不安。"柳蓉笑着将那几个纸包塞到婆子手中，"以后万一我爹娘来看我，还请妈妈通融一二。"

　　"那是当然。"婆子笑得小眼睛眯成了一条缝，"我肯定放行！"

　　等着柳蓉走进去，那婆子兴致勃勃地打开一个纸包："我来看看这小丫头买的是什么。"

　　纸包被撕开，十几个油纸团子散了一桌子，婆子抓着一个油纸团子瞅了瞅，见上面还贴着一张彩印的画儿，红红绿绿的很好看，只是她不认识上边写的字。

　　正好这时门外走过一个管事，婆子朝他笑了笑："吴管事，你来给瞧瞧，这纸上头写着啥哩？"

　　吴管事探了个脑袋进来看了下，眼睛瞪得溜圆："钱婆子，看不出来你还攒了不少私房钱嘛，竟然还能买得起五芳斋的糕点！"

　　那是五芳斋最新出的鹅油栗蓉火腿饼，价格卖得高，一个就要五十文钱，可每日都有人排队去买，去晚了就买不到了。昨日他婆娘嘴馋，硬是排了半个时辰才买到四只，吃了以后还想吃，问他讨了钱再去排队，那饼就没得卖了。

吴管事疑惑地望着那婆子手中的鹅油栗蓉火腿饼，再探头看了看桌子上头，嚯，起码有十个哩，这都得半两银子啦，钱婆子再有钱也不会这样乱花吧？

"钱婆子，你怎么就这样阔了哩？"吴管事有些不敢相信，没想到面前这个脏兮兮的老婆子竟然是个财神娘娘，他深深懊悔当年自己有眼无珠，就贪个美貌娶了婆娘，现在婆娘人老珠黄了，还不是一脸褶子。早知道这钱婆子有不少身家，竟然能买得起五芳斋的糕点，自己那时候就该选她！

"这是一个货郎挑过来卖的，才五文钱，说什么阔不阔的？"钱婆子决定打肿脸充胖子，只说是自己买的，也好在吴管事面前炫耀一番，谁叫当年他有眼不识金镶玉！

"什么？在货郎担子上买的？"吴管事站在那里，琢磨了一下，这货郎没毛病吧？从五芳斋里五十文一个买了饼，到这里五文钱卖十个，这事情大有蹊跷！

不行，得去向王爷说说，吴管事稳了稳心神，拔腿朝前边走了过去。

昨日的雪下得很大，宁王府外边的小路过往的人很少，故此积雪愈发的厚，吴管事走在雪地里，一脚深一脚浅，心里热乎乎的一片。

那个货郎绝对是有问题的，即便是自己仿照五芳斋的糕点做了来卖，以次充好，可毕竟有那么一大堆，也不至于只要五文钱。更何况五芳斋的包装跟钱婆子拿给他看的包装一模一样，完全看不出什么区别来，他的直觉告诉他那就是真货。

走到偏门那边，吴管事整了整衣裳，跟守门的小厮打了个招呼，直接奔去了书房那边。

宁王正烦躁着，听说吴管事求见，不高兴地皱了皱眉头："他能有什么要紧事情？还不是年关采买那点子事？你去告诉他，我现在正忙，没时间见他。"

下人走到外边，朝吴管事摇了摇手："王爷心里头不顺畅，你还是回去吧。"

吴管事耷拉着眉毛，怏怏地朝外边走去，宁王不高兴的时候，自己可别去凑这个热闹，有一回就有个管事因为触了霉头被打了一百大板还被赶了出去，谁都不敢收留他，最后死在了府外。

宁王确实火气很大，因为他派去寒山寺的下属回来了。

"王爷，属下无能，带着兄弟们在寒山寺前山后山绕了个遍，也没见着什么可疑的洞穴。"穿着黑色衣裳的人站在宁王面前，一脸畏惧，瞧着王爷这样子，似乎很生气。

果然，宁王暴跳如雷，拍着桌子破口大骂："废物！本王花了银子养着你们，到了关键时刻，一点用处都没有！本王都已经告诉你们地方了，怎么就找不到？"

下属们低着头，大气都不敢出，心里头可是憋着一股子气，他们几日几夜都没有歇息，几乎是将那山一寸一寸地摸过了，可还是没找着什么洞穴，唯一找到的洞是一个蛇窝，伸手进去，拉出一条大蛇，幸得此时天寒地冻，那蛇正睡得香，眼睛都没睁一下。

"王爷，确实找不到。"领头的等着宁王平息了几分怒气，这才开口，"真是每一寸地都摸过了，没见着有什么洞穴。"

宁王皱着眉头不说话，心里头不住地想着那个花瓶上的画。

他琢磨来琢磨去，只能确定那宝藏就在寒山寺的山里，可究竟在哪个位置，还真没琢磨出来，听着下属回报，他心里更有些不落底，真想自己私自出京去找找看。

只是就怕那小皇上一直在盯着他呢，万一给他扣顶什么大帽子，出师未捷身先死，那就完蛋了，总得找个妥当的借口才是。

"王爷！"门口传来急急忙忙的脚步声，"王爷，大好事！"

一张老脸出现在门口，宁王一看便高兴了起来："什么大好事？快快说来。"

这老者乃是宁王的心腹谋士，名唤秦璞，他追随宁王多年，一直忠心耿耿，乃是宁王的左膀右臂，荷风山庄那边，基本是他在替宁王打理。

"王爷，荷风山庄来了两位能人！"秦璞老脸放光，喜气洋洋，"有好几位江湖中人都认识他们，一个是武林里颇有名声的金花婆婆，还有一位是雪岭老怪，他们都十来年未出江湖了，这次竟然来投奔王爷，这不是大好事？"

宁王笑着点了点头："果然是大好事。"

"还有更大的好事呢！"秦璞笑着凑近了宁王的耳朵，"那位金花婆婆应该知道花瓶的秘密！"

"花瓶？"宁王有些怀疑地看了一眼，"她怎么知道花瓶的事情了？"

"还不是那杨老三与岳老四沉不住气，将那花瓶的事情说了出去，金花婆婆听了只是冷笑，说他们都是蠢货，就连这简单的东西都参不透。属下在旁边无意间听到了金花婆婆这句话，琢磨着她那意思，应是知晓其间奥秘。"

宁王一拍桌子站起来："竟然还有这等高人？速速请她来宁

王府！"

玉罗刹与空空道人被人恭恭敬敬地从荷风山庄请了过来，两人算起来是第一次坐大轿，虽然没八个人抬，可前前后后有一群人跟着，前呼后拥的，实在威风。

"哎，看来宁王这气派还挺大的。"玉罗刹低声说了一句，掀开软帘瞧了瞧外边的院墙，绕着这墙走了这么久还没到正门呢，看起来这些做王爷的，在旁人口里被称作闲散王爷，可依旧还是有权有钱。

"真搞不懂，他干吗要占这么多地，还要养这么多闲人，其实这人一闭眼，不就只要一小块就够了。"空空道人摇了摇头，"这还不都是搜刮来的民脂民膏？"

大轿在正门停下，宁王亲自迎了出来，以显示对两位老前辈的尊敬，这可真是礼贤下士啊，宁王笑得脸上的肉都鼓成了两个球，自己这样诚心诚意，竟然赏脸站在大门口迎接他们，看在自己这心诚的份儿上，应该会将那个秘密说出来吧？

他不知道的是，人家就是特地来告诉他这个秘密的，就算他不屑一顾，他们也要挖空心思告诉他，一定要指引宁王去寻那批宝藏。

宁王怀着一颗激动的心将玉罗刹与空空道人请到了书房，心中直犯嘀咕，这两位老前辈不时眉来眼去，都多大年纪了，还……听说他们两人都在江湖上消失了十来年，莫非就是躲到山间过快活日子去了？

人老心不老，真是难得啊。

"两位高人，可否指点一番？"甫才落座，宁王便已经是迫不及待。

"咳咳，"空空道人咳嗽了一声，眼中显出一副空洞迷茫的神色来，"那时候我与晏家第十二代传人有过交集，当时也曾听说过他先祖留下了这只花瓶。晏家曾经派人去过寒山寺寻找埋藏的秘宝，可却遍寻不获，他那时还特地请了一批江湖人士来研究秘密，并承诺若是找到了宝藏，晏家甘愿与那些好手们平分。"

宁王有些紧张："那有没有找到呢？"

若是已经找到了，自己的算盘岂不是落空了？

"那一次去了十几个人，我还是跟着师父一道去长见识的，根本没资格进入议事的大堂，只听着师父说当时大家想了很久，都没有找到线索，一道去寒山寺周围又掘地三尺找了一遍，依旧不见宝藏踪影。"

"那么说，宝藏肯定不在寒山寺？"宁王长长地吁了一口气，也难怪自己的手下遍寻不获，原来宝藏真没有在那里。

玉罗刹在旁边插嘴："师父回来一直在冥思苦想这花瓶的秘密，可却始终没有想出来，深以为憾，直到他弥留之际，忽然高喊不是寒山寺！"说到此处她停下话头，笑着摇了摇头，"师父想了一辈子，到死前才有些线索。"

宁王莫名其妙地望了玉罗刹一眼："两位前辈是同门？你们师父除了想到不是寒山寺，还想出什么线索了？两位前辈得了指引，为何不去自己挖宝藏，却要来告诉本王？"

空空道人长长地叹了一口气，声音里充满着忧伤："我与师妹闲云野鹤地过了大半辈子，到这把年纪了，还来跟王爷抢不成？只不过是最近听一个要好的朋友说，王爷仁心，有明君之志，若是能来帮着王爷成事，今后就连自己的小辈都能跟着沾光。我与师妹两人有一个孩子，因着从未带他下过山，不谙世事，故此我们两人害怕在我们撒手人寰以后，不知世道险恶的他无法好好生存，故此我们特地过来投奔王爷，想看看到时候能不能让我们的孩子能终身有保障。”

玉罗刹忍着没有说话，孩子，什么时候他们就有孩子了！难道是说蓉儿不成？

宁王恍然大悟：“若是前辈能指点一二，本王大事一成，必封你儿子王侯之位，派专人照顾他！”

空空道人一拱手：“王爷果然仁义！”

“那……究竟是什么线索？”宁王眼巴巴地望着，心中十分焦急，怎么说一半留一半呢，他想听的重点是那批宝藏的下落，谁耐烦听两个老家伙诉苦？

“我师父死前用手指在空中划了一个十字，然后就落了气。”空空道人看了宁王一眼，“王爷，你可想到了什么？”

“十字？”宁王回了一句，心中默默一轮，摇了摇头，“本王不知。”

“王爷，昔时洪武年间，寒山寺合并了三寺四庵。”空空道人嘴角浮现出一丝笑容，“难道王爷还参不透其间秘密？”

宁王的眼角睁大了几分，气息也急促了起来，他闭着眼睛想了想，忽然喊出了声：“南峰寺！”

“对，就是南峰寺！”空空道人点了点头，“王爷真是聪敏，无人可及！”

宁王被空空道人的马屁拍得舒舒服服，站起身来：“老前辈，请跟本王进内院去看看那花瓶！本王一定要找出这秘宝的藏身之处！”

园子里到处一片白茫茫的，柳蓉拿着铲子和小筐子，正在奋力铲雪。

本来她以为下雪以后就能偷懒，不用出来扫落叶，没想到这要做的事情更多了，她必须将路上的雪铲得干干净净，让通往水榭的青砖露出光洁的表面来。

这下不能用千叶神功了，柳蓉有些惋惜，权当在练习臂力吧，她弯腰下来，用铲子撬住冰块，用力一提，咯吱作响，盖得严严实实的冰面上有了一条裂缝，她再用力一撬，一整块冰就被撬了起来。

柳蓉欢呼了一声，将那块冰捡起，顺手往湖面一抛，动作利索，一气呵成。

处处都能练功夫！柳蓉双手抱在胸前，骄傲地看着那一大块冰从湖面上溜着过去，噌地一下便到了湖泊的中央，看来自己的臂力又增强了。

她继续清理路面，还没直起身，就听着一阵脚步声从远处传了过来。

赶紧收敛了几分，用铲子可怜兮兮地敲打着冰面，装出一副娇软无力的样子来，敲敲打打的，好半天才将一块冰铲出来，用手捉着扔到筐子里边，这时就看到一件深黄色的织锦衣裳从自己身边擦肩而过。

柳蓉立起身来，对上了一张熟悉的脸……

那不是金花婆婆吗？她曾经用这脸冒充过这位前辈去飞云庄白吃白喝。

金花婆婆的旁边走着一位老者，柳蓉觉得有些奇怪，眼神很熟悉，似乎在哪里见过。她抱着铲子想了又想，掐着手指头算了算，心中忽然一亮，那不就是师爹嘛！那猥琐的小眼神儿，也就他能有了。

按着日期，许慕辰也该回来了，忽然间，柳蓉的心激动得扑通扑通乱跳。

前边那两人肯定是师父和师爹，师父说过，金花婆婆已经在十多年前就战死在生死门了，根本不可能重出江湖，除了师爹那做得逼真的面具，还会有谁长这副模样？

玉罗刹回头看了看柳蓉，眼中也露出了思索的神色，空空道人拉了她一把，这面具是他亲手做的，还能认不出来？"走。"他朝玉罗刹点了点头，双方心领神会。

宁王带着两人走进密室，空空道人一看那个密室格局，嘴角扯了扯，这么简单的五行之阵，还能困住高手？他提脚飞上了生门那块板，玉罗刹紧跟着飞身过去，站在门边的宁王瞧得目瞪口呆："两位高人好本领！"

"这里边的机关，算得了什么？"空空道人一把将那花瓶抄在手中，仔细看了看，"果然如此，王爷，你且来看这树丛间露出的一点牌匾，可以说是个寒字，也可以说是个南字，对不对？"

宁王点了点头："确实如此。"

"而且，王爷只用派人去看看那南峰寺附近是否有这样一条小溪，便能推知秘宝大概藏在哪里了。"空空道人指了指花瓶上的图案，连连点头，"那时候师父都没有告诉过我们，究竟这图是什么样子，现在一看，却是清清楚楚。王爷，你看看那僧人的眼睛，是望向何处的？"

宁王接过花瓶来，捧着看了好半天，这才露出笑容来："我懂高人的意思了，秘宝就藏在那块山壁之后。"

"是。"空空道人脸上露出笑容来，"王爷真是独具慧眼。"

宁王的眼中闪过一丝狡狯，他的手偷偷地往桌子上一按，就听哗啦一声响，一个笼子从天而降，将空空道人与玉罗刹罩住。

"王爷，你这又是何意？"空空道人抓住铁栏杆，愤怒地望向了宁王，"莫非王爷想杀人灭口？"

宁王哈哈一笑："请高人不必惊慌，我怕高人不慎将这秘密透露出去，到时候在本王还没到南峰寺，就有不少人赶着过去了，故此想请两位高人在这里暂住十几日，等本王取到秘宝以后再回来放你们出去，得罪之处，还请两位高人见谅！"

"哼！王爷，你说得冠冕堂皇，可谁知道我老头子还有没有那么长的命熬到王爷回来！"空空道人指了指密室的顶部，"这里也就那几个出气的小孔吧？王爷肯定也不会让人送水送饭，十几日以后再来，你确定我们还活着？"

宁王脸上露出了快活的笑容："两位高人，那乌龟不吃不喝的，好几年都不会死，你们总比乌龟要强，是不是？且安心住下，本王回来以后，第一件事就是来这密室感谢两位！"

咣当一声，密室的门关上了，只有墙壁上的夜明珠还散发着微弱的光。

"你也真是疏忽大意，怎么就不知道站到安全的地方？"玉罗刹抱怨了一句，"这下可好了，竟然被笼子给罩住了。"

"你不是身手敏捷吗，为啥不将铁笼托住呢？还不是故意想被关进来。"空空道人哈哈一笑，"咱们可是心有灵犀啊！"

"谁跟你心有灵犀！"玉罗刹气呼呼地瞟了他一眼，"快些将这机关给破了，万一蓉儿没看出是我们来，我们还真的等着憋死不成？"

"你这样不相信蓉儿了？"空空道人一双手抱住了玉罗刹，

"阿玉，刚刚好趁着没人，咱们来亲热亲热。"

"谁跟你亲热，呸。"玉罗刹挣扎了一下，只不过没有继续推开空空道人，任由他抱住自己不放手，"你害不害臊，这么年纪一大把了，还学着那些年轻男女抱来抱去的。"

"就是年纪一大把了才要抱，否则就来不及了。"空空道人寸步不让，笑嘻嘻地凑过一张老脸，"阿玉，你身上有些淡淡的香，是不是用了我给你做的那种鹅梨脂？"

"谁用那些东西。"玉罗刹白了他一眼，"我都多年没用过了。"

"哼！你年轻的时候肯定用过。"空空道人心里酸溜溜的一片，"等着出去我一定要去找那苏国公府的大老爷，看他现在变成了什么模样。我想他肯定比不上我！"

玉罗刹沉默不语，一提到苏大老爷，她心中还是有些感觉，只不过并不是当年那种情分，多年过去，早就将一片柔情给消磨殆尽，她现在只有愧疚，因着她一念之差，将柳蓉抱走，让他们父女分别了这么多年，算起来也是一笔孽债。

"阿玉，你别想太多，是我不好，又提起这些陈年往事了。"空空道人见着玉罗刹陷入沉思，一副懊悔模样，赶紧将脸贴到了她的脸旁，"以后我会好好对你的，不让你再受伤流泪。"

玉罗刹微微低头，脸上一抹绯红，淡淡的微光照着，光洁如玉一般。

空空道人有几分情动，轻轻在她耳畔吹了一口气："阿玉。"

"嗯？"玉罗刹抬头，星眸如醉。

"我……"

空空道人还没来得及说出下边的甜言蜜语，密室外边就忽然有了响动。随着一阵轧轧的响声，一线微光从门口射了进来，一个纤细的身影扶着门，看不清她的眉眼。

"蓉儿，你来了！"玉罗刹回过神来，着急地添上一句，"注意门口那块板子，千万不能踩！"

空空道人方才准备了一大堆情话，正准备滔滔不绝地诉说，没想却被柳蓉打断，心里有些失落，凉凉地在旁边说了一句："蓉儿跟我学了十多年阴阳五行，要是这个都看不出，那她也就蠢到家了。"

"不准你说我的蓉儿蠢！"玉罗刹扭住空空道人的脖子往旁边转，"哼！你给我站一边去，蓉儿是我的徒弟，你别跟我来抢！"

"我只是说教了她阴阳五行，又没说是她师父，她喊我师爹呢！"空空道人有些委屈，只不过还是很听话地转过身去面壁思过。

"师父、师爹，你们怎么都打不过那个猪一样的宁王啊？"柳蓉跳着过来，看了看那个铁笼的位置，眼睛瞄了瞄那张桌子，在右边那一角有个雕花，微微凸起一块，她伸手按了过去，铁笼呼的一声收了回去。

"蓉儿，咱们快些走。"

玉罗刹迫不及待地要出去，这密室有些阴森，不知道还会有什么机关，还是早早脱身为妙。

空空道人赶紧拉住她的胳膊，楚楚可怜："阿玉，你不能扔下我。"

"师爹，你够了。"柳蓉哭笑不得，没有玉罗刹，空空道人也能出去的好吧。她一手挽着玉罗刹，一手挽住空空道人，"师父、师爹，咱们一块出去。"

空空道人心里头美滋滋的，这像不像一家三口哟？是不是很像？

柳蓉将两人送到院墙边上，告诉他们去义堂找许慕辰后，继续回来打扫路面，心里头琢磨着，宁王得了这财宝的藏身之处，只怕会赶着往苏州那边去了。听许慕辰说，宁王是不能私自出京的，要是抓到他出京的证据，许明伦就能用这个当借口把他抓起来了。

宁王会不会出京？这还是一个谜。

柳蓉觉得，宁王肯定不会放心让别人替他去取那么大一笔财宝，绝对会亲自前往，但是他却不能私自出京，只怕是会放个替身在宁王府里。

就不知道那个假扮宁王的人有没有师爹这样的好手艺了。

昨晚又下了一场大雪，柳蓉起来的时候，就见外边已经是亮堂堂的一片，雪色映在窗户上，将那一团碧纱衬得似乎要化开，深绿浅绿，在眼前跳跃。

"小蓉，你爹娘来找你啦！"林妈妈笑着在门口吆喝了一句，"他们说要给你赎身哩！"

林妈妈慈爱地看了柳蓉一眼，这小丫头能干又乖巧，自己还真舍不得她走，只不过人家爹娘终于醒悟过来，觉得卖女儿不对，要把她赎回去，一家人欢欢喜喜过大年，这可是大好事，自己也不能阻拦。

柳蓉一愣，爹娘？不消说肯定是师父师爹来看她了。

"爹、娘！"柳蓉走到门外，大声喊了一句，扑了过去抱住了玉罗刹，闻着她身上淡淡的香味，心中踏实得很。

玉罗刹伸手摸了摸柳蓉的头发，只觉得眼泪都要掉下来，这么多年柳蓉都喊她师父，此刻忽然的一句"娘"，让她的母性大发，恨不得柳蓉真是她的亲生女儿："蓉儿，是娘不好，一时没有想通，便将你卖了。前些日子你爹领到了工钱，我们合计着给你赎身，以后咱们一家再也不分开了。"

"娘，宁王府很好，不愁吃穿，还能给月例银子，蓉儿觉得这里挺不错。"柳蓉朝玉罗刹眨了眨眼睛，捏了捏她的手心。

玉罗刹有一刹那间的错愕，这边空空道人已经拉住了柳蓉的手："闺女，咱们去外边说话，莫要打扰了旁人。"

"蓉儿，你怎么还不想出去？"玉罗刹一边走一边叨，"许大公子在角门那里，眼睛都望穿了呢。"

"师父，昨日宁王的意思，分明是想自己去找那宝藏，我肯定得留下来查看，究竟是谁假扮他，要是能确定宁王私自出京，也是一条罪证。"柳蓉挽扶着玉罗刹往前走，就如一对最寻常不过的母女，态度亲昵。

"咦，你说的也有道理。"玉罗刹点了点头，"那我们跟许大公子一道跟踪宁王，你就在宁王府里摸清那假宁王的底细。"

"我正是这样想的。"柳蓉笑了起来，"师父、师爹，你们跟许慕辰说一句就行。"

"你不去见他？"玉罗刹有些奇怪，蓉儿怎么就这样不将那许大公子放在心里？人家现在正挑着担子守在角门等她出去，眼巴巴地盯着园子里头，那模样瞧着就觉得可怜之至。

"师父……"柳蓉的脸红了红，扭了扭脖子，"我自然想见他，可是他与皇上来得太勤快了，东西又卖得太便宜，难免不会有人起疑心，你们劝他快些回去，等着将宁王抓住了，自然有见面的机会。"

"你总得将我们送到角门那里吧？"玉罗刹瞅了柳蓉一眼，见她粉嫩的小脸上微微发红，不由得笑了起来，"你也真是的，怎么就口是心非起来？到角门瞧瞧，不买东西也就是了，何必弄得这般紧张。"

许慕辰站在门口伸长着脖子张望，守门的钱婆子手里抓着一把瓜子剥着吃，一边安慰他："今日没人出来买货也是常理，谁会想到你二十九还挑着担子出来呢，明儿就过大年了，谁都该在家里歇息着呢！"

"我是想着明日要过大年，今日再来卖一日，没想到都没有人出来。"许慕辰无精打采地看了一眼宁王府空荡荡的园子，四处都是白茫茫的一片，一阵寒风吹来，树枝上的积雪纷纷扬扬地洒落，就如扬起了一片灰尘。

"你呀，早些挑着担子回去吧，你哥哥不是说你生病了吗？就该在家里躺着歇息，怎么又出来挨冻了呢？"钱婆子盯着许慕辰看了好半日，只觉得这货郎生得实在好，就连她都怜惜他还要冒着寒风大雪出来卖货。

"咦，那边来了几个人！"许慕辰眼睛忽然亮起来，快活得发光。

雪地上走过来三个人，走在中间的那个，正是他日思夜想的柳蓉。

钱婆子眯着眼睛看了看："哦，原来是小蓉啊，今日她父母是来给她赎身的，怎么不见她带包袱出来哩？"

"妈妈，多谢你放了我爹娘进去。"柳蓉冲着钱婆子甜甜地一笑，"我可得再买些零嘴给您吃才行。"

钱婆子又惊又喜："小蓉，你可真是个好心肠的姑娘，以后咱们见不着面了，妈妈只盼你过得好，嫁个好郎君。"她伸手指了指许慕辰，"嫁个这样的，就挺不错啦！"

许慕辰笑嘻嘻地望着柳蓉，钱婆子说得真是不错啊，他不就是最合适柳蓉的人吗？

"哼！不过是个卖货的罢了。"柳蓉瞟了许慕辰一眼，毫不留情地给了他会心一击，"我心目中的好男儿，才不是个只知道挑着货郎担，眼睛往姑娘们身上看的男人呢。"

"哟，你年纪轻轻的，咋就这么不怕羞呢！"钱婆子笑得眼睛都眯成了一条缝，"货郎，人家小蓉还看不上你呢！"

许慕辰牢牢地盯着柳蓉，拍了拍胸脯："小蓉姑娘，你可别看不起我，在下一定会做个铁骨铮铮的好男儿，保准让你满意！"

玉罗刹与空空道人看了看柳蓉，又看了看许慕辰，两人乐得合不拢嘴，这两人看起来真是相配，男才女貌，虽然柳蓉口里对许慕辰十分不客气，可看着她的眼神就知道，其实她心里头得意得很呢。

钱婆子有些迷糊，方才她不过是随口那么一说，可现在瞧着好像两个人还真有点那意思呢。她塞了几颗瓜子到嘴里囫囵嚼了两口，捡着肉吃了，呸呸呸地将壳吐出来道："货郎，莫非你挑货卖还真卖出个媳妇来了？"

"谁做他媳妇？"柳蓉朝许慕辰意味深长地看了一眼，扭身就往回走，许慕辰着急了，"哎哎哎"几声便想追上去，却被钱婆子一把拦住："货郎，你可不能进去。"

许慕辰伸手指了指玉罗刹与空空道人："他们刚不进去了？"

"他们是小蓉的爹娘，当然能进去！"钱婆子还是很忠于职守的，"你还当真以为自己是她的男人了？等着你们成亲后再说吧！"

许慕辰有些怏怏不快，自己又不能一把将这老婆子按在墙上，只能讪讪地退了出来，眼睛扫了玉罗刹一眼："听说两位是去赎女儿的，怎么又让她自己回去了？"

玉罗刹摇了摇头："丫头说了，她还想在宁王府赚些月例银子，要我们过两年再来接她。"

"是哟是哟，宁王府给下人的银子不少，每年还有四套衣裳，吃的喝的都要比家里好，也怪不得小蓉不跟你们回去，在这里她的日子可是有滋有味呢。"钱婆子继续剥瓜子，就像老鼠一样，缩在角落里窸窸窣窣。

柳蓉回到内院，林妈妈满脸带笑地迎了过来："小蓉，你决定留下来啦？"

"是。"柳蓉点了点头，"在宁王府吃香的喝辣的，还能拿银子，所以我不走了。"

林妈妈慈爱地看了她一眼，看来小蓉对她爹娘卖了她这件事情怨念很深啊，可是不管怎么样，在宁王府确实比在家里吃得好穿得好，为何不留下来呢？

"小蓉，外院要几个人过去做打扫清洗，你去吧，在那边还能另外拿一份工钱。"林妈妈对柳蓉的手脚勤快还是很满意的，派了柳蓉过去肯定不会砸场子，"你去前院找吴管事就是了，他会告诉你该怎么做的。"

柳蓉点了点头，她还正想着摸到外院去打探一番呢，此刻正好就有了个机会，可真是打瞌睡的时候有人送枕头，这下就能光明正大地去外院了。

跟几个小姐妹一道跨过垂花门，走过一条小径，刚刚转了个弯儿，就听见前边有人说话，柳蓉耳力好，将那低低的说话声也听了个一清二楚："王爷一直不见我，可这事情非比寻常，我琢磨了两日，只觉得那货郎实在形迹可疑。"

旁边那人似乎在安慰他："吴管事，你这份细心，咱们宁王府里头都没几个比得上，我方才见着王爷过去，满脸笑容，似乎有什么高兴的事儿，你再去找他说说看。"

货郎？柳蓉的心忽然就提了起来，宁王府有人注意到许慕辰了？实在是他生得太打眼了些，让人不由得侧目。她低着头与几个丫头继续往前走，才走七八步，就见着前边有两个中年男子并肩站着，那个年纪大些长着一把山羊胡子的男子望了柳蓉她们一眼，指了指前边一间屋子道："去那边，自然有人会告诉你们怎么做。"

柳蓉应了一声，走到了屋子里头，那边有几个婆子，见她们过来，赶紧将要做的事情给交代了："明日年三十，府中一早就要祭祀，今日赶紧把这间屋子里全部清扫一遍，不仅是扫地擦窗，就是祭祀用的金银器具都要擦得亮光光的，知道了吗？"

"是。"众人拿了笤帚抹布开始干活，柳蓉自告奋勇去擦外墙，婆子瞧了她一眼，点了点头："你自己当心一些。"

柳蓉提着一桶水拿了抹布出去，那吴管事还站在走廊前头，絮絮叨叨地诉苦："王爷素来小心，只是不知道为何，这两日变得格外奇怪，连我都不肯见了。"

"唉！过年事情多，明日王爷要进宫参加除夕夜宴，大年初一要跟着皇上去祭拜祖宗，哪里还有空听咱们禀报事情，不如压一压，等过了初七八再说。"旁边那个男人劝慰着吴管事，"咱们派人到角门处守着，万一那货郎再过来，派人将他捉住盘问清楚来历便是。"

"你说得也对，我即刻就派两个强壮些的去角门守着，等抓到人再跟王爷去说。"吴管事摸了摸山羊胡须，若是真抓住了奸细，这也算是大功一件呢。

青莲色的暮霭沉沉，越来越深，畅春园里的宫灯开始亮了起来，一盏又一盏，连绵不绝，仿佛将整个皇宫都镶嵌上了一道金边。灯光在迷离的暮色中从柔和慢慢变得明亮，恍若天空中万点繁星落入人间。

今晚是除夕，照例宫中夜宴，皇亲国戚们都要来畅春园参加夜宴，这是一年里宫中最热闹的时候。

畅春园门口站着几个提着宫灯的宫女，正在窃窃私语："宁王好像比去年又老了些。"

"是呢，胖了一圈，感觉他走路更吃力了。"

"你没见他方才那目光？真是人老心不老！"一个穿着红衣的宫女撇了撇嘴，一脸嫌恶，"只往咱们胸前看呢！"

"许侍郎过来了！"有人惊喜地喊了起来，几个人赶紧站直了身子。

许慕辰大步走了过来，一脸的意气风发，黑色的大氅被北风吹起。

迈进畅春园，许慕辰就见到了宁王正坐在左侧的一张椅子后边，肥硕的身子，就像一只癞蛤蟆趴在那里。

"多谢王爷赠送的重礼。"许慕辰朝宁王拱了拱手，"受之有愧。"

宁王哈哈笑了起来："许侍郎，不用客气，你受了委屈，本王自然要安慰一二。本王还想着要给你做个大媒呢，就是不知道许侍郎准备什么时候再成亲？"

许慕辰被许明伦再一次革职，宁王觉得是个好机会，派人送了不少珍贵的东西给他，还洋洋洒洒地写了一封长信，以格外亲切的口吻表达了对这事情的不理解："许侍郎为了大周呕心沥血、日日操劳，为何皇上将你革职了？实在可惜、可惜、可惜！"

或许宁王实在想不出什么好的词语来，一连写了三个可惜，许慕辰拿了信给许明伦看："皇上，人家都在替我鸣不平呢。"

许明伦笑得格外舒爽："他那点金银财宝就能将你收买了去？慕辰，你不会让朕失望吧？"

"皇上，咱们可是多年好兄弟。"许慕辰正色，忽然想到了什么，又添了一句，"你可千万别跟我来抢蓉儿，免得伤了和气。"

许明伦的脸色一黯，什么？许慕辰与柳姑娘的感情竟然突飞猛进了，称呼都这么亲热了。许明伦嫉妒地看了许慕辰一眼，想到自己去宁王府角门那边去看柳蓉时，她一个劲儿地催着自己回宫，显然是不想跟自己多待。许明伦怅怅然地叹了一口气："柳姑娘，是个好姑娘，你可不能辜负她。"

咦，皇上的意思是不跟自己来抢柳蓉了？许慕辰大喜，朝许明伦行了一礼："多谢皇上放手，皇上以后自然能找到自己的如意娇妻。"

许明伦心里头酸溜溜的，他可真不想说放弃，就柳蓉那样机灵可爱的姑娘，到目前他还只遇到过这一个，可是既然许慕辰与柳姑娘心心相印，自己也不能去横插一杠子了，毕竟强扭的瓜不甜。

做了无数心理斗争，许明伦挣扎着祝福了许慕辰，可心里还是很惆怅的。

除夕夜宴来了不少人，皇亲国戚坐得满满的，宫娥们手捧美酒佳肴、新鲜瓜果在座位间穿梭，笑意盈盈地放在桌子上，脸若春花，粉嫩生香。

宁王一把拉住了前来斟酒的宫娥的衣袖，小宫娥吓得脸色发白，几乎要惊叫出声，旁边宁王妃跟没有看见一般，只是笑得端庄贤淑，目不斜视。

"王爷……"小宫娥战战兢兢地喊了一句，"春月还要去送东西。"

宁王伸手摸了一把小宫娥的脸，这般粉粉嫩嫩，摸上去光滑无比，真是舒服。小宫娥等他一松手，花容失色地快步跑开了，好像有鬼在追她一样。宁王瞅了一眼她的背影，有几分气愤，要是许明伦这么摸她，她肯定欢喜得不知道怎么样才好了！

当皇上就是好，这么多美人儿，随他挑选，喜欢谁陪着谁就得陪着。只不过，听说皇上有些不正常哟，宁王一想着许明伦与陈太后因着选妃一事，母子不和就觉得遗憾，这等艳福，为何不送给他？

听说皇上与许侍郎有说不清的关系，自己暗地里瞧着，果然不假。

上回他误以为郑三小姐与许慕辰情深意笃，还一心想着要将郑三小姐送进镇国将军府里去讨好这位英武过人的许侍郎，可没想到许慕辰竟然一点都不理他，与苏国公府的大小姐和离以后就过着闲云野鹤的生活，许老夫人说要给他再娶位娘子，许慕辰便索性不回家了，听说最近才在镇国将军府见到他的身影。

现在……唔……宁王看了看，许慕辰正坐在自己对面，而居正位的许明伦，貌似正情意绵绵地往许慕辰这边看，这真是秃子头上的虱子，明摆着的事情！

看着陈太后越来越阴沉的脸孔，宁王有说不出的开心，暗暗筹划，到时候他就打着清君侧的旗号起兵，口里说是要除掉许明伦身边的阴险小人，实则可以两人一并除掉！或许……宁王忽然心血来潮，暗暗地兴奋起来，或许他还能尝尝许慕辰的味道，是不是入口即化的小鲜肉！

那张脸生得比女人还美，压到身下肯定滋味不错，宁王蠢蠢欲动了起来，一只手抓紧了酒杯，眼睛盯住了许慕辰，脸色带了些潮红。

宁王妃坐在一旁，默不作声，这么多年来，她始终没有跟上宁王的思维。

当时宁王是很受宠的皇子，她刚刚嫁给宁王时，就听家中父母总在说，指不定以后她就是太子妃。

宁王娶她是因为她父亲是兵部尚书，宁王妃知道得很清楚，否则以她这样的容貌，怎么会吸引这好色的王爷。成亲才三个月，先皇就立了太子，大皇子是皇后娘娘嫡出，老臣们一并拥护，即便宁王的母亲——当时的宠妃一哭二闹三上吊，也没能挽回这败局。

宁王做太子与做皇子，对于宁王妃来说，没有半点不同，做太子要管理他的良媛良娣，做皇子就管管他的姬妾，宁王妃对大周的锦绣江山没半点欲望。

江山再好，跟她何干？能拿来吃吗？

宁王若坐上那把金光闪闪的龙椅，便会后宫佳丽三千，宁王妃想不通自己有什么实惠。

先皇驾崩，太子即位，才过几年就得了怪病，挣扎了几个月，很快就成了先皇，宁王妃那时候有些提心吊胆，生怕先皇驾崩跟宁王有什么联系，也怕宁王在先皇出殡的时候忽然发难，万一兵败身死，自己也要跟着陪葬。

万幸的是，没有出什么岔子，一切仿佛如常，只是宁王那些日子里眉头紧皱，心事重重。

他不会跟自己说起政事，自从自己父亲被免去兵部尚书一职，宁王就对自己越发冷淡了。宁王妃手里拿着酒盏，脑袋低垂，现在宁王府里养了三十房姬妾，她都几年没有跟宁王同床共枕过了。

要不是为了自己的两个儿子，宁王妃真想和离出府，可她咬着牙挺住了，她走了，儿子怎么办？要眼睁睁地看着被那宋侧妃虐待不成？日子再难过，也该为儿子们着想，儿子都成亲娶妻了，自己还要和离，那不是让他们这一辈子都抬不起头来了？

只是，毕竟意气难平。

方才宁王竟然胆大包天，当众调戏宫娥，宁王妃只觉得自己全身发冷，宁王做事越来越肆无忌惮，到时可不要牵连到自己与儿子……

听府里的管事婆子说，皇上虽才登基一年，就已经大刀阔斧地推行了新政，天下百姓安居乐业，个个都夸皇上仁义，天下归心。如此太平盛世，宁王还想要谋逆，那不是往死路上奔？宁王妃忧心忡忡地皱了皱眉头，强装笑颜饮了一口酒，心中苦涩。

畅春园夜宴以后，烟花骤起，乌蓝的夜空里银光流泻，一朵朵花卉在空中盛放，就如瑶池仙苑满园春。众人站在五凤城楼看烟火，城楼下边有乐府奏乐歌舞，一派繁华景象。

"你看出什么来没有？"许明伦与许慕辰并肩站在城楼上，两人窃窃私语。

"我觉得宁王略显猖狂了些，或许他以为自己得了宝藏，就能收买人心发起兵变了？"许慕辰觑了宁王一眼，见他满面红光，一双眼睛色迷迷地盯着不远处侍立的宫娥，"竟然做出这般丑态！"

两人站在一处，言笑晏晏，在旁人看着，皇上与许侍郎的关系实在是只可意会不可言说。

"快，快些拿嗅盐给我。"陈太后心急如焚，手脚冰冷，心中暗想，无论如何，过了春节，她就要掀起一波选妃的巨浪！只要是四品以上的官员，有及笄的女儿或者孙女，不论嫡庶，只要是美貌娴静，就一律送进宫来候选。

广撒网，多捞鱼，总有一款适合他！

陈太后咬了咬牙，自己不能任凭皇上再任性下去，为了大周的江山社稷，皇后是绝对的必需品，即便皇上喜欢的不是女人，也要跟女人生了孩子再说！

许明伦觉得身上一阵发凉，转脸看过去，对上了陈太后咬牙切齿地脸。

他打了个哆嗦，母后这神色好像有些不对劲啊！

风急天高，夜色沉沉，这初二的夜晚，黑得伸手不见五指。

可就是这样的天气才适合夜间漫步，一条黑影贴着墙面走得飞快，悄无声息，一翻身就飞过了院墙，落到了另外的院子里。

书房那边灯光迷离，柳蓉飞身上了屋顶，轻轻拨开几块瓦片，眯着眼睛往里看过去。

屋子中央坐着一个人，肥头大耳，神态有几分像宁王，可柳蓉一眼就认出，这只是一个西贝货。宁王的肚子更大一些，坐在那里，肥肥的一堆肉，这人坐在椅子上还没填满，跟宁王的肥胖程度还是有些差距的。

书桌旁边站着那个叫秦璞的老者，嘴唇一张一合地在说话，柳蓉仔细听了几句："你装病就该装得像一些，老是想着吃吃吃，哪里像个病人？"

假宁王哼哼唧唧："我胃口好，想吃。"

"你别哼唧，我给你带消夜来了。"秦璞将一个盒子放到桌子上头，假宁王双眼放光："秦大人，我错怪你了，你是个好心人！"

秦璞将盒子打开，里边是一笼小包子，大约有十只，跟蒜头差不多大小："你看，我把自己明日的早餐都让给你了，你也该知足了。"

假宁王眼泪汪汪："这些塞牙缝都不够啊！"

"有的吃就不错了，还叽叽歪歪的，人要知足！"秦璞很严肃地望着假宁王，声音逐渐变得严厉，"王爷交给你的任务，你务必要做好，这些天你就在书院这边，千万不能进内院，也别打什么歪主意，王爷的姬妾，可不是你能染指的！"

假宁王忽然激动了起来："我喜欢香姬！"

"混账东西，香姬也是你能幻想的！"秦璞气急败坏，连连顿足，"那可是宁王的新宠！"

"秦大人，你也喜欢她吧，还是你将她推荐给宁王的呢。"假宁王忽然一板脸，"不要以为我不知道你们两人那点子事情！我要是不趁着这个好机会与香姬去睡几个晚上，也太对不住自己了，你敢向王爷告发我，我就先告发你！"

秦璞咬牙切齿地扑了过去，可手才落到假宁王的脖子上又停住了。

这个冒牌货不能死，皇上这些天对宁王看得很紧，昨日天坛祭天，一定要宁王跟着去，这宁王府里或许早就安插了皇上的眼线，万一不见宁王活动，那皇上定会看出破绽！

宁王府现在必须要有个肥笨如猪的胖子不时地走动走动，这个已经是最像宁王的了，自己要是把他那啥了，哪里还能找出跟宁王如此像的第二个人来？

秦璞的手停在了那里，恨恨地望了假宁王一眼，又将一双枯柴一样的手撤了回去。

"那好，你先吃了消夜，我再派人去通知香姬，说你晚上会过去。"秦璞十分无奈，这完全是没有办法的办法。

而且宁王好色，几乎每晚都要进后院，现在虽然传出去说王爷病了，可总不能每日都独宿在书房里，完全不是王爷的风格。

假宁王露出了快活的笑容，他吃力地扶着椅子扶手站起来，挪到桌子旁边，伸出肥胖的手指抓向那个盒子，忽然间目瞪口呆："秦大人，这里的包子呢？"

秦璞一转头，盒子里空空如也，那十个包子不见了踪影。

"秦大人，你可真狠心，一个也不给我！"假宁王痛哭流涕。

"糟糕，书房里有人！"秦璞毛骨悚然。

刚刚他只跟假宁王厮打了一会儿，也没听到脚步声，没觉察到意外，怎么这十只包子突然凭空消失了？

假宁王擦了擦眼泪，也意识到了这一点，惊恐万分："秦大人，有鬼！不可能是人！"

柳蓉一只手拿着包子捏了捏，撇了撇嘴，姐不就是个大活人？亏得下边那两只那样惊慌失措，还拼命地往桌子下边钻！

秦璞身子瘦弱，呲溜一声就躲到了桌子下边，而那假宁王就没这么快的手脚，他吃力地跪倒在地，手脚并用地往里面爬过去，刚刚钻进一个脑袋，在肩膀那里就卡住了，不住地蹬着两条肥胖的腿，带着哭音喊了起来："我没做坏事，别抓我，别抓我！"

柳蓉嘻嘻一笑，从身上拿出了一个小竹筒，揭开盖子，倒提着那竹筒往下边摇了摇，数只小虫子落到了书桌旁边，欢快地蹦蹦跳跳着，从假宁王的裤脚里钻了进去。

"啊啊啊啊……"声嘶力竭地喊叫声打破了夜晚的沉寂，一盏灯亮了起来，又一盏亮了起来，顷刻间宁王府飘荡着各种灯火，有明亮的，有昏暗的，有忽明忽暗的，一齐朝书房这边奔了过来。

秦璞此时已经清醒过来，宁王不在府中这件事情，势必不能让人知道，他抓住了假宁王的手："你别露出脑袋来！"

假宁王也知道自己杀猪般的号叫声带来了什么样的后果，他顺从地点了点头，将脑袋埋到了秦璞的背上，以柳蓉的角度来看，那就是小蚱蜢上压了一只大乌龟，乌龟还显出一副羞涩的模样，脑袋都不敢抬。

书房的门被推开了，一群人涌了进来，个个目瞪口呆。

王爷与秦大人的姿势好奇怪啊！

王爷死命地压在秦大人身上，一副心满意足的样子，连脑袋都不肯抬一下。而秦大人眼中那绝望的目光，已经深深地表明了他方才肯定受到了某种虐待。

秦璞挣扎着从书桌下探出了半个脑袋来，声音嘶哑："没事没事，你们都回去歇着！"

没错，那声号叫就是秦大人发出来的！众人一脸"我懂了"的神色，飞快地退了出去，还体贴地关上了房门。

"没想到王爷这把年纪了还沾上了断袖之癖！"一个年轻男仆拎着灯笼打着呵欠低声道，"秦大人那脸色，可是十分难看！"

"我觉得奇怪的是，连秦大人这样的王爷都下得了嘴，那以后我们……"旁边的伙伴打了个哆嗦，"咱们可怎么办才好啊！"

他这话一出，众人个个心惊胆战，用手抓紧了自己的衣裳前襟，没想到，这年头就连做个安静的美男子都不行了。

正月初三的上午，天色放晴，乌云似乎被一口气吹散了一般，露出了清澈的一片蓝天。阳光从空中投下万点金光，照得雪白的地面熠熠生辉。

钱婆子坐在角门那里，屋子里头还有两个年轻力壮的男仆，三个人热了一壶酒，一边就着一碟花生米慢慢地吃吃喝喝，一边说着昨晚的怪事："王爷这般年纪，忽然就转了口味，实在有些莫名其妙。"

"可不是。"一个男仆忧心忡忡，"以后都不敢被王爷看见了。"

"呵呵，宁王喜欢的是秦大人那样瘦筋筋的，你们不用担心。"钱婆子似乎很有把握，起身从一个小柜子里摸了好半天，才摸出几个油纸团子来，"我这里有好东西吃，五芳斋的糕点。"

两个男仆接了一个油纸包过来："钱婆子，你可真有钱。"

"我能有啥钱？还不是那个货郎卖得便宜！"钱婆子掰开饼子，塞了点到嘴里哑吧哑吧两下，闭着眼睛道，"真好吃。"

"货郎？"两个男仆相互看了一眼，不用说，肯定是吴管事叮嘱他们注意的那个。

"是咧是咧，就是从货郎担上买来的。"钱婆子不知就里，笑得牙齿都在外边晒太阳，"两个货郎都生得俊，只不过那个弟弟更俊些。"

"两个？"男仆面面相觑，那到底抓哪一个？

"嗯，两个，加上他们那个爹，就是三个了。"钱婆子连连点头，"我都认识。"

"啊？三个？"怎么又多了一个？

　　"是啊，错不了，三个！要是算上他们那个叔叔，就是四个了！"钱婆子丝毫没有注意到两人头上爆出的汗珠子，笑得很开心，"说来也怪，那个老货郎与他弟弟生得都不咋样，两个儿子却这般俊。"

　　两个男仆不敢再问，再问只怕又要多出一个来了！

　　"上好的绣线胭脂水粉，五芳斋最新的糕点啦……"悠长的吆喝声铿锵有力，似乎要贯穿云端，远远地传了过来。

　　"来了来了！"两个男仆精神一振，相互对视一眼，很有默契地点了点头，不管是不是吴管事交代的那个货郎，来一个他们就抓一个！

　　许慕辰挑着担子晃晃悠悠地朝角门走过来，身后的雪地上有两行深深的脚印。钱婆子站起来，眯着眼睛看了看，伸手热情地招呼着："货郎，今日才初三，你咋就来了哩？"

　　"待在家中也没事情好做，不如出来走一走！"许慕辰笑着将担子放下来，"我想见小蓉姑娘，妈妈看在这新春我还出来卖货的份儿上，就放我进去吧！"

　　"哼！你还想进园子找人！"两个男仆凶巴巴地从角门那边的小屋子里冲了出来，"走，跟我们去见吴管事！"

　　许慕辰不慌不忙："你们吴管事要买货？麻烦他出来自己挑。"

　　"谁要买你的东西！"一个男仆恶狠狠地说了一声，另外一个忽然住了嘴，"许、许……"

　　他曾经被吴管事派到外头去买东西，在京城街头见过一群姑娘追着许慕辰跑的情形，心中震撼无比，他那天回去后晚上做了一个梦，迷迷糊糊中，他变成了那位许侍郎，一群姑娘赶着过来讨好他，他哈哈狂笑，笑着笑着从梦里醒了过来。

从此以后，许慕辰就成了他心目中的偶像。

偶像来了，他是要上去问泡妞秘籍还是听吴管事的吩咐将偶像抓起来呢？那男仆挠了挠脑袋，一时间不知道该怎么做才好。

许慕辰一脸带笑望着他："能不能去帮我找下做粗使丫头的小蓉？"

"好好好……"男仆赶紧应了一声，乖乖转身。

"哎哎哎，你、你、你……怎么跑了？"同伴大喊了起来，"快来抓他啊！"

没有人回答他，离开的那个跑得比兔子还快，一瞬间就没影了。

第十三章

彼此确定心意

　　小小的院落里爆发出阵阵笑声，似乎能将树枝上的雪震下来。院子里头坐着一群丫鬟婆子，正围着火堆说话。

　　"小蓉，小蓉！"门口探进来一个脑袋，林妈妈站了起来："你怎么到内院来了？"

　　"有个货郎在角门要找小蓉！"那男仆笑了笑，又贪馋地看了一眼那边，好多小丫头，个个生得眉清目秀，看着都养眼。

　　柳蓉站了起来，心里有些欢喜，许慕辰自从二十九露了面，再也没有来过，肯定是事情比较多腾不出空来。宁王已经动身去了苏州，柳蓉原以为许慕辰会跟着过去的，却万万没想到他今日竟然还能过来。

　　院子里的小丫头们听说货郎过来了，纷纷站起来要去买些零嘴回来吃。

　　那年轻货郎卖的东西便宜，又生得实在俊俏，小丫头们个个都想要再见他一面，这可是个大好时机。

林妈妈见着转瞬间院子就空了，不由得摇了摇头，这群小丫头，十四五岁的年纪，就已经是春心萌动了，见着长得好看的男人，眼睛都能冒出光来。

柳蓉与小伙伴们一起快乐地奔跑在雪地上，心里头美滋滋的，有几日没见许慕辰，心里头颇有几分想念，晚上睡觉的时候，闭上眼睛，脑子里就是那张脸在晃来晃去。

自己什么时候对他有了不同一般的感情？柳蓉想了想，觉得应该是自己给他下药，将他引以为傲的那张脸毁得面目全非的时候，弱者总是能受到更多的同情，自己对他的那一丝丝愧疚不断扩大，慢慢地竟然也就心里有了他。

只不过许慕辰也没什么不好，柳蓉勾了勾嘴角，除了那张脸生得俊是个致命的缺陷，其余算起来还是个五好青年呢。

五好青年正意气风发地站在门口，而那个叫嚣着要把他上交给吴管事的男仆，正躺在雪地上，哎哟哎哟叫个不停，他的脑袋刚刚抬起来，就被热情如火直奔五好青年而去的小丫头们踩了下去，好不容易又挣扎着起来几分，身上又被踏上一脚。

我容易吗我？那男仆被连踩数下，最终放弃了挣扎，摊手摊脚躺在那里，就如一张被踩扁的纸，在雪地上形成了一个硕大的"大"字。

"小蓉！"见到柳蓉，许慕辰非常激动，"我本来要来陪你过除夕的，只是除夕那日要去宫中参加夜宴，没有法子……前日和昨日，皇上喊了我过去议事，后来我还要安排人跟踪……"

柳蓉瞪了许慕辰一眼，身边全是宁王府的丫鬟婆子，他说得这般肆无忌惮，不大好吧？

小丫头们竖着耳朵正听得仔细，一个个惊喜万分地嚷了起来：

"货郎，是不是你卖的东西价廉物美，连皇上都知道了？"

那个去喊柳蓉的男仆赶紧为偶像澄清："他才不是普通的卖货郎呢，他是镇国将军府的长公子，刑部侍郎许大人！"

"哇，好赞！"丫头们眼睛里冒出了粉红色的心形泡泡，"难怪一见这货郎就觉得他不是寻常人，原来竟是闻名京城的许侍郎！"

"是啊是啊，早听说许侍郎是京城八美之首，果然，名不虚传！"有小丫头激动得一张脸都红了几分，"许侍郎，我喜欢你！"

"喜欢个屁啊！"躺在地上的那个男仆终于匀过气来，支撑着将上半身抬了起来，"人家可是高门大户里的公子，又是堂堂的侍郎，能看得上你吗？"

小丫头奔过去，抬起脚恶狠狠地一踩："我喜欢他，又没说他要看得上我！我心里喜欢一个人不行吗？关你鸟事！"

这角门处一时间热热闹闹，全是小丫头们叽叽喳喳的声音。

柳蓉似笑非笑地望着许慕辰，这人可真能招蜂引蝶，心中暗地掂量了下，五好青年与这张俊脸，哪个比重更大。

"小蓉，怎么了，你为何笑得这般古怪？"许慕辰顾不上身边一群花痴状的小丫头，心中慌慌的，看着柳蓉嘴唇边的笑容，他心中就有不妙的感觉。

不妙，大大的不妙！

"我觉得，你有这么多人喜欢着，还找我出来做甚？"柳蓉伸手指了指那一群满眼放光的小丫头，哈哈一笑，"许慕辰，你莫非要一网打尽不成？就让我做一条漏网之鱼不行吗？"

许慕辰没有反应过来："什么意思？"

柳蓉白了他一眼，转身就走，钱婆子不住地叹气："什么意思都不知道？小蓉是说你的桃花运太旺，她不高兴啦！"

许慕辰张大了嘴巴站在那里，这不关他的事啊！全是那些人自己扑过来的，怎么这笔账就算到他头上了呢？呆头鹅一样站在那里，看着柳蓉越走越远，许慕辰猛地反应了过来，纵身一跃，身子飘出去数丈之远。

"好帅气……"小丫头们张大了嘴巴，一双双眼睛瞪得溜圆。

"小蓉，小蓉！"许慕辰心急如焚，急急忙忙赶上了柳蓉，双手挡住了她，"你怎么都不给我一个说话的机会？"

"好，你说。"柳蓉停住了脚步，笑微微地看着他。

"我……"许慕辰摸了摸脑袋，这话题真是久远，从哪里说起才好？

他五岁进宫做伴读，刚刚进宫，当时的陈皇后就一把抱着他不肯放手："哟哟哟，长得跟粉团子一样，快来和本宫说说话。"

那时候许慕辰只觉得心里美滋滋的，能得到皇后娘娘的喜欢，那是何等的荣光！等长大些，到了十五六岁，宫里的宫女、府中的丫鬟，一个个都追着他看个不停，甚至有一次一个宫女粗鲁地一把推倒他，对他上下其手，想要占些便宜。

他跳了起来，将那宫女抓住扔出去很远，从此以后，宫里头就没有人再敢打他的主意了，只不过他与许明伦的传说就越传越远，甚至连当时的皇后娘娘都觉得十分担心，以至于每次他前脚刚进宫见许明伦，后脚皇后娘娘必然要跟着过来，将他当贼防。

再后来，许明伦登基，为了不让宁王怀疑，他变成了一个浪荡子弟，一上街就引得一大群姑娘追着跑，可那真不是他的本意啊，那是皇上授意的！皇上要他变成这样，以防宁王太警醒，觉得他们两人乃是新锐的对手，会万分小心。

这计策看起来成了一半，可却把自己给陷进去了，许慕辰一双眉毛皱得紧紧地："小蓉，真不是我的错。"

这番诉说真是血泪史一部！

柳蓉同情地看了看许慕辰，很认真地问："那个宫女怎么能把你扑倒？"

"她说皇上找我，我跟着她走了一段路，没想到她忽然转身将我推倒了。"许慕辰老老实实地回答，不敢说谎。

"哼！我才不相信，你身手那么好，竟然会被她随意就推倒了，分明是自己想倒！"柳蓉的眼睛睁得溜圆，"你以为我是傻子不成？"

"那是……"许慕辰痛心疾首，"那宫女太会选择位置了，最狭窄的过道处，旁边是密密麻麻的紫藤花，而且，事出突然，我就算想施展轻功，也没地方躲！"

显然柳蓉不相信他的话，白了他一眼，大步朝前走："你骗鬼呢。"

许慕辰只能拔足狂追，两人一前一后在宁王府里开始捉迷藏。

"哇，为什么小蓉也跑得这样快？一转眼就没了身影！"围观群众发出了啧啧惊叹，"他们两人果然相配，都是脚下生风！"

许慕辰紧紧跟在柳蓉身后，分明见着与她只有一臂的距离，可就是追不上。从后边看，她娇小玲珑的身子灵活得跟兔子一样，几转几拐，行走如风。

"我知道，你一定是在吃醋！"许慕辰灵机一动，大喊了一声。

柳蓉脚下一滞，许慕辰说的什么话？什么叫自己在吃醋？自己为啥要吃醋？他可真是自我感觉良好！

高手过招，不能有半分马虎，柳蓉这稍稍停顿，就给了许慕辰机会，他终于赶上了她，一把抓住了她的胳膊："蓉儿，你听我说！"

蓉儿？柳蓉错愕地看着许慕辰，他对她的称呼由苏锦珍变成柳姑娘，等她进了宁王府以后便成了小蓉，现在怎么又变了？

这称呼真腻，柳蓉心里颤了颤，这是师父师爹喊自己的，从许慕辰嘴里喊出来，她也是醉了。

"蓉儿！"许慕辰见柳蓉愣在了那里，趁热打铁，"我喜欢你。"

"喜欢你的人多着呢。"柳蓉歪了歪嘴角，"许慕辰，求放过。"

"蓉儿，你别这样，我知道你心里肯定也是喜欢我的。"许慕辰振振有词，"要不然你怎么会跑开？肯定是受不了那么多姑娘围着我。"

"臭美啊，你！"柳蓉气呼呼地使劲挣扎，"许慕辰，你放开，本姑娘才不跟你腻歪！"

"可我就是要跟你腻歪。"许慕辰死死地抱着柳蓉不放手，李公子的高招是胆大心细脸皮厚，正是要紧关头，他一定要拿出来试一试！

"放开手！"

"不放！"

"放开！"

"我就是不能放！"

"快些放开啦！"

"不行，我就想这样抱着你！"

"好吧，不放就不放！"柳蓉咬了咬牙，两人在比内力呢，两双脚已经一寸寸地将地面都踩塌了几分，可许慕辰还是不肯放手。

说实在话，要单纯比内力，许慕辰肯定不及柳蓉，从小柳蓉便由玉罗刹督促着苦练武功，加上终南山里那珍奇的云棕树果，她从小到大当零食吃，还有空空道人不时精心烹饪一些进补的汤药过来……诸种原因，许慕辰要想赶上柳蓉，那是绝对不可能的。

只不过，柳蓉暗暗想，许慕辰的怀抱真温暖啊，大冬天的有人抱着相互取暖，真舒服啊，特别是抬头就看到一张俊秀的脸，赏心悦目啊……

算了，他喜欢抱着，就让他抱着吧，柳蓉决定不再挣扎，有人愿意送上门来当暖炉，不要白不要！只不过这大白天的，就在园中相互抱着，好像有些羞羞脸的感觉啊，要不要提议晚上再来抱？

好像也很不妥当，许慕辰会以为自己有什么别的意思，晚上……柳蓉的脸瞬间就红了。

"蓉儿，怎么啦？"许慕辰发现柳蓉忽然有了娇羞的模样，心中大喜，李公子教的招数真管用，自己要给京卫指挥使司去说说，以后减去李公子一半的训练量——做人要有良心，滴水之恩当涌泉相报，更何况这可不是滴水之恩，而是关系到自己的终身大事啊。

"许慕辰，你也不看看场合。"柳蓉嗔怨地说了一句，话才出口，她就不由得打了个哆嗦，这话是自己说出来的吗？怎么变得软绵绵娇滴滴的了？她本来是打算神清气爽，用虎虎生威的声音，可是这扭扭捏捏，好像从喉咙里挤出来的声音是怎么一回事？

这话分明是在暗示他什么，许慕辰放眼看了下周围，一群宁王府的下人正站在不远处围观，已经有热情的观众振臂高呼："在一起，在一起！"

"蓉儿，你听到了没有？她们都在喊让我们在一起。"许慕辰大胆了几分，颤抖着将自己的头轻轻贴了过去，把嘴唇印上了柳蓉的额头。

柳蓉猛地跳了起来："她们说让我们在一起，我们就一定要在一起？哼！"

许慕辰痛苦地摸着下巴："牙、牙齿要被撞断了！"

"啊？"柳蓉有些紧张，许慕辰说话的声音真的好像在漏风呢，她伸出手去摸了摸许慕辰的下巴，"对不起！是我不好，我应该……"

话音未落，她的身子又被两只手环住，许慕辰含含糊糊地耍赖道："蓉儿，你必须得赔偿我！好歹我也是个帅哥，门牙撞掉了，那不跟老头子一样了？"

自己好像真有些对不住他哎，柳蓉心里有几分愧疚，低声说了一句："那你准备要我怎么赔你？"

"亲我一下。"许慕辰指了指自己的嘴唇，"你的脑袋撞痛了它，当然要来亲亲它，让它舒服一点。"

"亲了它就会舒服？"柳蓉疑惑地看了看许慕辰，忽然笑了起来，"你把我当傻子呢，许慕辰，你真是想得美，看我不一巴掌扇死你！"

"别别别……"许慕辰猛地低头，在柳蓉嘴上啄了一下，拔腿飞跳开，大声高喊，"谋杀亲夫啦，啦啦啦……"

"许慕辰，你别跑！"柳蓉又羞又气，赶着许慕辰往外边跑，"该死的许慕辰，竟然敢偷袭我！"

"许大人，许大人！"从角门那边涌进了一群官兵，"宁王果然是假的，已经被拿下了！"

柳蓉停下了脚，打闹归打闹，可不能让许慕辰在他的部下面前失了脸面，她站在一旁看着许慕辰处理事务，有板有眼，方才那嬉皮笑脸的模样已经不翼而飞，不由得也佩服了几分，许慕辰这般年纪轻轻，就能做到刑部侍郎，许明伦无疑是个助力，但也需他自己有本事，看他的手下都是一副唯他马首是瞻的模样，说明许慕辰还是有自己的长处。

许慕辰将事情都布置好，转头看了看柳蓉，面色沉静："蓉儿，我不逗你了，你要怎么样就怎么样，如何？"

柳蓉也愣住了，许慕辰如此诚恳，自己还真不好拉下脸来训斥他，两人面对面站在那里，头顶上有细细的雪花末子纷纷洒落。

"小蓉，小蓉！"玉坠从那边走了出来，手里头拎着两个包袱，"我把你的东西一并收拾好了，咱们可以回去了。"

"啊？"柳蓉吃了一惊，恋恋不舍地看了看园子，"宁王谋逆，应该不会跟那些下人有什么关系吧？皇上会不会满门抄斩？"这么些天来，她与林妈妈她们相处十分融洽，真不忍心看着她们因着宁王受到牵连。

"你想多了。"许慕辰笑了笑，"皇上是明君，宁王谋逆是他的事情，他的党羽肯定是要清算，但跟这宁王府的下人有什么关系？皇上肯定不会这么做的，他还想收买民心呢，怎么会做这样滥杀无辜的事情。"

"那就好。"柳蓉瞬间快活起来，接过玉坠手中的包袱，"我实在想回去见师父师爹和大顺了！"

"你师父师爹追着宁王去了。"许慕辰简单地说了一句，"你就在义堂里照顾大顺他们吧。"

回到义堂，大顺很开心："姐姐，你总算是回来了！"

柳蓉伸手摸了摸他的脑袋："你想姐姐啦？"

大顺点了点头："想，好想姐姐呢。"他伸手在衣裳兜里摸了摸，掏出了一个小荷包来，"姐姐，你看，这是许大哥给我们的吉利钱！姐姐也有，许大哥给了我，让我转交给姐姐！"他伸手拉着柳蓉就往屋子里头走，"我帮姐姐收好了。"

一个淡绿色的荷包，上边绣着一枝寒梅，口子由五色丝线镶边，下边垂着淡黄色的穗子，一束一束，整齐而光滑。将锁口的绳子拉开，里边有两张纸，柳蓉将那两张纸拿出来一看，一张是银票，四通钱庄，大周通用，一万两。

"姐姐，怎么许大哥不送你银子啊？"大顺还不认识字，见着只是两张纸，非常失望，"我还以为许大哥会给你一个大银锭子呢。"

柳蓉的脸色微微一红，赶紧将银票折了起来，师父每年除夕都会给她吉利钱，一般是一个小银锭子，做个新春好彩头，像许慕辰这般大手笔一出手就是一万两的，实在让她觉得吃惊，这也太多了些！

大顺攀着柳蓉的手一个劲儿地往另外一张纸上瞅："姐姐，这个字是不是'子'？"

柳蓉低头看了看，纸上写着四句古诗：青青子衿，悠悠我心，但为君故，沉吟至今。

"是不是？我认得那个字！"大顺的手指着"子"字，勤学好问。

柳蓉心里扑扑直跳，将那张纸揉成了一团，朝大顺点了点头："对，大顺真聪明，就是个'子'字！明年姐姐请先生来教你们念书，大顺就能认识更多的字了呢！"

"太好了太好了！"大顺欢呼雀跃，"明年我就能念书啦！"

好不容易将大顺打发走，柳蓉又将那个纸团子展平，上头已经是皱皱巴巴的一片，四行字似乎要从纸上跳出来，一直跳到她心里去。视线不住地在那纸上逡巡，看得越久，心里就越慌慌的一片，伸手抓住了自己的衣襟，柳蓉忽然间觉得自己快要喘不过气来。

第一次接触到这种字眼，虽然不说火辣辣，可却依旧让她不由自主地颤动了起来，似乎有人拨动了她的心弦，那嗡嗡嗡嗡的声音不断，汇集成一种说不出的欢快音律在耳边回旋。

自己为啥会这么心浮气躁呢？柳蓉用力喘了一口气，以前师父也教过她诗歌，没哪次像今日这般反应大的。柳蓉伸手摸了摸自己的额头，只觉得有些发烫，整个人也迷迷糊糊的，好像意识不清楚。

"糟糕，不是感了风寒吧？"她想到今日与许慕辰两人站在寒风里，就在那湖泊之畔拉扯了好一阵子，是不是伤了风？柳蓉就势往床上一趟，拿着信笺的手哆哆嗦嗦抖个不停，看起来自己还病得不轻呢。

到了晚上许慕辰才知道柳蓉得病的事情，他押着假宁王秦璞之流的人在刑部，审讯了大半日，又进宫向许明伦回禀进程，到了要用晚饭的时候，这才在陈太后疑惑的眼神里飞奔着出了皇宫。

太后娘娘，我可真没有染指皇上的意思，许慕辰心中如有千万匹那个啥呼啸而过，为何太后娘娘看他与皇上的眼神那般奇怪？他喜欢的人是蓉儿，真的不是他的好兄弟许明伦啊！他很正常，不正常的是那些自以为正常却说别人不正常的人！

许慕辰没有回镇国将军府，而是骑着马飞奔着来了义堂，才进门，蹲在走廊下边的大顺就飞奔着过来，哭着道："呜呜呜，许大哥你终于来了……"

见大顺哭得伤心，许慕辰赶紧翻身下马："大顺，怎么啦？"

"姐姐、姐姐……"大顺哽咽着擦了擦眼泪，"姐姐病了！我给姐姐去请大夫，那个福寿堂的薛大夫说，他才不会来义堂给人看病呢。"

"什么？"许慕辰吃了一惊，"蓉儿病了？竟然还有人不肯过来给她看病？"他气势汹汹地转过身，飞身上马，扬起了鞭子，"我去去就来！"

两盏红色的灯笼低低地垂在屋檐下边，昏昏暗暗的灯光透过那层纱照了下来，就像没有睡醒的人，眼睛半睁半闭，一排木板竖得整整齐齐，一溜儿的暗褐色，在这将暮未暮的傍晚时分显得有些老气。

旁边一扇小门开着，从外边看过去黑黝黝的，许慕辰翻身下马，大步走了过去，伸手在门板上拍了两下："伙计，有大夫否？"

小门里伸出个脑袋来，看了许慕辰一眼，见他锦衣华服，立即神色恭敬起来："这位公子，可是家中有病人急需大夫？"

许慕辰傲然地点了点头："薛大夫在否？"

"在在在。"伙计点头哈腰，从里边请出了薛大夫，"来了个富家公子，诊金肯定足足的！"

薛大夫听了心中高兴，赶紧背上行医的袋子，屁颠屁颠地走了出去。到了外边见着许慕辰，俊眉星目，穿着云锦长袍，外边还披着一件大氅，更是笃定，今晚肯定能捞不少银子，就冲他那件大氅来看，可不是一般的富家公子！

"公子，不知道贵府在哪条街上？"薛大夫一拱手，抬起头来时心里有些犯嘀咕，怎么这公子身后没有跟着马车呢，难道要自己走路过去？

许慕辰一探身，伸手抓住薛大夫的腰带，将他提了起来，薛大夫还没弄得清怎么一回事，瞬间就四脚悬空了，他奋力地挣扎着划拉了两下胳膊："公、公子……你、你、你……"

"我来请你去看病！"许慕辰扬鞭打马，一只手捉着缰绳，一只手拎着薛大夫，才一会儿工夫，就消失在街道拐角处。

店伙计这时才如梦方醒，大喊了起来："快来人啊，有强盗劫了薛大夫！"

许慕辰拎着薛大夫到了义堂，将他往地上一扔，薛大夫连滚带爬，好一会儿才站了起来，战战兢兢地望着许慕辰，抱着走廊柱子不放手："公子，我们家没什么银子，开个药堂一年到头也赚不到几个钱，你要是想绑架勒索，最多开口要一万两，超过一万两家里就出不起啦！"

"哼！"许慕辰上前一步，薛大夫吓得脸色都发白了，"两万、两万……到处借钱还是可以凑满的。"

"谁要你的两万两银子！"许慕辰看着薛大夫那老鼠胡须不住在发抖，心中就有些厌恶，"两万两银子我还没看在眼里！"

"难道公子想要三万吗？"薛大夫见着许慕辰步步走近，闭上了眼睛号啕大哭起来："五万，我有五万两银子放在床下的暗格里！还请公子高抬贵手放过我！"

"谁在这里嚎呢？"柳蓉躺在床上，本来就有些心神不宁，听着外边有人凄厉的惨叫，怒气冲冲地走出来，"本姑娘想好好睡一觉都不行！"

薛大夫头昏脑涨，这边被俊秀公子步步紧逼，那边又来了只母老虎，虽然这母老虎长得挺清秀，可现在薛大夫看起来，完全是张着血盆大口想要扑过来吃掉他——这义堂里收留的都是孤寡老弱和一些无父无母的孤儿，肯定是他们没银子办不下去了，这才将他捉过来的！

早一个时辰有人来药堂请他来这里给人看病，他嫌着没油水，不来，没想到原来是这些人早就设好的圈套，想将他扣押到这里，让家里拿赎金过来买人！薛大夫痛哭流涕，这么多年辛辛苦苦攒下来的银子，眼见着就化作了滔滔江水，一去不回头了，好心痛啊！

见着柳蓉出来，许慕辰心中欢喜，走近她身边关切地看了一眼："蓉儿，听说你病了，快让这位大夫把下脉。"

薛大夫听到"把脉"两个字，停下了鬼哭狼嚎，疑惑地看了看柳蓉，难道真的是请他来看病的？可这位姑娘瞧着也不像是生病的样子，方才吼他的那一声，可是声如洪钟，中气十足得很呢。

"原来公子真是让在下来看病的？"薛大夫小心翼翼地问了一句。

"不然呢？"许慕辰白了他一眼，"谁让你狗眼看人低，开始去请你，竟然不肯来。"

薛大夫摸了一把额头上的汗，连连点头："是是是，小人有眼无珠，不该嫌贫爱富，应该有医者父母心，哪里都要去。"

柳蓉甩了甩手走了进去，本来自己觉得好了不少，可一见到许慕辰，就有些不自在，气息都急促了起来。她坐在床边稳了稳心神，看着薛大夫跟着大顺走了过来，连忙摆手："我这是今日伤了风，不用把脉了。"

"怎么能不把脉呢？既然都请了大夫过来，自然要好好瞧瞧。"许慕辰跟着走了进来，脸上有着焦急神色，"蓉儿，你可不能忌医！"

柳蓉望了许慕辰一眼，乖乖地将手伸了出来："好吧，有劳大夫了。"

薛大夫将手指搭在柳蓉的手腕上，仔细诊了一回，眼中流露出疑惑的神色："这位姑娘的脉象有些奇怪，从望与闻来看，面色红润，身体也没有发热，该没有生病的，可她这脉象却实在古怪，时而快时而慢，就跟在弹琴一样，高高低低起起落落，在下无能，实在弄不懂这是什么怪病了。"

"什么？"屋子里头另外三个人都惊叫了起来，"怪病？"

薛大夫连连点头："不错，在下行医也有不少年了，可还从没有见到过这般奇怪的脉象。"

"呜呜呜，姐姐，我不要你死！"大顺抱住了柳蓉，放声大哭起来，他本是无父无母的孤儿，好不容易才遇到这么好的姐姐，她怎么能死呢？大顺抱着柳蓉的胳膊，冲着薛大夫怒吼了起来，"我姐姐没有得病，全是你这老头子在胡说八道！"

"是是是，我在胡说！"薛大夫拎着那药袋子，将许慕辰拉到一边低声道，"公子，你还是去另请高明吧，这病可不能拖啊，越拖就越难治了！"

许慕辰沉重地点了点头，迈开步子就往外走，他决定进宫去请太医。

听说柳蓉得了怪病，许明伦也急得像热锅上的蚂蚁，恨不能插上一双翅膀飞出去见她："小福子，快去将太医院里几位医术最好的御医请去义堂！"

许慕辰长长地舒了一口气："多谢皇上！"

"慕辰，朕想去见她。"许明伦的眉头皱在一处，一颗心似乎被人揪得紧紧的，大气儿都不能出。

"皇上，你要想想自己的身份。"许慕辰出言提醒，"堂堂九五之尊，如何能随意出宫去看望一个平民女子？"柳蓉是他的，许明伦能少见一次就是一次，许慕辰心道。

许明伦颓然倒在椅子里，口中喃喃有声："朕知道，朕知道，可朕就是放心不下。"

"皇上，"许慕辰见着许明伦那模样也有些难受，伸出一只手放到他肩膀上安慰着他，"皇上，你只管放宽心，有首席御医去了，蓉儿不会有事的。"

"许侍郎，你不要太放肆！"门口传来一声怒斥，两人抬头一看，陈太后正愤怒地盯着许慕辰那只手。

"呃……"许慕辰赶紧放手，"太后娘娘安好！"

"安好安好！哀家还能安好吗？"陈太后哆哆嗦嗦地指着许慕辰，"许侍郎，哀家限你一个月之内速速成亲！"

"一个月？"许慕辰摸了摸脑袋，"准备聘礼的时间都不够呢。"

"不管怎么样，一个月里你一定要成亲，若是你找不到合意的小姐，哀家来给你赐婚！"陈太后咬牙切齿杀气腾腾。

许慕辰脑中灵光一现，哈哈大笑起来："太后娘娘，一个月内慕辰一定会请你来赐婚的！到时候太后娘娘一定要下旨才是。"

"请哀家赐婚？"陈太后将信将疑地看了许慕辰一眼，"许侍郎，这是你的真心话？"

"真心话，再真心不过了。"许慕辰拱手行了一礼，"还请太后娘娘成全。"

"好好好。"陈太后脸上这才有了些许笑容，"那哀家就等着你带那位小姐进宫，哀家亲自给你们赐婚。"

许慕辰浑身轻松地出了宫，快活得哼起了小曲儿来。

柳蓉虽然真实身份是苏国公府的小姐，可是她似乎根本就不想回去认回自己的父母，以她现在的身份地位，要想嫁进镇国将军府，只怕是困难重重，不如求了太后娘娘赐婚的懿旨，这样家里就不会有人反对了。

人逢喜事精神爽，许慕辰骑着马一溜烟回了义堂，院子里亮堂堂的一片，到处都是灯笼，照得四周都明晃晃的。院子中央坐着不少老人孩子，从宫里请来的御医们正在给他们诊脉，一派热火朝天的场面。

许慕辰有些奇怪，大步走了过去，揪住大顺问："你姐姐呢？御医怎么说？"

大顺满脸都是笑容："好几个御医都给姐姐看过了，都说姐姐身子好得很，没病！"

"啊？真的吗？"许慕辰也高兴了起来，长长地出了一口气，可心里却依旧还是有些不放心，眼睛四处张望着，就见柳蓉端着一个托盘从厨房那边出来，上头放着新沏的茶水，热气腾腾。

"蓉儿！"许慕辰大步走了过去，将那托盘接了放到走廊的桌子上边，一把拉住了柳蓉的手，"你没事？再让御医看看，我要亲眼看着御医给你把过脉才放心。"

王御医笑着看了许慕辰一眼，看起来这位许大公子是喜欢上了这位柳姑娘啦！许慕辰是皇上面前的红人，他不敢扫了他的面子，赶紧伸手搭住柳蓉的脉门。

"咦？"王御医低低惊呼了一声，刚刚柳姑娘分明还好好的，脉象平稳，现在却十分紊乱，实在是莫名其妙！

"怎么了？"几位御医都停下手中的活计，凑了过来，"哪里有什么不对？"

王御医指了指柳蓉的手腕，磕磕巴巴地说："各位且来一起会诊。"

众人有几分好奇，一个个替柳蓉诊过脉，脸上也流露出了惊奇神色："方才分明还是好好的，为何现在脉象又这般玄妙了？"

大顺在旁边钻出个小脑袋，友情提供线索："我姐姐生病，是从她收到许大哥的信开始的，许大哥给我姐姐留了个荷包，里边写了几句诗，我姐姐看着看着就脸红了。"

几位御医都神情严肃地望向许慕辰——原来罪魁祸首就是他！

只不过想想当年许侍郎走马经过京城的大街，不少姑娘追着喊着要送瓜果鲜花给他，实在是已经有这前科了，许侍郎写给柳姑娘的，肯定是情意绵绵的话，否则柳姑娘怎么会忽然就方寸大乱了。

王御医的目光从许慕辰与柳蓉交握的那手上扫过去，不住顿足，心中暗呼"坑爹"，这不明摆着柳姑娘是见了许侍郎才会有这脉象紊乱之症嘛！

"许侍郎，你放心，柳姑娘得的病我知道了。"王御医摸了摸胡须，得意扬扬，"此病名唤相思，这治病的药，就是许侍郎你啊。"

许慕辰早就从大顺的话里琢磨出了柳蓉的病情，听着王御医这般说，高兴得一抱拳："多谢王御医指点迷津！"

柳蓉又羞又气，转过身就往后院跑，许慕辰赶紧追了过去，大顺也想跟着跑，却被王御医一把拉住："你跟着去做甚？许侍郎要给你姐姐治病呢。"

"许侍郎又不是大夫，他怎么会治病？"大顺只是不信，手舞足蹈想要跟着过去，他个子虽然小，可却有劲，跟小牛犊子一般，眼见着王御医就要拉他不住。义堂的管事赶紧跑了过来，两只手一合抱，就将大顺扛上了肩头："走走走，我带你出去转转。"

许大人正是追妻的要紧关头，怎么能让人去打扰呢？

大年初三的晚上，天空中依旧没有月亮，只有一线微光从那冷冷清清的星子上闪出来，义堂的后院，空荡荡的一片，靠着墙放了一排武器，大刀长枪长棍，被星辉映着，闪着点点寒光。

"蓉儿，你别跑。"许慕辰拔脚追了过去，将柳蓉逼到了院墙那边，"你怎么也不等等我？"

"等你做甚？"柳蓉瞄了他一眼，"我想一个人到后边院子透透气。"

"你不等我怎么行？"许慕辰笑嘻嘻地凑过去，"没听王御医说，你得的病必须由我来治？我不来，你的病怎么才能好？"

柳蓉哼了一声，心里头微微有些甜："胡说八道什么？王御医分明说你是药，你还敢凑过来？小心我将你剁碎了熬药喝！"

"只要能治好你的病，我粉身碎骨也无所谓！"许慕辰的心也是扑通扑通乱跳，这样的情话，他还是第一次说出口，自己都觉得油腔滑调了，只不过想想李公子的教导，他决定继续脸皮厚下去，"蓉儿，来，你下嘴吧。"

清冷的星光照着一张俊秀的脸，可嘴里说出的话却让柳蓉情不自禁地打了个寒战："许慕辰，你够了。我不想跟你说话了。"

"够了？"许慕辰很开心，一把抱住柳蓉，"既然你不想说话了，那该轮到我说话了！"

"你有什么要说的？"柳蓉只觉得落入了一个大火盆子，全身都被烘烤得热乎乎的。

"我还是要说那四个字，我喜欢你！"许慕辰伸出手捧住了柳蓉的脸，猛地一低头，就触到了她的嘴唇，"蓉儿，我喜欢你，真的很喜欢你。"

"唔唔唔……"柳蓉有些惊慌失措，第一次有个男人这般粗暴直接地亲上她的嘴唇，在她还没来得及说话之前，就有热乎乎的一团贴了过来，她挪了挪脑袋，想要避开一些，许慕辰穷追不舍地追过来，两只手将柳蓉抱得紧紧的，让她半分也动弹不得，"蓉儿，你别躲着我，我知道你心里是喜欢我的。"

"许慕辰！"柳蓉终于忍无可忍地喊出声来，"你可真是自恋。"

"不是我自恋，是你的脉象出卖了你。"许慕辰一把攥紧了柳蓉的手。

暖乎乎的温度将柳蓉包围，许慕辰的目光就如那漫天的星光一般，落在了她的眼眸里，两人相互对望着，慢慢地，鼻尖越来越近，最终贴在了一处，成了密不可分的一个整体。

她的呼吸融合在他的气息里，细微而短促，夹杂着说不出来的甜蜜："蓉儿，以前都是我不对，我有眼无珠得罪了你，请你原谅我。"

柳蓉想撇嘴笑，可嘴唇被许慕辰压得死死的，还不住在辗转，那火热的一份情，随着他由浅至深的亲吻慢慢地传送了过来，从她的唇瓣落入了她的心田，就如炙热的熔岩，她觉得好像全身都燃烧了起来。

北风呼啸，可却阻挡不住那如火的激情，他们站在白雪皑皑的后院，不用任何言语，从彼此的目光中就能感受到对方的心意。

那个晚上，许慕辰终于赢得了柳蓉的心，可却丧失了不少的权利——

蓉儿说的一切都是对的!

蓉儿交代的事情要马上去做,不能拖延!

哪怕蓉儿说得不对,也要参考第一条!

总之,归纳成一句话:听蓉儿的话,跟蓉儿走!

柳蓉白了他一眼:"许慕辰,你可是刑部侍郎,难道还要跟着我去做飞贼不成?"

许慕辰赶紧讨好地笑:"蓉儿,我给你写份清单,京城里哪些人家为富不仁,你可以放心下手,不必愧疚。"

"不错,算你聪明。"柳蓉满意地点了点头,揪住了许慕辰的耳朵,"以后若还是有人跟着你跑,当街献殷勤怎么办?"

"我目不斜视,就当没看见!"许慕辰赶紧做出保证,"有了蓉儿,我干吗还去看那些庸脂俗粉?谁都没有我的蓉儿美,谁都比不上我的蓉儿心地善良!"

柳蓉嫣然一笑:"你算是个明白人。"

"蓉儿,等着正月初八以后,我带你进宫觐见太后娘娘,请她为我们赐婚。"许慕辰喜滋滋地握着柳蓉的手,真是不容易啊,追了这么久,感觉腿都要跑断了,总算是抱得美人归了。

"去见太后娘娘?"柳蓉翻了翻白眼,"她会不会以为我是苏国公府的大小姐?"

"有可能。"许慕辰看了柳蓉一眼,"你与苏大小姐长得太像了,简直是一模一样。"

柳蓉笑了笑:"我才不要姓苏,我就爱姓柳。"

师父姓柳,她自然也要姓柳。

盼星星盼月亮,总算是过了正月初八,这春节休假就算到头了，文武百官照常上朝，文英阁里的奏折才过一日便堆得高高的，许明伦望着那些奏折只是头疼，许慕辰站在一旁却是神清气爽："皇上，微臣想觐见太后娘娘。"

"不准。"许明伦拉长了脸。

"皇上，木已成舟，我与蓉儿情投意合，你不如顺水推舟。"许慕辰朝许明伦拱了拱手，"指不定太后娘娘给你选的，就是最合适你的人。"

"哼！朕心里还不清楚？"许明伦望了一眼许慕辰，眼里全是羡慕，"有时候朕真希望能变成你，不用坐在这皇宫里批阅奏折，想做什么就做什么，最最要紧的，是可以娶到自己喜欢的姑娘。"

陈太后那边已经初选了一百位贵女，许明伦想死的心都有了，若是自己的母后将这一百位贵女都选进宫来，他肯定就没清净日子过了。

父皇只有十来位妃嫔，就已经争得鸡飞狗跳了，要是进来一百位……许明伦打了个哆嗦，他还不如出家做和尚呢，落个耳根清净。

许慕辰同情地看了许明伦一眼："皇上，你好好跟太后娘娘说说，她肯定还是要照顾你的情绪的，毕竟你是她唯一的孩子，怎么可能不为你着想呢？"

陈太后坐在暖阁里，心情大好，桌子上摆着一幅幅美人像，看得她眼花缭乱。

"哀家得喊了皇上来自己挑！"陈太后朝霜清望了一眼，"去盛乾宫看看，皇上有没有回来，若是回来了，请他来东暖阁这边来看美人儿。"

霜清答应了一声，刚刚走到门口，就见着许明伦与许慕辰联袂而来，不由得笑道："这可真真是母子连心！太后娘娘刚说要去请皇上，皇上就已经到门口了！"

"皇上！"陈太后见着许明伦跨步进来，脸上笑得就如开了花，"快过来瞧瞧，这些美人儿，可真是个个美貌！你自己挑挑，看看喜欢谁！"

许明伦淡淡地扫了一眼，冷冷哼了一声："不及某人。"

许慕辰站在不远处，眼睛瞄了一眼那几张图像，心中暗道：确实，不及某人。

陈太后连忙让宫女们换一批："这几张拿掉，换几张别的过来！"她的目光扫到站在一旁的许慕辰，有些惊诧，"许侍郎，你是陪皇上来选妃的？"

"太后娘娘，慕辰今日求见，是想请太后娘娘给微臣赐婚的。"

"赐婚？"陈太后一愣，忽然想起上次答应许慕辰的事情来，脸上的笑意愈发深了，"是哪家的小姐？快快传进宫来让哀家瞧瞧！"

既然许慕辰自己提出要成亲，看起来他跟自己儿子还真没什么不可说的秘密。放下了心中的大石头，陈太后八卦之心开始熊熊燃烧——她要掌握第一手资料，名满京城的许侍郎，究竟是被哪位小姐给收服了？

第十四章

太后赐婚

陈太后揉了揉眼睛，柳蓉笑着走上前一步。

陈太后又揉了揉眼睛："这……不就是苏国公府的大小姐吗？"

她瞥了一眼许慕辰，心中有几分不满，不是都扔了和离书给苏大小姐，如何又求着要娶她？看起来许慕辰脑子有些不正常啊。

柳蓉笑着向陈太后行了一个大礼："太后娘娘安好。"

"苏大小姐，快起来。"陈太后抬了抬手，"你不是与许侍郎和离了？上回你来宫里，态度还很坚决呢，说不要再跟许侍郎在一起，如何现在又改口了？"

陈太后笑吟吟地看着许慕辰与柳蓉，暗自好笑，好一对欢喜冤家，分明相互喜欢，可却装出一副矜持的模样来！

柳蓉正色道："太后娘娘，我不姓苏，我姓柳。"

"什么？"陈太后吃了一惊，"你不是苏国公府的大小姐？"

"民女还没那样的好命呢。"柳蓉笑靥如花，"民女自幼生长在终南山，跟着师父一道生活，去年才到京城来逛一回，连苏国公府的大门都没进过。"

"此话当真？"陈太后更是惊奇不胜，"霜清，快些去苏国公府，传了苏大小姐进宫来，哀家倒要瞧瞧，苏大小姐与柳小姐有多像。"

哼！欺负她年纪大了眼睛不好使？她瞧着她分明就是苏锦珍，许慕辰难道是想捉弄她不成？

苏国公府听着说太后娘娘要传苏锦珍进宫，一个个紧张了起来，苏老夫人一脸疑惑："这好端端的，太后娘娘怎么要传珍儿进宫？"

苏大夫人揣测了一番："莫非太后娘娘想给珍儿赐婚？是不是觉得皇上那次太过唐突，以至于误嫁了许慕辰那花花公子，今儿想另外赐份好姻缘给珍儿？"想到此处，苏大夫人激动起来，站起身子，"我要去给珍儿挑件好看的衣裳，免得她总穿得那般素净。"

苏锦珍望着苏大夫人塞到她手中的银红色衣裳，脸色都白了一片："母亲，我不要太后娘娘赐婚。"

"珍儿，你在说什么呢？太后娘娘赐婚，这是何等荣耀？别人求都求不来呢，你怎么能推辞！"苏大夫人有几分紧张，紧紧拽住苏锦珍的胳膊，"你可千万别做傻事，太后娘娘赐婚，你就高高兴兴接旨。"

"不。"苏锦珍满脸悲哀，"母亲，我要嫁王郎。"

"唉！你怎么又提起他来了？你祖母是万万不会同意的。"苏大夫人摇了摇头，"珍儿，你快别想这么多了，赶紧穿好衣裳进宫去吧。"

"母亲……"苏锦珍双眼含着泪水，楚楚可怜，只不过苏大夫人虽然同情她，可也不能由着她使小性子，强令丫鬟替苏锦珍换衣裳："绫罗、锦缎，你们两人是傻了不成？还不快些给小姐打扮起来，难道想要太后娘娘久等？"

绫罗、锦缎打了个寒战，赶紧走上前来，挽住了苏锦珍的胳膊："姑娘，你可不能抗旨。"

苏锦珍默默坐下来，由着两人给她梳头发，涂脂抹粉。

与此同时，慈宁宫里热热闹闹的，柳蓉正给太后讲许多宫外趣事，讲到杂耍时便问太后借了四个玉球，她拿了四个球轮流地往空中抛，四个球的颜色各异，不断地在空中飞旋，成了一个颜色鲜艳的圆圈，就如流星不断地飞驰而过，一个接着一个，绵绵不绝，四个球环环相扣没有一个掉下来。

看得陈太后连连惊呼："哟哟哟，柳小姐，你是怎么做到的？这球怎么就没一个掉地上的？"

"太后娘娘，这个要眼到心到手到，只要三样都到了，那就很容易啦。"柳蓉停了下来，双手一捞，四只玉球全在手中，滴溜溜转个不停。

"真的吗？很容易？"陈太后忽然来了兴趣，"柳姑娘，你教教哀家。"

慈宁宫里的人都震住了，太后娘娘这是怎么了？被鬼附体了吗？说好的雍容华贵呢？

"娘娘，这是桩技术活，您还是不要轻易尝试。"大嬷嬷站了出来，出言相劝，照顾好太后娘娘是她的职责，自己怎么能坐视不管？要将四只球抛得滴溜溜转，可不是一件容易的事情，没有几年工夫，能做得下来吗？万一太后娘娘没有玩好，一只球从天而降，忽然砸到了头顶上，那那那……大嬷嬷一边想着，腿都软了。

"哀家这么些年都没见着什么好玩的东西了，好不容易柳小姐带了新玩意过来，你却不让哀家练？"陈太后有些不乐意，"那你先练几下给哀家瞧瞧。"

"是。"大嬷嬷打了个哆嗦，斑驳的银丝里的翠玉簪子都要掉下来了。

柳蓉笑了笑："嬷嬷，你别紧张，其实很容易的。你左手拿一只球往上抛，到了一半，赶紧右手抛一只，等着左边那球到了头顶，右边这球到了一半，再抛左手的第二只球，懂了吗？"

大嬷嬷战战兢兢地接过四只球，手都在发抖，柳蓉看她那可怜样儿，决定让她只抛两只。抛两只比抛四只容易多了，才一阵子，大嬷嬷便掌握了技巧，将两只玉球抛得团团转，笑得前俯后仰："没想到这么容易。"

柳蓉趁机进言："太后娘娘，经常练习抛球对您的身体有好处，既活动了身体、锻炼了眼神，又能提高思考能力，练得久了，人就会觉得全身都有力气，而且想事情快多了。"

"真的吗？快拿一对球来，哀家来练练。"陈太后已经将许慕辰请求赐婚的事情扔到了一旁，大跨步走到了柳蓉身边，缠着让她教自己抛球。

故此，苏锦珍走进慈宁宫的时候，大殿里站着十来个宫女，陪着陈太后在抛球，各色小玉球此起彼伏，欢声笑语，好不热闹。

这都是怎么一回事？苏锦珍疑惑地看了看，一眼就扫到了站在大殿中央，正在指指点点的柳蓉，瞬间那颗提起来的心就慢慢地落下去了，太后娘娘传自己进宫，不一定是要给自己赐婚的，肯定是柳姑娘将她们两人当初换了身份的事情告诉了太后娘娘，太后娘娘觉得新鲜，才将她传来看个究竟的。

陈太后玩得开心，根本停不下来，许慕辰见着苏锦珍来了，在旁边小声提醒："太后娘娘，苏大小姐来了。"

"唔。"陈太后有些不满地看了许慕辰一眼，恋恋不舍地将一双玉球收了起来，"咦，真的长得很像。"

苏锦珍与柳蓉并肩站到一处，高矮胖瘦都一样，脸也如同是一个模子里倒出来的，眉毛眼睛鼻梁嘴唇，无一不同。若是要说有区别，就是两人的神色，一个眉间带着些哀愁，而另外一个，朝气蓬勃，眼睛里闪动着快活的光彩。

"没想到这世上真有这般相像之人。"陈太后惊叹了两句，看了看许慕辰，"许侍郎，你确定要哀家给你赐婚？"

苏锦珍听说赐婚两个字，心都要从喉咙口里跳了出来，她不住地摇头："太后娘娘，臣女不想再嫁许侍郎。"

柳蓉朝许慕辰一龇牙，看，人家都嫌弃你呢，亏得你还把自己当成宝贝。

许慕辰一副委委屈屈的小模样，当时自己这般作践名声，都是皇上故意整他的！唉！所以说交友不慎，后果不堪设想啊！

陈太后笑了笑："苏大小姐，你别着急，哀家不是给你赐婚。"

"啊？"苏锦珍一愣，这才开心起来，抿嘴笑了笑，"太后娘娘，是臣女心急了。"

"许侍郎，柳小姐人很好，就连哀家都很喜欢，可你确定你祖父、祖母会答应？毕竟柳小姐出身乡野，这身世还欠了些……"陈太后有些惋惜地看了看柳蓉，虽然她也觉得柳蓉与许慕辰很搭，可这身世却是个问题，她懿旨赐婚，镇国老将军与他的夫人会不会埋怨自己乱点鸳鸯谱，把不合适的都凑到一块儿去了？

"太后娘娘，您可是大周地位最尊贵的人，您下懿旨赐婚，还有谁敢说不是？"许慕辰有几分焦急，赶忙朝陈太后行礼，"太后娘娘，您已经答应过慕辰了，可不能食言而肥。"

陈太后坐在那里想了想，叹了一口气："好吧，哀家就给你们两人赐婚。"

自己要是不赐婚，许慕辰被逼的真去勾搭皇上怎么办？陈太后决定让皇上给柳蓉赐个封号，反正不过是一个封号，俸禄什么的又不让他来操心。

许明伦被请到了慈宁宫，走进大殿的时候，表情是痛苦的。

他知道柳蓉今日会进宫，故此一直刻意回避，一个人躲在盛乾宫里舔伤口，就像一只受伤的猫。

可偏偏他的好母后不肯放过他，许明伦整个人几乎是崩溃的。

而更令他崩溃的是，竟然还要自己赐柳蓉一个封号，好让她顺顺当当地跟许慕辰成亲，亲娘咧，你是在朕的心窝子上插刀子啊！

陈太后兴致勃勃："皇上，也不宜封得太高，就封个县主吧，封号嘛……"她手中两个玉球在不住地转来转去，陈太后眼睛一亮，"就叫玉球县主好了！"

玉球县主……柳蓉似乎遭了雷劈，一动也不动地站在那里。

她可以想象到人家听到这个封号，目光会不自觉地往她某处看过去的场景……太后娘娘，您能不能不要目光这般短浅！就是"玉石县主"都会比这"玉球县主"好听吧……

玉……球，柳蓉有深深的绝望。

赐婚的事情就这样定了下来。

亏得许明伦看懂了柳蓉的悲伤，在下旨的时候，用的是玉簪县主，听上去立即高大上！玉簪哎，可以说是头上的首饰，也可以说是那盛夏夜晚静静开放的花卉，怎么都比玉球好听。

陈太后有些不开心："嗯，哀家赐的那名不好听吗？玉球……"她一伸手，掌心两只小球在不住地转，"你瞧瞧，瞧瞧，这玉球多么精致。"

许明伦坚持己见，赐了封号玉簪，见着柳蓉眼中感激的目光，许明伦顿时觉得跟母后顶撞很值。

许慕辰笑得合不拢嘴，总算是放心了！

柳蓉拉了拉呆呆地站在一旁的苏锦珍，压低声音道："听说你们家不同意你跟王公子的亲事，为何不趁着太后娘娘心情好，求她也赐个婚呢？"

苏锦珍得了提醒，忽然扑通一声跪倒在地："臣女斗胆，请太后娘娘为臣女赐婚。"

陈太后惊得睁圆了眼睛："怎么又来个求赐婚的？还当我是月老了不成？"

柳蓉笑得甜甜的："都是太后娘娘心肠好，苏大小姐才敢请求太后娘娘赐婚，否则换了旁人，一张脸孔板得像上了浆子，谁还敢来求呢？太后娘娘是民女这一辈子见过的最和蔼可亲的人了，就连那大肚能容天下的弥勒佛都没太后娘娘这般宽的心！"

这是在说他的母后吗？许明伦瞪大了眼睛，表示不相信。

许慕辰也不相信，他对太后娘娘太了解了，太后娘娘的胸怀只比那纽扣大一点点。

只不过很显然陈太后却相信了，只见她满脸笑容，乐得嘴都合不拢了："柳小姐真是了解哀家。苏大小姐，你快些起来，且和哀家说说，你想嫁谁？"

苏锦珍听了这话，大喜过望，规规矩矩地给陈太后磕了三个响头才爬起来："臣女想嫁的是京城城北王家村里的一个读书郎，他去年秋闱中了举人，就等今年二月的春闱了。"

"王家村？"陈太后心里头直嘀咕，这门第又是个不对的，即便苏大小姐和离了，可毕竟还是国公府的小姐，怎么能嫁到小乡村去？

"太后娘娘，臣女非他不嫁，还请太后娘娘开恩。"苏锦珍见着陈太后犹豫，知道又是那门第问题，心中着急，泪珠子吧嗒吧嗒地落下来，眼圈红红的，看得让人都觉得有些心痛她。

许明伦望着苏锦珍，虽然她与柳蓉长得一模一样，可却丝毫引不起他心中的悸动，只不过瞧她楚楚可怜的模样，许明伦还是有些于心不忍："母后，你就替苏大小姐赐婚吧，只有跟自己喜欢的人在一起，这日子才会过得有滋有味。"

陈太后深深地看了徐明伦一眼，皇上这话里有话啊，看起来他决定让步了。看着许慕辰喜欢上了柳姑娘，他最终还是决定放弃了？一瞬间，陈太后只觉得自己的儿子真是品格高尚，为了让自己深爱的人幸福，竟然主动放手。

唉！哀家的这一颗心啊，也就放下来了。

既然许明伦都发了话，陈太后也就不再坚持，大笔一挥给苏锦珍也赐了婚。

苏锦珍目瞪口呆地站在那里，又是欢喜又是感激，眼泪汪汪的，都不知道该说什么才好了。柳蓉在旁边一伸手，将苏锦珍按着跪到了地上："还不快谢恩！"

自己这位姐妹还真是有些反应迟钝呢，柳蓉暗自想着，莫非是在苏国公府待久了，人都反应慢了？好在自己放养惯了，天性未曾泯灭，故此这般机灵聪明又大方！

"蓉儿，咱们等着你师父、师爹回了京城再办亲事。"得了赐

婚的懿旨，许慕辰总算是放下心来，情意绵绵地握住了柳蓉的手，
"你要什么聘礼，只管开口，我们镇国将军府不说是大周首富，但
怎么也还是有些家底的。"

他深知柳蓉爱财如命的个性，当然要投其所好。

柳蓉点了点头，毫不客气："等我师父、师爹回来，我们一家
三口商量了再说。"

别以为在深山老林里住着就眼皮子浅，师父见的好东西多着
呢，终南山的小屋子下头，还有一间地下室，埋了不少金银珠宝，
都是师父与她多年积攒下来的。师父是大财迷，她是小财迷，师徒
两人齐心合力奔走了这么多年，攒下来的东西不一定比不上镇国将
军府的富庶哟。

玉罗刹与空空道人在半个多月以后回了京城。

她们带了一群暗卫出去，回来的时候，绳子拴蚂蚱一样，带回
来一大串人。

许慕辰瞪着眼睛看来看去，不见宁王，有些奇怪："前辈，宁
王呢？"

玉罗刹嘴角抽了抽："死了。"

"死了？"许慕辰一着急，生要见人死要见尸啊！

空空道人慢吞吞道："许侍郎，你别着急，尸首我们给运回来
了，因着他太胖，又还要用棺椁装着，故此行动迟缓，要回来得
慢些。"

"哦哦哦，这就好。"许慕辰擦了一把汗，脸上露出了笑容，
"前辈，宁王是怎么死的？"

柳蓉拉着玉罗刹的手晃了晃："师父你把他杀了吗？"

玉罗刹冷冷地哼了一声："你师父我是什么人物，怎么会屑于

动手去杀那样的人！"

空空道人宣布了答案："宁王看见了宝藏，心里头高兴，大笑了三声，一口气没提上来，蹬了蹬腿，就这样死了！"

"唉！我还做了不少准备，设下机关，没想到还没用上，他竟然就自己死了！"空空道人说出来都觉得郁闷，好像伸出拳头去打人，结果拳头还没挨着那人的身子，那个人就自己倒地身亡了。

空空道人精心设计了一个局，他与玉罗刹带着暗卫一道跟踪宁王到了苏州，打算在宁王找到财宝的时候，他与玉罗刹两人依旧乔装成金花婆婆与雪岭老人的模样现身，以鬼魂的身份来向宁王讨债，说他过河拆桥，自己帮他破解了花瓶的秘密，却被他关在密室，活活被闷死。

来投靠宁王的那些江湖人士多是贪婪之辈，本来也不是一心一意效忠宁王的，若是听到这番煽动，肯定会有人临阵反水，一巴掌扇过去，将宁王弄死，然后再来平分宝藏，这时暗卫现身，一网打尽。

设计很完美，可老天爷却很残酷，连让他们露面的机会都没有。

两人带了暗卫追踪着到了南峰寺的石壁，埋伏在洞口听着里边的动静，以选择适合的时机好冲进去，可万万没想到，他们听到几声大笑以后，里边乱糟糟的一团，有人大喊："王爷不行啦，快来人啊！"

等他们冲进去，宁王已经躺在地上，嘎屁了。

而宁王收买的那些江湖人士一看到洞里那么多宝藏，一个个都红了眼睛，为了金银珠宝厮打起来，宝藏洞里横七竖八躺满了他们的尸体，故此玉罗刹与空空道人根本都不用费吹灰之力就将那一群正在苟延残喘的江湖人士捉拿殆尽。

"蓉儿，我终于给师父报仇了。"玉罗刹身子微微颤抖，虽然金花婆婆曾经将她关在绝壁之下，可婆婆也是为了她好，不想让自己与那负心郎再来往，她不会因为这事情就将师父的恩情抹杀的。

"生死门余孽……"柳蓉睁大了眼睛，那个香姬已经被许慕辰捉拿了，小袖她们也应该逃不掉吧？

"呵呵，一个也没得逃！"空空道人一挑眉，"敢来算计我的阿玉，那纯粹是找死！"

呀！柳蓉有些懊恼，自己还打算亲手给师父报仇，没想到都轮不上自己出手了。她瞪了一眼站在身边的许慕辰："哼，都怪你，要不是你，我就跟着师父他们去寒山寺了。"

许慕辰陪着笑，道："蓉儿，你不是还有重任在身？没有你，师父师爹怎么能一举剿灭那些匪人？"

"那倒也是。"柳蓉想了想，笑了起来。

宁王死了，许慕辰心里头其实还是有些难受，宁王说来说去还是自己的亲戚，他是皇上的亲叔叔，也是自己的堂叔，只是为着心中那点阴谋，最后将自己葬送在了寒冷的山洞里头。

柳蓉见许慕辰神色黯然，有些奇怪："宁王死了，你干吗这副模样？"

"唉！他是我堂叔，想想小时候也曾经逗过我，那时觉得他好和气。"许慕辰叹了一口气，"真是世事难料。"

"唉！他那么胖，就算不死在藏宝洞里，说不定哪天喝口水都会被呛死了呢。"柳蓉拍了拍许慕辰的肩膀，"你难道没有比宁王更重要的事情跟我师父、师爹说？"

"哦哦哦！"许慕辰忽然想起来要与柳蓉成亲的这桩事情来，

脸上瞬间又是神采奕奕，"前辈，我有个好消息要告诉你们。"

"是不是皇上奖励了金子给我们？"玉罗刹眼中冒着金光。

"这……"原来蓉儿是跟着她师父学的啊，一提到金银就快活。

"前辈，我跟蓉儿要成亲了。"许慕辰的脸红了红，"还想问前辈想要什么样的聘礼，我好回去与家里人商量，快些置办好送过来。"

"什么？成亲？"玉罗刹大喊了一声，"怎么没媒婆来找我？"

"前辈，是太后娘娘赐的婚。"许慕辰见着玉罗刹面有不悦，心中一慌，"前辈，赐婚的懿旨蓉儿也有一份。"

"哼！我才不管这么多！太后娘娘赐婚怎么了？这成亲也是要三媒六聘的好不好！我将蓉儿养了这么大，怎么能随随便便将她就这样嫁出去。许大公子，我原来瞧着你是个不错的人，现在看来也很不靠谱！"

玉罗刹当年在金花门痴痴地等着苏国公府的大公子遣媒人来求亲，没想到等了几年，却只等到苏大公子另娶他人的消息。对于玉罗刹来说，不管谁赐婚，没有媒人就不算是一桩被人认可的亲事。柳蓉虽然是她从苏国公府偷来的，可养育了这么多年，就如她的亲生女儿一般，她只想给柳蓉最好的，一切都要按照正常的程序来走。

许慕辰被玉罗刹的严厉谴责吓了一跳："前辈，那在下马上去找京城里最有名的官媒来上门提亲。"

玉罗刹神色稍霁："这还差不多。"

大堂那边打门帘的小丫头正坐在走廊上说着闲话，两人眼睛一瞥，就见着一个人影快步朝这边走过来。

"大公子安好。"两个小丫头赶快跑到门边,每人撩起一幅双面锦夹棉的门帘儿,笑眯眯地将许慕辰送了进去,甫才放下门帘,其中一个给对方使了个眼色,说道:"大公子好像有些着急呢,眉头都皱在了一处。"

"大公子就算皱眉也很好看。"另外一个小丫头低低地嘀咕,"就是不知道太后娘娘赐婚的那位县主能不能配得上咱们大公子。"

"太后娘娘赐婚,应该错不了。"前边开口的那个叹息了一声,"可惜咱们出身不好,只能远远地看着大公子,心里头爱慕一下罢了。"

这边许慕辰一进门便心急火燎地道:"祖母,京城里最好的官媒是谁?"

许老夫人抬起眼皮子来看了他一眼:"辰儿,你总算知道要派媒人去人家府中提亲了?"

许慕辰一摊手:"我怎么知道还要派媒人呢?太后娘娘赐婚,我以为直接成亲就行。"

"辰儿,你不是说这亲事你来弄,不用我们插手?"许老夫人嘿嘿一笑,"什么时候又想起来找祖母了?"

许慕辰语塞,他想全部包办,主要是怕许老夫人发现柳蓉只不过是出身草莽,到时候会在婚事上轻慢她,故此将柳蓉的身世瞒得密不透风。

许老夫人将太后娘娘的懿旨看了又看,上边也是写得含糊其辞,只说玉簪县主,温婉贤惠,堪为良配,可她根本对这位要进门的新媳妇一无所知。许老夫人拿着京城名媛册翻了好半日,都没有找到一个有玉簪县主这个封号的,琢磨来琢磨去,估计是外地的贵女。

多半与太后娘娘沾亲带故，要不然她怎么会这般热心？许老夫人想着，太后娘娘不是个不靠谱的，想来这孙媳妇应该是个不错的，辰儿要一手将亲事包揽了，也是怕自己太操心，这可是孙子的一份孝心，许老夫人于是索性将这亲事丢到一旁，不去管。

没想到自己这孙子真是不谙世事，竟然连媒人都没打发，姑娘家里还不知道会多生气呢。许老夫人有些紧张："京城里官媒最好的是北门那边那位，姓岳，你明儿赶紧打发人去请她出面，这纳礼也得丰厚些，别丢了咱们镇国将军府的脸面。"

许慕辰拖着许老夫人的胳膊："祖母，快些教我，还要做什么？"

许老夫人叹了一口气："我说过了我来帮你操办，你又不肯。"

"不用不用，您只管歇息着，我都这么大了，还不能对付？"要是许老夫人接手来办这亲事，一看要到深山老林里去提亲，还不得被吓呆？

"那就让你母亲帮衬着。"许老夫人看了看许慕辰，有几分怜惜，"辰儿，看你为这事情操心，人都瘦了一圈。"

"没事没事，我能办得好。"许慕辰赶紧逃之夭夭。

要母亲给他办，那……更惨了，母亲比祖母更看重门户，而且还很固执，若是让母亲来办他的亲事，还不如让祖母来呢。

许慕辰一刻也没停，赶紧骑马飞奔去了北门，找到那岳媒婆，将来意一说，岳媒婆高兴得眼睛都眯成了一条缝："好好好，我明日就去提亲。"

太后娘娘赐婚，镇国将军府的大公子，对方是有封号的小姐，自己这一趟出马，肯定能赚得盆满钵满，半年都可以不用出山。

"我给你一千两银子。"许慕辰甩出一张银票，看得岳媒婆一愣一愣的："许大公子，这是要我去替你去买纳礼的吗？"

"不，是给你的酬金。"

"啊？"岳媒婆脚下一软，捧在手心里的银票飞了出去，眼见着就要落到炭火盆子里头了，她一边奋不顾身扑过去，用身子将炭火盆子压住，一边招呼旁边被吓呆的小孙子，"快些，将那银票捡起来。"

许慕辰一弯腰，将那张银票攥在手心，弹了弹那上头的灰："岳媒婆，我给你这么一笔银子，可是有条件的。"

岳媒婆灰头土脸地从炭火盆子上爬起来，胸前的衣裳已经被火给烤出了一个黑洞，伸手捻一捻，窸窸窣窣一阵响，几片焦黑焦黄的碎屑掉了下去，还伴着一股烧煳了的味道。

"许大公子，什么条件？你说，你说。"岳媒婆顾不上换衣裳，只是催促着许慕辰快说条件，一千两银子哩，她两年才能挣够这么多呢，今天这一笔就能挣这么多了！高兴得她一双手都在打哆嗦，眼巴巴地望着许慕辰，不知道他会开多为难的条件。

"你去提亲以后，不能去镇国将军府复命，要去刑部府衙那边找我，玉簪县主的一切事情，都不能透露给任何人听，你明白了吗？"许慕辰很严肃地望着岳媒婆，目光渐渐冷了几分，"若是你敢说一句多余的话，我可不会饶你！"

岳媒婆打了个寒战，连连点头："我知道了。"

"知道就好。"许慕辰将银票递了过去，"你且拿稳了，明日我去买好纳礼，后日你就出发去终南山，我会让我的长随领着你去的。"

"什么？终南山？"岳媒婆大为好奇，"玉簪县主难道是住在山里头不成？”

“你多嘴了。”许慕辰冷冷地看了她一眼，岳媒婆赶紧伸手捂住了自己的嘴巴，眼睛惊慌地望着许慕辰一掌下去，木头桌子掉了个角，“第一次，我拿你们家的桌子试试掌力，第二次……”他的眼睛一瞟，“你知道的吧？”

岳媒婆靠着墙，大气都不敢出：“我知道，我知道。”

这许大公子可真凶啊，岳媒婆看着许慕辰远去的背影，伸手抹了一把汗，赶紧回自己屋子里去找衣裳换。虽然心里头害怕，可见到银票还是美滋滋的，到了女方家中说媒，到时候还能拿一笔钱呢，也不知道会有多少。

经过差不多半个月的长途跋涉，上吐下泻的岳媒婆总算在富贵的带领下到了终南山。

她总算明白了许大公子为啥给她一千两银子了——实在太不好赚了！

岳媒婆今年五十有六，可家中的几个孙子要娶媳妇，所以她不得不继续挺着身板来给人家说媒，年轻时候喜欢戴一朵大红绒花在耳朵边上，这把年纪也不好意思戴了，只能包布插个银簪子。

人年纪大，乘船坐车的实在有些受不了，富贵建议她骑马，岳媒婆吓得脸都白了：“骑马走这么远的路，我这把老骨头索性就埋到终南山算了，都不用回京城啦。”

一千两银子做丧葬费，还不知道够不够呢。

但是，与长途跋涉相比，上终南山才是更恐怖的事情！

现在已经是二月时分，终南山上已经有了点点春意，枝头到处都是新绿，叶子嫩得似乎吹口气就能化掉，而早春的桃花已经开了，淡淡的粉红粉白颜色在山间小径上飘来飘去。

岳媒婆一边走一边欣赏着眼前的风景，正是心旷神怡的时分，忽然听到一阵可怕的呼啸"呜呜呜呜……"

那呼啸声，阴冷又尖锐，让人听了心里头发抖。

岳媒婆的一双脚被牢牢地钉在地上，全身打着哆嗦："富贵，这是啥在叫唤哩？"

富贵也在抖个不住："好像是狼……是狼吧……"

岳媒婆嗷呜一声，转身就往后边跑。

儿子，媳妇，这里太可怕了，我要回家！

才走一步，旁边的树丛里传来一阵哗啦啦的响声，岳媒婆大叫一声，眼睛一翻，身子一软就倒了下去。

富贵站在那里，也是被吓得动都不敢动，眼睁睁看着岳媒婆马上就要跟地面做亲密接触，这时从旁边的树林里蹿出了一个人，在岳媒婆还没摔个狗啃泥的时候，一把将她扶住："阿婆，你还好吧？"

岳媒婆虚弱地睁开了眼睛："多谢你……"

呼呼的热气朝岳媒婆脸边冲了过来，一条柔软的东西带着水迹从她脸庞扫过，岳媒婆努力睁眼一看，就见到一个毛茸茸的东西，一双碧绿的眼珠子正瞪着她。

岳媒婆哼都没哼一声，直接晕倒过去。

玉罗刹拍了拍身边的狗熊："大灰，你怎么能故意吓人呢？"

那只狗熊有些委屈地坐在那里，扭过脖子，沉默而坚持，就是不朝玉罗刹看。

我不过是想来试试，看这个老婆子死了没有，怎么说我吓人呢？大灰愤愤不平，主人总是误会自己，每次下手都好重！

空空道人胳膊底下夹着两只狼钻了出来，笑逐颜开："阿玉，你瞧瞧，一次捉了两只，我厉害不厉害？"

富贵站在一旁双腿直发抖，好不容易稳住心神颤着声音问："两位，请问这里跟半山腰的竹林还有多远？"

玉罗刹转头看了他一眼："你们找那竹林做甚？"

"我们从京城来的，替镇国将军府的大公子来向玉簪县主求亲，我们家大公子交代，说玉簪县主的父母就住在终南山半山腰的竹林那处。"富贵战战兢兢地看着玉罗刹和空空道人，又是熊又是狼，自己还能不能有活路？

空空道人看了一眼富贵身边放着的几个礼盒，心里头高兴，将两只狼放到了地上："阿玉，是来向蓉儿提亲的呢！"

两只狼得了自由，抖了抖身子，欢快地朝富贵蹿了过去。

"啊……"山间传来惊恐万分的呼叫声，久久盘旋不绝。

岳媒婆睁开眼睛的时候，发现自己躺在炕上，她摸了摸脸，又摸了摸身体与手脚，发现没有哪个地方缺一块少一块，这才放了心。

"大娘，你醒啦？"玉罗刹歉意地朝岳媒婆笑了笑，这是许大公子派过来的媒人，竟然被自己养的大灰给吓晕了，可真是对不住呀。

岳媒婆战战兢兢地看了玉罗刹一眼，见她三十多岁年纪，一张脸生得白净，唇边还有浅浅的笑意，不像是个穷凶极恶的歹徒，这才放下心来："夫人，我那同伴哩？"

玉罗刹伸手指了指旁边的屋子："他还没醒呢。"

原来也被吓晕了，岳媒婆心中暗道，不管男人还是女人，看见野兽都会心惊胆战，怎么这个女人一点都不怕？

玉罗刹朝门外边招了招手："大灰，还不进来给大娘赔不是？"

一只肥硕的熊从外边摇摇晃晃地迈步走进来，抬起大脑袋，朝岳媒婆嗷嗷叫了两声，岳媒婆瞧着就心里害怕，将身子朝炕里边挪了挪："夫人，快些让它走了吧！"

大灰很不满意地瞅了瞅玉罗刹，它本来不想来道歉呢，自己的主人实在太固执，你瞧瞧，自己一进来，那老婆子好像又要晕过去了一样。

"大娘，你莫要害怕，这是我随便养着玩儿的，它不会咬人的。"玉罗刹伸手揉了揉大灰的脑袋，向岳媒婆亲身示范大灰的温和乖巧，人畜无害。

大灰偏了偏脑袋，它的一部血泪史，竟然就被玉罗刹几个字就概括完毕——哪里只是随便养养？它吃过的苦头还少吗？

经过玉罗刹的努力与大灰的配合，岳媒婆总算是放下心来："夫人，我想跟你打听个事儿，是不是有位富贵人家隐居在这终南山啊？前不久太后娘娘才给赐完婚，那位小姐的封号叫玉簪县主。"

"哈哈哈，就是我们家呀！"玉罗刹笑着点头，"我是蓉儿的师父，一日为师终生为母，她就是我的女儿！"

岳媒婆怀疑地看了看这屋子，青砖砌成，布置得很简单，看不出有半分富贵人家的影子……玉簪县主？岳媒婆委实纳闷，这个封号又是怎么来的？莫非这女人是准备冒充，将自己的徒弟冒充送到镇国将军府去？

要是自己将这桩亲事弄砸了，那许大公子还不得将自己给砍了？可是……岳媒婆打了个哆嗦，看了看玉罗刹与她身边的大灰，自己现在好像就很危险，到底该怎么办？

"柳姑娘！"窗外传来富贵的声音，岳媒婆这才松了口气，富贵醒了就好，他认识那位玉簪县主，自然知道是真是假。

柳蓉笑嘻嘻地走了进来："师父，许慕辰派的媒人来了？"

岳媒婆上上下下打量了柳蓉一番，心中不由得暗自赞叹了一句，这姑娘生得真是灵秀，跟菜地里才长出来的水葱一般，站在那里亭亭玉立，一双眼睛又黑又亮，好像是一泓清泉，引着人往那边奔。

"姑娘，你就是那玉簪县主？"

"是。"柳蓉朝岳媒婆笑了笑，"你瞧着我不像？"

岳媒婆犹犹豫豫没敢回答，后边跟着走进来的富贵开了口："岳媒婆，这就是玉簪县主啊。柳姑娘，你啥时候跟我们家大公子成亲啊？他现在每天都睡不好觉，天天在盘算着怎么办亲事才更热闹。"

玉罗刹听着很满意："这还差不多，想娶我徒弟，媒人都没有怎么行。"

原来真是正主儿，岳媒婆这才放了心，高高兴兴将怀里的礼单拿了出来："终南山离京城太远，来来回回地跑也不是个法子……"

到现在岳媒婆才恍然大悟，难怪许大公子要给自己一千两银子，要是按着规矩来，这媒婆至少得跑六趟，一趟一百多两银子的跑路费，也不算贵啊，终南山这么远！

玉罗刹点了点头："那倒是，这三媒六聘也就是个意思罢了，太后娘娘都下旨赐婚了，还用得着去合八字？肯定是十分好。"

听着玉罗刹没有坚持按着规矩来，岳媒婆松了一口气，恭恭敬敬地将礼单奉上："夫人，你瞧瞧，这是镇国将军府开出的聘礼单子，贵府觉得可否满意？"

玉罗刹只是瞥了一眼就交给了柳蓉："蓉儿，你自己瞧瞧，看看东西合不合意，齐不齐全？"

柳蓉也懒得看，交给了空空道人："师爹，你瞅瞅。"

空空道人将那张大红烫金礼单接了过来，仔仔细细来来回回地看了好几遍，满意地点了点头："不错不错，没什么遗漏，该有的都有。"

"那好，咱们就商量日期吧。"玉罗刹笑了起来，"许大公子瞧着还真是诚心。"

许慕辰心急，让岳媒婆带了一个好日子过来，三月十八。岳媒婆心里头估摸着该是许大公子自己看的日子，哪有这般匆忙的？现在都二月中旬了，离成亲只有一个月了，人家姑娘还得备嫁妆，终南山到京城，嫁妆挑子那么多，走官道挨挨停停的，怕是差不多要走一个月，即便走水路，也得二十来日。

"三月十八就三月十八。"玉罗刹笑道，"蓉儿，你明日送岳媒婆回京城，免得许大公子心里头不安，眼睛都要望穿了！嫁妆你别着急，我跟你师爹置办好了就会赶着送过来，保准不会耽搁你的事情。"

岳媒婆的嘴巴张得老大，这玉簪县主家是恨嫁不成？她还觉得许大公子选的日子太早了，没想到人家现在就打算直接把姑娘打发出门了！

空空道人在一旁不住点头："这心里头彼此喜欢，就恨不得每一日都能见着对方，像那时候，我每日不过来看你师父一趟，就觉得心里空荡荡的不好受……"

"呸！你够了。"玉罗刹举起手来将空空道人的脑袋扭到一边，脸上飞起了一片红晕，"闭嘴。"

"好好好，我不说了。"空空道人心里头美滋滋的，"阿玉，你用了我给你新做的那个凝脂膏？多用用，你手指那些粗皮就能去掉了。"

"你是嫌弃我的手粗？"玉罗刹白了他一眼，空空道人赶紧摇头，"阿玉，我怎么敢嫌弃你？这一辈子我就是要陪着你，让你每日都过得高高兴兴的。"

岳媒婆与富贵听着两人说话，感动得不行，眼泪都快掉下来了，柳蓉叹了一口气："师父、师爹，你们要恩爱到旁边屋子去嘛。"

……

这位玉簪县主真是不拘小节啊！

岳媒婆在终南山住了一个晚上，第二日跟着柳蓉动身回京城了，临别之际，玉罗刹笑吟吟道："大娘从京城过来一趟也真是辛苦，我可得给你送上一份厚厚的大礼才是。"

"夫人实在客气。"岳媒婆听着有东西拿，心里头也欢喜，这玉簪县主家里瞧着穷，可几十两银子总能拿得出来吧？

"呜呜呜呜……"外面传来一阵号叫，跟岳媒婆昨日听到的叫声一样，阴冷刺耳。

岳媒婆打了个寒战："那、那、那是什么？"

只见空空道人一手拎着一只狼的脖子走了进来，脸上露出了快活的神色："捉了大半夜，总算又把它们捉住了，还想跑，跑到哪里去！"

玉罗刹随手抓过一只——真是随手那么一抓，一只张牙舞爪看起来愤怒异常的狼就被她提在手里："大娘，这乡里也没啥好东西，你带着它们回去吧，自己养着玩也好，剥了皮做衣裳穿也行。"

狼的眼珠子恶狠狠地盯着岳媒婆，她手脚都有些发软："这礼物真是太厚了，我可不能收。"

"别客气啦，大娘。"玉罗刹很热情地将狼往岳媒婆手里头塞，"不过就是两只狼，要是大娘多住几日，我最少要给你弄个八九只来。"

岳媒婆都快要哭了，她真不想养这些狼啊，看着那白森森的牙齿，岳媒婆的手指都抖动了起来："夫、夫人，你还是自己留着吧，我真不用。"

推过来推过去，僵持了好一阵子，玉罗刹见着岳媒婆坚决不收，很是惆怅："好吧，那就算了。"

岳媒婆感激得眼泪汩汩地往外流："我这就走了，夫人，你别送啦！"

玉罗刹还是坚持把他们送到了山脚下，很热情地挥着手："大娘以后有空来玩啊！"

岳媒婆的内心完全是崩溃的，以后有空都不过来！

这次回去有柳蓉带路就顺畅多了，直接包了条船，拐进大运河里到京城，这春水才涨上来，东风又强劲，也就十五日便到了京城。

岳媒婆小心翼翼看了一眼柳蓉："玉簪县主在京城下榻哪间客栈？可是福来？"

这亲事还有不少的后续事情要做，总得要知道柳蓉的落脚点。

福来客栈乃是京城最好的客栈，在里边住的人，都是外地的土豪，岳媒婆想着，虽说这位县主出身乡野，可怎么样也是皇上亲封的，总得要住到那种地方去，方能显示自己的身份。

"福来客栈？"柳蓉愣了愣，连连摇头，"我在京城有地方住。"

真是财不露白呢，真正有钱的，根本不会显山露水，岳媒婆不住感叹自己的见识少，只看这玉簪县主身上没戴什么首饰，却不想人家在京城有豪宅。

一行人从码头下车，富贵坐在车辕上指路，不多久便到了义堂。

岳媒婆：……

这就是豪宅吗？

"到时候玉簪县主出阁，要到这里接亲？"岳媒婆诧异道。

"是啊，我就住在这里，不成吗？"柳蓉浅浅一笑，唇边开出了一朵花来。

院子里一群小孩子正在追逐玩耍，有个跑到了门边，一抬头就见着了柳蓉，便高兴地大喊了起来："蓉姐姐回来了！"

正在打打闹闹的孩子们都一窝蜂地冲了出来："蓉姐姐！蓉姐姐！"

顿时耳边好像有千万只鸭子在嘎嘎乱叫。

大顺从那群孩子里头挤了出来，一把抱住柳蓉："姐姐，姐姐，呜呜，你回去了这么久，大顺好想你！"

柳蓉笑着摸了摸他的脑袋："姐姐这不是回来了吗？"

大顺吸了吸鼻子，有些伤感："姐姐，他们都说你要跟许大哥成亲了，到时候你住的就是大宅子，还有好多人伺候你，穿的是绫罗衣裳，每天能吃好多好东西。姐姐，我们都好羡慕你，为你高兴！"

"为我高兴怎么还哭啦？"柳蓉瞧着大顺和周围孩子们的脸色越来越不好看，有些奇怪，"你们到底是为我感到高兴还是难过啊？"

"姐姐，呜呜……姐姐，你成亲以后就不会到义堂来看我们了！"大顺憋着气说出了这句话，转过身子抹眼泪，旁边的孩子们也眼泪汪汪地看着柳蓉："蓉姐姐，我们都好舍不得你，真希望你不要成亲。"

岳媒婆听得目瞪口呆，赶紧开口："男大当婚女大当嫁，你们的姐姐到了年纪该要嫁人了！许大公子有钱又生得俊，这样的如意郎君，打着灯笼都找不到哇，你们怎么就不替你们的姐姐想一想呢？"

大顺身子背对着柳蓉，肩头不住地耸动："我阿爹阿娘死得早，好不容易多了个姐姐，才过了半年好日子，姐姐就不要我了！"

柳蓉蹲下身子，拿出帕子来给他擦眼泪："姐姐怎么会不要大顺呢？大顺那么乖，又这么聪明，姐姐很喜欢，才不会不要你呢！"

"真的？"大顺的眼里全是泪，"姐姐，你成亲以后还会来看我们？"

"那是当然！义堂就是咱们的家！"柳蓉点了点头，她才不想到镇国将军府里住着呢，成天被关在院子里头，实在闷得慌。

"太好啦，太好啦！"孩子们欢呼起来，又蹦又跳，一脚跨进门的许慕辰有些莫名其妙，"什么太好啦？"

大顺看了许慕辰一眼，心里有稍许不高兴，开始他瞧着许大哥是个好人，还暗地里替姐姐绣了鸳鸯的帕子送给他，可现在一想到他竟然要将姐姐带走，心里就有些不爽："许大哥，我姐姐说不跟你成亲了，她要留在义堂照顾我们。"

"什么？"许慕辰大惊失色，走上前去，一把攥住了柳蓉的手，"蓉儿，你可不能出尔反尔，咱们不是说好了吗？要一生一世都在一起，你怎么就忘记了呢？"

柳蓉瞧着他那着急模样，有些故意捉弄他："我觉得我那时候想错了。"

"蓉儿，你想的、说的、做的都不会错！"许慕辰拉着她的手摇了摇，"你忘记了？咱们还订条件了呢。"

"是啊，我姐姐想的说的做的都不会错，她刚刚说的那句话就是对的啊？"大顺贴在柳蓉身边，一双眼睛盯住了许慕辰，脸上有着挑衅的神色。

许慕辰一头雾水，不知怎么了，大顺对他的态度忽然发生了转变，原来一直亲亲热热喊他"许大哥"，还将柳蓉绣好的帕子偷出来送给他，怎么现在态度就变了呢？这里头到底有什么问题？

岳媒婆笑着道："许大公子，他们都担心玉簪县主成亲以后就不会再来照顾他们了。"

原来是这样！许慕辰长长地吐了一口气："大顺，你们放心，成亲以后，你们的蓉姐姐还是跟成亲前一样，想做什么就做什么，我绝不会干涉她！"

"真的？"大顺将信将疑，"可是，听管事大叔说，你们家里规矩很严，做你的妻子以后都不能出院子了，要出去，除非是参加京城里达官贵人府上的宴会，想要到义堂来，那是不可能的！"

柳蓉伸手拍了他的脑袋一巴掌："你信他瞎说，腿长在我身上，爱到哪里就到哪里。"

要是许老夫人与许大夫人不答应她出来，自己也懒得向她们去请示，镇国将军府那道围墙，还拦不住她。

"真的？"大顺破涕为笑，"太好了，太好了！"

许慕辰拉着柳蓉就往一旁走："蓉儿，好久不见你了，咱们到旁边说说体己话。"

"有什么好说的？"柳蓉白了他一眼，见着他两条眉毛都快耸拉下来，就像师父喂的那只大灰一样，扑哧笑出了声，"好好好，我听你说话。"

许慕辰越来越有师爹那气质了，跟打不死的小强一样，柳蓉见着许慕辰那黏糊糊的两道目光，心中疑惑，是不是师爹向许慕辰面授机宜，教了他的"忍者神功"。

"蓉儿，你都不想我吗？"许慕辰开口说话，带了些哀怨，柳蓉激灵灵打了个寒战："许慕辰，我得先去穿件衣裳，怎么听你说话，我全身发冷呢？"

许慕辰一把将她抱住："蓉儿，这样就不冷了。"

柳蓉奋力挣扎："放开我，万一大顺他们跑到后院来，看见咱们这样子……"

"干吗去管别人，你只要管我就可以了！"许慕辰缠缠绵绵地将脸贴了过来，"蓉儿，一日不见如隔三秋，你算算，我们都隔了多少秋了？"

"我算术不好，你自己算去。"许慕辰今日这嘴巴上涂了蜜不成？柳蓉听着这话只觉得心里忽然慌慌的一片，可又觉得很熨帖，再加上许慕辰那粗重的呼吸在她耳畔，更让她有些心荡神摇，不能自已。

"蓉儿，咱们已经将近四十日没见面了。"许慕辰声音哀怨，"算起来都有一百二十余秋啦！你怎么也不说想我，我可每日都想着你，一闭上眼睛，脑子里全部是你对我笑和我说话，想你想得我晚上睡觉都睡不好。"

柳蓉有些惭愧，她好像没这感觉啊！

这些日子在终南山，她的身心全部被师父的宠物大灰占据了，为了跟它增进感情，她每天都要花大量的时间与大灰待在一起，带它出去觅食，跟它玩耍，还努力与它沟通，每日里玩得筋疲力尽，上了床眼睛一闭就呼呼入睡，睡得又香又甜，一觉睡到大天亮，揉揉眼睛又是新的一天。

想起许慕辰，还是在每次师父絮絮叨叨时："唉！蓉儿，你就要出阁了，虽然那个许大公子是个不错的人，可我这心里怎么就这样不踏实。"

玉罗刹提起许慕辰的名字，柳蓉有些赧然，心里甜蜜蜜的，可等着与玉罗刹讨论完毕，她带着大灰出去玩耍以后，就将许慕辰抛到脑后了。

空空道人也跟柳蓉提及过许慕辰，只不过他是对柳蓉进行各种虐夫指导："男人不能惯着，三日不打，上房揭瓦……"

柳蓉嘻嘻一笑："师爹，这是你的亲身体会？"

"是啊，要不我怎么追到你师父的？"空空道人一点也不觉得羞愧，继续详细讲解，"首先你不能让许大公子觉得你少了他就过不下去，一定要让他有一种……呃……"空空道人拍了拍脑袋，"让他觉得自己是一块抹布！"

"抹布？"柳蓉有些好奇，"为什么？"

"想要拿来擦桌子的时候就会去碰碰他，平常不用太把他放在心上！"空空道人大力点头，"只有这样，许大公子才会有危机感，才会想尽办法讨好你！"

"哦，师爹，我明白了，就是让他心里觉得有些悬，觉得我随时都能将他扔到一边？"柳蓉点了点头，"师爹，你可真是说出了你的肺腑之言啊！"

空空道人满脸微笑："蓉儿真是聪明！"

于是，在有大灰占据了她的日常生活，有师父师爹轮流教她各种御夫之术以后，柳蓉成功地将许慕辰塞到了一个小角落里，只有看到许慕辰站到自己面前，才惊觉其实自己还是挺喜欢她的，忽然间就对自己的没心没肺感到有些不好意思。

许慕辰完全不知道自己已经被人算计，还在一脸痴情地问柳蓉："蓉儿，你肯定一直在想我，对不对？我瞧着你身子又清减了，肯定是因着想我想得太多。"

真的，你想得太多……

只不过柳蓉还是决定让他心里头好受一些："嗯，我偶尔还是会想起你的。"

"只是偶尔？"许慕辰有几分失望。

"那你还想要怎么样？"柳蓉撇了撇嘴，"你又不是大灰！"

"大灰是谁？"许慕辰咬牙切齿，"告诉我，我去把他大卸八块！"

"大灰啊……"柳蓉忍着笑，翻了个白眼，"大灰长得可俊了！我好喜欢它那傻乎乎的模样！每次一见到它，我就开心得很，跟它在一起，旁的事情都忘得一干二净了！"

"他住在哪里？"许慕辰的俊脸上已经结了一层寒霜。

"它跟我师父师爹住着，上次你去终南山，应该见着它了吧？师父说是十月末在山里逮到的。"柳蓉朝许慕辰眨了眨眼睛，"怎么了，你怎么就这样不待见一只可爱的大灰熊？"

嘶哑的长声号叫仿佛还在耳边萦绕，许慕辰忽然想起那次去终南山的时候，玉罗刹怪空空道人设陷阱不给力，本来想逮兔子，结果却抓了一只熊。

"真是那只大灰熊？"许慕辰忽然有些不好意思，扭扭捏捏了起来。

天哪，他竟然在跟一只大灰熊抢醋喝！

柳蓉到京城五日后，玉罗刹与空空道人也赶了过来。

他们来时，身后还跟了一支长长的队伍，义堂的院子瞬间就停满了无数马车，车夫们从车辕上下来，一个个拿着脖子上挂着的毛巾擦汗，眼睛从玉罗刹的脸上掠过去，有些战战兢兢的样子。

柳蓉目瞪口呆："师父，你怎么带了这么多东西过来？"

不就是成亲吗？镇国将军府那么多聘礼，师父还打发她这么多东西，到时候她跟许慕辰那小院子里能不能放得下？

"蓉儿，你是师父在这世上唯一的亲人了。"玉罗刹眼圈子红红，一只手搂住了柳蓉的肩膀，"当年你还是一个尺把长的小小婴儿，师父抱着你都有些手脚发软，只要你一哭，师父就不知道该怎么办才好，不过不管怎么样，你总算是慢慢长大了，现在都要成亲了呢。"

空空道人有些不满："阿玉，我就不是你的亲人了吗？"

玉罗刹反手将空空道人推到了墙角："别打岔！我跟蓉儿的感情，跟你的不一样。"

"那你对我是什么感情？"空空道人满脸兴奋，又跟着贴了上来，柳蓉暗自叹气，果然许慕辰就是学到了师爹的精髓，脸皮厚得惊人，不过这脸皮厚也有脸皮厚的好处，师父这么强势，师爹却一点都不觉得委屈，反而甘之如饴。

"我先跟蓉儿说完话，你到旁边好好站着，等会我再来告诉你我对你是什么感情。"玉罗刹白了空空道人一眼，拉住柳蓉的手，眼中略带伤感，"蓉儿，你在师父身边长了十七年，真舍不得你离开，师父跟你说，以后那个许大公子要是敢给你气受，你就赶紧回来！你是师父的眼珠子，这么多年我一直如珠似宝地爱护着，怎么能被别人欺负！"

闻讯前来的岳媒婆刚刚走过来，听着玉罗刹的谆谆交代，一张脸都垮了下来，不是该教如何贤良淑德，怎么还没成亲就教着让她回娘家？

"要是你那婆婆，还有祖婆婆对你不好，说要给许大公子添什么姨娘贵妾，你别理睬她们！那些高门大户里头的条条道道，你可别一样样地捡起来，让自己活得累！"玉罗刹又开始唠唠叨叨，她本来不是个喜欢说话的人，可这些日子，忽然间就多愁善感起来，心里头好多的话，就像沉积了千年，要瞬间爆发一样。

"夫人，这高门大户有高门大户的规矩……"岳媒婆想来想去，自己还是该尽到媒婆的职责，好好提点一二，要不然到时候玉簪县主嫁过去，真按她这个不懂世事的师父说的去做，京城里就多了一对怨偶，自己这金牌媒婆的招牌不是要被砸了？

"高门大户啥规矩？"玉罗刹有些不解，"这人生在世，不就是要过得快活？做啥事都还要顾及着一个破规矩，还不如不要活了。"

"咳咳，小门小户的，随随便便也就算了，可人家可是镇国将军府，做什么事都有自己的规矩，哪里能由着你们来？"岳媒婆连连摇头，决定为了确保柳蓉在婚后不与许慕辰吵闹，必须先好好给她上一课。

"首先，要孝敬长辈。"

"这是肯定的了，百善孝为先嘛。"玉罗刹点了点头，"我们蓉儿可是有孝心的孩子。"

"晨昏定省这些不消说，长辈要你做什么你就要做什么，不要去反抗，要做个贤惠识大体的媳妇。"岳媒婆扳着手指头道，"方才说要纳姨娘，长辈赐，不敢辞，怎么能不收下？高门大户里头，哪个男人没有三妻四妾？"

"屁话！"玉罗刹暴躁了起来，想到了自己当初与那苏大公子相恋，苏国公府那些老家伙一个劲反对，说什么她身份太低，无父无母，哪里能做苏国公府的当家主母，到了最后，那个没骨气的就娶了别人，这就是岳媒婆说的"孝敬"吧？

柳蓉抓住了玉罗刹的手："师父，你别急躁，岳媒婆说的一般是这样的，可事情总有例外，若是许慕辰敢纳妾，那我便回终南山就是，让他去跟那些姨娘们过日子。"

"蓉儿，咱们还没成亲呢，你怎么老是想着要回终南山？"许慕辰急急忙忙朝这边扑过来，眨巴眨巴了眼睛，"你听别人胡说八道做甚？"

"什么是胡说八道？你听听人家怎么说的？"玉罗刹指了指岳媒婆，"她是你们家派过来的媒婆，说的话自然是代表了你们家里的意思，可怜我蓉儿还没嫁过去，就来了这么多条条框框绑住她，我看啊，这亲事还不如不办！"

许慕辰很严肃地看了岳媒婆一眼："岳媒婆，谁叫你来多嘴多舌的？你再胡说八道，就把那一千两银票退回来！"

我这不是为你好吗？岳媒婆委委屈屈地看了许慕辰一眼，不敢再多说什么。

"蓉儿，你要相信我，要是我有二心，就天打雷劈，不得好死！"许慕辰举起手来当众发誓，"我许慕辰心里只有柳蓉一个，别的女人对我来说都是浮云！"

柳蓉瞧着许慕辰那一本正经的模样，笑着点了点头："你别着急，我相信你。"

　　玉罗刹也被感动了："许大公子别再说啦，你是个好人，我知道的。"

　　许慕辰这才放下心来，用手揉了揉胸口，他这些日子过得真是提心吊胆，别人都说成亲之前，准新娘会彻夜难眠，对亲事各种担心，现在可全是反过来了，他实在害怕柳蓉忽然撂下一句"我不嫁了"。

　　岳媒婆默默退下，好吧，既然人家乐意做个妻奴，自己也没啥好说的了，只要两人和和气气的，她就依旧是金牌媒婆李岳氏。

　　"来来来，蓉儿，看看我与你师爹给你准备的嫁妆。"玉罗刹笑容满脸，引着柳蓉往那几十辆马车旁边走过去，"你师爹心思比我细，全是他写下来，我再去弄……"

　　"师父辛苦了。"许慕辰赶紧拍马屁，溜溜的。

　　马车夫见着玉罗刹走过来，脸上惊恐的神色愈发深了，玉罗刹淡淡道："你们都给我到一旁去歇着，没叫你们别过来。"

　　"这些人都是路上的强盗。"空空道人指了指缩手缩脚走开的车夫，向柳蓉解释，"我们本来是跟一个商队一起走的，没想到一伙不长眼的山贼还想要来抢嫁妆，打死打伤了好几个人呢，你师父一生气，就把他们都捉了过来，每人喂了一颗蝎毒丸，让他们赶着车马过来了。"

　　"哼！竟然想到老娘手里抢东西！"玉罗刹脸上有薄薄怒意，柳蓉很多嫁妆都是这些年她千辛万苦收集过来的，件件精品，他们竟然想染指？做梦去吧！

　　这些歹徒，自己先弄了他们做苦力，赶马车抬嫁妆，到时候再把他们送去官府，为民除害！

　　玉罗刹觉得，自己虽然也做抢劫的事情，可她抢的都是为富不仁的人家，她那可是劫富济贫，她是女侠，正义的化身！像这一群没骨气的，只会埋伏在半路上拦截过往路人，算什么玩意，统统都得去官府待着，送到西北去做苦役！

蝎毒丸？师爹又弄出啥新鲜玩意来了？

柳蓉眼睛往空空道人身上一扫，他走了过来，低声道："咳咳，现做的，临时捏出来的泥巴团子，里边拌了点有颜色的粉末，看了还是有些像毒丸的。"

玉罗刹揭开盖在马车上的帆布，露出了一个个精美的箱子，她随意拎出一个，将盖子打开，顺手拿起一件，在阳光照耀下，只见地上有无数的光影闪动。

岳媒婆吃惊地瞪着那尊托在玉罗刹手上的雕刻，这是什么做的？她以前从来就没看见过，晶莹剔透，从这面看过去就能瞧见另外一面，玉罗刹穿着的浅绿色的衣裳不时在雕刻后边飘扬，一会儿添了点底色，一会儿又变得十分纯净。

这可真是好宝贝，自己也去过不少高门大户人家，可都没见识过这般晶莹透亮的东西，岳媒婆疑惑地看了看玉罗刹，莫非是真人不露相，这才是真正的富家高门？

玉罗刹又打开了一个箱子，里边装着成串的珍珠，大小差不多，打磨得圆溜溜的，上头那层淡淡的粉色不住地变幻着光彩，还有一些散装的珍珠，玉罗刹随意抓起一把来摸了摸："你可以磨了粉吃，你师爹说要多吃这个，肌肤才嫩。"

作孽哟！岳媒婆看了只觉心疼，药堂里卖的珍珠粉，哪里是这样的珍珠磨出来的粉末？那些都是又小又不规则的，哪里像这种，一看就知道是上好的珍珠，颗颗有指甲盖大小，而且都是差不多大小，一颗少说也要几百两银子吧？就这样磨成粉末，吃了，吃了……岳媒婆心疼得一抽一抽的，虽然不是她的东西，依旧心疼。

玉罗刹揭开另外一个箱子，里面全是整整齐齐的金锞子，一个约莫有十两，打成各种各样的形状，什么花开富贵、花好月圆，都是吉利话儿，岳媒婆略微估算了下，一箱子里头应该装了三百多个金锞子，一箱子下来就该有三千两金子。

"大娘，你上回实在是辛苦了，还不要酬金，实在不好意思。"玉罗刹从箱子里随意捡出两个金锞子来，"拿着吧，给家里的孙子去玩。"

岳媒婆激动得满眼都是泪花，紧紧地攥着金锞子，连声道："许大公子与玉簪县主可是天生一对，地造一双，天下再也没有比他们更相配的一对了。"

许慕辰脸上露出了笑容："岳媒婆你这句话倒是说得没错。"他拉住柳蓉的手，深情款款地望着她，"这世上，真没有像我们这样般配的人了。"

空空道人站在一旁耸了耸肩，他要是开口，阿玉肯定会打他，只能自己想想了：我与阿玉也是天生一对地造一双呢！

第十五章

拜堂成亲

　　三月十八这日,京城的天气很好,天空明澈如被水冲洗过一般,瓦蓝瓦蓝的一片,空中偶尔掠过几只鸟儿,扑扇着翅膀,带着一阵清新的春风,似乎那翅膀扇动的刹那,京城的花朵就一朵朵的竞相开放了。

　　义堂的院子里种着一排桃树,正是桃花盛放的季节,院落里到处飘着粉色的花瓣,孩子们站在树下不住地跳着、叫着,手里攥着柳蓉发给他们的小荷包,脸上全是笑容。

　　院子中央铺了一张席子,柳蓉穿着大红吉服坐在那里,玉罗刹满眼含泪,看着那老管事的婆娘拿着梳子给柳蓉盘发。

　　本来按着礼节要请有身份地位的全福太太来梳头的,只是柳蓉觉得京城里那些贵夫人们,只怕是不肯踏进义堂这扇门的,还不如不去请她们。许慕辰也害怕万一请的那个全福太太知道是来义堂梳头,再去偷偷告诉自己的母亲和祖母就坏了,也就点头同意了柳蓉的提议,将义堂管事的婆娘请了过来。

管事婆娘没想到自己有生之年竟然还能给一位县主送嫁，拿着梳子的手一直在发抖，柳蓉的头发早上刚刚洗了，这时候还没全部干透，攥在手心里，感觉湿漉漉的一把。

"哎呀呀……"管事婆娘有些沮丧，"县主，我……"

柳蓉笑着安慰她："没事没事，反正要吃过午饭后才会来迎亲，咱们先歇着。"

两位喜娘目瞪口呆："县主，吉时可不能耽搁。"

玉罗刹一板脸："什么吉时不吉时的？蓉儿什么时候梳头都是吉时！"她一脚踏上那张席子，坐在了柳蓉身边，搂着她的肩膀，有些情动，眼泪在眼眶里打着转，瞧着就要落下来，"呜呜，蓉儿，师父可真是舍不得你……"

柳蓉窝在玉罗刹怀里，闻着她身上传来的熟悉香味，也是眼泪汪汪："师父，你就是蓉儿的母亲，以后蓉儿就喊你阿娘！"

"真的？"玉罗刹又惊又喜，"蓉儿，你愿意做我的女儿？"

"师父，不是说一日为师终生为母吗，我喊你娘也是应该的。"柳蓉站直了身子，恭恭敬敬地朝玉罗刹磕了三个响头，"阿娘，蓉儿一定会好好孝敬你的。"

玉罗刹伸手抹了把眼泪，一把扶起了柳蓉："蓉儿，娘的好闺女！"

大顺站在一旁也很麻溜地跪了下来："既然姐姐认了娘，我也要认娘。"

玉罗刹高兴得合不拢嘴，没想到自己竟然儿女双全了，她开心地望了望柳蓉，又看了看大顺："唉！可惜呀可惜，娘要回终南山去，不能常常见到你们了。"

"娘，你为啥一定要回终南山啊？住到京城不是很好吗？"大顺伸手指了指身边的小伙伴们，"大家都很喜欢阿娘呢，娘你可以留在这里，我们一起快快活活地过日子。"

柳蓉也激动起来，捉住玉罗刹的手："娘，你就留下来吧。"

"真的可以吗？"玉罗刹脸上放出光来，"那我跟你爹先回终南山把那些机关给撤了，收拾收拾再来京城，以后就住在这里了！"

她都已经成亲了，还怕见到那个负心人吗？苏大老爷有什么好的？还真不如陪在自己身边这么多年的空空道人呢。

哭一场笑一场闹一场，不多久以后就是送嫁喜宴了，义堂里的老人孩子都是今日来观礼送嫁的客人，足足开了十桌酒席，正好凑了个十全十美。用过饭以后，管事娘子摸了摸柳蓉的头发："干透了，可以盘发啦。"

盘发的时候有规矩，全福太太必须一边梳头发一边念赞词，可像管事婆娘这种，只知道围着灶台转的人，哪里会什么文绉绉的赞词？昨日晚上她才晓得自己要来做玉簪县主的全福太太，惊得打破了手里端着的饭碗，可她连碎了一地的碗片都没来得及收拾，就赶着去了胡同里最有学问的老秀才家。

老秀才虽然有学问，可他也没给人唱过这种成亲时候用的赞词，赶着翻了好几本古籍，这才翻出了一段话来，指指点点了一番："你瞧瞧这个……"

管事婆娘白了他一眼："我要是认识字，还要来问你？"

老秀才苦着一张脸，从《诗经》里的《桃夭》说到了《礼记》里的《婚义》，听得管事婆娘头昏脑涨，好不容易记住了几句，可等到今日又忘了个干干净净。

她拿起梳子一边给柳蓉盘发，一边努力想着昨日老秀才跟她说的话，好不容易才想到了一句应景的："桃花开得真好看啊，到处都是桃花……"低头看了看柳蓉，她灵机一动，索性胡编了几句，"新娘子长得真好看呀，跟桃花一样！"

两个喜娘都快晕过去了，这全福太太是从哪里请来的啊？连赞词都不会念！那边管事婆娘倒是越说越起劲："等着桃子长出来了，新娘子与新郎官就摘下来自己吃，吃不完的拿出去卖，千万记得卖五个铜板一斤，可别卖便宜了啊……"

周围一片静悄悄的，大家都在仔细听管事婆娘唱赞词，全福太太真是体贴，连新郎官与新娘子以后挣钱的路子都想好了，还温馨提示了价格，真是贴心啊！

管事婆娘见众人都是一副赞赏模样，越发得意，想到什么就说什么，帮柳蓉盘完头发，已经是口干舌燥，接过大顺递过来的茶盏，一口气喝了三碗才觉得喉咙里有了些湿气。

这边才盘好头发，迎亲的队伍就已经来了，许慕辰端坐在马上，穿着大红吉服，更显得意气风发。柳蓉轻轻撩起盖头看了他一眼，发现这一次身后没再跟着一群哭着喊着的大姑娘小媳妇，微微一笑，没想到去年还被人追着走的小鲜肉许慕辰，今年就掉了身价。

估摸着是他才成亲几个月就和离了，寒了一群芳心吧。

大顺扶着柳蓉往门口走："姐姐，我现在力气小，还不能背你出门，只能扶着你出去了。"

"没事没事，不管怎么样，你都是我的好弟弟。"柳蓉握紧了大顺的手，"好好孝顺爹娘，知道了吗？"

"嗯。"大顺点了点头，他真没想到，自己失去爹娘以后，还能找到关心疼爱自己的姐姐，今日又认下了阿爹阿娘。这日子是要

越过越好了呢，大顺默默看了看天空，一缕白云从蓝天上慢慢悠悠
地飘过，他忽然想起自己过世的爹娘来。

"爹、娘，你们就放心吧，儿子会过得好好的。"

许慕辰迫不及待地从大顺手里接过柳蓉，搀扶着她上了花轿：
"蓉儿，总算等到这一日了。"

柳蓉掀开盖头白了他一眼："你又不是第一次成亲。"

喜娘赶紧拉着她的手："玉簪县主，不要乱动，一切要符合礼
仪规矩。"

许慕辰有些不悦："我跟我娘子说话，要你们来插嘴做甚。"

两个喜娘顿时成了闷嘴葫芦——新郎官都这么说了，她们还能
说啥？随便他们去吧，这成亲从头到尾就是乱糟糟的一团，没有一
样合规矩的，反正她们只要有银子拿，管这么多闲事做什么！

"这次没有人跟着你的马后边哭了，惆怅否？"

"我还提心吊胆呢，幸亏她们没有跟着来哭，否则还不知道你
今晚会怎么整治我呢。"许慕辰一副可怜兮兮的模样，上回成亲，
他睡了一晚上的横梁，今晚他可坚决不要这样的待遇！他要化身豺
狼虎豹……

坐在马上的许慕辰心里头美滋滋的，想起师爹真是个好心人
啊，上回塞了一个小瓷瓶给他："这是十全大补丸，每日一颗，坚
持吃到成亲那日，你就能知道好处了！"

许慕辰听了这个名字，即刻就明白了是什么东西，赶紧一溜手
揣进了袖袋里头，这可是好东西，师爹做的，尤其好！他已经见识
过那个雪肤凝脂膏，对于空空道人的手艺，充满了由衷的崇拜，回
府以后就急急忙忙吃了一颗，当下只觉得丹田处有热烘烘的一团，
他打坐运气，那团热气就如耗子一般在他体内走来走去，让他血脉

都通畅了起来。

原来不只是那方面有功效，还能增强内力！许慕辰大喜，师爹这份礼可真重！

迎亲的队伍在京城的大街小巷转了一圈，好不容易才来到镇国将军府门口，照旧是一只炭火盆儿，许慕辰赶紧翻身下马，很乖巧地蹲在了花轿面前。

两个喜娘见着新郎官的猴急模样，不由得叹气，媳妇都还没进门呢，就成了这般模样，以后肯定是被虐的对象。

柳蓉从花轿里出来，由喜娘搀扶着趴到了许慕辰的背上，许慕辰背着她一步步跨过了炭火盆子，飞快地走向了大堂。司仪高喊"吉时到"，噼里啪啦的一阵喜炮声里，两人跟着司仪的话照做，拜堂成亲。

许老夫人坐在一旁，看着许慕辰与柳蓉拜了堂，乐得合不拢嘴，许大夫人却只觉得有些疑惑，这新娶的媳妇，怎么从身形上瞧着有些眼熟？

两个喜娘决定彻底放弃。

新娘子唯一做得可圈可点的是在拜堂的时候，司仪喊着行礼就行礼，而且行得还颇为到位，那腰身弯下去恰恰好，跟新郎官几乎要碰个头对头。

只是被搀扶进了洞房以后，新娘子的本性就暴露无遗了。

首先是叫着要掀盖头。

"哎呀呀，这盖头可是只能由新郎官来掀的！"喜娘慌忙伸手去按柳蓉的手，"先揭开不吉祥，不能揭不能揭！"

柳蓉一甩手，两个喜娘就东一个西一个地趴到了床上，两人惊魂未定地撑起身子，新娘子好大的力气！

"什么不吉祥？胡说八道！"柳蓉将蒙在头上的那块红色锦缎扯了下来，"哼！我又不是没有自己掀过盖头，这都是第二次进洞房了，我还不知道规矩？上次我也是自己掀了盖头，现在不还是好好的？"

两个喜娘张大了嘴巴望着柳蓉，新娘子竟然是二婚！太后娘娘亲自下旨赐的婚，怎么可能赐个二婚的给镇国将军府的大公子？

"看什么看？有什么奇怪的？他也不是第一次成亲了，我们这不是半斤八两吗？"柳蓉嘻嘻一笑，站起身来，伸了伸手弯了弯腰，"都这么晚了，还真有些饿。"

"县主，县主，你要做甚？"见着柳蓉的手摸到了门闩上边，两个喜娘都快要透不过气来了，难道这位玉簪县主还想穿着嫁衣在镇国将军府到处去逛逛不成？两人奋力跑过去，一把拉住了柳蓉的胳膊，"县主，你可千万别出去，新娘子不能抛头露面啊！"

"我只是想去喊个丫鬟帮我送点饭菜进来。"柳蓉指了指门外，"现在都什么时候了，你们两人难道不饿？"

喜娘这时候忽然才意识到一个问题，玉簪县主竟然没有陪嫁丫鬟！

这位县主到底是个什么出身呢？竟然连个陪嫁丫鬟都没有带就大模大样地到镇国将军府来了，难道不怕夫家的人欺负她？

没有陪嫁丫鬟，没有贴身妈妈，那些嫁妆估摸着也是拿镇国将军府的聘礼银子买来的。两个喜娘同情地看了柳蓉一眼，只觉得这位玉簪县主前途堪忧。

没有娘家支持，想要在这高门大户立稳足跟，谈何容易！

两人同情心泛滥，将柳蓉搀扶了回来："县主，你且坐着，我们出去让丫鬟给你送饭菜进来。"这天色已晚，自己的肚子也咕噜噜地叫唤起来，跟着县主一道吃了些东西也好，免得饿着肚子挨到半夜。

饭菜还没用完，许慕辰也被人簇拥着进来了，众人见着新娘子正端着饭碗扒拉得开心，红盖头被扔在了床上，一个个瞪圆了眼睛。

柳蓉没有管他们，继续吃饭。

天大地大，吃饭最大。

喜娘局促不安地放下竹筷站了起来："新郎官来了。"

柳蓉抬头朝许慕辰笑了笑："总得等我吃完饭吧？"

"不着急，你先吃。"许慕辰宠溺地看了柳蓉一眼，她吃饭的样子真好看，一点也不装模作样，端着饭碗吃得兴高采烈。

跟着许慕辰进来的一群人大都是他的亲友，上一次许慕辰成亲也来闹过洞房，现在个个站在那里，脸上都是疑惑，这新娘子，怎么好像跟上回那个新娘子长得一模一样？

柳蓉吃过了饭，用帕子抹了抹嘴，大大方方地站起来："听说成亲的晚上总要闹下洞房，你们各位准备怎么闹呢？"

站在许慕辰身后的人你看看我，我看看你，忽然没了主意。

闹洞房，一般是要将新娘子往死里闹的，有时候甚至闹得新娘的眼泪都要掉下来，可面对这样的新娘，大家倒不知道该怎么下手了。

许慕辰这边却按捺不住了，想到了上次柳蓉用的招数，赶忙依样画葫芦用了起来："各位，春宵一刻值千金，还闹什么闹，天色晚了，你们也快些回去歇着吧！"

上回是新娘子赶客，这回是新郎官动手，镇国将军府大公子两次成亲，都让人有意外的惊喜呀。众人站在门口，小声议论了几句："新娘子好像就是上回的那位苏大小姐啊。"

"样子差不多，可好像有哪里不对？"

"苏大小姐不是由太后娘娘赐婚，嫁了个姓王的书生吗？怎么可能再来嫁许大公子？更何况两人早就撕破了脸，写了和离书，这这这……"

洞房的门吱呀一声被打开，露出了两张脸孔，许慕辰扬了扬眉："各位，意犹未尽可到风雅楼坐着去小酌两杯，记到我许慕辰的账上，明日我让人去结了。"

柳蓉拱手："请勿打扰他人歇息。"

站在门口的喜娘笑着赶客："新郎官、新娘子要圆房了，各位还是回去吧，别打扰了他们。"

宾客们的眼珠子又一次落地，一片刺啦刺啦的响声。

许慕辰与柳蓉两人一道摇手："祝君安好。"

一个伸左手一个摇右手，可真是默契。

好不容易将门口那堆人赶走，屋子里剩下了两个人，许慕辰觉得全身都燥热不安，一颗心痒痒的，恨不能冲上去将柳蓉抱得紧紧的，将她揉碎嵌入自己的身体。

"蓉儿，我总算是娶到你了。"许慕辰小心翼翼地朝柳蓉走了一步，讨好卖乖，"亲事办得好吧？你可还满意？"

"好？"柳蓉嗤嗤一笑，"连晚饭都不让人给我送过来，还说你办得好？打算让我饿肚子过一夜吗？"

"哎呀，蓉儿，你可错怪我了。"许慕辰伸手到怀里一套，就摸出了个油纸包，"我给你带了东西过来，可没想到你已经自己用过晚饭了。"

柳蓉一手将油纸包夺过来，打开一看，里头包了半只鸡，一个猪蹄还有几块糕点。糕点被压碎了，随着纸包的簌簌之声落了一地。

"算你还有良心。"柳蓉将油纸包放到桌子上，伸手到旁边脸盆里净了手，"我吃不下啦，暂时放到这里，等到半夜你饿了再起来吃。"

许慕辰忽然就扭扭捏捏了起来："半夜……当然是吃……你了。"

柳蓉一翻白眼："还弄不懂是你吃我还是我吃你呢！"

玉罗刹昨晚给了她一本画册："蓉儿，你仔细看看，以后用得着。"

打开一看，里边画着一男一女正在练功，柳蓉大喜："师父，这是不是你与师爹两人修的新功夫？"

玉罗刹的脸瞬间就红了："那上头才不是我和你师爹啦！这是我花了重金在京城的书肆里买来的，你仔细琢磨着，我不多说了。"

见着玉罗刹夺门而出，柳蓉忽然有几分明白了，翻开那画册仔细看了看，恍然大悟，这是在教她明晚成亲该怎么做的——这就是传说中的春宫画册吧？柳蓉兴致勃勃地翻阅了一遍，只觉得很是遗憾，上边根本没有画得太清楚，每幅画都有花草树木遮住了差不多一半的身体。

一定要跟师父说一句，让她找那书肆索赔，这重金花得不值啊！虽说有十八幅画，可能让她看清楚的只有三幅。

柳蓉决定，洞房就拿这三种姿势对付许慕辰！

现在就到了真刀真枪的时候了！

许慕辰的脸越来越红，他伸出两只手，想将柳蓉抱在怀里，可万万没想到，柳蓉比他出手还快，一指头就点中了他的穴道。

"蓉儿，你要做什么？"许慕辰大惊失色，难道圆房之前还要跟自己来比下功夫不成？

"做什么？圆房啊！"柳蓉转身从床头一个箱子里摸出了那卷画册来，"许慕辰，我先来问你，你喜欢哪一种姿势？"

许慕辰目瞪口呆地望着柳蓉将那本画册在他眼前展开，很体贴地给他解释："我觉得这种姿势肯定有些费劲，你瞧瞧，那腿要抬那么高，累不累？昨晚师父拿了画册要我好好看一遍，我琢磨了许久，决定试试这几种。"

一张张欲盖弥彰的画在许慕辰眼前晃来晃去，他全身的血脉都要偾张了，下边那里更是蠢蠢欲动——他一点都不想再跟柳蓉讨论下去了，他只想真真实实地跟她试上一试！

"许慕辰，你看明白没有？"柳蓉将画册放到了床上，"要是还不明白，咱们一边做一边看，肯定能够领会。"

许慕辰哀求地望着她："蓉儿，我全明白了，你给我解了穴道好不好？"

"这就看明白了？"柳蓉啧啧赞叹了一声，"是个聪明人。"

才一伸手解了许慕辰的穴道，柳蓉就觉得有热气扑面而来："哎哎哎，许慕辰，你干啥干啥？怎么了？不要乱舔好吧？"

许慕辰喘着气道："你不是说要来试试吗？男人当然要主动了。"

"切，女人就不能主动吗？"柳蓉翻身，压倒了许慕辰。

"蓉儿……"许慕辰觉得好羞愧！他是男人啊，竟然被柳蓉给压倒了！说出去都要变成笑话，不行，他要重整雄风！

许慕辰觑着柳蓉歇气的时候，略微一用力，翻身跃起，柳蓉抓住了许慕辰的一只手："哎哎哎，你怎么起来了？我想试的是那一张！"她将画册拖了过来，很认真地捧到了许慕辰面前，"你看到没有？就是这种姿势。"

"我看不到！"许慕辰呻吟了一声，用力獲住她的双唇，"蓉儿，以后别连名带姓地喊我，喊我夫君，或者喊我慕辰……"

"唔唔唔……"柳蓉完全无法说话，他一点点亲了下来，慢慢地，将她内心深处的那一种蠢蠢欲动唤醒，她逐渐失去了主动性，只能由着许慕辰将她的领地一寸寸占据，最后彻底放弃了抵抗。

"什么？"许大夫人皱了皱眉头，"少夫人没有带陪嫁的丫头和贴身妈妈？"

"是是是。"一个婆子垂手站在那里，脸色有些紧张，"少夫人说想用晚饭，自己没带陪嫁丫头过来，只能喊了府里的丫鬟去端的饭菜。"

"不会吧？"许大夫人低头，端起了茶盏，眼睛望着那微微起了细纹的茶水，心中却有如澎湃的河水，上上下下，没有个停歇的时候。

这到底是哪门子的县主啊？竟然连个陪嫁丫鬟都没有！许大夫人有几分焦躁，想到之前儿子不要自己来插手这门亲事，顷刻间就有了几分明白。儿子第一次成亲，啥都没管，全是她一手张罗的，这一次为啥这般积极？这里头定是有什么古怪。

"夫人，老奴还打听到了一件事情……"婆子有些紧张，咽了一口唾沫，这事情说出来可真是丢人，只不过以她对许大夫人的忠心耿耿，不能不说。在许大夫人惊诧的眼神里，婆子擦了一把汗，"大公子今日是去义堂迎的亲！"

"什么？"许大夫人眼前一黑，茶盏都差点没端稳，"你确定？"

她知道儿媳妇不是京城人氏，可太后娘娘给赐的婚，人家又是县主身份，即便不是在京城的亲戚家里出阁，至少也会在福来客栈包下一间院子吧？万万没想到……许大夫人全身都有些发软，在义堂出嫁的儿媳妇，这事情要是传了出去，只怕会成为京城贵人圈里的笑话。

辰儿是怎么办亲事的，好歹也该来商量一句！要是媳妇不是世家出身，没那么多银子去租福来客栈的院子，镇国将军府有啊！也不至于要落到这么悲催的地步！

许大夫人眼前花花的一片，只觉得有不少尖嘴猴腮的脸孔在晃来晃去，那些贵夫人最最势利，肯定会抓住这事情说个不停的。一想到这里，许大夫人顿时觉得想死的心都有了。

"夫人……"婆子很担心，"要不要去请个大夫过来看看？"

"不用了。"许大夫人用力捏了捏自己的掌心，明日新妇敬茶，自己可得好好问清楚她的来路，万一是上不得台面的，还得用尽全力去教她规矩礼仪才是。

春宵苦短，好像才刚合了眼睛，外边的天色就渐渐亮了起来。

许慕辰翻了个身，摸了摸自己的腰，怎么觉得哪里有些不对。

昨晚实在激战甚烈，两人折腾来折腾去，直到丑时才停歇。睡得晚，醒得肯定不比往日早，故此今日没能早起练剑，许慕辰低低地呼了一口气，腰酸背痛，似乎骨头都要散架了。

全怪空空道人给的那个十全大补丸太厉害，或许蓉儿也吃了吧，两个人体力倍加的足。本来蓉儿说好只练三种的，没想到你来我往的，竟然把那画册里的十八种姿势全部演练了一遍。

许慕辰眼睛一瞟，见着柳蓉抱着那画册睡得正香，嘴角浮现出笑容，自己的娘子有时精明有时糊涂，还口口声声说这肯定是一本武林秘籍，故意用这羞人的图画掩盖了它的本质。她要认真研修一番，看能不能看出些什么名堂来。

看来看去的结果，就是两人一起操练来验证这双修大法的妙处了。

秘籍果然是秘籍，练习的时候两人都飘飘然，浑然忘我，只知道互相配合得到最妙的滋味。许慕辰觉得，他以前二十年全白活了，从昨晚起，他才悟出了这人间的美妙。

他伸出手去，抓住画册的一角轻轻一拉，那本册子就从柳蓉的手里掉了出来，还没等他去捡，柳蓉已经睁开了眼睛："怎么，你想早起偷偷练习武功？"

许慕辰笑道："娘子，没你的配合，为夫想练也不行啊。"

柳蓉脸色微微一红，见许慕辰眼巴巴地看着自己胸前凝脂般的肌肤，赶紧拉了被子盖住了自己的胸口，朝许慕辰大吼了一声："看什么看？没事不知道看自己的？"

"娘子，我以前每天都看自己的，成亲以后当然每天都要看娘子的了！"许慕辰笑嘻嘻地扑过去，"我的有什么好看的？当然看娘子的才更有意思！"

"你你你……"柳蓉瞠目结舌，成亲前怎么看许慕辰也是个清纯少年，怎么一夜之间就变了个样？这让她几乎怀疑起自己那时候对许慕辰充满的各种同情心，说不定全是他装出来骗取自己那点愧疚的！

"蓉儿。"许慕辰低低地叹了一口气，温热的气息扑到她的脸上，"咱们现在已经是夫妻了，闺房之乐总要有些！"他一双濡黑的眸子盯住了柳蓉，看得她有些不好意思起来："你怎么了？"

"我越看我的蓉儿就越觉得你好美。"许慕辰的嘴唇慢慢地贴过来，一点点侵袭着她娇柔的唇瓣，如清晨的露水，滴入了花蕊深处。

"大公子，大少夫人！"外边有人砰砰砰地拍门，"辰时了呢，要去前堂敬茶。"

床上那两个快要凑到一处的人哎呀一声惊跳了起来，柳蓉嗔怨地看了许慕辰一眼："瞧你，瞧你！都快耽搁大事了！"

成亲第一日，总要做出一副懂规矩的样子来，要像师父说的，把全镇国将军府的人都得罪了，也不是那么好，好歹也要让许慕辰面子上过得去。

柳蓉匆匆穿上衣裳，许慕辰开门，丫鬟们捧着洗脸漱口的器具进来，见着柳蓉，不由得都惊诧了一下，这不是先前那个大少夫人吗？怎么……几个人面面相觑，都惊住了。

苏国公府那位大小姐什么时候又变成了玉簪县主了？

"大少夫人，奴婢们伺候您净面。"

柳蓉伸出两只手，随便那群丫鬟摆布，她心里头明白得很，大家看见她的脸，肯定都会联想到苏锦珍，让她们去猜吧，自己就是不说话。

梳洗打扮好，许慕辰与柳蓉一道去了前堂。

这脚刚刚才踏进去，一屋子的人眼睛都瞪得溜圆，反应跟那些丫鬟一样。

什么玉簪县主？不就是苏国公府的小姐？

许大夫人更是莫名其妙，既然是苏大小姐，怎么会在义堂出嫁？她皱着眉头想了想，忽然想起来，苏大小姐已经被太后娘娘赐婚给了一位姓王的公子，肯定不是她了，只不过世上为何有这般相像的两个人？

许慕辰带着柳蓉拜见各位长辈，许老太爷与许老夫人很快从震惊中恢复过来，喝了柳蓉敬的孙媳妇茶，痛痛快快地将准备好的见面礼放在身后丫鬟们端着的盘子里。

轮到敬公公婆婆茶的时候，许大夫人已经回过神来了，她望了柳蓉一眼，神情严肃——这是一个极好的教育机会，既能让媳妇懂些规矩，又能树婆婆的威风。

先前那位苏大小姐嫁过来，许大夫人觉得她出身名门，这些事情自然不用自己多交代，可这位却是从义堂出阁的，许大夫人一看柳蓉，就觉得她额头上贴了两个大字：穷、酸。

这寒门里头出来的，自然是不懂规矩的，只能自己花大力气来调教她了。许大夫人望着跪在蒲团上的柳蓉，心中暗道，好在这媳妇看起来是个温顺的，端端正正跪在那里，低眉顺眼，一句多余的话都没有。

清了清嗓子，许大夫人开始絮絮叨叨地说起了女四书。

许慕辰听得两条眉毛拧到了一处，母亲这是在做什么呢，难道准备开堂讲学不成？柳蓉端着茶跪在那里，眼观鼻鼻观心，一动不动，权当自己在练习打坐。气沉丹田，游走周天，运气入脾肺，终得大成。

许大夫人故意拖着声音慢慢说着，大堂里的人都有些奇怪，面面相觑，许大老爷面子上有些挂不住，夫人要教媳妇如何行事，只管等着敬茶完毕单独喊到一旁去教训便是，现在这么让媳妇跪着听教训，不是故意在落媳妇的脸？

也不知道媳妇什么地方得罪了她，许大老爷不满地看了许大夫人一眼，伸手推了推她，许大夫人就跟没看见似的，继续絮絮叨叨。

"母亲，那茶……"许家三房的一个小少爷，忽然惊呼出声。

柳蓉手中的茶盏，忽然热气腾腾，白色的烟雾直冲向许大夫人的面门。

柳蓉跪着觉得无聊，也知道许大夫人是在故意整治自己，索性用内力催热那盏已经凉下来的茶，许大夫人说得越久，那盏茶就越热，最后竟变成烧开的沸水，汩汩有声。

大堂里的人都紧紧地盯住了那盏茶，只觉怪异，却不知道缘由。

许慕辰心知肚明，柳蓉肯定是在变着法子抗议许大夫人，他有些苦恼，不知母亲今日究竟为何要在大庭广众之下故意刁难柳蓉。他站起身来，将柳蓉手中的茶盏端起，送到了许大夫人面前："母亲，你说这么多应该口渴了，赶紧喝口媳妇茶吧。"

"辰儿，你……"许大夫人气结，自己正在教媳妇如何伺候好夫君，这可是在给儿子挣权益呢，怎么就这样被他堵住了？

真是好心当成驴肝肺。许大夫人悲伤地看了儿子一眼，许慕辰压根儿没理她，一把将柳蓉拉起："蓉儿，跪得累了不？先歇歇。"

娶了媳妇忘了娘啊！许大夫人心如死灰，没精打采地喝了一口茶。

"噗……"一口茶水喷了出来，伴着茶盏落地的声音。

好不容易将大堂上坐着的人都敬了一轮茶，柳蓉这才被领着坐到了椅子上。她接过许慕辰的帕子擦了擦汗，看了一眼坐在旁边的人，只见是许三夫人，便冲她笑了笑。

这些人其实上次敬茶的时候就见过了，可是为了这次的见面礼，柳蓉决定装出是第一次跟她们见面的样子，笑得恰到好处，亲近里头带着淡淡的疏离。

许三夫人一愣，但是马上回过神来，冲着柳蓉甜腻腻地笑了笑："侄媳妇，听说你家不住在京城？"

许大夫人心中一紧，糟糕，莫非许慕辰去义堂迎亲的事情被透露出去了？

"是啊。"柳蓉很诚实地点了点头，"我家住在终南山。"

"原来是隐居的世家。"许三夫人脸上露出了一丝理解的笑容，"我们一直在想，怎么先前就没听过玉簪县主这个名字，原来是外地人，唉！也怪可怜的，背井离乡嫁到京城来，娘家人一个也没在身边……"

"三婶娘，我爹娘很快就要搬到京城来了。"柳蓉毫不客气地打断了许三夫人的话，她又不是不知道，许三夫人是个口蜜腹剑的人，那时候绫罗出去打探镇国将军府的闲话，搜了一大箩筐回来说给她听，许三夫人可没少说她的坏话。

许三夫人小心翼翼地看了柳蓉一眼，脸上有尴尬的笑："世家就是世家，到京城买房子就是一句话。"

"我爹娘准备住到义堂。"柳蓉一本正经，"那里有不少可怜的老人和孩子，他们帮忙照顾着，也是一桩善举。"

许大夫人几乎要吐血，自己还想极力捂着这事儿呢，没想到媳妇就直接说了出来，真是没脑子！她的手抖了抖："媳妇，你跟辰儿出去走走，先去熟悉下镇国将军府的各个院子，以后就不会走错了。"

柳蓉正盼着这句话呢，赶紧站起身来，朝许大夫人行了一礼："多谢婆婆指点。"

许慕辰松了口气，蓉儿就是大度，自己母亲有意刁难她，她却一点也没有生气，脸上依旧是笑嘻嘻的。他站起身来，挽住了柳蓉的胳膊："蓉儿，我带你去走走。"

两人刚刚走到门口，就听着后边许三夫人阴阳怪气道："难怪听说昨日是在义堂迎的亲，我还以为是有人误传，没想到却是真话。"

柳蓉抬头看了许慕辰一眼，笑而不语。

许慕辰一掀门帘："走走走，咱们两人过日子，跟她们有啥关系，我爱去哪里迎亲就去哪里迎亲，又不是她们娶媳妇。"

门帘不住地荡来荡去，将外边一线阳光送进来又挡了回去，许大夫人目瞪口呆地望着那门帘，脑海里还是儿子媳妇携手离开的场景，有些酸溜溜的，这时就听着许三夫人用讥笑的口吻道："这次慕辰成亲，一共花了多少银子呢？我看着昨日抬进府的嫁妆颇多，不是拿了咱们府里送过去的聘礼银子买了些被子鞋袜来充数吧？"

许三夫人说得十分尖刻，许大夫人脸上有些挂不住，这时许老夫人很严肃地开了口："既然是给孙媳妇的聘礼，你管她买了些什么？这么大一把年纪了，还是跟那些小丫头一样喜欢嚼舌头，你也不看看自己的身份！"

听着婆婆训斥三弟妹，许大夫人这才心里舒畅了些，等着大堂里的人散了，许老夫人呼的一声站了起来："老大媳妇，咱们去辰儿院子里瞧瞧，看看孙媳妇都带了些什么嫁妆来咱们府里了。"

原来婆婆也在琢磨着这事情啊，许大夫人应了一句，赶紧扶着许老夫人往许慕辰院子里走去。

玉簪县主没带陪嫁丫头，没带管事妈妈，嫁妆倒是有不少，可都锁到了最后边那一排屋子里，门上落了锁，钥匙她自己拿着了。

许老夫人与许大夫人透过那茜纱窗户往里边看了看，隐隐约约只能看见一个箱子叠着一个箱子，根本看不出来都是些什么嫁妆。

"除非让辰儿媳妇将嫁妆单子交出来。"许大夫人咬了咬嘴唇，"只不过这样做似乎有些不大妥当。"

"你也知道不大妥当？"许老夫人白了她一眼，"人都已经娶进府了，你现在还在这里抱怨又有什么用处？算了，别想太多，以后好好教着便是，她身上虽带了些穷酸气，可毕竟年轻，好改，只是让她别太跟娘家接触，免得好不容易才有些起色，回一趟娘家便又故态重萌了。"

"是。"许大夫人低头应声，只是心里犹自有些不忿，很想知道那些聘礼被亲家家里吞了多少。许三夫人说的话也不是没有道理，这世间卖女儿的多得是，鬼知道那玉簪县主父母究竟打发了些什么！且不说连陪嫁丫头都没打发，但凡给了些好东西出阁的，一到夫家，早就喜滋滋地将嫁妆单子呈给婆婆过目了，她这样藏着掖着还不是心中有鬼？

"蓉儿，可真是委屈了你。"许慕辰跟柳蓉走到院子里十分歉意地道，今日敬茶之事，全是他母亲挑起来的，他只觉心中羞愧，不知为何母亲会如此一反常态，"以前我母亲不是这样的。"

"我又不是没有跟她相处过，早已了解她。"柳蓉嘻嘻一笑，"你别往心里头去，我真没多想什么，毕竟她是你母亲，跟我师父一样都是值得我尊敬的人，她一时间有些想不通，我也不会计较。"

"好蓉儿。"许慕辰抓紧了柳蓉的手，心中甚是宽慰，这事要是摊到那些小肚鸡肠的贵女身上，还不知道又会起什么幺蛾子呢。

"我初来乍到，也该给各房送点礼物才是，好歹也要在你们镇国将军府住几十年呢，总得搞好关系。"柳蓉侧脸望向许慕辰，"你说，送什么才好？"

"怎么还说你们镇国将军府？"许慕辰完全没有抓到柳蓉的重

点，只是在琢磨着"你们"两个字，"蓉儿，你这意思，还没将自己当成镇国将军府的主人啊。"

柳蓉也忽然明白自己说错了话，很歉意地朝许慕辰笑了笑："这不是还没习惯嘛。"

两人说说笑笑往前边去了，园子里干活的丫头们都用羡慕的目光望着两人的背影，聚在一处窃窃私语："虽然大少夫人长了一张跟先前大少夫人一样的脸，可大公子却完全是两种态度啊。"

"可不是？"有人叹息，"故而说，长相一点都不重要，性格才是最要紧的。"

柳蓉跟许慕辰回到屋子里，两人忙忙碌碌地准备起礼品单子来，许慕辰将府中各房的人都一一列了出来，大致说了下喜好，柳蓉眼珠子转来转去想着该送啥才好。

丫鬟们送糕点茶水进来，许慕辰笑嘻嘻地拈起一块鹅油栗蓉火腿酥："蓉儿，张嘴。"

柳蓉嫣然一笑，张嘴咬住。

端着茶盏的丫鬟手一抖，差点将一盏茶全给洒了。

大公子与大少夫人完全当她们不存在，就这样公然打情骂俏，不好吧？

还是将茶盏放下，赶紧走吧，唉！大公子一成亲，自己连幻想的资格都没有了，两人恩恩爱爱的，自己还能想什么——一旦成亲无幻想，从此许郎是路人啊！

许大夫人打发管事婆子给柳蓉送了两个丫鬟四个婆子过来："大夫人说了，大少夫人总得该有自己的人用，这几个就拨给大少夫人了。"

新来的丫鬟一个叫翠花，一个叫翠柳，都是许大夫人院子里头的二等丫头，此番来许慕辰院子，都是得了许大夫人授意的，要好好盯紧了大少夫人，有什么地方做得不对，要时时刻刻提醒她，若有大事，便赶紧回禀她。

柳蓉挥了挥手："你们下去吧，我有什么事情自然会喊你们。"

翠花进言："大少夫人，高门大户里的小姐夫人，该斯文些。'事情'该说成'事儿'，这样方才能显得文雅。"翠柳慢条斯理，望着柳蓉的眼角里带着一丝不屑，她这做丫鬟的都懂，这位所谓县主出身的大少夫人竟然不懂！

"滚。"柳蓉简简单单一个字，脸上没别的表情。

"大少夫人，你该说'退下'。"翠花忠于职守，立刻矫正柳蓉的不文明用语，翠柳在一旁不住点头，上回那个大少夫人虽然不得大公子喜欢，可却真是大家闺秀，哪里像这位大少夫人，粗野得跟个乡下人似的，看来大公子的口味真是奇特啊。

柳蓉站起身来，一只手拎住一个丫鬟的衣领，拖着两人到了门边，手下一用劲，就将两人从屋子里头扔了出去："以后没我的话不准踏进屋子半步！"

三月的春光正好，园子里一片姹紫嫣红，许大夫人心事重重地站在繁花似锦之中，两条眉毛蹙到了一处，听着翠柳与翠花的哭诉，心情糟得不能再糟。

都说打狗要看主人面，自己好意给媳妇送了几个下人过去，还想提点她的言行举止，没想到却被她从屋子里扔了出来！这可不是在惩罚丫鬟，而是在扫自己这个做婆婆的面子，好像是在告诉自己，别想安插人手到她屋子里。

虽然自己也带了几分这样的意思，可许大夫人是打死也不会承认的，她只是关心媳妇，想让媳妇成为一个出得厅堂进得卧房的贵妇人!

可是媳妇却一点也不领情，直接将两个丫鬟给扔了出来，没有比这个更闹心的事情了，许大夫人捂着胸口用力喘了口气："你们两人好生服侍着大少夫人，有什么事儿赶紧来告诉我。"

"是。"翠花、翠柳低眉顺眼地走了。

许大夫人一屁股坐在了石凳上，用力将衣裳领口扯开了一些，心里呼呼地烧着一把火，越烧越高。自己的辰儿这般人才，可这婚姻上怎么就如此坎坷？娶的第一个媳妇贤惠端庄，可他就是不喜欢，娶了个喜欢的回来，竟然是乡野丫头还不知尊卑与规矩。

"大夫人。"小径那头走来了两个丫鬟，许大夫人赶紧拢了拢衣领，坐得端端正正，一副贤淑模样。

"大夫人，我们家大少夫人给您送礼来了。"

原来是儿子院子里头的两个丫鬟，两人笑嘻嘻地端着一个大盒子走了过来，行礼上前："这是大少夫人送给您的。"

咦，这媳妇竟然知道要送回礼？许大夫人有几分诧异，揭开盖子瞧了瞧，就见里边装了好几个小小的坛子，打开一罐，玉白色的一堆粉末，伸手挑了些放到鼻子下边闻了闻，没有什么气味。

"这是什么？"许大夫人有些不解。

"大少夫人说了，这都是上品东珠磨碎以后的珍珠粉，大夫人每日清晨服用一次，便能使肌肤细嫩，容颜不老。"一个丫鬟笑嘻嘻地转述了柳蓉的话，眨巴眨巴了眼睛，"大夫人，你不妨试试，看有没有效果。"

许大夫人矜持地点了点头："我知道了，你们且下去吧。"

等着两个丫鬟一走，许大夫人倒出了一把珍珠粉末放在手心，仔细瞧了又瞧："东珠磨成粉子？她也太能扯了，东珠要多少钱一颗？就这样不知珍惜地磨掉了？”

身后的贴身妈妈笑道：“夫人，这东珠也有贵贱之分，若是那些小得如米粒大小的珠子，一两银子就能买一两呢，也不是什么值钱的货。”

许大夫人恍然大悟：“可不就是这样！竟然拿了这次等的珍珠来磨粉，还要故意说成是上好的东珠，真是可恶。”

自此以后，许大夫人就不大待见柳蓉，总觉得这儿媳妇不好，左看右看都有些不对盘，干脆就将她晾到了一边，除了晨昏定省在许老夫人的主院见面偶尔说几句话外，其余时间都没有找过她，更别说喊了柳蓉过去教她学着打理中馈了。

柳蓉狠狠地在许慕辰面前夸奖许大夫人：“慕辰，你母亲真好。”

“怎么了？”许慕辰瞧着她笑意盈盈，就跟花朵一般，心里也开心，用手勾起她的下巴，轻轻在她嘴唇上啄了下，“怎么这样高兴？”

“母亲现在对我真是好，根本不喊我去她院子，也不要我做什么事儿，或许是我送给她的珍珠粉让她觉得满意，故此就抬手放过了我。”柳蓉兴致勃勃，实在是高兴，她每日要做的事情太多，实在没时间陪着许大夫人说些无聊的话。

许慕辰听了这些，倒有些紧张，母亲这态度，摆明就是不喜欢蓉儿，为什么送了珍珠粉给她，她还是这样不高兴？仅仅因着蓉儿的出身吗？他看了一眼柳蓉，小声道：“蓉儿，若是苏国公府要将你认回去，你还愿意回去吗？”

柳蓉摇了摇头：“我都认了师父做娘了，以后师父就是我的母亲，我干吗还要去苏国公府认亲？”

“唔……”许慕辰没有说话，看着柳蓉那眉眼弯弯的模样，暗自叹气，既然蓉儿不愿意去苏国公府认亲，那自己也不必勉强她，与母亲多说说就是了，只要自己肯不停地说蓉儿的好处，总有一日母亲也会喜欢上她。

许慕辰没有想到的是，他越是夸奖柳蓉，许大夫人心里就越是不高兴，本来是努力想要调解婆媳关系，却没想到两人之间的关系却越发的糟糕。只是幸得许大夫人出身高门大户，自小受的教导便不是那种泼妇骂街式，只是温言软语里漏出几句不屑来，而柳蓉恰恰不是个心细的，哪有空去琢磨许大夫人这话里暗藏着什么含义，只是一味地冲许大夫人笑个不停，弄得许大夫人心中更是不爽。

"媳妇，你瞧瞧这几幅锦缎花色怎么样？"

"都很好看啊。"

"那就送给你父母吧，他们在终南山住着，基本上见不到京城的时兴料子，你将这些送回去可以表孝心，又能让你父母亲穿上新衣裳在亲友前露露脸。"

"多谢母亲。"柳蓉眉开眼笑，胳肢窝里夹了几匹锦缎飞快地走出去，锦缎价格贵，特别是这种花色的，许大夫人也说了不便宜，她得赶紧拿出去放到许慕辰那两间小铺子里给卖了，得了银子送到义堂去养活那些老人和孩子。

至于许大夫人话中暗暗讽刺她师父、师爹，柳蓉一点也不在意，她说得没错，师父、师爹常年住在终南山，本来就没见过什么时兴的锦缎料子，师父身上的衣裳，全是从终南山下边那个小镇的成衣铺子里买的。

见着柳蓉夹了那几匹锦缎健步如飞地走了，许大夫人连连叹气："怎么能自己拿着走呢！唉！怎么着也该让下人们动手才是，都是在乡间做惯体力活了，现在成了主子依旧不知道使唤奴婢。"

许大夫人与柳蓉，就在这磕磕碰碰里头过了将近两个月，转眼就到了五月。

五月正是蔷薇盛开的时候，许大夫人来了雅兴，下了帖子请京城里的达官贵人来参加镇国将军府的蔷薇花会，日子定在五月初八。

那日一早起来，就见着天色空濛，一层淡淡的烟霭漂浮着，日头在云层后边似露不出来一般，地上全是模糊的花影。

柳蓉在后院练了一个多时辰功夫，吩咐翠花、翠柳准备热汤，沐浴更衣以后，从净室里走出来，差点没有被通透的阳光耀花了眼睛。她伸手挡了挡，有些奇怪地望了一眼天空，她进去沐浴的时候还是阴沉沉的呢，这么一阵子就变了天？

翠花依旧改不了拍许大夫人马屁的毛病，喜滋滋地道："我们家大夫人选的日子都是极好的，没有一次天气不好的。"

柳蓉点了点头："佩服佩服，真是能掐会算。"

这丫鬟真是身在曹营心在汉，柳蓉看了她一眼，朝她笑了笑，抬脚就往外边院子里走。师父与师爹也该快到京城了，今日帮着许大夫人将这蔷薇花会办完以后就赶紧去义堂，好去陪陪师父与师爹。

天空一点点放了晴，明媚的阳光从天空中投洒下来，地上跳跃着点点碎金。走在小路上，闻着那馥郁的芳香，有说不出的神清气爽。

许慕辰微笑着站在前院等她，见柳蓉如出水芙蓉一般亭亭玉立，头发上还有着湿漉漉的水珠，走过来摸了一把："好香。"

柳蓉朝他翻了个白眼："没工夫磨蹭，我得快些将头发弄干，要不就没法子按时赶到主院了，毕竟是你母亲今年第一次开游宴，总得显得勤快些。"

"蓉儿，你真是善解人意。"许慕辰拥着她往屋子里头去，

"走，我给你去弄干头发。"

穷苦人家的姑娘头发洗了自然干，大户人家的小姐，自然有丫鬟伺候着擦干，柳蓉最近与许慕辰一道想出了个好主意——用内力将头发上的水逼出来，他们两人经常在沐浴以后将屋子门给关上，盘腿打坐，看谁的头发干得快。

许慕辰经常是个输家。

他头发已经削薄了不少，可依旧比不过柳蓉，每次柳蓉的头发已经干透，而他的还是半干，柳蓉有时看不过眼，伸手抵住他的后背，将内力送过去，帮他催干："下回我让师爹给你带些云棕果来，也好提提你的内力。"

许慕辰哈哈一笑："师爹总是有好东西。"

其实，他最想要的是那珍贵的十全大补丸……

两人携手进屋子里捣鼓了一阵子，柳蓉的头发干了，许慕辰招呼丫鬟进来给她梳妆打扮，他看着丫鬟们围着柳蓉忙忙碌碌，心中有些发痒，拿起黛条来要给柳蓉画眉毛："蓉儿，我给你画远山眉。"

丫鬟们在旁边瞧着心里艳羡得不行，大公子与大少夫人真是夫妻恩爱，这可是大少夫人命里注定有这福气，如此体贴的夫君，可是打着灯笼都找不着！

镇国将军府开的游宴，京城勋贵们自然是趋之若鹜，还没到中午，就陆陆续续有达官贵人携妻带子的过来了，后院的花厅里，顷刻间便坐得满满登登的一片。

柳蓉穿了一件樱花红的衣裳站在许大夫人身边，两人笑微微地在门口招呼女眷，许老夫人则在花厅里坐镇，与那些上了年纪的夫人们说着闲话，丫鬟们端着茶盘来来回回地穿梭，一片热闹景象。

"苏老夫人，苏大夫人！"许大夫人笑着朝走来的几位夫人点头致意，柳蓉抬头打量，就见着苏国公府的女眷们已经在婆子的引领下走了过来。

苏老夫人脚下一怔，苏大夫人也停住了脚，苏家其余两房的夫人小姐们都张大了嘴巴，目瞪口呆地望着柳蓉，一时间都说不出话来。

"许、许大夫人！"苏大夫人压制住心中的惊疑，招呼了一声，"这就是您的儿媳妇玉簪县主？"

"是。"许大夫人嘴角浮现出笑容来，自己即便对这儿媳妇有千万个不满意，可在外人面前却不能表露出来，"她跟贵府苏大小姐生得真像，我当时见了也觉得吃惊，还以为是苏大小姐又嫁回来了呢。"

"唉！珍儿是没福气做许大夫人的儿媳妇了。"苏大夫人叹息了一声，苏国公府原来是怎么都不同意苏锦珍嫁给王公子的，可没想到太后娘娘竟然给赐了婚，也只能着手办起这件事情来。好在那王公子颇争气，考上了第二十八名进士，苏国公府暗地里给他去运作了下，先安排在六部里挂个闲职，就等着有合适的富庶郡县，打发出去做两年知县知州什么的，有了政绩也就好提拔了。

苏大夫人心疼女儿，怕她来镇国将军府故地重游会心里难受，叮嘱她好生待在府中。

苏锦珍知道母亲的意思，也没多说什么，她本来就对这些游宴不感兴趣，更何况是与她曾经有那么一点关系的镇国将军府举行的。虽说她自己没真正去那里生活过，可在世人的眼里，她曾嫁入过镇国将军府，被人扫地出门了，到时候在自己背后议论纷纷，听着也是扎心窝子痛。

苏大夫人将女儿安顿好，跟着苏老夫人来了镇国将军府，没想到却见着许家大少夫人跟自己女儿长得一模一样，心里头不免吃惊，这天下怎么会有长得这般相像之人？她哆哆嗦嗦地看了柳蓉一眼，充满了疑问。

她生苏锦珍那一晚上，痛得死去活来，一觉睡了过去，醒来以后见着小小婴儿在身边，不胜欢喜，直到某一个晚上，贴身妈妈悄悄告诉她，其实她一次生了两个，另外那一个刚刚生下来就死了，老夫人说不吉利，让人抱着去埋了。

苏大夫人当时就傻了，本来想去问苏老夫人这件事，可是想着再去问也没用了，反正那个女儿已经死了，夭折的孩子是不能进祖坟的，否则会给家族带来厄运。她能做的就是在每次家中祭祀的时候，默默地给自己的孩子上一炷香，希望她早点去极乐世界，或者重新入轮回道，托生一个富贵人家。

过了十八年，这事情也慢慢淡了，可万万没有想到，眼前忽然又出现了一个跟苏锦珍长得一模一样的人！

一颗心怦怦乱跳，苏大夫人望着柳蓉，眼中忽然有泪，只觉得心在抽疼，她有一种很强烈的感觉，这位许家的大少夫人，就是她那个夭折的孩子！

苏老夫人也站得笔直，眼神里全是惊讶，柳蓉朝她们行了一礼，浅浅一笑："苏老夫人，苏大夫人，莫非我今日有什么地方打扮得不妥？"

"哦哦哦，没有，没有。"苏老夫人摆了摆手，扯着嘴笑了笑，"只是有些惊奇，大少夫人竟跟我那孙女生得颇为相像。"

"这天下相像的人多了，何必如此惊奇。"柳蓉挑了挑眉，那两道被许慕辰糟蹋了一番的眉毛立即拱了起来，黑乎乎地趴在她光洁的额头上，像一条千足蜈蚣，苏老夫人瞧着，这模样又与苏锦珍似乎有些不相像了。

只是苏大夫人却还是依旧疑惑，她走上前一步，颤着声音问道："大少夫人，宝乡何处？敢问令尊名讳？"

柳蓉笑了笑："我自小就在终南山里住着，我爹娘……"

她话还没说完，一阵脚步声传了过来，几个婆子哀号着跌跌撞撞地跑了过来，跑到最后边的那个，几乎是手脚并用地爬行。

"放肆！"许大夫人发怒，"大呼小叫的，成何体统！"

"大、大、大夫人！"跑得最快的那个婆子扑了过来，抓住了许大夫人身后那个婆子的手，全身都在发抖，"有两个人，自称是大……"她的眼睛瞅了瞅柳蓉，一副畏畏缩缩的模样，"自称是大少夫人的爹娘，要进府来拜会老夫人。"

"什么？"许大夫人听了也有些惊奇，儿子成亲，自己还没见过亲家哩，这可真是赶得巧，只不过这场合……许大夫人有些犹豫，不知道让他们进来好还是不让他们进来好，万一乡下人不会说话，丢了镇国将军府的脸面怎么办？

"呜呜……"一阵尖锐的呼啸声响起，那几个来报信的婆子吓得全身发抖，"谁、谁、谁把他们放进来了？"

许大夫人莫名其妙："这两人既是亲戚，为何不能进来？"

"大、大、大夫人……"来报信的婆子的手指都在发抖，"除了亲家老爷和亲家夫人，还、还、还有……"话音未落，她便眼睛一翻晕了过去。

园子里响起了一片哭爹叫娘声，丫鬟婆子们纷纷朝花厅这里奔过来，完全顾不上门口站着的是优雅的贵夫人与贵女们，跑得比兔子还快。许大夫人站在花厅门口，看着朝自己慢慢走来的两个人，全身冰冷一片，她也想拔足逃跑，可腿就像钉在地上一般，怎么也动不了。

来了两个人。

重点的不是这两个人，而是两个人身边走着的三团黑影。

一头灰熊，两只狼。

灰熊摇摇摆摆地走着，屁股扭得十分厉害，两只狼倒是蹦蹦跳跳的，活泼异常，还不时仰着脖子望天长啸几声。

柳蓉开心地迎上前去："娘、爹，你们来了？"

玉罗刹与空空道人都是一脸的笑："我们今日一早就到了京城，你爹说先来看看你过得好不好，我们就先找来这里了，没想到正赶上你们府里办蔷薇花会，真是巧了。"

"娘、爹，我来给你们引见一下。"柳蓉挽着玉罗刹的手就往许大夫人面前凑，一只熊和两只狼也扭着身子跟上，半步不落。

"母亲，这就是……"柳蓉的话还没说完，许大夫人忽然身子一歪，幸得柳蓉手快，一把扶住了她，"母亲，你别害怕，这是我娘养着玩儿的东西，它们不会咬人的。"

许大夫人声音微弱："真、真、真不会咬人？"

玉罗刹有些气愤："我都训练了这么久，它们怎么可能还会乱咬人？"

她驯服野兽的手段可是一等一的好，听蓉儿唤她"母亲"，那这位便是亲家了，显然亲家在怀疑她的驯兽功夫。玉罗刹摸了摸大灰的脑袋："大灰，你跟那位夫人说个恭喜发财。"

大灰挪着肥肥的身子走上前去，慢慢直立起来，伸出两只前爪，还没合拢，许大夫人已经晕过去了。

玉罗刹走到许大夫人面前，伸手一掐许大夫人的人中，将她弄醒："哎，你可不能晕倒啊！"

许大夫人气若游丝："你、你、你要做甚？"

"我要大灰、阿大和阿二过来跟你亲近亲近！"玉罗刹哈哈一笑，用力抵住许大夫人的背，将她扳直了身子，"你好好看着。"

"我……"许大夫人有气无力，自己曾经设想过千万遍，媳妇的父母是什么样子，土财主、农夫、木匠、泥瓦工……她想到过各种面孔各种身份，可就是没想到会这样。

"阿大、阿二，快过来！"玉罗刹朝两匹狼招了招手，两匹狼摇着尾巴飞快地跑过来，一匹刺溜一下攀上了许大夫人的肩膀，一匹将脑袋靠在了许大夫人新添置的香云纱长裙上头，很满意地蹭了蹭。

"嗷……"许大夫人一声惨叫，顿时又晕了过去。

"这是怎么了？"玉罗刹十分奇怪，"我们家阿大、阿二分明很乖的！"

空空道人点头："是啊，这么乖！"

两匹狼觉得自己受了委屈，脑袋在许大夫人身上磨蹭来磨蹭去。

玉罗刹决定，非要跟亲家解释清楚才行。她略微运气，又一次将许大夫人弄醒。

许大夫人真不想醒过来，她很想就这样晕着，一直到两个可怕的亲家离开镇国将军府再醒过来，可是没法子，她根本无法抗拒醒来的节奏！

玉罗刹使出了分筋错骨手，虽然只用了一成功力，可许大夫人也觉得自己的骨头好像都要断掉了一样，丝毫没有抵御的能力。她只能愁眉苦脸地睁开眼睛："亲家，什么事啊？"

求放过……以后我贴心贴意地对你们的女儿好还不成吗？

　　玉罗刹笑嘻嘻地说："没事，我就是想让你看看我家阿大、阿二。"

　　大灰在一旁很不满意地闷吼了一声，玉罗刹伸手拍了拍它的脑袋，将大灰揽了过来："这家伙不高兴了呢，你快说声'大灰乖乖'！"

　　"大灰……乖……乖……"迫于大灰那巨大的体魄，许大夫人只能认栽。

　　在众人都臣服在一头熊与两匹狼的淫威之下时，有一个人勇敢地冲了出来。

　　她一把拉住了玉罗刹："这位夫人，请你告诉我，你的女儿是不是你亲生的？"

　　玉罗刹瞄了一眼苏大夫人，即刻就明白了，这女人的面目轮廓，与蓉儿有几分相似，该是那位苏国公府的大夫人了，她有些心虚，站在那里不说话，眼睛朝柳蓉身上看了过去。

　　空空道人跳了过来，双手叉腰："你什么意思？蓉儿就是我们的亲生女儿，你这妇人是嫉妒我们有这样灵秀无双、蕙质兰心、世间少有、人间难得几时见的女儿？"

　　玉罗刹顿时也醒悟了过来，一把将柳蓉拉到了身边："哪里来的疯妇人，竟然想要觊觎我的蓉儿，真是无耻！"

　　苏大夫人素来只与贵夫人们打交道，哪里会想得到空空道人与玉罗刹这般蛮横犀利，不由得呆了呆："两位，我只是有些疑惑。"

　　苏老夫人急急忙忙将苏大夫人拉扯到一旁："走走走，他们都说了是亲生的，你还问什么？"那一只大灰熊和两匹狼都虎视眈眈地在看着媳妇儿呢，要是再多问几句，那对乡下人发起横来，放了畜生来咬人，事情就糟了。

苏大夫人怔怔地望了柳蓉一眼，这才恋恋不舍地跟着苏老夫人进了花厅。

门口站着两个婆子，正一脸惊恐地朝外头看，见着苏老夫人走进来，哆哆嗦嗦问道："老、老夫人，那熊和狼不咬人吧？"

"好像现在还没想咬。"苏老夫人毕竟是见过世面的，已经镇定下来了，朝许老夫人笑了笑，"贵府的亲家有些意思，竟然将熊与狼养着玩。"

许老夫人无奈地笑了笑："我这孙媳妇能被封为县主，肯定也要有些本领才是。"

花厅里面，夫人小姐们谁也不敢往外边去，都在嚷着让婆子关门："万一那野兽进来怎么办？伤了人该怎么办？快些将门关上吧。"

"我们大夫人还在外边呢……"

"有大少夫人护着她，没事儿的，关门关门吧。"

……

门外许大夫人心里直打颤，硬着头皮拼命地夸奖着玉罗刹的宠物："好可爱的熊，哪里找来的这样听话！"又看着两匹狼似乎恶狠狠地盯着她，赶紧又赞了它们一句，"这狼都跟狗差不多了，如此乖巧。"

狼就是狼，哪里是狗能比得上的！这妇人眼神太不济，竟然将自己看成是狗！两匹狼十分不满，昂着脖子长啸了起来："呜呜呜呜……"

许大夫人的一双腿都软了三分，柳蓉拼命搀扶住了她："母亲，没事没事，这是阿大、阿二想和你亲热哩。"

"我……我……"许大夫人还没来得及开口，就听园子门口一阵脚步声，许慕辰与一群男人从垂花门那边钻了过来。

灰熊黑狼进了院子，下人们惊恐万分，自然只能赶紧去告诉许老太爷，好歹镇国将军府里都是有武功的人，拳脚功夫再不济，舞枪弄棒的力气还是有的。众人听说有野兽出没，赶紧带着刀枪跑到了后院，一见到真有熊又有狼，心中着急，飞快地奔了过来。

"爹、娘！"许慕辰跑近了几步，这才发现原来是玉罗刹与空空道人，赶紧让身后的人停住，"不要紧，这是我的岳父、岳母大人过府来了。"

许老太爷一怔，旋即爽朗地笑了起来："辰儿，不错，不错，看起来你的岳父、岳母身手不凡啊！"

玉罗刹听着许慕辰喊她娘，心里也是乐滋滋的，带着大灰走了过去："还认识老朋友吗？"

大灰竖起身子来，朝许慕辰作了个揖，神态憨憨的，十分可爱。

跟在许慕辰身后的人这才松了口气，原来并不是野兽，是家养的。众人笑着看了看玉罗刹与空空道人，一个劲儿违心地恭维起来："许大公子的岳父、岳母一看便知是世外高人，瞧这穿着打扮，瞧这驾驭野兽的能力，世间有几人能做得到！"

众人交口称赞，而人群中却有一人不言不语，死命地盯住了玉罗刹，脸上露出了疑惑的神色，好像不相信眼前发生的一切是真的似的。

最终，大灰与阿大、阿二被铁链拴了起来，玉罗刹抓着大灰，空空道人管着阿大、阿二，夫人小姐们这才敢在男人们的保护下走出花厅，到内院里四处行走。

苏大夫人将身子靠着苏大老爷，低声道："夫君，你看那个许家的大少夫人，跟咱们珍儿是不是长得一模一样？"

苏大老爷全副精力都在玉罗刹身上，被苏大夫人这么一提醒，啊了一声，这才正眼去看柳蓉。一模一样的脸孔，只是眉目间的那份神色却是迥异，他站在那里，脚下犹如生了根一般，动都不能动。

是她将他的女儿抱走了吗？苏大老爷皱起了眉头，是她想故意报复自己？

"唉……她坚持说许家大少夫人是她亲生的，母亲也说那次……"苏大夫人低下头去，心中有一种说不出的痛苦，"那孩子确实是刚生下来就没了气息，是母亲身边得力的妈妈去埋的，不会有差错。"

"唔……"苏大老爷淡淡地应了一声，不再说话。

他还能说什么？将多年的旧事重提，与身边的夫人和离，他再娶玉罗刹为妻？

这根本就是不可能的事，玉罗刹已经嫁人了，而且看起来她身边那个男子很疼爱她，自己这把年纪了，还能因着一点陈年往事与那江湖好手去争？那男子会一巴掌就把自己打成肉饼的。

"夫君，我们要不要再去问一问？"

苏大夫人有些不死心，毕竟与自己的亲生骨肉有关，当然要问仔细。

苏大老爷此刻已然回过神来，朝她瞪了一眼："你方才不是问过他们了？人家玉罗刹说了是自己亲生的，你怎么就不相信呢？世间相像之人那么多，这又有什么好奇怪的？难道你认为是母亲把我们的孩子故意送出去一个给他人抚养不成？"

提起苏老夫人，苏大夫人即刻闭嘴不语。

439 /// 第十五章 拜堂成亲

她天大的胆子也不敢去指责自己的婆婆啊！

再说婆婆与她的关系一直很好，没有什么理由将她的骨肉送给旁人抚养。

或许只是巧合吧，苏大夫人望着那边笑靥如花的柳蓉，轻轻地叹息了一声，这姑娘真是命好，竟然能嫁进镇国将军府，而自己的珍儿……唉，真是同人不同命，一样的相貌，怎么这婚事就天差地别呢？

春光明媚，微风吹得湖心亭边的金丝柳枝条不住飞舞，将那春日的金光从叶片抛洒到湖面上，惊起万点粼粼波光。亭子里坐着几个人，旁边还站着一排丫鬟婆子伺候着，连大气也不敢出，因着在丫鬟们闪闪发亮的首饰间，还有毛茸茸的几个脑袋不住地摇来晃去，她们个个战战兢兢，生怕那野兽忽然发横，朝自己的脖子咔嚓一口，那自己小命就玩完了。

这是两府亲家第一次正式会面。

湖边的凉亭里，许大老爷、许大夫人坐在左边，玉罗刹与空空道人居右，下首还有许慕辰与柳蓉相陪。

玉罗刹笑着将背上背着的一个包袱取下来："亲家，早就想来看看你了，只不过一直忙着搬家，到今日才得空。蓉儿跟我说你挺喜欢吃那珍珠粉，这次我特地替你弄了些上好的东珠过来，时间紧，没能去磨碎再拿过来，亲家你让下人拿去研成粉吧。"

她将包袱皮一揭开，里边就露出了各色珍珠来，颗颗都有拇指大小，看得许大夫人惊讶得张大了嘴巴。这白色珍珠最是常见，可要颗颗都这般饱满却是难得，更别提里边还有粉色与黑色的，这、这、这……竟然要她拿了去研成粉末吃了？

那可真是在吃银子，一杯就得上千两！

许大夫人哆哆嗦嗦地让下人将那包袱收了下来："亲家，怎么敢当，这么贵重的礼物，我……"她忽然想到了柳蓉送给她的那些珍珠粉，被她当成下脚料转手赏给了一个下人，许大夫人心中热辣辣的，又悔恨又羞愧。

许大夫人想到当时自己还在疑惑新媳妇家境很差，故此不敢拿出嫁妆单子给自己过目，原来新媳妇的娘家富可敌国，真是真人不露相呢！许大夫人羞愧之余朝柳蓉望了过去，她的眼里，柳蓉此时已经变成了一尊金灿灿的雕像，全身上下都闪着金光。

空空道人送了许大老爷一把宝刀，许大老爷接到礼物，笑得合不拢嘴："亲家真是知道我的喜好，这怎么敢当，这般宝物，不知几何！"

"只要两位好好对我们家蓉儿，这点东西又算得了什么。"玉罗刹将宝刀从刀鞘里抽了出来，寒光一道，从凉亭顶上划过去，"这刀不仅削铁如泥，还能吹发断毛！"她一伸手，便将许大夫人发髻里钻出的一根发丝扯下来。

"哎呀！"许大夫人没想到玉罗刹会忽然动手，本来有些生气，可又害怕身后几只畜生，只能默默忍住了。

玉罗刹将那根头发放到了宝刀的刀刃上，头发竟然真的迎刃而断！

许大老爷击掌称赞："好刀，好刀！"

完全没顾上身边许大夫人哀怨的目光，满腔心思都在他刚刚得到的宝贝上。许大老爷接过宝刀，眉开眼笑："亲家只管放心，我们绝不会让你们家闺女受半点委屈，不管怎么样，只要他们有争执，都是我家慕辰的不对！"

"呵呵，那是当然，我们家蓉儿才不是不讲理的呢。"玉罗刹点头赞同，"要是有什么争吵，肯定是你家儿子不对啦！"

许大夫人只觉愤怒，她的辰儿知书达理，哪里会做错事？要是吵架，自然是媳妇不对在先！只是她还没机会开口表露自己的态度，许慕辰已经抢先出声："我这一辈子肯定不会与蓉儿吵架，她说什么就是什么！"

拉着柳蓉的手，许慕辰笑得谄媚："蓉儿，一切都听你的！"

柳蓉高高地抬起了下巴："我才不会做错事呢，你听我的准没错，是不是？"

"是，是，是。"许慕辰应得飞快，看得许大夫人脑门子一阵抽风，天哪，谁来救救她的儿子，这男子汉大丈夫，竟然受制于妇人，岂有此理，岂有此理！刚刚因着那一包珍珠而稍稍升起的好感，瞬间消失得无影无踪。

"辰儿！"许大夫人沉着脸喊了一声。

许慕辰赶紧转脸："母亲，有什么吩咐？可是茶水冷了？"随即转头对旁边的下人道，"赶紧换热茶过来，都这么呆站着做甚？都不会机灵点儿！"

许大夫人气得话都说不出口，她眼睁睁望着坐在下首的儿子和儿媳妇，忽然有些心酸，自己养了这么多年的儿子，竟然对另外一个女人言听计从！

男儿气概都去哪里了？夫为妻纲呢？怎么到了自己儿子这里，反而变成妇唱夫随了？

第十六章

『小三』插足

许大夫人皱了皱眉，她实在不想看到自己的儿子这般出乖露丑，在媳妇面前跟条摇着尾巴的狗一样——如果可以，她宁愿自己的儿子像一匹狼。

"你跟你媳妇去招呼下来客吧。"许大夫人的眼睛往湖对面看了过去，那边有不少的高门贵女聚集在一处，正在说说笑笑，那说话的声音顺着春风从对面飘了过来，仿佛是鸟儿在啼鸣，婉转动听。

她的媳妇，不就该是那样的？

和同伴们在一处有说有笑，天真可爱，与长辈们在一处端庄贤淑，不会有一丝不合规矩，哪里像自己的媳妇？大大咧咧，根本就不知道怎样做才是适合的。许大夫人心里似乎埋着一根刺，就连装模作样喊一句"蓉儿"都不愿意。

柳蓉有些恋恋不舍，师父师爹过来了，自己当然得好好陪着他们。

玉罗刹知道她的意思，微微笑道："蓉儿你且去，明日来义堂找我们便是。"

义堂，义堂，许大夫人咬牙切齿，能不能不提这个名字了？听着煞是刺耳。

看起来亲家不是个没钱花的主，一出手便是那么大包的东珠，还有削铁如泥的宝刀，眼睛都不眨一下就送了做见面礼，可为何一定要住到义堂里头？若是让别人知道镇国将军的亲家竟然寄居在义堂，还不知道会怎么笑话镇国将军府呢。

许大夫人觉得，剩下的时间，自己应该掌控主动权，给两位乡下来的亲家洗洗脑，让他们在京城买一幢豪宅，然后花银子捐个爵位，这样自己以后介绍自己的亲家时，也能将腰杆儿挺直了。

"娘、爹，那我们先去那边瞧瞧。"柳蓉站起身来，与许慕辰手挽手离开了凉亭。

玉罗刹望着两人的背影，脸上全是满足的笑容："蓉儿与辰儿，可真是般配。"

许大老爷很谦虚地回答："是我们家辰儿配不上你们家蓉儿。"

"那确实。"空空道人连连点头，"我们家蓉儿可是万里挑一的好姑娘，我与阿玉两人自她小时候就开始精心培养她，她也很听话，没让我们失望，呵呵。"

玉罗刹也笑着附和："可不是嘛，普天之下，我都找不出第二个像我的蓉儿这般乖巧听话又懂事的女儿了，而且还生得美貌动人。"

两人说起柳蓉，眉眼间都有一种说不出的自豪模样，看得许大夫人更是郁闷，你们家那个乡下丫头是块宝，难道我们家的辰儿就是根草了？更可气的是许大老爷也连声附和，将许慕辰小时候的糗事都说了出来，逗得玉罗刹与空空道人惊得眼睛瞪得溜圆："哦，竟然会是这样？他也太……哈哈哈哈……哈哈哈哈……"

这不是在卖子求和吗？许大夫人很是悲愤，自家老爷怎么就忽然换了一副面孔，是被压制在野兽们的淫威之下了吗？那只大灰熊和两匹狼有什么了不起的，要是她，她……许大夫人瞅了瞅那尖尖的牙齿，最后还是决定放弃，闭嘴不语，在旁边坐着，不时笑上一两声，表示自己听得很高兴。

柳蓉与许慕辰两人并肩往前边走去，她指了指前边那一群娇嫩如花的女子："许慕辰，前边有你不少红颜知己呢。"

"蓉儿，你这话说得酸溜溜的，我闻到了醋的气息。"许慕辰伸手将柳蓉的手紧紧拉住，"你不要胡思乱想，你的夫君在成亲之前，花花公子那名声，只是一种表象。"

"哼！"柳蓉仰了仰下巴，"谁信！"

那群贵女们，一个个眼巴巴盯着许慕辰不放，特别是其中一个穿着淡红色衣裳的女子，一脸哀怨，衣裳上精心绣出的淡黄淡白的牡丹都不能让她那面容显得更光彩些。当许慕辰与柳蓉走到她附近时，这位小姐捏着的帕子忽然一松，掉到了地上，被春风一吹，就飞到了许慕辰的脚边。

"许大公子……"那女子娇滴滴地喊了一声，微微一抬头，刚刚好将眉眼展露出来，弯弯的刘海下，柳叶眉斜斜飞入鬓边，一双眼睛里似乎有无限的悲苦，还有那盈盈的泪意，好像风一吹，泪珠子就会掉下来。

许慕辰有些莫名其妙，这女子是谁？为什么用那样一副哀怨的模样看着自己？好像自己欠了她一万两银子一样——与柳蓉接触久了，许慕辰也习惯了将什么都用银子来界定。

　　柳蓉微微一笑，这不就是那位郑三小姐吗？昔日在宁王府，郑三小姐站在水榭边，想要跳入湖中去吸引许慕辰的怜爱，只是自己略微动了手脚，让许慕辰的长衫褪尽，飘飘地飞到了空中，以至于京城里流传了一段佳话，说许大公子与郑三小姐一见钟情，为了得到郑三小姐的芳心，许大公子竟然不惜当众解衣裳，让郑三小姐看到他结实的身体。

　　"夫君，你难道就忘记了宁王府湖畔，水榭边站着的那位郑三小姐了吗？"柳蓉好意出言点醒，许慕辰到底是装的还是真不记得郑三小姐了？那迷迷茫茫的小样儿还装得挺像。

　　"郑三小姐？"许慕辰喃喃自语一句，他忽然记起的，是那件离自己而去的衣裳。

　　"许大公子，你终于记起我了！"郑三小姐又惊又喜，当时京城里都传言许大公子对她一见钟情，她心里头也认定到时候许慕辰一定会将她抬进镇国将军府，哪怕是做他的贵妾，她都甘之如饴。

　　她每日在府里头等，嫡母也不敢轻慢于她，尤其是许慕辰与苏国公府的大小姐和离以后，她便更是坚定了信心，许大公子肯定是不想委屈自己，要替她将前边挡路的都扫干净，好迎娶她去做正妻。

　　郑三小姐是这么想的，郑家上下也有几分这样的想法，郑老夫人与大夫人对她一日日好起来，两人甚至还谈道，若是许家来提亲，就把郑三小姐记在嫡母名下，给个名义上的嫡女身份好出阁。

　　"人家镇国将军府上只怕也会要求咱们这样做，许大公子到时候肯定要袭爵的，当家主母怎么可能是个庶出的？"郑老夫人看了郑大夫人一眼，"你别板着一张脸好像有人对不住你一样，若是月华能嫁入镇国将军府，肯定会对她姐妹的亲事有所帮助，你怎么就这样想不开？”

郑大夫人默默地坐在那里，没有开口，心中酸溜溜的，为何自己的女儿春华就不能嫁去镇国将军府？在她眼里，春华比这个庶出的女儿生得美貌多了，那通身的气质，那大家主母的风范，哪里是穷酸庶女比得上的。

只可惜那位许大公子有眼无珠，竟然看中了府里庶出的！

郑家一心等着许家来求亲，郑三小姐每日都是笑着醒来的，直到太后娘娘一份赐婚的懿旨将她的美梦撕得粉碎。

贴身丫鬟从外边听到传闻，飞奔着来告诉她，郑三小姐如遭雷击，坐在那里，一句话也说不出，郑大夫人与郑大小姐急急忙忙来到她屋子，赶着来落井下石：“哼！你也不看看自己有没有做正妻的命，人家喜欢你又如何？毕竟你的出身配不上他，还是别好高骛远了，要么就选个小门小户的嫁了，要么就等着去给人家做姨娘，跟你那个没福气的姨娘一样！”

郑三小姐的日子很快回到了以前的那种状态，郑老夫人瞧见她，笑容也少了。

这次许家开蔷薇花会，郑三小姐一个晚上都没有睡好，翻来覆去，眼前全是那个英俊少年，目光灼灼，白色衣裳下那紧致的胸肌。

现在见到了许慕辰，竟然发现他似乎不认识自己了，郑三小姐觉得实在惊慌，莫非他是不想让新婚妻子觉得不高兴？毕竟哪个女人都是心比针尖还细，要是知道自家夫君心里还有另外一个女人，肯定会不高兴的。

可瞧着柳蓉那模样，好像是个好说话的，和气温柔，一脸笑意，郑三小姐忽然有些受鼓舞，大着胆子道：“许大公子，我……"

柳蓉笑微微地望着郑三小姐，准备听她往下说。

"我、我……"郑三小姐纠结了很久，这才甩出几个字，"反正我等着你。"

她弯腰将已经落在许慕辰脚边的帕子捡了起来，飞奔着朝小径那头跑去，不敢回头，生怕看到那群贵女们嘲讽的脸，更怕听到柳蓉怒斥她无耻的声音。

许慕辰呆若木鸡地站在那里，怎么会有这样的事情？他紧张地看了一眼柳蓉："蓉儿，我、我、我……"

"你们两人说'我、我、我'倒都是一样的啊。"柳蓉冲他嫣然一笑，伸手指了指郑三小姐的背影，"你要不要去追她？"

"说的什么话！"许慕辰一把抓紧了柳蓉的手，"蓉儿，你别捣乱。"

柳蓉哈哈一笑，甩了甩手："放开！我去追郑三小姐。"

"不行！"许慕辰又来扣她的脉门，两人你来我往，在湖畔开始练习武功。

周围的贵女们惊得眼珠子都要掉下来了："许大公子竟然为了郑三小姐与夫人争斗起来了！看起来许大公子心中还是记挂着郑三小姐啊！"

"可不是……"有人用帕子掩了嘴，"真是可惜，有情人不能成眷属，唉……"

许慕辰觉得他几乎要疯了。

开始他根本不在乎京城里的流言，可当这流言愈来愈烈的时候，他才发现流言蜚语真是杀人利器，特别是，他的小娘子还拿这流言蜚语时不时地调侃他几句："相公，啥时候将那郑三小姐抬进府啊？也别耽搁了她的青春年华！"

"你……"许慕辰扑了过去，他打不过娘子，只能改用别的法子了，用嘴堵住她的嘴，往她嘴中吹着气，"哼！叫你胡说！"

柳蓉有些怕痒，若是许慕辰的手放在她腋下一点点的地方，稍微用些力气挠挠，她就会笑起来，有些受不住，这是许慕辰偶然在床第间发现的秘密，就很厚颜地用了起来——打不过娘子，总要另辟蹊径不是。

不知道想办法的男人就是没用的男人。

柳蓉被许慕辰弄得浑身发软："好好好，我不说了，只是你还真要跟那郑三小姐说清楚，免得人家一直以为你对她有意思，她今年都十八了，还不愿意择夫婿，你说这究竟是什么意思？不要说你不知道，也别说跟你无关。"

"难道不是跟你有关？"许慕辰嘟嘟囔囔，"那次在宁王府，是谁把我衣裳的带子给割断的？要不是那一出，怎么会让人家误会。"

"去，要不是你长了一张老少皆宜的脸，郑三小姐又如何会一直痴痴地等着你？"柳蓉拧住许慕辰的耳朵，"要不要将你这张脸给毁了？"

许慕辰哀怨地看了柳蓉一眼："娘子，是不是为夫昨晚没伺候好你，你怨气才这样重？"

"你……"柳蓉踢了他一脚，"无赖！"

无赖许慕辰还是听了柳蓉的话，让人送了张帖子去郑府。

送帖子的小厮回来，赶紧找了许大夫人身边的管事婆子说道："我们家大公子，让我送帖子给郑府去了！"

管事婆子睁大了眼睛："当真？"

"我去送的，还能假得了？"那小厮挠了挠脑袋，"妈妈，你别做出那般不相信的神色来，真是我们家大公子要我去送的帖子！"

管事妈妈塞了个银角子到了小厮手中："走走走，别站在这里一番贪馋的样子！"她转身飞奔着跑去许大夫人屋子，"夫人，有个了不得的事儿！"将嘴巴凑到许大夫人耳边，管事妈妈将方才小厮的话巴拉巴拉地说了一遍，这才直起身子来，"看起来大公子心里头还是有郑家那位三小姐的。"

许大夫人咬紧了牙齿，好半日才说话："即便是个庶出的，也比这乡下来的强！"

自从玉罗刹与空空道人在镇国将军府露了个面，许大夫人心里就有了深深的阴影，做梦的时候一只硕大的灰熊与两匹欢快奔跑的狼常常结伴入梦，她分明梦到自己在繁花似锦的园子里行走，忽然阴风阵阵，三个黑影突然就朝她身上压了过来。

许大夫人的梦很有连续性，头一日晚上被惊醒，第二日晚上又从惊醒的那个地方继续了下去，夜夜不歇，昨晚已经到了熊追上了她，用爪子抓住她的肩膀，眼见着那锋利的牙齿就要咬上她的脖子……

今晚是不是最后一步呢？许大夫人正在焦躁不安，忽然听到了这个消息，心中更是郁闷，自己儿子喜欢的人根本就不是那个乡下丫头，不过是太后娘娘赐了婚，这才不得已娶了她，对外还要装出一副夫妻恩爱的模样，还不知道儿子被那乡下丫头暗地里虐待成什么样子呢！许大夫人内心深处的母性被触动了，不行，无论如何自己也得让儿子心想事成！

郑三小姐很显然是喜欢自己的辰儿，只要镇国将军府肯开口，她肯定愿意进门，一个庶出的小姐，能在镇国将军府做到贵妾，也不算辱没了她。再说自己以后多提点提点她，到时候看能不能找到机会，将她的位份升上一升。

乡下丫头家里没什么权势，自然只能由着自己开口说话了，许大夫人闭着眼睛想了想，当下打定了主意，要把郑三小姐给弄进府来。

"大公子是不是约了那郑三小姐，他们会在什么地方见面？"许大夫人凝神想了想，自己究竟是尾随着过去，还是直接将柳蓉喊过来把这事儿给交代了好。

"这个……"管事妈妈一时语塞，深深悔恨自己不该那么快就将那小厮打发走了，好歹也要问问大公子约在哪里。

"什么都没问清楚，你就来回我？"许大夫人脸色一变，"你也跟了我这么多年了，竟然还不知道'稳重'两个字？"

管事妈妈一脸惭愧："夫人，我……"

"算了算了。"许大夫人摆了摆手，"不知道便算了。"

她是那乡下丫头的婆婆，怎么着身份摆在那里，将她喊了过来，好好说上几句，把这事情安置好就好了。许大夫人吩咐那管事妈妈去寻了柳蓉过来："你跟大少夫人说，我有要紧事儿找她。"

自己不能再看着儿子受苦了，有喜欢的人却不能在一起，这分明是一种折磨，许大夫人脸上浮现出了母性的光辉，她一定要替儿子解决了这桩事情！

管事妈妈去了一阵子便回来了："大少夫人不在府中，出去了。"

许大夫人本来准备了一肚子的话，没想到人都找不到，顿时泄了气，想来那乡下丫头又去义堂了！一想到这里许大夫人就想起这些日子以来柳蓉的所作所为，更是生气。

自从玉罗刹与空空道人来京城了以后，柳蓉隔一两日便要出去看他们，起初角门的婆子还不敢开门，出去的次数多了，婆子也为难，跑到许大夫人这边来禀报，许大夫人训斥了她一番："你守了这么多年的角门还不知道规矩？没有腰牌怎么能随意出入？不要看她是主子你就不敢说话，你分内的事情总得要做好！"

看角门的婆子得了许大夫人的话，腰板儿挺得直直地回去了。

后来柳蓉想要出府，她都板着脸道："大少夫人，需得要有夫人的腰牌，老奴才能给你开门，否则夫人会惩罚老奴的。"

"那好，你就别给我开了。"柳蓉和气地笑了笑，撩起裙子，脚一点地，整个人便拔地而起，越过墙头落在了外边。她朝守角门的婆子挥了挥手，"妈妈，这可不是你放我出去的，夫人不会怪罪你的。"

婆子嘴巴张得老大，好半日都合不拢，眼睁睁看着柳蓉大摇大摆地走了。

从此柳蓉便不往角门那边走了，直接越墙而过。

许大夫人得知后，大惊失色，赶紧喊了柳蓉来训斥，没想到许慕辰却赶了过来护着柳蓉不放："母亲，你每日有这么多事情忙不过来，怎么还来问蓉儿做了什么？她在府中闲着无聊，去她父母那边走走也是应当的。"

"应当的？她就不会来给我帮帮忙？"许大夫人气得快说不出话来了，人家养儿子，娶了媳妇回来多个人孝敬，自己的辰儿倒好，成亲以后忙着去孝敬别人！

她本来想将柳蓉拘束在家中的，可是想来想去十分无趣，柳蓉到偏厅这边来听她议事，每次都能说出些让许大夫人脸红脖子粗的话来："下人们的月例可以加一些，他们每日里忙忙碌碌的实在辛苦，还有父母孩子要供养，拿少了只怕他们生活为难。"

镇国将军府最末等的丫鬟是半两银子，二等是一两，一等是二两，这月例银子规格是京城大部分高门大户都用的，许大夫人自认为自己并没有苛待下人，可柳蓉这么一说，她好像就成了一脸尖酸，只会克扣下人工钱的小气鬼一般。

许大夫人几乎要吐血："你下去吧，以后不用来帮忙了。"

柳蓉十分欢喜，只是表面上还要装出孝顺的样子来："母亲，你真不用我帮忙了？不是昨日还说日日操劳、心力交瘁？不如媳妇帮你当几日家，你好好去歇息着？"

当几日家？许大夫人牢牢地抓住账簿子，还不知道这几日里她会将镇国将军府弄成什么样子呢，等她再来理事，肯定是一院子的鸡飞狗跳，下人们都会觉得自己还不如那大少夫人宽厚大方呢。

"不用你记挂了，我身子还好。"许大夫人喘了口气，"你自己忙你的去。"

"那我去义堂啦！"柳蓉欢欢喜喜地行了一礼，"多谢母亲宽厚！"

如今她不在府中，定是又去了义堂，许大夫人的内心几乎是崩溃的，她很怕听到这两个字，生怕万一媳妇的出身被传了出去，会成为京城里又一桩笑话。

"你们可知道，镇国将军府的大少夫人，竟然是义堂里出身的？"

"是啊，义堂！"

"啊？竟然是义堂里养大的吗？怎么会给镇国将军府去做媳妇了？"

"以后镇国将军府要她当家，不是穷酸味都要溢出京城去了？"

许大夫人实在不敢再想下去了，咬了咬牙，道："你去大公子院子门口守着，见着大少夫人回来，即刻请她来见我！"

不行，由不得她这般胡闹下去了，没有规矩不成方圆，许大夫人觉得，无论如何也该让这嚣张的媳妇收敛些才是，将那郑家的三小姐抬进府来给许慕辰做贵妾，第一是能圆了辰儿的心愿，再者也能让那乡下丫头明白，镇国将军府可不会由着她这样胡来。

"快，快些给我打扮好。"郑三小姐眼睛里闪着快活的光，手都在微微发颤。

贴身丫鬟小玲有些紧张："姑娘，是不是许大公子会来？"

"是，你还啰唆什么？快帮我梳个最好看的发髻。"郑三小姐扑到了梳妆匣那头，在里边摸来摸去，激动得手都要发抖，"我戴哪一支簪子比较好？"

小玲叹了一口气，女为悦己者容，还真没说错，自从许大公子差人送了一张帖子到郑府以后，自家姑娘就已经兴奋得快坐不住了，在屋子里头来来回回转了不少圈。

许大公子说下午申时会来拜府，也不知道是不是为了自家姑娘，说实在话，难道自家姑娘还真打算去做贵妾不成？小玲拿起梳子，一边开始慢慢给郑三小姐梳头发，一边低声劝她："姑娘，其实，还不如嫁个小官小吏的，好歹也能自己当家做主，何必一定要给那许大公子做姨娘呢，你又不是不知道……"

"闭嘴！"郑三小姐呵斥了一句，她知道小玲准备用自己的姨娘来举例，可姨娘跟她怎么能相提并论？生她的姨娘只是被人当礼物送给父亲的，而许大公子……郑三小姐甜蜜地低下了头，许大公子是真心实意喜欢自己的哟！

好不容易熬到申时，就在郑三小姐脸上妆容都快干了的时候，主院来了丫鬟过来请她："三小姐，许大公子来了。"

郑三小姐欢欢喜喜地迈步往外走，想要走得快些能早点见到许慕辰，可又觉得自己两条腿发软，根本没法子动弹。来传话的丫鬟见着她那模样，心中有几分同情，三小姐对于许大公子的心意，郑府上下都知道，可是……她实在不忍心告诉郑三小姐，今日来郑家拜府的，不仅仅是那许大公子，还有许家大少夫人，两人手挽着手走进主院的，看上去十分恩爱。

郑老夫人有些茫然，不知道为何许慕辰会带着柳蓉一道过来，按理说，这事情不是该尽量瞒着自家媳妇的？她扫了一眼笑吟吟坐在那里的柳蓉，心中有些疑惑，这位许家的大少夫人这肚量也太大了吧，竟然能亲自接自家三丫头去镇国将军府？

若真是如此，那自己也该放心了，看起来三丫头过去以后日子不会难熬，若是得了许大公子宠爱，以后慢慢将那身份提一提，虽然不能与正妻相提并论，可毕竟也算得上是个重要角色，能给娘家一点助力了。

女儿孙女，都是为家族谋好处的棋子，每一颗都要好好利用，能攀上镇国将军府这棵大树，自然不能放弃。想到此处，郑老夫人笑得更快活了："许大公子，大少夫人，两位稍等，我家月华马上就来。"

郑三小姐踏入大堂的一刹那，心里颤了两颤。

一张俊秀的脸孔就如空中熠熠夺目的太阳，照得郑三小姐完全看不到许慕辰身边的柳蓉，飞蛾扑火一般走过去，先匆匆向郑老夫人行了个礼，站在那里扭转了身子，笑容甜甜地望过去。

"许大公……"娇滴滴的声音宛若空谷黄莺，可这婉转的话还没全说出口，蓦然就停住了声息，后边那个字憋在喉咙里，再也不能圆润地吐出来。

她看到了柳蓉。

穿着一身淡绿色的衣裳，虽然没有刻意的装扮，可在郑三小姐看起来，却是大气又端庄，她站在那里，好像都比柳蓉要矮了一大截。

或许是自己心里有些东西在作怪吧，郑三小姐望了一眼柳蓉，有些勉强："许少夫人。"

柳蓉笑了笑："三小姐，今日我们夫妇二人来贵府，是有些话想跟你说。"

郑三小姐激动起来，浑身直打哆嗦，看起来真是要跟她说那件事情了！她睁大了眼睛站在那里，身子微微发抖，郑老夫人瞧着实在有些看不过眼，吩咐身边的丫鬟："去让三小姐坐下说话。"

郑三小姐此刻才如梦初醒，脸色一红，赶忙坐下来，半低着头，羞答答地斜觑了许慕辰一眼，见他剑眉星目，仪表堂堂，心中又是狂跳不已。

"郑三小姐，很抱歉让你误会了。"许慕辰见着郑三小姐那矫揉造作的模样，心里头有些不爽，可毕竟是柳蓉让她产生了误会，自己也不能全怪到她一个人身上，还是只能好好与她解释，只希望她莫要再想着自己会抬她进府做贵妾就好。

"啊？"郑三小姐听了这话，一颗心如同坠到冰窟里，声音都有些发颤，"许大公子，你、你、你这话究竟是什么意思？"

"那次在宁王府的荷花宴……"许慕辰想了想，那是自家娘子惹的祸，这个黑锅只能由自己来背了，"之前那晚，我的长随被我说了几句，他怀恨在心，想要我在宁王府丢脸，就故意暗地里将几根系衣裳的带子割成将断未断，等着我穿了出去一段时间，那些带子就自己断了，而我也就在众人面前出了大丑。"

许慕辰态度诚恳，说话的时候语调低沉，他又生得好容貌，看上去真是实诚得不能再实诚，听得大堂上的人都有些动容，原来许大公子竟然有个那么歹毒心肠的长随！唉！想想许大公子那次也真是出乖露丑呢！

柳蓉在旁边听着，心里笑得直打结，亏得许慕辰竟然会编出这样的话来，而且更令人吃惊的是，大家都相信了！就连郑老夫人都无限同情地拿着帕子擦了擦眼角："那长随如此恶毒，须得重罚才是，许大公子，你后来是怎么对付那长随的？"

"他也跟了我这么多年，我也不太好下重手，打发了他几两银子，让他走了。"

"许大公子真是仁义！"郑大夫人啧啧惊叹，"只可惜我们家月华，是高攀不上了。"

从蔷薇花会回来，这郑月华的声气渐渐见长，郑大夫人心里头实在不舒服，她可是巴不得这庶女过得不好——一个姨娘生的，怎么能比自己肚子里爬出来的几个还要过得好？这完全不合理嘛！

听着许慕辰话里头的意思，根本无意让庶女进镇国将军府，郑大夫人心中一个爽字，只差哈哈大笑了，她朝郑三小姐看了一眼，惋惜道："可怜我们家月华，却是一片痴心，没想到只是一场误会。"

"是，确实是误会。"许慕辰点了点头，"我没想到郑三小姐竟然会把京城的流言当了真，实在是不好意思。自从上回蔷薇花会，郑三小姐说了那几句话，我才明白原来那些风言风语将郑三小姐给耽搁了！想来想去，我觉得必须亲自上门来说清楚。"

郑三小姐不可置信地睁大了眼睛："许大公子，你……"

"郑三小姐，我说的话，句句属实。"许慕辰站起身来，朝郑三小姐拱了拱手，"郑三小姐，从头至尾，许某都没有跟你说上一句话，也没有透露过想要娶你为妻的念头，不知你为何竟然信以为真。对于这件事情，许某觉得很冤枉，也不能任凭郑三小姐继续这般误会下去，还请郑三小姐不要再多想了。"

"啊……"郑三小姐花容惨淡，吃惊地张大了嘴，一个字也说不出来。

郑老夫人心中一惊，这事情，总要极力挽回才好，现在京城里流言纷纷，都说自家三丫头是要去镇国将军府了，以后谁还会来登门求娶呢？即便有人，也不过是些五六品的小官小吏，入不了流，不仅不能对郑家有所帮助，反而要靠着郑家来救济。

"许大公子，可现在京城里都这般传言，我家月华的亲事也就艰难了，许大公子不如就抬她过府，我们家也不会心大得想要给她讨个平妻的名分，贵妾也就足够了，许大公子你觉得如何？"郑老夫人紧紧掐着自己的手，眼巴巴地望着许慕辰，每一颗棋子都得有用才好，不要变成了废子。

"老夫人，我许慕辰今生今世只娶一妻，绝不会有妾，更别说是什么贵妾。"许慕辰的眉头皱了起来，"老夫人还是别想这些事情了。"

"可是我家月华名声已毁……"郑老夫人有些不甘心，挣扎着说，"难道许大公子不要负责？"

"负责？"许慕辰冷冷一笑，这郑家是想讹上他了？转头看了看柳蓉，她正坐在那里，笑眯眯地端着茶盏，风轻云淡，一副看好戏的模样。

唉！有这样一个淡定的娘子，也不知道是好事还是坏事，这般麻烦事情，她不但不出来帮腔，还扮成了围观的路人甲。

柳蓉朝许慕辰抬了抬眉毛，眼睛眨了眨，意思是：我相信你……

许慕辰几乎要憋到内伤，咬了咬牙，他转过脸来："老夫人，我许慕辰没有对令孙女许下过承诺，也没有与她有什么勾勾搭搭，何来负责之说？若是老夫人一定要这般胡搅蛮缠，那咱们就将这事情捅出去，让皇上来评评理！若是皇上说许某人不必负责，那你赶紧将令孙女嫁了别人，若皇上说是许某人无理……"

郑三小姐睁大了眼睛，屏声静气听着。

"那贵府只管将三小姐送过来，就看她受不受得住一辈子守活寡的滋味！"

大堂里一片安静，郑三小姐猛地站起身来，用帕子捂着脸，眼泪汪汪地飞奔出去。

"蓉儿，你怎么都不来帮我？"许慕辰一边走一边抱怨，"那郑家的茶水就那么好喝？还抱着茶盏坐在那里傻笑。"

"你自己惹出来的事就该你自己来收拾，难道没听说过一人做事一人当？"柳蓉笑嘻嘻地挽住许慕辰的胳膊，不忘表扬他一句，"今日你就做得很好。"

许慕辰哭笑不得，没想到郑三小姐这般黏人，跟块泥巴一样，甩也甩不掉，直到他抬出皇上来，下了猛药，这才将她给赶跑了。

郑家的人听着他提起皇上来，谁也不敢再吱声，这京城里谁不知道许侍郎跟皇上……那可是铁得不能再铁的关系！许侍郎去皇上那边喊委屈，皇上肯定是护着他的，要是郑家坚持，说不定郑老太爷的那顶乌纱帽都会挪挪位置。

郑三小姐跑了，郑老夫人没了脾气，郑大夫人觉得很爽，笑意盈盈地将许慕辰与柳蓉送出去，还很抱歉地说："是我们家月华不懂事，让许大公子与大少夫人走了一趟，可真是不好意思。"

这事情总算是解决了，至于郑三小姐以后会如何，会嫁什么人，这便不是许慕辰要操心的了。没有包袱一身轻，纵马前行，浑身都是力气。

柳蓉瞧着他那得意扬扬的模样，微微一笑："哼！等着郑三小姐出阁时，我可要替你厚厚地送上一份大礼！"

"蓉儿，别胡闹！"许慕辰脸上变色，好不容易才将那人打发了，怎么蓉儿却还在想着要捉弄自己？许慕辰简直欲哭无泪，古怪精灵的娘子真是让他连招架之力都没有，更别说还手之力了，这一辈子是被她吃定了。

两人回到镇国将军府，才踏进自己的院子，门口站着的一位管事妈妈急忙道："大少夫人，夫人让老奴来请您过去一趟。"

许大夫人喊她过去？柳蓉疑惑地看了看那管事妈妈，点了点头："我马上就去。"

婆婆已经有那么一段时间没有来找过她了，正觉得日子过得惬意，怎么婆婆又想到自己啦？柳蓉朝许慕辰笑了笑："我发现你母亲很紧张我，比紧张你还紧张。"

许慕辰也觉得很无奈，不知道母亲今日又准备要做什么了？

许大夫人见着许慕辰陪着柳蓉一道进来，脸色略微变了变，只不过心里一想，自己可是为儿子在这里谋好处，儿子肯定不会不高兴，她才放下心来。

"辰儿，你与蓉儿是三月十八成的亲，算起来也快四个月了呢。"许大夫人笑得格外慈爱，瞥了一眼柳蓉，"媳妇，什么时候给我生个金孙呀？"

柳蓉呆滞——不是说十月怀胎吗？自己才成亲几个月，就想要金孙？又不是发豆芽，撒把豆子到盆里，一个晚上就能呼呼地钻出白生生的苗来。

"母亲，这生孩子的事情，着急不来。"柳蓉笑了笑，"总得到时候才有。"

"哼！成亲四个月了，怎么一点动静都没有？听你院子里洗衣裳的丫头说，这个月的月信又至，唉！真是让人操心，这么久了都没怀上。"许大夫人开始唠唠叨叨，"不孝有三无后为大，你们是想要做那不孝之人吗？"

这顶帽子扣得可真狠，许慕辰赶紧表达："母亲，怎么可能呢，我们肯定会有孩子的，只是时间的问题，才四个月，母亲你着急个啥？"

"辰儿，别跟母亲提什么四个月五个月的，要是会生蛋的母鸡，进窝就能抱蛋呢！"许大夫人有些不高兴，儿子怎么时时刻刻都站在媳妇那边说话呢？也不想想自己是他的娘，好歹也得顺从着点！

"母亲，我听说您也是成亲一年多才怀上的吧？"柳蓉一点也不生气，只是笑得眼睛弯弯，就如天边新月，"母亲，要是按您这么说，进窝就要抱蛋才是会生蛋的鸡，那母亲你算会生的还是不会生的？"

许大夫人当即没了声响，脸红了一大片。

许慕辰拉了拉柳蓉，毕竟是母亲呢，好歹也得客气些。

"母亲，故此你也不能这样来推断嘛。"柳蓉一点都不在意，只是继续往下边说，"我与夫君又不是不想生，只是跟孩子的缘分未到，母亲又着急什么呢？媳妇一定会以母亲为例，争取在一年以后怀上孩子……"

"不行不行，一年以后太晚了！"许大夫人的语气横蛮了起来，"我觉得最好还是做两手准备。"

"两手准备？"柳蓉开始琢磨出一点点味道来了，难道许大夫人急巴巴喊她过来，是打算给许慕辰纳妾？

"那是当然。"许大夫人点了点头，"我想了很久，这才找了你们来商量。辰儿喜欢那郑家三小姐的事情你也不是不知道，故此我便想着，将那三小姐抬进府中来给辰儿做姨娘。"见柳蓉微微色变，许大夫人有说不出的快活，眉飞色舞道，"媳妇，做女人的就该贤惠温顺，别说是夫君有了喜欢的人，就算没有，也该自己主动提出来给他添置通房、姨娘什么的，免得到时候子嗣不旺。"

"原来母亲竟然是这般贤惠。"柳蓉啧啧称赞，"那做媳妇的自然也要向母亲多多学习才是，否则不是浪费了母亲的一片心？"

许大夫人没想到柳蓉如此上道，心里头高兴："蓉儿，你也算是迷途知返了。"

"母亲，我这就去物色几个标致的美人送过来，母亲将她们安排给父亲大人做姨娘、通房吧。"柳蓉拿着扇子用力扇了两下，朝着许大夫人笑了笑，"母亲，你统共只生了一男一女，从子嗣上来说，还是颇为艰辛的，自然要多多为父亲着想，趁早安排下来。"

"你……"许大夫人气得脸色发白，话都快说不出来了。

柳蓉佯装惊诧："媳妇才成亲四个月，还看不出有什么子嗣艰难的地方，倒是母亲，都已经成亲二十多年了，子嗣上头艰难与否，一看便知。"

啪的一声，许大夫人将茶盏砸到了柳蓉的脚边："你竟敢顶撞于我！”

许慕辰连忙站起身来，护住了柳蓉："母亲，我与蓉儿好好的，你为何一定要来插一手？我今生今世只要蓉儿一个人，别的女人我都不要，还请母亲不要再插手这件事情。"

许大夫人捂着胸口，望着许慕辰直喘气："你不是喜欢郑三小姐吗？还偷偷派人给她去送帖子，你当我不知道？喜欢就要说出来，干吗藏着掖着？还怕了你媳妇不成？你可是男子汉大丈夫，这般缩头缩脑的可怎么行？这牝鸡司晨的事情，咱们镇国将军府还真没出过！"

原来……如此……

许慕辰几乎要吐血，自己好不容易将那缠人的郑三小姐给摆脱了，母亲还不肯放过他，一定要将她塞进来，原来是她因着一张帖子便误会了。

"母亲，我根本就不喜欢她，今日我送了帖子去郑家，就是为了跟那郑三小姐说清楚的，让她别每日里东想西想，我对她无意，请她快些找户人家嫁了。"

"什么？"许大夫人目瞪口呆，怎么跟自己想象的完全不一样？

"千真万确。"许慕辰拉住柳蓉的手，一脸歉意，"蓉儿，都是我不好，我没有来跟母亲说清楚，让她误会了，你别生气。"

"我才没生气，我生气什么？"柳蓉站了起来，冲着许慕辰甜甜一笑，"你要真喜欢那郑三小姐，我马上就拍拍屁股走人，好给那郑三小姐腾个位置出来。"

"蓉儿，你又在胡说！"许慕辰一把抱住了柳蓉不放手，"咱们说好的不要彼此猜疑，要好好在一起，你怎么能这样胡思乱想？走，回院子去，看我怎么罚你！"

"他们、他们……"许大夫人气得直打哆嗦，这就是她养出来的好儿子，娶了媳妇忘了娘，竟然都不听自己的话了！旁边的管事妈妈瞧着也替许大夫人觉得闹心，大公子这样下去可不行啊，还怎么继续愉快地生活下去呢！

"夫人，这件事情暂时搁一搁，以后再从长计议。"大公子态度坚决，也不能由着夫人东想西想的，管事妈妈只能做和事佬，尽量委婉地劝许大夫人，"现在大公子是才成亲，还是热乎劲头上，等过一段时间，谁知道他们会怎么样呢？"

许大夫人想了想，点了点头："妈妈你说得对，我便等着瞧。"

深蓝的天空里一轮明月，十六的月亮比十五的更圆，如水的月光洒在小径上，就如一层白色的轻纱。在这样的夜色下走动，长长的黑色身影被映在青石小径上，显得格外修长。

一条黑影从墙头翻过，落到了镇国将军府的园子里，她四处望了望，似乎不知道该往哪边走，正在犹豫间，前边迎面来了两个巡夜的护院，见着树下站着的黑影，猛然打了个哆嗦："你是谁？站在那里做甚？"

黑影蹿了过去，一手一个，将两人攥得紧紧的："快，带我去你们大夫人的院子。"

"哪里来的贼婆娘！"两个护院一看是个女的，冷笑一声，"还不放手，爷爷可饶不了你！"

啪啪几声，每人脸上都挨了两个耳光，这手才松开一刹那，马上又将他们拿住，玉罗刹低低喝了一声："快些带你奶奶过去！"

哼！竟敢欺负自己的蓉儿，自己可饶不了她！

玉罗刹是带着满腔愤怒潜入镇国将军府的，一心想好好教训许大夫人一通，好让她知道，自己的蓉儿可不是能随便欺负的。

今日许慕辰过来义堂帮忙，讨好卖乖地把许大夫人逼他纳妾的事情说了一遍，还拍着胸脯发誓："娘，你放心，我是无论如何也不会纳妾的！"

玉罗刹白了他一眼，心中暗道：你要是敢纳妾，老娘就把你那个东东剁下来去喂狗！

许慕辰打了个哆嗦，丈母娘这眼神，可真是犀利啊！

他原本是想到玉罗刹面前讨好，可万万没想到却将自己母亲给卖了，玉罗刹听了这事儿，心里头就对许大夫人生了意见，难怪那日去镇国将军府，人家一副皮笑肉不笑的模样，感情是没看上自家蓉儿，千方百计想要整她呢。

不行，自己这个做娘的不去给蓉儿出头，谁还能替她出头？

玉罗刹想了又想，最终决定趁着晚上，风高天黑的时候潜入镇国将军府，好好教训下许大夫人——老娘代表月亮消灭你！

两个被玉罗刹逮住的护院迫于她的淫威，只能带着玉罗刹默默地往院子里头走，两人都想叫，可是怎么也叫不出声来，穴道被点了的人还能做啥？还是做一个安静的美男子好了，为了自己的性命着想，哑巴也是要做的。

两个人带着玉罗刹走到许大夫人住的院子，伸手指了指，玉罗刹点点头，低声道："过半个时辰，你们的穴道就会自行解除，我来这里只是跟你们家大夫人秉烛夜谈，说说心里话，你们两个也不必太担心。"

两人望着玉罗刹，口里说不了话，心里却直嘀咕：才不相信呢，这深更半夜闯进府里，非奸即盗，这奸……应该不可能，肯定是盗了。

玉罗刹哈哈一笑："不相信？我是你们大少夫人的娘亲！"

她一松手，身子轻飘飘地飞过了墙头，看得两个护院目瞪口呆，真是亲家夫人？身手可真好！只不过两人想到传闻里带着一头灰熊和两匹狼来府上赏蔷薇的亲家夫人，感觉跟这个妇人对得上号。

就到院墙外边等等，看看里边有什么动静，两人很默契地耳朵竖起，凝神听着里边的动静。

许大夫人坐在椅子里，丫鬟蹲在一边给她洗脚，雪白的帕子蘸着水从她脚背上擦过，温温的热度刚刚好。

"喂、喂！"门外传来打门帘的丫鬟的惊叫声，才叫了两个字就没有了声息。

"珊瑚，去瞧瞧，外边这是怎么了？"许大夫人坐直了身子，脸上有些疑惑，那声音怎么这样奇怪？

"不用打发人去看了，是我来啦。"玉罗刹掀开门帘，大步跨了进来，朝许大夫人笑了笑，"亲家母，有几个月不见啦。"

"你、你……"许大夫人吓了一跳，"你怎么这时候来了。"

她心惊胆战地朝玉罗刹身后看了看，没见那头大熊与两匹狼，这才稍微放下心来："亲家夫人，你深夜造访，所为何事？"

"亲家母，我就想来问问，你怎么就这样恶毒呢，竟然诅咒我的蓉儿不能生孩子！"玉罗刹自己拖了一张椅子过来，大大方方坐在许大夫人对面，气鼓鼓地看着她，"我家蓉儿就是不能生孩子又如何？哪里轮得到你这个做婆婆的来插手他们小两口的事情？"

许大夫人脸色红了红，嘴里强辩："这是我们府上的事情，关你啥事？你的女儿嫁进我们镇国将军府，就是我们家的人了，还由得你来指指点点？"

没有几只助纣为虐的畜生，她还怕这个乡下婆子？随便喊几个厉害一些的妈妈来就能将她拿住。许大夫人高傲地昂起了头："你们家女儿实在是粗鲁，若不是太后娘娘赐婚，我可真不想让她做我的儿媳妇，可事到如今，也只好让她占着这身份了，为了弥补其间缺失，我必须得给我们家辰儿选个稍微配得上他的。"

"啊呸，我们家蓉儿配你那儿子，可是绰绰有余！你男人自己也是这样说的！"玉罗刹听不得别人说柳蓉不好，当即色变。

"男人……"许大夫人气得全身发抖，听听这人说的什么话，太粗鲁啦，简直听不下去！

"不是你男人还是什么？上回我们来的时候他说得清清楚楚！"玉罗刹用力一拍桌子，一个桌子角马上崩塌，看得许大夫人张大了嘴巴半天合不拢，一双眼睛惊恐地望着地上那块木头和旁边的木屑——那可是沉香木做的桌子啊，木质坚硬，可这乡下婆子就这么一巴掌便拍掉了一个角，要是她一巴掌拍上自己的脑袋……许大夫人哆嗦了下，努力将身子往椅子后边挪了挪。

"亲家夫人来了？"屋子外头传来爽朗的大笑声，许大老爷快步走了进来。

许大夫人舒了一口气，看来丫头们还是机灵，知道看眼色行事。

玉罗刹站了起来，冷冷地看了许大老爷一眼："亲家，你们怎么就说话不算话呢？"

许大老爷立足未稳，听着玉罗刹厉声质问，不由得吃了一惊："亲家夫人，我们有什么做得不对的，你只管说！"

"还好，你还算是个讲理的，不比她这样没意思！"玉罗刹神色稍霁，冲着许大老爷点了点头，"你家婆娘竟然盘算着要给我女婿纳妾，这算什么？婆婆伸手管到媳妇后院去了，这才成亲几个月？要是再过上一两年，那我家蓉儿还不知道会被整成什么样子呢。"

婆娘……许大夫人又是一抖，这称呼太让人难受了！

"夫人！"许大老爷听了也是惊讶之余满满都是气愤，"你这是在做什么？"

许大夫人有些心虚，嗫嚅着道："我，我……只不过是看着辰儿喜欢那郑三小姐，想要如了他的愿而已。"

"放屁！你哪只眼见着我女婿喜欢别的女人了？他跟我说了，今生今世就只喜欢我们家蓉儿，再不会去多看旁的女人一眼，你为啥总是以为我女婿就该有无数女人伺候着？"玉罗刹伸手指了指许大老爷，气呼呼道，"我不管你给你男人添了多少个姨娘，我女婿是不能有姨娘的，要是你一定要给我女婿纳妾，那我就……"

玉罗刹的嘴角露出了一丝冷笑，不再往下说。

整人的法子，她从小就见着师父金花婆婆用了不少，心中还记得，她要是慢慢去想，只怕是要想上一天一夜才能想完，只要用上一样，保准许大夫人第二日就会大变样，走了出去谁都不会认识她。

许大夫人一脸惊吓地看着许大老爷，低声喊了一句："夫君……"

这女人实在可恶，老爷赶紧将她赶出去啊！许大夫人缩在椅子里，心里发出了绝望的呐喊，怎么老爷还不动手呢？

"看你都在胡闹些什么？儿子媳妇院子里的事，让你管？没听说过不痴不聋不做阿姑阿翁？"许大老爷冲许大夫人瞪了一眼，望着玉罗刹堆出了一脸巴结的笑容，"亲家夫人，你有几石弓的力气？这沉香木的桌子竟然被你劈了一个角！"

许大老爷家学渊源，自小便习武，走进来看到那地上的木头，注意力早就被吸引了过去，方才说话的时候都是心不在焉，只想向玉罗刹讨教几招。

许大夫人没料到许大老爷不仅不给她申张正义，却一脸讨好地对着玉罗刹，气得快说不出话来了，这边玉罗刹十分满意许大老爷的态度，与他认真地探讨起来："我们乡野之人，哪里会知道几石弓不几石弓的，只晓得天生力气就很大。"

"总得要测测才知道。"许大老爷更是充满了新奇感，"亲家夫人，要不咱们去后边演武场，那里有几张好弓，咱们去试试看？"

"好啊好啊！"玉罗刹连连点头，"走走走！"

两人大摇大摆地出去了，谁都没有理睬坐在椅子上灰头土脸的许大夫人。

"他们……竟然……"许大夫人呻吟了一句，一只手托着头，几乎要晕厥过去。

自己还好好的坐在这里呢，他们全不把她当一回事了吗？瞧着许大老爷看那乡下婆子的眼神，似乎比看她还热情！

旁边站着的丫鬟珊瑚瞧着许大夫人脸色越来越差，有些担心，小声道："夫人，指不定老爷是想将亲家夫人诱骗到外边，然后让护院把她抓住送回去，免得惊扰了夫人歇息呢。"

这个理由听起来还是很让人舒服的，许大夫人长长地吁了一口气，坐直了身子："你去外头瞧瞧，老爷他有没有将那婆子抓起来。"

珊瑚有些胆战心惊，那个亲家夫人瞧着好凶悍的模样呢！只不过夫人发话了，自己也只能大着胆子去看看了。

过了一会儿丫鬟回来了。

"夫人……"

"怎么样？老爷可把她赶出去了？"

"老爷……"珊瑚有些为难，她去演武场看了下，老爷与那亲家夫人说说笑笑的，气氛十分融洽，老爷甚至还将自己珍藏的宝弓拿了出来给亲家夫人用，要知道那把宝弓可是老爷心尖上的宝贝，轻易都不拿出来的，更别说是给人使用了！

"老爷到底怎么啦？"许大夫人瞧着好像有些不对，连声追问，"你看到了什么？还不快快说来听！"

"我看到老爷正冲着亲家夫人笑，笑得很开心。"珊瑚低着头，实在是万分无奈，这是大夫人一定要她说的，她是被逼的！

许大夫人一翻白眼，晕了过去。

第十七章

皇上选妃

经过一番折腾，许慕辰纳妾事件到此完结。

许大老爷很郑重地对着躺在床上的许大夫人道："你不用再管辰儿的事情了，你没看他们小两口活得多有滋有味的，你是吃饱了撑的想要去插一手？"

许大夫人躺在床上默默地流眼泪，无话可说，她那晚被气得晕了过去，醒来以后只觉得全身乏力，躺在那里都不想动弹。

或许是心灰意冷了，这么多年在镇国将军府过得这般辛苦，自己夫君还不理解，总是在嫌弃自己没事找事——这哪里是没事找事，分明是必要的！

许老夫人来看她，得知原因以后，嘴里虽然没说啥，可那眼神分明就在说，你管这么多闲事做甚？我儿子跟他亲家讨教武功又怎么了？还用得着吃醋？吃多了撑着呢。

做母亲的总会觉得自己的儿子好，许老夫人肯定是维护着许大老爷的，她甚至还说让她静心养病，这府中的内务，暂时交给二房与三房共同打理。

"母亲，怎么不让蓉儿试试？"许大夫人挣扎着喊了出来，这打理中馈的权力放出去，还不知道要多久才能收回来呢，虽然她不喜欢柳蓉，但交给自己儿媳妇，这权力就依旧在大房，没有落到旁人手中去。

"我问过辰儿媳妇了，她说她不想做这事，无奈就只能给她们两人啦。"许老夫人拍了拍她的手，"你且放心养病，等着身子好了再来打理也不迟。"

许大夫人得了这句安慰，心中总算是舒服了些，可是这吃进去的东西要吐出来，却是为难了。这打理中馈，每年都能赚到一大笔银子，少说五万两，多则十万两，这根大肉骨头谁都想叼着，就是不知道到时候二弟妹与三弟妹会不会爽爽快快地吐出来了，或许总得会被分掉一些吧？

越想越郁闷，许大夫人命人喊了柳蓉过来："媳妇，你怎么能这样不思进取呢？"这次许大夫人准备攻心为上，语重心长地与她分析，"你瞧瞧，若是让二房三房得了这打理中馈的权力，咱们大房每年要少进好几万两银子哪。"

柳蓉偏了偏头睁大了眼睛："什么意思？"

"什么意思你还不懂吗？"许大夫人咬牙切齿，太后娘娘怎么就赐了这样一个呆傻的儿媳妇给她呢？什么意思还不明白吗？掌了家就能暗地里捞些好处嘛！要不然自己每日起早贪黑的做甚？难道她以为自己是对这一大院子的人有感情不成？

柳蓉很无辜地摇了摇头："真不懂。"

"不懂就算了，你走。"许大夫人最终决定放弃，自己何必在这里鸡同鸭讲，还是自己先管着吧，无论如何也不能让二房三房把这个事儿揽了去，反正自己年岁也不算大，等到年迈体衰之时，再交给媳妇打理便是。

"多谢母亲体谅。"柳蓉朝许大夫人行了一礼，"媳妇进宫去了。"

"进宫？"许大夫人吃了一惊，"你进宫去做什么？"

"皇上今日选妃啊！"柳蓉笑得甜甜的，肯定能看到不少美女！一想到这里，她便觉得有些小激动，都说皇上是三宫六院，也不知道许明伦准备选几个。

"皇上选妃宣你进宫？"许大夫人更是莫名其妙，"难道还得让你做参考？"

"他就是这么说的！"柳蓉得意地点了点头，"我和慕辰都要一道陪他选妃！"

"这……你去吧。"许大夫人心中默默，儿子跟皇上从小就是死党，没想到皇上连选妃这档子事都要儿子参加，附带还捎上了媳妇，看起来儿子真是受器重啊。

她万万没有想到，其实许明伦更在意的是柳蓉。

盛乾宫里，许明伦懒洋洋地坐在椅子上，一脸悲哀神色："朕真不想选妃！"

"皇上，为了这大周的社稷，您总得要选一个。"小福子与小喜子两人尽心竭力地劝说着许明伦，皇上再不选妃，太后娘娘头上的白发就会更多了。

"许侍郎与夫人进宫了没有？"许明伦站起身来，走了两步，忽然心里头有些慌慌的，他想见她，可见了她又能说什么呢？她喜欢的人是许慕辰，是自己的好兄弟，再怎么样自己也不能跟兄弟去抢媳妇吧。

"按着安排，许侍郎与许夫人辰时进宫，这时候也快到了。"小喜子瞄了一眼小福子，看来皇上心里头还是装着许夫人呢。

望着宫外草地上几片飘零的落叶，许明伦心中有一丝丝惆怅，唉！自己与柳蓉，注定是今生无缘了，母后给他选妃，现在已经到了第三波，就等着九月进宫遴选了。

大周皇上年方二十，太后娘娘选妃的懿旨一下，不知道有多少姑娘都在做梦想飞上枝头变凤凰呢。举国上下，顷刻间掀起了一股选美热潮，连带着许慕辰那两间小铺子的生意都好了不少，那些脂粉刚刚到货就被抢光了。

此刻在进宫的路上，许慕辰得意扬扬地向柳蓉炫耀："昨日又进账了五百两银子。"

柳蓉眼皮子都没抬一下："晚上我出去一趟，别说五千两，五万两也是轻松到手。"

"那……"许慕辰有些泄气，"娘子这般有钱，为夫铺子里挣的那一点儿，娘子是不会看在眼里的了。"

"谁说的？"柳蓉即刻来了精神，双眼放光，"银子通通交给我！"

"那你得亲我一下，喊一句好夫君。"许慕辰得寸进尺。

柳蓉伸手将他揉到墙上，将脸凑过来，一双眼睛妖媚生波："相公，你怎么这般无赖？"

柳蓉打了声呼哨，许慕辰想起前一天晚上，柳蓉就是这样一声呼哨，阿大、阿二从外边摇晃着尾巴蹿进了屋子，围在柳蓉身边，前爪搭在许慕辰的身上，呜呜地叫个不停。

"阿大、阿二，快来亲亲他。"柳蓉笑嘻嘻地拍了拍两匹狼的脑袋，"要热情一点，可不能冷淡了哟！"

......

许慕辰到现在还感觉脸上湿漉漉的呢，心里都有阴影了。他一双手撑着墙，连连作揖："娘子，你真美。皇上还在等我们进宫呢。"

"你也知道皇上在等我们！"柳蓉瞥了他一眼，"还不快些走，我要去看美女！"

"谁也比不上我的蓉儿美。"许慕辰及时表白，唯恐放过一丝机会。

"哼！要是你觉得有人比我生得美，那就是你变心了！"柳蓉一伸手拧住了许慕辰的耳朵，"你还想活命吗？"

"蓉儿，蓉儿，我是说你最美啊！"许慕辰高呼冤枉，蓉儿可不能这样对他，他的心里只有她一个！

两人说说笑笑，携手来到了皇宫，许明伦与陈太后已经去了玉芳台，小内侍引着两人往那边走过去，一路上不住往身后偷偷望，许侍郎连走路都挽着夫人的手，两人好像一刻也舍不得分开，可真是恩爱得紧。

玉芳台那边银杏树正是落叶的时节，金灿灿铺了一地，走在树叶上头，沙沙作响，还不时有叶子飘零，起起落落，就如一双双金黄色的蝴蝶。

许明伦见到许慕辰与柳蓉携手而来，眼睛一亮，瞬间又一暗，陈太后在旁边瞧着心道：这小眼神还挺复杂的嘛，可是哀家的心也很复杂啊！皇上，给你选妃，你干吗还非得喊上许慕辰，难道这世上没了他就不行了？

许慕辰与柳蓉被安置在许明伦左侧的位置上，两人刚刚坐下，第一批候选的秀女就被带进来了。

柳蓉瞪大眼睛看了过去，一排六个，亭亭玉立，瞧着个个都跟花朵一般，不由得啧啧称赞："慕辰，这些姑娘真是生得好看！"

许慕辰没有应声，柳蓉一转脸，拍了他一巴掌："怎么了，干吗不抬头？"

"你方才不是说过，在我心里只能是你最美，我当然不能再去看别人，放着最美的不看去看不美的，我傻呀。"许慕辰笑嘻嘻地望着柳蓉，"你看着谁美就写个号呗，送过去给皇上做做参考。"

"哼！口是心非！"柳蓉美滋滋的，自己这个夫君倒也颇有趣，成亲半年了，越看他越是个活宝，自己还真是找对人了。

两人在一旁甜甜蜜蜜，打情骂俏，这边许明伦看在眼里，心中酸溜溜的，脸色一会儿白一会儿红，陈太后有些心疼自己的儿子，刹那间竟然不嫌弃许慕辰的性别，还巴不得他过来安慰安慰许明伦才好。

咳咳，自己怎么能这样想呢？一阵秋风吹了过来，陈太后清醒了几分，温和地喊了许明伦一声："皇上，你看这一批六个，怎么样？"

许明伦抬了抬手："带下去。"

"皇上，中间那个穿粉色衣裳的挺不错，你再看看？"陈太后试图劝服儿子往美人儿脸上瞅，可许明伦正眼都没给一个："不喜欢。"

一个个走起路来好像怕踩死蚂蚁，脸上都是刻意化过的妆容，连笑都不敢大声，只是抿着嘴角，瞧了就觉得难受。

第二批六个过来，许明伦挥挥手给打发了，陈太后惋惜得要命，里头有几个不错的，怎么就这样给带下去了？

第三批、第四批走得飞快，几乎只是一进玉芳台，就马上被带下去了，有些甚至还没走进台子，刚刚露了个脸，内侍还没来得及报她们的家世姓名，许明伦就让人给带下去了。

"皇上！"陈太后有些生气，这选妃可是进行了大半年的预备工作，选到现在还剩三十个，没想到前边四批被许明伦全部给否了，还剩最后六个，无论如何也要选出几个来才行！

一阵香风扑鼻，环佩叮咚，第五批候选的贵女们被带了过来。

都说戏要看压轴的，最后一批的几位贵女，个个家世了得，领头的内侍才一开口，听的人全部心中明了，这摆明是陈太后想要留下来的，这一批里头有不少正一品二品大员家的小姐，穿戴都要比前几批显眼些。

最左边站着的是礼部尚书的孙女，年方十五，生得唇红齿白，亭亭玉立，好一个美人儿，陈太后看得眉开眼笑，心中想着，这里边就是这位最美。站在中间的一位，高高地昂着头，似乎一副很高傲的模样，那是大司马最小的女儿，大司马老来得女，宝贝得跟眼珠子一样，这次她嚷着要进宫候选，大司马再舍不得也只能如她的愿。

大司马家小姐旁边站着的是李太傅家的小姐，她的样貌并不出众，胆子却不小，还没等这边司礼内侍宣布跪拜，她就不管不顾地朝前边走了两步，跪拜在地，娇滴滴地道："臣女李婉卉恭祝皇上、太后娘娘万福金安。"

陈太后眉开眼笑："好个齐整孩子，快些起来！"

许明伦："把这最后六个带出去！"

柳蓉："哦……"

许慕辰："啊？"

许慕辰突然想到李太傅家的孙子，就是那位说许明伦长得像暗门里小倌的猛士，也就是教许慕辰追妻十八招的老师，前两天特地找过来拜托他："我妹妹进宫候选，还请许侍郎多多在皇上面前美言几句。"

"你妹妹生得美？"

"不美。"李公子一脸沮丧，"她非得要去出乖露丑，我们也没法子。"

选妃当然是要选生得貌美如花的，自家妹妹长得虽然不丑，可要是站在美女群里，被那些花朵一衬，瞬间就成一根狗尾巴草了。

许慕辰惊得目瞪口呆："我哪里有这样的本领能让皇上选中你妹妹？"

"实不相瞒，我妹妹……"李公子挠了挠脑袋，"我妹妹跟我差不多，只是被关在家里，不能到外边去惹是生非，整个太傅府上下见了她都怕，猫嫌狗憎的，我们家里头想着，要是能进宫做个什么妃子，倒也不错，不求她能成皇后，做那最不受宠的妃嫔也行啊，只要不待在家里就行！"

许慕辰呆了呆："你们给她订门亲事不行吗？"

"订亲……"李公子幽幽地叹了一口气，"就怕成亲才几天就得被休回来，有辱我们太傅府的名声。"

李公子说起自己的妹子甚是可怖，可现在许慕辰瞧着，倒也不觉得有什么问题，规规矩矩地跪在那里，脸上带着甜甜的笑容。

可是他马上就知道自己大错特错了。

李小姐抬起头来，很委屈地望着许明伦："皇上，臣女什么地方让皇上见了讨厌不成？臣女在家里的时候就听说皇宫很大很美，一心想着有朝一日要住到皇宫来才好，都说皇上是明君，难道这点要求都不能答应臣女吗？"

一长串的话说得又急又快，许明伦愣了愣，不由自主地多看了她一眼。

柳蓉用手肘碰了碰许慕辰："这位小姐有些意思。"

许慕辰点了点头："京城贵女少见她这样直白的。"

"李小姐，你想住到皇宫里来，每日里准备做些什么呢？"柳蓉忽然来了兴致，开口相询。

"我们家不让我跟着奶娘学种花，说我不该弄得一身脏，可我觉得种花没有什么不好，等着花开了，就会觉得一切都值了。我想要是能住到皇宫，请皇上给我一块地，让我可以随意种花，没有人管我，那就真是太好了。"李小姐说得眉飞色舞，小圆脸上泛起了红光，十分激动，"皇上，臣女也没有太多不好的习惯，只是有时候喜欢捉弄人而已。"

这个"只是"，包含的意义可多着呢，许慕辰微微一笑，想到了李公子列举出的各种罪状，心里想着，李家这么些年，过得也真是不容易啊。

许明伦扫了许慕辰这边："慕辰，柳……许夫人，你们觉得李小姐如何？"

柳蓉笑靥如花："李小姐很不错。"

许慕辰连连点头："皇上，这宫里头大得很，既然李小姐想进宫种花，不如就让她如愿以偿。"

"好，就留下李小姐，其余的人都带下去！"许明伦做了决定。

陈太后几乎要崩溃，她是给许明伦选妃，可不是选花匠的！

可是许明伦已经下旨，她还能怎么说？好歹也留了个女的下来，而且家世也不错，只要自己多方努力，总能将两人凑成一对。

选妃结果一出，京城里的百姓个个眼珠子落了一地。

最受牵连的是京城一家赌坊的老板，他花了重金打探到是李太傅家的小姐被选中，听闻这个结果后脸色一变，拎着已经准备好的包袱，趁着夜色茫茫飞奔着逃了出去。

在选妃之前，京城的赌坊里已经有人在下赌注，其中礼部尚书与大司马家两位小姐呼声最高，压李小姐的开始是一个也没有，就连李小姐的亲兄长都是压了礼部尚书家的那位，到最后一日才来了一位夫人，一出手就是一万两银子，压在李太傅家的小姐身上，赔率瞬间便是一千比一还有余。

赌坊的老板自己压的是大司马家小姐，虽说人家姿色不如礼部尚书家小姐，可胜在父亲权势大，皇上选妃肯定是要权衡利弊的，礼部尚书在六部里是个最不显眼的闲职，随随便便就能打发掉的，肯定会是大司马家的小姐胜算大。

万一两人同时选进了宫，大司马家的小姐也肯定在封号上要压礼部尚书家的一头。赌坊老板心里头想着，自己肯定是赢定了，那些压礼部尚书家小姐的，实在太肤浅了，只会盯着人家的美貌不放，哼！自己可是有内涵的男人！

皇上肯定也是个有内涵的，绝不会被美色所迷惑，不用说，大司马家的小姐必然会脱颖而出！

赌坊老板屁滚尿流地逃出京城时，心里还在哀怨，皇上也太有内涵了，怎么会选中了李太傅家的小姐呢？果然是皇上的心思你别猜啊！

进宫的第一天，李小姐带着宫女们开辟花田，开始松土："现在秋天了，不好种，先把土松动松动，再追点肥，等明年开春就好种了。"

宫女们个个晕倒，明年春天种花，今年秋天就松土，也太早些了吧？可架不住人家是主子，只能乖乖地拎了锄头去松土，谁也不敢多抱怨。这皇宫里头现在就一个李小姐，还不知道明日她会不会翻身做皇后，事情可不能做绝，总得给自己留条后路。

许明伦十分满意，这位李小姐是个知趣的人，真的不声不响地在种花，看起来许慕辰与柳蓉替他选了个合意的人，适合住在皇宫。

李大小姐性子不拘一格，柳蓉很是喜欢她，有时没事儿就跑去皇宫找她玩，许明伦见李大小姐如此识趣，自己这一辈子又与柳蓉已经无缘，索性闭了眼睛下道圣旨，将李大小姐封为贤妃，自己则做了一辈子厮混下去的打算。

这选妃的事情一定，许明伦便又操心起另外一桩事情来，这件事情比选妃的事情可重要多了，一刻也耽搁不得，于是他对身边的内侍道："去，传许侍郎与许夫人进宫。"

自从宁王一死，朝堂里那些蠢蠢欲动的人立即又恢复了平静，只是许明伦还有些不放心，决定要彻底将这朝堂里的臣子们清查一遍，有异心的那些，或是明升暗降，或是要设局让他们跳进去，更重要的是找到他们贪墨的证据，就可以将他们直接交到刑部治罪了。

第十八章

心悦于你

柳蓉与许慕辰，这时候才真正成了许明伦的左膀右臂。

一个负责晚上潜入官员家中寻找藏匿赃物的地方，一个负责查办贪赃枉法的官员，依照律例不是将他们流放就是让他们坐牢。

那些官员在刑部派人来起赃的时候还神气活现："我哪里有贪赃枉法？你们分明是在制造冤案！"

等着捕头们很精准地将他们藏宝物的地方找到，一件件宝贝源源不断地运出去以后，那些贪官们这才脸色发白，再无第二句话好说。他们瘫坐在椅子上，根本不知道为何藏宝之处这么轻易就被人破获，简直是不敢相信自己的眼睛。

从五月到九月，许慕辰与柳蓉两人已经挥手送别了十几位高官，配合默契，不露半点痕迹。

许明伦欢喜得全身都来劲："慕辰，你娶了个好媳妇！"

"那是当然！"许慕辰挺胸，娘子棒棒哒！

金秋本是收获的季节，不料忽然降了一场冰雹，将即将收获的庄稼打了个稀烂，冰雹过后没几天，又来了蝗虫，真是福无双至祸不单行。

这下子京城与周边郡县不知道有多少百姓要遭灾了，许明伦命六部与京兆府用心救灾，谁知那些奸商，却想趁火打劫，好好地捞上一把，个个将自己的粮食都压着不肯卖，想要等着百姓们的米缸子空了再抬高价格。

许明伦本来想将奸商们一并治了罪，又怕那暗地里隐藏的一些反动势力趁机煽动人心。想要再等两日，可是瞧着那奸商如此行事，心中又是不忿，想要好好惩治他们才能出了心中这口恶气。

"慕辰、柳蓉，你们两人可有什么妙招？"许明伦愁容满脸，想想这件事就烦，真恨不能马上下令将京城那些粮商都抓起来。

可是，粮商们差不多已经统一了意见，总不能全将他们抓到大牢里。幸好京城里还有那么三四家正常运营，可此时也已经无米可卖，因为早已被百姓哄抢着买得干干净净了。

"皇上，你不用着急。"柳蓉笑着摆手，"我与慕辰已经有了主意，在朝廷赈灾的粮食运到京城之前，我们保证京城百姓不会挨饿，定让他们能买到米。"

"真的？"许明伦眼睛一亮，"怎么办？"

"简单。"柳蓉哈哈一笑，"肯卖粮食的好商家没有粮了，我们就从那些囤积粮食的奸商那里偷了米送到那些好商家去卖。"

"这样也可以？"许明伦简直不敢相信自己的耳朵，"人家不会怀疑吗？"

"怀疑归怀疑，凡事要讲证据！"柳蓉哼了一声，"那是他们黑心，菩萨为了惩罚他们才将他们家的粮食送到别人家去了！"

许明伦点了点头，觉得柳蓉地建议颇好，笑着道："就这样办，让那几家粮行奉旨代卖粮食，朕也会派官兵保护好那几家粮行的。"

夜色当空，秋凉如水，镇国将军府里一个穿着黑色夜行衣的人从墙头越出，落在外面的街道上，轻飘飘犹如柳叶。

才刚刚落地，身后便传来了一阵细微的声响，柳蓉一转头，就见有个人影跟着从墙头跃下，掸了掸衣裳上的灰尘，抱怨道："蓉儿，你怎么不等我？"

"慕辰，你出来做甚？还不快去歇着，你明日卯时就得去上朝，哪里能像我，想睡多久就多久。"柳蓉伸手推了推他，"快些回去。"

"我今晚要跟你一起行动，人多力量大嘛，就连爹娘都上了，我怎么能躲着？"许慕辰走到了柳蓉身边，"我今日中午特地多睡了一阵子，现在精神足足的！"

有时候许慕辰赖皮起来，怎么也甩不掉，柳蓉咬了咬牙："好吧，那就一起去。"

"走走走。"许慕辰大喜过望，平常柳蓉晚上出去，总是不喊他，今日总算是得了机会可以跟着她一道出去了，实在是难得，"蓉儿，今晚你准备去哪家下手？"

"去大丰，这是个最黑心的，京城里头的粮商就是被他组织起来，不肯开仓卖粮的，只要解决了他，就好办事了。"柳蓉早就去大丰粮行踩了点，虽然现在大丰粮行加派了人手将仓库围了起来，可这点人手还难不倒她。

玉罗刹与空空道人早就做好了准备，等在了大丰粮行仓库附近，身后还跟着大顺等一群人。

"娘……"许慕辰愣了愣，"这可不是去游山玩水！"

大顺拍了拍胸口："姐夫你可不能小看我，我帮忙去搬粮食还是可以的！"

"是啊是啊！"孩子们都抗议起来，就如一群小麻雀在叽叽喳喳，"许大哥真看不起人，我们还能帮着赶马车呢！"

玉罗刹挥了挥手："一道去！"

许慕辰目瞪口呆，去这么多人，真的好吗？这可不是去外边游玩，看着那些孩子们手里抓着的武器，稍微大些的还扛了棍子，小一点的孩子手中攥着两根筷子，甚至还有人拿着挖耳勺子之类的东西……

这也能上阵迎敌？许慕辰觉得自己的汗毛都竖起来了，难道要去给那些看守粮仓的人掏耳朵？

"哎呀，你就别管这么多了，既然我娘说了一道去，那就一道去！"柳蓉摸了摸大顺的脑袋，"你要管好大家，到了那里可不能大声喊叫，免得把人惊醒了。"

"我知道，咱们今晚是去拿坏人的东西救人嘛。"大顺笑嘻嘻地拉住柳蓉的手，"姐姐，你就放心好了，我们都明白！"

大丰粮行的仓库那边，三步一岗五步一哨，戒备森严。

领头的那个护院再三叮嘱："千万不能瞌睡，要打起精神来，熬过明日，后天就能开仓高价卖粮！只有两日了，你们听明白了吗？"

"明白！"众人回答得很响亮，攥紧了手里的棍棒。

一阵香味从远方慢慢飘过来，钻进了人们的鼻孔里，又酥又麻，让人只觉得心里头有说不出的舒服，一个个扶着棍棒站在那里，微微地想打瞌睡。

"糟糕！"领头的大喊了一声，这是江湖中传说的迷香啊！

"捂着鼻子！快！别吸了那香气！"

可是一切都已经晚了，领头的那个护院眼睁睁地看着身边的人一个个倒下去。

一条黑影突然伸手点住了他的穴道，领头的也倒在了地上。

许慕辰在他腰间摸了一把，就将一串钥匙拿在手中，得意地朝那边扬了扬："蓉儿，我找到钥匙了！"

柳蓉白了他一眼："真笨，有我和爹在，还要什么钥匙！"

空空道人从小孩手中拿过挖耳勺，走到了粮仓门口，才一伸手，咣当一声，那把大锁就应声而开，掉到了地上。柳蓉一拍许慕辰的脑袋："走，干活去！"

一袋袋的大米被从粮仓里搬出来，整整齐齐地被码上了车子，许慕辰与柳蓉带着那群孩子们忙忙碌碌，没有停歇。那些孩子们瞧着年纪小，可是这半年在玉罗刹与空空道人的指导下，每日苦练功夫，也有些根基，就连大顺也能和别人一起抬着一袋大米健步如飞。

"咱们今晚搬空大丰粮行的米，明晚再去搬大发粮行的。"柳蓉兴致勃勃地扳着手指头算，"这样，京城的形势就能得到缓解了。"

许慕辰看着柳蓉扳手指，心里醋意滔滔，翻江倒海："哼！你也太卖力气了。"

"怎么？"柳蓉惊诧地看了他一眼，"你不也在卖力气？"

……

第二日，大丰粮行的钱老板见着那几家粮行又在开门卖米，大吃了一惊，找了管事过来问："昨日码头上有新到的粮食？"

管事摇了摇头："小人一直在码头上盯着，没见有装粮食的船只过来。"

"那……他们这米是从哪里来的？"钱老板只觉得蹊跷，难道天上掉了大米下来?

"老板,老板,不好啦!"一个下人气喘吁吁地跑过来,"咱们的粮仓出事了!"

钱老板眼前一黑,身子晃了晃,几乎要摔倒在地,都不用下人继续说,他也知道了,那些粮行里卖的米,肯定是自己粮仓里的:"走,去看看!"

粮仓大门敞开,里边早已被搬得干干净净了,一粒米都没剩。钱老板头昏脑涨,吩咐下人拿了状子去京兆府告状,自己怒气冲冲地赶去了一家粮行。

"钱老板,你总算是来了!"如意粮行的秦老板笑着迎了出来,"还正想去找你呢!"

"你竟敢盗卖我的粮食!"见着如意粮行门口排起了长长的队伍,个个手里提着麻袋或者是捧着斗,钱老板一口老血含在口里,几乎就要吐出来。

"钱老板,你怎么能用'盗卖'两个字呢?"秦老板伸手指了指外面的一块牌子,"你自己好好瞧瞧看,可千万别乱说话啊!"

"奉旨代卖粮食",六个斗大的字在钱老板眼前直晃,他仔细打量了下,旁边还有一队执刀站着的兵士,正在维持秩序。

"皇上……"钱老板牙齿咬得直打颤。

"是啊,皇上真乃仁君,他知道你事情多,这阵子没法子卖粮,就下旨要我们替你卖了,从你粮仓里拨调了多少粮食,我这里都有登记,钱老板,你只管放心,按市价卖的,一钱银子也不会少你的。"秦老板笑眯眯地望着他,口气里全是羡慕,"皇上真是关心你啊,体贴入微。我们可是羡慕不来的!"

钱老板一口老血终于喷了出来。

487 /// 第十八章 心悦于你

……

"回皇上的话，问题已经解决。"许慕辰挺直腰板儿站在许明伦面前，"救急的粮食已经来京，这下无须担心无粮可卖了。"

"好好好！"许明伦高兴得眼睛都亮了起来，"慕辰，你真乃朕的左膀右臂！"

许慕辰弯腰深施一礼："皇上过奖，微臣有一事相求。"

"讲。"

"请皇上免去微臣刑部侍郎一职。"许慕辰笑得风轻云淡，他实在厌倦了这朝堂里的生活，起早贪黑不说，还要跟那些老臣们斗来斗去的，心中真是不爽，还不如回家与蓉儿过快活日子，不用再管政事。

"什么？慕辰，你是被免职免上瘾了？"许明伦眼睛瞪得老大，"慕辰，你就忍心让朕一人孤军奋战？"

"皇上，微臣自知无能，也只会替皇上抓点蠹虫宵小。而这些事情，换了谁都能做，而且微臣还可以在暗地里帮着皇上做些事，更不显眼。"许慕辰打定主意要辞官，一脸不要拦着我的神情。

"哼！我看你是想抱着娘子多睡一阵子早觉吧。"许明伦愤愤，"女曰鸡鸣，这首诗你倒是领会得好！"

"皇上，你心里明白就好！"许慕辰一点也不觉得哪里有什么不妥当，笑着朝许明伦拱手，"皇上，你都有贤妃了，怎么还没尝到这个中滋味？"

夏天还好，冬天的时候，软玉温香抱满怀，才到寅时就要从那热烘烘的被窝里钻出来，告别娘子来上朝，真是一种折磨！许慕辰觉得就算半夜出去跟着柳蓉去京城那些贪官的院子里转几圈，也要比早早起床感觉好。

"慕辰，你就不管朕了吗？真的不管朕了吗？"许明伦做出悲愤欲绝的模样，刚刚想站起身来走到许慕辰身边，小福子就在外边大喊一声："太后娘娘驾到！"

母后总是这般神出鬼没……许明伦又呆呆地跌坐回椅子里。

第二日上朝，圣旨下，许慕辰被免职，原因是经常不按时上朝，对皇上存有轻慢之心。

群臣震慑。

许慕辰可是皇上的发小，还帮他做了那么多事情，就这么一眨眼，又被免职了！自己可不能掉以轻心，务必要尽心尽责才是。一时间，群臣更加尽职尽责了。

"皇上又免了你的职？"柳蓉一只手捏着一根绣花针，一只手拿了一个绣花的绷子正在努力奋斗，听着许慕辰得意扬扬地宣布了这一消息，抬起头来看了他一眼："你怎么这样不争气？下回京城的游宴，我都不好意思去了，免得她们聚在我身后说三道四！"

许慕辰一把将柳蓉拉住："我被免职你一点都不生气？"

"生气什么？你当不当官，对我有影响吗？"柳蓉伸手摸了摸肚子，嘴角笑意盈盈，"要靠着你的俸禄来养我们的孩子，那可真是有点悬，还不如跟着我到处去逛逛银子来得多！"

许慕辰的眼睛往柳蓉的肚子上溜了一眼，忽然醒悟过来，猛地扑了过去："蓉儿，蓉儿，你、你、你……你有孩子了？"

柳蓉伸手推了推他："成亲以后有孩子不是很正常吗？我要是一直没怀上，你母亲又该说我是不下蛋的鸡了。"

"什么时候知道的？"许慕辰咧着嘴傻笑，"怎么不早些告诉我？"

"刚刚大夫才走。"柳蓉气定神闲地将那绣绷拿了起来，"你别在我旁边乱蹦，我要给我们的孩子做小鞋子了。"她眼睛瞪得大大的，努力将细细的绣线从绣布上扯出来，"你要是没事情做，就麻烦你去跟你母亲说一句，免得她心里头一直记挂着这事情。"

"是是是，我这就去。"许慕辰的嘴巴到现在还没合拢，迈开腿就往外边走，又被柳蓉一把揪住："我还想问你个事。"

"什么事？"许慕辰两眼闪闪地冒着光，"是不是想问生男生女我会不会一样喜欢？喜欢、喜欢，只要是我们的孩子，我都喜欢！"

"要是我不能生孩子，你还会不会对我一样好？"柳蓉的关注点永远与许慕辰不在同一件事情上，"要是我十年二十年肚子都没动静呢？你会不会跟你母亲一样，每日都在我耳边唠叨，甚至还……"

"你在胡思乱想些什么！"许慕辰的腰杆忽然挺直了，一把将柳蓉抱在了怀里："我早就说过了，蓉儿说的话都是对的，蓉儿做的事情都是对的，蓉儿能不能生孩子，并不会影响到她是我今生唯一的宝贝。蓉儿，我心悦于你。"

许慕辰忽然这样热情洋溢地表白，柳蓉吃了一惊，她望着许慕辰那认真的脸，有些手足无措。

"蓉儿，只求你别嫌弃我。"许慕辰捧住了柳蓉的脸，两张脸孔越来越近。

"唔唔唔……"

窗外秋风阵阵，屋子里春意正浓，美好的人生，这才刚刚开始。